本书为国家社会科学基金资助项目"流散诗学研究"（项目批准号：13BWW065）的结项成果

国家社科基金丛书

GUOJIA SHEKE JIJIN CONGSHU

流散诗学研究

A Study of Diasporic Poetics

杨中举 著

人民出版社

序

郑克鲁[*]

中举的书稿《流散诗学研究》要出版,邀请我作序,作为他的老师,我就实实在在地说几句。说夸大了请大家多包涵,作为老师我也有护犊之情;话说苛责了我想他本人也能接受,算是对他的严格要求。杨中举在读书期间和工作之后一直从事流散文学、跨文化传播等方面的研究,硕士、博士毕业论文和相关系列研究成果都集中在这些方面,由他来主持研究"流散诗学"问题应当能胜任。通读 40 余万字初稿,印证了我的判断。全书研究思路较清晰,逻辑结构较严谨,在流散、流散文化、流散文学、流散诗学等相关问题上都作了自成一家之言的探讨与解析,对继续深化相关问题的研究能够起到较坚实的铺垫作用。这些铺垫主要表现在如下几个方面。

* 郑克鲁(1939—2020),著名翻译家、文学史家、教育家、外国文学研究专家。1939 年郑克鲁出生于澳门,1962 年毕业于北京大学西语系,1965 年毕业于中国社科院外国文学研究所并留所工作;其后,历任武汉大学法语系主任,法国问题研究所所长,上海师范大学中文系文学研究所所长、系主任、教授、博士生导师,上海师范大学图书馆馆长,中国比较文学学会上海分会副会长,中国作家协会理事,上海图书馆协会理事,上海翻译家协会副会长,中国外国文学学会理事,中国法国研究会副会长,中国法国文学研究会副会长,中国外国文学研究会理事。1987 年获法国政府教育勋章。著有《郑克鲁文集》(47 卷)等。2020 年 9 月 20 日,郑先生因病去世。特在此表达深切的缅怀之情——本书作者注。

第一,从自己确立的研究视角,解决了中外学界有关流散研究过宽与窄的问题,明确了流散的内涵及其文化生成特征。"流散"(diaspora)经历了一个由大写 Diaspora 特指到小写 diaspora 泛指的历史演变过程。大写时专指犹太人独特的历史遭遇沉淀下的社会学、人类学、文化学等意义上的"大流散",是犹太民族、犹太教全球流散与传播的结果;小写泛指因战争征服、殖民、朝代变更、科技进步等原因引发的不同种族迁移、交流、混生而形成的大量流散族群。目前全球学界对"流散"的运用过于泛化的倾向明显,几乎与移民同称,这是不准确的。流散族属于移民群体,但不是所有的移民都是流散族,不能把所有移民都当成具有流散意识的流散族。流散族群的特性为:流散的实质是某个族群的个人或群体从一种文化环境迁徙到另一文化环境,引起生存危机、文化身份认同、文化适应、文化冲突、文化混合、文化再生、文化传承等问题,包括现实中的与想象建构中的。它涉及地理、种族、文化精神跨界等多重问题,流散者要面对故土和居留之地的地理、种族、心理和文化精神的双重或多重认同与选择。书中对"流散"内涵与外延的界定,确实在一定程度上揭示了流散的实质:流散事实的发生、流散族群与流散身份的形成、流散文化与流散文学的创造大都是跨界(跨国、跨民族、跨区域、跨文化等)状态的,以流散者(流散族)为行为主体,对母国、东道主国(或多国)及其自身族裔群体的经济、政治、文化、宗教、族性等产生双边或多边影响,在各领域生成显在或潜在文化后果,这样的移民现象才可以纳入流散范畴。这些独立性的结论不失为一家之言,为其研究明确了目标与方向。

第二,书中明确主张在汉语传播语境中将 diaspora 译为"流散",利于规范相关研究。Diaspora 一词国内翻译、使用比较混乱,多达十几种。作者在对比分析常用的"流散、散居、飞散、离散"四种译法后,书中主张"流散"之译,更能从时间、空间及历史文化内涵上表征 diaspora 的狭义与广义之意。确实,"流散"之译既有古拉丁文中的自然生物学上的意义、又融合了犹太人及其他民族移民文化历程中的悲壮感、生命感、纵深感,很好地表达了人类文化情怀,具有浓厚人文色彩。"流散"之译从时间与空间维度、内容与形式等方面基本传达出了 diaspora 的历史与现实文化内涵，也可以指向未来新形态的"流散"族，能够较精确表达流散文化历史的连续性。而汉语中"流"字就含有"流失、流动、流浪、流亡"之意，"流"有源、有流经的时空、有流向的目标与未来，在汉字语言审美上有一种时间历史的纵深感、沧桑感、动态感，用"流"字在汉语传播环境中表达人类流散文化曲折而辉煌、悲壮而豪迈的历史，恰到好处。"流散"之"散"字表达出流散族们的地理与文化空间移动，有"散居、飞散、散布、由聚集而分离、散播"等含义，还与生物学意义上空间的传播、散落相符合，用它表达犹太人及其后的各类流散群体在全球空间范围的迁徙也较为妥善。用标志历史、时间维度的"流"字和表达空间维度的"散"字合一，"流散"一词在汉语传播背景中更加出色地承担描述过去、当下及未来流散族群特性的语用任务。这一界定，使得"流散"概念名称相对统一，方便研究与交流。

第三，提倡建构相对独立的流散族裔文学史，为流散诗学建构提供实证支撑。书中明确了流散文学的内涵：流散文学是有切身流散生存经历的流散作家创作的表现个体流散或群体流散生活，艺术地反映流散文化现象及其生成变化事实的各类文学作品，流散文学的作者、主题内容、人物形象及其环境都具有鲜明的流散性，有其自身发生、发展和独特的审美规律。书中特别指明，流散文学是世界文学中独特的文学类型，尽管学术研究上人们往往以流散作家的族称或居住国作为归类标记以便于表达与区分，但严格说来它既不能简单地归到移居国文学中，也不能划分到母国文学中，流散文学应当有它自己的专门史与领地。从文化角度看，很难对其进行族性归类，但从内里上看，又具有很强的族性标志，比如华人流散文学、黑人流散文学、犹太流散文学等，这种矛盾两难、背反状态正是流散文学的审美张力所在。每一流散族群的历史、地理、政治、经济、文化空间等各种经历与体验都不同，其流散文学也有特殊的发生、发展规律。正是基于这一认识，书中第二章以较大的篇幅对不同流散文学的共通性特征与差异性特点选择个案进行研究，体现了分类研究的学术意向。

第四,借鉴西方理论,试图建构相对独立的流散诗学话语,打开研究的新天地。本书中梳理了中外学界对以流散行为、流散族、流散文学等核心流散文化现象的研究实践成果,在此基础上确立了流散诗学的内在规定性——流散诗学是以流散文学和流散文化为主要研究对象,揭示流散文化发生、发展规律,探讨流散文学创作及其审美规律的理论。这一界定突破了单纯研究文学的局限,流散文学问题的探讨涉及文艺学、文学、文化学、人类学、民族学、政治学、跨文化传播学、社会学等多学科,具有鲜明的跨学科特征,第三章列举分析的国外移民与流散文化、文学研究代表理论模式,莫不如此。如"流亡文学"评论模式、"边缘人"模式、推拉理论模式、熔炉同化模式、跨国主义运动模式、跨文化传播模式、流亡诗学模式、身份建构性与差异性模式、"他者"及"底层人"模式、"第三空间"文化杂交模式、反抗式追寻模式、流散美学与文化表征模式、"民族想象共同体"模式、"流散政治"与"三方组合网络"模式、"流散—回归"模式、"全球流散"模式与"流散动力"说、"黑色大西洋"与多重混杂模式、"三大场景"与"三大支柱"模式等。对这些模式的整理与分析不仅是流散诗学建构的学术需要,更是全球流散文化、流散文学多样性、丰富性的客观要求。这些模式既揭示了流散文化的共同规律,也能针对不同个性的流散文化现象进行不同的分析与研究。当然这些模式界定是否科学也有待进一步论证,而流散的丰富复杂性也决定了流散诗学研究不可能仅局限于这些模式。

总起来看,书中研究的流散现象是人类社会生活的永恒主题,也是学界永恒的论题,对其进行研究具有多重意义。从历史文化角度看,以犹太大流散(Diaspora)等为代表的"古典流散"族群(classic diasporas)在长期的流散历史过程中创生了独特的流散生存经验、流散家园、流散政治、流散经济、流散文化、流散文学等社会人文景观,对人类文化生产与再生产、处理不同文化关系、文化适应与选择等问题具有指导作用;从现实需要看,全球化进程加速以来国际间的流散移民增多,移民及其后裔两重、多重流散行为也在增多,形成了不少"现代流散"族群(modern diasporas),"流散诗学"研究自然对各流散族的流散生存、文化身份、政治认同、文化创造、文学创作等具有一定的指导意义；从1986年以来中外有关流散研究的现状看，流散族群、流散文化、流散文学等在人类学、民族学、文学、社会学、跨文化传播学、种族学、人口学、经济学、文化学等大小学科中都有涉及，尤其是中国学界有关华人文学、华语（文）文学、华裔文学、移民文学和黑人文学、美国族裔文学、世界英语文学、比较文学等各类型文学研究，都把流散文学与文化作为重要对象，但是也出现了各学科各取所需、各有侧重、交叉混杂的局面，导致了流散研究的边界不清，缺乏系统性、完整性，所以本书尝试构建相对系统的流散诗学很有现实意义；从国家战略需要角度看，流散诗学研究对中国文化走出去、外国文化请进来，对国家相关部门处理外来流散群体事务、关心海外华人流散族和制定相关移民政策等具有一定的启示意义。

当然，本书还存在不少缺点。一是还没有实现中国流散诗学理论建构的目标，对有关概念的梳理和西方相关理论的评析还不够深入，虽然这种梳理与评析是建构诗学理论必要的前提和基础，可惜的是书中没有对"余论"及其之后的问题进行系统建构与深入研究；二是在纠正学界流散研究泛化倾向时，有矫枉过正之嫌，显得相对狭窄了一些，比如殖民与后殖民时期的殖民地人没有跨国界、跨种族等生存经验，但他们在外来强势文化压迫下产生了强烈的"本土流散"意识与文学创作，是否也应纳入流散研究的范围值得进一步探讨；三是对一些重要的流散族及其文化、文学成就缺少讨论，如阿拉伯流散、日本流散、亚美尼亚流散等；四是由于作者掌握的外语种类少，参考文献来源单一，不利于有效借鉴各流散民族相关学者、作家以母语书写的成果，也致使研究不够全面。希望作者在后续的研究中能够弥补相关不足，取得更好的成绩。

2020年6月6日

于上海寓所

目　　录

引　言

　　1986 年以来,国际流散族群、流散文化、流散文学等研究已经走出了专就犹太大流散(Diaspora)或古典流散(classical diaspora)探讨的界限,步入了对全球流散族(global diasporas)及其文化后果研究的广阔天地,成为全球重要的学术文化景观。国外流散研究主要集中在人类学、民族学、文学、社会学等领域;国内流散研究始自港台、大陆学界对海外华文(华裔、华人、华语、移民)文学的研究(这类文学中有不少具有鲜明的流散文学特征),而后在比较文学、外国文学、民族学、人类学等学科领域取得了许多探索性的成果。

　　流散文化与文学是全球各族迁移、交流、融合、再生产与再发展的新型文化形态;从地界跨越、语言跨界、文化跨界、思想信仰跨界,到催生出新艺术、新文化形态;从人种混血、文化混合、语言混杂,到艺术混融,流散行为及结果打乱了传统的地域、种族、语言和文化的分界线,原文化与宿国文化碰撞冲突、借鉴、结合,流散者及后代和当地居民的联姻等,形成了文化、种族和语言的多元共生局面,继而孕育出多元杂交的新文化——流散文化。流散文化反过来又给流散者的生活、工作、文化创造、文学写作等带来了全新的生存体验和广阔的视野,为新的文学写作与文化再生产提供了新血液、新空间、新观念。流散文化与文学产生与传播的结果表明:在不同文化自觉与不自觉、自愿与非自愿的跨界、越界关联中,不同的文化要在文化交流、文化混合的过程中持开放性胸怀,才能自我更新、生生不息。流散文化既是民族的又是跨民族的,是本土的又是全球的,流散文化及其传播离不开原文化,也离不开东道国文化,还关涉到多重跨界的多重文化。全球化日趋深入的当下,新生代"流散者""全球人""无国界生存者""国际自由人"无处不在,扩大了流散文化传播的疆域,对其进行独立的"流散诗学"研究,对解决文化冲突、文化休克、文化认同、文化失根与寻根、文化扩张与萎缩、文化混杂与涵化、文化再生产与传播等全球性问题具有重要作用。

19 世纪中后期,西方学界就有人对流散文化和流散文学开始进行研究。丹麦文学批评家格奥尔格·勃兰兑斯的系列著作《十九世纪文学主流》第一卷"流亡文学",对欧洲流亡作家进行研究;20 世纪两次世界大战前后学界有关流亡作家亨利·詹姆斯、詹姆斯·乔伊斯、约瑟夫·康拉德、米兰·昆德拉、伊凡·亚历克塞维奇·蒲宁、弗拉基米尔·纳博科夫、约瑟夫·布罗茨基、亚历山大·索尔仁尼琴等的研究,也主要讨论作家的流亡背景与流亡主题。此期学者大都用"流亡"(exile)或"移民"(immigration, emigration)指称流散现象,或者说是把流散现象纳入了移民或流亡研究范围之中,并以传统文学批评方法进行作家、作品研究。

20 世纪 70、80 年代兴起的后殖民主义理论学派在具体理论建设与实践中也以流散文化、流散文学为重要研究对象。如爱德华·W.萨义德(又译为爱德华·赛义德)、霍米·巴巴、阿里夫·德里克、弗朗兹·法农、加亚特里·斯皮瓦克、斯图亚特·霍尔、艾勒克·博埃默等,他们大都具有流散经历与文化背景,以切身经验从事研究,提出了"流亡诗学""文化翻译""双重视界""混合文化身份""他者""新族性"等概念;1986 年以后,独立的流散研究与流散批评兴起,不少学者还对不同区域的流散文学进行了研究,如黑人流散文学、南亚流散文学、非洲流散文学、犹太流散文学、苏俄流散写作、欧洲流散写作等。

20、21 世纪之交,国外流散研究更注重理论的建设,1991 年《流散:跨国研究期刊》杂志创刊,重点讨论跨民族、跨国问题,出现了一些理论成果,如苏德什·米什拉提出的"流散批评""流散诗学"概念。同时学界开始正式运用流散批评来研究全球流散文学与文化现象,出现了一批有成就的成果,逐渐形成了独立的批评理论。如艾文斯·布洛塞尔的《流散导论》①,艾文斯·布洛塞尔和艾尼塔·迈那合编的《流散理论化读本》②,苏德什·米什拉的《流散批评》③等,都注重流散研究的理论建设,"流散"的概念外延进一步扩大,泛指全球化背景下的移居、流亡、跨界、越界、混合等文化现象,为流散诗学研究提供了广阔视角。2005年出版的《族裔流散百科全书:全世界的移民与难民》则标志着流散批评的全面展开④,流散研究已经涉及全球的移民与难民现象。对此有学者指出了其较强的学术活力:"族裔流散问题与批评必将会成为本世纪具有相当影响力的主要批评理论之一。"⑤

　　国内流散研究始于对海外华裔文学(华人文学、华文文学、华语文学、移民族裔文学)的研究。台湾学者单德兴、王德威、史书美等讨论移民与海外华人文化失根、精神家园丧失、身份认同焦虑等流散族群体面对的问题,重点研究华裔流散文学的"越界与创新"、族裔性问题、身份跨界与文化再造等问题。大陆学者饶芃子、吴冰、张子清、陈贤茂、刘登翰、程爱民、胡亚敏、吴奕锜等专门从事美国华裔文学研究,重点研究故土文化与海外文化的关系,主要成果有《从本土到离散》《流散与回望》《华裔美国作家研究》等。蒲若茜、高小刚、陆薇等学者的十多部博士论文、专著,研究了华裔文学中故土文化与宿国文化的关系、种族冲突、文化认同、生存策略、文化身份等问题。马来西亚、新加坡的

---

① Jana Evans Braziel, *Diaspora:An Introduction*, Wiley-Blackwell,2008.

② Jana Evans Braziel and Anita Mannur eds., *Theorizing Diaspora: a Reader*, Blackwell Publishing Ltd.,2003.

③ Sudesh Mishra, *Diaspora Criticism*, Edinburgh University Press,2006.

④ 参见王晓路:《文化批评关键词研究》,北京大学出版社2007年版,第313页。

⑤ Sudesh Mishra,'Diaspora Criticism', Julian Wolfreys ed., *Introducing Criticism at the 21 Century*, Edinburgh University Press,2006,p.18.

王倩华等流散作家、文学批评者也参与到华人流散文学的研讨之中。这些个案研究,涉及文化身份、形象、主题、艺术特色等诸方面,开启了国内流散文学研究的先河。

后殖民主义理论引入大陆后,不少学者以此为视角探索流散文学、流散文化现象,如王宁的《流散写作与中华文化的全球性特征》《流散文学与文化身份认同》,对流散写作总体概括,具有理论指导作用;生安锋专题研究萨义德、巴巴的"流亡诗学";童明的《家园的跨民族译本》讨论了"飞散"视角;梅晓云对奈保尔、拉什迪的生平与创作进行了历史文化研究;张德明重点研究奈保尔、加勒比英语文学的流散特征;石海军对印度后殖民写作进行讨论;齐园重点研究当代印度流散文学。这些研究成果扩大了国内流散文学研究的范围,由华裔文学研究转向了全球流散写作研究,并引进了国外相关的理论。钱超英、赵文书、李贵苍、朱振武、陈爱敏、李凤亮、张错、周宪、张德明、石海军等学者开始流散写作的研究理论建设,已出版《流散文学与身份研究》《流散研究理论方法三题议》《文化的重量》《认同与疏离》等论著。这些成果很有开拓性。另外,孟昭毅、黎跃进、梁工等学者对东方流散文学、犹太流散文学进行了历史考察与审美方面的研究,刘文飞、汪介之等人对俄罗斯侨民文学的译介、研究,继续扩大了流散文化与文学研究的疆域。

但是国内外有关流散现象的研究比较分散,相关的术语使用不太统一,相关学术话语体系比较凌乱,比如国内有关"diaspora"一词的翻译就有"流散、散居、飞散、离散、流布、漂浪、流民、侨民、大流散"等译法(详见第一章第一节)。国外学术界在流散理论化的建设过程中,以 diaspora 为词根的新生词不断被创造出来以表达复杂的流散文化现象,如 diasporic, diasporise, diasporize, diasporist, diasporized, diasporization, diasporism, 等等,这些新词语大都还没有收录到正式词典与词语库中,但在各研究领域与相关学科中大量出现。特别是 1996 年至今,以美国、英国、加拿大为主的学界,出现了几十种有关流散族、流散文化、流散文学等研究的著作,形成了流散研究的热潮,如艾文斯·布洛塞尔等人的《流散导论》《流散理论化读本》，罗宾·库恩的《全球流散：导论》①，美国学者夸姆·安东尼·阿皮亚、亨利·路易斯·Jr.盖茨合编的《身份认同》②，苏德什·米什拉的《流散批评》③，约翰·道克的《1492：流散诗学》④，史帝芬·威尔森的《流散诗学》⑤等。这些成果涉及了流散研究的众多问题——全球流散、流散理论、流散写作（文学）、流散美学、流散政治、流散媒介、区域及国别流散等，并与全球化研究、跨国主义研究等结合起来，形成蔚为大观的学术景象。

　　基于此，以人类流散行为、流散文化、流散文学与相关流散研究成果为基础进行相对独立的流散诗学研究具备了现实可行性与必要性。流散诗学研究对流散族群自身、流散族输出国和接纳国、流散文化与文学创作者、流散文化与文学研究者等都具有参考价值。南太平洋大学苏瓦分校教授、流散批评学者苏德什·米什拉在统合借鉴了众多前期理论家们的相关研究后，表达了其直接而急切的研究愿望："我很愿意也毫不迟疑地称之为'流散诗学'。流散诗学是元批评的艺术和技巧，是所谓流散批评作为流散事件见证人的技

---

① 参见 Robin Cohen, *Global Diasporas:An Introduction*, Oxford：Routledge，2007。本书共出版二次。库恩以独特的研究方法，对流散概念词义的演变、当代流散环境的变迁进行了探究；对流散进行大量案例研究，如犹太人、亚美尼亚、非洲、中国、英国、印度、黎巴嫩和加勒比人等的个案研究。该书是全球流散研究的重要学术成果，对流散研究与教学都具有重要作用。第二版中库恩进一步明确了有关流散的争论，提供了更多研究流散的视角，还配上了相关插图，增加了学生阅读书目和思考的问题。

② Kwame Anthony Appiah and Henry Louis Jr.Gates, *Identities*, University of Chicago Press，1996.

③ Sudesh Mishra, *Diaspora Criticism*, Edinburgh University Press，2006.

④ John Docker, *1492：The Poetics of Diaspora*, Continuum International Publishing Group Ltd.，2001.严格意义上，该书名译为"流散诗学"并不十分准确，作者道克选择1492年航海大发现这个历史转折点为背景，这一年被当作早期欧洲扩张导致阿拉伯、印度、犹太文化毁灭、世界失落的前提条件，因此道克还重点讨论了在他看来更重要的历史事件——伴随着格兰纳达城的陷落，在西班牙的摩尔人最后失败，西班牙的犹太人被驱逐，西班牙的伊斯兰—犹太文化被毁灭，从此建立在种族、宗教、语言基础上的民族主义兴起。书中还以《艾凡赫》《尤利西斯》等近现代作品为例，讨论了流浪的犹太人等多个流散族群。

⑤ Stephen Wilson, *Poetics of the Diaspora*, Lamad VAV Press，2013.

巧。"①那么,什么是流散诗学? 它研究的范围是什么? 如果把所有的移民现象都纳入其中,那就等于是移民研究了,完全没有必要再进行独立研究,但是中外学界对以流散行为、流散族群、流散文学等核心流散文化现象的研究实践表明,流散诗学研究具有独特的内在规定性,不能泛化、等同于移民研究。故本书试图就流散诗学的基本内容、内在规定性作初步讨论,以期更多的成果出现。本书把流散诗学初步界定为:流散诗学是以流散文学和流散文化为主要研究对象,揭示流散文化发生、发展规律,探讨流散文学创作及其审美规律的理论。它具有鲜明的跨学科性,涉及文学、文化学、人类学、民族学、政治学、跨文化传播学等领域相关学科。它以流散文学为研究核心,辐射到流散文化、流散社区与流散族裔等相关内容的研究。这一定位决定了我们接下来的工作主要围绕人类流散行为及其文化后果,流散文学及其特征,流散诗学理论建构的历史、现实与趋势等基本问题展开,在疏证与界定什么是"流散"、什么是"流散文学"、什么是"流散诗学"的基础上分别进行探讨。

---

① Sudesh Mishra,*Diaspora Criticism*,Edinburgh University Press,2006,p.14.

第一章　流散及其文化后果

　　"流散"（diaspora）作为人类移民迁徙行为具有久远的历史。从宽泛的意义上看古希腊的大移民，《圣经》记载出埃及的犹太人，移民海外的华人，第一次、第二次世界大战期间流亡的各族人，至全球化时代因政治、经济、教育、文化等交流而产生的现代移民都可以称为流散者，如此流散、流散文化、流散文学等现象均可以"移民"冠之，或者说凡是移民现象都冠之以"流散"即可。为什么还要区分呢？许多研究流散现象的社会学家也发出这样的疑问："什么是流散？我们在研究的是什么？谁是流散者？是否国际上所有的移民群体都属于流散？更进一步说我们把流散当作一个固定静止还是不断变动的现象看？我们用'流散'概念想获取什么？又当如何定义它呢？"①这些疑问与"di-aspora"产生的历史文化背景、当下全球流散增多的现实均密切相关。"流散"经历了一个由古典特指到现代泛指的历史发展过程，它属于移民范围，但与移民不同，人类流散行为实践与学界对流散的学术研究实践客观要求只有把流散独立出来专门研究，明确流散、流散文学、流散诗学的含义才能更好地认识掌握人类流散文化、文学等产生、发展、变化的规律，才能更好地回答上述疑

---

　　① Gijsbert Oonk ed., *Global Indian Diasporas*: *Exploring Trajectories of Migration and Theory*, Amsterdam University Press, 2007, p.14.

问,也能更好地帮助流散族自身、原籍国、东道国及相关国际组织或机构处理有关流散族的问题:流散族是如何走出去的? 流散族群或社区是如何形成的? 他们如何处理与东道国(族)、原籍国及其他流散族的关系? 他们的文化身份、政治身份等如何定位? 原籍国如何关心、关注、处理与外在流散族的关系? 东道国如何处理与流散族的关系? 流散族的分类区别标准是以原族为标记还是以东道国为标记? 流散文学、流散文化的划分是以原族名为标签还是以东道国名为标签? 这些问题的回答要求我们首先对"流散"进行相对明确的疏证、界定。

第一节　"流散"疏证

一、西方学界对流散历史演变的探讨与内涵界定

(一)从大写"Diaspora"特指到小写"diaspora"泛指的演变

作为一个历史学、文化学、民族学等学科混杂概念,"Diaspora"一词早期并不泛指一切遭遇文化与身份问题的所有流散族,而是专有所指。"流散"(Diaspora)作为名词有两种意义:一是生物学上的意义;二是犹太人独特的历史遭遇沉淀下的社会学、人类学、文化学等意义上的"大流散",这个意义上英文总是开头字母大写为"Diaspora"。从词源学的角度看,英语"diaspora"源于希腊语"διασπορα(diaspeir, diaspeirien)",由"dia"("分散、交叉")和"speirien"("播撒种子")组成,意思是"离散"或"散落",原是植物学名词,描述植物种子的散布,本来没有社会学、人类学、宗教学、文化学等方面的意义,从物理传播、生物物种传播的角度可以翻译为"飞散""漂散""散落""散布""漂洒",强调的是自然界自由无序的交叉传播状态。

作为大写开头的"Diaspora"一词,它的出现是犹太移民、宗教文化传播的结果。"διασπορα(diaspeir, diaspeirien)"始见于《旧约全书》,上帝亚伯兰发

出警告:"你们将在异邦成为流散者。"①后用来描述公元前 586 年犹太人在"巴比伦之囚"后被迫流亡的境遇。希腊文版的《旧约》是从希伯来文版本翻译而来,据著名的犹太文化数字虚拟图书馆(Jewish virtual library)英语版介绍,描述犹太人流散状态与悲苦经历的词语是"Galut"(中译为"加路特"),意思是"放逐""流散"②,专指被掳至巴比伦成为囚徒的犹太人及流亡那里生存的犹太人。由于犹太教神学思想的发展,Galut 也成为一个宗教神学名词,泛指犹太人被迫离开故乡流浪世界各地的状态。犹太教徒认为这是上帝对他们的惩罚,他们流离失所,遭受敌意、磨难、歧视,但他们相信这是上帝对他们的考验,只是一种临时的状态,上帝终将拯救他们,终究有一日要结束流散,返回故土复国,建立家园。由此,赋予了宗教精神的流散,从最初的被迫,发展到主动自愿流散、流放并存的状态,成为犹太族群的一种精神洗礼之旅程。

而与希腊文有着同语源的英语语境中,"Diaspora"一词的大写状态,最初也专门指称犹太流散群体。《牛津简明英语词典》中强调大写前面要加定冠词"the",第一个释义就是:"公元前 8 世纪—前 6 世纪犹太人在异邦的流散"③;据陆谷孙先生主编的《英汉大词典》,"Diaspora"有四个大写意义的解释:1.古代犹太人被巴比伦人逐出故土后的**大流散**;2.总称《旧约》中所说那些不居住在巴勒斯坦的犹太人;3.总称流散在外的海外犹太人;4.总称海外犹太人聚居区④。这些义项全部特指犹太人。1997 年美国学者夸姆·安东尼·阿皮亚、亨利·路易斯·Jr.盖茨主编的《全球文化词典》认为:"Diaspora"是指公元前 586 年犹太人被驱逐出家园,也指犹太人在以色列以外的地方散居,并

---

① 《圣经》,中国基督教三自爱国运动委员会、中国基督教协会 2000 年版,第 21 页。此版翻译为"你的后裔必寄居别人的地,又服侍那地的人。那地的人要苦待他们四百年"。"your off-spring shall be aliens in a land that is not theirs"一句,比较直接的翻译为"你们的后代将居住在异邦成为外来者"。

② Jewish virtual library,'Galut',https://www.jewishvirtuallibrary.org/galut.

③ [英]德拉·汤普逊编:《牛津简明英语词典》,外语教学与研究出版社、牛津大学出版社1999 年版,第 374 页。

④ 参见陆谷孙主编:《英汉大词典》,上海译文出版社 1992 年版,第 861 页。

与犹太人复国主义密切相关①。可见,从词源学、种族学、宗教学、文化学角度看,这一词语早期的含义专门指犹太民族的放逐、流散生存及相关问题,是对犹太人那段特殊历史经历与现时状态的专门界定。事实上也是如此,就全球流散现象来看,犹太流散历史最长,流散的空间范围最广泛,更具有典型代表性,对此有学者作了很好的总结:"首先是,持续的时间长、分布广,范围不断扩大,最终几乎遍及世界所有地区。……其次是,犹太人无论被放逐到哪里,无论在哪里歇脚或暂时安身立命,他们都能很快建立起自身的繁荣文化和商业社区,对自己的事务进行管理。……其三是,在流散地生活的犹太人从来没有割断与故土的联系,除了有形的联系,如不断有生活散居地的犹太人返回以色列,将钱物捐给生活在以色列地的人和机构外,更多的是精神上、思想上的联系。"②

人类社会历史因政治、经济、文化、战争等因素的变化,注定了"流散"一词不会永远是犹太人流浪散居状态的专属称谓。战争征服、朝代变更、科技进步、人类对未知世界的探索,都会引发不同种族的迁移、交流、混生,形成与犹太族相似的大量流散族群。特别是航海大发现、非洲奴隶贸易、华工海外输出、印度劳工输出、战争引发等各种原因引起的移民潮都极大扩大了全球流散的空间,增加了流散群体数量,"流散"一词逐渐成为各种移民群体称呼,由特指单词首字母大写转成首字母小写的泛称。首先犹太人自己描述自己族裔不断扩大的流散存在状态,不单指被巴比伦掳获之后的苦难状态,而是泛指本族在世界各地的散居状态,如他们在世界各地形成了众多聚居区:埃及犹太中心、北美洲犹太中心、南美洲犹太中心、加勒比犹太中心、欧洲犹太中心、中国犹太中心等③。而世界各国流散的移民也都运用首字母小写的"diaspora"来

---

① 参见 Kwame Anthony Appiah and Henry Louis Jr. Gates eds., *The Dictionary of Global Culture*, New York: Alfred A. Knopf, 1997, pp.178−179。

② 徐新:《犹太文化史》,北京大学出版社 2011 年版,第 31 页。

③ 参见徐新:《犹太文化史》,北京大学出版社 2011 年版,第 33—67、319—333 页。

表达了,对流散颇重视的后殖民理论就此进行了宽泛的界定:流散就是"各民族人民一种自愿的,或者强有力的从家园朝向新区域的运动"①。世界各国的流散运动足以证明这种趋势。

非洲黑人流散的悲惨历史在很大程度上扩大了"diaspora"的指称范围。16世纪开始的非洲奴隶贸易,把西部非洲黑人通过"中间通道"(The Middle Passage)贩运到"新世界",南北美洲、加勒比海地区及其他需要劳工的地区,自1502年至19世纪末葡萄牙最后终止贩卖黑人,400多年时间里,1200万黑人被贩卖;他们在新大陆的迁移,在大西洋两岸的往来、在整个西半球的扩散,至19世纪后期、20世纪,形成了无数分散的黑人流散群体②。20世纪50、60年代,非洲大陆国家的独立,引发了美国等地黑人流散族群的权力诉求,学者们开始关注这一群体,把本来专属于犹太人的称谓,用于表达黑人流散群体,催生了具有鲜明政治含义的新词语"African Diaspora"(非洲裔流散族群),展现了当时非洲裔民权运动领袖及学者们的政治情怀③。同样,移民国外的中国人、亚美尼亚人、印度人等在相关学术研究中也被称为"流散族群","diaspora"指称的范围进一步扩大。华人唐人街、黑人哈莱姆、印度社区等移民社区或文化"飞地"与犹太人居住中心具有同样的流散特点。

1960年以来,全球化进程加速,移民流散现象与跨界生存现象越来越多,人类种族与文化面临着杂交、混杂生存的发展趋势。交通技术的发展使得人们的出行变得方便,空间距离对人的限制缩小,许多人生活在不断的迁移之中,麦克卢汉预言的地球村成为现实,扎卡里所谓的无国界人、全球人、国际自由人等新型地球居民身份已成为常态,跨国婚姻、种族混杂、文化混合越来越

①　Bill Ashcroft,Gareth Griffiths and Helen Tiffin,*Key Concepts in Post-Colonial Studies*,London and New York:Routledge,1998,p.68.

②　参见 Jana Evans Braziel, Anita Mannur, ' Nation, Migration, Globalization:Points of Conception in Diaspora studies', see Jana Evans Braziel and Anita Mannur eds., *Theorizing Diaspora*, Blackwell Publishing Ltd.,2003,p.2.

③　参见李明欢:《Diaspora:定义、分化、聚合与重构》,《世界民族》2010年第5期。

明显;无线通信、物联网、互联网、人工智能技术的普及化使得人们的交流更加直接及时,时间距离大大减少。流散行为、流散文化现象越来越细化,个体流散、族群流散情况越来越复杂,"古典流散""现代流散"汇合①,成为一个真正的各民族大流散时代。

至此,无论是流散事实本身还是流散学术研究,"Diaspora"一词不再专指犹太人充满不幸与坎坷的流浪、放逐、离乡与思乡的存在状态,"流散"变成了小写"diaspora",泛指世界各地因各种原因而形成的"流散族群"(diasporas),也成为学者们普遍使用来指称各种流散群体的普通术语:"随着全球跨境流动的人数、规模、距离空前拓展,跨境生存渐渐向常态转化,饱含迁徙、故乡、记忆、想象等诸多丰富内涵的 diaspora 一词,在学者们的笔下,也就越来越普遍地被移植到各类不同的移民群体,成为当代人跨境生存方式的类型写照,并迅速成为当代社会人类学研究中一个重要的关键词。"②许多权威词典中均列出了它的小写、泛称义项:"任何民族的大移居;总称移民社群;与占优势的宗教群体共存的少数派宗教群体。"③至 20、21 世纪之交,"流散的标签延伸扩展,覆盖到了几乎所有的少数族裔群体或少数宗教群体"④。这显然具有一种把流散泛化为移民的趋势与危险。

总之,人类的流亡、迁徙、放逐、移民,是在全球空间展开的,世界各国、各地流散群体众多。1998 年,在巴黎的一次会议上,《流散:跨国研究期刊》的编辑卡奇·托洛衍说:期刊的撰稿人大约用"流散"这个词来描述 38 个不同的

---

① 以色列学者耶路撒冷希伯来大学教授加布里埃尔·谢弗尔(Gabriel Sheffer)在《全新的研究领域:国际政治中的现代流散族群》('A New Field of Study:Modern Diasporas in International politics', see Gabriel Sheffer ed., *Modern Diasporas in International Politics*, London:Croom Helm, 1986.)和《流散的政治:域外之家》(*Diaspora Politics:At Home Abroad*. New York:Cambridge UP, 2003.)系统介绍分析了流散的历史、古典流散族群与现代流散族群,为研究流散提供了很好的借鉴,详见本书第三章。

② 李明欢:《Diaspora:定义、分化、聚合与重构》,《世界民族》2010 年第 5 期。

③ 陆谷孙主编:《英汉大词典》,上海译文出版社 1992 年版,第 861 页。

④ William Safran, 'Deconstructing and Comparing Diasporas', see Waltraud Kokot, Khachig Tololyan and Carolin Alfonso eds., *Diaspora, Identity and Religion*. 2004, p.9.

群体；2004年，美国耶鲁大学人际关系领域资料中心出版了全球第一部《流散族群百科全书》，"从比较的角度为读者提供关于全球各流散族群的全景式介绍"①：主要有南亚流散族群（印度流散）、美国华裔流散、非洲流散、欧洲流散、东南亚华人流散、俄罗斯流散、加勒比流散、阿拉伯流散等，描述了流散族群在全球地理空间上的广泛分布情形。在此基础上，流散文化研究成为国际学术界越来越重视的领域，也成为近年经常争论的焦点："过去十年流散争论经历了两个极端的状态：一个是作为指代特殊的犹太移民的术语和概念，它是在特别的历史背景下发生的；另一个是更加普遍应用的概念，不管移民背景如何，指所有的跨越了本土民族国家边界的移民和定居者。"②

（二）西方学界对流散内涵的界定

从流散由特指到泛指的变化可知，流散既指特殊历史时期犹太大流散，也指与犹太人受难经历相同的其他流散族，还指全球化时代跨越国界的全球流散族，那么具体的流散特征与内涵是什么？美国社会学家、人类学者詹姆斯·克利福德明确指出了犹太流散族、希腊移民、亚美尼亚流散族可以作为流散行为与学术研究的起点："我们应该接受犹太历史对'流散'话语的传承性限制，但却无需将犹太历史变成固定的流散模板，对于一个在新的全球条件下旅行与杂糅的话语来说，犹太史（以及希腊的和亚美尼亚的历史）可以看作'流散'概念的起点，而不是当作规范性的标准。"③身兼美国、以色列双重学者身份的加布里埃尔·谢弗尔1986年收集编辑了研究流散的代表性作品结集为《现代国际政治中的现代流散》一书，把故土与移居的东道国家领土为核心的"领土二元主义"当作界定、认识、评价流散群体的重要因素，同时谢弗尔研究了以

---

①　Melvin Ember ed., *Encyclopedia of Diasporas*: *Immigrant and Refugee Cultures around the World*, Springer Science and Business Media, 2004, pp.XIII, XXVI.

②　Gijsbert Oonk, *Global Indian Diasporas*: *Exploring Trajectories of Migration and Theory*, Amsterdam University Press, 2007, p.14.

③　James Clifford, 'Diaspora', *Cultural Anthropology*, Vol.9, No.3, 1994.

犹太人为代表的古典流散族和美国社会中众多外来群体为代表的现代流散群体,以此对"Diaspora"作过界定:具有移民经历的少数族裔群体,他们在移居国定居和活动,但是与祖籍国维持着强烈的情感和物质联系(详见本书第三章第六节)①。这个界定已经把以犹太人移民流散和现代全球化移民流散结合起来了,扩大了流散群族的指涉范围;文集中的其他研究者在界定流散时也把故国领土、东道国领土这种地理学标志当作衡量流散的重要指标,赋予流散族以鲜明的"领土二元主义"色彩。美国政治学家沃尔克·康纳在《故土对流散族的影响》一文中认为:流散族是居住在故土之外那部分人,有无故国身份认同或者本土心理是区分流散族与非流散族最重要的因素②。而《流散:跨国研究期刊》主编卡奇·托洛衍走得更远,把流散几乎与国际移民画等号,以方便杂志对全球移民现象进行学术争鸣和讨论,他在创刊序言中说:"diaspora"原是描述历史上流散的犹太人、希腊人和亚美尼亚人的术语,现在已经更具有包容性,包括外来移民(immigrants)、移居国外者(expatriate)、难民(refugee)、外来工人或客籍工人(guest worker)、流亡者社区(exile community)、海外社区(oversea community)、族裔社区(ethnic community)等③。但是他这个范围太广,与普遍的国际移民没有区别,失去了流散族群特有的历史与文化个性。

美国研究流散的学者威廉·萨夫兰则指出了流散者群体六个方面的表现特征,刻意强调了流散族裔与母国的联系:第一,流散者自身或其祖先从一个特定的"中心"向两个或两个以上的"边缘"或外国地区移居。第二,有关于原在国的集体意识,有共同的神话。第三,觉得自己并没有完全被居住国接受,感觉自己被部分地间离和隔离。第四,认为自己祖先的国度是真正的、理想

---

① 参见 Gabriel Sheffer, 'A New Field of Study: Modern Diasporas in International Politics', see G.Sheffer ed., *Modern Diasporas in International Politics*, London: Croom Helm, 1986, p.3。

② 参见 Walker Connor, 'The Impact of Homelands Upon Diaspora', see G.Sheffer ed., *Modern Diasporas in International Politics*, London: Croom Helm, 1986, p.28。

③ 参见 Khachig Tölöyan, 'The Nation-State and its Others: in Lieu of a Preface', *Diaspora: A Journal of Transnational Studies*, Vol.1, 1991, pp.4-5。

中、是他们及其后代一定要回归的地方。第五,集体认为有责任保护和恢复祖国的安全和繁荣。第六,继续以各种方式与祖国发生关系,这种关系形成了流散群体的社群意识①。萨夫兰试图构建"流散—返回"的两极模式,却又狭窄了一些(详见本书第三章第六节)。

1997 年,在谢弗尔探讨古典与现代流散十多年后,英国社会学家罗宾·库恩在第一版《全球流散导论》里从全球化角度对流散族裔的关键特点作了说明:"一是从起源故国伤痕累累地流散而出;二是从故国扩张而出,寻找工作,从事商业,或追求更远的殖民理想;三是对故乡的集体记忆;四是对假想的祖先故国的理想化;五是回国(归乡)运动;六是持久的强烈的族裔群体意识;七是与东道国关系不好(有麻烦);八是与居住在其他国家的同族有团结意识;九是在宽容的东道国有过上独具创意、丰富多彩生活的可能性。"②2008年修订重版时对九个特征作了更详细的说明(参见本书第三章第六节)。库恩的归纳基本上集中了流散者在他国文化、异域之地的生存与文化体验、情感倾向。

以上学者的概括都指明了流散者与母国文化的联结关系及情感倾向,可以说移民后凡是进入这样一种文化状态的人都可以归入流散群体。但是他们这些论述都较少关注居住国(东道国)文化的强势影响、两种或多种文化关系、如何面对自身的文化认同与变化等问题,这些是流散群体要直接面对的现实,更能体现出流散群体特征。库恩意识到自己和萨夫兰的不足,因而又专门就流散的形成作了类型学分析,库恩将之分为五种类型:受难流亡型、劳工移民型、帝国殖民型、商贸驱动型、去国土型③,突出了移居地文化的影响。霍

①　参见 William Safran, 'Diasporas in Modem Societies:Myths of Homeland and Return', *Diaspora:A Journal of Transnational Studies*, Vol.1,1991,pp.304-305。

②　Robin Cohen, *Global Diasporas:An Introduction*, Seattle:University of Washington Press, 1997,p.26.

③　参见 Robin Cohen, *Global Diasporas:An Introduction*, Seattle:University of Washington Press, 1997。

米·巴巴在《民族与叙事》中则明确指出了流散群体与普遍意义上移民的本质不同:流散不仅指当下存在的群体和身份,也指先经过想象再转化为叙述的混合性群体和身份①。移民不一定都具备流散特质,而流散者首先都是移民,流散者必然产生混合文化身份的后果,包括现实中与文化艺术想象(流散想象)中的后果。因而把一切移民都看作流散族裔是不恰当的,也过于宽泛,当下国内外学术界大有把"流散族裔"泛化的倾向:"第一,无限泛化的趋势……第二,与'泛化'趋势相关联,是不恰当地将所有移民及其后裔都纳入'流散族群'范畴,过度神化历史上的'祖国'或'祖先之根'对所有移民及其后裔具有一以贯之的特殊意义,且无视移民群体内部业已存在的明显分化。"②我们对这种趋势应当警戒,否则流散族裔的特殊性与研究必要性就会大打折扣。慕尼黑大学社会与文化人类学教授马丁·索克菲尔德借用安德森·本尼迪克特(详见本书第三章第五节)民族是"想象的共同体"观点,把流散族裔称之为跨国想象的共同体,反对把流散等同于移民:"流散族只是族群的特例……,这只是想象出来的跨国共同体,将分散生活在不同国家的人联合起来。不是所有移居者都参与进这样的想象共同体,也不是所有移居者群体都将自己想象成跨国的存在,因此将流散作为所有移居者的同义词是一个基础错误,流散意识必须经过动员才得以形成,也就是说,是一种社会建构。"③因此,不能把所有移民都当成具有流散意识的流散族,流散族群是具有特性的族群,**流散的实质是某个族群的个人或群体从一种文化环境迁徙到另一文化环境,引起生存危机、文化身份认同、文化适应、文化冲突、文化混合、文化再生、文化传承等问题,包括现实中的与想象建构中的。它涉及地理跨界、种族跨界、心理情感跨界、文化精神跨界等多重问题,流散者要面对故土和散居之地的地理、种族、心**

① 参见 Homik Bhabha,*Nation and Narration*,London and New York:Routledge,1990,p.4。
② 李明欢:《Diaspora:定义、分化、聚合与重构》,《世界民族》2010 年第 5 期。
③ Martin Sokefeld,'Mobilizing in Transnational Space:A Social Movement Approach to the Formation of Diaspora',*Global Network*,Vol.6,No.3,2006.

理和文化精神的双重或多重认同与选择,最终居于中间地带或由流散而生的第三文化空间、边缘文化空间。

21 世纪全球流散迁移的原因更加多样化,政治、军事、经济、外交、教育、文化、婚姻、国际公共事务等各领域的双向、多向互动等都产生了大量流散现象。正因此背景,美国学者哈利德·科泽考察了美国移民现象,对阿富汗、中东地区、巴尔干地区、非洲之角、南非、西欧等地进行实地调查,对移民、难民、流离失所者进行研究,发表了许多为全球处理难民或移民事务的著作,他在《国际移民》一书中对移民产生的文化后果进行了总结,移民文化的重要结果就是跨国主义的产生,跨国主义具有六个方面的文化生成作用:第一,创造跨越国境的社会结构;第二,随着具有双重或多重身份移民的增加跨国主义催生了新的意识;第三,提供了文化繁衍的模式,创造了新的杂交文化;第四,跨国移民成为资本新来源的核心;第五,为政治斗争提供了新战场,在国外对故国产生影响或对所在国产生影响;第六,导致地方或区域社会重建,根据自己母国文化改造目的地社会以慰思乡之情①。这个概括虽然以移民为对象,但揭橥了流散族群的基本特征,也说明流散族群是移民中的核心力量,是典型的流散文化标本,具有重要的研究价值。

二、中国学界对流散的讨论与界定

国内学者关注流散现象始于比较文学、社会人类学、民族学、华人(华文、华裔、华语)文学等研究②,时间上与 20 世纪 80 年代兴起的后殖民研究也有交叉。我国著名外国文学、比较文学学者杨周翰先生,他最早把流散一词译为"流布":"新教徒的流布(diaspora protestant)"③;从社会人类学或民

---

① 参见[美]哈利德·科泽:《国际移民》,吴周放译,译林出版社 2009 年版,第 99 页。

② 参见杨中举:《"Diaspora"的汉译问题及流散诗学话语建构》,《山东师范大学学报》2016 年第 2 期。

③ 杨周翰:《国际比较文学研究的动向:国际比较文学协会第 11 届大会述评》,《国外文学》1986 年第 3 期。

族学角度关注流散族群研究的主要是介绍苏联和西方有关移民问题研究成果,如艾石在 1987 年第 6 期《民族译丛》中介绍苏联科学院东方研究所编写的《东南亚国家的华人民族集团》一书时,把(Chinese diaspora)译为"散居华人"①,显然在这个语境中"diaspora"成了"散居";邓锐龄先生在介绍 1987 年美国纽约州立大学教授谭·戈伦夫新著《近代西藏的诞生》(*The Making of Modern Tibet*)时,把该书第十章"The Tibetan Diaspora"译为"藏民的流散"②。

1990 年以后,随着国际学界流散研究热潮的到来,特别是 1991 年《流散:跨国研究杂志》创刊后,国内更多学者也开始关注移民流散群体的研究;2000 年前后,中国大陆、港澳台地区流散文学、流散文化研究兴起,对"diaspora"及相关术语的翻译、搭配五花八门,除了前面所述"流布""流散""散居"等译法外,还有"离散""飞散""侨民""漂浪""流民""大流散""流散者""移民社群""族裔散居""族裔流散""离散族裔""离散群体""离散族群""流散族群""流散族裔""飞散族群""飞散族裔""流散群体"等二字、三字、四字译法。在学术研究与翻译文本中较常见的四种译法是:流散、散居、飞散、离散。它们所指称的意义基本一致,在汉语翻译表达语境中,许多学者站在自己研究的视角与背景中,选择符合自己研究上下文需要的词语去表达,如"离散"(王德威、张锦忠、郭又新、陈以新、赵毅衡、郜元宝等)、"流散"(李明欢、李果正、王宁、乐戴云、张子清、孟昭毅、刘洪一、饶芃子、吴冰、钱超英、黎跃进、朱振武等)、"飞散"(童明、丰云等)、"散居者"(傅有德等)、"移民裔群"(静水等)、"族裔散居"(王光林、邹威华、陈永国等)、"散居族裔"(张冲等)③。有时会出现交替使用的情况,饶芃子、蒲诺西等有时把"流散"和"离散"两种译法并用

---

① 艾石:《苏联〈东南亚国家的华人民族集团〉一书摘要》,《民族译丛》1987 年第 6 期。
② 邓锐龄:《评谭·戈伦夫新著〈近代西藏的诞生〉》,《中国藏学》1988 年第 1 期。
③ 潘纯琳:《"散居"一词的谱系学研究》,《重庆工商大学学报》2006 年第 2 期。其中部分名单笔者有所调整。

或交替使用①。各类期刊论文、学位论文中,"流散"一词的翻译与使用也是多种多样②。

对这些文献进行整理不难发现,diaspora 一词的翻译在中国也经历了一个由单纯词义解释到不断赋予它丰富的文化、文学、社会学、人类学内涵的复杂过程,即由狭义到广义的扩展过程:"'流散'并不神秘。在经验的层面上,它就是移民问题——无论是被迫、被动的离散还是主动外求的迁徙,在世界各地都有漫长的历史和多样的表现。以此意涵为主轴,在学术实践中,流散研究的对象有广狭之分。狭义是对公元前犹太—希伯来特定时期(主要是'巴比伦之囚'时期)的历史研究,依此稍微扩展的是对相关族群(如犹太人等)长期文化特点的关注。而流散概念的折中义可能是现在使用得最普遍的,是指与当代日益广泛、大量的跨国移民现象有关的体验和后果。再广义,则包括了所谓'内部移民'——一国之内的人口迁移、区域关系和社会变迁。广义上除了涵括上述所有要素之外,还包括与之伴随的精神领域的流变,重点在于文化哲学、文学艺术上的理解,故有流散文化、流散文学(流散作家)、'流散美学',乃

---

① 参见饶芃子等:《流散与回望:比较文学视野中的海外会人文学》(南开大学出版社 2007 年版)、《从"本土"到"离散"——近三十年华裔美国文学批评理论评述》(《暨南学报》2005 年第 1 期)等。

② 至 2015 年 9 月 6 日止,检索"中国知网"数据库(收录最早文献至 1915 年),辅助以八爪鱼数据采集器,在哲学与人文科学、民族学文献分类中,以"主题"为检索项,就 1915—2013 年间的数据库已收入的期刊与学位论文,非精确搜索关键词"流散",结果得到 763 篇相关文献论及了流散主题;同样条件,以"离散"为搜索关键词,搜索到 846 篇论文论及"离散"主题;以"飞散"为搜索关键词,搜到 62 篇论及"飞散"主题的研究成果;以"散居"为搜索关键词,结果搜索出 855 篇有关"散居"主题的研究文章;搜"散居族群"结果为 32 篇,搜关键词"散居族裔"结果有相关主题文章 52 篇,搜"流散族裔"结果为 15 篇,搜"流散族群"结果为 15 篇,搜"离散族群"结果为 15 篇,搜"离散族裔"结果为 17 篇,搜"流散群体"结果为 23 篇,搜"离散群体"为 37 篇。由于我国是个多民族、多语种国家,搜索时也包含有关国内民族流散问题的研究。这样可以更加全面反映学界对不同术语的使用情况。另外,由于部分文章主题相近,或用语有交叉重复,不同的搜索结果中存在部分重复文章的情况,其结果大体上能反映出我国学术界"Diaspora"一词的翻译、使用趋向。

至国内个别学者所使用的'流散诗学'诸说。"①这种由狭义到广义的扩张,也正是"diaspora"翻译多样化产生的内在原因,而其中"散居""离散""流散""飞散"四种译法、用法占据了绝大多数。

那么,哪种译法能更好、更恰切地表达历史上和当下全球化背景下跨界生存群体的种族、历史、现实、空间、生活、文化、精神、心理、价值观等方面的特性呢? 哪种译法更能够适应国内流散诗学理论话语的建构与发展呢? 对此,国内没有太多的争鸣,明确就"diaspora"的译法进行讨论的文章主要有:童明的《飞散》《飞散的文化和文学》二文主张"飞散"之译②;李明欢的《Diaspora:定义、分化、聚合与重构》中使用"流散族裔"之译③;汪金国等的《diaspora 的译法和界定探析》主张"散居族裔"一译④;潘纯琳的《"散居"一词的谱系学研究》持"散居"的译法⑤;等等。这些译法都有自己独特的考量,为国内流散族、流散文化、流散文学研究奠定了一定基础。

如果从"diaspora"的词源学、历史学、文化学、译论、语言学、流散诗学研究的学术话语建构等多方面综合考量,翻译成"流散"二字最为贴切,它更加契合流散这一独特的历史文化现象,又能符合当下全球流散新动向与国内学术研究的需要。特殊需要可以用"大流散""流散族裔"三字或四字译法表达英文"diaspora"所特指的群体。

(一)与"飞散"对比

童明认为,把"diaspora"翻译为"飞散"较好,理由是:"'离散'有离乡背井

---

① 钱超英:《"边界是为跨越而设置的"——流散研究理论方法三题议》,《深圳大学学报》2012 年第 5 期。

② 参见童明:《飞散》,《外国文学》2004 年第 6 期;《飞散的文化和文学》,《外国文学》2007 年第 1 期。

③ 李明欢:《Diaspora:定义、分化、聚合与重构》,《世界民族》2010 年第 5 期。

④ 汪金国等:《diaspora 的译法和界定探析》,《世界民族》2011 年第 2 期。

⑤ 潘纯琳:《"散居"一词的谱系学研究》,《重庆工商大学学报》2006 年第 2 期。

的凄凉感,而'飞散'更符合 diaspora 充满创新生命力的当代涵意。'离散'是
被动的,而当代意义上的'飞散'是主动的。'离散'的译法将 diaspora 语义凝
固在 30 年前的用法上,有温故的好处。而'飞散'的译法既贴切 diaspora 希腊
词源的本义,又准确道出希腊词源在当代文化实践中复兴的事实。此外,将
'Chinese diaspora'译为'华散'或'散华'也恰如其分,正好是'diaspora'生命
繁衍的原意。"①另外,还有不少国内年轻学者采用"飞散"译法②。的确,"飞
散"一词具有更强的动感,突出移民的移动性,也有一定的新颖性,同时体现
了原始词义。但是这样它却不能很好地揭示以犹太流散为代表的"古典流散
族群"(Classical Diasporas)了,有关第二次世界大战前的流散研究用"飞散"
译法也无法准确表达,何况自犹太流散至第二次世界大战结束期间的人类众
多流散现象与流散文化,仍然是现在、未来学者和理论家们不断"考古研究"
的领域;更主要的是"飞散"更突出了动态、空间感,但没有表达出移民流动的
历史感、时间感、延续感。因为在全球化时代,流散本身及其学术研究既有较
长的历史,又有广阔的空间,每个流散族群都可以描绘出它流散的历史图表与
空间图表,全球化进程还扩大了全球流散的时空,流散还会持续绵延它的历
史,显然"飞散"译法重空间、横向动态考量,缺少时间、纵向静态考量。从语
言审美角度来看,"飞散"给人纷飞、过于漂荡、无法驻足的审美心理感受,而
流散者之"流散"具有相对的稳定性,不是永远漂泊不定的。也正如童明自己
所说:"飞散者的家园不仅有空间性,而且有时间性。文学文化研究理论提
出,诸如渴望、错位、身份的模糊或丧失等等飞散性情感的形式,都有其历史根
源。飞散者的根是文化的根,也是历史的根。"③而我们认为正是这种时间性、

---

① 童明:《飞散》,《外国文学》2004 年第 6 期。
② 如丰云的博士论文《论华人新移民作家的飞散写作》(山东大学,2007 年)和《飞散写
作:异域与故乡的对立置换》(《江西社会科学》2007 年第 2 期);周晔的《飞散、杂合与全息翻
译——从〈喜福会〉看飞散文学写作特色及翻译理念》(《解放军外国语学院学报》2008 年第 4
期)等,共计 20 篇相关文章使用"飞散"译法。
③ 童明:《飞散》,《外国文学》2004 年第 6 期。

空间性加上流散者在身体、心理、地理、语言、精神、文化上的跨界状态、混杂状态、双栖性、多语性、二难性等特点,进一步证明翻译成"飞散"不能更好地表达过、现在与未来的流散群体的"流散性"与"延续性"。

事实上童明在《飞散的文化和文学》一文中重新表述了"diaspora"的二重含义:重构之前的意义和重构之后的意义,并讨论了其语义演变的三段历史,强调了"diaspora"的历史性:1. 词源意义(小写);2. 犹太经验所产生的语义(大写);3. 语义重构(20 世纪 80 年代之后,小写)①。这很清晰地表明了此词的演变规律。但接下来,他关于三个阶段逻辑关系、顺承关系的说明却不能令人信服:"从语义三段史可以看出:diaspora 语义经过重构已经回归这个词的本源。准确地说,3 经过 2 回归 1,仍保留 2 的部分含义。如果 diaspora 译为'离散'、'流散'或'散居'是顾了 2 却顾不了 1 和 3。而'飞散'的译法,唤醒词源的寓意,符合重构的新意,又可借比喻和犹太历史经验保持关联,兼顾 1、2、3,三全其美。'流散'或'离散'透出犹太经验中离乡背井的凄凉感,而当代意义上的 diaspora 少了些悲苦,多了些生命繁衍的喜悦,用'飞散'更贴切。更重要的是'离散'、'流散'、'散居'都是被动的,而'飞散'是主动的。当代意义上的飞散是主动的。"②这些分析恰好说明了译为"飞散",从汉语构词语境上消解了"Diaspora"大写意义的历史延续性,语义 1 仅是生物学的意义,如笔者前文所述,与社会学、人类学、文化学、民族学等没有关联,通过语义 2 这个阶段才使得 diaspora 具有了丰富的社会历史文化内涵,而最具有社会人类学与文学文化研究理论意义的是 2 和 3 的历史的、逻辑的、学理的统一,才使得流散相关研究富有学术活力与魅力。而一再强调"飞散"意义所蕴含的主动性、喜悦性作为理由,却忽略了当下与未来的社会不仅会有大量的主动流散群体,更会有大量被动的、无奈的甚至被迫的流散群体,如中东等地因无法预料

① 参见童明:《飞散的文化和文学》,《外国文学》2007 年第 1 期。括号内说明文字为笔者所加。

② 童明:《飞散的文化和文学》,《外国文学》2007 年第 1 期。

的战争引发的新难民潮、恐怖主义引起的流亡、宗教冲突引起的流散、经济危机引起的跨国迁移、政治放逐与流亡等。这些现象虽然和古典流散时代不同，但境遇相似。近年来，更有一些新型的流散群体引起学者注意，如同性恋流散研究（the queer diaspora）①。因而，笔者认为 diaspora 译为"飞散"与流散的历史、现实、未来及相关理论建构的连续性、逻辑性结合度不够紧密。

（二）与"散居"对比

潘纯琳认为译为"散居"较好："因为'散居'与'聚居'相对，较能反映散居共同体的集体性分散居住状况，且'散居'一词可兼作名词、动词和形容词，涵盖散居共同体、散居行为和散居状况等义项，且相对较为中性，摆脱了自《圣经》以来附加于 diaspora 一词的惩罚意味，消除了'离散''流散''流离''漂泊性'等译法中那种无可奈何感，比较适于作为一个学理意义的术语来使用。"②诚然，如果说"散居"只用来表达当下国际移民行为、散居现象、移民文化与移民学术研究话题，基本可以胜任，但是有关对古典的流散文化现象那种所谓的"惩罚意味""无可奈何感"，"散居"应当如何表达呢？是不是就要使用其他的译法？所以"散居"之译，"摆脱自《圣经》以来附加于 diaspora 一词的惩罚意味"等，不利于对流散历史延续性、整体性的表现与把握。而全球流散文学当下创作的许多成就，如 V.S.奈保尔、菲利普·罗斯、费利特·奥尔罕·帕慕克、让-马里·古斯塔夫·勒·勒克莱齐奥、萨尔曼·拉什迪、帕特丽夏·格蕾丝等流散作家的新作，仍然体现出强烈的失落感、受难感、漂泊感、无可奈何感；再者，21世纪因政治、经济、战争、留学等原因而流散、离国、移居的新流散者，也无法彻底摆脱"惩罚意味""无可奈何感"这些感觉。从散居的汉语传播效果来看，也过于强调分散，其实海外流散的人在特殊的环境中不是

---

① 参见 Audrey Yue, 'Critical Rationalities in Inter-Asia and the Queer Diaspora', *Feminist Media Studies*, No.1, 2011, p.11。

② 潘纯琳：《"散居"一词的谱系学研究》，《重庆工商大学学报》2006年第2期。

分散,而是更容易同族抱团成群体的,如"唐人街""哈莱姆"等,所以李明欢说:"在社会人类学视野中,diaspora 一是强调其人员四处'流散',二是突出其虽流散四海仍情系同一'族群',因此笔者多年来一直将其译为'流散族群'。"①故我们更倾向于李明欢的"流散"之译。

(三)与"离散"对比

"离散"在汉语传播环境中,如果与移民问题关涉,更多表现为消极、悲伤的分离状态。从词源学角度看,在汉语里,"离散"是个独立的词汇,具有"离开""散去""分离"的意思。"离散"一词最早出现在《孟子》中:"父母冻馁,兄弟妻子离散。"②演变成现代汉语经常有"妻离子散"之说,形容家庭破裂、亲人流浪的惨状;《现代汉语词典》对离散的解释是"分散不能团聚(多指亲人)"③,这些意义完全不能表达犹太人背离故土、跨国流浪几个世纪的复杂命运,也不能展现当今世界流散族的巨大潮流。

最后,从翻译学角度考量,"流散"一译更切合信、达、雅的汉译传统,也符合西方翻译理论注重原文化生态背景的要求和对信息传达方式的倡导。这些传统与要求,一直是翻译的难题,只有尽可能接近的努力。信就是要求真实性,越近原意越好;达就是可达性、表达性、流畅性、通俗性,把陌生语境(源语境)的信息译入,使目的语境中大众可以接受、理解、传播;雅就是要生动、富有美感、不生硬。"Diaspora"译为"流散"基本达到了信达雅的要求,它与犹太人流散的悲伤史紧密联系,真实表达了流散群体如植物种子一样四处流落、散布的生存境遇,又能与当下全球化下更多样化的流散现象相链接,并符合汉语语境的意义。同时,这个译法也折射出流散源于西方的历史、宗教、文化背景,正如人类学家保罗·G.鲁布尔和阿布拉姆·罗斯曼认为:翻译寻求"在目的

---

① 李明欢:《Diaspora:定义、分化、聚合与重构》,《世界民族》2010 年第 5 期。
② 孟子:《孟子》,朱熹注,上海古籍出版社 1987 年版,第 4 页。
③ 中国社会科学院语言研究所编:《现代汉语词典》,商务印书馆 2007 年版,第 831 页。

语译文中保留原语中的文化价值""旨在传递尽可能多的原文信息"①。笔者主张使用"流散"之译,它更能从时间、空间及历史文化内涵上表达 diaspora 的狭义与广义之意。"流散"之译既有古拉丁文中的自然生物学上的意义,又融合了犹太人及其他民族移民文化历程中的悲壮感、生命感、纵深感,很好地表达了人类文化情怀,具有浓厚人文色彩。"流散"之译从时间与空间维度、内容与形式各方面基本传达出了 diaspora 的历史与现实文化内涵,也可以指向未来新形态的"流散"族,能够较精确表达流散文化历史的连续性。而汉语中"流"字就含有"流失、流动、流浪、流亡"之意,流有源、有流经的时空、有流向的目标与未来,在汉字语言审美上有一种时间历史的纵深感、沧桑感、动态感,用"流"字在汉语传播环境中表达人类流散文化曲折而辉煌、悲壮而豪迈的历史,恰到好处。"流散"之"散"字表达出流散族们的地理与文化空间移动,它有"散居、飞散、散布、由聚集而分离、散播"等含义,还与生物学意义上空间的传播、散落相符合,用它表达犹太人及其后的各类流散群体在全球空间范围的迁徙也较为妥善。因此,用标记历史、时间维度为主的"流"字和表达空间维度的"散"字合一,"流散"一词在汉语传播背景中更加出色地承担描述过去、当下及未来流散族群特性的语用任务,没有过度的消极成分也没有过于盲目的乐观情绪。钱超英明确指出了"流"的历史时间维度与"散"的地理空间维度的重要作用:"流散研究的发展可能应更多地把时间和空间的扭结、混合作为一种自觉的思想方法来实施。这恰巧也是目前通用的中文用词'流'(时间过程)'散'(空间分布)所可能激发的一种学理灵感。"②

　　正是基于上述种种考虑,我们建议选择将 diaspora 译为"流散""流散族裔",这样流散文学、流散音乐、流散文化等在汉语传播语境中就比称之为"散

---

　　① 　Paula G.Rubel and Abraham Rosman eds., *Translating Cultures: Perspectives on Translation and Anthropology*, Oxford & New York: Berg, 2003, p.6, p.11.
　　② 　钱超英:《"边界是为跨越而设置的"——流散研究理论方法三题议》,《深圳大学学报》2012 年第 5 期。

居(飞散、离散)文学、散居(飞散、离散)音乐、散居(飞散、离散)文化"更自然、贴切,也更大可能地减少了分歧。

综上所述,人类流散文化现象是人类悠久而不断翻新的文化景观,业已成为全球学术研究的热点,具有重要的学术价值,很有研究的必要。diaspora(流散、流散族裔、流散族群)是跨历史、文化、文学、人类学、社会学等多学科的复合、混杂概念;它是历史的,又是现实的;它是动态的过程,也具有相对的稳定性、固定性;它是开放的,又有内在规定性;流散行为或族群体具有较强的文化再生功能、创造功能,也会带来文化冲突、文化压制甚至消失的后果。虽然目前学界对流散的界定标准还没有统一,但是不能脱离这样一些基本事实:**流散事实的发生、流散族群与流散身份的形成、流散文化与流散文学的创造大都是跨界(跨国、跨民族、跨区域、跨文化等)状态的,以流散者(流散族)为行为主体,对母国、东道主国(如果是多重流散族则对多个国家或民族)及其自身族裔群体的经济、政治、文化、宗教、种族族性等产生双边或多边影响,在各领域形成显在或潜在文化后果的移民现象才可以纳入流散范畴**①。具体说来流散行为、流散族群、流散文化与文学等与身体、种族、语言、文化、写作、信仰等双重或多重的越界、跨界相联系,显现或蕴藏着跨界过程中及其之后的文化选择、失根、休克、依附、背离、内在、外在、漂浮、投机、双栖性、多栖、杂交、再生等复杂问题。否则,只能属于一般的跨界旅行或移民行为,构不成流散特性。

即使作出了上面的疏证与界定,流散现象仍然是浩繁的人类文化成果,对其进行研究同样是较大的工程。笔者意图是从总体上讨论流散诗学问题,为了便于区分与论证操作,对流散族的分类全部采取原族名称冠之,如"犹太人流散、华人流散、黑人流散"等,这样避免了以东道国名称区分带来的重复与歧义,如"美国的流散族裔""英国的流散族裔"等;后续如果单独就一个国家内的外来流散族及流散文化进行研究,则可以使用东道国家的名称区分。由

---

① 从逻辑学角度看,范畴是包含于概念中的物体的种类,概念是关于物体或其他实体种类的心理表征,范畴规定的更加具体,范围更小。

于人力、能力有限,本书不可能对全球所有流散族的文化与文学作出一一对应的梳理与讨论,只能是选择具有典型意义的标本进行探讨,以期找到流散文化发生、发展、变化的部分规律,为全球流散族群的文化、文学问题与相关研究提供粗陋之见。

第二节　古希腊大流散及其文化后果

迁徙是人类生存的本能之一,也是人类主观能动性的表现,人类早期的迁移是为了寻找食物、水源、进行战争、对外交流或逃难。人类比较早的、大规模的产生重要文化影响的移民当属古代希腊移民,此时的移民尚不能称为流散诗学意义上的移民,但是从其移民及其文化后果上看,它又具有后世流散族群文化生成、发生、发展相似的特点。正如前文所述,人类学家詹姆斯·克利福德明确主张把希腊移民史与犹太移民史一样对待,当作流散研究的起点,因此本书也把这个移民时代作为人类大流散研究的历史起点。古希腊移民分为三个时期:爱琴文明时期的海外殖民、荷马时代的海外殖民、古风时代(古典时代)的大移民运动。三次移民大多数情况下是主动扩张的殖民移民,克里特人、迈锡尼人、阿卡提人都有着海上移民扩张的性格,他们先后占据了昔加拉第群岛、塞浦路斯、埃及北部、意大利南部、西西里岛,到公元前 6 世纪最终形成 150 多个新定居地,从黑海的东段一直延伸到法国南部海岸和西班牙海岸,被称为"大希腊区"。这种扩张的原因主要有:逃避饥荒、寻找宝藏、开掘新居地、参与或逃避战争、避免人口膨胀等。亚里士多德对此有着一些记载:"塞浦路斯岛有非常古老的希腊殖民地,荷马《伊利亚特》的船舶目录,从军攻打特洛亚的有罗德岛、寇斯岛(小亚细亚西南角上的几个海岛)的船舶和战士,可见那里早已是希腊殖民占领的地方。"①这段话反映了战争作为移民的动

_____

① ［古希腊］亚里士多德:《政治学》,吴寿彭译,商务印书馆 1965 年版,第 1319 页。

因;对人口过多、为了生存而移民的现象,亚里士多德也有详细说明:"希腊其他地方的人,因为战争或骚动而被驱逐的时候,其中最有势力的人逃入雅典,因为雅典是一个稳定的社会,他们变为公民,所以雅典的人口很快就比以前更多了。结果,阿提卡面积太小,不能容纳这么多公民,所以派遣移民到伊奥利亚去了。"①在这个过程中伴随着常态的商业移民、开垦土地移民,反过来移民又促进了商业、农业开垦的发展繁荣。

一部希腊繁荣兴衰史,就是希腊人的移民史,移民在古希腊历史上基本没有中断。这是希腊文明产生、壮大、传播、扩张的重要原因。从这个意义上讲,古代希腊移民是文明进步的重要力量。它不仅扩大了希腊疆域,还传播了文化,形成了城邦制,促成了公民权观念的产生,使希腊民族意识增强,使不同小城邦的民族认同感提升。

正是移民使得古希腊文化影响了它所到之处的社会、政治、经济、商业、文化等的发展形态。典范的例证是塞浦路斯,其社会、历史、文化的形成就是古希腊人大量移民的结果。希腊人来到塞浦路斯建立一些城邦制的城市王国,改变了当地的社会政治生态。更主要的是大量移民改变了这里的人口结构,传播了希腊文化:"来自古希腊的移民彻底改变了塞岛的人口结构,他们逐渐发展成为在塞浦路斯占绝对多数的民族——希腊族,古希腊文化也随之渗入到塞浦路斯社会的各个领域。"②如古希腊神话中女神库普里斯是丰收女神,传入塞浦路斯后变成了爱神阿佛洛狄忒,而这个爱神反过来又成为希腊神谱当中重要的一员。当古代希腊文明衰落后,塞浦路斯人仍然继承着希腊锡尼文化生活方式,共200多年,这对保护传承古希腊文明起到了重要作用。

同时,希腊的大移民还是它不断吸收借鉴外来文化的机会,对丰富发展自己的文化起到了重要作用。特别是在第三个移民时代,它接触借鉴了大量东方的文学神话传说、文字、艺术、科技等,进一步丰富了自己的相应文化因素。

---

① [古希腊]亚里士多德:《政治学》,吴寿彭译,商务印书馆1965年版,第1275页。
② 何志龙:《外来移民与塞浦路斯的民族形成》,《世界民族》2006年第1期。

文学方面,两河流域文明美索不达米亚文学对希腊文学作品有很大的影响,如希腊神话中丢卡利翁的故事与《圣经》记载的诺亚方舟故事相似、希腊英雄伊阿宋和赫拉克勒斯的故事与美索不达米亚神话中的屠龙故事类同等。希腊人还借鉴了东方腓尼基人从埃及象形文字演化来的腓尼基字母,加上元音字母,创造了希腊字母,之后希腊字母又演化成拉丁字母。历史学家希罗多德对此有确切说明:"东方是一切文化和智慧的摇篮,希腊人在接受了东方古代文化的基础上进一步向前推进,就以文字而言,当时巴比伦的楔形文字,腓尼基人的表音字母文字,希腊人聪明地把这些文字进行比较,选择了腓尼基人的表音字母文字。"①由于大移民,希腊接收了埃及等的建筑、雕刻、绘画等艺术,学者弗里曼认为:"早期希腊雕刻的比例和造型都来自埃及。"②许多作品都呈现出东方化风格,如陶器上的绘画就是如此。但是希腊人并没有完全复制和模仿东方,它又保持了自己的特色与创造,形成自己的风格:"没有比希腊人的天性再偏向于模仿性和吸收性了,他们所知道的东方艺术只可作为他们超越东方艺术的鼓励。"③如亚述王宫前的怪兽本来面目可怕,但是被移植作为希腊胜利女神雕像,变成一个高大美丽的女人,反映出希腊艺术的人本思想和艺术创造精神。对此智慧借用,柏拉图曾说:"我们把一切从国外借来的东西变得更加美丽。"④

要言之,移民大潮打开了希腊人的眼界,学习东方成为移民时期古希腊贵族的风气,修昔底德、毕达哥拉斯、希罗多德、亚里士多德等远游东方、借鉴过学习过东方。而更主要的是通过移民传播了希腊文化,形成了希腊民族意识、社会制度、文化个性。一般来说,流散移民文化往往处于劣势,而希腊移民文化是移民行为过程中占据优势地位的典型,而且是一种主动型的移民,在移民

①　郭圣铭:《世界文明史纲·古代部分》,上海译文出版社 1989 年版,第 34 页。

②　Charles Freeman, *The Greek Achievement*, London: The Penguin Press, 1999, p.101.

③　[法]赖那克:《阿波罗艺术史》,李朴园译,上海书店 2004 年版,第 59 页。

④　张广智:《世界文化史》,浙江人民大学出版社 1999 年版,第 256 页。

过程中借鉴了外来文化,征服了外来文化,发展、壮大了自己的民族文化,后世殖民时代帝国强势文化的输出与此类似。这对我们当下保护、传承、建设、传播、发展民族文化具有重要启示意义——要切忌陷入狭隘民族主义的圈子,更要避免大国文化沙文主义,对弱势文化施行文化霸凌、歧视行为。

第三节　犹太流散及其文化后果

犹太流散的历史是人类移民史上最伟大的奇迹,犹太流散文化的形成、生存与发展更是人类文化史上的丰碑,也是一个非同寻常、悲壮的历史文化事件,正如徐新所说:"犹太人组成的社会和民族是一个不同寻常的社会和民族,是经过数千年的发展整合形成的,更为重要的是,与其他所有民族不同的是,在近 2000 年的历史中,犹太民族不是一个生活在一起,而一个分散在世界各民族之中的民族。作为一个分散、受到不同的文化和传统影响、多元化的民族,它在文化上表现出复杂性和多彩性无疑是十分自然的。"①我们这里讨论犹太流散的历史,要比"巴比伦之囚"事件更久远,追溯到《圣经》记录的源头更能够全面审视犹太族裔全面流散的过程,基于此考虑,下列历史时间节段都在本书的讨论范围内:1.《圣经》记录犹太人最早的迁徙时间约在公元前 19、18 世纪,亚伯兰率家族离开两河流域的故土,徙居迦南地区;2. 约公元前 17 世纪雅各家族因逃荒离开迦南,到埃及,标志着他们迈出了源族地,与外族文化交流碰撞;3. 公元前 13 世纪摩西带领以色列人逃避埃及法老的迫害,返回迦南之地,这是犹太流散者试图回归故土的努力,"摩西五经"记录了相关内容;4. 公元前 722 年亚述帝国消灭了犹太人建立的北以色列王国,大量犹太人被流放到亚述;5. 公元前 586 年新巴比伦帝国摧毁了犹太人建立的南犹大王国,数以万计的犹太人成为"巴比伦之囚",至此犹太人完全失去国家,流散世

---

① 徐新:《犹太文化史》,北京大学出版社 2011 年版,第 4 页。

界各地;6.公元 1、2 世纪之交,罗马统治者占领统治犹太人故土,犹太人进一步失去巴勒斯坦家园,流散程度进一步加深;7.公元 2 世纪到 1948 年,长达 18 个世纪中,犹太人像散落的珍珠一样,流散到世界各地,在不同的地区与文化中艰苦生存,并创造着独特犹太流散族群文化;8.1948 年以色列复国后,部分犹太人回归故土,但多数犹太人已经成为散居国的少数民族,继续在异国、多重移居地保持着族裔文化的血脉,同时也借鉴、融合不同文化的因素,丰富着犹太流散文化的内涵。

可以说,流散使犹太文化多样化,经历了 2000 年的起起落落,犹太文化不仅没有和一些弱势流散文化那样变得边缘化、衰落,反而更强大,究其原因主要有二:一是以《圣经》《塔木德》为文化核心的民族信仰、执念永不改变;二是广泛接收流散地文化的滋养,为我所用又不被完全同化。这暗合了文化生存、生产、再发展的客观规律,犹太人懂得、适应并掌握了这一规律,无论流浪到哪里,犹太人从来没有放弃自己最核心的文化基因,犹太教中的基本信条与原则从不放弃,不断地通过日常生活、商业社会实践、文学艺术创作等活动加以巩固。他们所到之处都不忘记过自己的节日、守安息日、祈祷、行割礼术等,通过这些基本习俗教规凝聚流散者的思想与民族认同:"《圣经·律法书》被当作崇拜上帝、民族叙事、法律条文来阅读——事实上它是上帝意愿的表达。这成为了全球犹太人信仰与实践的核心。"①但是犹太人又不要求思想文化上的排外,不要求整齐划一,而是善变、善于吸收;同时犹太人民族文化复兴的诉求也一直没有动摇,他们无论身处何地都不忘记旧地以色列,不忘建国梦,从物质经济与精神上时常和故土保持联系,这也是支撑全球犹太流散族群独立性的重要原因。

从公元 135 年对抗罗马帝国的犹太起义失败到 1948 年第二次世界大战结束,犹太人失去了固有的乐园——以色列地,大部分犹太人被迫离乡,开始

① Melvin J.Konner, 'Jewish Diaspora in the Ancient World, Africa, and Asia', See Melvin Ember, Carol R.Ember and Ian Skoggard eds., *Encyclopedia of Diasporas*, Springer, 2005, p.179.

了长近 2000 年的大流散时代。由于流散历史漫长,犹太人流散居住的地区范围广大,从起始的西亚地区到北非的埃及、地中海地区,从南欧蔓延到整个欧洲,从近东到远东,从东半球亚洲到西半球美洲,遍布世界各地,形成了各地各种大大小小的犹太人社区。由于数量多,不能一一梳理,在此仅择有代表性的犹太流散族群进行分析。

一、古埃及、希腊犹太流散族群及文化后果

最早的犹太人流散到埃及地区是为了避免天灾,寻找食物。他们原居地在中东的迦南地区,经常遭遇旱情,于是就到富足的埃及避难。公元前 722 年,雅各带领全家投奔早到埃及的小儿子约瑟,定居尼罗河三角洲中部的歌珊地区,犹太人借助这里较好的生存环境,繁衍生息,形成了第一个犹太社区。犹太人在埃及新王国建立后,被罚为奴隶,为统治者修建庙宇、筑路、建城,社会地位下降。公元前 1290 年,犹太流散族在摩西带领下离开埃及,重返迦南,强化了他们回归故土的情结,这一情结也成为后世古典流散族群的标记性精神家园符号,这次回归《圣经·出埃及记》有详细记载。

公元前 722 年以色列王国为亚述帝国所灭,公元前 538 年巴比伦被波斯人攻陷,为了躲避战争灾难,犹太人流散移居埃及的人数越来越多(主要是难民和一些犹太士兵),在这里又形成了较大规模的犹太流散社区。公元前 332 年,亚历山大征服西亚地区,建立强大的马其顿王国(史上也称亚历山大帝国),它给西亚北非(主要是埃及)带来了多彩的希腊文化:艺术、文学、体育、哲学、政治、建筑、科技等,开启了希腊文化与犹太文化、埃及文化的冲突与交流时代。在这个过程中,强势的希腊流散文化与犹太文化进行对话交流。亚历山大死后,托勒密二世王朝继续对犹太人的宽容政策,新一轮的流散移民出现,犹太人大量移民到埃及、巴比伦、土耳其、希腊等地。帝国衰落后希腊化进程余波不断,犹太人所到之处吸收外来文化,但又保持与本土故国的联系。他们所接触的文化在战争、工程建筑方面更优越。这些文化不支持犹太人的律法、

预言和同上帝间的契约,但对犹太人来说希腊文化的诱惑是微妙的,他们读荷马、索福克勒斯、欧几里得、阿基米德、柏拉图、亚里士多德的著作。同样犹太文化也被希腊人所借鉴,《律法书》被翻译成希腊文,犹太人创作的文学、哲学也被吸收。这些翻译既传播了犹太文化又保留了犹太典籍材料,贡献是巨大的①。

埃及犹太流散群体的文化结果主要有以下几点:一是开启了《圣经》文学、犹太宗教信仰先河,也就是说《圣经》文学与犹太人的宗教信仰是在埃及流散的历史过程中孕育形成的。二是把犹太文化传播到了西方,特别是《圣经》被翻译为希腊文,使之传播到西方,不断被接受、接纳,在思想精神上改变了欧洲大部分人的信仰,对基督教文化的产生与发展影响很大。著名的科学史学家乔治·萨顿认为:"希腊科学的基础完全是东方的,不论希腊的天才多么深刻,没有这些基础,它并不一定能够创立任何与其实际成就相比的东西。……我们没有权利无视希腊天才的埃及父亲和美索不达米亚母亲。"②而在埃及与美索不达米亚平原地区,犹太文化都有着深刻的影响,除了科学之外,犹太人的宗教、哲学、经贸等思想当然也深刻地影响了欧洲。三是借鉴了西方文化,主要是借鉴希腊文化,他们学会的希腊语,生活习惯受到一定希腊化影响。四是锻炼、稳定了犹太族群的民族性格,增加了民族认同。五是发展了犹太人的对外交流能力、经济商业能力、流散生存能力。

更加重要的犹太流散文化后果是,他们在埃及的亚历山大里亚建立了具有独立运作功能的犹太社区:它有一定的政治权利,有自己的管理机构、教育机构、长老议会、教堂。这样的组织形式为后来世界各地犹太社区中心建设与运作提供了模式,也是保持犹太流散族群及文化独立性的外在条件之一。它能够防止本族被移居地的文化与种族同化。在社区组织生活中,他们采取了

---

① 据传说在托勒密二世统治埃及时期,曾派出使团到耶路撒冷去寻求犹太大祭司以利亚撒帮助,后者派出了72位知识者去了亚历山大里亚,翻译了《圣经》中的《律法书》,就是著名的《七十子译本》。参见徐新:《犹太文化史》,北京大学出版社2006年版,第34—35页。

② 转引自裔昭印:《世界文化史》,华东师范大学出版社2001年版,第91页。

类似今天我们所说的辩证地借鉴:既不完全认同,又不完全排异,不失自己文化的传统基础吸引有用的因素"为我所用",为了适应移居地生活和对外交流,犹太人在亚历山大里亚学习、掌握希腊语,熟读、研究各种希腊著作,经常乐于学习希腊文化和希腊语。正如中国人学英语起一个英语名字、外国人学汉语起一个汉语名字一样,生活在亚历山大里亚的犹太人大都有自己的希腊名字。他们还学习使用希腊的政治体制管理自己的社区,生意、贸易上也学习希腊人。法律上除了按照《律法书》指导以外,借鉴希腊的实用法规;语言、服饰、生活习惯、经贸、学习等方面也逐渐形成了希腊特点,出现了希腊化的犹太人,以斐洛为代表的亚历山大里亚犹太哲学学派就是典型代表。在社区里,犹太人形成了自己的生活、教育、管理体系,对外吸收希腊人的思想观念和思维方法,参照希腊模式建立犹太人的露天体育馆、健身馆和戏院,模仿希腊人生活方式。反过来,犹太人也以独特的宗教信仰、文化对一些非犹太人产生着影响,不少非犹太人信奉了犹太教,这是文化交流、混合与再生产的具体表现,也是流散文化产生的必然,其重要的文化后果就是在犹太教基础上产生了影响西方精神的文化——基督文化。可以说亚历山大里亚犹太流散社区的形成,促成了希腊文化与犹太文化的交流,两种文明在这里相遇,改变了欧洲文化的走向,也反过来影响到几千年的犹太人流散的历史文化命运。

亚历山大帝国对亚历山大里亚的统治结束,罗马帝国占据期间,最初也保留了不少犹太人的特权,但是罗马帝国对希腊人、非希腊人有了严格的区别,特别是开始加收犹太人的人头税使他们的经济、政治与社会地位都大大下降,犹太人的希腊化程度进一步加深。特别是罗马帝国后期,犹太人争取公民权的问题,引发了公元 38 年反犹骚乱,亚历山大里亚的犹太社区从此衰落①。

---

① 公元 38 年亚历山大里亚的反犹骚乱,起因是罗马帝国派出的埃及总督卡里古拉下达命令,把自己的雕像竖立在包括亚历山大里亚在内一切宗教集会场所,引起犹太人不满。骚乱的直接导火线是犹太人之王阿格里帕到访亚历山大里亚,期间非犹太人居民上演了一出讽刺剧讽刺犹太人,结果演变成了双方混战,许多犹太家庭被毁。之后又发生过多次针对犹太教徒的大屠杀。

尽管不同的历史时代,埃及犹太人的流散生存表现出不同的历史特征,打上了时代烙印,但是上述埃及犹太社区的存在方式与传统,一直保持到 20 世纪,法国文化人类学家、国家科学研究中心民族学和比较社会学实验室研究部主任米歇尔·鲍桑以个案与实验相结合,研究探讨了埃及犹太人组织"埃及犹太人非物质文化遗产保护协会"对历史记忆、文化传统、语言、生活习惯的保护,展现了埃及犹太人社区独特的历史文化,探讨了 1948 年之后犹太人复国之后埃及犹太人回归以色列的问题,对"埃及犹太人"向"来自埃及的犹太人"转变问题的梳理,都表明了流散族群文化在异质文化环境中独特的文化选择问题:"它将共同价值观和优势融入传统,使之在每次会见和交往中变得更为丰富,这有两大目的:一是对祖先的习俗予以尊重,二是将传统传承下去,使之在年轻一代中具有一席之地。"①

希腊世界的犹太流散群体必须与亚历山大城联系起来看,古代希腊城邦制与亚历山大征服西亚、北非、地中海等地,把希腊文化带到了更广大地区。亚历山大帝国的建立把希腊文化带到了其他世界,也把其他地区的文化带到了希腊,正是因此犹太人和希腊人相遇,犹太人面前展开了希腊文化的图景,希腊人面前也打开了犹太文化的大门,两种文化的相遇开启了欧洲文化的新篇章。

犹太人与希腊人的关系主要有两个开端,一个是埃及流散犹太人,一个是流放或逃难到古巴比伦的犹太人。亚历山大的东征恰好占据了这两个地区,促成了犹太人与希腊人的汇合:亚历山大的东征客观上促进了希腊人与犹太人的接触与交流,"在推罗和加沙被毁之后,耶路撒冷向亚历山大派遣了使者,这是犹太人和希腊人、犹太主义和希腊主义之间相遇的最早的正式记载"②。这促成了前文所述的宗教文化的翻译与传播。之后的 3、4 个世纪里,

---

① [法]米歇尔·鲍桑:《传统与记忆:以一个埃及犹太人组织为例》,罗湘衡译,《国际社会科学》2012 年第 6 期。
② 陈恒:《希腊化研究》,商务印书馆 2006 年版,第 203 页。

小亚细亚、叙利亚、美索不达米亚、埃及以及印度都受到希腊化的影响,在这个过程中,犹太人逐渐成为希腊化世界的一部分。尽管犹太人在希腊是流散的外来者,受到不少限制,但是他们与希腊人形成了互相影响、互惠共进的局面,促成了"两希"(希腊、希伯来)文化的共同发展,这种结局是不同文化间借鉴共荣的典范之一。希腊帝国的扩张带来了希腊移民后果(见前节),他们与犹太人的相遇是两个大流散群体的相逢,因此共同的流散经验可以使他们更加容易学习、借鉴、适应对方的文化,形成良性的文化后果,呈现为"双螺旋"的互动发展状态:"在过去的三千年里,犹太人和希腊人相互影响。两种文化都产生了开创性的思想,对进入到他们双螺旋下的人们持续产生影响,例如希腊民族主义影响了巴尔干的斯拉夫人,犹太人和犹太民族主义影响了当地的阿拉伯人。他们轮流就对方的思想作出注释,诸如西方文明可能在两种文化基础上从文字与艺术两个层面上被解释或过度阐释,而两种文化过去两千年里是如此相互连结,除了最初原始时期,几乎从没有分开过。"①两种文化螺旋式发展持续了两三千年,希腊文化给予犹太文化以刺激,促进了犹太文化的发展,犹太文化与希腊文化各层面的冲突,也促进了西方知识的进步。

二、古罗马、拜占庭帝国的犹太人流散族群及文化后果

犹太人流散到埃及等北非、西亚、南欧各地,历经亚历山大帝国(马其顿王国)、罗马帝国的统治与管辖,开启了犹太人流散欧洲的大闸门。自罗马帝国之后,犹太人已经遍布希腊、意大利、巴尔干、塞浦路斯、克里特岛、西班牙、法国等地,当然也流散到小亚细亚、叙利亚、阿拉伯等广大地区。公元313年罗马执政皇帝君士坦丁下令承认基督教合法,至此源于犹太教的基督教获得了合法传播与信仰地位,宣布接纳基督教为合法宗教,创造了流散弱势文化在强势文化环境中生存、发展、创新的奇迹。

①　Steven Bowman, 'Jewish Diaspora in the Greek World', See Melvin Ember, Carol R. Ember and Ian Skoggard eds., *Encyclopedia of Diasporas*, Springer, 2005, p.194.

　　早期的基督教徒大部分是犹太人,犹太人的智慧催生了基督教。西罗马帝国灭亡后,自拜占庭(东罗马)帝国开始,犹太教和犹太人的地位不断下降,并伴随着一次次的宗教斗争和政权更换,犹太人的命运更加悲惨,多次遭到迫害与屠杀,自476年至1948年,近1500年的历程,犹太人在曲折的历史进程中进一步流散世界各地。在拜占庭(东罗马)帝国流散居住的犹太人是欧洲犹太流散的典型,也是东欧犹太流散社区的基础。在近1000年的拜占庭帝国统治下,犹太流散者形成了独特的生存策略与文化。

　　第一,抱团取暖,集中居住。拜占庭时期形成的犹太流散社区主要有三:一是希腊半岛犹太流散区,集中在塞萨洛尼基、底比斯、卡斯托里阿和君士坦丁堡;二是小亚细亚南部犹太流散区,集中在阿摩利阿姆、阿塔雷亚、塞琉西亚以及中南部的小型城市;三是意大利半岛犹太社区,集中在奥里亚、巴里和奥特兰托三个城市。这些社区比华人唐人街要紧密得多,他们有自己定期的宗教活动,有统一的事务管理人员处理族群事务、对内对外交往、从事商业贸易。在安全与生活上相互照顾,为在异域生活增加了最基本也是最温暖的保障。

　　第二,建立了自我管理治理机制。这种自治之所以能够实现,主要是宗教作为精神纽带,徐新老师认为,"一个理想,一种生活方式,一部圣书"①奠定了自治的基础,加上犹太律法和犹太伦理等,保证了犹太人的宗教思想纯洁、人种纯洁。他们以犹太教会堂统一宗教信仰与思想,建立拉比学院传承犹太文化与吸收外来有用的知识,培养行政管理人员——拉比,建立卡扎尔管理机构,分层次管理。具有司法自治权与税收自治权。

　　第三,形成独特的犹太人经济贸易策略。一要生存,二要发展,经济是基础,犹太人所到之处,总能把自己民族的特长、艰苦精神、智慧等与流散之地的自然与社会环境结合起来,找到自己的生存之策,建立自己的商业模式。从事

———————————

①　徐新:《反犹主义解析》,上海三联书店1996年版,第251页。

商业做商人是犹太人在流散之地的主要职业,人数最多,也最成功。主要有饮食业(面包师)、丝绸业(裁缝、工厂主)、制革业(皮匠等)、纺织业、染洗业、皮毛业、包税商、信贷业、香料贸易、医疗行业(医生)、教育(教师)、家政服务(如管家、仆人)等,犹太人在这些行业的活动,纳税较多,为发展当地经济作出了贡献,为各阶层的生活提供了方便,但是由于他们处于较低的社会地位,不被以基督教为信仰的帝国人看重,甚至经常受到压制。

第四,以宗教与商业活动为桥梁,建立跨越国界与地区的联系,扩大了犹太人生活与流散的空间。犹太人最为强大的精神根系是宗教,不管他们在世界何地,总是与故土保持联系,同时,他们在复杂的环境下都可以与其他地区的犹太社区保持宗教与经济的联系,拜占庭帝国时也是这样,他们的经营活动扩展到地中海地区的所有犹太社区,并抵达故土美索不达米亚和黎凡特地区。这种跨国跨界经营为他们摆脱流散地的束缚提供了客观条件,能够拥有一定程度上的经商自由,这恰恰符合市场经济的规律,为犹太人在全球赢得了商业地位,加上他们的吃苦耐劳、诚信观念,使得他们在各地具有较强的商业竞争力。有了经济实力的商人购买技术较好的船只,为远航贸易提供了保障。9世纪时拜占庭帝国犹太人运用良好的船只在毛里塔尼亚和印度之间建立了来往频繁的贸易路线。许多商人成了国际通,能够说多国语言,如法兰克语、西班牙语、斯拉夫语、希伯来语、波斯语、阿拉伯语等。

第五,在保证自己能够生存的前提下,争取政治权利。由于大部分时代的统治者和欧洲人,对犹太人持歧视或仇视态度,犹太人的政治权利、宗教信仰权利一直受到威胁。拜占庭帝国时期皇帝经常通过立法,剥夺或压缩犹太人的权利,通过逼迫犹太人改信基督教来同化他们,这使得犹太人的政治权利越来越小。从身份上他们不能享有与帝国公民一样的待遇,不能参与公共行政事务,宗教活动也受到了来自官方宗教基督教的排斥。针对此,犹太人最大限度争取统治者的宽容政策,米哈伊尔二世、利奥六世、米哈伊尔八世等或主动或被动地采取了对犹太人的亲善政策;在宗教上,犹太人采取假装依附基督教的方式,处理自身宗教与基督教的冲突,有效化解帝国对他们的同化,当然也有大量犹太教徒进行了反抗。例如5世纪末到6世纪末100年间,犹太人进行过多次权力斗争:484年,犹太人占领了那不勒斯,杀死了当地基督教主教后宣布独立;529年占领了从凯撒利亚沿岸直到加里利海的替比利亚沿岸,建立犹太教堂;555年暴动杀死了在凯撒利亚驻守的军队将领;592年,以安条克地方政府为代表的统治阶级,逼迫犹太人改归基督教,并驱逐他们,引发反抗,犹太人捣毁了不少基督教堂。这些反抗自然也遭到了无情的镇压。11世纪十字军东征过程中,各地犹太流散社区遭到巨大破坏,犹太人遭到残酷迫害与屠杀……但是这些迫害没能消灭犹太人的生存意志与民族精神,他们在斗争中争取自己的权利,培养了民族英雄主义精神,磨难与死亡锻造了他们的殉道精神,信仰更加坚定,同时他们也培养出一种"枪杆子里面出自由、出安全"的意识,组织自己的防卫力量,修建居住区城堡,买武器保护犹太人自己。

第六,犹太流散社区以宗教信仰为核心,传承保护并发展自己的犹太文化,这是保证犹太民族能够生存与繁衍的重要精神文化基础。 一个民族无论流散到世界何地,如果失去了自己的民族文化,那就离衰落与消失不远了,犹太流散社区的文化传承与发展,对后世人类流散族群的发展具有重要示范作用。犹太教是犹太文化的精神支柱,正是它的不息生命,点燃了一代又一代流散犹太人的希望,不夸张地说,如果没有犹太教,就没有犹太民族,犹太人自始至终贯彻着一个理想、一种生活方式、一部圣书的宗教信念,正因此才具有超乎寻常的民族认同感。犹太教有两大经典支柱:一是《旧约》,它是犹太教经典时期的文化典籍与宗教经书代表,二是"拉比犹太教"时期的《塔木德》,犹太欧洲流散社区的犹太人对《塔木德》的编纂与研究,极大发展了犹太教与犹太文化精神:"《塔木德》是继《圣经》正典之后犹太民族编撰的又一部重要的文化典籍,被称为犹太教'第二经典'。它的编撰过程结束时,犹太民族不仅完成了'从圣殿崇拜向书本崇拜'的彻底过渡,进入了一个被称之为'拉比犹太教'(Rabbinic Judaism)的新时期,而且为犹太文化的千年大厦树立起中心支柱,为犹太文化发展指明了方向。"①在拜占庭时期,犹太人建立了三个《塔木德》研究中心——意大利的奥里亚、巴里和奥特兰托;9世纪中期,在奥里亚建立了一座塔木德大学,这里汇集了有名的圣贤、智者、学者统称拉比(Rabbi),如拉比舍马拉、拉比胡舍尔、拉比摩西等,这三个地方也被史学家称为"扛起犹太宗教文化大旗的地方"②。

犹太流散社区的文化还突出地表现在文学艺术创作当中,文学艺术特殊的审美与传播方式,使得许多犹太宗教、历史、文化得到了艺术化的流传与保存。拜占庭时期犹太社区的宗教神秘主义文学、诗体文学、拉比文学等都取得了丰富多彩的成果,后世独立职业的犹太文学家们更是以犹太人、犹太历史、犹太流散族裔对象创作了大量流散文学作品,都为犹太文学繁荣作出了巨大贡献(详见本书第二章)。

综上所述,拜占庭时期1000多年的犹太流散历程,形成了全球犹太流散生存与发展的基本模式。

三、美国犹太流散群体及其文化后果

在美洲新大陆,美国是犹太流散的中心。流散的犹太人和欧洲人、亚洲人、非洲人等构成了新大陆移民不同的群体,为开发美洲大陆作出了巨大牺牲,也书写了一部复杂悲壮的美国移民史、生存史。自从新大陆发现后,主导美国社会的是欧洲白人移民及其后裔,土著印第安人逐渐被排挤到边缘,与其他移民群体构成了美国社会的少数族裔群体。相比欧洲来说,犹太人在美国更自由一些。新大陆的发展主力军是移民,除了印第安人,从本质上大家都是流散族,都是远离故土到此谋生的异乡人;新大陆的政治氛围相对宽松,没有欧洲的王权统治、教皇专权。因此,各移民社团的到来都为建设新大陆作出了

---

① 徐新:《论〈塔木德〉》,《学海》2006年第1期。

② Andrew Sharf, *Byzantine Jewry: From Justinian to the Fourth Crusade*, New York: Schochen Books, 1971, p.168.

突出贡献。尽管这样,新大陆的流散群体也遭受了不同的迫害与曲折,美国白人统治者承接了欧洲人极不光彩的种族歧视政策,对非洲黑人流散群体、华人流散群体等少数族群体危害极大。尤其是臭名昭著的黑人奴隶制度被永远地钉在了历史耻辱柱上。

犹太人流散到美国主要分三个时期:一是从17世纪中期因宗教迫害而从西班牙和葡萄牙等国逃到美国;二是在十月革命前后(1880—1924),大批犹太人从俄国和其他东欧国家移民美国;三是在第二次世界大战期间为逃避纳粹迫害,许多犹太人从欧洲各国逃往美国。1880年之前,美国的犹太人大部分是17世纪跟随西班牙、葡萄牙、荷兰殖民者来到的。到18世纪末19世纪30、40年代,移民美国的主要是德国裔犹太人。至1881年,美国大约有犹太人25万,以德裔犹太人为主,且没有形成犹太社区,美国化倾向明显。1881年到1920年,由于欧洲反犹运动的兴起,大批波兰犹太人、俄罗斯犹太人受到迫害,纷纷逃亡,40年间共约有270万人从俄罗斯、奥匈帝国、罗马尼亚等地迁到美国①。由于犹太人流散史较长,全世界各地都有犹太人社团为新迁而来的犹太人提供帮助,这已经是他们的传统,这样犹太人在新移民之地的适应能力就比较强。在美国尤其如此。第二次世界大战爆发后,纳粹对犹太人采取种族灭绝政策,在整个欧洲犹太人都不安全了,促使犹太人逃亡美国。美国犹太人流散族群创造了与其他地区不一样的流散文化成果,具有鲜明的特色。

第一,美国当时采取的公立教育体系与犹太人重视教育、爱学习的民族个性有机同化,促进了美国教育事业的繁荣,也培育了大量的犹太知识分子,他们在美国的科学界、文学界、教育界、文化界作出了突出成绩,进而为世界文化作出了突出贡献。众所周知,纽约(旧称新阿姆斯特丹)是犹太流散居住的主要美国城市之一,在这里传统贵族学校学费昂贵,犹太人读不起,而纽约公立市立学院给犹太人以机会,聪明的犹太人也为纽约市立学院带来了荣誉,毕业

---

① 参见[美]乔纳森·休斯、路易斯·凯恩:《美国经济史》,邸晓燕、邢露译,北京大学出版社2011年版,第336页。

的本科生后来获得诺贝尔经济学、各项科学奖的达 10 人之多,至今没有哪所公立大学超过它。特殊的流散历史,锻炼了犹太人,形成了犹太人好学、勤劳、聪明的品性。1988 年统计,47%的美国犹太人接受过高等教育,200 名知识界有影响人士期中一半是犹太人,美国大学教员中有一半也是犹太人①。尽管后来因种族歧视,许多常青藤大学限制犹太人的入学数量,但是犹太人凭借自己的努力,在各行业取得了巨大成就,不少毕业生后来当上了一些大学的校长,使得原来的歧视者逐渐取消了歧视态度,使犹太人在教育、科研、文化等领域大显身手。尤其在流散文学方面,犹太人名作家辈出,为美国文学与世界文学作出了贡献。

第二,犹太人既保持民族宗教与生活习惯,又积极融入美国社会、积极进取的精神,为一体多元的美国民族形成作出了客观贡献。美国是一个移民国家,称之为合众国也是突出了这一历史事实。尽管持有种族偏见的人往往认为是英国移民至多是欧洲白人才是美国民族的内涵,但是美国历史文化的形成、发展绝不是白人殖民者之力,而是包括黑人、犹太人、印第安人、华人、墨西哥人等世界各大洲的人。他们在美国的政治、经济、文化等各领域的发展中作出了贡献,他们既保留着自己的民族文化个性,又逐渐融入美国社会,成为多民族国家的建设者,许多移民后裔被部分同化或完全同化,或者被"大熔炉"熔化,他们接受了美国多民族共同的文化,在此基础上保留自己的文化,如犹太社区、唐人街、哈莱姆黑人社区等,参与到"一体多元"的民族大家庭中。因而有论者认为外来人口对美国的主要贡献有四个方面:"(一)外来移民增加了美国的人口,增强了美国人的活力。(二)他们不仅给美国社会注入了富有朝气的活力,而且也带来了先进的科学技术,推动了美国生产技术的革新和生产力的提高。(三)他们扩大了美国的市场,体现了对美国经济发展的人力投资。(四)他们在不同程度上保持各自群体的传统和文化,从而丰富了美国的

---

① 参见刘军:《美国犹太人:从边缘到主流的少数族群》,云南大学出版社 2009 年版,第 194 页。

文化,使它更加丰富多彩。"①当然细细数来,流散族群对美国社会的影响远远不止这四个方面。

第三,犹太群体对美国手工艺业、商业、科技业、金融业等有独到贡献。初到美国的犹太人主要从事裁缝、制造或修理锁具、理发、木工、钢铁冶炼和香烟生产等职业,后来随着科技的发展和犹太人群体知识水平的提高,更多人转向了餐饮食宿服务、管理、医疗、教育、信息、房产、报刊等行业。据美国学者欧文·豪统计,"1913 年前后,在纽约东部犹太人社区,不少犹太人经营房地产,开设 112 家糖果及冷饮厅、70 家酒吧、30 家快餐店、78 家理发店、38 家药店、93 家肉店、20 家洗涤店;另有 2 名配镜师、3 名钢琴教师、12 名摄影师、23 名律师、56 名医生(其中 40 名牙医)、43 名面包师为犹太人"②。在这种长期的商业实践中,犹太族群中走出了一批大商人、实业家,如美国最大的百货公司梅西公司的创始人纳坦·施特劳斯、服装业大亨朱利叶斯·罗森沃尔德就是犹太人中的佼佼者。

第四,犹太人繁荣了美国影视艺术和新闻传播业。由于美国白人也有着对戏剧行业的偏见,一般人不愿意从事所谓"戏子"职业,这为犹太人提供了客观条件。在大多数美国人没有意识到影视业重要性的时候,美国犹太人积极进军这一行业,成绩斐然,至 20 世纪初,犹太人经营着美国主要的报业与影视制片厂,著名影音公司华纳兄弟公司、米高梅公司、福克斯公司创始人都是犹太人,他们的贡献,繁荣了美国影视业,后来影响巨大的好莱坞也是犹太人的贡献。可以说美国影视业在世界占据领先地位,犹太人起了主导作用,开辟了世界娱乐行业的新天地,反过来影视业的影响也大大提升了犹太人在美国的社会地位③。

---

① 丁则民:《外来移民在美国历史发展中的作用》,《东北师范大学学报》1993 年第 5 期。

② [美]欧文·豪:《父辈的世界》,王海良等译,上海三联书店 1995 年版,第 155 页。

③ 参见[美]雅各·瑞德·马库斯:《美国犹太人》,杨波译,上海人民出版社 2004 年版,第 106 页。

第五，犹太人主动调整自己的宗教信仰与文化认同策略，既保护独立文化个性，又不断修正发展自己，以适应新的文化环境，围绕文化内核，选择同化程度，形成新的文化生存策略。来到美国的大部分犹太人都比较开放，对美国的民主、自由观念接受较快，希望自己和家人都尽快适应美国的生活方式，与绝对正统的犹太教徒相比，新移民不再完全按照意第绪语从事传教活动，在保持犹太教核心精神的同时，大胆采用英语进行宗教活动，这不仅在本族群体及说英语的后代人中传承了犹太精神，也把犹太教精神传播给了一些非犹太人，让非犹太人了解犹太教，有的甚至被吸引加入犹太教。呈现出相互同化、相互融合的文化景观。对此变化，美国学者罗森博格·斯图亚特总结说："所有的犹太领袖，无论来自德国还是俄国，都鼓励移民们采取新大陆的生活方式。"①犹太教改革派代表人物艾萨克·梅耶·怀斯就辩证地改变了犹太教的生存与传播策略，他把犹太教旨分为核心不变的与可以变通的两类，前类指《旧约》《塔木德》中那些不能动摇的宗教根基，后类指一些烦琐的、陈旧的礼仪和习俗，对这些进行改变根本不影响宗教根本，又可以适应美国快节奏的生活与竞争环境，如可以用英语布道，引入世俗化、习俗化、美国化的一些因素，适应了大部分犹太后裔的要求，也影响了非犹太人美国人。这种调整对多民族、多宗教信仰的国家处理不同民族文化关系具有重要启示。

第六，设置犹太移民互助组织，保持族裔生存实力。一般来说，流散移民迁移到一个陌生之地，物质上、精神上、文化上、心理上都处于劣势，东道主居民或多或少地排斥移入者，移入者大都有一种不适应感，移民群体以同族、同乡、同种、同宗为基本联系纽带自发成立相关组织，以达到生存与发展之目标。正如拜占庭帝国时期的抱团取暖一样，19世纪美国犹太群体成立的希伯来收容和移民帮助协会、同乡互助会等，在收留与保护新移民方面起到了重要作用；1906年成立了全美性质的美国犹太人委员会，第一次世界大战前后建立

---

① Stuart E.Rosenberg,*The New Jewish Identity in America*,New York：Hippocrene Books,1985,p.5.

的美国犹太人大会、美国犹太人联合分配委员会等,这些组织把全美国的犹太人基本统一起来,在战争不断、动荡不断的20世纪为保护全美、全球犹太流散族裔的利益起到了重要作用。

第七,对流散的犹太族人来说,其最大成就是开展犹太复国主义运动。尽管一开始犹太人内部对是否复国有重大分歧,也因为复国在中东与阿拉伯世界冲突不断,形成一些负面的后果,但是复乐园、重建家园是犹太人的宗教情怀,也是民族梦想,犹太流散族裔在这一认识上具有较明确的统一性,也因此赢得了相应的国际地位,流散文化研究不可避免地应把这一现象作为重要的研究内容。事实上也是如此,第二次世界大战后美国犹太人成为以色列国建国的重要支持力量。

四、德国犹太流散族裔的特殊命运与文化后果

世界各国的犹太人都是多重移民,都已不是从中东巴基斯坦迦南之地来的初级移民了。历经2000年的流散,犹太人能够在所到之处扎根,并保持了民族独立的文化核心个性,这本身就是人类种族繁衍史上的奇迹,更是世界文化史上的奇葩。由于第二次世界大战期间德国纳粹对欧洲犹太人实行的种族灭绝政策,使得德国犹太人流散族群具有了特殊的意义,是全球犹太人流散研究绕不过的话题。

较早在德国生活的犹太人是公元9—10世纪从法国、意大利、西班牙、葡萄牙等欧洲国家迁移来的二度移民或多重移民。他们大都居住在德法相邻的法国北方和德国莱茵兰一带,并带去了以巴比伦塔木德文化为基础形成的拉比犹太教。此后大约1000年的时间里,这些犹太人虽然与其他人群共处一地,却很少有移民更改信仰或与当地人(包括其他犹太人)通婚,由此保持了比较纯洁的犹太血统。因德国所在区域在近代被称为"阿什肯纳兹",散居此地的犹太人随之被称为或自称为"阿什肯纳兹犹太人",形成了与法国塞法迪犹太人一样有影响的欧洲犹太流散族群。他们广泛使用意第绪语,深受希伯

来语和阿拉美语的影响,而文化上仍保持着自己的独立性。

随着欧洲其他国家与地区的犹太人也迁居德国,到13、14世纪,至少有25个德国城市形成了犹太人社区①。但是外来移民非我族类,正统德国人与统治者向来对犹太人持有敌对情绪。1348年始,黑死病(瘟疫)在欧洲流行(意大利作家乔万尼·薄伽丘以此为背景写过《十日谈》),欧洲人把这一天灾转变成人祸,说是犹太人制造并传播了它,于是德国历史上第一次屠杀与驱逐犹太人的事件发生,犹太人被迫再次迁移,流散到更加边远荒凉之地。

德国皇帝查理五世于16世纪中叶(1544年)颁布《施佩耶尔犹太特权大敕令》,从国家政策上给犹太人以保障,使得他们在德国稳定下来,以后300多年间,德国政府对犹太人大都采取了宽容政策。到1871年德国完成统一,犹太人获得了正常的公民权。犹太人对德国有了国家认同,把德国看作自己的国家,在参军、国防、教育、管理公共事务等方面表现积极,"对德意志国家和文化高度认同,认为德国是人道主义文化和价值观的德国,是培育古典诗人和哲学家的德国"。② 魏玛共和国时期(1918—1933年),这种认同达到新高度,也达到了过于乐观的程度:德国犹太人积极学习德语,把《律法书》翻译成德文,淡化犹太教的民族性,把宗教当作文化问题,而不是民族问题;他们积极参与国家建设事务,融入德国社会,培养爱国情怀,把自己当成国家公民。犹太政治家瓦尔特·拉色努在给德国青年,特别是犹太德国青年的信中,倡导这种认同,他直言:"我是具有犹太血统的德国人,我的民族是德意志民族,我的家乡是德国,我的德意志信仰高于一切。"③拉色努的思想倾向代表了大多数德国犹太人特别是年轻一代犹太后裔的心声。这对他们的德国化产生了重要影响。

---

① 参见严学玉:《中世纪德国犹太人地位变迁》,《中国社会科学报》2016年12月19日。

② Michael A.Meyer, *German-Jewish History in Modern Times*(Vol.4), New York:Columbia University Press,1998,p.159.

③ Walther Rathenau, *An Deutschlands Jugend*,Berlin:S.Fischer Verlag,1918,p.9.

　　然而,人类不同民族交流发展的历史表明,每当有社会矛盾或问题出现时,统治阶级或主流社会群体往往把原因归结于这些"外来者",流散族裔成为当权者转嫁矛盾的对象,成为一系列问题的替罪羊。在埃及、希腊、俄国、美国是如此,在各大洲都是如此。德国更不例外,反犹主义情绪一直存在,它根源于宗教分歧、种族歧视、民族主义思潮、政治偏见等。这一切最终培育了第三帝国希特勒纳粹种族灭绝政策这一人间祸患。基督教诞生后,与犹太教产生分歧与矛盾,《新约》中已经埋下了对犹太人的歧视种子,认为犹太人是被上帝抛弃的子民①。在后世长期的信仰纷争之中,犹太教徒被贴上叛徒、罪犯、奸诈、邪恶等标签,把犹太人与撒旦画等号,欧洲教皇专权时期还颁布了各种打压犹太人的政治、经济、文化政策与法律,甚至被学界好评的宗教改革者马丁·路德·金在劝说犹太人皈依新教不成之后,也发表了大量辱骂犹太人的言论,这为后世更为激烈的反犹主义与种族歧视提供了宗教借口;启蒙运动与法国大革命为人类历史写下了光辉篇章,其重要的文化遗产是产生了现代意义上的民族主义。民族主义是双刃剑,一方面增进民族自豪感与爱国主义,强调本民族的重要性,而把本民族当作历史文化的主角来叙事,而狭隘的民族主义则会产生种族优越感、排外主义,认为自己的民族比其他民族更重要,更应当得到发展或特权,最终发展为种族主义;德国民族主义兴起当然也具有两面性:一方面彰显了德意志民族的独立,强调文化自信,但另一方面又把自己与其他民族鲜明区别开来,客观上对外来民族进行了分类与划界,往往形成德意志民族至上原则,思想家费希特、康德等大人物也都受到影响,发表排犹言论,康德认为犹太教不是"真正的宗教",犹太人没有宗教,只是律法的"奴隶"②,并主张用基督教改造他们:"犹太教的安乐死只能借助于一种纯洁、道

---

① 参见徐新:《反犹主义解析》,上海三联书店1996年版,第26页。

② 参见 Immanuel Kant, *Religion Within the Limits of Reason Alone*, Theodore M. Greene and Hoyth Hudson trans., New York:Harper Brothen,1960,p.116。

德的宗教,并要放弃所有旧的律法规定才能实现。"①这种倾向在德国知识分子中比较常见,德意志著名诗人恩斯特·莫里茨·阿恩特写的著名诗歌《德意志人的祖国》似乎是爱国主义诗作,骨子里透露出民族优越感。费希特的言论更加极端,印证了后来希特勒的行为:"每一个欧洲国家内都存在这一个敌对之国,这国持续与其他国家作对,并且通过残忍地压迫其他人民,谋取成功——这就是犹太国……我认为给予犹太人民事权利唯一的办法就是一夜之间砍下他们的头颅,换上一颗新的不包含任何犹太思想的头脑。"②这种民族主义思潮自然把犹太人从政治、历史、文化、社会各个层面排除在外了,为反犹太主义奠定了广泛的民族基础。

而种族主义更加恶劣,它具有古老的根源,原始社会的族群、奴隶社会的奴隶主贵族与奴隶阶层、封建社会的等级制度、新兴资产阶级的贵族意识,都是种族歧视的温床。对于近现代以来的殖民统治来说,种族主义成为殖民者欺骗性的理由。德国种族主义思潮的兴起是 19 世纪后期,特别是普法战争中,德意志取得了胜利,极大增加了自豪感,也扩张了以日耳曼为代表的德意志种族主义势力,学界与欧洲社会各界也大力追捧种族优越论,种族主义者还把达尔文的进化论、物种起源思想拿来当作科学的说明,从生物学上把人类分为高等与低等、优等与劣等,进而发展为血统论,强调保持德意志民族高贵血统的纯洁,代表人物就是瓦格纳和他的女婿张伯伦,他们著书传播种族主义思想,在德国很有市场。在这种背景下,德国反对犹太主义的思想彻底形成,在德国文化界、政治界传播开来。希特勒对犹太人的大屠杀就从这里找到了充足的"理由"。

希特勒上台后,全面开启了反犹太大门,从立法、行政、宣传、教育、文化等

---

① H.H.Sasson ed., *A History of the Jewish People*, Cambridge: Harvard University Press, 1976, p.746.

② Marvin Lowenthal, *The Jews of German: A Story of Sixteen Centuries*, Philadelphia: The Jewish Publication Society of America, 1936, p.229.

各方面清除犹太人及其思想,直至发起消灭其生命的大屠杀。1933 年 4 月 7
日,为了禁止犹太人进入公职行列,德国通过了"重建公务员法";1933 年 4 月
25 日,为了剥夺犹太人受教育权利,纳粹通过"防止德国学校及大学过于拥挤
法";1938 年 7 月 25 日,为了禁止犹太教传播,颁布了"焚烧《塔木德》和其他
犹太经典法";1938 年 7 月 31 日,政府授权司法部门,剥夺犹太人的遗产继承
权;1941 年 9 月 1 日,为了把德意志民族与犹太人区别开,纳粹规定犹太人必
须佩戴犹太标志;1942 年 9 月 9 日,立法剥夺犹太人民事诉讼权等,纳粹采取
了一切能够迫害犹太人的手段,最终有 600 多万犹太人惨死在大屠杀中①。
这是犹太流散史上的大悲剧,是欧洲种族主义者们的罪行,更是人类历史上最
恶性反人类的行径。

　　纳粹的暴行迫使部分德国犹太人又一次流散世界其他地区。据美国学者
威廉·鲁宾斯坦统计,自 1933 年至 1939 年间,约有 24 万 8000 人逃离或迁出
德国②。第二次世界大战没有爆发时,犹太人主要选择迁移到欧洲其他国家,
特别是和德国相邻的国家,如法国、比利时、卢森堡、荷兰、瑞士等,也有一大部
分回到中东巴基斯坦地区。欧洲与巴基斯坦之外,主要流散地有美国、中国、
巴西、阿根廷等地。第二次世界大战爆发后,德国纳粹占领的国家越来越多,
当地的犹太人也被迫流亡其他各大洲。

　　德国犹太流散族群在德国的生存与发展有过成功之时,曾经积极融入德
国社会,对德国有着强烈的认同,把它当作自己的祖国,在此他们在政治、经
济、文化、文学艺术、科学技术等各领域都作出了贡献。但是作为外来移民,他
们面对极端的历史时代,不能够认清局势发展的趋势,也给本族裔带来了灭顶
之灾。这一流散个案,需要移民群体反思,更需要接纳国反思。移民如何融入

---

　　①　参见 Roderick Stackelberg and Sally A.Winkle, *The Nazi German Sourcebook:An Anthology of Texts*,London and New York:Routledge,2002。
　　②　参见[美]威廉·鲁宾斯坦:《援救的神话——为什么没能从纳粹手中救出更多的犹太人》,张锋等译,北京出版社 2000 年版,第 32—33 页。

移居国社会,东道主国家如何处理与外来移民的关系,这必然是一个涉及全社会的系统和全息工程,也是全球化时代流散族群增多背景下重要的话题。

五、欧洲其他地区的犹太流散族群及其文化后果

中世纪时期,西欧、北欧、中欧、俄罗斯等地的犹太人聚居地大都形成了与拜占庭帝国内相同的社区,只不过在这些地区,犹太人无论从宗教还是日常生活,都没有遭受程度如此严重的磨难。公元 7 至 8 世纪,伊斯兰占领欧洲部分地区,采取了宽容政策对待犹太人和犹太教,同时犹太流散社会对穆斯林伊斯兰世界同样持开放态度,尤其是伊斯兰占领下的西班牙、葡萄牙,犹太人取得了当权者的信任,担任政府官员、军事顾问,社会地位得到提高,获得“信仰、居住、职业与行动的无限自由”,是西班牙犹太流散族群的“黄金时代”,在里斯本、托莱多、塞维利亚、科尔多瓦、马拉加和格拉纳达等城市都建立有犹太人社区,这一时代是“犹太流散史上的极其美好和光辉的一页,西班牙犹太中心在异教社会所取得的成就表明,只要相互宽容,不同信仰的人民完全可以共存共荣”①。因而这一时期的犹太西班牙流散群体受到了西班牙文化的影响,特别是基督教文化兴起并占统治地位后,他们也成为西班牙籍人。但是犹太族人核心的宗教信仰与族群意识没有改变,他们保持着独特性,以希伯来语标明自己独特的来源,自称为塞法迪犹太人。1492 年和 1497 年,基督教政治建立,犹太人遭受当局多次驱逐、迫害、屠杀,大批犹太人返回中东或者移居东欧、西欧,到德国、法国、俄国、英国、波兰等地继续生存。塞法迪犹太人是犹太流散群体中的代表性群体之一,是犹太文化与流散过程中的移民文化变易的结果,这是一种特殊的“侨易”现象。

公元 8 到 10 世纪,欧洲中世纪各王国的征战与兴起,以法兰克福查理大帝为代表的统治者鼓励犹太人移民西欧,给他们定居权、财产权、宗教权等,西

---

① 徐新:《犹太文化史》,北京大学出版社 2011 年版,第 45 页。

欧流散社区迅速发展。犹太人的经济活动、宗教活动、文化活动甚至政治社会活动相对自由,但是犹太人的发展被认为威胁到了基督教。13、14 世纪,基督教开始排挤犹太人,在英国、法国、德国、葡萄牙、西班牙、荷兰等地,都采取了隔离与驱逐政策,划定区域,限制他们的自由,使他们与主流社会隔绝,一直持续到文艺复兴和启蒙运动,这种政策的结果导致犹太流散社区没有能够经受文艺复兴和早期启蒙运动的影响。直到 18 世纪末法国大革命,欧洲各国犹太流散社会才逐渐获得了自由和与当地居民同等的权利,融入了欧洲社会,成为犹太欧洲人,当然这一融入也带来了后世特别是 20 世纪犹太文化价值观与西方文化价值观的冲突,又一次给反犹主义提供了借口。犹太人在流散之地的命运似乎形成了一种恶性循环——复兴、被压制、再复兴、再被压制的过程。这是主流文化与边缘文化之间长期存在的问题,值得全球文化界深思。

　　早在法兰克王国出现以前,公元 1 世纪古罗马时期就有犹太人流散到西欧法国这一地区,但是没有固定统一活动的地理空间,处于流动之中。公元751 年统治法兰克王国的加洛林王朝建立之后,不同的国王先后向犹太人颁发了特许状,给予定居权、财产安全权、结社权、宗教自主权、海关免税权等,相对于其他地区对犹太人的严格控制,这等于是对犹太人进行了巨大的包容与引进政策;9 世纪,法兰克王国查理大帝鼓励犹太人从西班牙、意大利移民到法兰西,后来历经各王朝逐渐形成了犹太人法国中心,巴黎、普洛旺斯及法国北部地区成为犹太人较为集中的定居区:"法国社会各界,包括政府与教会都未对犹太人采取实质性的歧视政策,犹太人在法国南部和北部都取得了较大的发展,也出现了明显的法国本土化趋势。"①1789 年前后,法国生活着约 4 万犹太人。尽管如此,犹太人还是受到统治者与封建贵族的不少限制,如政府和教会对犹太人高利贷行为进行限制等;法国启蒙运动和 1789 年法国大革命的思想自由、平等观念传播,犹太人在法国逐渐获得了一定程度解放,革命政府

① 张庆海:《论 12 世纪中期法国犹太人政策的转变》,《经济社会史评论》2015 年第 3 期。

赋予了犹太人法国公民权,到拿破仑执政时关闭了各地限制犹太人的"隔都",还批准成立犹太人自己的地方组织"犹太教公会",这一时期成为犹太流散族裔史上的重要转折点,他们开始了对流散地国家的身份认同,社会政治经济地位得以改变,从事的职业、行业也更广,犹太人在文学、科学、哲学、艺术等领域都有着不俗的成就。犹太会堂不再局限于建在犹太社区之内,建筑风格和装饰艺术也吸收了当时欧洲社会的主流艺术特征,呈现出华丽、明快和富丽堂皇的艺术特色,丰富和创新了法国及欧洲社会的文化,为当地的社会、经济、文化发展作出了贡献。正是这样的历史原因,法国犹太流散群至第二次世界大战前有近30万人,是除美国之外的最大的犹太人群体①。第二次世界大战期间由于德国纳粹的政策,大批犹太人被害或逃离法国,数量有减少;战后,犹太流散族又纷纷返回法国,加上以色列建国,引发了犹太人与阿拉伯世界的矛盾,促成了阿拉伯地区犹太人的再度流散:一些穆斯林国家的犹太人一部分回归以色列,另一部分又流散到欧美,许多人并没有选择返回,如北非各国由于原来是法属殖民地,那里的犹太人大多选择到法国避难,客观上增加了法国犹太流散族群体数量。

在欧洲各国之中,法国犹太人获得公民权最早,其发展也最快,特别值得注意的文化后果是塞法迪犹太人本土化、归化或法国化的程度较深,也值得各流散族群借鉴或思考:《圣经》中称西班牙为塞法迪(Sephardis),意思是"富裕的海岛",后指涉变化,称流散到西班牙、葡萄牙的犹太人为塞法迪犹太人。这些人后来再度迁移到法国波尔多、巴约讷等地,经营葡萄酒等,对法国文化与社会产生了较强认同,加之历届统治者对其宽容,承认其地位与社会作用,塞法迪犹太人走出了社区"隔都",参与到各领域,同时他们也淡化了自己的宗教,学习法语和欧洲文化,婚俗、生活习俗、服饰等,与当地融合,法国化程度较高。还有原来基督教区教庭领地上生活的犹太人,也开始了本土化过程,扩

---

① 参见 Lana Shamir and Shlomo Shavit, *Encyclopedia of Jewish History: Events and Eras of the Jewish People*, Jerusalem: Massada press Ltd., 1996, p.102。

大了活动范围;同样,来自德国阿肯纳兹地区的犹太人,定居到法国北部乡村阿尔萨斯和洛林等地,也开始了他们的法国化过程,宗教淡化,融入法国农村的特征明显。

犹太人在东欧主要居住在波兰和俄罗斯,严格意义上讲这些犹太移民是二度移民或多次移民。13、14 世纪之前(11 世纪前后)中东、西亚、北非、西欧的战争及迫害,使得大批犹太人移居东欧。波兰为了经济发展及对外贸易,制定优惠政策,放宽犹太人在波兰定居、从事商业活动的条件,吸引大量犹太人移居波兰。这些人是历史上犹太流散者的后代,再度移民形成了东欧地区犹太人的多重流散文化身份。波兰、捷克、斯洛伐克、立陶宛等成为他们居住主要地区,以后又流散到俄国境内的乌克兰、白俄罗斯等地。"17 世纪,波兰政府鼓励外来移民,1648 年时犹太人人口增加了 15 万,成为当时最大的犹太流散社群。"[①]与其他地区犹太族不同的是,波兰的犹太人明显分为两个群体,一个是欧洲化、波兰化了的"现代集团",一个是保持传统宗教与生活的"传统集团"。特别是到了 19 世纪后期和 20 世纪前期,在波兰社会近现代化过程中这两个集团的区分更加突出。现代集团对外来文化的接受度较高,文化适应能力强,但也失去了不少本族的文化个性,形成了失根的犹太人群体,或者成为混杂化群体。他们的宗教意识淡,逐渐汇入了波兰文化当中,这是犹太人之福或之祸还不好定论,它是一种文化必然,很难作出文化伦理价值判断,这些案例值得流散文化群体警惕或借鉴。

俄罗斯犹太流散社区出现较晚。犹太人起初通过哈扎尔王国迁移到古罗斯。15 世纪俄罗斯建立后,不接受外来犹太移民,俄国犹太群体是沙皇俄国对外侵略继承过来的。1772 年、1793 年、1795 年奥地利、俄国、普鲁士三国政府先后瓜分了波兰,波兰的大部分领土和西乌克兰纳入俄国的版图。原波兰领土上的 100 多万犹太人自然成了俄罗斯犹太移民。俄罗斯向来不喜欢外来

---

① [美]罗伯特·M.塞尔茨:《犹太的思想》,赵立行、冯玮译,上海三联书店 1994 年版,第478 页。

移民,专门划定了区域——"栅栏区"限制犹太人居住与活动,经过半个多世纪的发展,俄罗斯国土扩大,犹太人越来越多,至 1835 年,"在立陶宛、沃吕尼亚、波多利亚、白俄罗斯、乌克兰、新俄罗斯、基辅,以及波罗的海沿岸各省都设有犹太人居住的'栅栏区',在其中生活的犹太人达到 400 万。"①俄罗斯成为当时全球犹太人最多的国家。除设置"栅栏区"之外,俄罗斯对犹太人在政治、经济、教育、生活各方面进行限制。如尼古拉一世在位期间颁布几百条限犹、反犹法令。19 世纪末到 20 世纪十月革命前后,发生了大规模的反犹太浪潮,犹太人被迫害、抢劫、驱逐、屠杀,许多人逃离俄罗斯移居美洲。尽管如此,犹太人对俄罗斯作出了重要贡献,在长达近 300 年的俄罗斯流散生存中,他们以自己民族独特的吸收能力,学习俄罗斯语言,从事经济、教育、文化、文学活动,起到了重要作用:"在这一文化里(俄罗斯文化),在它的诗歌和小说、音乐和游艺、戏剧和电影的果实里;在棋艺里;在科学和医学里已经几乎可以识别它的活动家的民族(犹太族)出身。"②仅仅文学艺术一个领域就涌现了爱伦堡、阿克肖诺夫等近百位名家。这是犹太人适应性的体现,也是文化发展内外因素必须结合的客观要求,俄罗斯文化既需要自己的知识分子,也需要外来的知识分子,不管当局者主观上愿意与否,犹太知识分子已经客观成为俄罗斯文化大厦的重要组成部分。

英国由于是岛屿国家,犹太人迁居较晚,比较可靠的史实是诺曼人征服英国之后,在欧洲陆地的犹太人也跟进,"在很短的时间内,在英国的一些主要城镇如伦敦出现了小规模约 100 人的犹太社团"③。后来诺曼王朝、亨利一世、亨利二世都对犹太人采取宽容政策,犹太社团与群体在中世纪的英国得到了发展,主要分布在约克郡、牛津郡、林肯郡以及布里斯托尔、坎特伯雷等城镇,他们从事经商、放高利贷等,但是查理一世、约翰王统治期间,犹太人遭受

---

① 徐新:《反犹主义解析》,上海三联书店 1996 年版,第 185 页。
② 黄石编译:《俄罗斯人和犹太人》,《今日东欧中亚》1995 年第 4 期。
③ Cecil Roth, *History of the Jews in England*, Oxford:Clarendon Press, 1964, p.4.

了巨大迫害,商店被劫、被烧,人被杀,社区与社团遭到破坏。1278 年,伦敦全体犹太居民突遭逮捕,锒铛入狱,约 600 名犹太人被投入伦敦塔内暗无天日的地牢中,罪名是非法切割损坏皇家货币。同时,统治者在宗教上关闭犹太教堂、强迫犹太人加入基督教。这样英国犹太流散族群在经济、政治、宗教、生活等各方面都遭到了打压。直到 1668 年,英国光荣革命后,立宪政府才放宽了对犹太人的限制,犹太社团、宗教活动得以发展,犹太人与王室的关系改善,从事一些慈善捐助活动,部分融入了当地社会。1858 年《犹太人解放法》的颁布,为犹太流散群在英国的合法地位奠定了法律基础与政治基础。而更大规模的犹太人流入英国是 1881 年之后,由于俄国爆发屠杀犹太人的事件,许多俄国犹太人逃亡英国,在东伦敦港口区居住下来。到 1914 年,在英国的犹太人从原来的 6.5 万猛增到 30 多万人①。

英国犹太流散族群在英国社会生活各领域作出了突出贡献,他们以特有的吃苦精神和聪明才智,参与国家治理、经济建设、文化传承与创新。先后有大量的人从事政治管理;修建伦敦地铁,设计建设贝尔格雷夫广场大厦群,都出自犹太建筑师的设计;创办最大的购物中心特斯科超市等;至少有 6 位犹太人担任伦敦市长②。这种政治上的成功之路与生态,最终使得犹太小说家本杰明·迪斯累利 1868 年成为首相,受此鼓舞不少成功的犹太人士迁居到伦敦富有区域,这表明犹太少数族裔群体不断地通过多种方式,既保持自己独立的文化身份,又融入、参与宿国文化建设,呈现出外在又内在于主流文化的"侨易"姿态。

总起来看,犹太全球流散族群的生存境遇给人类移民文化留下了宝贵的经验与财富。一个民族常年没有自己的国家,流散世界各地,历经各类迫害与

---

① 参见 Linda Zeff, *Jewish London*, Piatkus, 1986, p.8.

② 这 6 位市长分别是:本杰明·塞缪尔·菲利普斯爵士(1865—1866 年在任)、亨利·亚伦·伊萨克斯爵士(1889—1890 年在任)、乔治·福德尔·菲利普斯爵士(1896—1897 年在任)、马克斯·塞缪尔爵士(1902—1903 年在任)、塞缪尔·乔治·约瑟夫爵士(1942—1943 年在任)以及伯纳德·瓦利·科亨爵士(1960—1961 年在任)。

磨难,还能保持自己的民族文化与个性,这是人类发展史上的伟大奇迹。至少给我们如下启示:一是流散族群保持有自己的宗教信仰或传统民族思想文化信仰。犹太人无论身处何方,都要建立自己的教堂或犹太会堂,坚守犹太教基本教义不变,信仰耶和华,逾越节、割礼等习俗雷打不动,代代犹太人不断传播传承《托拉》《塔木德》,并按照其中的法则处理日常事务。二是必须永远怀有家园意识、家国情怀。尽管流散过程中有不少年轻一代犹太人被同化或融入了宿国文化,但大多数犹太人把返回圣地巴基斯坦建立自己的民族国家当作了犹太群体意识,成为他们不可动摇的信念。三是必须学会生存的本领,以适应艰苦移居环境。犹太人所到之处,总是在夹缝中学会生存,从事一切不违背宗教的可能的职业,而且在各行业都作出了优秀成绩,形成了较强的竞争能力。正如阿诺德·汤因比所说:"犹太民族在历史上一直处于流散状态,犹太人独特的民族精神和制度、恪守摩西律法以及精湛的商业和金融技巧成为流散犹太人在漫长时代里发掘出来的社会法宝,正是凭借这种法宝,这个离散各地的社群才具备不可思议的生存能力。"①四是必须建立自己的相对独立的族群社区,成立互助组织,救援需要帮助的同族人群。犹太人流散过程中,自发地或被动地建立了犹太社区、"隔都"或居住区。五是要具有各方面的协调能力,协调与当权者、本地人、其他外来流散族的关系,特别要正确处理与宿国的文化、宗教、信仰及政治关系,处理好同化与独立性的关系,既要融入当地社会生活,又要保持民族文化"飞地",这是犹太流散族裔面对的最大问题,也是世界各国流散者最复杂的问题。

流散社区主要有三种类型:(1)流散初期,犹太人为了保持自己的宗教与种族纯洁、民族同一性而自觉建立的社区。在社区内他们不与外部交流,阻止其他宗教或思想在本族人中的传播,按照《律法书》形成自己的管理体系。(2)移居国家统治者为犹太人建立的"特区",兼备居住与经营性质。正统的

---

① [英]阿诺德·汤因比:《历史研究》(下卷),郭小凌等译,上海人民出版社2005年版,第764页。

基督教国家,由于早期思想影响,一般白人不从事银行、商人、高利贷等这些行业,这些行业被看作是投机、狡猾的代称,莎士比亚《威尼斯商人》中的夏洛克就是其中的代表。但是统治者为了国家财政收入,会特批一些地方允许犹太人从事商业等活动,拉动经济发展,不过这些社区必须听从国王和教皇的管理。(3)居留国统治者出于宗教偏见、种族歧视、反犹太主义而限制、控制、迫害犹太人强制设立的"隔都",自13、14世纪始,到19世纪末,世界各地普遍存在犹太人"隔都"①。"隔都"限制了犹太人的自由,造成了很大的伤害,但是它作为一种客观的历史存在物,却歪打正着,在一定程度上保护了独立的"犹太性",他们在"隔都"内形成了自己独特的管理体系,对保持独立的民族信仰、民族文化起到了一定作用。犹太人互助组织也对犹太人生存发展起到了重要作用,主要有救助性质的慈善组织、医疗、教育、婚恋、无息贷款等组织,有同乡会、联合会等社区之内或社区之间或跨国界的组织,这体现了犹太人的互助传统、集体自助、博爱精神,对后世流散族群具有借鉴意义。

第四节　华人流散族群及其文化后果

华人迁移的历史悠久,具有几千年的传统,春秋战国、先秦至南北朝时代,中国海外移民主要目的地是朝鲜、日本。秦朝徐福率3000童男童女东渡日本的传说具体细节无从考证,众说纷纭,但是他带人移民日本的历史史实是存在的,不过这时还谈不上在海外形成华人流散族群。比较正式的华人海外流散起于唐宋元、盛于明清和20世纪前半期,改革开放后又形成了新移民潮。截至目前,海外流散华人数量没有官方权威数字统计,笔者根据不同国家公布的大概数字,保守计算有约9000万华人及后代流散世界各地(仅印尼就有2000万华人华侨),远远超出了犹太流散群体,成为世界最大规模的移民群体。总

---

① 参见艾仁贵:《犹太"隔都"起源考》,《史林》2011年第5期。

体来说,华人流散可以分为三个流散时期:一是 1840 年之前的主动移民流散期,二是 1840 年至 1949 年被迫移民为主时期,三是改革开放后的新型主动流散潮。华人流散海外的主要原因有经商投资、留学寻梦、战争逃难、政治流亡、海外劳力输出等,经商投资、留学主要是自愿自主型的流散移民,其他主要是被迫型的流散移民。

一、早期贸易为主的华人流散群体

中外经贸交流自汉代就很频繁,汉唐时代丝绸之路的开拓与发展为交流奠定了基础,只不过这时期主要是外来商人到中国进行贸易,很少有中国人外出居住。据《汉书·地理志》记载,汉代已经开通了从南海到达印度洋斯里兰卡的海上之路,之后中国的丝绸等物品通过斯里兰卡再运输远至罗马等地。唐代海外贸易更加发达,许多海外国家纷纷来唐经商:"东西方诸蕃国争先恐后,皆愿与中国结盟友好,它们派遣大量的使者,如遣唐使等来华取经探宝,同时,成群结队的各国商贾也涌进唐都谋求互市致富。"①

唐代外出的汉人比汉代多,但是都是短期的贸易,加之大唐是当时世界上最强大繁荣的国家,唐人一般也不在国外定居,即使有也形成不了群体社区。但是由于唐代的国威与空前繁荣,使它在世界各国享有盛誉,加之它与海外密切的经贸联系,"大唐""唐人"成了中国、中国人的代称。由于地理原因,日本与中国较近,唐人去日本的较多,逐渐形成了一条"大唐街"。清代著名词人纳兰性德 1673 年在《渌水亭杂识》记载:"日本,唐时始有人往彼,而居留者谓之'大唐街',今且长十里矣。"②据此史料我们可以大概推知唐人街华人居住区最早在唐代日本就已经有了雏形。南洋地区也是华人移民目的地,清末民

---

① 毛起雄:《唐代海外贸易与法律调整》,《海交史研究》1988 年第 2 期。
② 参见[清]纳兰性德:《渌水亭杂识》,世楷堂·道光癸巳年镌。纳兰性德(1655—1685),字容若,号楞伽山人,满洲正黄旗人,清朝初年词人,原名纳兰成德,一度因避讳太子保成而改名纳兰性德。其杂文集《渌水亭杂识》以古刻印本为主。

初学者李长傅在《中国殖民史》中考证:"华侨之大批南移,亦始于其时(唐代)。今华侨称中国不曰中华而曰唐山,中国人不曰华人而曰唐人,华文则曰唐文,华人街则曰唐人街,可想见唐代南岛华侨之发达也。"[①]后来世界各国的华人社区也都叫唐人街,有时叫中国城、唐人城,形成了风格独特的唐人街文化。

10—13 世纪宋代海外贸易区主要在南洋,很多商人商贩下南洋从事商业活动,福建、浙江等地一些到达南洋地区的华人,为了贸易的方便,居住下来,从而产生了第一批南洋华侨群体。南洋地区与中国地理相近,加之宋代航海与造船技术都有一定的进步,两宋王朝也出台相关政策与法令,鼓励中外商人进行平等贸易,互通有无,彼此之间派出的商人越来越多,周边国家或小蕃国的朝贡频繁,宋代商人到南洋谋发展的也很多,形成了类似唐人街的华商社区。《宋会要辑稿·蕃夷道释》记载宋朝来华朝贡的国家有 26 个,次数达 300 多次,而宋代也开通了三条航线去南洋:第一条是广州、泉州到三佛齐航线(今天的苏门答腊东部),第二条是广州、泉州到爪哇航线,第三条是广州、泉州到兰里航线(苏门答腊西北,马六甲海峡附近)[②]。三条航线带动了贸易,贸易往来带动了外交,同时在印尼、马来西亚、菲律宾、新加坡(后来的)等地形成了部分华人居住区,为元明清海外贸易与移民奠定了基础,提供了宝贵经验,为华人流散社会的发展开辟了道路,为向西洋经贸与移民建立了成熟的中转站,也为传播中国文化、中国手工艺、航海技术(比如指南针)、农业文化打开了窗口,当然也为南洋文化与西方文化向中国输入提供了机会。

元朝近百年的统治(1271—1368 年)期间,海外贸易在唐宋建立的基础上进一步发展,形成了官方与民间贸易两个体系,也为华商走出去提供了客观条件,形成了"适千里者,如在户庭;之万里者,如出邻家"的繁荣局面。元朝历代皇帝都实行了相对开明的沿海对外开放政策,鼓励海内外客商互市。最多

---

① 李长傅:《中国殖民史》,商务印书馆 1929 年版,第 16 页。

② 参见徐松:《宋会要辑稿·蕃夷道释》,郭声波校,四川大学出版社 2010 年版。

时开放沿海港口有泉州、庆元、广州、上海、橄浦、温州、杭州七处,从户籍管理上元代还专门设置了海外商人阶层职业身份——舶商,这一群体数量巨大,分为不同的层级,一些贵族官僚有时为了谋利也加入到这一行列;同时元代商船建造也越来越大,数量较多,由于在海上航行时间较长,逐渐形成了固定的海上漂泊族:"每条舶船上都有纲首、直库、杂事、部领、火长、舵工、梢工、锭手等职务分工。"①船只所到达的地区越来越多,越来越远,元朝商人到达的国家和地区更多,东起菲律宾诸岛,中经印尼诸岛、印度次大陆,直到波斯湾沿岸地区、阿拉伯半岛和非洲沿海地区。元人汪大渊描述了华商远行的广大场面:"皇元混一,声教无远弗届,区宇之广,旷古所未闻。海外岛夷无虑数千国,莫不执玉贡琛,以修民职;梯山航海,以通互市。中国之往复商贩于殊庭异域之中者,如东西州焉。"②旅行家伊本·拔图塔(又译白图泰,著有《伊本·白图泰游记》)曾记述他在印度港口古里佛(加尔各答)曾看到同时停泊着十三艘中国商船③,足见当时中国海外商人之多、商贸之繁荣。尽管航海技术有了大发展,但是那时的航行速度还远远不够,根据不同的目的地,航行需要五六天、一两个月,甚至半年不等,因此为了便于贸易,许多华人到达目的地之后,总是寻找定居之所、置业置家,或者留人经营,以便接应与交流,这样促成了不少中国人定居海外,与当地人通商通婚,形成了流散华人群体。据元人汪大渊《岛夷志略》、周达观《真腊风土记》、马欢《瀛涯胜览》等史料记载,元代和明初期在缅甸、真腊(柬埔寨、泰国东部)、新加坡、印尼格兰岛、爪哇等东南亚各地都建立了华人居住区,大小不等,称华人村落、新村、唐人村等④。有资料载爪哇国的杜板"约千余家,中国广东及彰州人多逃居于此,以二头目为主",新村"村主广东人也,约千余家",苏鲁马益"亦有中国人"⑤。同时为了保护自己

<hr>

① 陈高华:《元代的海外贸易》,《历史研究》1978 年第 3 期。
② 汪大渊:《岛夷志略校释》,苏继顾校释,中华书局 1981 年版,第 385 页。
③ 参见陈高华:《元代的海外贸易》,《历史研究》1978 年第 3 期。
④ 参见喻常森:《元代海外贸易发展的积极作用与局限性》,《海交史研究》1994 年第 2 期。
⑤ 参见巩珍:《西洋番国志》,向达校注,中华书局 1961 年版,第 4—7 页。

的利益和便于对国内国外的交流,有的还成立了华人社团,协调相关事务。

如果说唐宋元时代中国人在海外的流散居住是商业贸易的次生结果,那么明代(1368—1644 年)则由官方制定政策,开启了大规模的华人移民潮口:"明代中国官方海外移民模式自洪武二十五年(1392 年)明太祖钦赐三十六姓给琉球开启,直至清光绪五年(1879 年)琉球被日本吞并,影响持续长达近500 年。一般来说,此前历朝历代海外移民的动机大都偏重经济因素,具有偶发性、分散性的特点,而在明初的海外移民中,明王朝扮演了重要的角色,其海外政策深刻影响了海外移民的流向和规模,使政治外交的作用凸显。"①1405—1433 年间,明朝皇帝派遣郑和率庞大船队先后七次下西洋,沿着中国东部和南部沿海,穿过马六甲海峡和南亚印度洋地区各国,到达非洲东海岸,拓展了新航线,增加了人员往来,为后来移民提供了航海经验。明代中晚期,16 世纪至 17 世纪中期,由于东南亚地区被西班牙、葡萄牙、荷兰、英国等殖民者侵略,明朝对外贸易面临更大的竞争,因而从官方到民间都加强了贸易策略,同时带动了移民数量的增加,这些移民主要以经商为主,但也出现了一批到殖民占领地从事农业与手艺劳动的移民。1636 年在马尼拉的华人至少有 3万人,形成了较大规模的华人群体;1618 年在日本的华人总数也达 3 万人,与当地人也通婚,形成华人社区叫"唐市"②;华人群体为当地的商业、手工业、种植业等作出了突出贡献。

从清朝建立到 1840 年鸦片战争,海外移民主要有三个类型:一是不愿臣服清朝统治的政治难民和战乱及海禁期间的经济难民;二是从事海外贸易的商民;三是为寻求较好谋生条件的经济移民③。虽然移民的原因复杂了,但是主要还是以商贸行业为主。到 1730 年,巴达维亚的华人总数已超过 10 万人;

①　万明:《乡国之间:明代海外政策与海外移民的类型》,《暨南学报》2016 年第 4 期。

②　参见 Alfonso Felix,Jr.ed.,*The Chinese in the Philippines*,Solidaridad Publishing House,Manila,Vol.1,1966,p.47。

③　参见谢美华:《清代前期中国海外移民的主要类型》,《八桂侨刊》2010 年第 3 期。

1821 年,暹罗华人总数约为 70 万人;19 世纪前期,加里曼丹华人总数约为 15 万人①。后来英国、西班牙、荷兰殖民者占领东南亚部分地区后,对华人进行掠夺与屠杀,导致华人数量减少,移民数量也有所下降。

上述海外流散华人,既是经济贸易的先驱者,也是中外文化的交流者,他们的迁徙流散改变了自己的命运,也影响了所在国家和地区的社会生活、文化传播。具体说来这些早期海外流散华人的文化后果主要表现在以下几个方面。

第一,以贸易为主的流散群体在海外传播了中国文化,把各种各样的中国人的发明带给了东南亚各国和阿拉伯地区与地中海沿岸国家、欧洲各国,提高了当地人的生活水平。因为在工业革命前,中国是世界上最强大的国家,其文明成果世界领先,中国海外流散族群带去的必然是比当地更先进的技术与产品。农业生产工具犁、水车、稻谷耕作法、水糖、蔬菜种植及其他经济作物等技术带到越南、印尼、菲律宾、马来等地,提高了当地种植水平,发展了当地的农业文化。中国先进的手工艺技术传播到东南亚及西方,如裁缝、织染、刺绣、制皮、酿酒、榨油等,繁荣了宿国的商业。印刷术、造纸术等技术的传播丰富了西方的印刷传播业。指南针(司南)、造船技术的发展促进了东南亚及西方部分国家航海业的进步。

第二,把儒家思想文化与海神妈祖信仰传播到东南亚,使中国文化圈辐射范围更大、力量更强。儒家思想中的亲、融、惠、和、礼让、谦恭、仁爱、人本思想对朝鲜半岛、日本、东南亚、西亚、北非等地区产生了积极影响;海神妈祖崇拜是海外华人的共同信仰,在宋代皇帝先后 13 次敕封妈祖,到元代升封为天妃,成为沿海居民的海神,这一信仰被流散世界各地的华人继承下来,特别是在东南亚地区,妈祖不仅是华人的神,也成为当地居民崇拜的海神,成为环南海各

---

① 参见郑莉:《明清时期海外移民的庙宇网络》,《学术月刊》2016 年第 1 期。

国家的海神①。这文化影响表明移民流散的文化传播与生成作用,远比战争、专制政权、权力强制要有用有效,而且很少产生副作用。

第三,传播了中国的各种艺术,使它们在海外华人社区群体中得以持续生存,也凝聚了华人群体的族裔意识,还融合带动了居住国文学、文化艺术的发展。日本的语言文字、文学、戏剧表演、服装艺术等都深受中国文化的影响,韩国社会的各个方面都有汉文化圈的影子;泰国、越南等地的宗教、庙宇建筑艺术也受到中国人的影响而具有了鲜明的中国风格;新加坡、马来西亚、菲律宾、印度尼西亚等南洋地区主要国家由于华人群体社区众多,几乎把中国各类文化艺术带去,并与当地文化相融合,将文学艺术、戏曲表演艺术、建筑与工艺造型艺术、民间艺术等都深入地移植到当地华人社群中,也影响到土著居民的文化艺术生产与创造。比如文学艺术方面,移民带来了中国古代文学的许多经典著作,小说、诗歌、戏剧、散文等,同时把这些作品翻译成英文或当地通行文字,扩大了中国文学的影响与传播范围,影响了当地文学创作,中国文学对日本、韩国、东南亚各国文学都产生了巨大影响,促进了居住国的文学繁荣,甚至一些文体样式都模仿了中国;流散移民群体中还产生了大量华文作家,形成了各地区的华裔文学流派。表演艺术方面华人带去了中国各地方戏曲,其中以东南沿海为多,因为这些地区的移民居多,且大多流散在东南亚各国,形成了独立华人社会,他们需要文化娱乐与文化记忆,满足思乡与文化精神需要,节日或类似宗教祭祀活动,都需要这些艺术表现形式,比较出名的有皮影戏、潮剧、高甲戏、粤剧、莆仙戏、南管戏、闽剧、十番戏、琼剧、京剧、汉剧、梨园戏、木偶戏等;随着时间的推移,这些艺术也或深或浅地融入当地人的生活与艺术创作中,出现了一些混杂化风格的艺术样式,比如马来民歌就受到中国民歌的深刻影响;一些戏曲演出也适应当地需要,运用当地语言或方言进行演出,带动了大批非华人观众与从艺者。

---

① 参见于逢春:《中国海洋文明的隆盛与衰落》,《学术月刊》2016 年第 1 期。

第四,借鉴吸引了其他文明成果,向国内传播新思想新观点,为我所用,发展自我。

二、鸦片战争以后华人流散族群

鸦片战争以前,海外流散华人主要是经商型、交流型、寻梦型等主动移民,从总体上来说,他们当时带去的中国文化是全球较为发达的文化,所到之处带来的生产与生活技能大都远远高出本地的文化与科技水平,因而华人流散群体在海外的生存环境更好些,也更能被当地人所接受与学习,从而带动了当地各行业的发展,华人的国际政治地位比较高,所到之处的政府、官员、民众大都很尊重中国移民。而1840年之后,外国列强打开了中国大门,发现泱泱大国不过是一个残弱的躯壳,几百年的闭关锁国使得中国远远落后西方,世界强国的辉煌不再,华人在世界上的政治地位一落千丈,"东亚病夫"的歧视称谓也套在中国人头上,海外流散华人的生存境遇也变得困难。此后的移民主要是逃难型、苦力型、劳工型、政治流亡型等被动移民。这一变化伴随着多灾多难的中国近现代史进程,而多灾多难的中国社会也是海外流散华人族群多灾多难的重要原因。这一政治环境的变化使得海外华人群体被边缘化、被歧视、被压迫,其文化后果是严重的,至今影响着西方人,对中国人持有相当的偏见。

中国大门初开,殖民者为了自己海外殖民统治的需要,引进或购买大量外国劳力,黑人和华人成为当时西方强征"契约劳工"的主要对象,而非洲黑人的命运更加悲惨,成为种族主义者贩卖的对象。加之清政府失败,又无力改变中国国内贫穷落后的状况,许多华人为了生存只好寻求去海外,特别是中国东南沿海地区外出移民大量增加,而这又适应了西方殖民者的需要。

第二次鸦片战争之后,清廷与英法等国签订了《北京条约》,香港、澳门、广州、汕头、厦门等地设立了招工所,掠夺中国劳力市场,使得"苦力贸易"合法化,1868年与美国签订的《蒲安臣条约》鼓励华工移民美国,到1880年在美华人已达约10万人,华人群体在美国工业园区、矿区、西部开发中作出了巨大贡献与牺牲,华人流散社会也迅速扩大①。之后英国、西班牙、荷兰、葡萄牙等国家也掠夺了大量中国劳工。以"契约劳工"的方式,到北美、东南亚、欧洲各地。这些契约华工主要在北美洲、西印度群岛、东南亚和澳大利亚的矿山、铁路工地和种植园工作,但待遇低下,他们对近代世界经济的发展作出了重要的贡献,也成为列强剥削的对象。

辛亥革命至新中国成立近半个世纪,是中国人民继续寻求独立与强大的岁月,这一时期的海外流散华人群体伴随着中国革命的历史进程,命运也发生了巨大变化。他们不仅在海外打拼谋求生存与发展,还心系祖国与故土,在艰苦的环境中积极探索中国的出路,帮助国内的民族独立与解放事业,凝聚了中华民族特殊的精神力量。

新中国成立后,由于国外许多地方对社会主义国家抱有偏见,减少接收华人移民;而国内和平建设急需人力,独立的共和国、稳定的社会环境,使国人产生自豪感,也减轻了移民的意愿。新一轮的移民到了改革开放后才成规模。此期的移民从性质上发生了根本变化,主要是向西方学习的主动型移民(留学型、投资型、商务型、技术型、家庭团聚型等)。移居目的地以西方发达国家为主,集中在美国等经济和科技强国。截止到2015年,新移民数量达到千万之多,与老移民社会一起,构成了海外华人流散族群的新图景。他们的国际地位、在所属国的作用、经济实力、参政议政机会与能力,都与解放前有了巨大提升。作为新兴的少数族裔,他们不断地从边缘向中心靠拢,积极融入主流社会,而又保持着中华文明的不朽内核,释放出中国文化的积极能量,为世界各国的文明进步贡献着智慧与力量。

西方移民流散研究理论更多地注重移民原因的探索。如英国地理学家厄内斯特·乔治·莱文斯坦、唐纳德·J.博格、美国学者埃弗雷特·S.李在总结了欧洲移民的动因后形成的"推拉理论",认为原居地的恶劣自然经济条件产

---

① 参见仇华飞:《1882年美国华工限制法产生的前前后后》,《江海学刊》1996年第1期。

生推力,而移居地的富足与优越自然条件形成拉力,从而促成移民潮。这一理论适应欧洲较先进国家的移民动因,考虑更多的是移民个人选择性因素,而没有重视亚洲、非洲国家的移民复杂性,政治、政策、战争、种族等多重移民动因被忽视。20世纪经济学者拉里·萨斯塔德、迈克尔·托达罗从全球经济发展角度提出移民的主要原因是全球劳动力市场的不均衡分配造成的劳动力供给和需求的差异,这种移民经济论也不能很科学地解释复杂的华人移民问题。20世纪70年代以卡斯特尔斯和考萨克为代表的历史结构主义理论从国际经济、政治因素分析移民动因,揭示了帝国主义与殖民政策对移民的重要作用、穷国向富国输送劳动力的不平衡性①。另外还有马克思主义、生态论、网络论等学说,都从不同的角度试图解释移民流散的动因②。然而海外华人流散群体移民成因复杂,移民文化后果众多,都不是一种理论能够解决的,必须融合众多观点,作出合理的解释。而流散诗学不仅注重流散原因,更加关注流散的文化后果。华人流散群体的生存境遇、历史条件、自然、社会、经济等背景在不同地区有不同的体现,因而其文化后果不同,这里采取分类叙述,以期更好地讨论这些文化后果给人类文化关系的启示。

三、美国华人流散族群及其文化后果

美国华人流散群体于1848年至1852年初步形成,美国西部淘金热潮、求学梦、美国梦引发华人第一次移民美国的热潮,他们大都来到美国西部加州,三四年时间达到25000人,至1870年达到63000人,1880年有确切登记的就有105465人之多了③。他们从事的职业有采矿业、农业、制造业、家庭服务业、商业、修路建筑业等,为开发美国西部作出了牺牲与贡献。但是好景不长,

① 参见李明欢:《20世纪西方国际移民理论》,《厦门大学学报》2000年第4期。
② 参见曹向昀:《西方人口迁移研究的主要流派及观点综述》,《中国人口科学》1995年第1期。
③ 参见刘伯骥:《美国华侨教育》,华侨教育丛书编辑委员会1957年编印,第2页。

华人的成功与辛勤,引发了白人的妒忌,被指为抢占了白人的工作机会,占据了白人社会的资源,反华情绪开始滋长,种族歧视表现在对待华人群体上,先后发生了多次白人袭击唐人街的暴行;1882年《排华法案》出台,华人在政治、经济、教育、就业、社交等方面均被排斥在外,不能融入主流社会。此后的60年间,这些法案一直存在,排斥、约束华人,华人社群在美国的地位低下,生存困难,没有尊严,对华人使用污辱性的字眼如"蜂群""中国人潮""黄祸"等,华人群体在美国成了一个受排斥、受歧视、被隔离的少数族,他们的各项人权都受到极大的损害。

这种情况到第二次世界大战后才得到改变,排华法案废除,美国移民政策改变,流散美国华人教育水平、技术能力大大提升,美国社会对华人的接受容纳意愿好转,华人积极融入美国主流社会的努力得到承认。特别是改革开放后,大批新移民群体集中了一大批优秀的华人知识分子、大学生、贸易人员追寻美国梦想,加上第二代、第三代华裔群体,形成了美国华人流散精英群体。他们在各行业都表现出不俗的实力,体现出中国人的聪明智慧。

华人流散群体在美国由顺境到逆境再回归顺境的历史进程中,保持了华人特有的坚忍精神、家国情怀,在美国社会创造了独特的移民流散文化——美国唐人街文化,它保留了中国的传统习俗文化、语言文化、饮食文化、婚恋文化、国学传统教育等中国元素,又积极参与主流社会建设,与主流文化对话,唐人街华人能够从祖国文化传统中找到精神之根,也能够在文化冲突、对话、同化、融合中找到机会,形成了混合文化身份、边际人身份、跨界人身份等新型文化人格。这种回归到自己族裔圈子里获得生存与精神安慰的倾向比较普遍:"流散者被看作是陌生的、游荡的、民族生活世界的共享者。跨国移民者从他们东道主国的主流民族形式中分离出来,并从自己熟悉的行为中寻找安慰。因此他们趋向于讲母语,使用一些不同的习惯,转向族裔商店并形成城郊包围圈,建立文化的特殊集会、舞会及宗教场所。相应地,这些差异的标记具有了影响力,使异质社群的成员同他们有关民族规范和领土同构的(潜意识)假设疏离开来。"①华人流散唐人街社区更加典型,给以无数海外游子以慰藉。据不完全统计,截止到 1990 年,美国华人唐人街较为著名的有 19 个,纽约有 3 个,曼哈顿的老中国街、布鲁克林的中国城、弗拉兴的中国城②。吴景超在 1928 年写的博士论文《唐人街》中对这一流散文化后果作了初步探索:"他主要以美国为样本,对中国移民的动力、移民渠道、中国移民与美国白人居民的冲突、共生和同化过程,对中国移民的自律社区和自律组织,对中国移民的谋生方式、家庭生活,对在异质文化冲突中产生的新型人格——边际人作了较全面的描述和评价。"③当然唐人街相对的独立性在保护华人身心方面具有家园替代作用,但在美国社会被视为哈莱姆文艺复兴一样的异类,不容易融入当地主流社会;同样在唐人街内外,中国文化中的宗族意识、同姓意识起到了宗教替代作用,相当于犹太流散群体犹太教起的作用。这两种情况都具有正负双向作用。然而唐人街的独立又不是绝对的,它本身及其成员、组织,必须不间断地与外部世界产生关联,特别是那些语言文化方面认同美国文化较快的人、第二三代移民、跨界婚姻产生的混血华裔,都会与本族文化产生既亲近又隔离的矛盾状态,两种或多种文化影响到他们的选择与认同,有时中国文化吸引力强,有时相反;这种双重吸引力使得他们在两种文化间调节、为我所用,当其中之一的价值观符合自己的利益时,他们就倾向这一种,或找出或提炼出超越两种、高于两种文化的价值观来指导自己;他们的生活态度与文化选择更包容、更灵活,又带有两种文化的痕迹,这正是边际人的状态,其独立性更强、更富有创造力;他们是双栖人、是桥梁、是跨文化生存者与传播者。这种"新型文化人"是流散诗学研究典型的文化标本。

美国华人流散族群的另一个文化后果是流散者普遍的"暂居意识"形成。这是美国长达近一个世纪排华政策的结果,加之中国人具有更加浓厚的家乡

---

① Sudesh Mishra, *Diaspora Criticism*, Edinburgh University Press, 2006, pp.133-134.
② 参见邓蜀生:《美国与移民》,重庆出版社 1990 年版,第 203 页。
③ 丁麒钢:《同化过程及边际地位》,《读书》1993 年第 1 期。

情结,旅居者、外乡人的身份是第一代移民的普遍认同,落叶归根是他们潜在的不变的意识:"在排华时期,美国华侨普遍都有'落叶归根'的心态。尽管很多华侨侨居美国较久,有些人也积蓄丰厚生活优裕,但他们总是将旅居美国视为做客他乡、出门谋生而已。他们脑海里常常浮现的是家乡景物,心里挂念的是故乡眷属。只要条件许可,他们便乘船返乡,与家人团聚置业兴家。"①这是后来华人归国、爱国的先天基础,也是无法融入当地社会的障碍。美国华裔学者蔡振鹏认为:"这些华人就如旅居者,坚持自己族群的文化遗产,愿意孤立居住,拒绝同东道国社会同化;他们的活动兴趣局限于与自己工作有关的事务,而不想全身心地参与居住国社区生活。"②

美国华人社群还形成了独特的海外爱国主义文化。在清末,华人华侨社团对外国列强侵略中国表示不满,在他乡关注国内的救国存亡大事。在海外的屈辱经历,也让美国华人认识到有一个强大的母国,海外的游子才会有地位有尊严,所以当孙中山倡导革命时,美国华人社会对其给予了极大支持;特别是抗日战争时期,美国华人展开多种物资援助,帮助祖国抗敌,有的回国直接参加抗日斗争,增强了海外华人的民族主义情感与族裔团结的意识。

另外,美国华人教会(基督教、天主教、佛教)、华文报刊、华文学校也是流散族群创造的文化成果。这些文化后果表明,美国华人群体是特殊的,他们是由中国传统文化、西方文化、特殊的环境、历史遭遇、政治政策、宗教信仰等打造出的流散族群,他们是美籍华人、华裔美国人、美国化的中国人、中国式的美国人,不同的华人由于个体的特殊经验经历不同,其族裔文化认同程度不同,对美国文化的归化、同化程度也不同,因此华裔流散群体表现出复杂的文化选择性,对民族文化的认同是有选择的,对移入国文化的同化也是有选择的,形成了选择性认同、选择性同化和多向分层同化的局面。

---

① 潮龙起:《美国华人认同的历史演变》,《史学理论研究》2014年第2期。

② Paul C. P. Siu, 'The Sojourner', the American Journal of Sociology, Vol. 58, No. 1, 1952, pp.34-44.

四、加拿大华人流散族群及其文化后果

加拿大华人流散社群的形成时间、历史背景与在美国类似,淘金热和铁路建筑的需要,吸引了大批华人来寻梦。在维多利亚、汉密尔顿、蒙特利尔、矿区小镇、哥伦比亚省、卡尔加里、穆斯乔、里贾纳、多伦多、埃德蒙顿、温哥华等地都有历史悠长的唐人街区。加拿大的唐人街是华人经商的商业区、展示中国传统文化的窗口、是保护华人的飞地,后来也成为旅行的目的地。加拿大华人群体的社会地位与命运和在美国的类似,经受了严重的歧视。加拿大 1923 年出台《排华法案》,实际行动上的排华早就开始。太平洋铁路完工后,大批华人失业,华人不能从事白人从事的工作,只能到城市里做洗衣、运货、清洁、饭馆服务员等白人不愿意做的最底层工作;同时,加拿大联邦政府从 1885 年开始征收所谓的华人"人头税",从 50 加元,一直增加到 500 加元;华人在加的生存机会艰难,数量减少。1923 年《排华法案》施行到第二次世界大战结束,只有 15 名华人来加拿大。第二次世界大战后,尤其是 20 世纪 60、70 年代,加拿大消除了种族歧视,放宽了移民政策,来自中国大陆、香港、台湾的华人增多,华人社区繁荣,也改变了加拿大人口结构,1986 年达到 41 万人,这些新移民成为加国华人社会的主力,是除了白人之外加拿大最大的少数族群①。2012 年至 2016 年,获得加拿大公民身份的华人分别约为 10000 人、9500 人、21000 人、20000 人、10800 人,目前保守估计约有 150 万华人为加拿大公民②。

加拿大华人对当地社会经济建设、文化建设起到了非常重要的作用。100多年间,华人社群把中国传统文化与加拿大文化结合起来,形成了个性化十足的加华文化。文化方面比较突出的是加拿大华人文学,出现了大量用汉语、英语写作的作家,有些是双语作家,这对繁荣加拿大文学、世界文学、中国文学都

---

① 参见黄鸿钊:《加拿大华人社会的变迁》,《史学月刊》1996 年第 6 期。
② 参见王辉耀、苗绿主编:《中国国际移民报告(2018)》,社会科学文献出版社 2018 年版,第 52 页。

有重要的借鉴意义。加拿大唐人街文化与其他各国唐人街一样成为海外华人的第二故乡,在传承中国文化传统和对外交流中创造了独特的社区文化,加拿大维多利亚大学教授黎全恩一直关注加拿大唐人街研究,写出了《加拿大华埠发展史》《唐人街——加拿大的城中之城》等10多部著作,展现了加国唐人街历史文化变迁过程,从旧唐人街、新唐人街、替代唐人街和重建的历史性唐人街的发展,可以梳理出加华族群的历史命运与文化创造轨迹,华裔族群的生存与文化发展问题,流散华族如何参与、融入当地社会问题,东道国政府与民众如何排斥和接纳外来移民的问题,多种复杂因素逐渐形塑出特殊的移民流散文化。这对研究全球化背景下不同族裔文化关系、主导族类与少数族裔之间的文化关系具有重要的建设性意义。

五、英国华人流散族群及其文化后果

据西方研究者考证,中国人到达英国始于17世纪末。1687年,南京人沈福宗由欧洲大陆移居英国①。不过此时移民只是个别现象,而真正具有经济意义、跨国意义、文化身份意义上的移民从19世纪开始。东印度公司开展的东方贸易招募华人员工,居英的华人开始增加,这算是华人英国移民史的开端。之后华人移居英国的历史可分为三个阶段:第一次世界大战前、第二次世界大战后至1965年,也就是西方学者所说的"'一战'前移民、'二战'后移民(20世纪60年代中期前)和增援期移民(1965年以后)"②。但由于历史的原因和香港问题,英国华人群体数量相对较少。第二次世界大战结束时,大约有5000名华人生活在英国,到1990年前后,从中国大陆、中国香港、中国台湾还有其他国家的华人初次移民、二度移民到英国的华人华裔增加到20万人。20

① 参见 Benton, Gregor and Edmund Terence Gomez, *The Chinese in Britain*, *1800−Present*: *Economy*, *Transnationalism*, *Identity*, Basingstoke: Palgrave Macmillan, 2008, p.23。

② Wei, L., *Three Generations*, *Two Languages*, *One Family*: *Language Choice and Languages Shift in a Chinese Community in Britain*, Clevedon: Multilingual Matters Ltd., 1994, p.43.

世纪 90 年代以后,随着香港回归的临近和回归后大陆开放的深入,华人留学生与贸易、经济、探亲移民不断增多,英国的唐人街社区不断增多增大,华人学校、社团各有 100 个以上,报纸有 10 多家,形成了独特的英国华人文化景观①。

美洲的唐人街、犹太人的"隔都"、黑人的哈莱姆和种植园居住区一样,流散族裔群体大都自觉或被迫形成了自己的社区,这是全球流散少数族裔必然的宿命。因语言不通、生活习惯不同、思乡、互助、安全需要、寻找家庭式的生活、文化传承与子女教育、宗教信仰等,使流散者自觉自发主动聚集;被动因素有主流社会的种族歧视、移民政策、社会动乱、文化冲突、不公平的竞争等,促使流散华人成立社区以自保。英国唐人街的形成也具有同样规律,一方面,它是封闭的,具有独特文化形态的社区,在这里,华人按照国内文化习俗与传统生活:传统的中国时节,如元宵节、清明、端午、中秋等都要隆重庆祝。婚嫁、生子等中国文化习俗也被复制到这里。海外华人春节,更为热闹。如果说这些活动在国内似乎寻常,引不起注意,而在海外则变得非同一般,它是一种文化仪式,是一种精神归宿,是文化认同,是慰藉心灵的家园,给人情感与安全,有根的感觉。另一方面,华人群体不可能只生活在街区,走出去与主流社会接触才是华人更加切实的问题,所以唐人街社区又是开放的,它向英国人传播自己的文化,也积极融入英国社会。英国最大的唐人街在伦敦,先是在彭尼菲尔德街,后是在苏豪区的爵禄街及附近。影响最大的是中国餐饮业,拥有上百家中国酒楼和餐馆,既满足了华人流散群体需求,也对当地人和游客服务,传播了中国美食文化,也参与了英国文化的建设。现在英国唐人街的文化功能、经济功能远远大于居住功能,华人自强不息走出唐人街,以开放的姿态融入英国社会,英国社会也逐渐接纳了华人社群,华人对英国社会的发展贡献得到了承认,英国的一些政府机构、大专院校、公司要职、部门的主管、大学的院长、教

---

① 参见班国瑞、邓丽兰:《英国华侨社团的历史演变与当代华人社会的转型》,《华侨华人历史研究》2005 年第 2 期。

授、高级工程师、企业的管理人员、影视界的导演和明星都有出色的华人供职。

因此，英国华人社群相对松散，这加速了华人融入的程度，产生了良性的文化后果，值得其他流散族群重视与借鉴。

一、经济上积极融入，作出贡献。华人在英国就业、收入、职业等级、受教育程度等方面努力奋斗，得到了社会认可，获得了更多机会，从而改变了自己的经济地位，也为社会经济发展贡献了力量。餐饮、中医中药、科研机构（主要是大学）、市政府等行业是在英华人目前的主要从业领域。华人在英国比其他移民就业率更高，这是华人家庭更重视教育、重视更高学历教育的追求所然。这为他们更好地融入当地社会、处理文化关系奠定了基础，也更容易被用人单位接受。

二、居住条件的改善，使得华人社区更加开放。初期，华人居住主要是租赁为主，且条件差，随着经济收入的改变，华人已经走出唐人街的限制，唐人街更多情况下是中华文化的标志，是经商之所在，他们开始购买自己的住宅。当然很多移民的状态不稳定，也存在双向文化认同的情况。

三、华人参政议政意识不断提高。政治参与度是流散移民融入主流社会的重要标志，也是流散文化的重要表现。华人参政可以代表本族利益，发出政治诉求，让主流社会关注少数族群体；也可以参与国家政治事务，表达少数族群的国家责任、承担公民使命，代表族群形象，改变主流社会对移民群体的刻板印象，为更好地融入社会创造机会；还可以彰显公平正义与种族平等意识。英国华人参政议政从20世纪70、80年代就开始了，到21世纪之交，更加活跃，从市郡到地区议员、下议院议员都有不少的华人当选；这是英国政治进步的表现，也是华人社会社团组织的结果，他们在英国组织了"华人参政计划"这个组织，有力地推动了华人参与的积极性，提高了可能性。这一文化结果启示其他流散族裔，在政治参与与权利方面，也要充分运用推力与拉力，不等不靠，不断地要求、争取自己的政治权利。

四、英国华人跨族婚姻越来越多，表明华人社会融入程度的加深，也体现主流社会对华人种族的接纳。其后果是种族混合、文化混合、身份混合,这是移民群体更高层次融入的表现之一,同时也有可能失去原来的文化身份。这种现象在二代华裔、新移民群体中更加突出。这一趋势的普遍化,必然引发全球混血种族与混合文化的大发展,这种混合文化形态与生态也必将成为流散诗学面对的复杂问题。

六、法国华人流散族群及其文化后果

法国华人移民始于 20 世纪初,一开始只是一些从事商业的人和打工族,主要经营中餐馆、修脚店、中国杂货品,打工者主要从事芽菜厂、人造丝厂的工作,还有一部分第一次世界大战前来法求学的留学生和寻求中国出路的知识分子,如同盟会人员等。第一次世界大战前,蔡元培、李石曾、吴稚晖等发起勤工俭学运动,提倡中国青年以半工半读形式来法学习,寻求救国之路,开启了法国流散华人的革命与爱国传统。第一次世界大战爆发后,法国紧缺人手,从中国、东南亚华人群体中招募了 4 万华人,同时英国作为同盟国成员招募的10 万华人也被派到法国领土工作,或上前线服务,这批战时移民迅速扩大了法国华人数量;1919 年巴黎和会等事件之后,中国国内掀起新的救国热潮,近2000 名留学生和知识分子来法国寻求国家民族出路,也寻找自己的人生出路,为法国华裔流散群又增加了新的血液。1919 年至 1949 年 30 年时间里,浙江温州、青田一带商人去法国从事商贸活动,这是一批典型的经济移民,他们以老乡带老乡的方式移居法国①。

新中国成立后主要有四次华人移入法国的潮流:一是不满意或不了解新执政的共产党政策而移民法国的人士;二是 1954 年法国结束越南的殖民统治,一批新生亲美的华人移民法国;三是 20 世纪 60、70 年代越战前后,因东南亚动荡的局势,大批东南亚华人流散到法国;四是中国改革开放后,移民法国

---

① 参见[法]廖遇常:《法国华侨华人社会发展的历程》,陈旦生译,《华侨华人历史研究》1991 年第 3 期。

的留学生、经商群体和家庭亲人移民群体。

法国华人群体的居住地主要集中在巴黎、里昂、马赛三个城市,形成了中国城、唐人街、华人街区,这些地方兼备经商和居住等功能,组建了法国华侨华人会、潮州会馆、华裔互助会、广肇会馆、番禺富善社等社团群体。

法国华人流散族群的第一个最突出文化后果是学习、传播西方新思想,成为向国内输入欧洲思想的前沿群体,他们中不少人移民的主要目标就是看西方,寻找中国出路。这是因为法国是启蒙思想的发源地,自由平等博爱的思想对华人的吸引,这里有法国大革命的光辉引导,还有法国文学的丰富多彩,都成为中国移民向往的文化,因而不少华人都把法国当作走向欧洲的第一站。特别是勤工助学群体汇集了一批华人精英,成为回国传播西方先进思想与革命传统的先锋,如蔡元培、周恩来、邓小平等;更有一些留在法国成为影响法国文化的东方学者,赵无极、程抱一、朱德群、熊秉明、李治华、任岩松、钱直向等著名人士,他们成为中法文化交流之桥,也成为法国华人融入当地文化的重要渠道。

第二个突出的文化后果是形成了混合式中法商业文化形态。主要表现是以温州商人为代表的华人组成同乡会,有组织地进行"做会"活动,筹集资金、论证项目、注册公司、进行会计审计等,对接法国政策与相关制度,既提高了运作的效率,又符合法国各项制度的要求,还规避了一些风险,形成了杂合式商业模式。例如,他们把中国式的批发城模式,带到了法国进行改造,取得了较好成就。在巴黎华人批发街,华人广泛落户在巴黎 3 区、10 区和 11 区,另有几百家华人批发公司在巴黎北郊的奥拜赫维里耶市从事经营活动。

七、东南亚华人流散族群及其文化后果

由于地缘和人种相近,华人流散族群在东南亚的历史长、数量大、融入快,形成了巨大而影响深远的华人文化圈。种族融合、文化融合、教育融合、经济融合、宗教信仰融合等广泛而深入。这对世界流散移民和全球化文化关系的

探索、发展具有重要的意义。据中国古籍记载,远在西汉时期,中国前往印度的僧侣和商人,就经海路到过马来西亚。班固《汉书·地理志》记载:

> 自日南障塞(郡比景,今越南顺化灵江口)、徐闻(今广东徐闻县)、合浦(今广西合浦县)航行可五月,有都元国(苏门答腊);又船行可四月,有邑卢没国(今缅甸勃固附近);又船行可二十余日,有谌离国(今缅甸伊洛瓦底江沿岸);步行可十余日,有夫甘都卢国(今缅甸伊洛瓦底江中游卑谬附近);自夫甘都卢国船行可二月余,有黄支国(今印度马德拉斯附近);民俗略与珠崖相类。其州广大,户口多,多异物。自武帝以来皆献见。有译长,属黄门,与应募者俱入海,市明珠、璧流离、奇石异物、赍黄金杂缯而往。所至,国皆禀食为耦,蛮夷贾船,转送致之,亦利交易,剽杀人,又苦逢风波溺死,不者数年来还。大珠至围二寸以下,平帝元始,王莽辅政,欲耀威德,厚遗黄支王,令遣使献生犀牛。自黄支船行可八月,到皮宗(今马来半岛克拉地峡的帕克强河口);船行可二月,到日南(今越南中部)、象林(今越南广南潍川南)界云。黄支之南有已程不国(今斯里兰卡),汉之译使自此还矣。①

这一记载涉及越南、新加坡、马来西亚、印度尼西亚、缅甸、印度,这表明东南亚、南亚地区在汉代早已经是中国对外商业交流的主要地区,也是汉代海上丝绸之路的主要路线,为后来唐宋对外交流的主要通道。宋朝政治、经济重心的南移,促进了中国和南洋的贸易往来,再加上航海技术的进步,为华人出国经商和谋生、移居南洋提供了条件。到明朝,郑和七次下西洋,中国与东南亚的政治和贸易往来空前繁荣,南洋华侨人数增多,华人流散群体形成。16世纪西方殖民者东来后,为了掠夺东南亚的丰富资源,急需中国劳动力,于是契约华工首先在荷属东印度地区兴起,以后在英属马来亚地区得到发展,鸦片战

---

① (汉)班固:《汉书》,颜师古注,中华书局 2012 年版,第 1490 页。括号中文字为笔者所加。

争后形成高潮,光绪以后契约华工制开始衰落。从中国港口(主要在广州、福建这两个气候湿热地区)运往东南亚的契约华工主要以新加坡为集散地,再由新加坡运往各处。许多契约华工寻找机会脱身,获得了人身自由,继续留在东南亚,成为华人流散的主要成员,也成为传播中国文化、吸收外来文化的特殊文化群体。

东南亚华人流散群体的文化后果,与其他地区、国家华人群体的最大不同是他们在长期的流散过程中构建了与唐人街等不一样的华人社会,其规模、作用远远超出了一般意义上的华埠,而是在海外建立了华人独立的社会、政治、经济、教育、文化、管理等各领域的体系,构成了海外的"中国",或者说是华人开拓了南洋地区,赋予许多没有文化的地区以文化、没有经济开发的地区以经济价值,给没有人烟的地方带去繁荣。从这个意义说,华人流散群体是南洋地区的开发者、建设者、管理者,而不像其他地区华人那样是边缘人、异族。华人作为东南亚地区开拓者、建设者的主人公身份具有充分的历史依据,唐宋元明清各代,华人就是这一地区的开拓者、建设者、管理者,而且从来没有间断,特别是明代华人在南洋建立的"亭"、龙飞纪年、洪门公司体系、甲必丹管理制度等①,有更大的自由组织权、管理权、开发权、自主自治权,这与华人华工在欧洲、美洲等地受压迫、歧视、剥削等的经历大大不同。这种流散族群创造的移民文化,类似于西方殖民者在新大陆的开拓,自愿自主意识强烈,但又不是西方殖民主义者以武力侵略的形式开展的,而是由逃难型(逃避国内朝代更替)转变为主动融入型、开拓型。

这种特殊文化后果的形成还得力于东南亚各国在西方殖民者到来前没有霸权主义的土壤,这为华人的生存提供了较好的条件。在印度尼西亚,荷兰殖民者到来之前,华人与当地人的关系是和平友好的,他们带来了中国先进的技术与文化,社会政治地位较高。主要表现为印尼人普遍对华人友好,任命华人

---

① 参见王琛发:《17—19 世纪南海华人社会与南洋的开拓》,《福州大学学报》2016 年第 4 期。

为官员,华人伊斯兰教徒受人尊敬,很多地名以中文命名等都说明了华人在印尼与在西方不同。这种良性的移民生态,为华裔群体融入印尼带来了方便,种族、文化、信仰等融合较好。据各种考古发现证明,公元前后,也就是汉代,中国人就来到印尼,带来了丰富的汉文化,荷兰考古学家海涅·赫尔德恩、奥赛·德·弗林尼斯和雅加达博物院的人员于20世纪30、40年代在印尼各地发现了汉代的石碑、陶器①。其后的唐宋元明时代,汉人来印尼者更多,形成了较为独立的华人流散社区,对中国与东南亚交流产生了重要影响,对文化的产生与传播发挥了重大作用。

但是荷兰殖民者到来后,挑拨民族关系,特别是第二次世界大战后,苏哈托政府采取排华政策,给华人社会带来了巨大损害,也严重损害了当地人的利益。这从反面印证了和平移民与移民政策变化对流散族群的重要性。但是,移民流散者与当地族群的相遇、交流、融合是一个漫长的过程,这个过程中文化的相互借鉴与融合又是主观人为的外力无法彻底阻拦的,由于华人流散移民在印尼长期的历史存在,从中国将母国文化带到了印尼,几代土生土长的印尼华人从语言、文化、行为、习惯上已经把两种文化结合起来,创造了独特的流散文化——印尼华人文化。它是一种融合两种主要文化的复合文化,不断"当地化"、本土化,又坚持"母国化"、保留故土文化的混合流散文化,所以印尼华人流散文化既有别于在印尼的少数族文化,又不同于中华文化,是移植到印尼的中华文化与当地文化综合并融合而成的;正如有学者在论及印尼华人文化时所言:"它是印尼华人的族群标识,是一种相对独立的民族(部族)文化,即华人'部族'文化;印尼华人文化复合了大量的中华文化和非中华文化的要素,与生俱来就是中华文化与在印尼的各异族文化进行对话交流的重要

---

① 这些发现分别参见李学民、黄昆章:《印尼华侨史》,广东高等教育出版社2005年版;林端志:《爪哇华侨中介商》(中译文),《南洋问题资料译丛》1957年第4辑;韩槐准:《南洋遗留的中国古外销陶瓷》,新加坡青年书局1960年版。

中介,是印尼华人、印尼各民族(部族)的共同财富。"①

在泰国、缅甸、菲律宾、马来西亚、新加坡等地基本上呈现出同样的规律,在葡萄牙、荷兰、西班牙、美国、法国、英国等西方殖民主义、霸权主义到来之前,华人流散族群与所在地国家人民之间基本上保持了平等关系。殖民者入侵之后,把西方的种族主义、极端民族主义带到了东南亚,成为他们离间华人与原居民关系的阴谋手段,也成为后来一些排外政府和民族主义至上者打压华人的借口,严重损害了流散群体与原居民的关系,在很多人心中种下了对华人的偏见,产生了长远的恶劣的文化后果。

菲律宾是中国的邻国,与华人交流历史最长,马来族很大一部分具有中国南方人血统,天然与华人血脉相通:"中菲关系的起源或开端,甚至能追溯到西班牙的十字架和宝剑赢得对菲律宾土地的控制之前很久的史前时代。"②直到17世纪,菲律宾华人与本地居民关系良好,为菲的发展作出了重要贡献。而西班牙、美国殖民者占领菲后,采取种种措施限制华人,甚至制造事端,对华人进行屠杀,造成了严重后果。直到第二次世界大战前,大部分华人还不能真正融入当地社会,只是把菲当作暂居之地③。第二次世界大战后,由于复杂的国际形势,菲国禁止华人移民,在经济各行业实行"菲化",由菲律宾当地人专营,导致了华人生存的艰难;改革开放后,新移民到来后,这一局面才得以改变。第二、三代菲律宾华裔、部分新移民逐渐从民族、经济、文化、政治等层面开始认同菲国。但华人流散社会与当地社会的良性融合将是一个长期而复杂的过程:"对于菲律宾的华人社会何时才能完成定居化过程,则取决于菲律宾政府和社会对待华人的政策和态度,以及华人认同菲律宾的程度,当然,其中

---

① 杨启光:《印尼华人文化》,《东南亚研究》2006 年第 4 期。

② Eufronio M. Alip, *Ten Centuries of Philippine-Chinese Relations*, Manila: Alip and Sons Inc. 1959, p.3.

③ 参见曾少聪:《东洋航路移民——明清海洋移民台湾与菲律宾的比较研究》,江西高校出版社 1998 年版,第 77 页。

也包括中国对华人所起的作用。"①

马来西亚也是与中国邻海的国家,华人流散社会的形成同样较早。汉代就有记载表明中国人与马来西亚有交流。到宋代航海技术发达后,去马来西亚的华人才增多。元明两代,贸易增多,开始出现初期的华人定居现象;到清代中期,英国殖民者占领槟城,开发马来地区需要劳工,从中国引入了一大批务工人员,壮大了华人社群。19世纪末20世纪初,由于清政府腐败,国外势力入侵中国,中国人生存环境恶劣,这时东南亚地区也早就在殖民者的统治之下,需要大批的工人、农民、种植业者,内推外拉,又促使一些中国人到达马来西亚:"来自东南亚各殖民宗主国的工商资本纷纷进入东南亚,投资铁路、港口、电为、航运、制造业、金融业等,引发对熟练劳动力的需求。传统的采矿、种植、原料加工、商贸等行业也有较大的发展,廉价劳动力仍从中国南方不断涌入东南亚。"②这种移民趋势,伴随着动荡的中国,一直持续到1949年新中国成立。这时的华人流散族群已经成为马来西亚的第二大民族,仅次于当地的杜逊族。改革开放后,新移民到来,从数量上又有了增加,据庄国土统计,到2006年,华人已达645万还多,占马来西亚人口的23.7%,仍然是第一大流散群体③。正是同样的经历,马来西亚华人群体也遭受了积极融入、被接纳,到被隔离排斥,再到融入与接纳的循环过程。在这个曲折进程中,形成了马华流散族群体特征,并建立了较完善的商业体系(建立总商会)、政治参与体系(马华公会为代表)、教育体系(从小学到大学的华文教育体系),也出现了中华文化传承体系和文学创作流派——马华文学流派,既对马来西亚文化作出了自己的贡献,也发展了自己的族裔文化事业。

1965年新加坡建国前属于马来西亚,华人移居的历史状态基本相同。1819年,第一家华人流散族群的社团曹家馆成立。之后100多年,几百家宗

---

① 林云、曾少聪:《族群认同:菲律宾华人认同的变迁》,《当代亚太》2006年第6期。
② 庄国土:《论中国人移民东南亚的四次大潮》,《南洋问题研究》2008年第1期。
③ 参见庄国土:《论中国人移民东南亚的四次大潮》,《南洋问题研究》2008年第1期。

亲社团、同乡社团成立,行业职业社团、演艺社团、政治社团、文体社团、慈善社团、宗教社团等也纷纷成立,构成了新加坡这个弹丸之地的独特华人社区文化景观。由于同属东南亚,殖民者把新加坡华人和当地人分而治之,人为造成敌对与歧视,同时殖民地建设需要,也使得大批华人居留,自 19 世纪末到今天,华人群体一直是新加坡的最大“民族”,这与华人在其他地区属于少数族裔大大不同,可以说新加坡就是一个华裔或华人人口组成的国家。除了殖民统治时期,从文化上看,新加坡一直是中国文化的移植之地,历代华人流散群体带来了中国丰富多彩的文化。但是新加坡政府体制继承了西方殖民者的遗产,形成了中国文化与西方文化的碰撞,产生了文化上中国化而政治上西方化的跨界现象。这也是新加坡文化的特殊性所在。

如前文所述,汉代初期中国商人就通过海路将船舶停靠在古时候的泰国地区。三国时期的吴国官员奉旨于公元 245 年出使扶南等国,回国后写了《扶南异物志》和《吴时外国传》,文中提到了金邻国,就在现今泰国境内。到了宋代,中国与泰国的交往增多。从宋代至元代,中国和泰国的交往从最初商贸往来扩展到生产技术的交流。在郑和七次下西洋的航程中,曾两次到达泰国。到了中国封建王朝末期的清朝,中泰两国仍保持密切的交往。清政府一直很重视同南洋国家的贸易经济往来,其中交往较为频繁的国家就属暹罗国,即如今的泰国。当时,泰国与中国贸易往来最多。泰国的华人流散族群在中泰贸易、文化交流中起着重要作用,也把中国古代文学《三国演义》等翻译到泰国,结果不仅影响了泰国文学,其中的很多战术还被用来指导当地的军事行动、国家管理,影响远远超出文学本身,成为影响政治军事与社会文化的文本。由于华人有较高的生产技能和吃苦耐劳的精神,受到泰国当政者和贵族的欢迎。华人移居泰国,不仅给泰国带来了农业、手工业先进的生产技术,也带来了中国的风俗习惯,传播了中国的传统文化等,促进了中国文化在泰国的传播,对于中泰文化的交流起到了很好的促进作用。

值得特别提出的是,东南亚各国和澳洲华人流散群体,特别是第一代移民与中国近现代革命密切关联,形成了独特的爱国主义思想与文化传统,在晚清的改革、同盟会的革命、辛亥革命、抗日战争、解放战争中,东南亚华人的贡献是海外其他华人群体无法比的,一是他们群体大,地缘近,经济实力强,与国内联系更多,他们把自己的命运更多地与中国命运结合起来,对于民族独立与解放全力支持,凝结出了近现代华人群体特有的"爱国文化"。新、马、菲、印尼等地的华人社会从多方面支持了孙中山的革命和抗日战争,捐款捐物、建立政党、组织归国革命队伍、收留革命指挥机关、举办媒体宣传革命思想进行舆论引导等,这种爱国文化与犹太流散族群的复国主义运动虽然不同,但是其民族意识与文化认同上大致一样,所有的民族不管流散到何处,只要文化之根不断,其民族情感就不断,这也是全球流散的共同规律,也是多民族国家和流散研究应当关注的问题。

另外,东南亚各国流散族群与土著民族间复杂关系的转化表明,作为东道主国家政府应当采取民族平等政策,要有多民族国家意识,搞好各项建设,为各民族提供平等发展的机会、保障人生,并做好各项立法工作;作为东道主国民应当以包容的心态对待外来移民,尊重外来移民的民族文化风俗与宗教信仰,消除种族偏见;作为流散移民群体应当忠于所在国家,积极投身建设,作出自己的贡献,处理好与土著原居民的关系,尊重他们的文化习俗与信仰,有冲突的时候可以求同存异;东道主国家与祖籍国家政府之间应当做好友好交流工作,在经贸上合作,在国际事务中配合,增进两国人民之间的了解。相互之间做好文化传播、教育宣传、宗教交流工作,为民族团结与融合奠定思想基础、文化基础、教育基础。

作为流散文化研究核心的流散诗学研究,应当更关注海外华人流散族群的种族变革变异与文化的冲突、融合、变异与再生问题。

八、日本华人流散族群及其文化后果

日本与中国的关系复杂,唐宋元明时代,中国文化影响巨大;而清以后,日本多次侵略中国,战争不断,影响了居留日本的华人族群。大量史实表明,清以前华人群体主动移入日本,并对日本文化产生了巨大影响,产生了移民文化塑造、改变东道国文化的强大后果。第一个群体是唐代鉴真和尚带领 753 名华人第六次东渡日本成功,在日本宣传汉传佛教文化及中国文化,这一团体带来的先进中国文化强烈吸引了日本人,他们也派大量遣唐使和留学生到中国学习。此后,贸易活动、文化活动的开展又有不少华人移民日本,在政治管理、土地制度、语言文化等方面改造了日本社会,日本文字就是学习了汉字的草书,制定平假名、取汉字偏旁制定片假名,从而有了日本自己的语言文字。华人流散群体对日本的直接与间接影响形成了良性的文化关系、种族关系:"中国移民带来了先进文化,使日本社会与中国社会的差别缩小了,而日本社会和文化的这种变化,鼓励了更多的中国移民前往日本,从而形成一种良性循环。"①这也许是人类历史上首次和平移民流散群体"教化"东道国的特殊文化个案,古代希腊的移民、罗马的殖民、新兴资本主义的殖民都是战争强势入侵的行为,都谈不上和平教化。

宋朝 300 多年间,华人持续迁移日本,主要有商人、工匠、僧侣、知识分子,且多男性移民,来日后大部分成为稳定居民,娶日本妻子,逐渐建成了唐人街、宋人街、寺庙、宗庙等,在博多、福冈、长崎、大分、熊本等地形成华人社区社群,把中国的生活方式与日本的生活方式结合起来,在饮食、茶、建筑、绘画、宗教、铸造手工艺等各方面都影响了日本。明代虽然有倭寇在沿海地区作乱,但是明代国内资本主义商业萌芽,日本也开始了资本主义经济模式,两国的贸易需要,加大了华人赴日的数量,东南沿海特别是福建、浙江商人纷纷与日本商界往来,还有一部分安徽商人,也开辟了日本贸易,形成了较大的九州、平户、长崎等华人流散社区,呈现为地缘关系、商业关系、姻缘关系、血缘关系等逐渐深入的融合趋势。到了清中后期,日本对华人社会与商业贸易采取限制措施,限

---

① 任娜、陈德衍:《日本华侨华人社会形成新论》,《史学月刊》2017 年第 5 期。

制商业活动、限制居住范围,流散社会减小,划定的居住区也相对封闭,形成"飞地"式社区,华人的活动与中国文化传播由主动转变为被动。

1868年日本明治维新后,对外采取扩张政策,先后发动甲午中日战争、入侵中国东北三省、发动第二次世界大战,对全球人民犯下了战争罪行。这极大地影响了华人对日本的看法。日本对华人也采取了排斥与歧视政策,极大破坏了华人流散社会,也破坏了两种文化关系,对文化融合、交流、发展造成了伤害。

日本华人流散群体的扩大与发展是中国改革开放后才开始的,新一代流散移民日本华裔族群带来了新生力量。在教育科研、经济贸易、文化艺术、传媒影视等行业都有大批华人从业者,形成了新的华人流散文化,造就了新的文化成果。

华人流散族群在日本的贡献与曲折经历表明,中日政治关系、中日民族关系、历史问题是影响在日华人群体生活、经贸活动、文化活动的主要原因,也是影响流散族群群体活力的主要原因,这也证明不同民族与文化间和平相处,科学处理流散移民群体文化与宿国文化关系,就一定能结出良性的文化成果,促进两个民族文化的共同繁荣,反之则两败俱伤。当然大多数情况下对流散族群的损害更深;而从长远看,种族歧视、排外政策,甚至极端主义式的排外,也会从更深层次上破坏移居国文化的发展,损害世界文明的交流与发展。

第五节　黑人流散族群及其文化后果

黑人从非洲到世界各国的流散始于龌龊的奴隶贸易。自16世纪到19世纪末,300多年的黑人奴隶贸易,使得几千万黑人如黑色的珍珠散落世界各地,产生了震撼人心的文化后果。其后,全球的黑人流散族群形成了二度、三度迁移,改变了许多地区的人口结构,也带来了文化冲突、交流、融合与多元化发展的文化结果。两次世界大战期间、战后的全球化进程,产生了一批主动型流散群体,前后汇集,黑人流散族群进一步壮大,对世界产生了重大影响。同样,世界各地文化反作用黑人群体,形成了混杂化黑人文化景观。

最早从事黑人奴隶贸易的是葡萄牙殖民者,尔后西班牙、英国、法国、荷兰、瑞典、德国、丹麦等大多数欧洲所谓的白人国家都参与到这一罪恶的贸易中来。黑人被贩卖后主要在美洲、西印度群岛、欧洲大陆各国从事种植园、工厂、矿厂等工作,大部分失去了人身自由,终生成为奴隶。美国独立战争后,南方奴隶种植园主,把奴隶制度继承下来,也从事着贩卖黑人的勾当。前后300多年间,非洲有6000多万黑人被贩卖,流散欧洲、美洲、大洋洲等地,加之他们的后裔,黑人群体数量还要大得多。作为被当作商品买卖的流散群体,黑人比犹太人、华人流散群体的命运更加悲惨,其人格、自由、尊严、文化等人类要素受到空前践踏,甚至没有生命权、生育权。

尽管从18世纪后期开始,英法美等国家都相继开展了废除奴隶贸易及奴隶制度的运动,并且成立了"废除非洲奴隶贸易协会"(1787年英国)、成立废奴团体"黑人之友"(1788年法国)、颁布禁奴法令(1807年美国)等,但是残酷的交易之暗流一直持续到19世纪60年代,由此形成的种族主义阴魂至今不散。黑人流散族群5个多世纪的曲折经历,产生了多种多样的文化精神遗产。有的是扭曲人性的,引发人们的警惕;有的是充满活力的,丰富了人类文化宝库。

一、种族主义思想：白人社会对流散黑人族裔的人为文化建构

种族主义思想源于奴隶贸易与蓄奴制。在奴隶社会,何种种族并不是决定奴隶身份的标准,而是战争俘虏、异教徒、负债人等,一切种族的人都有可能成为奴隶;而以人种为歧视因素,则是近代黑人奴隶贸易之后形成的。美洲新大陆发现之后,大量的土地开发种植园经济、矿产开发等需要大批劳动力,而从欧洲及其他地区来的人远远不能满足需要,这时,还没有人给黑人贴上种族劣等的标签,随着奴隶贸易制度和种植园经济需要,殖民者阶层为获得更多的

劳动力,开始寻找从事奴隶贸易的合法性借口,于是他们找到了黑人。这种种族主义思想是统治者、殖民者阶层人为的结果,是一种政治手段、意识形态灌输、思维偏见、种族歧视。正如法国学者所言:"贩奴的发展导致一种非洲人是劣等人的观念,到 18 世纪,这种观念已经广为传播,而在 2 个世纪之前这种观念根本就不存在。"①为了长期占有黑人的劳动,殖民者甚至通过立法的形式把黑人永远固定在了奴隶的身份上:"司法程序和政治机构把奴隶变成了完全被剥夺权利的人类。他的所有生活——性生活、家庭生活、社会生活、经济生活——全部由其主人来安排……奴隶成为一件商品,一件财产,他能够跟其他财产一样获得价值评估。奴隶制是一种制度,这种制度既能影响劳动的表达:一切体力劳动都是奴役性的劳动;也能影响社会和政治的表达:白人天生是自由的,黑人天生是奴隶。"②

但是此种族主义思想与后来资本主义所倡导的人性、自由、平等又是矛盾的,为了掩盖他们的罪恶行为,他们又从文化和宗教两个方面强化种族主义的合法性。比如把黑色与脏、落后等同,把白色当作白人圣洁的象征,对比之下贬低黑人:在白人意识中,种族优越论早已沉淀在他们的内心深处。因为白色代表着纯洁、真诚与美丽,这是与勇敢、善良、智慧所联系的。与之相反,黑色则代表着腐朽、丑陋与罪恶,只有各种不好的含义。死亡、灾难、巫术都是其代名词③;用故事叙事、文字叙述歪曲黑人,把他们描述成未进化的野蛮族类;欧洲宗教人士甚至从《圣经》中找到虚假的证据,证明黑人参与了迫害基督的行动,这样黑人就要受到惩罚,成为奴隶是上帝对他们的责罚,黑人成为白人的奴隶是天经地义的。另外,支持欧洲奴隶贸易的人士,还从人种学、生物分类

---

① [法]菲利普·奥德莱尔、弗朗索瓦兹·韦热斯:《从奴隶到公民》,陈伟韦译,译林出版社 2006 年版,第 13 页。

② [法]菲利普·奥德莱尔、弗朗索瓦兹·韦热斯:《从奴隶到公民》,陈伟韦译,译林出版社 2006 年版,第 9 页。

③ 参见 Jordan, Winthrop D., *White Over Black*, North Carolina: University of North Carolina Press, 1995, p.20。

学方面,找到所谓的依据,证明黑人的劣等,大量的学者、医生、哲学家、博物学家也对黑人抱有偏见,如博物学者布丰,哲学家休谟、康德、伏尔泰,医学界的乔治·居维叶、查尔斯·怀特等,都认为黑人天生不如白人,甚至与猴子更接近①。这种思想的形成,对世界文明产生了重大的负面影响,渗透到西方后世生活的方方面面,为一系列的种族歧视张目。第二次世界大战期间德国法西斯的种族灭绝政策、日本帝国主义对亚洲各民族的屠杀,都与这种思想密切相关。全球化时代背景下,西方宣扬的各种"中国威胁论",从其出发点上看,也与他们牵强附会地污蔑黑人一样,都是人为的虚构与乱造。当下,我们审视全球流散族裔问题,处理不同族人的相处问题,应当从根本上揭穿它的本质,摒弃这种思想。

二、黑人流散族群的民族意识觉醒与文化自觉建构

诚然,哪里有压迫哪里就有反抗。黑人流散族群的悲惨命运,也激发出黑人的民族主义觉醒意识,为黑人的尊严、自由、文化发展作出了贡献。黑人民族主义意识的萌动表现在黑人反抗奴隶贸易的暴动中,一些反抗虽然被镇压了,但是黑人追求自由、解放的精神被传承下来,成为民族意识觉醒的原动力之一。黑人奴隶制废除后,黑人真正的权利并没有得到保障,他们在长期的种族隔离与歧视中,不断争取各方面的权利,激发了民族主义觉醒。

以美国为例,黑人争取权利的各种民族主义思潮进行了两个多世纪,取得了巨大进步。自1817年召开黑人代表大会、争取黑人的权利、反对美国殖民协会排斥黑人的行为,到1830年前后黑人代表大会提出黑人自由选择移民之地,移民加拿大、中美洲的海地等国家,自由迁移显示了黑人民族的自决意识,它是黑人主宰自己命运的重要表现,具有重要标志意义。南北战争之后到20世纪20年代黑人民族主义表现为文化、宗教、经济民族主义等多种思潮,具体

① 参见张宏明:《反黑人种族主义思潮形成过程辨析》,《西亚非洲》2008年第1期。

有种族分离主义、黑人宗教、黑人穆斯林运动、黑人独立经济、泛非主义等,这些有的过激或不合理,但都标志着黑人民族主义思想的形成,比如哈莱姆文艺复兴运动,是黑人民族文化艺术的大复兴,也是民族主义思潮在文化艺术领域的具体表现。第二次世界大战结束后,黑人的作用凸显出来,但是在政治、经济、人权等各方面仍然不能与白人平等。至20世纪50、60年代黑人民权运动形成热潮,这一运动的最大成果就是种族隔离制度被废除,黑人的选举权与政治权利得以初步确立;马丁·路德·金的非暴力抵抗和肯尼迪总统的支持,黑人民权运动取得了一定成就,标志着黑人民族主义达到了最高潮。但是黑人地位的提高是有限的,至今还有许多黑人歧视问题暴露出来,说明了黑人平等人权的奋斗之艰难。当然民族主义运动兴起过程中也出现了一些过激或狭隘的民族主义思想,这些都不利于流散族群正确处理与主流社会的关系,值得我们反思。但是民族主义对自由、人权、平等的追求,对自身文化的自信与发展都是值得大力提倡的。没有这种正确的民族主义,各流散族群也许就真正消失在其他民族的同化之中。

黑人流散群体的民族主义思想由简单到复杂、丰富的过程,从人身的自由权到经济权利、人格尊严、政治权利、教育权利、法律权利、文化权利、发展权利等,都表明流散族裔的生存、发展与移居地社会、政治、经济、文化、宗教等各方面都有着冲突与联系,因而处理好两种文化甚至多种文化关系是流散研究必须正视的。

黑人流散文化自觉与文化创造的巨大成果是以哈莱姆文艺复兴和20世纪50、60年代民权运动之后的文艺大繁荣为代表的。这些成就远远超出了黑人流散群体在其他国家创造的成就。

哈莱姆文艺复兴是美国黑人流散族群第一次由南方种植园到北方城市二度流散旅居的结果,是黑人到达城市后与美国城市文化碰撞的重要文化结果,是黑人民族主义自觉的体现,是黑人重返与重构黑人文化精神家园的典范。19世纪末至20世纪20、30年代,大量黑人获得人身自由后,由于生活、权利追求、政府移民政策、北方工业劳动力需求等各种原因大量移居北部城市,特别是纽约成为黑人移居的首选目的地,据不完全统计,仅 1915—1929 年间从南方迁移北方的黑人就多达 150 万,他们从南方种植园农业社会迈入了北方资本主义工业社会、城市社会,由农民变成了工人无产者,变为了城市流民或市民,这极大地改变了流散黑人群体的社会阶级结构,也改变了他们流散群体的生活方式,还改变了美国人口结构①。但是白人对黑人的歧视、各类隔离政策也蔓延为全国性的问题,使得黑人来到城市后也被排挤,如来到纽约的黑人群体集居到哈莱姆城区,形成了类似"隔都"和"唐人街"的黑人社区。许多知识分子和文化界的黑人精英也群居于此,在生活方式与思想追求、民权诉求等方面不断与白人社会产生交锋,开启了黑人流散群体由乡村劳工到城市化、现代化的族裔文化转型时代。之所以说它是转型时代,是因为黑人群体意识的进一步觉醒,要从文化上为自己正名,打破白人社会对黑人族群的书写特权,过去的历史都是白人书写黑人是什么便是什么,而这次文艺复兴就是黑人形象的重塑,是黑人民族主义思想在文化艺术创作领域的反映,或者说是黑人群体为了对抗白人特权和种族隔离政策而进行的文化抵抗,证明黑人同样优秀,同样具有文化创造力,同样是美国文化艺术的创造者、生产者、传承者,从本质上说是黑人进一步解放和走向自由平等的文化阶梯,是建立黑人合法性的文化筑基工程、扎根工程。

黑人学者艾兰·洛克在 1925 年编辑出版《新黑人:一个解释》,真实地还原了黑人应有的形象,对白人的书写给予了纠正,这不是一本关于黑人的书,而是黑人自己的书。"它不是对黑人生活外在的、评论性的描述,而是对黑人内在的、心灵的再现,其重点在自我表现,自决的力量和动力。黑人文艺复兴的目的在于强化黑人文化在全国文化领域的价值。"②1926—1928 年陆续出

---

① 参见胡锦山:《美国黑人的第一次大迁移》,《东北师大学报》1996 年第 2 期。

② Gorge Huchison, *The Harlem Renaissance in Black and White*, Harvard University Press, 1995, p.12.

版的黑人杂志《火》《哈莱姆》更成为黑人群体文化的传播场,为树立黑人形象摇旗呐喊。黑人族群的种族自信、生活自信、文化自信大大提升,这为继承发展独特的美国黑人文化奠定了基础。哈莱姆成长起来的著名诗人兰斯顿·休斯在他的诗作中由衷地赞美黑人:"夜是美的,/我民族的脸也一样美。/星星是美的,/我民族的眼睛也一样美。/太阳也是美的,/我民族的灵魂也一样美。"①

这场复兴运动的主旋律是黑人文学,出现了大量黑人小说家、诗人、戏剧家(另章论述)。同时黑人音乐、舞蹈、绘画、雕塑、表演艺术、黑人历史文化研究等也加入到黑人文化复兴运动中,这场黑人文化复兴浪潮不仅使黑人找到了文化根源与民族自信,而且正视了作为流散族裔所面临的文化双重性,弱势文化、少数族裔文化面对主流文化冲突时这种双重性是不可避免的,更是不能逃避的。黑人文化理论与研究的奠基者、开拓者杜波依斯号召黑人精英知识分子,担起传播黑人文化的责任,还要解决提高黑人的经济地位、政治地位等民权问题,更主要的是担负起传播、发展黑人文化的使命,创造出同白人文化一样的成果。为此他不赞同逃避白人世界、回到非洲故土的主张,事实上黑人流散群体不可能再重返非洲,因为流散黑人来到美洲之始,就必须面对双重文化意识问题,黑人既是美国人,又是黑人,还是美国黑人,也是非裔美国人,这双重种族性、文化性是他们不可摆脱的命运。他发现任何美国黑人都面对双重困境、都要面对这样的问题:"我究竟是什么? 是美国人还是黑人? 我可以既是美国人又是黑人吗? 抑或我有义务尽可能快地不要做黑人而是成为美国人吗? 我如果以黑人的身份去奋斗,难道不是在延续对由黑人和白人组成的美国构成威胁、导致分裂的隔阂吗? 压制自己身上的黑人性以便成为美国人难道不是我唯一切实可行的目标吗? 我身上的黑人血统是否比德国血统、爱

---

① [美]兰斯顿·休斯:《大海:兰斯顿·休斯自传》,石勤、吴克明译,上海译文出版社1986年版,第45页。

尔兰血统、意大利血统使我承担更多义务去跟定自己的民族性?"①这种疑问是不同流散族群共同面对的,是全球流散族的永恒话题。

哈莱姆文艺复兴,也让白人见识到了黑人文化的魅力,受到了不少黑人进步阶层的欢迎,这为黑人文化传播、黑人权益的维护提供了文化支撑。时至今日,美国黑人音乐影响了世界乐坛是不争的事实,这与流散族群对族裔传统音乐的继承分不开,到了文艺复兴时期,黑人把这一艺术传统传播给了主流文化领域,黑人的民间音乐表演在纽约的百老汇、格林尼治村等文化场所大放异彩,给白人观众带来了不一样的感受。从非洲带来的布鲁斯、灵歌、快板歌、家务歌等对西方音乐也都产生了深刻影响,黑人音乐具有节奏感强、力度大、社会大众性等特色,符合黑人性格,也适于口头流传和记忆。其中由布鲁斯乐发展而来的爵士乐是黑人流散民族音乐文化与流散地音乐文化融合的典型文化事件,形成了独特的混合音乐风格而又不失其黑人特性,正如有论者说的那样它是"非洲音乐与美国因素结合的产物,是美国黑人音乐"②。黑人音乐是最能够代表黑人思想与文化的传统艺术形式之一,通过流散族群的不断传播,它已经成为世界音乐文化大厅中重要的成员,也是人类艺术花园里不可或缺的品种,这也是黑人流散族裔对美国文化与世界文化的贡献:"美国爵士音乐家和作曲家们为全世界的欢乐作出了贡献。美国自己的音乐——事实上是黑人音乐——到处流传。爵士乐是我们最伟大的文化贡献之一,而黑人音乐家则成了给世界带去欢乐的大使。"③

三、黑人民权与政治权利的立法:流散族群文化融入的保障

政治是文化的最高级形态,一个民族或种族有没有政治权利是其社会地位与权利得到保障与否的重要标志,也是这个民族文化是否被接纳的重要表

---

① DU Bois, *The Crisis Writing*, ed. By Daniel Walden, Greenwich Conn.: Fawcett, 1972, p.821.
② 宁骚:《非洲黑人文化》,浙江人民出版社1993年版,第443页。
③ Langston Hughes, *The Best of Simple*, George Houston Bass, 1989, p.117.

现。流散少数族裔的民权或政治权利诉求,总是要经历从一无所有、到边缘化、到争取平等,再到取得发言权这一漫长过程。犹太人、华人、黑人等流散群体莫不如此。

如果说美国黑人的第一次北方流散迁移导致了黑人文艺复兴运动,那么在此基础上,第二次世界大战之后的美国黑人第二次大迁移运动则又促成了黑人流散族群的民权政治运动,取得了更加高级的良性文化结果。这次迁移不只是为了经济,而是为了政治民权:"从 50 年代下半期起,黑人迁徙的政治色彩日渐深厚,大多数黑人是为争得自由平等及其他公民权利而迁离南部。而且,这次黑人大迁徙更多的是文化程度较高的年轻黑人,迁徙促使他们民族意识觉醒,从而成为这一时期轰轰烈烈的黑人民权运动的基本力量。"[①]这一次迁移近 400 万黑人进入北部、西部、南部的城市,黑人流散群体的城市化进一步加深,这样黑人的民权、政治权等日益突出。如果以南部蒙哥马利市公共汽车事件为开端,城市黑人族裔开展了反对各种场所下的种族歧视与隔离政策的民权运动,公共场所设施平等使用权、平等教育权、平等就业权、平等报酬权、参政选举权,等等,这些关乎生活细节各方面的权利要求是黑人权利真正实现与否的晴雨表、显示器;而以马丁·路德·金为领袖的非暴力民权运动,从宪法和白人制定的自由平等、天赋人权等角度有理有据的宣传,不仅使黑人对自己的民族和权利有了深刻清醒的认识,激发了民族团结与文化自信心,而且也获得了不少白人的理解、同情、支持,最终获得法律裁决与政治政策上的成果。当然,这种民权后来也出现一些激烈的暴力冲突,说明两种文化与利益群体之间的矛盾之长久且深刻。

黑人民权运动这样那样的不足与缺陷是无法避免的,这是流散族裔文化与主流文化关系中的客观存在。任何历史与文化事件的发生发展不可能按照理想主义的样子进行。民权运动最引人注目的文化成果是推动了黑人权利的

---

① 胡锦山:《1940—1970 年美国黑人大迁徙概论》,《美国研究》1995 年第 4 期。

立法,这是争取自然种族平等上的重要收获,不管后来执行的程度如何,黑人民族的权利有了法律的依据。在民权运动的影响下,肯尼迪政府,特别是总统本人认识到黑人问题的严重性,从道义上、法律上、政策上主张黑人的合法权利,批判白人对黑人的歧视和偏见。颁布民权法、教育文件等保障教育领域、公共生活领域、政治领域中黑人的权利。特别是《第二次解放宣言》是肯尼迪保障黑人平等政治等民权的重要举措,得到了黑人的欢迎,但是也引起了白人种族主义者的仇恨。但是非道义与非正义的文化主张必然会逐渐被正义的文化果实所代替,肯尼迪的后继者约翰逊总统执政时,颁布了 1964 年民权法案、1965 年选举权法案、1968 年的开放住宅法案,为美国黑人族群在基本民权、政治权利、自由居住权利方面提供了法律保障,打破了种族主义传统设置的各种隔离之墙。

哈莱姆文艺复兴、民权运动及后来黑人流散族群所关涉的一切文化后果,都表明了这样一个流散文化生存与发展的规律:流散文化总是与所处的主流社会环境、种族、文化形成挤压与反挤压、刺激与反刺激、制约与反制约的双向相互作用之中,在这种相互作用中流散族群文化得到发展,主流社会文化也得到发展,进而流散文化成为主流社会文化的重要组成部分。而从人类文明起源的角度看,流散式的文化传播、挤压、刺激、发展、扩大等是所有文明的共同规律。

阿诺德·汤因比在《历史研究》中分析了神话中"两个超人"相遇的文化结果,亚当遇到蛇、上帝遇到撒旦、顺境与逆境、完美与缺失等相互作用的关系中进行挑战与应战,迁移新的环境,都会带来这种自然与社会文化环境中的挑战与应战关系。在汤因比看来"这种挑战与应战的互动关系是文明起源问题上超出其他因素的决定性因素"[1]。古代埃及文明为了躲避亚非平原的干旱而迁徙、希腊文明为应对海洋的束缚而跨海迁移、苏美尔文明为应对两河地区的洪水而迁移、中国文明从黄河下游开始向周围迁移以应对河水泛滥、玛雅文化和安第斯文化为应对热带雨林的挑战而迁移……在这些自然原始的挑战与

---

[1] ［英］阿诺德·汤因比:《历史研究》(上),郭小凌等译,上海世纪出版集团 2010 年版,第82 页。

应战之外,还有随后而来的不同部族的战争打击、生存空间压力、宗教信仰压力,希波战争、罗马帝国的征战、伊朗地区奥斯曼人与卡拉曼人的相互关系,等等,都引起了文明的扩张或萎缩或再生,都关涉各种复杂的人类迁移与流散群体问题。可见,流散文化、流散族群、流散文学等流散诗学相关的研究不仅是移民问题,而且也是人类文明历史研究的重要课题。

第六节　俄罗斯流散族群及其文化后果

俄罗斯流散族群的历史文化命运与华人流散族、犹太流散族、黑人流散族不同,从社会历史发展与政治制度变革引发的流散族群移民潮流主要有三个时期:一是十月革命前沙皇俄国(1547—1721 年)和沙俄帝国(1721—1917年)统治时期,二是十月革命及苏联社会主义时期,三是苏联解体后的新俄罗斯时期。第一个时期俄罗斯流散族群主要流向欧洲,部分流亡美国和亚洲(中国);第二个时期流散范围更广大,遍及世界各地,不过仍然集中在中国、欧洲、美洲等地区;第三个时期主要是因经商、教育、工作就业移民欧洲、亚洲。其中俄罗斯流散犹太人的二度流散移民,主要流向了美国,前文已述。俄裔流散族群没有经历华人、黑人、犹太人那样程度惨烈的被奴役命运,其文化后果明显不同,在不同国家出现了俄罗斯流散族群体创造的文学、戏剧演出、舞蹈、音乐、影视等文化成果。

一、中国俄罗斯流散族群及其文化后果

在中国的俄罗斯流散族群主要有七个来源,一是清朝早期中俄战争中被清人俘获的战俘,他们取得了合法定居中国的权利,即在 1685—1688 年间,中俄雅克萨战役中被清军俘获的俄罗斯军人,后被清政府编为"镶黄旗"①;他们

---

① 参见郝葵:《中国俄罗斯族:跨境与原生态之辩》,《贵州民族研究》2015 年第 9 期。

的后代娶了中国妻子形成了早期的"中国俄罗斯族",由于他们来得较早,又获得了政府的认可,从生活文化习惯上融入中国社会的程度较高。二是经商群体。1727 年中俄两国签订《恰克图条约》,形成了从北京、张家口、乌兰巴托到伊尔库茨克的商贸合作之路——"茶叶之路",根据经商需要,在张家口形成了常驻的俄罗斯群体。三是种族宗教冲突而流浪到新疆的俄罗斯流散群体,历史上吉尔加克人作为俄罗斯的少数族,因信仰东正教旧教多次受到东正教正统派的迫害而流亡到中国阿尔泰地区,接下来 3 个世纪里,断续有受迫害的俄罗斯信徒移居中国新疆阿尔泰的布尔津等地,进而移居塔城、伊犁等地区。四是经济、商贸和技术殖民,19 世纪中后期清政府与沙俄陆续签订了《伊犁、塔尔巴哈台通商章程》(1851)、《中俄瑷珲条约》(1858)、《中俄尼布楚议界条约》(1869)、《伊犁条约》(1882)等,在新疆和东北地区设置了不少贸易圈,甚至强占了伊犁等地,迁移了大批移民,从事不平等交易;到《中俄密约》(1896)、《中俄合办东省铁路公司合同》(1896)等条约、合同,则把东北的铁路(中东铁路)修建权、用人权、维护权等全部让与俄国人,这样大批的俄国工程师、建筑师、铁路人员、技术工人及他们的家属移居哈尔滨,以哈尔滨铁路建设为中心形成了俄罗斯流散社区。这部分俄罗斯流散群在中国的移居从开始就注定与黑人、犹太人不同,他们是以经济强者、军事强者、文化强者的移民身份出现在移入地。五是 1882 年之后来中国东北淘金的俄罗斯人,他们最初是为了财富在中国额尔古纳河下游右岸和黑龙江上游右岸开采金矿,"至 1884 年前后,越界盗采黄金的俄人已达 15000 人"[1]。这些人和中国山东、河南等地闯关东的汉人杂居通婚,形成了第一、二代混合的流散群体。六是俄国十月革命后流亡到中国东北或新疆等地的沙俄贵族和对革命不了解的知识分子、溃败的白军军人及家属、政府工作人员、不满意土地改革的农民等。虽然有流亡的经历,但是他们到达中国后并没有被列为二等公民,甚至由于中国的弱小而

---

[1]　李启华:《中国俄罗斯族形成发展历程探析》,《学术交流》2012 年第 6 期。

使得他们有了更多的自由甚至特权,在哈尔滨形成了自由的俄国人文化飞地乐园,这绝不同于哈莱姆、唐人街、"隔都"的命运处境。在中国他们除了政治经济的活动之外,还具有办报自由、言论自由、文化生活自由,这在其他流散族裔中是不常见的。正是这种自由,俄罗斯流散群体的文化身份、政治身份、种族身份大都没有面临危机与挑战,从而形成了自由的流散文化创造氛围,俄罗斯族流散文艺、教育、科学研究、新闻出版等文化领域在中国东北大放异彩,与十月革命后的俄国国内文化界相比也不逊色。他们仅在哈尔滨出版的报刊就有 243 种,其中出版报纸 102 种,杂志 141 种①。这在其他流散群体中是流血斗争也争取不到的言论自由、自主权。七是 20 世纪 50、60 年代来华未能撤走的苏联专家和 80 年代改革开放以来大量移民到中国经商、留学、就业、结婚等新移民,形成了新的流散群体。

俄罗斯人在中国流散的最大文化后果是形成了跨界的"中国俄罗斯族"。各个时期与各种来源的俄罗斯人,在与汉人、边疆少数民族如蒙古族、维吾尔族的交流中发生了一系列文化渐变,政治、经济、历史、文化、宗教信仰与习俗、跨界婚姻等各种因素交融,形成了"马赛克"式的"中国流散俄罗斯族"文化形态,既区别于纯正的俄罗斯人,也不同于边区的中国人。他们处于中间状态,属于亚俄罗斯文化,也属于次生的中国文化,成为中国 56 个民族中的一员。具体说来,俄罗斯人带来的俄国文化与中国边疆少数游牧民族文化、满族文化、鄂温克族、鄂伦春族、达斡尔族文化以及山东闯关东移民带入东北的农业文化形成碰撞、交织、混杂,形成了杂合、跨界混生状态,时而有序,时而无序。早期清政府对其制定了有序的归化政策,称之为"归化族";战乱时期处于自由散漫的融合时期;新中国成立后,政府出台政策,正式确立为"中国俄罗斯族",纳入 56 个民族大集体当中②。

---

① 参见庞学臣:《俄侨历史文化:哈尔滨的城市记忆》,黑龙江省博物馆网 2015 年 10 月 13 日,见 http://www.hljmuseum.com/system/201510/101928.html。

② 参见黄光学:《中国的民族识别》,民族出版社 1995 年版,第 259 页。

与海外华人流散族不同,俄罗斯中国流散群体居住相对分散,没有形成唐人街、"隔都"这样相对独立的流散社区,20世纪20、30年代移民最多的时期,主要集中居住"在中东铁路沿线的城镇及周边地区,其中哈尔滨是俄侨最大的聚居地。同时,在内蒙古、新疆、黑龙江边境地区也形成密集的俄语语言区。在中国北方,俄侨聚居于天津、北京、青岛、济南、烟台等地;在东南地区,俄侨定居于上海"①。后来原初移民和二代三代移民,为了语言交流的方便,也为了保持自己的生活习惯,他们也自发集中居住,形成了一些松散的俄罗斯族村庄,例如现在俄罗斯族裔较多的内蒙古自治区额尔古纳市的室韦俄罗斯族民族乡,黑龙江省逊克县和孙吴县的边疆村、红疆、上道干、车陆湾子、卫东、哈达沿村等,比起唐人街式的流散社区,这些俄罗斯族居住区自由松散得多,这样就为他们的经济生活、政治生活、婚姻生活、文化生活、宗教习俗、价值观念等与汉文化、蒙古文化、满族文化、达斡尔文化、鄂温克文化等的交流、融合提供了方便,也就是说俄罗斯族的欧式农牧兼游牧文化、蒙古族的游牧文化、汉人的农业文化、华俄混血文化等,形成了混杂的俄裔流散文化。

中国俄罗斯流散族群正是在这种混杂化的生存状态中创造了丰富的民族文化,在文学、音乐、绘画、表演等艺术、文化出版事业等方面取得了丰富成果。1个多世纪以来,在哈尔滨、长春、沈阳、大连、天津、上海、北京等地俄罗斯族群中的知识分子从自发到自觉地从事文学活动,创办了几百种杂志,成立绿灯社、"丘拉耶夫卡"等文学社、诗社,团结了一大批文学爱好者,创作了大量反映自己思想、文化的文学作品,也创作出面对中国社会与文化影响的文学作品,形成了独特的中国俄罗斯流散文学流派(详见本书第二章)。

中国俄罗斯流散族裔的音乐文化成就包括四个方面,一是第一代移民把俄罗斯民间歌曲、舞蹈带到了中国,也带来了他们喜爱的传统乐器和乐曲,乐器有手风琴、三角琴、曼陀林、口琴等,乐曲有《嘎巴桥卡》《卡林努什卡》《巴达

①　[俄]戈尔杰耶娃·C.B.:《中国的"俄罗斯村"》,《西伯利亚研究》2014年第1期。

果娜》《阿金诺奇卡》《不普利哈》《希比利央卡》《米尔卡》等;还有一些歌剧、舞剧的片段,如里姆斯基·科萨科夫歌剧的《普斯科夫的姑娘》《不死的卡谢》《沙皇的新娘》《五月之夜》和《雪姑娘》,鲍罗丁的歌剧《伊戈尔王子》、柴可夫斯基的歌剧《奥涅金》《黑桃皇后》和舞剧《天鹅湖》《睡美人》,穆索尔斯基的《索罗琴斯克集市》等,也被带到了居住区。还有东正教宗教音乐赞美诗、圣歌,因为俄罗斯族大都信仰东正教,大人小孩都能唱。这些移入的音乐艺术在用于自娱的同时,也给中国人以不同的艺术享受,丰富了中国音乐,一定程度上影响了中国音乐,或者说中国音乐借鉴学习了俄罗斯音乐。

二是俄罗斯国内的一些演员、剧团等为了适应来华俄罗斯人的需要,也不断到哈尔滨、上海等俄罗斯族人聚中居住区进行演出,为中国俄罗斯族人社会带来了更丰富多彩的俄国音乐文化,进而影响到长期居留中国俄罗斯人的音乐文化活动。20世纪20年代到30年代,哈尔滨、上海先后成为中国俄罗斯音乐文化之都和音乐文化中心。中国社会的包容与俄罗斯流散族群的特殊需要,促进了两个城市音乐的繁荣,在哈尔滨铁路协会的花园里经常有交响乐团的演出,有时有歌剧、轻歌剧、话剧。来自世界各地的艺术团、音乐家在哈尔滨留下了动人的乐章。这些音乐活动使哈尔滨成为著名的"音乐之都"。其中较为突出的是轻歌剧、纯歌剧的演出更加常见,影响也更大,以哈尔滨为中心,形成了专门的俄罗斯音乐演出团体,输送大量的演员到外地表演。轻歌剧如《风流寡妇》《沿着大海、沿着波涛》《茨冈人的爱情》《舞女》《黑玫瑰》《卢森堡伯爵》《膘骑兵的爱情》《蓝色的马祖卡舞》《马里翁的婚礼》《舞女》《在情感的浪潮中》《波兰血统》《美丽的叶莲娜》《东方的魅力》等几十种,这些作品集歌唱、舞蹈、表演于一体,具有欢快、轻松、幽默的风格,深受俄裔群体与当地城市居民喜爱。一些俄罗斯艺术家长期定居哈尔滨开展音乐教育,吸引了不少慕名而来的人们。1921年,小提琴家特拉赫滕贝格、钢琴家格尔什果里娜在哈尔滨开办了第一所音乐学校,按照莫斯科俄国音乐协会的大纲授课。1924年苏联钢琴三重奏乐队创办了以格拉祖诺夫命名的高等音乐学校;1934年钢琴家福金娜－西多罗娃主导成立了哈尔滨音乐艺术学校。除了上述由新成立的国家苏联政府部门支持创立的音乐学校之外，哈尔滨还有一些私立的音乐艺术学校，如歌唱家奥西波娃－扎克尔热夫斯卡娅、索洛维约娃－马楚列维奇等开办的学校。1947年苏联总领事馆正式批准创建了哈尔滨苏联高等音乐学校，合并了前面的教育机构。这些学校培养了大批的音乐爱好者，包括俄罗斯流散族人员和中国人，这为中俄音乐文化的交流提供了丰富的人才资源。俄罗斯音乐的流行，改变了俄裔流散社区的文化生活，也影响了在哈尔滨、上海等地市民的生活，培养了市民的艺术修养与审美情操，激发了他们对生活与理想的向往之情。以哈尔滨为例，一批女性音乐爱好者在商业协会俱乐部组织了被称为"女人圈"的音乐创作聚会，吸引了许多歌唱家、演奏家、戏剧演员和音乐爱好者。"格尔德涅尔"音乐小组每逢星期天聚会表演弦乐四重奏、五重奏，也表演三重奏和奏鸣曲。哈尔滨大学生业余乐队，由哈尔滨工学院等院校的学生们组成，在教会和学校等聚会上演出。这些丰富了俄罗斯族的生活，也影响了汉人的文化艺术生活。

三是第一次世界大战、十月革命、第二次世界大战等非常历史时期的革命歌曲也被带到了中国，如《莫斯科郊外的晚上》《山楂树》《喀秋莎》《同志们，勇敢地前进》《华沙革命歌》《红旗》《你们牺牲了》《再见吧妈妈》《小路》等。它们先在中俄边界的俄罗斯流散族中传播，尔后影响了中国内地。

四是第二代流散族裔及其之后的俄罗斯音乐人结合民族音乐与中国边疆民族音乐而创作的带有混杂风格的音乐，其音乐内核仍然是俄罗斯音乐，如歌曲《华俄后裔之歌》《玛利亚姑娘》《巴斯克节抒怀》《我们是俄罗斯族》《我从遥远的室韦来》；舞曲《欢腾的节日》《白桦树下》；歌剧《绿土地》《家住临江村》《婚礼》等，从内容到形式都保持着俄罗斯基本风貌外，还夹杂了许多中国地方色彩。

与音乐紧密联系的是戏剧与舞蹈艺术。特别是20世纪前半期，在哈尔滨形成了俄人办的大量剧院，为传播戏剧与舞蹈艺术提供了空间。1905年哈尔滨建成了第一家剧院,拥有当时一流的演出场所。后来陆续出现了"现代"影剧院、"亚洲"影剧院、铁路协会俱乐部、商业协会俱乐部、秋林俱乐部、动力协会俱乐部、"亚细亚"剧院、"大西洋"剧院、"地铁歌剧院"、古巴诺夫剧院等,其中商业协会大厅、"现代"剧院、"亚西亚"剧院和"大西洋"剧院影响最大。由此带动了戏剧学校、舞蹈学校的诞生,培养了不少人才。要特别指出的是,俄罗斯流散群体带来的芭蕾舞,对中国后来芭蕾舞蹈艺术产生了影响,芭蕾舞导演、演员弗拉基米尔·康斯坦丁诺维奇·伊热夫斯基在 20 世纪 30 年代在哈尔滨编排了大量相关舞蹈,民族舞蹈有乌克兰舞、黑山舞、西班牙舞、鞋靶舞、匈牙利舞;芭蕾舞有双人舞、三人舞、四人舞;他导演的芭蕾舞剧《睡美人》《蓝鸟》等深受移民欢迎,也得到中国市民喜爱。同时,芭蕾舞蹈演员安娜·尼古拉耶夫娜·安德烈耶娃、莫斯科歌剧院的芭蕾舞导演伊丽莎白·瓦西里耶芙娜·维克亚特科夫斯卡娅都在哈尔滨创办了舞蹈学校,培养了不少人才。正是这些努力,中国学生、俄罗斯流散移民后代才掌握了舞蹈艺术,中国人才熟悉了芭蕾舞剧《黑桃皇后》《胡桃夹子》《天鹅湖》等著名作品,同时传承了这一艺术。可以说,芭蕾舞在上海、哈尔滨、北京等地的传播离不开俄罗斯流散族群的努力,为后世中国芭蕾舞的发展奠定了比较好的群众基础。

俄罗斯流散群体在中国的重要文化后果也体现在出版发行行业。在中国相对自由的生存空间,繁荣的文学、音乐、戏剧、舞蹈等文化艺术,需要媒介载体向俄国人、中国人及来自世界各国的游客宣传,催生了杂志、报纸的发展。仅哈尔滨一地,前后就有 400 多种报刊发行①,内容涉及文学、戏剧、影视、体育、教育、社会、政治等各方面。这为后来中国本土的报刊业提供了良好借鉴。文艺文学杂志有《边界》《远方》《探照灯》《七日》《锣》等;少年类有《矢车菊》《儿童娱乐杂志》《玩具》《中学生之友》《中学生》《起步》《觉醒》等;教育类刊物有《俄罗斯大学生》《哈尔滨高校》《青年言论》《我们生活的时代》,哈尔滨

---

① 参见刘艳萍:《20 世纪上半叶哈尔滨俄罗斯侨民文学与报刊》,《延边大学学报》2014 年第 2 期。

商业学校校刊《学生时代》《俄华工业学校校刊》等;宗教类的有哈尔滨教会主办的杂志《团体公报》和《神圣的粮食》等。上海方面,1920年俄罗斯移民女诗人叶·康·格德罗伊茨最早创办《上海新时报》,随后多年陆续出现了《俄罗斯回声报》《自由的俄国思潮》《上海俄文生活日报》《新言论报》《罗亚俄文沪报》,《上海柴拉报》规模最大,仅次于英文《字林西报》和《大美晚报》。杂志类有《时代》《今日》以及中文版《时代日报》、《时代》周刊、《苏联文艺》和《苏联医学》等;副刊和周刊有《新生》《新园地》《新妇女》《新文艺》《新音乐》《新语文》等。这些报刊出版物,既报道俄国、苏联国内事务,更发表国际新闻消息和大量中国社会、时代信息,也根据不同的分类发表各艺术文化门类的优秀成果,更为主要的是中文版、俄文版并存的现象,体现出文化的整合趋势。为中俄两个民族相互认识对方文化、理解世界局势、丰富文化生活、传播民族文化起到了重要作用。这些出版物保存了大量的移民文化信息,也客观反映了社会历史时代风貌,具有重要的文化价值、史料价值。

中国俄罗斯流散族群的绘画艺术也对中国文化产生了影响,当然更多的是为流散的俄罗斯族服务。同时也以一种特别的艺术视角记录了中国、上海、大连、哈尔滨、新疆等地的风土人情、自然人文景观,使俄国人看到了中国的美丽,使中国人领略到了俄国画家的艺术,增加了后来民间与官方绘画艺术界的交流。如对哈尔滨情有独钟的俄罗斯画家罗巴诺夫在中俄都很知名,他在哈尔滨生活了将近25年,他用画笔与色彩呈现了当时哈尔滨的城市史、城市风貌、城市文化、城市生活,为读者真实地了解那个年代的哈尔滨,提供了直观、生动、鲜活的画面,也为研究和再现当时哈尔滨的城市原貌、自然景观、风土人情、气候特点、城市的变迁提供了资料。他的绘画中有数百幅反映哈尔滨和松花江的绘画与雕塑作品,描绘出哈尔滨城市中俄式、欧式化的一面,圣尼古拉教堂、圣阿列克谢耶夫教堂、乌斯宾斯基墓地教堂、波克洛夫斯基老墓地教堂、索菲亚教堂、伊维尔小教堂都成了他绘画创作的对象;也展现出深厚的中国文化特点,中国庙宇的绘画《极乐寺》《孔庙的桥和拱门》《在极乐寺的篱笆里》

《香炉供桌》《极乐寺的春节》《大乘殿》《孔庙建筑之一》《孔庙寺院里的石板和神兽》等;更细致表现了自然与人文之美,哈尔滨城市的街景、哈尔滨四季的变化、哈尔滨周边地区的劳动场景等记录在了画布上,如《王岗康拜因收小麦》《开着的丁香丛》《哈尔滨南岗一角》《冬天的博物馆大院》《光大奇耶夫卡养花业》《庄稼人》;松花江风光作品有《松花江上》《松花江的深秋》《帆船》《松花江上的游艇》《松花江的黄昏》《冰封前的松花江》《松花江开航》《松花江上卸沙》等。从创作内容上看混杂了中俄风情,从画风上看也吸取了中国古代风景画的元素,这种潜移默化的混杂,正是流散文化产生的重要机理。

正如中国的唐人街会改变移居城市的风貌、黑人的哈莱姆改变了纽约街区、犹太人的"隔都"改变了城市商业形态一样,俄罗斯族在中国的流散也改变了居住地的生活甚至风俗。如哈尔滨就是一座具有深厚俄罗斯风格的城市,城市的建筑、人种、文化艺术生活、宗教信仰等都有俄罗斯气息。特别是传统宗教信仰、传统文化习俗传承,往往是流散族群在异域他乡生存的重要精神家园与向心力量,也是保持民族特性的重要体现。哈尔滨的宗教活动、教堂建筑最能表现俄罗斯族的文化氛围,1922年俄罗斯族在哈尔滨建设东正教区,其后发展到几十座教堂数百神职人员,教堂矗立各处,各具特色、功能各异,外观上大大增加了哈市的域外风光特色,也较大影响着人们的生活起居,如圣尼古拉大教堂是哈尔滨的宗教活动中心,它受到所有教民的敬仰;圣母报喜教堂曾是俄罗斯东正教驻北京教士团哈尔滨分会的会馆,每年的主显节圣诞节后的那几天,全城的东正教教徒都会云集在这里。做完大弥撒后,宗教游行队伍从这里出发走向松花江;伊维尔教堂是座七圆顶的教堂,用马赛克拼制圣像,很有特点,教堂开办了老人院、孤儿院、慈善食堂;斯科尔比亚申斯克教堂是专门为了纪念革命时期遇害的俄国沙皇尼古拉二世一家人而修建的;卡姆斯基教堂是老年人和孩子的庇护所,教堂设有圣像画的作坊,女孩子们在这里学习绘制圣像;圣索菲亚教堂雄伟壮丽,建筑风格独具特色,其殡葬所是教堂的慈善机构,专门为穷人和那些无亲无故的人们送葬。阿列克赛教堂、波克洛夫斯克圣母教堂也具有鲜明的俄罗斯宗教色彩。这些给中国东北城市增添了深厚的异域色彩,呈现出中俄混杂的特点,别有风味,至今还是哈尔滨旅游的重要特色项目内容,自然也从艺术设计元素上影响到了中国建筑艺术。

中国俄罗斯族群的文化后果具有很重要的启示意义。启示一是两种民族与文化平等相遇,往往能够产生良好的跨文化传播效应,俄罗斯人不管什么原因来到中国,都没有受到中国民族或文化的排斥与打压,这与海外华人、犹太流散族、黑人流散族被打压被排斥甚至被消灭的命运完全不同,这也许和中国本身虚弱的国力有关,需要外来文化的帮助与支持,但最根本的原因是中国文化具有包容性;这种文化境遇为俄罗斯流散族文化的传播发展提供了良好的文化生态环境,使它们既能保持民族文化独立性,又能吸收中国文化因素,很好地解决文化水土适应问题,除了跨界婚姻问题,中国俄罗斯族基本上没有产生明显的文化焦虑、文化隔离、文化排异、文化失语、文化失根、文化认同危机等问题,而是在异域他乡很好地发展了自己的文化,创造出了丰硕的文化成果。启示二是发展较快的民族移居他国,只要不抱有文化侵略和霸权主义思想,平等地、理性地看待欠发达的民族文化,取长补短,进行良性的文化输出和借鉴,往往能形成双赢局面。启示三是发达的民族国家和地区,对待外来流散族群应当出台相关政策,保护少数族裔的利益,学习新中国成立后对待少数民族的政策,形成民族团结的良好政治与文化氛围,则有助于各民族文化的繁荣与发展。

二、欧洲俄罗斯流散族群及其文化后果

俄罗斯在地理上属于欧洲,其文化、宗教信仰与欧洲有血缘联系。因历史政治、经济、文化教育、宗教信仰等原因,俄罗斯人流散到欧洲的机会、规模都要大些。综观各个历史时期,政治与战争是引发流散族群的主要原因。而具有流散文化标本意义的流散者完全可以从 1564 年 12 月流亡的安德烈·库尔勃勒斯算起,他本来是俄国大公,沙皇伊凡雷帝的重臣,因政见不同而逃亡到

立陶宛,20 多年间向沙皇写了大量论辩性的信件,成为当时重要的文化事件与政治事件①。之后由于历代沙皇统治者制造的各类政治与战争事件,政治流散移民不断增加,逃亡到布拉格、柏林、君士坦丁堡、巴黎、哈尔滨、上海等地。沙俄时代他们主要移居欧洲,在欧洲形成了独特的俄国流散族群文化。

1825 年十二月党人起义后,产生了一批流亡知识分子和革命者,另有 121 位革命者如穆拉维约夫、特鲁别茨科伊等被流放到西伯利亚服苦役,青年贵族知识分子大都流亡欧洲巴黎、伦敦等西欧城市;19 世纪 40、50 年代,巴枯宁、沙龙诺夫、奥加廖夫、赫尔岑等人移居巴黎、伦敦,赫尔岑于 1853 年在伦敦成立了自由俄国印刷厂,从事政治革命活动与文学活动,初步形成了早期的俄罗斯族巴黎、伦敦聚居地,这些人大部分没有返回俄罗斯;1863 年之后,沙皇专制统治加剧,镇压波兰、立陶宛、白俄罗斯起义,引发了更大的政治难民潮,更多俄罗斯人来到欧洲主要大城市,增加了流散群体数量,他们在欧洲组建革命组织、创办报纸杂志、出版社、印刷厂,与国内密切联系,始终关心国内问题,不把欧洲当作长久居留之地,情况允许经常返回祖国,还包括一些民粹主义者、一些马克思主义者等,这时期更多数量的俄罗斯移民是那些虽然从农奴制下获得人身自由,但土地财产均一无所有的农民劳工和宗教移民。

1917 年二月革命推翻罗曼诺夫王朝、1918 年列宁领导十月革命胜利后和苏联社会主义建设时期的海外移民,壮大了俄罗斯族海外流散群体,欧洲俄国流散族也不断扩大,商人、政府官员、贵族、大地主、知识分子、学者、城市中产阶级、小地主、小资产阶级、工匠、雇工和农民等移民德国、法国、英国、波兰、芬兰等波罗的海沿岸欧洲国家②,数量最多,也有不少涌向其他各大洲。总起来看,欧洲、亚洲、大洋洲、美洲都分布着俄罗斯流散群体,但最主要的区域是欧

---

① 参见[俄]弗·阿格诺索夫:《俄罗斯侨民文学史》,刘文飞等译,人民文学出版社 2004 年版,第 1 页。

② 参见 Boris Raymond, David R.Jones, *The Russian Diaspora*, *1917-1941*, Maryland: The Scarecrow Press, 2000, p.7, p.8。

洲。据不同国家相关组织或专家不准确统计,仅 20 世纪 20 年代初俄罗斯海外流散人员就有 200 万左右,1920 年 11 月美国红十字会公布俄国侨民的人数是 190 多万人,1921 年德国学者汉斯·冯·里木萨估计俄国侨民的人数是 290 多万人①;国际联盟俄国难民事务高级专员里德约夫·南森估计俄国侨民的人数在 20 世纪 20 年代早期是 150 万②。第二次世界大战期间德国的入侵引起部分苏联人逃难出国,也有一部分因受到苏联政权的影响乘机逃出的人,估计近千万人离开苏联,大部分逃到非纳粹占领区。20 世纪 60、70 年代苏联国内政治斗争与迫害引发了新一轮流亡流散群体。这样历史上形成的俄罗斯后裔和新移民累加,使得俄罗斯移民与中国人一样遍布世界各地,形成了俄裔流散族群文化,而尤以欧洲突出。

俄罗斯族欧洲流散群体创造的第一个重要文化成果就是"海外微型俄罗斯"社会③,它是相对独立的居住群体和社交群体,类似华人流散的"唐人街"、犹太人社区"隔都"、黑人"哈莱姆"社会,但又没有那么紧密封闭,而是相对宽松,流散成员主要是政治家、知识分子、文化人、作家、宗教人士、商人、贵族等,他们大部分在海外能够保证生存,并有条件从事政治、文化、文学、宗教等活动。这些"微型版的海外俄罗斯"主要有"布拉格俄罗斯、巴黎俄罗斯、柏林俄罗斯、君士坦丁堡俄罗斯"等,在这些微型社会里产生了以报刊出版业、文学创作为中心的具体文化成果,与俄罗斯国内文化相互呼应,影响很大。这些微型版的海外俄罗斯之所以能够形成,是绝大多数流散俄罗斯族成员对故国文化坚守之结果,他们时常回忆俄罗斯旧家园,成群结队地组成海外政治革命组织、科研组织、宗教组织、教育组织,保持自己的独立性,不受移居国文化

---

①　参见 Marc Raeff, *Russian Abroad: A Cultural History of the Russian Emigration*, *1919–1939*, Oxford: Oxford University Press, 1990, p.24。

②　参见 Boris Raymond, David R. Jones, *The Russian Diaspora*, *1917–1941*, Maryland: The Scarecrow Press, 2000, p.9。

③　参见[俄]弗·阿格诺索夫:《俄罗斯侨民文学史》,刘文飞等译,人民文学出版社 2004 年版,第 3 页。

的控制,他们在各居住地创办了各类中学、高等学校,如布拉格俄罗斯大学、俄罗斯技术学院与农业学校,在华沙、里加、柏林等成立了俄罗斯科学研究小组,在南斯拉夫成立了贝尔格莱德学术研究所,在柏林成立了自由宗教和哲学学院。一些文人、作家、哲学家在各地积极从事文学创作形成了相对独立的"俄罗斯文学的巴黎、布拉格、柏林"等,为俄罗斯流散族群建构了微型版的海外俄罗斯的文化思想精神家园①。

欧洲俄裔流散的第二个文化结果是向俄国输入了欧洲政治与革命思想,改变了俄罗斯社会历史进程,使社会制度发生了多次大变革。马克思主义认为人是一切社会关系的总和,人类的一切政治活动、经济活动、文化活动都需要人这个基本基础的单位承载,人口的迁移与长期流散必然产生一系列文化结果。流散欧洲的俄裔族群在不同的历史时期向俄国国内输入了欧洲革命思想与文化,第一个时期是十二月党人起义之后,一些流散到欧洲的俄国贵族知识分子,开始在海外寻找推翻沙皇统治、改变俄国社会制度的道路。以巴枯宁、赫尔岑为代表的知识分子,主要向俄国输入了欧洲的启蒙思想与民主主义思想。第二个时期是 1861 年农奴制改革之后、1863 年波兰、立陶宛等起义之后,一些革命者与起义人士移居欧洲,成立革命组织,出现了职业革命群体,向国内输入民粹主义思想。第三个时期是 19 世纪 80、90 年代,以列宁等为代表的短期流亡者,学习德国、法国马克思主义者思想,向国内输入马克思主义思想,最终引发了 1905 年、1917 年、1918 年革命,催生了世界第一个社会主义国家——苏联,改变了世界政治格局,从而引发了全球社会主义革命连锁反应,成为 20 世纪最重要的政治事件。第四个时期为苏联社会主义制度建立后,此期在法国、保加利亚、捷克、德国、英国等地流散族群中形成的不同政治派别,也通过各种方式影响了全球其他地区的俄罗斯流散群体。其中最著名的有君主主义派、路标转换派、古典欧亚主义思想瓣膜派、"新策略"思想派等,他们

---

① 参见[俄]弗·阿格诺索夫:《俄罗斯侨民文学史》,刘文飞等译,人民文学出版社 2004 年版,第 12—60 页。

的一些思想传播与后来苏联解体不无联系。君主主义派主要由俄帝国流亡贵族、军人等组成,主张对新兴的苏联采取武装抵抗,由于客观条件与时代发展变化,这一落伍的思想派别基本上没有多大影响。路标转换派主张流散者回归祖国,"由武装斗争反对苏维埃政权转而支持苏维埃政权,为建设新的俄国社会积极进行工作,从而达到使苏维埃政权和平演变的目的"①。它的主张影响了俄罗斯流散群体,更传播到苏联国内。小说家亚历山大·库普林、著名诗人玛丽娜·茨维塔耶娃和著名音乐家谢尔盖·普罗科菲耶夫等纷纷回国,他们带来了欧洲思想更带来了他们主张的转换派思想。历史的发展事实表明,这一派别的思想是可行的,虽然苏联解体和平演变是西方价值观渗透的结果,但是它的基本思想与主张无疑为和平演变提供了参照,这应当引起有关社会主义国家的反思与警惕。与此相似,古典欧亚主义者认为俄罗斯应当是独立的地区,不属于欧洲,也不属于亚洲,他们主张:"苏维埃政权已经在俄国建立了稳固的政权,与布尔什维克的斗争不能只是通过武装斗争的方式,只有深入其内部,用一种思想战胜另一种思想,也就是必须用更有力的世界观和意识形态去战胜合法、完整的马克思主义意识形态。"②这与 1989 年的东欧剧变的结果何其相似!

第三个文化后果是苏联解体后的俄罗斯知识分子的大量流散,给俄罗斯造成了人才流失,而对居留国带来了科技力量。据不完全统计,苏联解体前后的七八年时间,俄罗斯流失知识分子科技人才数量巨大:"俄在 1987—1994 年 8 年时间里科技部门流失 140 万专家、学者和科学辅助人员。"③这些人主要来自高校、科研部门、设计部门、军工业等,大部分移居到了美国、德国、希腊、以色列等国。这些流散直接造成了俄国科技水平降低、科研成果转化率低、劳

---

① 刘彦章:《关于路标转换派》,《当代世界与社会主义》1983 年第 3 期。

② 栾艳丽、张建华:《20 世纪 20 年代俄国侨民的政治思潮:以米留可夫的"新策略"为个案研究》,《齐齐哈尔大学学报》2008 年第 3 期。

③ 张桐:《俄罗斯知识分子外流及其后果》,《学习与探索》1998 年第 3 期。

动力人才结构变化、高等教育水平下降等严重后果。这启示我们一个国家的强盛必须培养人才、留住人才,而前提必须保证国家和平、稳定、发展的政治与经济局面。

三、美国俄裔流散族群及其文化后果

俄罗斯人与美洲大陆的交流历史很久,约几千年前西伯利亚的蒙古人通过白令海峡迁徙到北美。哥伦比亚发现美洲大陆70年之后,1562年俄罗斯北部地区的诺夫哥德罗人,为了逃避伊凡三世和伊凡雷帝的统治而乘船沿额尔齐斯河东去到达西伯利亚东北海岸,渡过白令海峡,在阿拉斯加建立了居住地阿纳德尔城①,与当地的印第安人混杂生活,这是俄罗斯少数移民群体海外流散的开端,他们把俄罗斯宗教、教堂建设等带到了美洲,可以说是美洲发现者之一。他们把自己所在的阿拉斯加地区称为东罗斯,还没有意识到自己的迁移已经远离俄罗斯、身处另一个大陆。

而真正具有流散文化意义的群体是美国俄罗斯族移民群体。他们18、19世纪来到独立的美国,主要有经济、政治、宗教三类移民。其中政治流散群体占少数。《苏联大百科全书》把这些移民也分为三个阶段:贵族革命阶段、民粹主义阶段与马克思主义阶段。这与移民欧洲的群体是一致的。自1850年至1890年,移民美国的俄国人约有53万之多,主要为劳工移民和宗教移民。他们和华人移民一道为美国经济的发展作出了贡献,而美国此时的经济已经快速发展,超过了英国、法国等老牌殖民国家,工业产值已占全世界的30%,成为最大工业国②。十月革命前后、社会主义建设时期及苏联解体后的新俄罗斯时期,移民美国的俄罗斯人主要是知识分子与持不同政治见解的人士。

与俄裔欧洲流散群体一样,美国俄罗斯流散族群体的文化后果是不断吸

---

① 现在的阿纳德尔(Анадырь)是俄罗斯最东的城市,位于白令海西北阿纳德尔湾西岸,为俄罗斯楚科奇自治区的首府。

② 参见杨茂生、陆镜生编:《美国史新编》,中国人民大学出版社1990年版,第229页。

收美国文化因素,利用美国相对宽松的政治氛围,引进西方民主思想和马克思主义思想,形成了一批思想激进的政治家,为推翻旧的社会制度奠定了基础;而新的社会主义制度建立后,流散美国的俄裔群体又对新兴苏联进行了抵制、批判。美国俄裔流散族最大的文化成果是文学创作。特别是20世纪,包括俄国时期、苏联时期、第二次世界大战前后的移民,在美国形成了不小的文学群体。1942年前后,以布宁、阿尔达诺夫为首的作家在纽约出版了体现俄罗斯流散作家创作成果的作品集《方舟》。诗人、作家、批评家阿尔达诺夫和采特林还继承了俄国著名杂志《当代纪事》(在苏联国内已停刊)传统,在美国办了《新杂志》,成为域外俄语最大的文学杂志。其后流散学者哈佛大学教授卡尔波维奇、作家罗曼·B.古尔都担任过主编。以此为阵地发表了布宁、扎伊采夫、阿尔达诺夫、纳博科夫、阿达莫维奇、吉比乌斯等著名作家的作品,繁荣了海外俄国文学;同时为俄罗斯侨民文学第二次浪潮的作家提供版面,培养了大批青年移民作家。在文化上宣传了俄罗斯文化特性,又结合美国文学新探索,形成了不同文学、宗教、文化观念的交汇区。对当代世界文学的跨界写作与发展具有重要启示(详见本书第二章)。

第七节　印度流散族群及其文化后果

到2018年,大约有2000万南亚人(印度为主)生活在其他地区,如非洲、加勒比地区、欧洲、太平洋地区;他们移民之后,大都面临着语言、地域环境、宗教信仰等多方面的变化与适应,但总是以各种方式展现着他们共同的印度身份;他们可能希望后代们能够在移居地发展得好,同时也希望孩子们适应印度家庭价值观、与印度人结婚、与祖辈同享传统文化,居住在海外,还倾向于重构其印度文化、价值、宗教信仰等。他们身居海外总是通过各种方式与母国取得联系,从古代的商船航行,到现代的大众媒体、互联网或回故乡旅行,像印裔英国作家奈保尔的家庭那样,父母亲希望他从婚姻上、饮食上、信仰上都要保持印度传统,但又希望他能在英国扎根、有出息。这样他们就遭遇了文化冲突与身份混合问题,产生了双重认同、认同焦虑,成为典型的流散标本。

印度与中国一样是文化积淀很厚的文明古国。由于政治、经济、宗教、文化、多民族等各方面的原因,印度移民流散的历史更加长远,在南亚地区最具有代表性。印度移民相关史料表明,历史上出现了四次较大的移民活动:"第一次是在 17 世纪以前;第二次产生于 18 世纪的西方殖民地时期;第三次发生在第二次世界大战之后;第四次是从 20 世纪 60 年代末开始。"①而每一个历史时期有其特殊的移民背景、特点、条件,他们在海外重建印度文化。他们如何被移居国接纳,其情况复杂、变化多端,出现了对文化与身份问题的质问与探索。

第一次移民时期主要是商业旅居式移民,文化与身份的冲突问题还不是很明显。17 世纪殖民统治以前,交通技术比较落后,大部分移民都来自印度沿海地区,这里与东亚、东非、中亚较近,在这些地区活动的主要称之为"商业移民"或"临时、循环往返移民",他们起到本族文化与其他文化交流与过滤的作用。第二次移民潮是适应 18、19 世纪西方殖民需要、种植园经济劳工需要,后来黑人奴隶贸易被禁止后,南亚劳工更受欢迎,产生了大量移民群体。一开始他们还想着返回故土,但大都不能返回南亚次大陆,而是在海外创造了他们"新的故乡"——印度社区,发展了印度文化,印度人在移居国成为作家、知识分子、教师、科学家、管理者、公务员、软件工程师等,从而形成了流散群体的跨界婚姻、跨文化身份、边缘化身份等特性。第三次移民流散是第二次世界大战后,主体是战争与国土划分导致的穆斯林从印度移到巴基斯坦,而巴基斯坦的印度族移到印度,移民之后他们都觉得新政府不可能保护这些少数族裔的利益,许多受过教育的人就离开印度去欧洲、美国、加拿大等地从事教师、律师、医生等职业。第四次移民是 20 世纪 60 年代以后,许多印度人移民海外成了

---

① 杨晓霞:《流散往世书:印度移民的过去与现在》,《深圳大学学报》2012 年第 6 期。

建筑工人或管家,特别是在中东地区比较多,我们在旅行地或电影中能够大量发现这些职业工人,当然随着计算机科学的发展一些印度移民成为 IT 业者,造就了大批所谓的"临时移民"。

这四个时期在国际流散研究界又被概括地分为旧流散时代与新流散时代,从流散的地理、时代特点上比较都相去甚远:"新旧流散跨越了各种不同的地形地理。旧流散主体占据了这样一些空间,在这里他们与其他殖民地人进行互动,与其有了一些权力与特权的复杂关系,如在斐济、南非、马来西亚、毛里求斯、特立尼达、圭亚那和苏里南;新流散主体是那些进入欧洲大都市中心或其他白人定居的国家如澳大利亚、新西兰、加拿大和美国,作为 1960 年代之后全球移民的一部分。新流散群体经常在多元文化理论中得到研究。"①流散文学研究者、民族学者、社会学者、人类学者也经常把新旧流散作为他们讨论的分类标准。

印度流散族长期生活在海外,成家立业,产生了第二代第三代移民,这些隔代流散者由于政治经济等方面的原因,也可能被迫再次移民,但是他们从不考虑返回印度,回去也只是旅行、探亲或工作业务,不是真正意义上的回流定居母国。但是这四个时期的各类移民,并不都是流散群体,要想区分哪些是移民,哪些是移民中真正意义上的流散者很不容易。他们在两种文化、两个国度甚至更多的文化环境中接受考验,他们能否接受移居国文化,能否被移居国接受,能否永久定居下来,印度特征与移居国文化如何联系,交叉跨界婚姻问题如何处理,及不断变化的宗教、地域、种族、语言、背景因素等,都很难给他们贴上恰当的文化标签,这也表明了流散的复杂性,也许可以用马赛克状态描述比较合适。正如欧昂克所言:"这些流散群体在海外都试图尽可能地重构他自己的宗教、家庭形态及文化,同时他们调整自己适应当地环境。印度种姓和语言问题也要与新环境对话协商。这不是一个自然而然的过程,而是要作巨大

---

① Vijay Mishra, *The Literature of the Indian Diaspora*: *Theorizing the Diasporic Imaginary*, London and New York: Routledge, 2007, p.3.

的努力——有时努力保持自己的文化,也要考虑宗主国的社会。"①这种诉求恰恰表现了流散群体的共同特点。

印度流散群体所产生的文化后果是多样化的,从社会群体组织形态看,这一群体在海外自觉不自觉地形成了早期的海外印度社区、南亚流散群体,为保存自己的种族文化记忆提供了"飞地"式的空间,也为与故国联系提供了方便,他们带来的文化影响了居住地的文化构成,反过来移居国的文化也对流散群体的生活、宗教信仰、政治立场、世界观等产生了重要影响。生存环境、语言交流、文化思想、宗教信仰、文学艺术、影视创作等各方面都面临改变、混合、排斥、认同、远离、亲近等选择。这一切从印度语言的变迁、泰卢固人流散族的变化可以得到很好的证明。

一、渐行渐远的母语:印度流散族群的共同命运

印度是个多民族国家,语言方言种类多,有 1652 种语言和方言,英语和印地语同为官方语言。印地语、乌尔都语、英语、古吉拉特语是印度国内使用人数较多的语言。由于英国殖民统治时期造就了英语的官方用语地位,很多受教育的人都学习过英语,移居他国用英语交流不成问题,而更多的是不同地区移出的移民都面临印度母语消失的困境,这种困境主要经历了能说能写能读能用—到能说能读—再到只会说—直至最后消失几个阶段。例如移民海外的古吉拉特流散族群的母语就面临着这样的文化后果。

古吉拉特语由居住在印度古吉拉特邦、联邦属地达德拉-纳加尔哈维利和达曼-第乌、孟买的古吉拉特人使用,此外移居到非洲、北美和英国的古吉拉特人后代也说古吉拉特语,但是书写已经困难。这一文化后果是印度海外各族裔流散群体所面临的共同文化命运,地理上远离故土,语言上逐渐使用移

---

① Gijsbert Oonk, *Global Indian Diasporas*: *Exploring Trajectories of Migration and Theory*, Amsterdam University Press, 2007, p.12.

居国语言,文化上也渐行渐远,生活习惯与婚姻发生转变,失语、失根、失去故土文化成为普遍现象,故土的一切成为记忆、想象、神话、期望家园。

因流散居住在东部非洲的古吉拉特族群,其历史、文化与现实处境具有典型代表性。随着殖民化进程与民族国家的出现,东部非洲一直成为联系亚洲、非洲、欧洲的中间地带,这种长期的文化关系形成了一种特殊的"东非式亚洲文化"①。作为南亚流散者,古吉拉特人从一个大陆移居另一大陆成为少数族裔,不同地区的文化被他们改变、转换、重造,他们采取了不少适应策略:一方面适应当地的文化价值观,另一方面也保持着一些原初的价值观,他们移民之后的文化变化非常复杂,它不是自然和谐的变化而是随时伴有冲突,需要作出痛苦的决定。移民东非的古吉拉特人逐渐以东非的斯瓦希里语(Swahili)和英语代替了古吉拉特语:第一代古吉拉特流散者于 1880—1920 年间移居东非地区,还能够读、说、写本族语言;1920 年以后,第二代古吉拉特人在移居地出生,他们接受本土语与英语双重教育,还能流利地说、读母语,但是已经不能写了,这时英国殖民者没有能力建设系统的殖民地教育,印度人办的印度学校还是比较多的,母语成为教学语言,而英语是副科;但是英殖民者认识到这个问题,决定只支持那些用英语教学的学校建设,于是双重语言造就了混杂化的生存状态,比如有的父亲在家里给家人用古吉拉特语说话,妻子往往用同样的话回答,而孩子就可能用英语回应,有时还混有两种语言词汇。到了第三代(1960—2000),古吉拉特流散者只能跟自己的父母家人说母语,年轻人群体则说英语,与当地社会接触也只能用英语,更不会读写古吉拉特语了,至于印度宗教仪式与母语讲座大部分年轻人已经不能明白了。

这种变化既是个人选择也是社会影响的结果,当然这也不能看作是少数流散群自动适应全球化、西化而选择西方语言。比如当古吉拉特人自愿捐助

---

① Gijsbert Oonk, 'Loss of the Mother Tongue Among South Asians in East Africa, 1880-2000', see *Global Indian Diasporas: Exploring Trajectories of Migration and Theory*, Amsterdam University Press, 2007, p.67.

自己的印度人学校采用母语教学获得成功时,殖民政府就会干涉,促使学校使用英语进行教育,而移居者也试图保持自己的文化与经济经营模式,特别是使用什么语言作为教学语言的争议成为少数族裔身份重要的变化因素。与宗教、饮食、着装习惯一样,以什么语言讲述本族历史是界定、描述族裔性的重要变量因素。以重构印度语言保持印度文化的某些方面,成为描述流散族群的基本要素。经过三代人 100 多年的历史,印度流散群体的文化与流散社区的形态发生了巨大变化,形成了流散特有的混杂化特点——成为自治的融合斯瓦希里、欧洲、南亚文化因素的社区混合体。这个混合体与印度流散群体和印度文化无法区分,他们家在非洲流散地,视野却是国际的。因此研究流散群体不能只强调无根性和母国、海外的印度文化再生产问题,其他复杂的因素等都要纳入考虑范围。

二、印度流散族群的跨国网络化、语境化身份

印度在海外的流散族群体很庞大,与犹太人、华人、黑人、俄罗斯人等一样,印度人也同样具有抱团取暖的要求,形成了印度海外的特殊宗教家庭、印度飞地或社区;同时他们也在不同时期不断与故国取得联系,形成了松紧不等的跨国群体,特别是全球化以来,印度人流散的跨国网络化特征明显;当然,他们也深受流散之地的文化环境影响,同样形成了一种"语境化"身份。由于印度民族众多、宗教派别多,海外流散族群体也很多,无法一一涉及。这里以印度泰卢固人为例进行阐释。

泰卢固族是印度的主要民族之一,目前大约有 6000 万。历史上殖民地种植园契约劳工时代有不少移居非洲、加勒比、南非等地区,生活在毛里求斯、马来西亚、南非、斐济等地的甘蔗和橡胶种植园里;第二次世界大战后印度独立,又有大批人移居世界各地,这批移民英语较好,接受过职业教育或高等教育,种姓也较高,美国、加拿大、澳洲、英国是他们主要的移居国。20 世纪 90 年代以后,又有一批软件工程类的移民移居美国等计算机行业比较发达的国家和

地区,以年轻人居多。他们在全球各地形成了不同时空语境的流散身份,这种身份被脉络化、网络化了。这里以毛里求斯和美国的泰卢固流散群体为考察案例。

第一批泰卢固人于1836年来到毛里求斯,随后的40年间共有2万人作为契约劳工来到这里,成为第一批老移民;第二次世界大战后非契约移民和移民后代为新移民,也可以称为当地出生与外地出生的泰卢固人,目前约有6万人,与其他流散族共同构成了毛里求斯多语言、多文化的社会。在全球流散史上,少数族群也在不断对自己的语言与文化进行复兴诉求,泰卢固流散群体也成为一个以语言、文化和宗教为标准单独列出来的族群。近50年里,他们也经历了宗教派系的分化,祖先的语言成为他们文化与宗教分化的基础。而多元文化主义也成为政府的国家政策,语言与宗教成为文化身份的明显标记,以语言为标志的族群祖先为自身的政治与文化身份作出了巨大努力,毛里求斯政府也把这些语言看作整个国家的遗产,赋予所有语言以平等的权利,为其身份合法性找到了依据。因此,在毛里求斯的泰卢固族群把泰卢固语、庙宇、节日看作民族身份的重要构成因素。其文化实践、文化传统、节日、语言均扎根在传统习俗和民间文化之中。起初语言起到了重要作用,它把泰卢固人与其他种族社区分开,泰卢固人认为祖先的语言值得尊重与继承,是将他们与其他移民分别开的重要标志。许多泰卢固组织共同协作,把宗教与语言发展成为其身份的重要指标。祖先的语言、文化、宗教相互施压以为语言族群提供鲜明的身份,这种身份在社会经济和政治环境中起到了重要作用。起初,泰卢固人通过唱民间歌谣、奉献诗和戏剧表演教给孩子说泰卢固语,也通过在棕榈叶、沙滩上书写来教孩子。

但是长期的种植园生活和法语教育,还有其他移民社会语言的影响,许多人放弃了说泰卢固语,转说法语和克里奥尔语。后来政府与移民都认识到保护泰卢固语的重要性,通过节日、宗教庙宇活动、学校教育、媒体传播、官方与非官方组织、文献典籍翻译等方式鼓励孩子和成人学、说、用泰卢固语,这也是保持族裔文化身份的重要举措。

寺庙在保持泰卢固人文化身份方面尤其起着重要作用,这在印度其他民族流散群体中同样重要。在毛里求斯国所有寺庙都有正式的周五祈祷歌,还有插图本歌集供信徒学唱,还安排了懂得双语的专家翻译为克里奥语,参加者多是老年人、妇女、孩子;节日、婚礼日或生日,这些活动期间,人们云集而来进行了庆祝与聚餐;为了融入当地生活,泰卢固人改编了当地一些祈祷歌用于婚丧嫁娶仪式,当地的祈祷歌用克里奥语更容易传播,也能让当地人更好理解印度教的礼拜活动。通过这些活动强调了他们与社区的紧密联系。同样,节日也是泰卢固人文化生活的重要部分。几代人不断努力保护泰卢固文化,这是他们与其他流散族不同的重要表现所在,他们守望自己的语言、宗教文化身份,并以此为自豪,达到了保持独立的目标。

移居美国的泰卢固族流散群体与其他地区不一样,这个群体相对独立,而且大部分是 20 世纪 60、70 年代以后流散而来的知识分子、职业移民、医生、软件工程师、留学生等。特别是 1990 年以来,印度流散者把美国当作第二故乡,融入了当地社会。但是他们又经常与印度故乡保持经济与文化的联系。对任何来自印度或南亚的人来说,文化身份是其社会经济、政治、宗教生活的核心。文化身份本质上体现为政治身份,与社会环境相关,包括宗教、语言、地区和种姓阶层。美国泰卢固人的身份不仅是语言意识形态的表现,也是泰卢固地区和文化的表现。在美国移民语境下,泰卢固身份除了为族群提供经济与文化需要外,还具有政治含义。泰卢固人通过会员捐献、其他资金形式扶持共享资源,提升其自身利益,保持其文化与身份。语言在这里也被视为他们身份最重要的标志。在美国流散的泰卢固人认为比起那些回到故乡的人,更加具有本族文化气质,他们也努力把语言和文化传递给在美国获得成功的二代流散者。除语言之外,他们的电影、文学、广播和社团组织提供了必要投入,帮助美国的泰卢固族获得家的感觉。

泰卢固人流散的另外一个重要文化后果是形成了跨国网络族群,他们作为流散社群成员参与到所在国家的社会文化、经济与政治建设中。这些跨国族群网络与社群的亲密度、远近程度有关,影响了成员与群体的互动程度。泰卢固流散群体的社会文化网络与当下交通工具发达、交流方式进步及全球化程度紧密相关,过去亲属与家庭联系主要通过汇款、书信、偶尔回乡探亲加以维系;现在互联网发达,运输方便,使得美国泰卢固人家庭与印度安德拉帮故土联系紧密。同时,他们通过远亲婚姻、有特色的族群舞蹈、手摇纺织机、绘画来继承传统。比如他们在一些聚会与节日里表演民族舞蹈,进行跨国表演。表演种类繁多,其中印度古典舞蹈——库吉普迪(Kuchipudi)舞通过流散群体传播到全球;泰卢固人的节日也是形成海外流散群体文化的重要基础,像乌加迪(Ugadi)节(泰卢固人新年)等十多种节日活动都会在个人的家庭中、集体庆祝聚会中进行,许多流散在外的印度明星、艺术家、歌唱家们也参与其中,形成了泰卢固人的海外文化跨国网络。

泰卢固人构成的跨国经济网络也是重要因素。最初表现为个人家庭式的经济往来,其后在教育、旅行、商业贸易方面都形成了较为突出的经济网络,成为流散群体跨国网络化、语境化身份的重要基础。这一网络横跨了故土、流散社区、居留国社会,且越来越紧密,个人化与制度化的经济交易都很发达。港口进口商务涉及大量的文化与消费产品,在故国与流散社区间形成了双向经济贸易通道。一是节日期间人们带回的各种礼品,这是非企业化的经济来往,也有通过节日回乡返程捎带货物谋取利润的;二是企业化的经济贸易,他们把大量资金投入故国实体经济、工业建设、小型生意、教育医疗机构、社会福利机构等领域,这都强化了跨国的经济网络联系。

跨国的宗教网络是海外泰卢固社群的重要精神家园。泰卢固人的故乡安德拉帮是许多宗教的发源地和宗教运动的发生地,从印度教到伊斯兰教,从佛教到耆那教等;这些宗教信仰与精神运动,在国内的安德拉帮和海外的流散社会都相互联系而存在,构成了海外流散者与故乡紧密联系的基础。同时这些宗教与精神运动也成为海外泰卢固流散者身份的重要标记。连接海外流散者与故乡的重要因素之一是他们对宗教导师和精神引路人出生地的朝圣活动。这种朝圣加强了泰卢固族与故乡的联系，也提供了发展的良好环境。

种姓和社团跨国网络，是泰卢固流散跨国网络化、语境化身份的又一表现。印度种姓等级众多，泰卢固人也不例外，这种种姓与亚种姓身份为他们提供了另外的更近的互动场所。第二次世界大战前，流散海外的主要是低种姓的人，战后则大部分是高种姓的人群；种姓的不同决定了他们在流散社会政治经济活动中的地位与表现，在美国就是按照种姓划分的，卡玛（Kamma）种姓主导了北美的泰卢固人社团组织，而雷迪（Reddy）种姓主导了美国泰卢固人社团。这些社团也是流散者为了共同利益而联系的重要渠道，他们保持自己的文化身份，保住自己的经济政治利益，保护自己的文化遗产，通过社团他们可以募集资金应对危机时刻，也把分散世界各地的泰卢固人凝聚到一起，强化其流散社会网络。这些社团制定各种规则，加强国内外的联络，召开会议，团结各地流散者。流散社群对故乡作出了贡献，对故乡各方面的发展都有帮助，而故乡安德拉邦也为海外的流散者提供帮助。

另外值得一提的是，泰卢固人流散群体还在东道主国家和母国两地形成了政治网络，充分利用互联网建立起了族群参加的虚拟网络，这些都为本族人巩固网络化、语境化的文化身份提供了方便。

人类的流散行为具有文化再生性，有流散族群社区存在的地方往往都会产生新的文化后果。世界上绝大多数民族由于战争、生存、求学、经贸、宗教信仰等原因都产生了流散族群，除上述流散族外，较典型的还有阿拉伯人、亚美尼亚人、土耳其人、库尔德人、南美洲人等主要流散族群体。全球化时代到来后，新型的流散移民群体也加入进来，扩大了流散阵容。他们的共性是从一个文化生存环境移入另一个文化生存环境，必然要与他者文化进行接触，要进行文化翻译、交流、沟通、排斥、对立、协商、谈判、适应、借鉴、投机、认同、背离、亲近、融合、混杂、创生等复杂的文化过程，这个过程中会形成复杂的文化再生场域。在此场域里各族都要面对身份、语言、文化、宗教、习俗、婚姻、政治、社会关系、水土、种族冲突与融合问题，都要进行文化定位、确立身份，寻找身体与思想精神双重栖居家园。他们的个性是由源族文化气质、时代环境、自然环境、社会环境、文化不同，加之散居地的自然与社会文化差异等造成的。不同流散群体具有不同的文化后果，包括群体的个性化差异和个体的个性化差异，这些都增加了流散文化的丰富性、复杂性。

第二章　流散文学

　　1986 年以来,随着全球化进程的加速,国际间移民频繁,文化交流深入,人类命运共同体意识日益增强,国内外学术界兴起了"流散文学"研究热,"流散文学"作为相对独立的文学类型被学界广泛接受,形成了相对独立的研究领域。然而,到目前为止学界有关"流散文学"概念内涵与外延的认识还不太统一,要么过于宽泛,要么过于窄小。有学者主张"流散文学"应当包括"异邦流散""本土流散"和"殖民流散"三个文学谱系①,而实质上"殖民流散"是站在被殖民地国家视角来说的,它是来自殖民宗主国移民作家创作的文学,从这个意义上说应列为宗主国的"流散文学"更合适,如"英国流散文学"等;至于"本土流散"文学虽然表现了本土文化与外来文化关系、本土流放与边缘化经验问题,但这类本土作家大多数没有跨国界、跨种族、跨语言、跨文化的实际流散生活经验,能否完全归入"流散文学"仍待探讨,如苏轼流放海南时期的诗作和鲁迅表现中外文化关系的小说、散文、杂文等就不能列为流散文学,俄国诗人普希金、苏俄作家阿赫玛托娃都有过本土的流放经历,表现过"心灵流放"主题,但也不能视为流散作家,所以把"本土流散"归入"流散文学"略显宽泛。同时,学界对"流散文学"与移民文学、流亡文学、少数族裔文学等之间的

---

① 参见朱振武、袁俊卿:《流散文学的时代表征及其世界意义》,《中国社会科学》2019 年第 7 期。

界限也缺少界定与区分,甚至将它们交替混用,有把"流散"泛化的倾向:"第一,无限泛化的趋势……第二,与'泛化'趋势相关联,是不恰当地将所有移民及其后裔都纳入'流散族群'范畴,过度神化历史上的'祖国'或'祖先之根'对所有移民及其后裔具有一以贯之的特殊意义,且无视移民群体内部业已存在的明显分化。"①这种泛化忽视了流散及流散文学的特殊性,也不足取。慕尼黑大学社会与文化人类学教授马丁·索克菲尔德明确反对把流散族等同于移民:"流散族只是族群的特例……这只是想象出来的跨国共同体,将分散生活在不同国家的人联合起来。不是所有移居者都参与进这样的想象共同体,也不是所有移居者群体都将自己想象成跨国的存在,因此将流散作为所有移居者的同义词是一个基础错误。"②还有学者有意无意地把"流散文学"仅归为流散作家用东道国语言写作的文学:"流散作家运用居住国语言,书写在异质文化条件下的文化境遇和文化困惑,创作了大量流散文学作品。"③则又显得过于窄小、不全面。事实上,不少流散作家在流散之地用母语创作了大量表现流散主题的作品,同样是"流散文学"的有机组成部分,如纳博科夫等。另外,在汉语传播语境下,人们对"流散文学"(diasporic literature)的翻译也曾有不同的争议,主要有"流散文学""族裔散居文学""飞散文学""离散文学"等译法,目前基本上统一到"流散文学"这一译法上④,这些翻译分歧也反映了人们在"流散文学"内涵认识上存在着差别。凡此种种,都使得这一概念内涵与外延模糊不清,导致人们对流散作家归属、流散文学作品归类的困惑。因此,很有必要明确"流散文学"概念内涵、划定它的外延范围,以便更好、更深入地

①　李明欢:《Diaspora:定义、分化、聚合与重构》,《世界民族》2010年第5期。
②　Martin Sokefeld, 'Mobilizing in Transnational Space: A Social Movement Approach to the Formation of Diaspora', *Global Network*, Vol.6, No.3, 2006.
③　张锋、赵静:《当代英国流散小说研究》,外语教学与研究出版社2018年版,第6页。
④　参见杨中举:《"Diaspora"的汉译问题及流散诗学话语建构》,《山东师范大学学报》2016年第2期。

对其源流变化与主题等进行研究①。

第一节 "流散文学"界定

"流散文学"虽然是 1986 年以来国际学界才有的固定名称,但是作为表现人类迁徙流散现象、移民生存境遇与文化身份变化的文学创作很早就开始了,从古希腊"荷马史诗"、犹太人《圣经》、古罗马《伊尼特》,到文艺复兴后的《堂吉诃德》《小癞子》《汤姆·琼斯》《鲁滨逊漂流记》等流浪汉小说,再到 19世纪的勒内、史达尔夫人、卢梭等流亡作家,直至 20 世纪以来以贝娄、纳博科夫、莫里森、奈保尔、拉什迪等为代表的世界移民流散作家,都以流浪、流亡、移民、跨界、流散等生活经验作为艺术表现的重要内容。"流散文学"无疑是其中的重要组成部分。宽泛地说"流散文学"可看作移民文学中的一类,移民文学既包括描写人类不同民族流散生存状态的"流散文学",也包括移民作家创作的其他题材的非流散文学,流散作家必然是移民作家,但移民作家不一定是流散作家。"流散文学"是移民文学的特殊形态,具有独特的内在规定性。**具体地说"流散文学"是具有切身流散生存经历与体验的流散作家创作的表现个体流散或群体流散生活,艺术地反映流散文化现象及其生成变化事实的各类文学作品,作者、主题内容、人物形象及背景都具有鲜明的"流散性",有其自身产生、发展和审美的规律。**当然,流散作家的创作既可以使用母语,也可以使用东道国语言或其他语言。

这一界定是对"流散文学"相对狭义上的理解,突出强调作家是否有"流散"经历体验、作品是否表现流散文化事实作为区分"流散文学"与非流散文学的核心标准,即作家的跨国流散生存经验与作品表现的"流散性"主题是界

---

① 参见杨中举:《流散文学的内涵、流变及"流散性"文学表现》,《江苏社会科学》2020 年第 3 期。

定"流散文学"缺一不可的两个要件,较好地解决了与其他文学类型界线模糊不清的问题,避免了前文所述国际学界把"流散文学"泛化为"移民文学"的危险,也避免了界定过于窄小的缺憾。正如刘洪一所言:"'流散文学'作为伴随着'流散'这一历史文化现象而出现,并以文学的形式对'流散'的历史文化内涵进行了诗性表征的文学事实,有其悠远的历史传统,有其特定、丰富的文化与诗学内涵。"①明确了这些具体内涵,就能够对不同民族的流散文学进行相对准确的归类、整理与研究,更好地探寻其起源与流变,揭示其"流散性"主题。

作为世界文学中独特的文学类型,"流散文学"具有突出的跨界特点,它表征着母国文化、东道国文化、流散族新生文化等多重文化关系,反映了多代、多重移民生存命运。这种跨界性决定了学术界往往根据不同视角以东道国、种族来源或国家来源作为流散文学的归类、命名标记,以东道国+族源标记如"美国犹太流散文学""加拿大华人流散文学"等,以种族来源标记如"华人流散文学""黑人流散文学"等,以国家来源标记为"英国流散文学""俄罗斯流散文学""印度流散文学"等。但严格说来它既不能简单地归属到东道国文学中,也不能完全划分到母国本族文学中,"流散文学"应当有它自己的专门史与领地,应当以全球化视野、跨界性思维去探讨建构"全球流散文学史"。这是因为流散文学产生的基础是两种文化或多种文化之间交流碰撞的文化事实,有的流散者或作家具有两三重以上移民背景,如印裔英籍作家奈保尔就有特立尼达和英国双重移民经历;有的有着双重或多重种族混血与文化混血,如英籍华裔流散作家毛翔青是中英混血,美籍华裔流散作家刘爱美身上有四分之一的华人血统等。也可以说流散文学是流散族(双重或多重)跨国界、跨种族、跨时空、跨语言、跨文化等的结果,它存在于两种或多种文化的中间地带或交叉地带,呈现的是流散者的流散生存生活与文化选择、文化再生、文化发展

---

①　刘洪一:《流散文学与比较文学:机理及联结》,《中国比较文学》2006 年第 2 期。

的复杂境况,类似霍米巴巴说的"中间状态"(in-between),与我国学者探讨的
"文化散存结构"相通①。

具体说来,流散文学旨在通过艺术创作反映流散族群的文化选择、失根、
依附、背离、混合、再生等"流散性"主题。从各国文学研究与文学史编写选择
倾向上看,东道国越来越多地把外来流散族作家的创作列为本国文学的有机
组成部分,如美国黑人文学、美国犹太文学已占据了美国文学的半壁江山,而
有些源族国家,则更愿意把海外流散文学列为本国文学在海外的延伸,如华人
流散文学、印度流散文学、俄罗斯流散文学、阿拉伯流散文学等都被母国文学
界视为本族文学的域外发展。这正是流散文学跨地理、跨种族、跨文化所产生
的张力所在。流散文学揭示流散群体的群体或个人面对文化认同与同化的问
题,至少面对两种以上的文化冲突与影响:这些人面临着自然水土和文化精神
水土适应的痛苦,体验着文化归属的焦虑,承受着迷失自我的风险,感受着孤
独、迷茫、彷徨的情绪,被抛出了主流社会、生存在边缘境地,这种状态会持续
相当长的一个历史时期,甚至要经历一代人或几代人;为了寻求现实和精神的
栖居家园,他们都会主动地调整自己,重新确认自己,而他们能依靠的背景和
"材料"只能是曾经生存过的旧文化系统和移居地的新文化系统,栖居于两种
或多种文化系统之间,生活在多元文化"对话场",其文化身份经受消解、调整
与重构。这些都是流散文学叙事的核心内容。据此,学界在未来应打破单纯
的种族、国别界限,建立相对独立的"世界流散文学史"或"全球流散文学史";
就当下来看对世界流散文学的探讨应当集中在各族裔或各国流散文学源流、
流变与基本主题上,以便为构建全球流散文学史提供学术积累。

澳大利亚默多克大学维吉·米什拉教授在《印度流散文学:流散想象的
理论化》一书中套用托尔斯泰《安娜·卡列尼娜》开头的句式指出:"所有的流
散者都是不幸的,但每一个流散者都各有各的不幸。流散者是指那些对自己

---

① 参见刘洪一:《流散文学与比较文学:机理及联结》,《中国比较文学》2006 年第 2 期。

护照上无归化入籍的身份感到不适的人们,他们想探求入籍的意义,但又不能过多地强调这种归化入籍,恐怕引起大规模的社群精神分裂症。"①的确如此,每一个流散族群因其历史、地理、政治、经济、文化空间等不同,其产生的流散文化后果不同,各自的流散文学也有其特殊的发展谱系和风格。对不同流散文学的共通性特征与差异性特点进行研究同样重要。因此,本书在各流散族裔文学分期上不同于传统的历史与文学史分期,主要以流散文化现象为核心,对一些作家的筛选与讨论也以其流散叙事特征明显程度为重要依据②。

第二节　古希腊战争流散者的思乡文学

古代希腊时代三大移民时期,造就了大量移民流散者,形成了不同的文化后果。可惜由于社会时代历史与当时史学家、文学家、哲学家等的关注重点不同,对不同时代流散群体的生活与文化交流、发展、融合形态进行记录的专门著作少见,而有关流散文学的记录更少。所幸的是围绕着特洛亚十年战争及其后数十年的移民流散事实、流浪经历与返乡过程,鲜明地反映在《伊利亚特》《奥德赛》等史诗中:"希腊将领们在战争结束后率领军队回国,遭遇不一,成为多篇《归返》史诗的题材,这些史诗也都失传了,只有被认为出于荷马之手的《奥德赛》流传了下来。"③除了这两部史诗,史诗系列中还有《库普利亚》十一卷,描写了战争的起因;《埃西俄玊斯》五卷,《小伊利亚特》四卷,《特洛亚失陷》两卷,对《伊利亚特》以后的事件进行了补充叙述;另有《回归》五卷讲述返乡前阿伽门农和墨奈劳斯就返回路线的争执,还写了小埃阿斯的死亡故事,阿伽门农回家后遭到妻子克鲁泰奈丝特拉和情夫埃吉索斯谋害的故事;这些

---

① Vijay Mishra, *The Literature of the Indian Diaspora: Theorizing the Diasporic Imaginary*, London and New York: Routledge, 2007, p.2.

② 参见杨中举:《流散文学的内涵、流变及"流散性"特征表现》,《江苏社会科学》2020 年第 3 期。

③ [古希腊]荷马:《奥德赛》,王焕生译,人民文学出版社 1997 年版,"前言"第 1 页。

史诗系列补充了荷马史诗。之后,诗人欧伽蒙写了两卷本的《忒勒戈尼亚》讲述奥德修斯回家后,与基耳凯之子忒勒戈诺斯外出寻父,由于种种误会与不知情等神秘因素的控制,误杀了父亲,娶了美女裴奈罗佩等故事。这些资料表明,古代希腊存在大量因战争和政治等因素引发的流民群体,有贵族、将军群体,更有名不见经传的流散者群体。同样,相关的离乡、思乡、返乡文学诗作也大量存在。《奥德赛》就是以战争流散者为主人公的思乡文学之代表,它比上述其他史诗更加系统与生动,也更具有典型意义,是流散者思乡文学的典范。

古代希腊人把土地、国家、战争、命运、婚姻、权力、财富、美貌、智慧、生育及大自然各种现象归为各路神祇的控制,但是剥去神秘面纱之后,这些超自然现象背后,都是古代人对自然、社会各领域的朴素认识与解释,正如神话传说是原始人类对自然、社会和人本身的理解与解释一样,当时人们对一些现象无法解释时均归之为神。《奥德赛》这部描绘战争结束后返乡的文学,描述了离家20多年的奥德修斯经历的种种磨难,具有后世流浪文学、思乡文学、流散文学特点,是人类较早的有关流散主题的作品。在史诗中,主人公及其随从们所遭遇的一切神妖、鬼怪制造的麻烦,都是人类面对不同自然环境、人际环境、文化习俗而产生的疑问,当时人们还不能很好地解释这些疑问,就归结为众神的力量,使得叙事充满了神话感、传奇感。

一、故乡伊塔卡岛:流散者故土文化记忆与精神家园

正如前文所述,流散者的重要特点是有关家乡故国的记忆、想象和永远不会消失的返乡情结,总是在现实、想象、梦中实现着与故土的联系,这里有血缘、婚姻、文化习俗、宗教信仰等的联系,更有对故乡大自然的热爱。就是有千山万水、美色诱惑也阻挡不了人类还家的愿望。《奥德赛》中荷马借智慧女神雅典娜之口道出了主人公回家的坚强意志:

> 我们的父亲,克罗诺斯之子,至尊之王(指宙斯——引者注),埃
> 吉斯托斯遭凶死完全是咎由自取,其他人若做出类似事情,也理应如

此。但我的心却为机智的奥德修斯忧伤,一个苦命人,久久远离亲人遭不幸,身陷四面环水的小岛,大海的中央。那海岛林木茂密,居住着一位女神,诡诈的阿特拉斯的女儿,就是那个知道整个大海的深渊、亲自撑着分开大地和苍穹的巨柱的阿特拉斯。正是他的女儿阻留着可怜的忧伤人,一直用不尽的甜言蜜语把他媚惑,要他忘记伊塔卡,但是那位奥德修斯,一心渴望哪怕能遥见从故乡升起的飘渺炊烟,只求一死。然而你啊,奥林波斯主神,对他不动心,难道奥德修斯没有在阿尔戈斯船边,在特洛亚旷野,给你献祭? 宙斯啊,你为何如此憎恨他?①

大自然千山万水的阻挡、美丽神女的羁绊等是异国他乡对流散者的诱惑,但他乡再好毕竟不是家乡,"还是故乡好"是人类共同的原始情结,思乡、思念亲人是奥德修斯战胜孤独与诱惑的原始动力。美女卡吕普索的诱惑是对流散者爱情、文化忠诚度的预言式考验。正是故土情结,奥德修斯及众人才经受住了沿途权力、美景、美色、财富等各种阻挠,他的思想中有一个家园、有强烈的返乡意识、有父母、有妻子,这些因素形成的故乡文化情结是前面所有诱惑都不能改变的。而原始希腊人对此不能作出科学的解释,只能以神话的形式体现出来。在现代学者看来,这种家乡中心情绪是完全符合人类思想本真状态的:"世界各地的人们几乎都把自己的家乡当作世界的中心……我们看到日月星辰围着自己的住所运转,整个宇宙体系中家乡处在正中心。"②这种感觉在古代人那里更为明显,且深信不疑。如《奥德赛》第九卷中写出了伊塔卡美丽的自然风光、青年记忆、亲人爱人之情,表现出主人公的这种思乡情结:"我住在阳光明媚的伊塔卡,岛上有山,名叫涅里同,峻峭壮丽,郁郁葱葱。周围有许多住人的岛屿,相距不远……伊塔卡地势低缓最遥远,坐落海中最西边,其

---

① ［古希腊］荷马:《奥德赛》,王焕生译,人民文学出版社1997年版,第3—4页。

② Tuan Yi-Fu, *Space and Place：The Perspective of Experience*, Minneapolis：University of Minnesota Press,1977,p.149.

他岛屿也遥远，东侧迎朝阳。伊塔卡虽崎岖，但适宜年轻人成长，我认为从未见过比它更可爱的地方。神女中的女神卡吕普索把我阻留在她宽旷洞穴里，一心想让我做丈夫，基尔克也普把我阻留在她的宫宅里，就是那魔女艾埃，一心想让我做丈夫，但她们都无法改变我这胸中的心愿。任何东西都不如故乡和父母更可亲，如果有人浪迹在外，生活也富裕，却在他乡异域，离开自己的父母。现在让我讲讲我充满苦难的归程，那是我离开特洛亚之后宙斯赐予。"①在古代希腊人的观念中归返故土是一种不可改变的神的意志，《奥德赛》第一卷开篇就是奥森波斯众神大多数同意奥德修斯返乡，只有海神因仇怨不同意。尽管如此，智慧女神还是执行了众神的意见，给奥之子通风报信，帮助其完成回到家园的愿望，这些故事表明，远行的游子返乡是不可动摇、理所当然的事。

同时，这种思念不是一成不变的，离乡时间长了，奥德修斯也对它产生了陌生感觉，面临水土空间失落和文化失根的危机。比如第十三卷，他踏上了故乡的土地居然一无所知，可见这种离别已经改变了他心目中家乡的记忆，这种变化也造成了一定程度上的分离，与记忆和想象中的家园有了距离："这时神样的奥德修斯醒来，尽管他亲身偃卧故乡土，却把它认辨，只因为离别家园太久远……就这样周围的一切令国王感到陌生，无论蜿蜒的道路，利于泊船的港湾，陡峭的悬崖和那些枝繁叶茂的树林。他立即跃起，观看周围的乡土。"②之后他发出了"不幸啊，我又来到什么部族的国土"之感叹，可见他离开已久，家乡变化，已不是记忆中的模样。

而当他知道自己已经回到家乡时，无比激动，亲吻土地，正如许多流散者归乡的心情一样。与后世流散者回归不同的是，史诗中奥德修斯还进行了保护王位、保护妻子、保护家园的斗争。他乔装打扮，与儿子取得联系，把破坏家园的那些求婚者一网打尽，捍卫了妻子与自己的尊严，也完成了自我身份与精神双重的返乡之旅行。奥德修斯的返乡，既是他个人的充满种种阻碍的返乡

① ［古希腊］荷马:《奥德赛》，王焕生译，人民文学出版社 1997 年版，第 171 页。
② ［古希腊］荷马:《奥德赛》，王焕生译，人民文学出版社 1997 年版，第 273—274 页。

之路,也代表着人类流散移民共同的情绪,后世绝大多数的离乡者都会体验或表达这一情怀。正如卡森所言:奥德修斯的返乡是生存在茫茫地球环境中的人类家园情怀一个隐喻①。从这个意义上讲,《奥德赛》开创了人类流散主题的先河。

二、流散者海外环境中的身份变异与坚守

虽然说古代希腊的战争观念、正义与是非观念还很朴素,英雄的界定以是否勇敢、强大、杀伐为标准,还没有封建社会以后的复杂观念,但是特洛亚十年战争等类似社会动荡,导致了移民流散群体身份的变化甚至异化,这是不可否认的事实。这需要我们现代人作出现代意义的阐释。

首先,战争引起的身份变异。奥德修斯本来是伊塔卡地方国王、奴隶主,有着自己的特权与家园,但是战争需要服从希腊联邦的意志,要为荣誉而战,聪明能干的他变成了战场上的智多星,用"木马计"等计谋助希腊联军大胜,但以今天的视角看他也成为屠城的元凶。

其次,奥德修斯返乡途中遭遇的种种阻拦是流浪经历、流散环境对他系统异化的象征。外乡环境、文化、风俗影响、诱惑、改变着他,同时伴随着这种变化,他也以原有的身份对外乡文化进行着身心的反抗。第三卷通过老英雄涅斯托尔之口,叙述了战争结束后,希腊战士与将军们返乡问题上的分歧,以阿伽门农为代表的部分将领主张不返乡,以奥德修斯为代表的人主张返归家园。这种争论曲折反映了散居地文化和故土文化之间的融合与冲突,一方面移居地的生活、荣誉、胜利者的权利使一部分人乐不思蜀,另一方面更有众多的流浪者不能适应他乡生活与文化,心中常存归意。

第五卷叙述奥德修斯与神女卡吕普索生活在小岛洞穴之中,安逸富足,这是他遇到的第一次阻碍;神女同意他离开后,在大海上又遇到了风暴的阻拦:

---

① 参见 Rachel Carson,*The Sea Around Us*,New York:New American Library,1961,p.30。

"陡然隆起一个巨浪,可怕地从上盖下,把筏船打得团团转。他自己也被从筏上抛出很远,舵柄从手里滑脱,桅杆被各种风暴混合旋起的强大风流拦腰折断,船帆和帆桁一起被远远地抛进海里……一会儿南风把它推给北风带走,一会儿东风又把它让给西风驱赶。"①同时异乡不只有恶劣的天气阻挡他,也有着美丽的自然风光吸引他,这一切都是一个远行游子必然面对的问题,自然环境的适应与否,反映出水土不服等身体排异问题。第九卷描述奥德修斯攻打基科涅斯人的城邦,进城之后杀人无数,这是特洛亚战争后他杀人的又一次表现,从历史与政治学角度看,这反映了奴隶主的残忍,而从普遍人文意义上看,这是他追求财富欲望的表现,是一种违反人性的异化。他们攻陷城池之后屠杀居民,抢人妻子,掳人财物,享用美食,结果基科涅斯人招来同族,把他们打得大败而逃,这种贪财好色的欲望、抢杀的行为违反了自然规律性,结果必然失败;而逃离之后来到独目巨人的岛屿上也是为了得到各种赠品,结果六个同伴被巨人吃掉,又是贪婪导致的结果。这种贪婪甚至掠夺行为得到了惩罚,风神称奥德修斯一行为"人间最大的渎神者",拒绝再以顺风相助。而在途经洛托法戈伊人的国家时,被一种忘忧花诱惑,也说明了他国文化与生活对流散者的改变:"第十天来到洛托法戈伊人的国土,他们以花为食……我决定派几个同伴去探究情况,在这片土地上吃食的是些什么人,他们立即出发,遇见洛托法戈伊人。洛托法戈伊人无意杀害我们的同伴,只是给他们一些洛托斯花品尝。当他们吃了这种甜美的洛托斯花,就不想回来报告消息,也不想归返,只希望留在那里同洛托法戈伊人一起,享用洛托斯花,完全忘却回家乡。"②这种花不仅仅是一种食物,而是一种生活、文化诱惑的象征,荷马描述的内容在一定程度上都是虚构的,事实上现实中的这种神奇花是不存在的,荷马们把它当作一种象征物来运用,一方面表现归程的艰难,另一方面也体现出外乡生活环境对移居的潜在影响;这些诱惑与影响在史诗中、在奥等人遇到的众多困难中

---

① [古希腊]荷马:《奥德赛》,王焕生译,人民文学出版社1997年版,第108页。
② [古希腊]荷马:《奥德赛》,王焕生译,人民文学出版社1997年版,第173—174页。

都有描述,第十卷写在魔女基尔克的海岛上,基尔克把食物掺进了"害人的药物",食用者"迅速把故乡遗忘",后来喝下她提供的饮料之后,同伴们"立即变出了猪头、猪声音、猪毛和猪的形体"①。这是对流散者生活在流散地之后,受当地文化影响后身份变化的夸张化表达,这里用外形的变化反映思想与文化的变化。同样在卡吕普索的岛上,女神给奥德修斯提供"凡人享用的各种食物"、"长生不死"的"神食和神液"、加上女神自己的美貌:"神女在他面前摆上凡人享用的各种食物,供他吃喝,她自己在神样的奥德修斯对面坐下,女侍们在他面前摆上神食和神液,他们伸手享用面前摆放的食物和饮料后,神女中的女神卡吕普索开始这样说'……我不认为我的容貌、身材比不上你的那位妻子,须知凡间女子怎能与不死的女神比赛外貌和容颜。'"②第十二卷写奥的同伴们吃了太阳神的牛群,遭受惩罚全部丧生,也表明失去自己的意志与文化身份,必然遭受原有文化身份的毁灭。总之,史诗中展现的这些因素对移民的改变是不容忽视的事实,好在奥德修斯返乡的意志强大,在经历众多冲突之后,都能唤醒自己的文化身份,保持独立性,最终下决心启程回国。如在卡吕普索神女那里,整整七年,奥德修斯以强大的自制力保持着乡土的记忆和返乡的渴望;第十二卷还写为抵抗塞壬们歌声的迷惑,经过塞壬们繁花争艳的绿荫海岛之前,奥德修斯用蜂蜡把同伴们的耳朵堵上,又让同伴们用绳索把自己牢牢捆绑在桅杆上,成功抵制了女妖们的诱惑。

《奥德赛》中的归意与返乡是中心线索,是人类自从有了旅行、移民、离家之行为后的永恒主题。奥德修斯因战争而离家,因思乡而归家,这个过程中经历的战争空难、生存困境、漂泊流浪之苦难,也体会到他乡生活、风光美色美食等种种诱惑,甚至有时乐不思蜀,但是最终隐匿于心底的思乡乡愁为他的返回注入了动力。而在后世移民潮流中流散群体也同样面对这些问题,随着文化、婚姻、宗教、经济、政治等因素的介入,流散者遇到的身份认同困惑则更加复

① 〔古希腊〕荷马:《奥德赛》,王焕生译,人民文学出版社1997年版,第202页。
② 〔古希腊〕荷马:《奥德赛》,王焕生译,人民文学出版社1997年版,第103—104页。

杂,犹太人等流散族群中尤其如此。可以说,《奥德赛》展现的流散主题已成为中西方流散文学的源头。古希腊同时代的不少史诗中表现了同样的主题。古代罗马诗人剧作家也同样表现了这一主题,维吉尔的《埃涅阿斯纪》及新兴的小说作品《变形记》也有同样的因素,至于后来的流浪汉小说、《鲁滨逊漂流记》、流亡文学、移民族裔文学再到最典型的流散文学都与这一源头有关。

三、返乡之旅：奥德修斯自我身份的寻找与回归

《奥德赛》作为一部个人史诗,作为一部流浪漂泊小说,以主人公回家路上经历的种种磨难为载体,揭示了古代希腊人对人类自身的认识,特别是离家出走游子的内心世界的认识,具有社会学、哲学的意义,而不是单纯地讲故事。从奥德修斯经历的战争空难、漂泊之苦、生存之艰,还有暂时的他乡欢乐,展现的是奥自我身份的确认过程。而这种家国意识、族群身份的回归正是后世多数流散文学作品表现的基本主题。

奥德修斯离家参与战争是联邦国家的需要,一切服从神或集体的意志,十年的战争是为希腊而战,每一个战士没有自我,《伊利亚特》中尽管塑造了许多生动的英雄形象,但每一个都不是为自己而活而战,而是为了国家和荣誉而战。奥德修斯参战十年是失去国家、失去妻儿、失去自我身份的过程,而漂泊返乡的十年就是身份寻找与回归的过程。《奥德赛》前八卷,大多是借助智慧女神雅典娜、神女、缪斯等人物叙述而体现这一个人物的,到了第十一卷奥德修斯经历冥府哈得斯之行,听取冥府众多神灵的故事,开启了他自我身份认识与回归之门,例如:刚因饮酒过量而死的埃尔佩诺尔,他向奥叙述自己不听从神与命运的安排,饮酒过量跌落而死,完全没有节制饮酒,这给奥德修斯上了生动的一课,促使其理性与智慧苏醒;来自特拜国的特瑞西阿斯灵魂告诫他要约束自己及返乡的伙伴,不要贪婪,不要伤害动物,要节制自己的欲望,指明了他的寻找与回归之路,并预言他能够活着回家与妻子团圆;他的母亲安提克勒娅灵魂向他讲述了故国的王位尚在、父亲仍然活着、妻子仍然忠诚,母亲劝告

他早日返乡,继续管理家园;奥德修斯还得知母亲是因思念他才抑郁而亡,同样象征着游子与故土、亲人不可斩断的血肉联系,坚定了他回归的决心。

家乡、故国总是与母亲联系在一起的,远方游子思念母亲、母亲牵挂儿子是流散群体共同的精神特点,也是流散文学描述的永恒主题。《奥德赛》中描述奥德修斯与母亲灵魂的会面也是他身份回归的一种表现。母亲告诉他家中的妻儿都等着他回家,自己也不是什么命运之神让她去世,而是对儿子的牵挂与思念让她死亡:"光辉的奥德修斯啊,是因为思念你和渴望你的智慧和爱抚夺走了甜蜜的生命。"①奥德修斯激动地去拥抱母亲灵魂时却不得,难以表述的痛苦弥漫胸中,在这里团聚与分离、肉体与灵魂、生与死的间隔成为母子悲剧的主题,也是全人类面对的共同主题。

英雄是古希腊人至高的荣誉,不管战争的理由是什么,都要像英雄一样的投入战斗。奥德修斯在冥府与大力士大英雄赫拉克勒斯的相遇情节,是其英雄身份的回归。奥德修斯的经历与赫拉克勒斯的有许多相似之处。赫拉克勒斯抱怨自己曾经伺役一个比自己远为低劣的凡人,做过许多脏乱活计。奥德修斯为了报仇曾以乞丐的角色出现在求婚人面前。赫拉克勒斯曾杀死过自己的客人伊菲托斯,奥德修斯杀死所有求婚人和背叛女仆们的行为是对赫拉克勒斯的模仿。赫拉克勒斯斜挎的一条背带上绘有各种动物图,有大熊、野猪和狮子,也绘铸上了战争和格斗的场面,这些战争的场面奥德修斯也曾经历过。这一场面在回到家乡伊塔卡之后,在打败求婚人时得以重现。可以说奥德修斯对赫拉克勒斯的模仿是他英雄身份回归成功的表现。

奥德修斯身份的寻找与回归还表现为对伊塔卡国王身份、父亲身份、丈夫身份、奴隶主人身份的保护上。他前后离家 20 年,世事多变,家人、奴仆与妻儿是否还忠于他,这是他要面对的问题;他离家期间,成群的贵族求婚者在追求他的妻子,在家里挥霍着他的财产,动摇着他的地位,家中许多女仆也乘机

---

① 　[古希腊]荷马:《奥德赛》,王焕生译,人民文学出版社 1997 年版,第 225 页。

背叛了他,这一切通过众神的讲述、母亲的告诫、儿子的联络而呈现出来;为了保住自己的王位地位,他乔装打扮为乞讨人,与儿子、忠实的两个男仆取得了联系,通过决斗打败了无理的乞讨人伊罗斯、强弓杀死了所有求婚人,处罚了家里的背叛者。他完成了对自己王国与家园的保护,也完成了返乡之旅程,还成功回归了自我身份。

史诗结束部分,还用一个父子相认的细节呈现了奥德修斯的寻根过程。母亲固然是海外游子的情感思念寄托所在,而在男权制社会中,对父亲的记忆与权力维护则是对理性、对文化之根的回归。奥德修斯的父亲拉埃尔斯特,守护着自己的一片庄园,照看着葡萄园、果树园,带领奴仆建起了房屋,亲自穿着破衣参加劳动,把一切经营得很好。这是古代希腊人朴素劳动观念的进步,部分贵族奴隶主已经不把劳动看作下等的工作,而是创造财富的光荣劳作。奥德修斯到访父亲的庄园相认,正是对劳动的肯定,也是自己回归文化之根的象征。他对父亲历数了证明自己作为儿子身份的证据:"你首先可用眼把我的这处伤疤察看,那是我去到帕尔涅索斯,野猪用白牙把我咬伤。当时你和尊贵的母亲派我前去外祖父奥托吕科斯那里,去领取他来我家时应允给我的礼物。如果你愿意我还可举出精修的果园里你送给我的各种果树,我当时尚年幼,请您向我一一介绍,在果园跟随你。我们在林中走,你把树名一一指点。当时你给我十三棵梨树,十棵苹果,四十棵无花果树,你还答应给我五十棵葡萄树,棵棵提供不同的硕果。那里的葡萄枝蔓在不同的时节结果实,当宙斯掌管的时光从上天感应它们时。"①这是对田园的回归、对父亲的寻找、对根的认同、对身份的确认,体现了中国式的落叶归根意识,从这个意义上讲,寻根认祖是人类共同的文化追求。

对于奥德修斯必然回归故土这一命运归宿,不仅是他个人的追求,更是众神的安排。神首宙斯、智慧女神雅典娜等都以不同的神启或化身支持保护他

---

① [古希腊]荷马:《奥德赛》,王焕生译,人民文学出版社1997年版,第503页。

的回归,而海神波塞冬虽然为了复仇,不断通过种种自然灾害与妖邪诱惑阻挠他的返乡之路,但最后还是同意让奥回家。这种安排说明了古代希腊此期已经确立起神性、理性的社会秩序与共识,保护主人公的合法权利是合神性、理性与道德的;同样奥德修斯之子特勒马克斯对父亲的寻找、奥本人对老父亲的相认、妻子对奥的忠诚、奥德修斯王位的恢复等是对男权文化身份的确立,也是流民身份的回归,还是对人间正常伦理的回归。这些主题都成为后世流散文学母题,在不同流散作家的文本中以不同的形态存在,得到再表现、反映、呈现。因此说《奥德赛》是流散者思乡文学的起源并不为过。

荷马史诗开创的这一传统,对后世西方文学史中的流浪汉小说、移民族裔文学、流散文学、旅行文学、传记文学等都产生了或深或浅的影响。正如奥登说:“荷马通过罗马人已成为欧洲文学基本的灵感来源,没有他就没有《埃涅阿斯纪》、《神曲》、《失乐园》,也不会有阿里奥斯托、蒲柏、拜伦的戏剧史诗。”①古代罗马文学中的代表《埃涅阿斯纪》是对《奥德赛》的直接模仿,特别是前六章以向外漂泊为主题,不同于《奥德赛》的漂泊回乡主题;而到了中世纪骑士文学、英雄史诗中,因战争与忠君爱国而引起的离乡主题、流浪主题盛行,不同的英雄人物在不断的流浪中塑造了不同的身份;而到了西班牙流浪汉小说中漂泊流浪的直线模式,也源于古代希腊的影响,如佚名的《小癞子》、塞万提斯的《忌妒的义斯德勒马都人》等,把主人公由贵族、英雄、王公,变为流浪的下层人,他们的背井离乡及命运,表达了生存者的艰辛与奋斗历史,展现了所到之处的社会风貌与自然景观;笛福的《鲁滨逊漂流记》《弃儿汤姆·琼斯的历史》则分别从自然界的流浪到社会界的流浪两方面继承了这一传统;德国作家格里美尔豪森的《痴尔西木传》、拉美作家利萨尔迪的《癞皮鹦鹉》等都仿效了流浪漂泊叙事模式;至19世纪因社会政治大动乱而产生的德国、法国、英国、俄国等国家的流亡文学、移民族裔文学更是接近了现代流散文学。

①　[英]W.H.奥登:《希腊人和我们》,载《奥登文集·序跋集》,黄星烨译,上海译文出版社2015年版,第29页。

而到了乔伊斯的《尤利西斯》也翻版、戏仿了《奥德塞》:"《尤利西斯》采用与古希腊史诗《奥德修纪》情节相平行的结构。尤利西斯就是这部史诗中的英雄奥德修斯。奥德修斯是他的希腊名字,拉丁文名字则为尤利西斯。乔伊斯把主人公布卢姆在都柏林一天的活动与尤利西斯的十年漂泊相比拟。乔伊斯感到他所生活的世界乃是荷马世界的再现。小说赋予平庸琐碎的现代城市生活以悲剧的深度,使之成为象征普通人类经验的神话或寓言。"①足见其源远流长的影响。

第三节　犹太流散文学

从历史起源看,大写的"流散"(Diaspora)一词最初专指流浪世界各地的犹太族,"流散文学"(diasporic literature)最早也仅指犹太人流散文学,这是由犹太族悲壮的流散、迁徙历史决定的②。自公元前 2000 年至今③,犹太民族在长达近 4000 年的流散过程中创造了丰富的文明成果,在世界文化史上具有独特的地位。就文学而言,犹太流散文学突出表现了犹太民族流散史上的悲苦与欢乐、成功与失败,是世界文学史与文化史上的奇观,不论是数量还是质量,堪称世界流散文学的范本。

一、《圣经》: 流散文学的伟大源头

《圣经》是伟大的宗教典籍,也是出色的文学作品,而其重要的主题就是

---

①　文洁若:《〈尤利西斯〉与〈奥德修纪〉》,参见詹姆斯·乔伊斯:《尤利西斯》,萧乾、文洁若译,译林出版社 2005 年版,第 1264 页。

②　参见杨中举:《"Diaspora"的汉译问题及流散诗学话语建构》,《山东师范大学学报》2016 年第 2 期。

③　历史学界一般认为犹太民族的"大流散"时期自公元 135 年始。本书所指犹太流散从《圣经》记录犹太人最早的迁徙时间(约在公元前 2000 年)起,此期亚伯兰率家族离开两河流域的故土,徙居迦南地区。

叙述犹太人悲壮、曲折的流散史,展现民族为生存、发展、精神追求而斗争的历史。它是在巴比伦之囚事件后 500 多年时间里,由四处流散而居的希伯来人编辑整合而成,收集了希伯来人自公元前 2000 年以来的各种神话传说、故事,并完善了一神教——犹太教理论。《圣经》从作者、内容到艺术形式上都具有突出的流散文学特征,是犹太流散文学的源头,也是世界流散文学的源头。

犹太人的前身就是希伯来人,他们创造了丰富的希伯来文化,与古代希腊文化并称为影响西方文化的两大传统。犹太人的祖先约公元前 2000 年以流散游牧的生活方式从幼发拉底河流域迁移到今天的巴勒斯坦地区——古时称迦南。迦南本地人称这些流散而来的人叫"从大河那边来的人"(Habiru)。在此经过 1000 多年的生存后,他们根据祖先雅各被神命名为"以色列"的传说,自称为"以色列人"①。后来族群分为以色列与犹大,两个族群体在大卫和所罗门统治前后,分合合分,先后成立以色列国和犹大国。后来被亚述王国和新巴比伦王国所征服,从此他们开始了失国失家的流散生活,称之为"失国遗民"——Jews。从此犹太人或民族成为一个固定的历史概念、政治概念、文化概念而被广泛使用。《圣经》中的《旧约》主要就记述了犹太人祖先希伯来人光荣而悲壮的流散史,记录了他们游牧过程中不断融合外来文化、外来种族、流散地文化而形成的各种新文化——混合文化。希伯来人原是阿拉伯沙漠南部地区闪族一支,是沿水而居的游牧民族,本来迁移式的生活就是他们的特色,为了生存他们曾经向北部适宜生存的地区进行过三次大迁徙,在新月形地带与苏美尔人文化接触,于美索不达米亚平原地区创造了出色的巴比伦文化,与迦南文化、腓尼基文化、叙利亚文化、埃及文化混杂,与欧洲传播来的原属于希腊文化系统的腓力士文化融合共生。正是在这样复杂的民族与文化交流中,发明创造了本族的文字与文化,创作了神话、传说、诗歌、史诗、谚语等文学样式。《圣经》中记载的先知文学、启示文化等就记述了雅各、摩西等历史人

① 参见朱维之主编:《希伯来文化》,上海社会科学院出版社 2004 年版,第 1 页。

物与宗教人物,表现了族群流散过程中文化汇合、融合、冲突到再生、发展的复杂主题,具有重要的文学价值、史学价值、宗教文化价值。

《圣经》表现了犹太民族大流散的母题,孕育了世界犹太文化的种子,催生了世界各国犹太文学,成为后世文学、文化发展的原型酵母。《圣经》记录的犹太人(希伯来人)迁徙、回归迦南"应许之地"的故事,一开始并不具备宗教意义,而是具备民间传说、神话传说意义的文本,也具有一定的历史意义,从亚伯拉罕带领着"从大河那边来的人"——希伯来人渡河从两河流域来到迦南地区,到雅各带领族人躲避灾害来到埃及谋求生存,到摩西带领族人重返迦南之地,长达四五个世纪的流散历程,锻炼了民族性格,也创造了民族生存发展的神话,摩西在返程的 40 年间,借助上帝耶和华的启示,为族人制定了十诫律法——"摩西十诫",初步奠定了信仰耶和华的犹太教基础。之后历经大卫、所罗门建立的强大的以色列国,强化了犹太族的故土回归意识、契约精神、救世主观念、上帝选民、保持种族纯洁等犹太教的核心思想。这些核心思想是保持犹太民族文化个性独立的基础,也是《圣经》文学表现的流散的基本主题,后世各流散族群的文学创作都继承了这些基本内容。

《圣经》表现了现实的、想象的、理想的三重思乡、返乡、家园家国情结,展现了历代犹太人的不懈追求,这一追求最终宗教化后,成为犹太教的核心教义。这个家园在《创世纪》里表现为天真无邪、自然神圣的伊甸园,有四条河流围绕,人类祖先亚当、夏娃无忧无虑生活其中,这是犹太人天堂式的理想家园;而现实中的迦南地区作为犹太人精神与宗教的故乡则被神圣化了,《圣经》中多次借上帝之口与人类签约的方式表达了这一强烈的故土意识:"我要将你现在寄居的地,就是迦南全地,赐给你和你的后裔永远为业,我也必作他们的神。"①这里记录的正是传说中的犹太人的始祖亚伯拉罕大约在公元前 20 世纪率领族人从两河流域来到迦南地区的事件;在《出埃及记》中也多次表

---

① 《圣经》,中国基督教三自爱国运动委员会、中国基督教协会 2000 年版,第 21 页。

达了上帝的神圣承诺："我与他们坚定所立的约,要把他们寄居的迦南地赐给他们。……我起誓应许给亚伯拉罕、以撒、雅各的那地,我要把你们领进去,将那地赐给你们为业。我是耶和华。"①这些上帝与犹太人立约叙述体现的是犹太人强烈的回归与家国意识,也反映了当时犹太人因种种历史原因而四处流散的命运,摩西带领族人出埃及逃避法老的迫害,历经40年返回迦南的过程,是犹太族人对家园回归的实践证明。族人以色列去世后,儿子约瑟还遵照历代祖先传承下来的誓言,把父亲运回迦南安葬:"我父亲要死的时候叫我起誓说:你要将我葬在迦南地,在我为自己所掘的坟墓里。现在求你让我上去葬我父亲,以后我必回来。"②

　　流浪散居生存也是《圣经》的重要主题。亚当夫妇被驱逐出伊甸园,是人类最早流散的文学表现,而亚当及其子孙们在各地的繁衍生息过程,也突出了这一主题。挪亚方舟出逃亚拉腊山也是人类早期海上迁徙行为的曲折反映,挪亚三个儿子闪、含、雅弗各自繁衍的众族后代建立了各自的邦国:"这些都是挪亚三个儿子的宗族,各随他们的支派立国。洪水以后,他们在地上分为邦国。"③后来耶和华阻挠了巴别塔的建立,变乱了人们的语言,使得族人流散各地,居住范围扩大,但是他们都没有忘记回家的目标——迦南,闪的后代他拉带着自己的族人后代,一直走在回归的路上,也死在回归的路上,家乡或者说上帝的期许之地成为他们重要的归根之所:"他拉带着他儿子,亚伯兰(即亚伯拉罕,下同——引者注)和他孙子,哈兰的儿子罗得,并他儿妇亚伯兰的妻子撒莱,出了迦勒底的吾珥,要往迦南地去。他们走到哈兰,就住在那里。他拉共活了二百零五岁,就死在哈兰。"④返回迦南的使命最后由他拉之子亚伯兰完成:"亚伯兰将他妻子撒莱和侄儿罗得,连他们在哈兰所积蓄的财物,所

---

①　《圣经》,中国基督教三自爱国运动委员会、中国基督教协会2000年版,第91页。
②　《圣经》,中国基督教三自爱国运动委员会、中国基督教协会2000年版,第82页。
③　《圣经》,中国基督教三自爱国运动委员会、中国基督教协会2000年版,第14页。
④　《圣经》,中国基督教三自爱国运动委员会、中国基督教协会2000年版,第15—16页。

得的人口,都带往迦南地去。他们就到了迦南地。"①之后他们建立了以色列王国,之后迦南地区及周围大旱危及族人生存,注定了犹太族人又一次流散而居的命运,亚伯兰带着妻子等族人到达埃及,生活了400多年。此间,埃及统治者(法老)迫害外来犹太人,摩西带领族人逃离埃及,《出埃及记》就是写的这一事件。在这个过程中,犹太人确立了自己信奉的神——耶和华,并听从他的仆人摩西:"当日,耶和华这样拯救以色列人脱离埃及人的手,以色列人看见埃及人的死尸都在海边了。以色列人看见耶和华向埃及人所行的大事,就敬畏耶和华,又信服他和他的仆人摩西。"②在长期的迁徙、流浪过程中他们经受住了外族的迫害,抗拒了自然灾害,建立了自己的国家,锻炼了族人的生存意志,制定了犹太族的律例、典章、管理制度等,以神的名义详细安排了族人的日常生活、行为准则、国土范围、宗教活动规范、婚姻家庭伦理、奖罚措施等,形成了独特的宗教信仰和文化。可以说这一切借神的名义制定的律令,是犹太人长期流散的结果,是人类生存智慧的总结,是犹太族与外族、外部环境不断冲突与融合的结果。

《圣经》的主题思想与内容是流散性的,而其艺术样式则具有很强的文学性。何为文学性? 形式主义批评派早期代表人物雅各布逊认为:"文学科学的对象并非文学,而是'文学性',即使一部既定作品成为文学作品的特性。"③埃亨鲍姆认为文学性是文学作品特有的、区别于其他任何作品的特征、特性;后来经过什克洛夫斯基、托多罗夫等人的发展,文学性主要指鲜明生动性、情感性、创新性(新颖性)、突现性、奇特性等;根据童庆炳先生的解释文学性则是"文学是发展的,文学观念也是发展的,文学性也因此是变化发展的。有多少种文学观念,就会有多少种对文学性的理解"。文学性主要是指文学

---

① 《圣经》,中国基督教三自爱国运动委员会、中国基督教协会2000年版,第16页。
② 《圣经》,中国基督教三自爱国运动委员会、中国基督教协会2000年版,第106页。
③ [俄]雅各布逊:《俄国现代诗歌》,载[俄]茨维坦·托多罗夫编选:《俄苏形式主义文论选》,蔡鸿滨译,中国社会科学出版社1989年版,第24页。

的审美特性,是作家与读者通过文学文本体现或获得的"气息""情调""氛围""韵律"和"色泽",这五者就是文学性在作品中的具体的有力的表现;"对于文学性来说,气息是情感的灵魂,情调是情感的基调美,氛围是情感的气氛美,韵律是情感的音乐美,色泽是情感的绘画美,这一个'灵魂'四种美几乎囊括了文学性的全部。"①可见,文学性就是不同时代使文学之所以成其为文学的那些东西,其包容性是非常广泛的,以情感审美为中心的文学文本、文学语言、文学形象、文学想象、诗意性、新奇性、幻想性、意象、内蕴、张力、多义性、模糊性、无限的解释性等均可以看作是文学性的内容。《圣经》文本同样具有这些丰富的文学性,首先从文体样式上看,它包括律法、家族谱系、历史故事、神话寓言、传说、诗歌等多种文类,具有民间文学特点、戏剧对话特点、小说故事特点、散文抒情特点、诗歌吟唱特点、纪实文学特点。这些特点都可以从《圣经》文本中找到鲜明例证。《创世纪》的开头,我们仿佛围坐圣山下、圣树荫,听一个无所不知的老者在讲神话、民间故事,在听他虔诚地布道。第一章前五节,简明扼要,既是犹太家族传记,又是族人流浪路上的惊险故事,还是神启式的寓言故事。其后是耶和华与摩西的对话,摩西按照神示号召族人的行动,又充满戏剧性。尽管文中用的是间接引语,是第三人称和第一人称间杂的叙述视角,具有民间故事的鲜明特点,但是耶和华和摩西,一问一答,你来我往,已经具备戏剧对话的典型性。戏剧性到了《约伯记》中更加成熟,并且和散文、诗歌有机结合起来,形成了散文—诗歌—散文的独特结构。神对约伯的考验、撒旦对约伯的考验、朋友对约伯的考验,一环接扣一环,同样,约伯也反过来考验着他们,形成了强烈的戏剧冲突:有一天,一家人正在其乐融融地用餐,突然有人来报示巴人抢了他们的牲畜、杀了仆人,大火烧了财产,房子倒塌砸死年轻家人,约伯听后,撕裂外袍,剃了头,伏在地上下拜。报信人重复的叙述,展现出一连串的灾害扑面而来之灾祸,具有强烈戏剧性。第十八至第二十二章

---

① 童庆炳:《谈谈文学性》,《语文建设》2009 年第 3 期。

约伯与拿玛人琐法的对答辩论，既有舞台表演的效果，又有诗歌的情感与节奏。

另外，《圣经》更具有文学性的部分是《诗篇》《篇言》《传道书》《雅歌》等诗歌篇，感情强烈、语言生鲜、意象丰富、美不胜收，奠定了《圣经》文学的经典地位，对后世世界各体文学产生了重大影响。《诗篇》的诗体形式与内容表现，都体现了犹太人杰出的文学创造力、生存智慧、艺术天赋。从形式上他们为世界文坛贡献了对句、离合体、摇摆体、舞台回旋体、书信体、重复体等诗歌表现样式。如《诗篇》第一一四章不仅使用了对句，而且形成回环重复的效果，抒发了对自然家乡的热爱，景色的美丽和静穆一一呈现眼前。第一一五章则使用了大量排比式的比喻来表达，增加了情感与艺术表现力度。

《诗篇》丰富的情感性增强了它的文学性，也表现了犹太人丰富的智慧和思想、充沛的感情，只有历尽流浪漂泊苦难的民族才会有如此深刻的体悟，这也正应了苦难出文学、愤怒出诗人的常识。《圣经》的文学地位得到了中外学者的高度认同，它是世界文学的原型，更是流散文学的典范，中外许多文人都从中找到了灵感与创作原型，写下了不少传世名作。德国学者埃里希·奥尔巴赫把它的文学成就与荷马史诗相提并论，并称为"荷马风格"与"圣经风格"①。加拿大学者诺斯洛普·弗莱在其原型批评理论著作《伟大的代码：圣经与文学》中详略分析了《圣经》的文学原型意义，对其叙述、意象和整体结构之间的密切关系作了梳理，有力地支持了自己的原型理论建设②。这也有力地证明，人类历史初期创造的一切流传性、流散性文学、文化成果都具有强烈的文化再生性：它是后世人类文化与艺术的母体，从它的形式、内容、传统、文本等要素中发酵、孕育了后世的小说、戏剧（曲）、音乐、诗歌、绘画艺术、表演艺术、说唱艺术、影视艺术等多种文化形态，也产生了一系列丰富理论成果，在

① 刘林：《〈圣经〉文学性研究评述》，《山东大学学报》2003 年第 6 期。
② 参见［加］诺斯洛普·弗莱：《伟大的代码：圣经与文学》，郝振益译，北京大学出版社 1998 年版。

文艺理论、人类学、文化哲学、历史学、民族学等研究领域都产生了重要影响，比如弗莱、弗雷泽、列维-斯特劳斯、荣格、泰勒等人的理论研究都得力于《圣经》的启示。

二、犹太流散文学的流变

《圣经》作为犹太流散文学的奠基作，不仅记录与反映了犹太族人长期的流浪史、生存史、发展史，还记录并催生了犹太族群的思想、文化、宗教信仰，并波及影响了全球文化。自大流散之后，散居流浪在世界各地的人，以《圣经》为文化根系，以与上帝契约的形式保证了民族血统的纯洁和运用希伯来语言的习惯，同时他们在极其复杂的生存环境中以犹太人特殊的才智与外族人、外族文化交往混生，创造出既有独特犹太特征又兼容流散之地文化营养的世界性犹太文化。作为犹太流散文学，除第二次世界大战后以色列建国部分文学创作属于相对单纯的以色列国别文学外，其他历史时期流散世界各地的犹太作家创作的文学作品基本上完全可以归类到犹太流散文学之列，也可以说犹太文学就是犹太流散文学，它包括"犹太人用本民族的母语希伯来语、犹太人用意第绪语、拉迪诺语等希伯来语、犹太人用其它民族语言（如亚兰语、古希腊语和近现代英、德、法、俄语等）创作的作品"①。因而它也就成为全球规模最大、最具流散特征、成就最高的流散文学。从犹太民族流散生存的历史与地理范围两个维度，基本可以描述出犹太流散文学的大致发展、流变过程，分别是公元135年之前的"前流散"初期、后期，公元135年之后的"大流散"初期、中期、后期以及1948年后的全球流散"新时期"。这一分期兼顾犹太文学发生发展的历史与影响犹太族命运的重大历史节点，与单纯的犹太民族历史分期有所不同②。

---

① 梁工：《古犹太文学如是说》，《外国文学研究》1993年第1期。
② 参见杨中举：《流散文学的内涵、流变及"流散性"文学表现》，《江苏社会科学》2020年第3期。

1. 前流散初期（约公元前 2000 年至公元前 586 年）：**"《旧约》文学"初步形成期**。此期犹太族主要流散之地为两河流域及埃及，摩西等不同作者完成了"摩西五经"到"撒母耳记"等《旧约》中的大部分篇章，以讲故事的方式记录了早期犹太族流散的历史进程，是迄今为止已知最早的流散书写。约在公元前 2000 年闪族越过幼发拉底河进入迦南（今巴勒斯坦）地区，被当地人称为"从大河那边来的人"——希伯来人。后因饥荒进入埃及，由于埃及法老兰塞二世（约前 1617—前 1580）的迫害驱逐，希伯来人被迫"出埃及"重返迦南。约在公元前 1028 年扫罗被立为王，建立了统一的希伯来王国，但在公元前 933 年王国分裂，形成南北相互对峙的北朝以色列国和南朝犹大国。公元前 722 年北朝以色列被亚述帝国所灭，族人被掳、流散各地不知去向，史称"失踪的以色列十族"①。公元前 597 年和前 586 年新巴比伦王尼布甲尼撒两次攻陷圣城耶路撒冷，数万犹太精英和民众被掳至巴比伦，史称"巴比伦之囚"；犹太王国都城耶路撒冷和第一圣殿被毁，犹太人结束了独立的历史。此期处于流散中的犹太知识分子，初步完成了反映民族悲壮流散史的"《旧约》文学"。前五卷"摩西五经"（《出埃及记》等）完成于公元前 1513—前 1473 年前后，到公元前 1040 年，《旧约》中的"约书亚记""士师记""路得记""撒母耳记"等基本完成；公元前 586 年之前，文学性很强的《雅歌》《耶利米哀歌》《箴言》等都已完成。这些记录是希伯来人民族历史的生动体现，也是希伯来人早期流散史的文学记录，带有民间传说的特点。此期"流散性"成了希伯来民族生存与生活的常态，尽管他们曾建立了自己的独立家园，但总是处于动荡和外族冲突中。当然，这也客观上给族群生存与发展带来了挑战与机会，形成了流散文学

---

① 根据《圣经》传说，古代以色列由十二个不同的支派组成，分别为流便、西缅、利未、犹大、但、拿弗他利、迦得、亚设、以萨迦、西布伦、约瑟（分为以法莲、玛拿西）、便雅悯。《创世纪》记载十二支派来源于以色列第三代先祖雅各（别名"以色列"）的十二个儿子，其中曾经在埃及身居高位的约瑟的两个儿子都发展成独立支派，因而支派总数实际是十三个。而根据《约书亚记》第十八章第七节记载，摩西的继任者约书亚带领以色列人征服迦南并分配土地之时，负责宗教事务的利未人并未获得祖产而散居全境，因而最终在地理上以色列仍然由其余十二个支派组成。

产生的特有混杂文化基因。

2. 前流散后期(公元前 586 年至公元 135 年)**：文学与宗教经典"《圣经》文学"及其变种《次经》《伪经》形成期。** 由于巴比伦之囚事件的影响,此期犹太族的人身自由、财产安全、文化宗教信仰也受到更大冲击,加深了他们流散的程度。犹太学专家徐新指出："巴比伦囚房事件在犹太民族心灵上造成的最深远影响莫过于犹太人对故土、对圣殿、对耶路撒冷不尽思念之情的培育。"①这进一步促成了他们坚定的"回乡观"和民族宗教意识,此后 500 多年间,他们经受更大的磨难,忍受失国失家的痛苦,在异族的统治下不断作着回乡的努力,前 536 年也就是被囚禁了半个世纪后由大卫王的后裔罗巴伯带领返回了以色列故地,又克服重重困难,历时 20 年(前 516 年)重建圣殿——第二圣殿。此期以色列受波斯帝国统治,犹太人与外邦人之间的矛盾不断,宗教信仰冲突强烈;之后,马其顿、塞琉古王朝和罗马帝国等先后统治迦南地区,犹太人进行了玛喀比起义(前 168 年)保证了犹太教的合法地位,使得犹太文化得到传承,并建立了哈斯蒙尼王朝;但是到了罗马统治下,希腊文化不断侵入,矛盾进一步激化,最终爆发两次犹太大起义,公元 70 年第二圣殿被毁。公元135 年,犹太人彻底失去以色列地,真正失去了乐园,标志着"前流散"时代的结束、"大流散"时代的开始。

此期犹太人为了不忘记故土与历史而不断写书、编书,进行文学创作,在文字与想象的世界里编织他们的梦想,完善了《旧约》,规范信条,使文本文学性、宗教性更强,最终系统编为经律、先知、圣著三部分,共 24 卷;又在公元 40年到 100 年之间完成了《新约》。《新约》记录的背景是公元前 586 年以来犹太人面对的历史命运,涉及族人近 70 年的被掳时期(公元前 586—前 516年)、约 370 年的艰苦回归时期(公元前 537—前 167 年)、约 270 年的希腊文化影响时期(公元前 333—前 63 年)和 130 年左右的罗马影响时期(公元前 63

---

① 徐新:《犹太文化史》,北京大学出版社 2011 年版,第 18 页。

年—70年）。至此《旧约》《新约》组成了完整的"《圣经》文学"；此期还完成了具体较强文学性的《次经》《伪经》等，以生动的故事对《圣经》进行了解说或文字补充，其中有不少表现了犹太人流散的历史与文化成长历程、反映犹太人生活与智慧的作品，如《马加比传三书》、历史剧《领出去》《亚当和夏娃的生平》、智慧文学《所罗门智训》《马加比传四书》《亚里斯提亚书信》等。犹太学者还参与翻译了《圣经》的《七十子希腊文译本》，对犹太文化在后世欧洲的传播奠定了基础，也为基督教的产生与发展提供了重要参照。

3. **大流散初期（公元135年至公元5、6世纪）：流散主题突出、宗教色彩浓厚的"塔木德文学"繁荣时期。** 公元135年犹太人失去以色列地之后，被迫开始了学界所称真正意义上的"大流散时期"，主要流浪在中东、埃及等欧亚非交界、地中海周边地区及罗马帝国疆域。这4、5个世纪是犹太人在亚非欧交界之地的生存适应期，也是与外族文化不断冲突、调整与交流的时代。他们主要从事手工艺、商业、高利贷等职业，成为边缘人、下等人、被压迫的人，但是他们在流散的过程中保持着犹太文化的自觉与独立，在家庭中传播民族语言，严格宗教信仰，保持婚姻纯洁，建立犹太会堂，办教育，形成犹太社区社团，在夹缝中生存。同样为了保持文化自信与独立，他们仍然不忘记写书，以书籍记录犹太历史与文化，写出了《死海古经》《巴比伦塔木德》等经典。其中"塔木德文学"取得了光辉成就，如《巴比伦塔木德》和《巴勒斯坦塔木德》即是反映犹太人流散主题的代表。《巴比伦塔木德》影响最大、传播最广，全书约40卷，用希伯来文写成，包含农事、节日、妇女、损害、神圣之事、洁净与不洁，它对《圣经》《律法书》部分进行了权威解释，也进行了不少的文学创作，除宗教训诫和道德说教外，它写了大量的神话故事、历史传说、民间习俗，整部作品通俗易懂，睿智隽永，是每个犹太人手头必有的书，成为犹太人行为处世的指南与流散生活百科全书，在漫长的历史长河中维系了流散犹太人的民族统一性。对犹太人来说《圣经》和《塔木德》就是母亲、家园、圣地、故土。《塔木德》凝聚了犹太学者对自己民族历史、民族文化、民族智慧的思考。

4. 大流散中期（公元 7 世纪至 1881 年）：**犹太流散文学多样化、世俗化发展时期**。犹太文学逐渐走出宗教文学圈，与流散地文化文学对话、融合，表现内容主题与创作艺术呈现多样化、世俗化趋势，形成了希伯来语文学、拉迪诺语文学、意第绪语文学、英语文学等多语种文学，文学创作主题的混杂性、流散性特征更加突出。此期，犹太人主要流散到欧洲各地和美洲的美国，他们作为少数族裔大都入乡随俗，在保持自己犹太教信仰为核心之时，积极参与到宿国政治、经济、文化、文学艺术等领域的创造实践中，犹太流散群体中出现了不少社会学家、思想家、艺术家、文学家，同时这个时期也可以看作是犹太文化在欧美社会传播、扎根、发展、变化变异的时期，以《圣经》为核心的犹太文化影响欧洲各国，即西班牙、英国、法国、波兰、意大利、德国、俄国、美国。他们还创办了自己的报刊，发布犹太人的创作成果，如希伯来文刊物《文摘》《时代先驱》等；同时中东地区、南欧、中欧、东欧各国犹太文学萌生，如迈蒙尼德、西班牙诗人萨姆伊尔·哈·纳格德、罗·伊·松格、犹大·哈列维、伊玛努伊尔·利姆斯基等，在德国有摩西·门德尔松、纳夫塔利·赫茨·纳利泽、海因里希·海涅等诗人。门德尔松不仅向德国翻译介绍《圣经》，还号召德国的犹太人学习德语，且用德语发声、写作，在犹太人中开展了启蒙工作，被称为"犹太启蒙运动之父"。一些犹太知识分子和作家融入了德国社会，有的甚至加入了基督教，如 19 世纪德语文学史上的著名代表人物路德维希·伯尔纳、海因里希·海涅。

5. 大流散后期（1881 年至 1948 年）：**世界犹太流散文学初步繁荣期**。此期国际犹太流散群体受到各国政治、经济局势的影响更加明显，如俄国革命与沙俄统治的冲突迫使一大批犹太人流亡美国，两次世界大战使犹太人群体成为直接的牺牲品，特别是第二次世界大战间德意日法西斯的种族灭绝政策更给犹太民族带来了最悲惨的命运。苦难出作家、愤怒出诗人，在各国散居的犹太人群中涌现了大批作家，抒写族裔历史命运、人生经验，剖析社会文化问题，探讨民族出路与世界文化关系。流散欧洲的犹太作家、知识分子，发起复国主义运动并倡导复兴希伯来文学。此期成就较大的作家有生活在东欧的希伯来小说家阿布拉莫维茨和佩雷茨,美国犹太作家亚伯拉罕·卡汉、玛丽·安廷、迈克尔·戈尔德等;俄苏犹太作家代表人物有爱伦堡等;德国犹太作家代表人物有阿尔弗雷德·沃尔芬·施泰因、阿诺·茨威格;奥地利有卡夫卡、史蒂芬·茨威格等;英国有本杰明·迪斯累利等。值得一提的是,生于波兰后返回以色列的作家阿格农,他以神秘感的风格与童话般的手法描绘犹太民族的历史与现实、对犹太文化充满热情,把耶路撒冷看作自己心目中的太阳,代表作有《婚礼的华盖》(1922)、《大海深处》(1935)、《过夜的客人》(1939)、《订婚记》(1943)、《伊铎和伊南古语》(1950)等,因此他获得了 1966 年诺贝尔文学奖。

6. 全球流散"新时期"(1948 年至今):犹太流散文学全球性发展、繁荣阶段。此期文学创作水平高,既融入了各国主流文学,也获得了众多国际文学大奖,走向世界文学前沿,代表着世界文学发展的水平。第二次世界大战结束后,尽管成立了以色列国,犹太人有了自己的国家,实现了几千年前的回乡愿望,但是流散世界各地的犹太人已经成为世界文化的重要组成部分,不可能再保持纯粹的犹太纯洁性,犹太流散族群在各种文化影响下,其自然身份、文化身份的流散状态不可能截然结束,而是以一种更深刻的变化继续流散。受全球化的影响,犹太人成为全球居民,犹太文化的世界性更为突出,犹太文学日益成为全球文学的代表,名家名作频出,他们以更加开放的世界眼光探索民族文化境遇、犹太身份命运。主要由新、旧两批犹太作家构成,一是战争时期成长与过渡而来的作家,他们继续沿着原来的主题与风格叙写犹太民族之书,他们当中大家众多,如美国的艾·巴·辛格、索尔·贝娄、菲利普·罗斯、伯纳德·马拉默德、阿瑟·米勒、约瑟夫·海勒、诺曼·梅勒、艾伦·金斯堡、迈克尔·戈尔德等,俄国的布罗茨基等。二是战后出生的新作家群体,他们既反思、续写父辈灾难,也探索新形势下犹太流散族人面临的新情况、新问题,比前辈更具全球视野。如奥地利的罗伯特·辛德尔、露特·贝克尔曼、多隆·拉宾诺维奇和罗伯特·梅纳瑟等,德国的新一代犹太作家群有拉法埃尔·瑟里希曼、埃斯特·迪舍莱特、马克西姆·比勒、芭芭拉·霍尼希曼等。有影响的小说作品有芭芭拉·霍尼希曼的《一个孩子的故事》(1986)、埃斯特·迪舍莱特的《约依米的桌子》(1988)、拉法埃尔·瑟里希曼的《鲁宾斯坦的拍卖》(1989),诗歌有罗伯特·辛德尔的《心中的抓痕》(1988)、马蒂亚斯·赫尔曼的《七十二个字母》(1989)等。

　　从上述时空分布不难看出,犹太流散文学源于两河流域,在迁徙埃及与出埃及、返回迦南"应许之地"的过程中形成以《旧约》为主根系的犹太流散文学根基,尔后在一系列外族统治下历经两次圣殿的毁坏,犹太种族与文化不断四处流散,像种子一样撒播到欧洲各地,历经中世纪、文艺复兴、启蒙时代西方文化的浸渍,进一步流散到美洲、亚洲地区。至19世纪末、20世纪,犹太流散文学成为遍布全球的文化现象,以丰厚思想内涵与艺术创造的成就占据了世界文学重要的席位。犹太人创造了一部波澜壮阔的流散文学史,反映着民族同样伟大而悲壮的流散历史,成为我们认识犹太民族历史与文化的生动窗口,也成为学界研究世界流散文学的重要起点,为思考与探讨其他民族流散文学提供了基础。

表1　犹太流散文学分期、分布区域、主要文学成就与代表作家作品

分期	分布区域	主要文学成就与代表作家作品
公元前 2000—公元前 586 年(前流散初期)	两河流域及埃及(巴基斯坦地带为中心)。	《旧约》。
前 586—公元 135 年(前流散后期)	欧亚非交界地带、古希腊、罗马相关地区。	修订《旧约》、《七十子希腊文译本》(希腊化时期《圣经》定型本)、《马加比传三书》、历史剧《领出去》、智慧文学《所罗门智训》、《马加比传四书》、《亚里斯提亚书信》。
公元 135 年—公元 5、6 世纪(大流散初期)	欧亚非交界、地中海周边地区、罗马帝国疆域。	编纂撰写《伪经》《死海古经》《巴比伦塔木德》等。

分期	分布区域	主要文学成就与代表作家作品
公元7世纪—1881年(大流散中期)	欧洲各国	中东地区、南欧、中欧、东欧各国犹太文学萌生。宗教礼仪诗如《全世界都将服务于你》《阿沃达》《统一赞》;西班牙诗人迈蒙尼德、萨姆伊尔·哈·纳格德、罗·伊·松格、摩西·伊本·埃兹拉、犹大·哈列维、伊玛努伊尔·利姆斯基;德国诗人摩西·门德尔松、纳夫塔利·赫茨·纳列泽、海涅等;意大利犹太作家利亚·巴赫·莱维塔。
	美国	女诗人爱达·艾·门肯、爱玛·拉匝露丝,小说家内森·迈耶等。
1881—1948年(大流散后期)	美国	亚伯拉罕·卡汉:《纽约犹太人故事》;玛丽·安廷:《应许之地》《蝗灾的日子》;埃玛·拉扎勒斯:《闪米特人之歌》;安吉亚·叶吉斯卡:《免费度假房舍》《孤独的孩子们》;塞缪尔·奥尔尼茨:《腰腿、肚子和下颚:一本自传》;亨利·罗斯:《叫它睡眠》;迈克尔·戈尔德:《没有钱的犹太人》等。
	俄国	门德尔松·斯弗瑞姆、肖勒姆·阿雷彻姆、别尔季切夫斯基、本－锡安、格松·肖夫曼、阿布拉莫维茨、以·莱·佩雷茨、海姆·比利亚克、扫罗·切尔尼乔夫斯基等作家。
	德国	鲁本·亚设·布劳德斯、阿哈德·哈姆、阿尔弗雷德·沃尔芬施泰因、瓦尔特·哈森克勒佛、拉斯克－许勒、阿诺·茨威格、利昂·弗希特万格等作家。
	英国	本杰明·迪斯累利等作家。
	奥地利	弗兰兹·卡夫卡、史蒂芬·茨威格等作家。
	巴基斯坦地区	大卫·西蒙尼:《从荒漠到荒漠》;亚伯拉罕·阿巴·卡巴克:《只是为了她》;多夫·凯姆希:《通道》。
1948年至今(第二次世界大战后流散期)	美国	艾·巴·辛格、索尔·贝娄、菲利普·罗斯、伯纳德·马拉默德、阿瑟·米勒、约瑟夫·海勒、诺曼·梅勒、艾伦·金斯堡、赛林格、里昂·尤利斯、艾利·威瑟尔、保罗·奥斯特、辛西娅·奥齐克、卡地亚·莫洛多斯基、查尔斯·热兹尼科夫、爱德华·艾德勒、杰罗姆·查林、巴比特·多伊奇、莱斯利·菲德勒、诺曼·弗鲁彻、赫伯特·戈尔德、欧文·豪等。
	俄国	爱伦堡等。

续表

分期	分布区域	主要文学成就与代表作家作品
1948 年至今（第二次世界大战后流散期）	德国	拉法埃尔·瑟里希曼:《鲁宾斯坦的拍卖》;芭芭拉·霍尼希曼:《一个孩子的故事》;埃斯特·迪舍莱特:《约依米的桌子》;罗伯特·辛德尔:《心中的抓痕》;马蒂亚斯·赫尔曼:《七十二个字母》;鲁丝·普罗厄·贾布瓦拉:《穷乡僻壤》《新领地》《热与尘》。
	英国	劳伦斯·达雷尔:《朱迪思》。
	奥地利	罗伯特·辛德尔:《出身》。
	以色列、巴勒斯坦地区	诗人有海姆·古瑞、阿米尔·吉尔伯、阿巴·科夫纳等,小说家有阿格农、穆谢·沙米尔、史·伊扎尔等。

三、犹太流散文学的"流散性"

犹太文学的流散性核心是指文学作品中表现出的犹太人被迫或主动的迁徙主题,和由此带来的一系列种族与文化的跨界、交汇、认同、冲突、变化(渐变或巨变)、调整、适应、对抗、稳定与失衡等文化流散形态,带有既离散又聚合、既内在又外在于犹太文化与东道国文化的双栖或多栖性特点。流散性成立的前提是强烈的民族性——犹太性与迁徙之地自然地理、社会人文环境的相遇,没有这种迁徙流散与相遇,流散性就不能产生。而这种流散性的具体形态又与流散群体所处的外域文化环境密切相关。可见流散文学中呈现的流散性主题已不是纯粹的母国文化、东道国文化,而是在两种文化或多种文化的中间地带、交叉地带形成的新的文化、文学主题,它既有对母国文化的继承,又有对东道国文化的借鉴,表现为跨文化的变化状态:"流散意味着出走,离开母体而进入一个异己的世界,意味着主体文化将与异域文化发生碰撞、交流、沟通、磨合,意味着以往的文化将遭遇变异,而未来的文化则在变异中迎来新生。倘若在流散中持一种积极主动的态度,流散就能成为传统文化获得砥砺而再生的契机,成为一个民族汲取异域精华、实现自身文化重建的契机。"[①]犹太文

---

① 梁工:《古埃及末期的犹太流散文学》,《东方丛刊》2006 年第 2 期。

学的流散性主题主要揭示的就是 2000 多年的民族流散过程中,作为少数族裔文化在移居国主流文化中的处境、变化、发展及自身文化的坚守,当然还有在多元文化中流散而产生的新的文化与艺术成果。而犹太流散文学本身就是这种文化的结晶,是世界文学中独一无二的艺术之花,获得了自己独特品格:"由于特殊的历史发展和文化机制,犹太文学呈现了不同凡响的品性特征,就像犹太民族和犹太文化一样,诸多矛盾悖论的品质特征不可分解地整合在一起。犹太性和世界性是贯通犹太文学本体的两种特性,这两种特性既是矛盾对立的,又是整合统一的,在犹太文学本体属性的构成中,恰似'一块硬币的两面'。"①从政治、经济权利来看,犹太流散族群在各地都处于弱小地位,因而他们往往采取了两种策略:"试图在两条可能彼此对立的原则之间寻找出路:希冀在异族世界生存及繁荣,和希望保持对犹太传统及身份的虔诚。"②而在文化、文学交融的中间地带,似乎稍平等些,犹太族裔作家更能够表现出自己对本族文化文学的自觉、自信,甚至把自己的文化、文学植入移居之国,带来了移居之国文学的繁荣。在长期的磨砺中,他们找到了"世界公民"的视角与姿态变通地对待异族文化:"包括其哲学思想、人生理念、诗学概念和艺术方式,将其某些要素纳入本族文库之中,使之成为传统文化的必要补充。正是这种兼收并蓄的心态,使他们在流散生涯中成功地保持并运用了双重文化身份,在自强不息的民族发展进程中对世界文化建设做出重要贡献,也为现后世流散写作贡献出可资借鉴的范例。"③因此,犹太流散文学之流散性考察必然包括犹太民族性、犹太民族性的变与不变、流散地文化对犹太人的影响、犹太人对流散地文化的态度、流散地主流社会对犹太人的态度等内容,也要考察犹太流散文学的艺术形态的变与不变、其艺术创新性表现等。从这个意义上讲,犹太

---

① 刘洪一:《犹太性与世界性:一块硬币的两面》,《国外文学》1997 年第 4 期。

② V.Tcherikove, *Hellenistic Civilization and the Jews*, Peabody, Mass: Hendrickson, 1999, p.346.

③ 梁工:《古犹太流散写作与希伯来经典》,《河南大学学报》2008 年第 6 期。

流散文学鲜明的犹太民族性与无法避免的外来文化影响是其重要的标志①。

(一)犹太流散文学中的民族性表现

民族性是犹太流散族群和犹太流散文学文化的内在特征,是犹太流散文学存在的基础,如果失去了这种民族性,其文学就被同化了,也就没有我们今天要研究的犹太流散文学了。哲学家金岳霖认为:"每一种文化都有它底中坚思想,每一中坚思想都有它底最崇高的概念,最基本的原动力。"②而犹太文化、文学的中坚思想、概念、原动力就是流散文学的民族性,失去它们流散文学将不复存在。这种民族性的基础表现就是其生物学意义上的犹太血统的纯洁性,犹太人历经几千年的流散生存,主流群体仍然保持着较纯洁的民族血统,这是犹太民族性存在的自然基础,为了保持这种纯洁性,犹太祖先通过与上帝契约的形式保护它,要求族人不得与外族通婚、男子要行割礼术等,《圣经》中通过各种律法规定了犹太人的生活与族群规范,对保持民族性起到了重要作用。

犹太流散族群创造并信奉犹太教,宗教性是犹太流散群体在流散之地保持民族性的思想精神保障,也是犹太流散文学的重要特点。犹太教不主动到外族人中传教,也不欢迎外族信仰犹太教,但是对犹太人传播犹太教他们很忠诚,犹太教的教规、活动、习俗、禁忌、服装等都反映到文学创作中,如每天三次的祈祷,会众在犹太会堂的祷告活动及节日活动,在星期一、星期四、安息日及节日和至圣日(High Holy Days)会堂的敬拜,包括读希伯来文的托拉、先知书。还有犹太人遵行的饮食诫命——包含奶与肉不可以同食,要人道的宰杀动物,严禁吃血、吃猪肉、无鳞的鱼类等,这些在不同国家地区的犹太文学作品中均有体现。这种浓烈的宗教色彩也体现在对各种犹太节日与日历的描写中,犹太教节日众多,有逾越节、住棚节、五旬节、除酵节、修殿节、普林节、读经节、元

---

① 参见杨中举:《犹太流散文学的"流散性"》,《河南大学学报》2020年第6期。
② 金岳霖:《论道》,商务印书馆1987年版,第16页。

旦、赎罪日、哀悼日、安息日等,这些节日的传承与标志,是保持犹太族裔独立性的重要载体与手段。当然犹太教在流散传播的历程中也发生了一系列变化,出现了不同的犹太教派别,如中世纪出现的卡拉派(偏重《圣经》而不注重《塔木德》),喀拉巴神秘主义教派(《创世之书》等为代表),救世运动派(弥赛亚运动)、哈西德主义以及现代的改革派、正统派等,尽管他们主张不同甚至有些冲突,但是他们的主张客观上不是削弱了犹太文化与民族性,而是扩大、传播了犹太教的影响,使得犹太教成为具有世界影响的文化。概略地看,从《圣经》《次经》《伪经》《死海古经》到中世纪初期产生的《塔木德》及相关文学都是比较典型的宗教文学,而其成就要远远高于欧洲中世纪的宗教文学,宗教色彩最浓厚;之后各个流散阶段的犹太文学大都有宗教特点,主题、框架、人物、故事情节、生活场景等安排随处可见。

　　犹太流散文学的民族性还体现在他们对民族语言的坚守与保护上。在前流散时代,犹太人使用希伯来语进行创作,《旧约》就是用这种语言写成的,后来的《巴比伦塔木德》、神秘主义的《创世之书》《光明之书》《光辉之书》等都是用希伯来语写成的,以语言为载体保持了族裔特性;同时,他们在流散之地为了生存不得不学习当地语言,但是规定在家庭与日常犹太人交流当中还要使用母语希伯来语,一些文学家也坚持使用希伯来语创作,这都在很大程度上传承了民族语言文化。犹太流散族群体创造使用的第二民族语言则是流行在欧洲的意第绪语,这是他们避免希伯来文化被完全同化的重要策略,意第绪语约形成于公元 10 世纪,大量居住在德国莱茵地区的犹太人,沿用希伯来字母、语法和从右向左书写的习惯,借用当地部分德语、波兰语等方言,混杂生成了"意第绪语"——"犹太人说的德语",成为流散欧洲的犹太人使用广泛的一种犹太语言:"在 18 世纪后成为'生活语言'、'大众语言',并在 19 世纪造成意第绪语文学繁荣景象。……到二战前有 1100 万人使用这一语言。"①另外,伴

---

① 　徐新:《犹太文化史》,北京大学出版社 2011 年版,第 219 页。

随着近现代犹太复兴运动,现代希伯来语得以复兴:"到公元 19 世纪,埃利泽·本·耶胡达等回归巴勒斯坦的犹太人掀起了复活希伯来语的运动,并在以色列复国后将希伯来语定为以色列的国语,'死去'千百年的希伯来语得以复活,被国外语言学界称为语言史上的奇迹。"①尽管在漫长的历史中犹太民族语言受到了流散地主流语言文化的影响,也有不少犹太人使用了移居国语言,不再说民族语言,但是希伯来语、意第绪语作为犹太民族的主要语言,还是在文学创作、语言学研究、民族复兴运动中由部分犹太族群传承下来,并复兴繁荣,这是犹太文化的活力所在,也是犹太民族的毅力所在,还是犹太流散文学的重要贡献。

犹太流散文学的民族性体现当然是丰富多彩的,不仅体现在种族血统、宗教信仰、语言这些显的特性、共性上,更体现在犹太流散作家与作品表现出的犹太风格、犹太气质、犹太思维方式、犹太精神面貌及相关创作个性中,这些方面更多可能是潜在的而不是显的,我国不少学者把它们归纳为"犹太性"正是考虑到它的复杂性:"犹太性主要是指犹太作家在其作品中所表达出来的某种与犹太文化或宗教相关联的一种思想观念。一般来说,这主要体现在某犹太作家或作品中人物的思维方式、心理机制以及任何能代表犹太人的生活、性格、语言、行为、场景等特点的东西。"②也可以这么说,犹太流散文学中揭示的犹太人、犹太生活、犹太宗教与文化中那些基本稳定的文化基因,那些标志犹太人、犹太文化之所以鲜明存在、持久传承的东西,以区别于主流文化(或其他民族)的因素,都是犹太流散文学民族性的内容。它们是犹太流散文学的本色与核心,是犹太文学独立性的基础。

犹太流散群体的存在是犹太流散文学得以产生与发展的前提,犹太民族性或犹太性在犹太文学中的艺术表现是犹太流散文学成立的基础,从古代到当下,从第一代流散作家到当下第三四代流散作者,他们的创作中都传承了犹

---

① 　刘洪一:《犹太文学的阈限界定》,《文艺理论研究》1992 年第 6 期。
② 　乔国强:《美国犹太文学》,商务印书馆 2008 年版,第 17 页。

太流散族群这一特殊的文化记号、文学传统。伯纳德·马拉默德是当代犹太流散作家中最具有犹太民族性特点的人,他的小说对犹太民族苦难的历史、流散、大屠杀都作出了深刻的思索,对犹太人生活与命运表现的最多:"在美国众多的犹太裔作家中,伯纳德·马拉默德是犹太性最强的一个。他在美国文学中的重要性是无可争议的。马拉默德笔下的人物几乎清一色是下层犹太人,但他们的斗争却是具有普遍性的。在他所有的创作中,马拉默德都在寻求对人的精神的肯定,充满了人道主义精神。"①这一突出特点得到了国内学者的共识:"马拉默德在他长达三十余年的创作生涯中所孜孜追求、呈现于文本内的正是他那独特的犹太主题。"②

而犹乔纳森·弗尔是个"70后"犹太作家,是移居美国的第三代犹太人,虽然三代人都生活在美国社会,但犹太民族性从没有失去其独立性,他的三部较为出名的小说都有着鲜明的犹太性表达,《真相大白》(2002)中的犹太性表现最突出,作者用虚拟与纪实两个自传性的故事交叉叙述,第一个故事展现了母亲的故乡波兰特罗奇姆布罗德镇生活,它是一个典型的犹太小镇,有着浓厚的犹太气息,第二个故事写的是作者本人的乌克兰之行,寻找乌克兰犹太族群的生活历史与遗迹。《特别响非常近》(2005)以"9·11事件"为背景,反映犹太人在当下全球生存环境下的命运,大屠杀、流浪、寻根、追寻等犹太文学母题得到再现。《我在这》(2016)以作者自己的经历为蓝本,描写了一系列影响生活在华盛顿特区犹太人生活的事件,反映离婚、自杀、酒吧狂欢、地震、中东战争等普遍性主题。

总之,不管是古代现代,还是老作家新作家,犹太流散文学之所以具备流散性特征,都与各个时期流散作家们不同时代、不同视角表现出的丰富多彩的犹太性、民族性密切相关,犹太流散民族的文化特性是任何一个犹太作家和犹太文学、文化研究者都要重视的事实:"犹太人作为一个民族整体散布世界的

---

① 车成安:《世界犹太裔文化名人传》,中国工人出版社1996年版,第563页。
② 乔国强:《美国犹太文学》,商务印书馆2008年版,第380页。

文化景观依然稳固地存在着,并成为一种难以更改的文化事实。"①

(二)犹太流散文学中的变异性表现

文化、文学与自然、社会中的其他事物一样都是处于变与不变的矛盾统一中的,只要人类有文化活动的交流,就会有变化的发生。犹太族群长达几千年的全球流散史,必然带来自身的变化,也会引起其他种族文化的变化。流散文学表现的对象就是犹太流散族的生活、生存、精神文化状态,必然涉及对犹太文化在异国他乡的变化之表现,涉及不同种族与文化的关系,涉及多元的跨界交流问题,而在这些跨界与交流中,必然会有变异的发生。这是流散的宿命与必然。固然犹太流散文学的民族性是相对独立的,但不是绝对的不变。犹太流散文学与其表现的犹太人群体一样,也在不断的变化之中,其使用的语言、表现手法、文体文本等形式上有变化,其表现的主题、思想倾向、价值观念、审美观点等内容上也有变异。前文所述的希伯来语、意第绪语既是犹太流散文学不变的民族性体现,又是其变异性的表现,它们在生存、发展、使用过程中明显地增加了外来语因素,或者说受流散地语言的影响:"由于希伯来民族从一开始就处于不停的种族冲突和文化迁徙之中,所以希伯来语在最初形成的过程中大量吸收了迦南语、阿卡德语、苏美尔语等的语言要素,在被掳于巴比伦至纪元前后这段时间,犹太人深受巴比伦人所使用的亚兰文的影响,以至于希伯来文几乎被亚兰文所取代。及至公元 2 世纪末,希伯来语才发展为《密西拿》希伯来语,到中世纪,流散北非、欧洲各地的犹太人分别从波斯语、阿拉伯语、希腊语、西班牙语、法语、意大利语等外来语种吸收大量词汇,形成了枝蔓众多颇为复杂、各具特征的中古希伯来语,这些希伯来语与初始的母语比较已有了很大区别。"②而意第绪语则变异更明显,是犹太人根据德语、波兰语、乌

---

① 刘洪一:《犹太文化要义》,商务印书馆 2004 年版,第 20 页。
② 刘洪一:《犹太文学的阈限界定》,《文艺理论研究》1992 年第 6 期。

克兰语等创造的"犹太人说的德语",而且在历史上形成了独特的犹太意第绪语文学。犹太种族、宗教纯洁性问题也多次得到挑战与考验,在巴比伦、波斯、希腊、罗马占领统治时期,在后来流散各地成为少数族裔时代,各阶段统治者都程度不一地进行排犹活动,许多被俘获女囚被迫嫁给当权者为妾,也有许多人为了生存下去被迫改变了宗教信仰,当然这里面也有一些思想家、作家因改变了信仰而被犹太教会逐出、除名。从文学创作思想观念看,18世纪之前,几乎所有的犹太文学都遵守了《圣经》《塔木德》文学传统,写的都是宗教题材或生活,很少直接写世俗生活,但是在欧洲启蒙思想的影响下,犹太流散社会里也发生了启蒙运动,文学开始表现世俗生活与主题。至19世纪末20世纪初,犹太民族复兴运动后,犹太流散文学从对比较单一的宗教集体生活之展示转变为对单独个体生活的表现,表现人们在流散过程中的个性遭遇、异化感觉,提示犹太民族的历史文化命运,思考新一代犹太人的出路,文学形式上也与世界主流文学的小说、诗歌、戏剧等接轨,借鉴了世界现代文学与后现代文学的许多成果,许多犹太流散作家从边缘走向了中心,以独特创作成就引领了世界文学潮流,也用自己的创作引发了全球对犹太流散群体的重视与思考。

(三)"X+犹太"模式:犹太流散文学的混杂、混生、融合性表现

全球流散族群的文学、文化境遇具有共同的规律与特点,但是不同民族的流散群体因其自身文化的个性、迁徙流散地的不同、流散时期的不同而生成了不同的新型流散文化、文学现象。犹太流散群体流散的范围广大,历史最悠久,其文化混生、混杂的程度更深,因而在不同国家地区形成了既有共性又有不同个性的犹太流散文化、文学,如"美国犹太流散文学、俄国犹太流散文学"等"X+犹太"模式。

美国犹太作家索尔·贝娄一家从俄罗斯移民到加拿大魁北克省蒙特利尔郊外小镇拉辛,他出生时起的名字叫所罗门·贝娄,带有犹太传统文化色彩,

一家人也传承了犹太族特有的生活方式与宗教信仰。三岁时他们全家搬到蒙特利尔市内,居住在犹太"隔都",在这里他遭遇到犹太文化与宿地殖民文化的双重影响,在两种文化的交汇地带接受教育,小学时就受到法语、英语、意第绪语、俄语多种语言的影响,贝娄受多种文化混杂化的影响是不可避免的。1924 年他全家偷渡到美国芝加哥后,文化混杂处境进一步加强,在此他完成了中小学的犹太教育和大学的西方教育,犹太教与基督教双重宗教冲突与影响也比较明显,这些场域构成了他后来创作的文化场。《晃来晃去的人》《洪堡的礼物》《赫索格》《雨王汉德森》《更多的人死于心碎》等作品中犹太文化人、普通人形象都被置于这种场景中,展现出混杂化、两难性、矛盾性等文化状态。他作品中塑造的大批犹太"文化人"就是代表,通过这些文化人他细致分析了美国甚至全球文化问题,代表了犹太流散群体文化共同命运,也正是因为这样精细的分析,他才获得了诺贝尔文学奖,理由是"他的作品中融合了对人性的理解和对当代文化细致的分析"①。《洪堡的礼物》主人公洪堡、西特林两位文化人先后成名与失落的过程,是理想与现实冲突的结果,也是犹太文化与美国文化混合过程中的必然命运,犹太流散族群的故国文化记忆、理想,与现实美国社会格格不入,但是他们又想把犹太精神理想与美国式的生活方式中和到一起,其结果往往产生失望痛苦的结局。洪堡作为一个创作上成功的文化人、作家始终没有忘记自己的理想中存在一个埃利斯岛屿——犹太人的理想故国:"他把诗比作仁慈的'埃利斯岛',在那儿一群异邦人开始改变国籍。洪堡把今天的世界看成是昔日故国旧土的一种令人激动的缺乏人性的摹仿。"②但是这种理想、故土追求与充满物质主义的美国现实充满矛盾,为此他带着妻子逃离了城市来到乡间生活;当然这种混杂的焦虑与矛盾也表现在他和妻子的关系中,体现在自己作为犹太人的种族身份中,妻子是基督徒,他怕

---

① 刘海平、王守仁主编:《新编美国文学史》第四卷,上海外语教育出版社 2002 年版,第26 页。

② [美]索尔·贝娄:《洪堡的礼物》,蒲隆译,河北教育出版社 2002 年版,第 4 页。

失去妻子就处处控制妻子："他感到犹太人的深切的恐怖。他是个东方人，而她是个基督徒。"①他试图去摆脱犹太人的身份，而这种身份是客观存在，不是他主观上就能改变的，为此他处处追求美国人的生活方式，试图从行动上变成一个美国人，这是他主观上混杂两种文化的努力，但是又与内心潜在的犹太意识相冲突，这是一大批犹太流散群体的共同难题。其妻子难以忍受这种生活而逃跑，自己的诗歌创作也没有读者需要，最后他经受了物质与精神上的双重贫困后，孤单地死在了客栈。

洪堡的学生西特林则从另一个方面形象阐释了犹太文化及犹太人流散者的命运。一开始他把洪堡当作自己文学的领路人、精神导师，甚至在导师的帮助下取得了初步成功，但是为了迎合现实的需要，他开始妥协，背叛了导师，为了符合百老汇演出的需要，把老师的剧作改得面目全非，这是理想向现实妥协的象征，也是犹太文化被主流文化排斥的象征。西特林被政界所接纳，成为社会制度的维护者，成为总统的座上客，获得普利策奖，受到法国政府奖励，其实是西特林向东道国社会投降的结果。

小说题材也好，人物也好，故事情节也好，都会体现出这种"宿国文化+犹太模式"或"犹太+宿国文化模式"，这也反映在作家自己身份的确认上，要么他们首先认同自己是移民国居民，其次认同自己的犹太身份，要么首先认同自己是犹太人，然后才是移居国居民，不管侧重点如何，在冲突中有混杂、在混杂中有冲突的矛盾中间状态是不可回避的文化宿命。对于第二代犹太流散作家贝娄、马拉默德、海勒和欧芝克等来说，他们首先追求的是自己的美国身份，在美国出生长大，深受美国思想与价值观教育，是美国知识分子的代表，他们的努力已经使得自己在美国社会中的地位有了较大变化，犹太教、犹太思想与价值观已经处于第二位，创作中既关注美国社会问题，也表达犹太人问题。他们由于历史或现实的原因往往都不承认自己是犹太作家，而更愿意从全美国文

① [美]索尔·贝娄：《洪堡的礼物》，蒲隆译，河北教育出版社2002年版，第46页。

学的角度来确认自己的身份:"是希望自己被看成是同化的美国人。"①自然犹太民族身份也是他们自觉或不自觉地认同的,不是他们主观想抹掉就能抹掉的标签,而是与美国身份共同显现在混合、磨合过程中,这种混合及其状态正是流散文学表现的重要内容。马拉默德的《店员》中弗兰克正是两种文化冲突与混杂生存处境中的产物,开始他没有信仰,迷失自我,到处流浪,没有身份或身份模糊,在美国梦与物质主义的影响下,他以追求美国生活方式为目标,成为一个物质的美国文化身份的追求者,但对物质的过度追求也导致了他的不良行为;当这种低层的物质追求陷入困境时,犹太文化精神的救赎作用体现出来,莫里斯·鲍勃作为犹太文化与宗教精神的化身,收留了他作为店里的伙计,而在两人的相处与交往中他们找到了一种亲切相近感,具有父子般的情愫,而莫里斯身上犹太人的诚实、善良、遵守契约诺言,感染了弗兰克,使他从犹太文化精神中找到了精神归宿,行了割礼,而成为一名犹太人。莫里斯去世后,弗兰克接手继续以受难者的姿态经营着杂货店,这象征性地表达了犹太传统对其他人的影响,在他新的犹太人身份里,把两种文化传统结合起来,形成了一种新的道德观与行为准则。尽管杂货店并不景气,他仍然以犹太人的职责去经营、维持,这是他身份变化的表现,也是新生的表现,正如西方论者所言:"弗兰克把基督教(圣方济)与犹太教(莫里斯)的思想融合在一起发展了属于自己的道德价值观。弗兰克的罗马天主教背景使他明白了贫困、无私和自我约束的价值。而莫里斯的犹太教又使弗兰克对于受难有了更加深刻的理解。"②这是对犹太性的回归,也是犹太教与基督教文化混杂的结果。马拉默德在小说中表现了这些冲突与混杂,自己在身份定位时也明确表明了既有美国特性也具备犹太民族性和世界普遍性的混杂状态:"我很看重我的犹太血统,但我并不把自己仅仅当作是一个犹太作家,我有更广泛的兴趣,我认为我

---

① Leah Garrett, 'Joseph Heller's Jewish War Novel Catch-22', *Journal of Modern Jewish Studies*, No.3, 2015, p.14.

② E.A.Abramson, *Bernard Malamud Revisited*, New York: Twayne Publishers, 1993, p.78.

在为所有的人写作。"①

犹太流散群体在全球各国的生存境遇与文化、文学创造的历史,无法回避文化的排斥、同化、混杂融合等客观的宿命,犹太流散文学自然而然表现了这一复杂多棱镜的各个方面,由于作家时代不同、文化立场不同,表现的侧重点也不同。但是 2000 多年的犹太流散史,绝不仅仅是犹太流散群体与宿国主流社会之间简单的二元关系,特别是 20 世纪以来,流散世界各国的犹太人自然进入了全球人类发展所面临的共同场景,因此有不少作家把犹太流散者放到了更普遍的文化关系中塑造、思考。菲利普·罗斯的创作就是这样的代表,他的创作中有犹太文化与主流文化的冲突问题,展现了犹太亚文化与美国主流文化、古老犹太文明与西方现代文明的冲突与交融;有第三、四代新生犹太移民与古老犹太传统冲突的问题;有多元文化影响下犹太人对传统犹太性回归的问题;有犹太人的文化身份认同危机及生存策略问题;有现代社会、后现代社会给犹太人带来各类精神空虚和失却自我的异化问题;后期的创作更多涉及了犹太族群与美国人、其他少数族的文化关系问题,犹太文化与其他文化融合共同创造美国文化的问题、卷入并参与全球现代与后现代文化活动进程问题。特别是菲利普·罗斯在 20 世纪 90 年代末创作的美国三部曲(又称纽瓦克三部曲,即《美国牧歌》(1997)、《我嫁给了共产党人》(1998)和《人性的污秽》(2000)),以自己出生的家乡新泽西州纽瓦克市为背景,写了前后四代犹太人、美国人、黑人等群体 70 多年的生活,他们共同受到了第一次世界大战、经济危机大萧条、第二次世界大战、麦卡锡主义、水门事件、莱温斯基丑闻等历史事件的影响,罗斯让犹太族人参与到整个美国的历史进程之中,与其他民族一起共同见证或参与创造了美国的历史与文化,也传播延续了自己的犹太文化。纽瓦克城市发展的历史也就是犹太家族成长的历史,罗斯书写纽瓦克正是在书写自己的家族历史,当然也旁及众多美国少数族裔移民流散史。同时

---

① 钱满素:《美国当代小说家论》,中国社会科学出版社 1987 年版,第 98 页。

他在书写家族史时也反映了对自我身份和整个美国社会的反思,他反思了城市过度工业化对城市人的异化问题;反思了少数族裔民族性、美国性及二者的交流、碰撞、冲突、融合的问题,反思了具有全球意义的现代性、后现代性背景中城市的发展问题,思考了城市人在消费社会到来后生存状况问题。这些思考已经不单纯是犹太族的问题,而是与美国社会文化、全球文化混杂化发展的问题了。从这个意义上看,犹太流散文学与文化已经是全球混杂文化发展的具体表现或代表性标本了。从被排斥甚至屠杀、到相互排斥、到相互适应借鉴、到混合发展、再到文化传承与再生(再创造)的犹太流散过程是非常复杂的,这个总结只是绘出了流散文化与主流文化关系的大致线路,而在具体的流散时期、流散空间里,都产生了多样化的文化问题,需要具体问题具体分析。

(四)犹太流散文学中的排异性表现

两种文化、两个民族的相遇必然带来冲突,产生相互间的排异性,这是犹太流散群体面临的问题,也是流散文学面对的主题。这里有犹太人对移居国文化的不适应,更有主流文化对犹太人的排斥。主流文化对犹太文化的排斥或强或弱始终没断,自从犹太人跨入西方文化氛围中以来,各种各样的排犹现象此起彼伏,甚至可以说,只要是有犹太人存在的地方,排犹现象就会出现。这一现象是犹太流散文学表现的重要内容。19世纪美国犹太移民族裔作家内森·迈耶的小说《致命的秘密》(1858)以16世纪葡萄牙宗教裁判所迫使犹太流散群体改变宗教信仰,采取抢夺财产、流放、火刑、断肢等残酷手段,还把年龄小的犹太人流放到孤立的岛屿上长大而失去自己的犹太信仰,成为基督教徒,这是散居地统治者对犹太流散群体排斥的具体表现,也是当时反犹主义的艺术表现;但聪明机智的犹太族人也进行了反抗,最后粉碎了葡萄牙的阴谋而逃离。这则是少数流散群体对主流文化排斥与反抗的表现。这些矛盾与冲突在各地犹太流散文学中都有表现。同时主流社会对犹太少数群体的排斥歧视根深蒂固,就连狄更斯、马克·吐温这样的现实主义小说家思想中也充满着对犹太流散族的歧视,把他们称为罪犯、劣等人①。可见,各地反犹太主义大有市场与基础,这决定了犹太流散群体要在散居地生存面临着巨大的困难,如何保持自己的犹太独立性,又要处理好与主流文化的关系,实属难题。

犹太流散作家们因其独特的文学感受对种族间的排斥感受更深更具体。菲利普·罗斯在自传中写道:"最大的威胁来自那些排斥、反对我们的美国人,因为我们是犹太人,他们或故意表现和善或激烈地排斥我们——即便我知道在公共宣传的个别案例中我们被忍耐和接受,甚至被尊重了;我从未怀疑过这个国家是不属于我的,新泽西和纽瓦克也同样——我不是没有意识到,来自美国非犹太社会从高到低各阶层排斥犹太人的威胁。"②

如果排除种族歧视与偏见,流散群体与散居地人的关系也同样复杂,对此美国跨文化传播学者约翰·贝里从移民流散者的视角提出了移民对两种文化关系的"二维涵化模式"——移民流散群体对待两种文化的态度问题:1. 你是否保持原有的文化认同? 2. 你是否想与东道国文化成员保持良好关系? 如果两者都肯定,流散移民对散居地文化有整合倾向,从主观意愿上看,大多数流散者都可能有这种理想倾向,但是流散者所处的各种背景、条件决定了这个意愿很难实现;如果否定前者,不想保持原有文化认同,只与东道国文化保持良好关系,则有被东道国文化同化倾向或者有向东道国文化依附、投靠、认同的倾向,这在流散群体中也大有人在;如果回答前者是、后者不是,则流散者对散居地文化有排斥倾向、分离倾向,文化适应难度较大;如果回答都不是,那么流散者已经处于东道国文化的边缘,也处于自己文化的边缘。这些复杂现象在流散文学中都有着生动表现。另一个社会心理学家理查德·伯希斯站在东道国(主流社会居民)视角提出了同样的问题:1. 你是否接受流散移民保持他们的文化传统? 2. 你是否接受移民适应你所在的本国文化? 如果都是肯定回答,说明东道国居民对外来流散移民具有"整合"倾向;如果肯定前者、否定后

---

① 参见乔国强:《美国犹太文学》,商务印书馆 2008 年版,第 9—10 页。

② Philip Roth,*The Facts:A Novelist's Autobiography*,Vintage International,2004,p.20.

者,说明他们具有隔离流散者的倾向;如果否定前者、肯定后者,他们则具有"同化"流散者的倾向,这在历史上比较多见;如果都否定,那么他们对外来移民具有排斥倾向①。这两种视角与立场,对四个问题的回答,具体表现了两个文化群体之间的微妙关系,而这些关系正是流散移民群体和东道国居民面临的基本问题,也是犹太流散文学创作中经常出现的主题。

犹太小说家迈克尔·高尔德的小说《没有钱的犹太人》(1930)表现初期犹太流散群体对主流社会的不满与排斥,甚至积极参与左翼势力的革命活动,争取犹太人社会地位的平等与待遇,这是犹太排外性的另一种表现形态。马拉默德的小说《店员》强调犹太教的拯救作用也是犹太流散文学排异性主题的展现:"马拉默德颠倒了犹太人皈依基督教的古老主题,描写基督徒弗兰克·阿尔潘正式皈依犹太教、改邪归正的故事。店主莫里斯·鲍勃是犹太移民,虽然贫穷,却心地善良,乐善好施,诚实勤劳,他的品德感化了行窃偷盗的弗兰克,使弗兰克成了一个犹太教民。马拉默德用杂货商莫里斯来探索世俗时代中犹太性的意义。他告诉弗兰克,真正的犹太人时刻都不忘记(摩西)律法,这意味着要做正确的事情,要对所有的人诚实、善良。每一个人都应该是最善良的人,因此我们需要律法。这就是犹太人所相信的。"②

马拉默德的小说《基辅怨》则以俄国犹太流散群体遭受屠杀与迫害的历史为题材,揭示了俄国社会对犹太人及文化的排斥与扼杀。19世纪末20世纪初,俄国社会是一个充满奴役、压迫且极其专制的国家,犹太人在这里更是边缘化群体,住在远离俄国人的地方,形成俄国式犹太"隔都",因此他们没有社会地位、政治地位,受到种种法令的限制,而俄国人也深受西方反犹主义影响,把犹太人看作破坏人类文明的魔鬼、导致世界堕落的邪恶之人。小说中的主人公雅科夫·博克就生活在这样一个大背景里,父母就是在俄国对犹太人

---

① 参见孙英春:《跨文化传播学导论》,北京大学出版社2008年版,第259—260页。
② 陈世丹:《弥漫着犹太文化品性的当代美国犹太文学》,《河南师范大学学报》2008年第3期。

的迫害屠杀中死亡,他对此充满仇恨。为了生存,他与妻子生活在以犹太人为主的小镇(隔都),做装配工作,但是由于妻子拉伊莎不能生育,雅科夫就抛弃了她,离开了家乡来到基辅,在此雅科夫隐藏了自己的犹太身份,寻找新的生活。在一个冬夜里他与一名醉酒的基督徒成为朋友,因此获得了一份稳定的工作;但好景不长,一个小男孩被他的母亲和母亲的情人联合杀害,他们把这嫁祸到雅科夫的身上,他因此被捕入狱。监狱官也是一些反犹太主义者,他们对雅科夫进行了残酷的虐待,小说以大量篇幅描写这种残暴行为,凸显了主流社会对犹太人排斥的历史真实。

(五)犹太流散文学中的依附性表现

犹太流散群体对东道国文化的认同与依附现象,在犹太大流散时期就已经有文学表现,但是这种依附更多地表现在新一代犹太流散族裔身上,他们对西方现代思想、生活习惯、宗教观念接受难度小,或者说容易认同,这样就产生了不少背离自己犹太文化传统的群体,完全依附或部分依附东道国文化,19世纪末以来,这种现象已成为文学表现的重要内容。亚伯拉罕·卡汉的小说《大卫·莱文斯基的崛起》(1917)写主人公大卫·莱文斯基于1885年从俄国来到美国,他的监护人急于把他"美国化",从一个商店走进了另一个商店,买了一套西装、一顶帽子、一方白手帕、一件背心、一双皮鞋、一条领带。然后,监护人对莱文斯基说:"好,你现在看起来再也不像个乡巴佬,而是像个美国人了。"这表明,主流社会具有征服与改变外来者的强烈愿望,也表现出监护人的偏见,当然小说中也表现了大卫式的犹太人对主流社会的认同态度。而莱文斯基本是典型的犹太人,日常生活规则严格遵从本民族文化,表达本民族的思想愿望与欲求,但是在美国社会中要想实现自己的诉求,在许多方面也要作出妥协与让渡,依附于主流文化、政治、经济规则,创建了不少能够进入美国主流社会的机构,为取得美国公民的身份他及身边的一些犹太人在一定程度上抛弃犹太传统习惯和宗教仪式、生活方式和信仰:"巨大的范式转变使犹太人变成了一个去神圣化的民族,一个其自立的仪式将要被共同目的和共同命运所替代的民族。"①

玛丽·安廷的小说《应许之地》以半自传的形式叙述女主人公本来具有鲜明的犹太族裔特征和思想,但是在举家迁移美国生活的过程中,怀着一种莫名的兴奋之情,进入美国社会这个大熔炉,逐渐失去了自己的根,而自己又没有真正在美国扎好根基,最后对她来说,根在哪里不重要了,重要的是她想成为一名真正的美国人,融入主流文化中。这种文化妥协或依附代表了不同时期部分流散移民对族裔文化与主流文化的态度。

在创作策略与文化倾向的选择方面,不少流散作家选择对主流文化的借鉴或依附,正如美国文学批评学者莫里·鲍姆加登所言:"犹太作家中有些人在创作时对于美国意识形态异常地关注,并且有意识地运用美国主流的文化意识来指导自己的文学创作,而且这些人在犹太作家中属于主流人群,他们的创作意识对于其他的犹太作家有很大的影响。"②罗斯的美国三部曲(纽瓦克三部曲)中,纽瓦克前后四代犹太移民或黑人移民中,已经有不少在文化冲突与两难中开始依附、认同美国文化,或者被同化,早期纽瓦克犹太移民中就有不少人开始重视子女接受美国式的教育、淡化本族文化。《美国牧歌》中犹太父辈娄·利沃夫对儿子塞莫尔(人称"瑞典佬")和杰里的教育形象地说明了主动同化的问题,娄选择让孩子接受世俗教育,过世俗生活,两个儿子都没有接受犹太教信仰、没有娶犹太妻子,娄通过努力在经济上富足后把家搬到了克尔大街富有的犹太人居住区,住房装饰风格也有些美国化了:"房屋正面就表现出这些大胆先驱者对美国化形式的渴求。"③犹太人街区的大部分犹太孩子都热心于美国化、想过美国式成功的生活。"瑞典佬"追求事业成功,试图为

---

① Mark Shechner, 'The Jewish Novelist in America', *Twentieth Century Literary Criticism*, Vol. 62, Detroit, MI: Gale Research, 1996, p.3.

② 徐新、凌继尧主编:《犹太百科全书》,上海人民出版社1993年版,第476页。

③ [美]菲利普·罗斯:《美国牧歌》,罗小云译,译林出版社2011年版,第7页。

纽瓦克的城市发展作出贡献,娶非犹太妻子,生可爱的女儿,一家人幸福快乐地住在郊外的石头房子里;这是同化与依附的具体表现,纽瓦克的第三代人普遍存在这种倾向,融入了美国的世俗生活,接受世俗教育,与本民族、本宗教之外的人士通婚,不再信仰任何宗教,不参加宗教活动。这样的文化选择与追求,我们既不能定性为犹太人文化失根的悲剧,也不能作为流散族群理想化、同一化的模式来倡导,毕竟流散族群是人类迁徙运动中产生的新文化,是文化多样化发展的表现,也是文化融合的结果,应当保持其丰富性、多样性。

(六)犹太流散文学中的矛盾性、失根性、两难性问题

这是犹太流散文学中表现最多、最突出的主题。以色列建国以前,全球各国犹太文学的产生、发展都处于无国籍状态,成为一种具有世界性的文学,即使犹太作家流浪到移居国,获得了居住国的国籍,其生活与创作仍然不能被同化或融入,依然保持着明显的矛盾性、跨界性、两难性特点。这种境地在犹太人赫尔曼·伯恩斯坦的小说《犹太人区里的传奇》里有很好的反映,主人公希姆森是从俄国来到纽约的犹太区做体力劳动的,他独自一人生活在美国倍感孤独,日夜思念家乡。不久,他获悉自己童年爱恋的埃斯特也来到美国,他长期压抑的心情才激动起来,生活也觉得美好了。小说着重强调从古老文明的欧洲移居到日新月异、迅速城市化的资本主义美国,犹太人难以找到合适的位置,一直孤独地生活在社会的边缘,既无法完全美国化,又不能回到故乡重温自己赖以生存的文化和传统氛围。这种两难、两栖焦虑在索尔·贝娄的小说中表现为精神病般的流浪状态,要么他们是身体上的流浪汉四处漂泊,要么是精神文化上的流散者无根如萍。《晃来晃去的人》(1944)、《受害者》(1947)、《只争朝夕》(1956)、《雨王汉德森》(1959)、《赫索格》(1964)和《赛姆勒先生的行星》(1970)等小说都塑造了一些这样的流浪者,创作上带有明显的"犹太流浪汉小说"风格,《赫索格》中的赫索格、《雨王汉德森》中的汉德森都是流浪汉形象的典型代表。同时贝娄把犹太文化与美国文化冲突的焦虑,以现代主

义的手法形容为一种精神病态,主人公的病态实质上是文化之病与苦恼,治疗
与康复则是文化的回归、寻根。犹太人与非犹太人、犹太文化与非犹太文化的
矛盾在现实中本来就一直存在,这也是不少犹太作家呈现的主题,贝娄的小说
《受害者》两个主人公一个是犹太人莱文沙,一个是非犹太人阿尔比,后者丢
掉了自己的工作,总以为是犹太人莱文沙搞的诡计,认为是一场犹太式的阴谋
剥夺了他的工作,为此他不断指责莱文沙,要求他负责;而作为犹太人的莱文
沙认为阿尔比是一个反犹主义者、种族主义者,与阿针锋相对,结果导致二人
相互侮辱、侵害对方,最终造成了两个民族之间的隔阂与仇恨。

艾·巴·辛格的创作也展现了犹太流散族人在面对西方社会环境与各种
价值观的影响时所处的两难状态。小说《庄园》中的两个主要人物卡尔门和
爱兹列尔本来出身犹太家庭,早期所受的家庭教育与宗教影响很深,但在经历
一些变故后,试图走出犹太社区"隔都",到美国主流社会中寻找新的价值、新
的挑战,然而他们遇到了所有年轻人所要面对的失败与打击,更要面对少数族
裔背景给他们带来的天然影响,最终他们认清了周围环境,也意识到自己身上
犹太传统意识中无法人为割除的,自己的天然身份里就有潜在的犹太意识,生
而带来就在身上、心里,这是无法摆脱掉的。而当他们在美国主流社会中遭受
失败与挫折时,也恰恰是犹太意识和犹太传统给予他们慰藉、治疗,最终他们
重新回到犹太传统的怀抱中。

马拉默德则在全人类普遍人性的角度上,展现了犹太流散者与非犹太人
之间的矛盾性,描述了不同文化、宗教相互影响的焦虑。在小说《上帝的恩
赐》里,犹太人科恩与非犹太人黑猩猩布兹之间的故事,寓言式地表现了两种
文化的冲突与矛盾:犹太人科恩救了布兹的命,并帮助他恢复了语言能力,于
是科恩希望用犹太教的教义对具有基督教背景的布兹进行教化,使之成为犹
太教徒。他给陆续认识的其他黑猩猩们起的名字都具有明显的犹太族特点,
并向他们传播犹太宗教意识;黑猩猩布兹是具有基督教思想意识的人,不满意
科恩的教化,但他感恩科恩的救命之情,没有直接与他发生冲突,而科恩给新

来的猩猩们起的名字大多是来自于《圣经·新约》中的名字,如埃索、玛丽·玛德琳、卢克等,科恩认为这些名字听起来带有浓厚的基督教背景,甚至有一些名字令科恩想到了纳粹德国对于犹太人的屠杀。他希望就像给布兹起名字一样,新来的猩猩也应当由他改为具有犹太背景的名字,这样他与布兹的冲突由委婉转为明显而直接的冲突,科恩要传播自己的宗教主张,布兹要强化自己的基督教意识,最后导致犹太逾越节当天,布兹带着猩猩们,不断地在科恩面前划着十字公开向科恩要求宗教信仰自由,甚至要求黑猩猩对科恩进行人身攻击,最后处死了科恩。

马拉默德不仅表现犹太文化与非犹太文化的冲突与矛盾,同样也探索犹太文化与非犹太文化混杂、融合的可能性。布兹处死了科恩后,并没有感到胜利的喜悦,反而产生了一种空虚,时而想起科恩给他常常灌输的犹太思想,潜移默化中受到了犹太教的影响,并自觉不自觉地把两者结合起来,最后形成了全新的基督教与犹太教相混杂的新观念,使得自己得到了思想升华与转变。

罗斯祖克曼系列小说中同样表现了失根性焦虑与不安。这主要通过象征式的人物内森·祖克曼表现出来,出现在 11 部作品中①。这些小说反映了祖克曼在纽瓦克的成长史,他以小说《卡诺夫斯基》成名。流散到纽约后,祖克曼遭遇了文学创作灵感危机。在流散地,他和大部分生活在纽瓦克的犹太人一样成了"没有了父亲,没有了母亲,没有了家乡"的孤儿;故乡纽瓦克的丧失正是其身份与精神丧失的象征,他试图通过从欧洲旅行中找到失去的灵感,但却不能获得,只有回到了故乡纽瓦克才找到久违的力量源泉。祖克曼的命运是犹太人漂泊、失根、寻根与重新确立文化身份的象征,罗斯通过这个人物自身的经历,以故事套故事式的多层结构来表达少数族裔流散的命运与文化重

---

① 祖克曼这个形象主要出现在 11 部作品中:《我作为男人的一生》(1974)、《鬼作家》(1979)、《被束缚的祖克曼》(1981)、《解剖课》(1983)、《布拉格狂欢》(1985)、《反生活》(1986)、《真相:一位作家的自传》(1988)、《美国牧歌》(1997)、《我嫁给了共产党人》(1998)、《人性的污秽》(2000)、《退场的鬼魂》(2007)。

构状态,具有典型的代表性。

(七)犹太流散文学对流散地文化与文学的反向影响

理想的文化关系应当是平等的,它们之间的交流、碰撞、互鉴、影响也应该是对等的,但是在具体的实践中从来都是不平等的,总有强势弱势之分、时强时弱之变。流散族裔的文化、文学在主流社会中往往处于劣势地位,被挤压、改变、变异、边缘化甚至消失。从总体上看犹太流散文化、文学处于弱势地位,产生了一系列的变异与变化。但是早期的犹太流散文化、文学却是一个例外,以其较强的文化软实力,影响并参与改变了主流文化、文学,这一影响持续几千年,具体体现在《旧约全书》《塔木德》对欧洲文学、文化的影响上。《旧约》是犹太教的典籍与圣书,包含正宗的犹太教思想,也是早期犹太流散文学的典范。在古希腊亚历山大东征时代,犹太文化与希腊文化相遇。公元前336年到公元元年前后,形成了基督教的《新约》,并与《旧约》合称《圣经》。而基督教的创始人耶稣及十二门徒都是巴基斯坦北方一带人,与犹太教有着密切的关系。后又经历了3、4个世纪的传播,罗马皇帝君士坦丁承认基督教合法。西罗马帝国灭亡后,中世纪各封建王国特别是日耳曼人结合了希伯来文化、基督教文化、古希腊罗马传统,形成了以基督教神学为中心的中世纪文化与文学。正如我国著名希伯来文化学者朱维之先生所言:"但无可否认,希伯来民族所创造的文化的各个方面,通过基督教的承袭,深刻地渗进了西方文化之中。新兴的日耳曼民族史诗如《尼柏龙根之歌》《贝奥武甫》《罗兰之歌》《埃达》《熙德之歌》等多受基督教的影响。"①《旧约》文学性更强,对西方文学影响更加深远,欧洲中世纪传奇故事、诗歌,文艺复兴、启蒙运动、浪漫主义、现实主义、现代派、后现代派等作家,都受到"《旧约》文学"的影响,运用其中的大量典故创造了属于不同时代的杰作。如弥尔顿、歌德、拜伦、托尔斯泰、勃朗特

---

① 朱维之主编:《希伯来文化》,上海社会科学院出版社2004年版,第6页。

三姐妹、雨果、陀思妥耶夫斯基以及卡夫卡、艾略特等大家都从《旧约》中汲取灵感或选取题材。

以《旧约》为代表的早期犹太流散文学对东方文化的影响是从拜占庭帝国早期开始的,君士坦丁时代确立了基督教地位。通过基督教,犹太文化的部分内容在中东及亚洲部分地区传播,至 7 世纪时阿拉伯地区出现了影响重大的伊斯兰教,它也承袭了希伯来—基督教这一传统,承认犹太人的祖先亚伯拉罕、摩西还有犹太人耶稣是伊斯兰教的教祖,确立了阿拉伯信徒与传教者穆罕默德的先知地位,他从犹太教和基督教那里学习,得到启示,为阿拉伯人倡导一种新的宗教,在弟子信徒的记录下,整理出 114 章《古兰经》,作为伊斯兰教经典,也成为早期阿拉伯文学典范。由于阿拉伯人与希伯来人都是闪族的后裔,他们历史上在语言、风俗、神话传说、生活习惯上都相近,《古兰经》中的许多传说故事与犹太人《旧约》中的故事相似。因此,阿拉伯民间文学、后世小说家都受到希伯来文学的影响。

犹太文化对流散居住地文化的影响,还通过作家的创作表现出来。特别是 20 世纪后半期,在全球流散移民不断增多的趋势下,在种族主义与狭隘的民族主义得到批判与抛弃的背景下,主流社会对外来文化的包容性也在增大,流散族裔也重拾文化自信,不少作家也在关注本族文化与思想对非我族类的影响问题。马拉默德的创作中就从多方面表现犹太文化对非犹太人产生的影响问题,如小说《店员》犹太人莫里斯·鲍勃以犹太特有的受难与伦理道德,指导自己的言行,对非犹太人弗兰克产生重大影响,最后使得他皈依了犹太教,开始了新的生活。小说《天生运动员》展现了犹太文化中受难意识对非犹太人罗依·豪布斯的影响,罗依有运动天赋,但是他不能正确面对失败、挫折、苦难,所以很难获得成功与心理的平静,他对犹太朋友埃利斯的犹太受难意识很不理解,也没有自己的受难意识。因为主人公是非犹太人,其在开始阶段对犹太式受难是毫无认识的。埃利斯不断以自己为例,来影响、教育罗依,使他认识到自己在行为上的错误,并加以改正。后来罗依遭受了一系列人生的坎坷与不幸,逐渐对犹太式的受难有了领悟,从而实现了道德上的升华。

第四节　华人流散文学

　　华人流散文学与华人流散族群移民的时代与地域具有较强的对应关系。1840 年以前的华人流散族群的文化、文学活动不明显,或者缺少相关的历史记录,主要贡献是把汉字文化、诗、词等带到流散之地华人社区中,或者开展少许的思乡诗歌创作,没有什么主动的文学活动。1840 年到 1919 年,是华人流散文学的萌芽自觉期;1919 年至 1949 年是华人流散文学的觉醒发展期;1949年以后,是华人流散文学的繁荣时期。

　　在具体梳理并展开华人流散文学的讨论之前,有必要弄清华人文学、华文文学、华裔文学、华人移民族裔文学、华语语系文学、华人流散文学等概念的联系与区别。这些概念的共性是都包含华人或华裔创作的文学之意,但是又都有自己的特殊性和指称范围:华人文学泛指世界上一切中国人用任何语言创作的文学(包括中国大陆),其核心是以中国人人种来标志,所指范围最广;华文文学是指世界任何国家民族的人用华文创作的文学,其核心是用汉语(中文)进行创作,比如外籍外族汉学家们用汉语创作的作品也当列入这个范围,但是在世界华文文学研究界有着许多争论①;华裔文学是指在中国大陆港澳台之外生活的华人后代所创作的文学,其核心是华人在海外的后裔;华人移民族裔文学泛指移民世界各国的华人创作的文学,其核心是有移居他国的移民事实;华语语系文学所指称范围与华文文学基本相同,但是其学术意向是打破大陆中国文学研究中心与西方文学研究中心地位,强调世界华语文学创作与

---

　　①　关于华文文学的概念界定与所指范围,学界争论较多,就内容、范围、语言、地理位置、文化定位等各方面都有探讨,王润华、张炯、胡经之、许翼心、饶芃子、吴冰、费勇、陈公仲、刘登翰、陈映真、陆士清、刘以鬯等学者都有研究。参见刘俊:《"世界华文文学"/"华语语系文学"视野下的"新华文学"——以〈备忘录——新加坡华文小说读本〉为中心》,《暨南学报》2016 年第 12 期。

研究的多元并列地位,走出中心与边缘、殖民与被殖民的二元对立思维①;**华人流散文学则是指流散海外(大陆港澳台之外)的华人及后裔创作的有关流散文化主题的一切文学作品,其核心是流散作家对流散文化事实的文学艺术表现,**所指范围相对较窄。比如移民作家高行健、严歌苓等,其创作属于华人文学或华文文学,但不能看作流散文学。这样华人流散文学的讨论就明晰些,而不至于陷入宽泛的世界华人文学或华文文学研究。"流散"主题是流散文学的核心,近代以来华人流散的历史与生存经验成为海外华人流散者文学书写的重要内容:"远离'家国'的华人与所在地文化的交融导致文化的混杂与身份的暧昧,并因此影响了他们的生存体验和书写风格。族群的迁徙和记忆的重组造成了生活经验和文学经验的巨大变化,并构成了艺术创作上的流散/离散(diaspora)。"②简言之,流散者对流散主题的文学艺术表现是流散文学的核心,华人流散文学自然就是华人流散作家对华人流散的历史文化命运、生活生存状态、思想精神面貌的文学艺术表现。

人是文化、文学的载体,人迁移到哪里往往就会把原有文化带入新的文化语境中,客观上造成原有文化与居留国文化冲突、对话、交流融合与再生;流散群体承载的文化、文学传统与再创造成果构成了全球新的人文景观。如前章所述,华人流散群体在世界各国的生活行为,带来了一系列流散文化后果,**华人流散文学就是华人流散作家在各流散地以母语或居住国语言创作的反映流散族群体生活与流散境遇的作品。**这些创作在不同的时代、不同的国家与地区呈现出共通而又不同的特点,划出了不同的流变轨迹。可以说不同时代、不同地区的华人流散作家创作出了不同特点的流散文学作品,表达了不同时代流散群体的历史文化命运。

① 参见王德威:《华语语系文学:边界想象与越界建构》,《中山大学学报》2006 年第 5 期。
② 李凤亮、胡平:《"华语语系文学"与"世界华文文学":一个待解的问题》,《文艺理论研究》2013 年第 1 期。

一、美国华人流散文学及流散特征

　　美国华人流散文学是世界华人流散文学中成就最高的部分,从早期的移民族裔文学对移民华工苦难生活的反映,到当下几代华裔作家对中美民族关系、文化关系、生存与发展命运主题的多维度探索,都为世界不同文化、民族间的交往提供了生动的艺术文本,这些文本既是海外华人文学的宝贵财富,也是美国文学的重要组成部分,它们属于中美两国,更属于全球流散文化。根据美国主流社会对华人的政策演变、华人族群在美国的文学创作活动变化,本书把美国华人流散文学分为三个时期:一是1850—1943年为萌芽初创期(1943年《排华法案》废除之前),二是1943—1990年的发展期,三是1990年以来的繁荣变化期。

　　早期移民美国的华人主要是矿工,大多数不识字,他们移民后的苦难与文化上的不适应、思乡的情结只能依靠口传来表现,他们通过回国的人或外交官员表达出这些移民生活的问题,再通过国内有知识文化的人士写出来,严格地说这不能算是流散文学,而是流散群体题材创作的作品,至多是流散者口述与文人合作的作品。主要有张维屏的《金山诗篇》这些诗是对当时充满发财梦的华人移民生活的描绘,是早期华人美国梦的反映。这些人从中国沿海地区来到美国加利福尼亚"金山"汇集,形成了少数移民群体——"金山客"。他们花费大量旅费来到美国真正发财的寥寥无几,而开采金矿却富了美国人,华人大部分变得贫困。尤其是在排华政策的影响下,大批"金山客"被驱逐迫害或杀害,这给华人移民造成了极大的身心伤害。张维屏作为爱国文人,为华人代言,表达了一代华人移民的情感。

　　1911年和1915年由华人流散文人编辑的两本《金山歌集》在旧金山唐人街刊行,分别有808首和832首以广东话写成的诗歌,每首诗46字,类似民间诗歌。诗歌内容丰富,既有对华人流散者艰苦生活的描绘,有他们对故土文化的坚守,有对财富、自由的美国梦的追求,有妇女走出国门寻求个性解放的变化,有思念故土报效国家的信念,也有新旧文化、东西方文化的冲突问题。

《埃伦诗集》是由华人移民群体在美国西海岸的天使岛上写下的移民血泪史篇,是流散者对自己命运的真实写照。在天使岛的木屋里关押着大量华人移民,他们生存条件艰苦,没有人权,美好的美国梦想破灭。为了抒发自己的无家感、苦闷感、屈辱感、失望与反抗情绪,他们在木屋的墙上写下了不少简单不合诗韵的作品,关押审查、四处搬家囚禁、遣返、饥饿等境遇都是他们创作的内容,而通过这些创作表达了移民的不满、愤怒、伤感之情。可以说诗集表达了初期流散者共同的命运与情感。

美国华人流散作家(包括美国华人文学、华文文学、华裔文学中的一部分)在中美两种文化相遇的环境中,以双重文化身份或视野,或偏重美国视角、或偏重中国视角,以独特的艺术手法与体验,"描述了华人漂洋过海来到美国的艰辛的奋斗和创业过程,而且表现了作为美国少数民族之一的华人族裔的思想感受和生存境遇,同时也反映了一代又一代的华裔所经历的中美两种文化之间的交流、碰撞和冲突,表现了他们对中美文化最终走向融合所寄予的美好憧憬和无限希望"①。

从美国华人表现的流散主题看,已经涉及生活、工作的方方面面:有对早期流散移民生存状态、人生信念的表达、文化血脉的承传、移民美国梦、苦难生活、种族歧视的表现;有对中美两国生活的对比,迎合西方读者猎奇心理,对美国文明先进、中国落后等现象的思索;有关中国文化的守旧、白人种族的优越、身份困惑、东西方融合为"一家人"的理想的表达;有对文化认同选择冲突、中美文化冲突、信仰、个性自由、走出唐人街、融入美国社会问题的探讨;有关于血缘属性、民族/文化身份、迷惘、归属的焦虑性表现;有以描述茶、唐人街、节日、龙图腾等为代表的中国文化题材的思乡主题;有中国文化变异与回归、混合文化身份、被构建的华人、想象的族群与共同体社区、同化与排

---

① 程爱民:《论美国华裔文学的发展阶段和主题内容》,《外国语》2003 年第 6 期。

斥主题;有美国华人留学生的生活、文化冲突、乡愁、无根、游离、寻根,有二、三代流散华裔的历史、对美国的贡献;有海外华人生活、知识分子命运、民族意识、爱国情怀;更有多代人之间的爱恨关系以及在两个世界、两种文化之间的碰撞与融合文化的冲突、文化人格的分裂,东西方文化融会和共存、多元文化(色拉碗)混杂,战乱、流散移民生活困境、身份认同危机等复杂问题。

这些主题错综复杂,在具体的华人流散作家生活与创作中表现到各个历史时期的具体细节中,形成了色彩斑斓的美国华人流散文学景观。早期的女作家水仙花就已经表现了相关主题:"欧亚裔的十字架压垮了我稚嫩的肩膀","为什么上帝让我们来到这个世界,就为了被人瞪着,被人斥骂? 爸爸是英国人,妈妈是中国人,为什么我们不能做英国人或中国人?"①发出这样的疑问是很多流散移民特别是混血流散族群的共同问题,正如人类问我们自己是谁一样,流散者面临的身份问题正如这个哲学问题一样简单而复杂,一言难尽,这正是这一主题出现在不同时期不同国家的流散创作中之原因所在。水仙花的父亲是英国人,母亲是中国人,身为一个具有一半华人血统的欧亚裔混血儿,中西混杂的民族身份让水仙花从出生就面临着尴尬的处境。这一处境是普遍性的,无法去掉的,无论是作为流散者群体自身,还是作为宿国国民,只要他们处于不同的文化位置、来自不同的文化背景,都会以"自我"与"他者"的眼光相互打量并相处,这里面存在微妙的文化关联,而且表现形态多样,接受、排斥、部分接受与排斥、完全接受与排斥,还有融合、冲突、半融合、中途变异变卦、回归再复出、失根、扎根等众多文化现象。这也为流散文学提供了丰富的创作富矿,提供了艺术表现空间。

有关美国华人流散文学代表作家的创作成就,国内有大量的学术论文、专著,研究深度较大,在此就不再重复相关问题。

① 吴冰、王立礼:《华裔美国作家研究》,南开大学出版社 2009 年版,第 262—263 页。

表 2　美国华人流散文学分期、代表作家及作品与流散主题

美国华人流散文学分期	代表作家及作品	流散主题
萌芽初创期 （1850—1943）	早期移民群体：《金山歌集》《埃伦诗集》。	移民生存状态、人生信念的表达、文化血脉的承传、移民美国梦、苦难生活、种族歧视。
	李恩富：《我在中国的童年时代》；容闳：《我在中国和美国的生活》。	两国生活的对比，迎合西方读者猎奇心理，美国文明先进、中国落后。
	水仙花（艾迪丝·伊顿）：《春香太太》。	美国流散华人的生活、中国文化的守旧、白人种族的优越、身份困惑、东西方融合为"一家人"的理想。
	刘裔昌：《父亲及其光荣后代》。	文化认同选择冲突、融入美国社会问题。
	黄玉雪：《华女阿五》。	中美文化冲突、走出唐人街、融入美国社会问题。
发展期 （1943—1990）	张粲芳：《爱的疆界》。	血缘属性、民族/文化身份、迷惘、归属。
	雷庭招：《吃碗茶》。	茶为代表的中国文化与美国文化关系、相互融合、被改造变异。
	李金兰：《太明所建之屋》；宋李瑞芳：《金山》。	中国文化优越、白人成见。
	赵健秀：《鸡笼中国佬》《龙年》《唐老亚》《甘加丁之路》。	中美文化关系、华裔形象塑造、中国文化变异与回归、混合文化身份、被构建的华人、想象的族群与共同体社区、同化与排斥。
	汤亭亭：《女勇士》《中国佬》《猴行者：他的伪书》。	两种文化、两个世界之间的困惑、无奈与挣扎。
	於梨华：《雪地上的星星》《又见棕榈，又见棕榈》《考验》。	美国华人留学生的生活、文化冲突、乡愁、无根、游离、寻根。
	徐忠雄：《家乡》。	三代流散华裔的历史、对美国的贡献。
	白先勇：《纽约客》《孽子》。	留学生无根生活、民族文化冲突、生存困境、精神痛楚。
	陈若曦：《向着大洋彼岸》《突围》《远见》《二胡》等。	海外华人生活、知识分子命运、民族意识、爱国情怀。
繁荣变化期 （1990—　　）	谭恩美：《喜福会》《灶神之妻》。	两代人之间的爱恨关系以及两代人在两个世界、两种文化之间的碰撞与融合。
	黄哲伦：《蝴蝶君》。	
	任璧莲：《典型美国人》《希望之乡的莫娜》《谁是爱尔兰人?》。	文化的冲突、文化人格的分裂，东西方文化融会和共存、多元文化（色拉碗）混杂。
	伍慧明：《骨》。	文化多元、文化记忆、文化归根。
	聂华苓：《桑青与桃红》《三生三世》。	战乱、流散移民生活困境、身份认同危机。

二、加拿大华人流散文学及流散特征

加拿大华人流散移民相对较晚,他们在文学创作方面的成就大致可以分为旧移民流散文学与新移民流散文学两个时期。前者指 1980 年以前的加华流散文学,后者主要指 1980 年以后以大陆移民流散者创作的流散文学。

表 3　加拿大华人流散文学分期、代表作家及作品与流散主题

加拿大华人流散文学分期	代表作家及作品	流散主题
1980 年前旧移民流散文学	卢因:《温哥华写真》《一指禅》。	海外生活经历、中国文化传统与西方文化关系。
	黄国彬:《攀月桂的孩子》。	东方人视角写加拿大社会生活。
1980 年后新移民流散文学	张翎:《金山》《望月》《邮购新娘》《交错的彼岸》《尘世》《睡吧,芙洛,睡吧》。	加拿大排华、流散者命运、流散者的漂泊、身份焦虑、创伤、困惑、文化融合、文化和谐主题。
	阎真:《曾在天涯》。	留学生和新移民的劳苦奔波、无所归依、迷茫、伤痛、边缘化、局外人。
	陈河:《信用河》《西尼罗症》《布偶》《红白黑》《沙捞越战事》《夜巡》。	文化适应、融入的失败,被驱使者、被流放者,精神漂泊者、情感孤独者、欲望与焦虑。
	曾晓文:《移民岁月》《苏格兰短裙和三叶草》《卡萨布兰卡百合》。	边缘、认同困境、漂泊者、自闭症。
	李群英:《残月楼》。	加拿大华人辛酸史、血泪史、奋斗史。
	笑言:《香火》《没有影子的行走》。	双重文化压力、无依感、彷徨感。
	李彦:《嫁得西风》《海底》《红浮萍》《羊群》《一路平安》《雪百合》《枫城琐事》《凝墨》。	双语写作,反映中加爱情观、人生观的不同,思乡、异域,探索两种文化关系,新移民扎根问题。逆写、纠正西方对中国文化的偏见。
	吴长缨:《活在多伦多》《浮云落在多伦多》。	思乡、异国陌生、融入、冲突。
	陈苏云:《原色》《北极光下》等。	留学生活、加拿大生活记录。
	原志:《不一样的天空》《生个加拿大》。	唐人街飞地、双重视野、他者感受、思乡与融入关注当地生活。
	余曦:《安大略湖畔》《传宗》。	文化调整,落地生根的问题。
	刘慧琴:《一个士兵之死》《被遗忘的角落》。	印第安原居民、新移民生活、文化混合。
	陈霆:《漂流北美》。	新留学生活,文化混杂,重新认识中加文化。

加拿大华人流散文学发展较美国晚,主要作家都被列入"新移民族裔文学"之中。这些作家早期的创作与其他国家华人流散作家一样,大都写了早期移民的艰苦、文化地理水土的冲突,写了他们初来时的兴奋与理想、之后的平淡与失望、再后的焦虑与迷茫、最后的奋斗与适应等经历。新移民刚刚到达加拿大时就如一个短期的旅行者,看到什么都新奇,加国是一个什么都浪漫幸福的国度,他们心情兴奋,信心百倍如主人迎接新的生活,对未来生活充满着乐观的向往和憧憬;但是他们不能当匆匆忙忙的游客,而要在这里扎根生存下去,短暂的蜜月般的兴奋过后是骨感的现实,他们本来在国内都是一些有能力、有文化的人,生活稳定,但是来到加拿大后,要重新洗牌,从头再来,工作、生活、文化、规则、社会交往都要按照新的标准运行,他们由国内的成功人士变成了一无所有的人,移民流散现实把他们的过去抹掉,原来在国内的工程师、博士、教授、艺术家必须从餐厅工、马路工、店员、保姆、屠宰工人做起。于是他们产生了失望、失落、焦虑情绪。作家笑言在自己代表作中《没有影子的行走》就直言新移民面临的老问题:"在双重文化影响下,他们临歧徊徨,价值取向飘忽不定,摆脱不了生活的压力、异乡的孤独、情感的挫折和文化的无依。但他们同时又很坚强,走自己执着的路。"①他们通过努力,基本上可以融入加国生活,但是精神与肉体内里,仍然有挥之不去的无所归依感,这种无所归依感正是文化身份双重焦虑的表现。后期加拿大华人流散者与旧中国时期流散国外的老群体不同,他们在新中国改革发展的背景下,在国内已经有了较好的发展,对世界有了新的认识,中国传统与现代的思想文化已经影响了他们,深入到他们的思想观念中去了,但是来到加国,他们要融入现实,理智上必然要把思乡的念头压下,与西方的规则接触,但是西方的种种过往和历史由于未曾亲身参与,一切都是陌生和隔阂的,他们难以融入,产生了"社会边缘人"的感觉,在加拿大还未很好的融入,想返回国内又不甘心或不可能,正如美国华人

①　笑言:《没有影子的行走》,时代文艺出版社 2002 年版,第 1—2 页。

作家严歌苓所言:"即使做了别国公民,拥有别国的土地所有权,我们也不可能被别族文化彻底认同。荒诞的是,我们也无法彻底归属祖国的文化,首先因为我们错过了它的一大段发展和演变,其次因为我们已深深被别国文化所感染和离间。即使回到祖国,回到母体文化中,也是迁移之后的又一次迁移,也是形归神莫属了。"①他们在没有出国时,一心念想着加拿大的美丽、自由、成功,而真正来到后,阅尽这里的繁华与苍凉后,生存与发展的现实、个人价值与社会价值如何实现就困扰了他们,于是又思乡、望乡、怀恋故土,祖国故乡又成了另一个彼岸。有一些流散者也通过探亲、旅行不断回国,看到祖国的发展变化也很好,于是站在此地望彼地,此岸和彼岸成了相互交替、无法圆满的遗憾。他们进一步陷入迷茫和忧愁。正是这个原因,在加华流散文学创作中出现了归国归乡的主题,以前也有些流散文学中表现出思乡主题,但是如加拿大流散文学中以归国、去留为主题进行集中表现的创作还不多见,这也是加华流散文学的重要特征。

但是加华流散文学后期的创作表现出特殊性。其一,他们往往经历过不同地区的流散生活经验,创作上有些属于典型的流散文学,有些则不能称为流散文学。比如陈河的作品既有欧洲流散者经验的反映、也有加拿大流散群体生活的写照,还有东南亚华人生活的表达,呈现出多元化特点。有些流散作家在美国、欧洲、澳洲等地生活过,又来到加拿大生存发展,带着多元文化视角来审视加拿大的流散现实。

其二,加华流散文学中的流散人物形象除了具有一般流散者的特点以外,作家们还把这些人物放在全球更普遍意义上的人性角度去探索他们的性格命运、爱恨情仇,他们处理夫妻关系、家庭关系、婚恋关系、传统男主外女主内的观念、爱国主义、归国与否等普遍性问题时,具有超越国界的全球视角;在面对新的生存环境发生变异时能够更加从容地应对,这代表着新生代华人流散族

---

① 　严歌苓:《花儿与少年》,昆仑出版社 2003 年版,第 194—195 页。

文化选择的趋势,也是文学表现的新天地。

其三,加拿大华人流散文学中更多地出现了移民跨族婚姻后的混血儿一代、非跨族的新生华人一代(父母都是中国移民,无跨族婚姻,在加拿大培育的新一代华人)形象,这些形象面对的是种族混血、文化混血、中西思想价值观、家庭环境、外部环境等多重影响,他们的文化认同、身份变化、思想状态、生活行为习惯等都带上了两种文化的印记。加华两族混血儿的出现是华人迁徙加拿大,与原已生活在此的异族交往、文化混杂联系一起,通过婚恋必然形成的杂糅的文化身份,这些现实问题成为加拿大华人流散文学创作的重要题材,也是探索华人社会、生活、精神、文化状态的重要标本。由于加拿大是个移民国家,华人流散生存过程中在当地与白人(大都是从欧洲移民后代)、德国人、法国人、英国人、印第安人、黑人等产生的混血问题,华人身边白人与黑人、白人与印第安人等不同种族的混血后代等都成为华人流散文学表现的人物对象。陈河小说《布偶》中的华侨纺织厂厂医裴达峰就是一个中德混血式的"布偶",有中国名字裴达峰,也有德国名字"特克",具有中德双重生活经历,两种文化身份让他感觉分裂与困惑,在中国说中国话被歧视,在德国却不会说德语,两国的人都不接纳、不待见他,在德国人那里他被称作"黄猴":"他的皮肤不是白色的,眼睛也不一样,随着他慢慢长大,他的黄种人特征越来越明显了。以致孤儿院里的孩子也会用一种大人的话来骂他是'黄猴'。"在中国人那里他是"生番":"他的眼睛和那张照片里他母亲的眼睛一样,典型德国人的刀鹰眼睛。"①而两种身份也不是他想选择哪一个就能成功的。这还表现在川沙小说《阳光》中的德国神父米约翰身上,他出生在中国北伐时代,中英混血,到加拿大后,父亲因为是纯种英国人就没有这种两难问题,他是在白人社会也自在,在中国唐人街社区也舒服,而米约翰就感觉两边不是人,在自我与他者之间,他们与我们之间很局促,成了半边人:"他面对哪一种人都不好说'我们'、

---

① 陈河:《布偶》,北京十月文艺出版社 2011 年版,第 53、95 页。

'你们'、'他们'一类的字眼。如果他在黄种人堆里说白种人是'他们'，那么，黄种人就会问他，你是'哪一们'？ 如果说'我们'，黄种人们当然高兴啦！但是，高兴之余，有些人又会怀疑他究竟是不是跟定了黄种人？ 反之，他在白种人中间的处境亦然。"①而对这种流散境遇，他们经历着空间地理、文化环境、精神思想的游离、漂泊、散居等状态，《金山》中的桑丹丝和《向北方》中的尼尔从上一辈开始就是混血儿的多元混血，《邮购新娘》中的塔米是爱尔兰人和牙买加人的混血儿，《睡吧，芙洛，睡吧》中的裴德貌似白人的外表之下流动着黑人的血液，《遣送》中的本杰明是白人和墨西哥人的混血儿，《香火》中的黛安是德国人和印第安人的混血儿，这命运注定了他们在两种文化环境中行走，走向哪里？ 为什么走？ 为谁？ 忠于谁？ 在非流散者那里很容易选择的事都成了他们的难题。比起普通居民，这些流散者缺少明确的国家、民族、家庭、教育、职业、生活、安全感等，当然更多的是精神文化归属感的缺失，遭受了更多的精神磨难与选择痛苦。

其四，加华流散文学的主力军是在新时期全球化过程中出现的，他们表现的主题中更多的是如何找到流散族的文化出路与身份定位问题。他们同样提供了三种出路或模式，这是众多流散跨文化境遇中的选择模式，一是干脆利落回归华人文化传统，解决出路与身份尴尬问题，如《香火》中丁信强最终还是选择回到妻子萧月英的身边，确立了中国传统文化身份；二是认同居住国文化与价值；三是接受混杂的新生文化身份，张翎小说《邮购新娘》主人公刘劼明与中国女子江涓涓、混血儿塔米的三角情感关系，是被文化影响的爱情关系，刘劼明在移居多元文化的加拿大后，在混杂化的文化中重新定位了自己，认同了充满活力与朝气的塔米，接纳了混杂文化代表的混血儿，是对新生文化的认可，也是自己人生与身份转换的象征。在《金山》中张翎表达得更具体，中国传统文化中传宗接代的观念很深，小说中方家没有能够完成延续血脉纯洁的

---

① 川沙:《阳光》,(台湾)商务印书馆 2004 年版,第 124 页。

子孙这一任务,男丁相继死亡,而是方锦山曾经因祖宗的压力而放弃的印第安混血女子桑丹丝为方家生下了混血儿保罗,在不纯洁的前提下完成了对方家香火的延续,这既有讽刺意味,也具有文化混杂化认同的严肃思考,纯洁单一的文化与全球混杂文化同样重要,而在全球流散的时代中,混杂化又是不可避免的,也是可以完成文化生产与再生产使命的,因此人类要以正确的态度来接纳新生的人类文化现象。

三、欧洲华人流散文学及流散特征

根据范围与规模看,华人全球流散的地区按人数多少排列依次为东南亚、北美、欧洲、澳洲;华人移民欧洲的历史久远,但是能够形成流散身份、流散族群、流散文化现象则是 20 世纪以后的事;流散文学也于此期出现。欧洲是多民族、多国家地区,文化多样性特征明显,在文化上更有包容性,世界各地移民移居欧洲的历史显得相对平稳、柔和。而移民来欧洲的人群对其抱有更大的期望和好感。五四时期早期留学欧洲的中国进步青年,输入了欧洲文学与先进思想,打开了中欧思想文化学习与交流的窗口,徐志摩、丁西林、陈西滢、林徽因、邵洵美、丁文江、叶公超、凌叔华等,他们在欧洲留学时期,把以英法为代表的欧洲文学创作风格学习借鉴到了汉语言文学创作中,但只能算作是在欧洲的华文写作,而不能称为表现流散生活与流散文化主题的流散文学,即便老舍等作家的英语写作也不能算流散文学。但他们的生活与创作经验为后来流散族的移民生活与相关文化创造提供了借鉴。

然而,宽松而多样的文化环境并没有使得华人流散文化取得如北美、东南亚那样的成就,华人作家比较分散,没有统一的组织,大多数人忙于事务或生存发展而放弃了写作,正如当年曾经移民欧洲法国的赵淑侠所说:"由于欧洲的幅员广大,各人住得分散,加之在异乡生存不易,都要为生活奋斗、忙碌,这些华文作家很难有机缘相识。真实的情况是,每个人在自己的居住圈,繁忙工作之余,偷闲默默耕耘,写出汹涌在胸怀中的感情、感想、感觉,和对人生的期许与兴叹。这个写作的族群,是孤绝而寂寞的。"①这种分散情况与生活阅历也导致流散主题比较单一:"可惜大多数华文作家的视野,仍然停留在怀旧、狭义的乡愁、融入异乡的痛楚与心理调适之中。虽有自身文化的本色,却缺乏与异域文化的交融与互动。"②正是欧洲多样性的文化及其古老历史,让欧洲读者对本土文化充满自信,欧洲长期以来是世界各地的学习对象,对待外来文学创作不太相信,华人文化与文学想融入欧洲文化与文学中很难,同时汉语文学写作与欧洲文化之间差别大,短时期欧洲文学界对双语写作表达的题材与主题也难以接纳,客观上造成了欧洲华人流散文学相对较弱的局面。而只有消除这种隔阂特别是文字上的隔阂,华人流散文学才能得到更加广泛的传播,也才能更加繁荣;另外,一些以法语、英语、德语等东道国语言进行创作的作家及其作品影响较大,流散特征也更加突出,20 世纪 80 年代以后以汉语进行创作的流散文学才得到发展。20 世纪末 21 世纪初,欧洲各国的华人移民群体中出现了大量华文、华裔作家,主要有德国的陈玉慧、谭绿萍、谢盛友、夏青青;荷兰的林湄、丘彦明、池莲子;法国的刘秉文、亚丁、郑宝娟、戴思杰、黄冠杰、黄晓敏、施文英、黎翠华、山飒;英国的友友、林奇梅、郭小橹;瑞典的罗敷、陈迈平;比利时的章平、谢凌洁;瑞士的颜敏如、朱颂瑜;捷克的李永华、汪温妮、欧非子;奥地利的方丽娜、常晖;匈牙利的余泽民、李震;西班牙的张琴、林盛彬、李智华;俄罗斯的白嗣宏、李寒曦;波兰的林凯瑜;土耳其的高丽娟;等等③。但是这些作家中真正属于流散作家的人数量不多,比如杨炼、高行健等虽然是移民作家,但却很难划入流散作家之列,他们的创作主题和方法并没有明显的流散题材与文化主题,与北美等地的流散文学创作成就相比较弱。

---

①　赵淑侠:《从欧洲华文文学到海外华文文学》,《海南师范大学学报》2007 年第 4 期。

②　施文英:《欧洲华文文学面临的困境与发展》,《华文文学》2016 年第 6 期。

③　参见陆卓宁:《离散与聚合:全球化时代的欧华文学》,《华文文学》2018 年第 4 期。

表4　欧洲各国华人流散文学代表作家及作品与流散主题

国家	代表作家及作品	流散主题
法国	陈季同:《中国人自画像》《中国人的快乐》《中国戏剧》《中国故事》。	向欧洲传播中国文化(严格意义上不算流散文学)。
	盛成:《我的母亲》。	法语写作、思乡、思亲、母爱。
	程抱一:《天一言》《出发的史诗》《转折的历程》《回归的神话》。	第三元空间、文化融合理想。
	熊式一:《王宝川》。	中国题材西方手法、中西艺术融合。
	山飒:《围棋少女》《柳的四生》。	文化融入,超越时空跨界、东方文化的传达。
	赵淑侠:《塞纳河畔》《塞纳河之王》《我们的歌》。	漂泊感、海外华人形象与生活、回归中国文化传统、融合西方文化。
	郑宝娟:《佳人出塞》。	文化差异与冲突。
	吕大明:《候鸟心境》。	流散者的乡愁、文化焦虑。
	黄育顺:《难忘里昂情》。	双语创作,文化混合。
	戴思杰:《释梦人》《巴尔扎克与中国小裁缝》。	中西文化相遇、冲突、隔阂,法国特性与中国特性。
	周励勤:《黄河协奏曲》。	文化和谐、融入法国社会。
	西灵:《尖鸣的夏日》。	跨国界、跨文化生存。
英国	韩素音:《伤残的树》《凋谢的花朵》《无鸟的夏天》《吾宅双门》《再生凤凰》《瑰宝》《青山青》。	中英生活与文化双重影响。
	毛翔青:《酸甜》。	华人流散生活与文化同化、错位、混合。
	苏立群:《混血亚当》。	种族与文化混合。
德国	周仲铮:《十年幸福》《金花奴》。	远离故土的生活。
	罗令源:《中国代表团》《留洋的肚子静悄悄》《深圳之星》《女孩、厨师和龙》。	中德文化差异、冲突与融合。
	刘瑛:《生活在别处》。	文化差异、原乡与异乡、第二故乡等主题。
荷兰	林湄:《漂泊》《欧陆情话》《浮生外记》《天望》《天外》。	前两部表现文化差异、生活爱情观念不同;无根感。后两部表现文化混合、跨国、跨文化生存问题。
	黄锦鸿:《人生无题》。	文化焦虑。
卢森堡	章平:《教堂广场上的鸽子》《冬之雪》《沧云》。	外人、旅人、暂居者到长居者的变化历史;文化焦虑。

　　欧洲华人流散作家创作主题由最初的海外生活感悟、漂泊、艰辛发展到文化回归、文化混合、文化跨越与超越主题，试图为解决流散者面临的普遍文化身份问题寻找办法。这是由简单到复杂、由表面到文化内里的流散主题深化，是许多华人流散文学的主题嬗变轨迹。

　　第一，欧洲华人流散文学表现了华人在欧洲各国面对不同文化差异时的孤独感、漂泊感与无限乡愁。欧洲华人流散文学代表作家赵淑侠，有过大陆生活、台湾生活、欧洲生活经历，目前居住在纽约，这种地理与文化空间的多重跨越使得其作品主题也丰富，具有跨越性。他的第一本短篇小说集《西窗一夜雨》表现了海外形形色色的华人生活的艰难，展现了华人的无根感心态、乡愁与漂泊命运："在外国十七八个年头，我走过不少地方，看过形形色色的中国人，深知他们的悲喜遭遇和求生奋斗的艰难。更看清了一些表面安定舒适，内里激动彷徨的生活。我觉得今天的世界上，做个中国人并不轻松，我也不相信哪个居住在海外的中国人，会在感情上精神上全无负担。'漂泊感'似乎是我们这一代在海外的中国人共有的感觉。因此，我毫不保留地写出了这些天涯游子的真实面貌，他们的苦乐的和辛勤奋斗的过程，感情上的流浪感和文化上的乡愁……"①她这些作品主要以留学生活的困境为题材，而散居荷兰的林湄也创作了些许表现流散主题的小说如《浮生外记》等，表现无根主题，小说中以华人漂泊外乡为背景，写老一代华侨无根的痛苦与无奈。

　　第二，表现欧洲华人对祖国的思念、对传统文化的回归，抒发了民族主义、爱国主义之情，以此获得精神寄托。赵淑侠的《塞纳河之王》《我们的歌》中表现了这一主题，华人生活在国外，追求中国文化氛围，心怀故土情感，在曲折生活历史中表现出一种理想主义情怀，以华人的身份自觉来抵抗着主流文化对自己的重压。这种对母国文化的自信、传统的回归也是流散者经常面对的身

---

①　公仲：《世界华文文学概要》，人民文学出版社2000年版，第425页。

份问题之一,也是作家们表现的重要方面:"小说所反映的中国留学生、华侨华人在欧洲的生活境况是相当全面、真实和深刻的。孤苦无援的处境,有形无形的歧视,漂泊流浪的心态,迷茫失落的情感,并没有摧垮他们的意志,没有使他们消极、颓废、悲观、失望,他们同舟共济,有可能的就杀回老家去,服务于祖国的父老乡亲;回不了国的也主动承担起在海外弘扬中华民族文化的神圣职责来。"①赵淑侠自己也清楚地表达了自己作为流散作家对中国文化、中国身份的认同态度:"我到底是个地地道道的中国人,一张国籍证明无法改变我的心,更不能稍减我对祖国的关怀。""我流着中国人的血液,肩负着中国几十年的文化背景,脑子里是中国的思想,脸上生着中国人的五官,除了做中国人之外,我永远无法做到别的什么人。"②

第三,表现中欧文化冲突与差异。林湄曾移居中国香港、比利时、荷兰等地,她的长篇小说《漂泊》就表现了中国艺术家与荷兰青年爱情的曲折,反映了中欧各方面的文化习俗差异、冲突、互相影响的过程。2004年,林湄出版的长篇小说《天望》塑造了一个具有多重混血的欧洲男子弗瑞德,他祖父、父亲和他本人分别具有西班牙人、英国人和印尼血统,这种族裔人种的混合,造就了他文化认同上的混杂化、模糊性,而他又与中国女子微云恋爱结婚,这种复杂的经历表现了世界与文化生成的复杂性,里面有冲突、困惑、融合、再生、依附、背离、内在又外在的两难,更有对世界普遍性问题的探索,小说分别以"金""木""水""火""土"作为5个章的名字,特定的时空与文化视野中既承载了中国文化内涵,也表现了世界万物和众生的命运沉浮与精神救赎。散居德国的作家刘瑛在《生活在别处》中写到这样一个场景,很好地表现了中德(中欧)文化差异:华人流散者佳颖的女儿语言班上,老师布置了圣诞特别作业——"介绍你的国家",佳颖与德国朋友罗兰德在讨论唐代诗人张继的

---

① 公仲:《"万里长城"与"马其诺防线"之间的突围——现当代欧洲华文文学新态势》,《南昌大学学报》2004年第3期。

② 赵淑侠:《紫枫园随笔》,中国友谊出版社1984年版,第2—3页。

《枫桥夜泊》时,在对诗中的意象理解方面罗兰德与中国人产生了巨大差别,罗兰德的思维方式与文化背景不能理解"月落乌啼""夜半钟声"的意思,认为那是不可能发生的事。而在中国人审美中那是自然的事,也是最富有诗意之处。这个情节表明中西方文化差异是内在的,是字里行间与内在细节上的,不可能完全相互融合,但是流散群体试图找到适应与变通的渠道,正如作者自己希望的那样:"长时间生活在异国他乡,异乡已成为第二故乡。然而,种种差异依然如影随形,挥之不去。于是,我试着去表现和反映这种差异。我也试图在种种差异中寻求某种理解与融合。我知道,文学,永远不能给出简单答案。我们将在寻找答案的过程中,坚守与扬弃,提炼与升华。"①

第四,表现新流散群体对文化融合、文化并存的探索,主张适应、调和,形成混杂化生存状态,同时也会产生双重认同感,或者跨界感、骑墙派。英国华人流散作家苏立群的长篇小说《混血亚当》(2003)中写的主人公亚当是个中英混血儿,他的出世是无力的英国文化与中国传统文化救治之后的产物,父亲庄森·贝克患有不育症,夫人爱玛则患有乳腺癌,这夫妻无疑代表着衰落的英国文化,他们听说中国中医很有效力,就一起来到中国南部的"灵智峡谷",找到现代隐士、草药专家微子。微子利用草药灵芝和"道经"气功治愈了庄森的痼疾,使夫妇俩对中国产生了感情不愿离开,后来在少数民族礼礼族的节日"女儿节"上,与礼礼族的五胞胎姐妹金娘、木娘、水娘、火娘、土娘,相识、相恋、相交,"金木水火土"显然是中国文化的代表与精华,他们相交后致使水娘怀孕,生下混血儿亚当·贝克。而爱玛的乳腺癌也在中国山水的滋润中奇迹般地痊愈,生下汤姆·贝克。聪明的亚当天资聪慧,接受英美式的西方教育,但是却因性格孤傲、行为怪异而走上黑客之路,失去了人生的方向。养母爱玛让他回到中国的"灵智峡谷"寻找生母并受教于微子。但是亚当在"灵智峡

---

① 刘瑛:《不一样的太阳·自序》,《不一样的太阳》,鹭江出版社2016年版,第6页。

谷"发现了灵芝孢子的神奇药效,不顾微子的反对,竭力游说当地官员批准人工种植灵芝的项目,致使大批森林遭到砍伐,当地自然环境受到极大破坏,终于引起村民的强力抵制。但亚当利令智昏,随即卷入毒品走私,事败逃亡时为了活命而绑架母亲与姨娘,最终在大地震中毁灭了自己。而汤姆则在微子的教育下,领悟了"微子进化论"和中国文化的精髓,找到了真正的爱情和光明的前途。这两个年轻人的经历表明,如果任由一种偏执的文化或行为发展,必然没有好的结果,如果把两种文化恰当结合、科学(如微子)运用就能产生良好的后果,如没有混血遗传的汤姆掌握了中国文化,同样走出了一条成功之路。小说人物象征性很明显,通过虚拟的故事,表现了欧洲华人流散作家对中欧混合文化理想的探索或建构。

散居法国的华人作家山飒代表作《围棋少女》《柳的四生》直接用法语创作,用法语表现中国文化主题,试图通过语言来宣传中国文化,进行文化融合。当然这种主题主要还是通过小说内容表现出来。法国华人散居作家、学者程抱一则从哲学层面上寻求文化融合的出路,为中国传统文化打开传播与再生的空间,提出了著名的"第三元"文化,类似霍米·巴巴的第三空间说或"中间状态"说,但又有中国文化独特的智慧,他的长篇小说《天一言》《出发的史诗》《转折的历程》《回归的神话》《万有之东》等都是在这一文化杂合理念"第三元"文化理想指导下创作的:"一元的文化是死的,是没有沟通的,比如大一统、专制;二元是动态的,但是对立的,西方文化是二元的;三元是动态的,超越二元,又使得二元臣服,三元是'中',中生于二,又超于二。两个主体交流可以创造出真与美。"①这种思想显然来自中国老子思想。小说中天一、浩郎、玉梅等人物的漂泊,已经超出了一般流散者的流浪生活,而是一种精神文化理念的代表。天一的寻找三元的过程曲折复杂,经历了众多生死考验,最终找到了超越"生""死"二元的"第三元",那就是

---

① 程抱一:《天一言》,山东友谊出版社 2004 年版,第 288 页。

用文字的方式把自己的一生写下来。而语言文字就是传达不同文化、进行文化理解、互助、交融的最好方式。同样赵淑侠《塞纳河之王》之中塑造了画家王南强这一形象,作为画家王南强把东西方绘画融合起来,把中国画的美揉进西方艺术,得到了许多世界观者的肯定,为全世界接受。而作者本人也在文化的融合过程中找到了欧洲这个第二故乡,找到了文化适应的策略,从情感与思想方面对欧洲产生了双重认可:"更多更广的认知和沟通,至少在自己的选择的第二故乡——欧洲,真正感受到自己是这块新土地里的一员,不以自外的心情从事创作,而会有一种两种不同文化水乳交融后的和谐感、成就感。"①

林湄在 2014 年推出的《天外》,站在东西方文化的边缘地带,以人性中的"欲""缘""执""怨""幻"五个方面为各章标题,塑造了郝忻和吴一念这对欧洲华人新移民夫妻,他们的现实生存与精神归宿之双重命运得到跨时空的表现,其流散主题既有华人流散者的挣扎与困惑,更有对"地球人"的普遍思考,把华人流散者的"欲""缘""执""怨""幻"看作是人类整体的问题,对人生欲望、情爱、死亡、信仰、理想、精神文化等的对立冲突、困顿普遍性探索,超出了传统流散文学较为老旧的主题,而开始了对跨界、界线模糊或消失之后处于混杂化生存状态地球人命运的反思。现在来看,流散的中间地带、边缘交叉模糊地带是少数,是大多数人没能跨入或不想跨入的地带,但是随着全球流散的弥漫,流散者群体的地带——开放地带,不同文化汇合再生的一带将成为主流,反过来那种单一的非流散状态就会慢慢变成非主流。这就是流散作家探索流散表现流散、学界研究流散的重要性所在。

四、东南亚华人流散文学及流散特征

东南亚地区与中国大陆较近,包括马来西亚、新加坡、印度尼西亚、泰国、

---

① 赵淑侠:《一棵小树——欧洲华文作家协会成立大会上的讲话》,《亚洲华文作家》1991年第 6 期。

菲律宾、老挝、越南、文莱、缅甸、柬埔寨等国,这些国家与中国海陆相通,汉文化传播交流较早,移民流散群体迁居较早,更容易形成海外华人社区与文化圈,这为本地区华人流散文学的形成与发展提供了自然环境、社会背景、文化生态,流散文学成就巨大。从华人流散文学的形成起源看,华人流散文学产生的基础是古代中国文学在这一地区的流散传播,自唐代到 19 世纪,中国文学古代诗歌和名著就随着流散群体的定居带到了上述地区,如四大名著和《今古奇观》《金瓶梅》《二度梅》《聊斋志异》《金云翘传》《封神演义》《东周列国志》《西流通俗演义》《东汉通俗演义》等原文带到当地或翻译成了当地语言,使汉语文学产生了深远影响,既影响了流散移民的文学创作,也对当地文学的发展产生了影响,甚至越南、日本等地的语言文字产生与发展都受到汉语影响。这说明早期流散华人带来的文化,已经与当地文化融合发展产生了良性的效应。

19 世纪末 20 世纪初,这些地区华文报刊的大量出现为发表华人各类文学提供了媒介载体,华人社团为华人文学创作提供了组织保障,华人学校为培养华人作家提供了教育保证。20 世纪,伴随着辛亥革命、国内战争、抗日战争、解放战争及新中国成立后、改革开放后几次移民潮,流散社群中从事文学创作的人不断增加,其中很大一部分加入到了东南亚华人流散文学创作中,成为世界华人文学(包括华人文学、华裔文学、华侨文学、华人华文文学、华人移民族裔文学等)中的重要组成部分,但是这些文学中包括一些中国文学的海外版,创作内容与主题仍然是中国文学特色,虽然是移民身份的写作,但从思想内容到创作风格上仍然是中国文学的翻版,自然不能算是华人流散文学,因此本书在梳理东南亚华人流散文学成就时自然就将其过滤去,主要收录以反映流散群体生活命运与流散文化主题的流散文学。

表5　东南亚华人流散文学代表作家作品及流散主题

国家	代表作家及作品	流散主题
马来西亚	方北方:《风云三部曲》《马来西亚三部曲》《娘惹与峇峇》。	华人发展史、变迁史;文化失根、扎根。
	林幸谦:《溯河鱼的传统》。	文化寻根与失落。
	吴岸:《达邦树礼赞》。	文化融合与认同、落根。
	马崙:《槟榔花开》《摆渡老人》。	文化共生共存。
	戴小华:《沙城》。	文化冲突、文化认同。
	朵拉:《朵拉微型小说自选集》。	中国文化认同。
	温瑞安:《龙苦千里》;何启良:《那一抹眼神》;方昂:《鸟权》;游川:《蓬莱米饭》;傅承得:《赶在风雨之前》。	文化焦虑、失根忧郁。
	梁园:《土地》;张贵兴:《弯刀、兰花、左轮枪》。	语言与文化隔阂、混杂。
新加坡	邱菽园:《邱菽园居士诗集》;潘受:《海外庐诗》《南园诗集》《潘受诗集》。	以旧体诗传承中华文化,表现文化冲突、系心故土的两栖状态。
	郭宝崑:《小白船》《骚动》。	反思华文教育与中华文化传统。
	张曦娜:《都市阴霾》《变调》。	南洋大学解散的去华语化之伤、民族文化之根的渐失。
	陈瑞献:《缘分》《异教徒》。	华人文化身份与外国文化的冲突、对故国文化传统的眷恋。
	黄孟文:《安乐窝》。	华人华族文化困扰、文化冲突。
	梁钺:《鱼尾狮》。	双重文化认同。
印度尼西亚	郑吐飞:《椰子集》。	早期流散者的命运。
	犁青:《芝榴桩河的爱情》。	文化融合理想。
	茜茜丽亚:《火车流浪者》《狄斯科的眸子》。	华人文化传统。
	黄东平:《侨歌》三部曲、《远离故国的人们》。	华人命运、漂泊无助、思乡与爱国。
	郭德怀:《花江的玫瑰》;包求安:《懦弱的人》;张振文:《苏米拉姨太太》。	跨界爱情与婚姻、文化冲突、双重文化认同困境。
	林义彪:《千岛之梦》。	华人奋斗史。

续表

国家	代表作家及作品	流散主题
泰国	谭真:《一个坤銮的故事》。	中泰文化融合。
	许静华:《花街》。	泰国华人流散生活。
	司马攻:《冷热集》《明月水中来》。	文化乡愁主题。
	梦莉:《万事东流水》《烟湖更添一段愁》。	思乡、家国怀情。
	林太深:《梦韩江》;岭南人:《一道彩虹》;玉·卜拉帕:《生活的责任》《我的祖父》《孝顺与爱》。	文化混合。
	陈博文:《咆哮森林》。	文化混合、再生。
	牡丹:《南风吹梦》《风中之竹》《雾散之前》《站板边上的女人》。	中国文化传统与当地文化的混杂、故国文化的坚守或保留。
	帕潘宋·色玉昆:《龙腾暹罗》。	中国文化传统的继承。
菲律宾	云鹤:《野生植物》。	华侨命运、乡愁、华人精神状态。
	施颖洲:《义山》。	乡愁、寻根。
	林泥水:《乡音乡愁》。	文化断裂、失根。
	晨梦子:《赤子情怀》;黄春安:《游子吟》。	思乡恋家。
	亚蓝:《英治吾妻》《烟锁重楼》《那属于海的》。	塑造"番客"形象,表现流散者辛苦的命运、菲国华人流散社会。
	黄春安:《望明月》《故乡的荔园》《绣女春秋》《拣贝壳的姑娘》。	新老两代华人的故国情怀。
	柯清淡:《五月花节》。	文化和解与融入。

东南亚华人流散文学由于其处于中华文化传播的重要地带,是汉文化辐射圈较近的部分,因而获得了独特的生成文化空间,由于地理空间的相近为移民流散群体的交流往来提供了方便,也使得其思想文化精神最容易受到来自母国的影响,和中国内地的文学活动与交流互动更频繁,从而更加促进了东南亚华人流散文学"中国味"与"本土味"的融合①。

---

① 参见杨中举:《东南亚流散族群及其文化、文学特征》,《东方丛刊》2019 年第 2 辑。

　　第一，东南亚华人流散文学比其他地区更具有中国味，其内在的中国文化之根更深。 除去西方殖民文化对东南亚的强势移入，中国文化、文学在这一地区相对发展较早也更丰富，本身就具有文化引领作用。正如新加坡华人流散作家王润华所言："在东南亚，虽然早期受英国或荷兰等西方殖民者统治，在华人移民族群/社区里，来自中国的文化影响力，大于殖民者的文化力量，因为像新加坡、马来西亚在政治独立前，很多华人始终接受私立学校的华文教育，很多移民在政治与文化上，还是认同中国。"①再有许多国家文学发展也借鉴了中国文化文学中的因素，这对流散作家进入当地文学圈子，找到创作定位与灵感有益。而这种文化文学背景也容易被居住国居民和流散群体接受，流散作家的创作中自然更加自信地保留了"中国味"、中国特性。

　　这种文学上的中国味首先体现为流散者知识分子或文学界对中国传统文学与文化的翻译介绍与传播，这为流散文学继承融入中国文化文学元素提供了基础。19世纪末20世纪初，许多承载中国文化的文学作品被引介到东南亚，成为华人思想情感与精神的家园，《梁山伯与祝英台》《陈三五娘之歌》《琵琶记》《西厢记》《三国演义》等被翻译成了当地文字，如马来文等，对土生华人和当地原著民都产生了影响，也承载着流散群体对中国文化的回望与记忆："在爪哇，19世纪末叶的特点是在侨生华人的社会里产生了一种恢复中国文化的热情。"②这些传统文学中的爱情或故事，在东南亚华人流散文学中成了一再得到书写的原型。包求安的《上层人物》、史立笔的《美女蛇》、努马的《玛尔西纳姨太太》、陈文金的《阿依莎姨太太》、陈振江的《领带上的钻石别针》等，其中的爱情故事，无论悲喜，都参照了中国传统文学故事模式或原型。

　　文化寻根认祖，落叶归根也是中国特性的表现。马来华人流散作家方北

---

　　①　王润华：《文化属性与文化认同：诠释世界华文文学的新模式》，《深圳大学学报》2006年第2期。

　　②　[法]克劳婷·苏尔梦：《中国传统小说在亚洲》，颜保译，国际文化出版公司1989年版，第171页。

方的"马来西亚三部曲"(《树大根深》《枝荣叶茂》《花飘果堕》)都表现了家族之根、国家之根、文化之根,如第一部《树大根深》描写的华氏家族的发展,暗含了东南亚华人家族、社会的生成发展的脉络。作品叙述了华仁、华义兄弟在马来亚艰苦奋斗、辛勤劳作,创立"仁义"胶园、建设家园的过程,他们尽管经历了国内与流散地的种种生死考验,但是整个家族繁衍不断,把祖国的文化信念——"仁与义"写在了名字里,扎根在马来大地上,继续焕发生机,这是文化精神的中国味、中国根。方北方的《娘惹与峇峇》中,主人公林峇峇、林娘惹、陈彼立等失去了中国文化之根,走入了困苦之境,相继病死或患有精神病,而他的儿子林细峇学习中文、接受中国传统文化教育,赞同中国进步青年一英、一华的观点:"除了选英文教育外,还必须接受中文教育,久而久之,才不会忘记自己的国家。"①由是才成长为孝敬长辈、吃苦耐劳、知书达理、健康快乐的青年,为马来华人年轻一代指明了方向。而马来西亚女作家钟怡雯的散文《可能的地图》书写一生念念不忘故土的"祖父",因为疾病缠身,不能远行,临终前嘱咐"我"一定替他完成返乡的遗愿。虽然"我"按照祖父记忆中地图的指示回到故土,也不能够印证那是否是祖父所说的家乡情景,或者这种返乡行为仅仅是海外流散者的一种思乡信念与精神寄托,但却反映了流散群体中那种不可磨灭的根意识。同样作为马来西亚流散作家的许裕全在散文体小说《梦过飞鱼》和《魂去来兮》中塑造了两位思乡祖父的形象,表达对故土的浓厚情感。

　　一些作家还在创作中保持了生活习惯的中国味、中国风,如商晚筠的小说《林荣伯来晚餐》,描写了一位祖父辈的人在家里招待客人准备晚餐的过程,通过孙女的眼睛观察老人的市场采购、迎接招待客人、与外族人交流的态度,表现了他身上勤俭节约的传统、多妻多子的观念、保守的持家理家方式、艰苦创业的本性等华人传统思想。印尼华人流散文学作品中对华人生活习惯、建

---

　　①　方北方:《娘惹与峇峇》,马来西亚槟城康华出版社1954年版,第132页。

筑风格、婚丧嫁娶风俗、人际交往、敬天祭祖、礼仪、饮食起居、节日文化等都保留着中国传统,这些都是中国文化身份的具体细节表现。这种倾向在东南亚各国华人流散创作中都比较普遍,如泰国华人流散作家牡丹(《南风吹梦》《风中之竹》《雾散之前》《站板边上的女人》)、玉·卜拉帕(《生活的责任》《我的祖父》《孝顺与爱》)、帕潘宋·色玉昆(《龙腾暹罗》),三人虽然都是用泰语创作,但是作品中保留着突出的潮汕文化传统,许多人物描写、生活场景、情节、宗教信仰等带着明显的中国特点,流散者生活中许多风俗习惯仍坚守着中国大陆的仪式。20 世纪 80、90 年代在泰国出现的华人流散文学中微型小说家群体,更是在作品中表现出了浓烈的中国文化味:"表现了明显的潮汕人的心态,体现了潮汕文化的特征。"①曾心的《蓝眼睛》,曾天的《老年爱国者》,陈博文的《惊变》,司马攻主编的《泰华微型小说集》《泰国文学五人作品选》,倪长游的《只说一句》等微小说中都有中国文化元素,表现文化上的"寻根""护根""忧根""兴根"意识。李赋的《破解》把屈原投江的故事写成了泰国版本,余非的《被遗忘的人》对中国的状元进士科举考试进行了表现,黎毅的《忍》中记述老孙教子女学中国字、中国文化的故事。姚宗伟的《传家之宝》写座山蒿一家散居泰国 100 多年,仍然执着地保留了"唐山"习俗,他家的家祭、围炉、饮茶文化等习俗富有浓厚的唐山色彩,家中的布置也充满了中国情调和色彩,还时时教子孙学中华文化。小说题目所说的"传家之宝""大辫子"是中国古代文化的象征:家族一直保存并传承它,是为了家族的延续不能脱离民族血缘的传承。另外,中国百姓日常家具、收藏的物品都成为泰国华人流散文学中表现的对象,如紫砂茶壶、乾隆瓶、宜兴壶、乌龙茶、笔洗、高脚凳、账簿、印章、毛笔、算盘、鼻烟壶、《随园诗话》、《红楼梦》、《西游记》、《水浒传》、《三国志》,等等,这些流散文学创作内容,成为文化符号显示出中国传统文化的强大影响力。

———————

① 陈贤茂:《海外华文文学史》第二卷,鹭江出版社 1999 年版,第 318 页。

第二，东南亚华人流散文学还表现出流散者本地化、本土味的追求，表达了落地生根的意愿。许多作家与流散者群体在海外经历着文化失根的痛苦，但是他们也在调整自己，试着融入当地，着陆扎根。他们改变生活习惯、借鉴当地语言、学习当地文化，适应地理环境与文化水土。他们在人生与事业的追求中力求"融入东南亚""落地生根"，把散居地当作第二故乡甚至第一故乡进行精神家园的重构。他们在长期生存中培养了对南洋地区自然风光的热爱，对当地人的友谊，也形成了独立的文学表达。

新加坡华人诗人原甸的《鱼尾狮的性格》向他居住的国家表达了礼赞和认同，因为不管他的种族文化是什么，新加坡是他的国籍身份；流散诗人米军的诗集《热带诗抄》中《跳"珑玲"》一诗"以明快热烈的节奏，描绘了狂热地跳'珑玲'舞(一种马来民族的土风舞)的场面。一起跳舞的不仅有'马来少男少女们'和'穿纱笼的马来婆婆'，还有华族青年，以及'摇摆着两条辫子的印度姑娘'，因为'当这大地属于我们的时候，我们原就是一个信仰里的姊妹兄弟'。诗中表现了民族融合、民族团结的思想"①。

马华流散诗人吴岸在《达邦树礼赞》中通过对当地具有代表性、象征性的达邦树的情感抒发，反映了他对马来乡土的热爱，因为是这个第二乡养育了他。这是诗人对当地文化的认同，达邦树已经化作马来文化的象征，它们坚强不屈、百折不挠、无私奉献的精神给了诗人力量，通过对拉让江边树木的赞美，表达了他对生活在这里像树一样坚忍不拔的流散华人群体的赞美，进而也对马来西亚文化精神表示认可。马来西亚华人流散作家张永众的《夜·啊长长的夜》，写了阿爸把两个儿子分别取名"土长、土生"，父子两代人努力融入马来本土的努力，最后明白马来就是他们生于斯长于斯的"乡土"，他们完全可以和当地土班族和睦相处。

这种本土味追求在泰国华人流散文学作品中表现更明显，他们把与中国

---

① 陈贤茂:《新加坡华文文学简论》,《海南大学学报》1985 年第 4 期。

相联结的湄公河化作了文化认同与文化精神的象征,流经泰国的湄南河成了作家们精神的寄托,也是他们从自然地理到文化认同的表现。湄南河是泰国华文文学情感与想象的发源地,也是构成泰华文学作品描绘的对象,许多故事都设置在这里,丰富情感也倾注在河里,从而使湄南河具有了文学地理学的审美价值,可以说对湄南河的一次次文学表现,流散者也逐渐完成了对泰国本土文化认同与混合身份的构建。泰华流散诗人林太深的《梦韩江》,作者回忆思念自己故乡的韩江,它流经广东、福建、江西3省,哺育了东南沿海历代子民,诗人难以忘怀,但是养育他的湄南河也让他无法割舍,一个是奶娘、一个是生母,你中有我我中有你,成为流散者的"两个母亲"。岭南人的《一道彩虹》则把湄南河与黄河相比相联,两条母亲河一直奔流在诗人的心窝,对泰国文化的认同也十分明显。黄水谣的《湄水永无干涸》则把中泰两国山水相连共生共长的情感表现出来:"把象的传人与龙的传人/结成一对孪生兄弟/几千年来同根茁壮/守护着这片圣洁的净土。"诗人把湄公河看作是联系两国人的纽带,连通了象的传人与龙的传人,把同根生的兄弟情表达出来,体现了强烈的双重认同倾向。另外,黎毅的《夜航风雨》、年腊梅的《轻风吹在湄江上》、史青的《洪泛的河》、曾天的《湄南河的歌》、张望的湄南河系列诗、陆留的《湄江颂》、司马攻的《小河流梦》、梦莉的《在水之滨》等都以湄南河为形象、意象或背景,塑造第二母亲河形象,体现出众多的主题:"湄南河拥有最突出的形象、规模与深度,吸引了大量感性与理性的书写。"船舶生活的记述、生活情感的依附、对前贤的追悼与咏叹、泰国文化与乡土认同等四大母题绘出了一幅幅"湄南图像"①。冬英年的散文《湄南河之恋》描写湄南河的地理风貌、华人流散族群与当地人丰收的喜悦,还有战争年代那些英雄的轶事。陆留的散文《湄江颂》以写实的手法生动地描绘了在湄南河上谋生的老百姓。陈博文的杂文《湄南河水上人家》描写住在湄南河船上的人的生活。诗人张望写了《湄

---

① 参见陈大为:《当代泰华文学的湄南图像》,《世界华文文学论坛》2002 年第 2 期。

南河交响曲》《当春天开在湄南河上》《湄南河的呼声》《在湄南河畔读离骚》《我在湄南河畔等你》《湄南河永不寂寞》《湄南河风景线有一首歌》《湄南河想说些什么》《跟着湄南河向前走》等,抒发了对第二母亲河的热爱之情,成为他诗歌中的主要形象,表现了诗人对泰国人文与地理的认同。

　　本土化追求还表现在他们身份由侨民转变为当地公民后的国家认同、文化认同、文学创作融入主流文学发展的努力中。马来亚独立后,华人流散族群中的大部分已选择入籍,把居留地看作自己国家认同的对象:"第二次世界大战后,南洋各殖民地差不多全部获得了独立或自治,这是时代潮流所趋,没有任何力量能够阻止的最好说明。居留在南洋各地的华人,为了自己的前途,也为了儿孙的前途不能不跟着时代的潮流走——他们在两种不同国籍的抉择上,选取了当地的国籍。从此,他们中的绝大多数不再是中国人了,对他们不能再用华侨称呼;以前华侨视南洋为第二故乡的也完全改变。现在华人的真正家乡是他们的居留地,不是中国,根本就没有第二故乡了。"①流散者群体的国家身份从法律上确立后,其主观上就会作文化思想精神认同的调整,不管这种调整效果如何,但一种文化态度开始发生了转变,他们作为所在国的流散族,成为多民族共同体中的一员,也可以称为少数民族,带着中华文化传统与记忆,走向所居国的文化建设中,也成为所在国多元文化中的一元。特别是独立后的国家认同及政治倡导中,民族独立与解放的情绪也激发了流散群体文化主体的觉醒,流散群体文化与文学活动的本土化要求自然就会出现,而不是主观上仍然愿意被继续视为文化边缘或流散中的"中国人""想象中国"。

　　东南亚华人流散文学的本土化表现也体现为流散作家群体在理论上与实践上双重的倡导、宣传。如马来亚华人流散作家从 20 世纪初就认识到流散群体的独特性,文学创作不能是中国文学的海外移植,也不能是对西方文学的机械模仿,而应当有自己的独特性。当地华人报纸《新国民日报》副刊《荒岛》的

---

①　张奕善:《东南亚华人移民之研究》,载张奕善:《东南亚史研究论集》,(台北)学生书局出版社 1980 年版,第 231—232 页。

编辑朱法雨等人率先提出了要在马来亚华人文学中"把南洋色彩放进文艺里去""只要以南洋的生活色彩为背景,努力描写,大胆描写,一定能使南洋的文艺放出异彩";主编《南洋商报》副刊《文艺周刊》的曾圣也提倡在"万里炎阳的热国里寻找一些土产土制的粮料",在高椰胶树之下,以血汁铸造南洋文艺的铁塔;《叻报》副刊《椰林》主编陈炼青也声明:"所登文字,一律以提倡南洋文化为标准,如有文艺创作,也一律以描写南洋生活和景物者为限。"①20世纪40、50年代马来亚、新加坡各自独立后,当地流散作家群体和作家组织、报刊媒体继续推进文学创作的本土化、独特性,取得了普遍认可,这些努力都保证了流散文学创作流散性主题与艺术风格的独特性。在这种主观努力与倡导下,许多作家开始写流散地本土题材、本土人物,改变了主人公只有华人形象的单调局面。

　　第三,东南亚华人流散文学还表现了流散群体与文化的"两栖性"或多栖性的混杂文化生成与创造状态,以峇峇、娘惹文化为代表。东南亚流散华人在长期的散居生活中,与当地语言文化、种族、生活习惯等不断混杂,产生了新的流散文化形态,如新生态语言——混杂语(受西方影响叫洋泾浜)、种族婚姻导致的峇峇、娘惹文化现象等。峇峇、娘惹主要是指土生土长的马来西亚华人和华人娶当地土著人后生的子女,一般当地统称其中的男性为"峇峇"、女性为"娘惹",而称整个族群则为"峇峇人"或"峇峇族",流散族群中也流行着"三代成峇"的说法,就是指这种种族与文化的变化,他们把中国福州话与部分马来语中的语汇结合起来,形成了峇峇语,这种现象有人称为"多元文化的混血儿"②。这种语言相互借鉴混杂使用是互为"外来语"产生的重要表现:"峇峇话其实是闽粤方言与马来语的融合变种,是一种混合语言。这种语言在词汇和语法上具有闽粤方言的明显特点,但是也借用了相当数量马来语的词汇和习语,甚至对一些马来语借用词也根据汉语的使用习惯做了较

---

① 马相武:《当代马华小说的主体建构》,《学术研究》1998年第7期。

② 高波:《峇峇:多元文化的"混血儿"》,《中国文化报》2009年7月15日。

大的改变。"①而"娘惹"一词更能表明这种混杂两栖性,特别是混血后的华人流散者,起初专门指称华人与马来人婚配的后代子孙,尤其是指女性,尔后演变成泛指华人与马来人相融的文化,如在马来流行的娘惹菜,就是中国饮食文化与当地文化结合的结果,竹笋炖猪肉、甜酱猪蹄、煎猪肉片等随处可以吃到,而婚姻习俗等方面都保留着中国福建特色,这种混合现象被许多流散作家当作创作的重要题材。方北方的《娘惹与峇峇》通过叙述马来亚父、子、孙三代华人接受当地文化与西方殖民文化的过程,混杂生存的状态极具代表性,被认为是一部反映"华人文化认同的变迁史的作品"②。林娘惹、林峇峇、李天福等人物根子上具有华人社区文化基因,而他们的生存环境又时常处于西方思想浸渍中,也与当地文化时常接触,这就形成了混杂性的世界观、婚姻观、爱情观、价值观。

菲律宾华裔流散作家柯清淡的散文《五月花节》以第一人称讲述了华人"我"感受到移民与土著族群从相互敌对、相持、隔膜到互相了解、最终融合的过程。马来西亚作家马崙《槟榔花开》描绘了发生在华人橡胶园的故事,最后也表现了华族流散者与巫族群体关系走向融洽、毫无族群偏见美好天地之过程。泰国陈博文小说《咆哮森林》借泰人乃功之口表达出华人的心迹:"现在还分什么唐人泰人?实际已经分不清了。"

马华流散作家钟怡雯说:"对于生长在马来西亚的华人而言,他们和中国的关系似乎是十分复杂的。在血缘、历史和文化上,华人与中国脐带相连。他们的生活习惯已深深本土化,是马来西亚华人(在马来西亚过生活的华人族群);就文化而言,华人却与中国脱离不了关系,所谓文化乡愁即牵涉到对原生情感的追寻,对自身文化的孺慕和传承之情等。华人可从文字、语言、习惯、

---

① 梁明柳、陆松:《峇峇娘惹——东南亚土生华人族群研究》,《广西民族研究》2010 年第1 期。

② 黄万华:《新马百年华文小说史》,山东文艺出版社 1999 年版,第 127 页。

节庆等共同象征系统凝聚民族意识,并藉此召唤出一种强烈的认同。"①

新加坡诗人梁钺的《鱼尾狮》描述了一个非鱼非狮的"鱼尾狮",隐喻了新加坡华人的边缘身份:"说你是狮吧/你却无腿,无腿你就不能纵横千山万岭之上/说你是鱼吧/你却无鳃,无鳃你就不能遨游四海三洋之下/甚至,你也不是一只蛙不能两栖水陆之间/前面是海,后面是陆/你呆立在栅栏里/什么也不是/什么都不像/不论天真的人们如何/赞赏你,如何美化你/终究,你是荒谬的组合,鱼狮交配的怪胎/我忍不住去探望你/忍不住要对你垂泪/因为啊,因为历史的门槛外/我也是鱼尾狮/也有一肚子的苦水要吐/两眶决堤的泪要流。"诗人把新加坡的图腾当作自己双重认同与两栖状态的载体,恰当地表现了流散的文化命运。

印度尼西亚华人流散族后裔作家更多表现了跨种族爱情与婚姻的矛盾、冲突与融合等主题,双重文化空间地带滋生出了人物社会生活的多栖性现象。如张振文的《苏米拉姨太太》(又译《永恒的爱》,1917)描写的是两代土生华人与当地青年相爱的故事。故事讲述了父母辈当年异族通婚所遭遇的种种阻挠和他们的奋力抗争,而到了他们子女产生异族恋爱时他们却又反对跨族婚姻,这种两难或矛盾态度反映了内在的文化冲突;郭德怀《花江的玫瑰》(1928)描写的是土生华人与混血青年之间的爱情故事;包求安的《懦弱的人》(1929)描写的是荷兰姑娘丽娜和土生华人黄天的恋爱悲剧,表现出文化融合、文化和谐发展中的困境。

泰国不少华人流散作家也表现出对融合主题的兴趣,特别是泰国华人流散文学发展的新近时期这种追求文化融合的意识更明显。如谭真的《一个坤銮的故事》、马凡的《补鞋匠的死》、陈博文的《大地之变》等小说中都反映了华人华侨与泰国本地人在现实社会生活中互帮互助、和睦相处的主题。20 世纪

---

① 钟怡雯:《从追寻到伪装——马华散文中的中国图像》,载许文荣主编:《回首八十载,走向新世纪:九九马华文学国际学术研讨会论文集》,(马来西亚)南方学院出版社 2001 年版,第 56 页。

80 年代之后泰国华人流散作家群体中表现对中国文化与泰国文化双重、双栖式认同的作品更多了,如司马攻的小说《如此报答》《清浊之水不同流》《返老还童》,子才的短篇小说《拉夫歌声》,陈博文的《豆浆的人情味》《秋的怀念》《咆哮森林》,史青的《波折》《沉沉的钟声》《灰色的楼房》,姚宗伟的《少小离家老大回》《一串旧日子》,黎毅的《第三代》,巴尔的《海峡情深》,林牧的《故乡的云》《鸟鸣处处声不同》,陈述的《祖国万里行》等,既爱母国又爱居住国的双重情怀尤其突出:"泰华作家有两颗心,一颗是'侨乡心',一颗是'家乡心'。他们爱家乡,也爱侨乡,这种感情,就像发源于中国而注入泰国的澜沧江、湄公河一样,是割舍不断的。在泰华作品中,既有纵的家乡感情、家乡风物,也有横的侨乡感情、侨乡风物。可以说,以华夏为底色、以泰国自然人文景观为调色是泰国华文文学典型的文化特征。"①梦莉的散文《客厅的转变》则通过描写她家的客厅设置变化表现中式与泰式混搭的状态,表达了作家内心对中国和泰国的双重双栖式认同。这是因为她一直处于双重文化的背景下,作为炎黄子孙,中华民族意识、生活方式等已植根于她的内心深处,而她又长期住在泰国,泰国的人文心理、文化等对她不断浸润,最终呈现出对汉、泰多元文化的认同。这种混合生存体验或两栖性选择,代表了流散群体文化发展的趋势,也是流散文学表现的重要题旨。

五、澳大利亚华人流散文学及流散特征

澳洲华人流散文学与其他地区的流散文学一样,并不是所有的华人华裔写作都算得上是流散文学,而是指散居澳洲的华人文学、华文文学、华裔文学三种文学之中的一部分。华人到达澳洲谋生的历史可以追溯到 19 世纪中期,120 名"契约华工"乘坐英国的远洋轮船从厦门来到悉尼;1851 年澳大利亚金矿的发现吸引了大量华人华工,中国东南沿海和早就移居东南亚地区的部分

---

① 孙淑芹、王启东:《方块字浇铸的心影——泰国华文文学特色浅论》,《东疆学刊》2005 年第 3 期。

华人开始移居澳洲,至 1881 年在澳洲生活的华人大概 3.8 万(38533)人①。但是由于澳洲政府于 1901 年实行澳洲移民白人化政策,很少有其他种族的人移民于此。华人移民也很少,且这些为了生计而移民的人文化水平较低,基本上没有接受教育,因此无法孕育出从事文学创作的人;有记载的澳洲华人华裔文学活动始于 20 世纪 60、70 年代,部分政治移民和有文化的商业人士移居澳洲,改变了当地华人流散社区的文化结构,带来了文学艺术等文化精神生活方式。一批华文学校、华文报纸出现,为文学提供了产生的园地。80 年代,中国对外开放引起留学、商业、探亲移居澳洲热潮,新移民扩大了华人澳洲流散群体,也为流散文学的发展注入新生力量。以华文从事的写作占据了澳洲华人流散文学的主体。

据不完全统计,2000 年前发表华文文学、华人文学的报纸主要有《星岛周报》的"浮生版",《澳洲日报·华风》、《澳洲新报·澳华新文苑》、《新快报·人在海外》、《大洋时报》副刊、《澳洲日报·澳洲华文作家创作园地》、《新快报·笔荟》,文学刊物有《酒井园诗刊》《南赢诗荟》《澳洲彩虹鹦》《悉尼笔荟》等;综合杂志开设文学栏目的有《满江红》《大世界》《汉声》《焦点》《新移民》《原乡》《同路人》等。这些阵地成为流散文学的摇篮与发展园地,培育出了大批流散作家。澳洲华文文学的四股力量中就有大量的流散文学作家,分别是中国大陆留学生作家群(武力、李玮、金杏等)、港澳台流散作家群(如夏祖丽、张至璋)、大陆来澳专业作家群体(如张列奥、桑晔、丁小奇、徐家祯等)、老一辈移民族裔作家(如黄玉液、丁之屏等)②。

老作家中有丁之屏,他 1936 年从广东移民新加坡,在新加坡生活了几十年,前期创作活动应列入新加坡华人流散文学,已有数部小说问世,关涉流散华人生活。20 世纪 80 年代移居澳洲,丁之屏加入当地流散文学创作之中,代

---

① 参见[澳]C.英格利斯:《澳大利亚华人》,杨国标译,《世界民族》1985 年第 4 期。
② 参见陈贤茂:《海外华文文学史》第三卷,鹭江出版社 1999 年版,第 446—448 页。

表作《人在澳洲》描写香港人移民澳洲的心路历程。从我国台湾移居澳洲的夏祖丽是著名华文女作家林海音的女儿,她的散文《异乡人·异乡情》表达了流散者身在异乡的境遇,情感细腻,颇能触动流散者心弦。她的丈夫张至璋也是较出名的流散作家,创作了《南十字星下的月色》等多部长篇小说。

新移民中也出现了大量流散作家,表现流散者的澳洲生活、文化认同、思乡等流散问题。主要创作成就有:小说有陆扬烈的《墨尔本没有眼泪》,刘奥的长篇小说三部曲《云断澳洲路》《蹦极澳洲》《澳洲黄金梦》,阎立宏长篇小说《两面人》,陶洛诵的自传体小说《留在世界的尽头》,田地的《田地短篇小说集》;散文有洪丕柱文化随笔集《南十字星空下》《文化的认同与归宿》,冰夫的散文集《海、阳光与梦》,徐家祯散文集《南澳散记》,黄惟群的小说散文集《不同的世界》;报告文学有武力的《娶个外国女人做太太》,张奥列的纪实文学集《悉尼写真》《家在悉尼》;诗歌有庄伟杰的《精神放逐》《梦里梦外》,西彤的《昨夜风雨》等。

与其他地区华人流散文学不同的是,澳洲华人流散文学格调更加明朗,这些流散者虽然也有异国他乡的自然环境与文化的不适应,但是他们大都没有遭受美国等地华人流散群体的悲苦命运,生活相对平稳。特别是 20 世纪 80 年代以来散居澳洲的新群体,带着求学、商业交流、创业梦想来到澳洲,他们看到的是澳洲美丽的自然风光、城市风貌、风土人情,具有一种初来的激动兴奋。他们以华人外来者的视角打量澳洲这个新鲜的他者,在文学作品中反映了它的新奇美丽、诗意感觉,他们在游记散文中表现了这里自然美、人际和谐、心态淡泊、热爱自然等。之后沉淀下来,才发现文化的断裂、精神的不适应,于是开始调整、学习、或接受、或排斥、或融入、或回归、或混合等,这些过程都没有其他地方的种族歧视、暴力冲突导致的悲剧。这是因为澳洲在 70 年代废除了白澳政策之后,形成了多元文化并存的局面与包容性政策。正是这一背景,给来澳洲的华人提供了更多空间,流散作家们对澳洲的自然、人情、社会更多地进行了理想化的构建,唐人街、中国街、中国城在这里更加开放自由,更容易接纳外来新文化。

在描绘美丽、包容的自然澳洲同时,流散作家们也时常回望中国(包括台湾香港澳门),以游子的视角打量故土,塑造中国形象。他们在海外思念故乡的温情、热闹,喜欢大家庭式的生活,他们把这种生活复制到了中国城、唐人街,同时也喜欢悉尼、墨尔本等大都市生活,喜欢居住在城市、工作在城市。这都是为了摆脱流散孤独的需要,冰夫在散文《难逃孤独》中写道:"并非完全是心理因素,澳洲新移民中的华人,特别是老年人常常有一种难耐的寂寞和孤独感。这在朋友们聚谈时,在抒发内心情愫的书信中,均有淋漓尽致的倾诉或描写。一位居住在墨尔本的友人来信说:'这里的生活条件非常好,城市像花园,绿树成荫,鲜花盛开,住宅宽敞,环境幽静,几乎挑不出什么毛病,可是总感到有一种东西在咀嚼你的灵魂,日复一日,越来越狠,这就是孤独,难熬的孤独。'"①对比之下,中国家庭、邻居、社区、单位集体、朋友群体等亲密的人际关系就成为他们经常回忆的内容。春节、中秋节、端午节等传统习俗就成为他们精神的归宿,也成为他们在流散社区复活的活动。汉字书法、华文学校、中国饮食、中国传统服装等都被他们写入了作品,也带入了澳洲流散生活的实际中,这样一系列的中国文化元素,被流散者与作家们在文学构建与现实中传承,以寄托自己的思乡之情,也在保持着自己的族裔文化身份。澳洲华人的聚会、节日狂欢、中国诗词创作、京剧、地方戏曲表演等是华人试图把国内生活复制到移居圈子的具体表现。他们也把这些元素写入了文学作品之中。

乡愁、故土重游之后的失落也是澳洲华人流散文学表现的主题。由于澳大利亚华人流散群体形成时间较晚,与祖国保持着更为密切的联系,他们返回故土的机会与次数都要多。这样新旧家国、澳洲与故土形成了对比,在对比中体现着失落、不满意与对出路的思考。比如澳洲华人流散文学中早就对中国改革开放后出现的一些盲目发展、不正确的物质观金钱观进行了局外人式的冷静反思。如散文家胡仄佳的《梦回黔山》对过去苗家美丽风景的追忆构成

---

① 冰夫:《难逃孤独》,载庄伟杰主编:《与袋鼠搏击》,海峡文艺出版社 2002 年版。

了浓厚的思乡曲,曲折的黔道、清水倒影的江月、情歌满山的对唱、喧闹的渡口、有形有感的独木桥、悠然自得的苗民们……构成了美好的苗乡图画;但是中国开放与经济的发展也带来了对此的严重破坏,现代文明、经济利益导致了环境的变化、人心的不古,河流上游区造纸厂不断排污,河中鱼儿消失,苗寨中的人们得了以前没有的大脖子病。林别卓的《小时候家乡的鸟儿》也表现出家乡在现代文明冲突下美好自然遭到破坏的情形:水源的污染导致鸟儿的绝迹,鸟儿飞翔的身影、鸣叫的声音早已消失不见,从早到晚周围一片死寂。崔青在《上海人、外地人、外国人》中写自己回国与一些老朋友见面,本来很有朝气、抱负的朋友变得物质至上了,谈话时聊的是收入、买房、汽车、名牌和公款消费。刘澳的《蹦极澳洲》通过主人公吴明回国的亲眼所见,揭示了中国部分群体在追求经济利益过程中价值观的变化与衰退,他北京的同学借助市场监管缺失倒卖钢材、承包酒店,当了官的利用手中权力谋利益,年轻女子利用姿色搞交易,他们钻国家政策漏洞能捞就捞,抓住一切机会发家致富,曾有的青春理想与高尚价值观丧失。他抱着当年的理想回来,却完全不适应国内的局势。黄惟群在《天堂的遗憾》中叙述自己到西湖旅行,结果遭受到一系列不快的事件:他在火车站遭遇招揽生意的商人,在西湖边一群争客的船夫围堵了他,上了船路线又被截短缩水,下船时有人帮扶却要帮扶费,要吃药讨水喝也被收费。没有了往日的天堂美丽,给作者的印象是金钱味十足,这一切让人遗憾。人们被这些不正常的时代因素所累,也累及了西湖这座天堂之名誉。黄惟群还在《中国之行》中对中国城市大规模的高楼化、水泥化表达了忧虑,上海浪漫弄堂的消失、绿化树木的缺少、城市文化设施的不配套都使得现代城市失去了灵性,让人产生紧张、拥挤、杂乱、焦躁之感。这些文学表现,以他者眼光对故国的表现给我们提醒。对中国社会发展具有重要的警示作用。这从另一个侧面反映了流散者对故国的关心。当然,这些作品也许更多地关注了中国发展过程中的负面因素,自然有一定的缺陷。

另外,流散作家们通过创作还对中国的教育方式、澳洲的教育方式、教育观念、家庭婚姻伦理、社会行为、伦理道德、生活方式进行了对比与表现,这也是澳大利亚流散文学较为突出的特色,流散者、流散作家群体直接成为两种文化接触地带的实验者、体验者、对比者,这对中国借鉴澳洲文化、中国文化走出去、不同文化融合借鉴、文化优选与再创造具有十分重要的价值。

海外华人及其后代构成了众多的海外流散群体,他们或融入当地社会或与祖国保持着密切联系,或对东道国适应与不适应,或对故国充满乡愁或渐行渐远,他们在各地、各自的生活与事业追求中,取得了众多成就;也因各流散地的环境、时代、社会、种族、政治、文化、经济、宗教等各种因素的影响而自发或主动创造了独具特色的流散文化,创作了特色各具的流散文学,数量众多,无法一一罗列,本节就其中重要的特征加以总结,对各地作家作品也是以其流散主题或素材特征的突出与否进行选择,这就产生了与一般文学史或文学综述式的研究不同的分期、归类,这也正是基于流散这个中心考量的结果,因此松散与不当之处也就在所难免。同时,一些比较重要国家如日本、新西兰、俄罗斯等地的华人流散文学也没有论及。这些都只能等待以后作专题讨论。

第五节　黑人流散文学

黑人域外流散文学成就与非洲黑人流散族群的居住地区、群体数量形成正比关系。主要分布在美国、加拿大、英国、加勒比地区、非洲本土(因殖民统治而产生文化混杂)等几个主要黑人流散群体居住区。黑人流散文学从被压制、边缘化到觉醒、到繁荣发展的历史,伴随着黑人民族意识觉醒和全球反殖民、反种族压迫的历史过程,全球化与多元主义文化思潮也助推黑人流散文学从边缘到中心、从支流到汇入主流的进程。

一、美国黑人流散文学及流散特征

自 1619 年第一批黑人到达美国至今,美国黑人种族流散过程中谱写了悲壮的民族生存与发展史,400 年间为美国的社会与文化发展作出了独特贡献。其中美国黑人流散文学成就代表着当今世界黑人文学的最高成就,作家多,获奖层次最高,对美国文学与世界文学产生的影响也很大。

表6 美国黑人流散文学分期、主要代表作家及作品及流散主题

分期	主要代表作家及作品	流散主题
1770—1865 年 (黑人流散文学 移植、萌芽期)	詹姆斯·格罗涅索:《一个非洲王子格罗涅索对生活中最不寻常的细节的自述》。	运用黑人传统文学艺术方式,表现黑人不幸命运。
	汉娜·克莱夫兹:《女奴的叙述》。	黑人女性的奴隶经历。
	哈里特·威尔逊:《我们的黑鬼》。	黑人奴隶被贩卖的悲惨经历,身份与文化双重失落。
	奥络达·伊奎阿诺:《伊奎阿诺对生活的有趣叙事》。	自传记述在中间通道被贩卖的故事。
1865—1920 年 (酝酿期)	弗·道格拉斯:"自传三部曲"。	黑人奴隶命运及反抗。
	查尔斯·W.切斯纳特:《巫婆》《雪松林后面的房屋》《传统的精髓》。	探索内战后种族和社会身份认同复杂问题。
	保·伊·霍普金斯:《对立的力量》《统一血统》。	混血、种族歧视、黑人流散女性问题。
	詹姆斯·维尔顿·约翰逊:《前有色人的自传》。	学校教育、受歧视、与白人雇主的关系、与白人女子的恋爱及人生反思。
	保尔·劳伦斯·邓巴:《下层生活抒情人》《诸神的娱乐》等。	用方言写诗歌、小说,表现黑人的经历,黑人与白人文化关系。
	杜·波伊斯:《黑人的灵魂》、"黑色火焰三部曲"。	黑人的双重身份意识;黑人文化的重建,泛非主义思想。
1920—1970 年 (复兴、发展期)	兰斯顿·休斯:《疲倦的布鲁斯》。	黑人文化身份的追寻与赞扬。
	拉尔夫·艾里森:《看不见的人》。	对黑人文化身份的正名、肯定。
	佐拉·尼尔·赫斯顿:《约拿的葫芦藤》《她们仰望上苍》。	通过黑人女性觉醒、唤起文化复兴,对自己的身份持肯定和热爱态度。
	理查德·赖特:《土生子》。	黑人的激进反抗主题,展现肉体与精神心理的双重冲突。
	詹姆斯·鲍德温:《向苍天呼吁》。	种族歧视、黑白文化关系,黑人身份的模糊与混杂。
	贝茜·史密斯:《死水布鲁斯》。	黑人音乐与文化复兴;展现黑人文化问题。

分期	主要代表作家及作品	流散主题
1970—1996 年（走向主流文学时期）	托妮·莫里森:《所罗门之歌》《最蓝的眼睛》《宠儿》《秀拉》《天堂》。	黑人文化身份、黑人奴隶历史、白人种族主义、黑人女性身份。
	艾丽丝·沃克:《紫色》。	争取黑人女性权力、独立、自由平等。
	亚历克斯·哈利:《根》。	黑人寻根主题;反抗主题。
	奥古斯特·威尔逊:《栅栏》《钢琴的启示》。	参与、融入主流社会,寻找黑人的中心感与身份的自豪感。
	丽塔·达夫:《托马斯与比拉》。	黑白文化的积极融合。
	玛雅·安吉罗:《清晨的脉搏》《我仍将升起》。	黑人文化自信主题。
	珀西瓦尔·埃弗雷特:《抹除》。	黑人形象的白人建构。
	约翰·埃德加·怀德曼:《匆匆回家》、《私刑者》、"乡林三部曲"、《双城》。	个人远离族群,黑人文化的失根及回归寻根。
1996 年至今（多元化发展期）	爱德华·P.琼斯:《迷失城中》《夏佳尔姨妈的孩子们》《已知世界》。	借鉴世界文学多样化手法,从普遍人性的角度反映黑人人性与黑人文化问题,反思黑人奴隶制。
	保罗·比蒂:《白人男孩的混局》《塔弗》《梦乡》《背叛》。	新生代黑人或黑人流散后裔在美国社会生活中的人生与文化选择。
	雅·吉亚西:《还乡》。	以现代的创新手法表现黑人多难而曲折的流散经历。
	英伯洛·姆布:《看着这些做梦的人》。	新生代美国黑人流散族的美国梦主题。
	科尔森·怀特黑德:《直觉主义者》《约翰·亨利时代》《萨格港》《一区》《地下铁道》《镍学院男孩》。	从历史与现实两个层面,表现黑人流散裔的命运。

（一）美国黑人流散文学分期及成就

美国黑人文学于 18 世纪末产生。按照其表现主题与文学自觉、文学独立意识的形成,可以分为以下几个历史时期。

第一时期:1770—1865 年黑人文学的移植萌芽期。主要是黑人运用从非洲移植来的文学形式如民歌、民谣、诗歌、民间传说、自传故事等来表达自己民族悲惨的命运、奴隶生活及对自由的向往、对身份的寻找。这时流散文学地位呈现为边缘化,无发言权,暗中发声,流散主题主要表现为"揭露奴隶制的罪恶、摆脱奴隶制的魔爪、争取自由人身份便成了当时文学形式的主要话语"①。主要作家有早期口头与民间传说作者、小说家,代表有戴维·沃克、布克·托·华盛顿、菲莉斯·惠特莉等;较早的黑人流散文学文本是口头故事作品,主要有五部:詹姆斯·格罗涅索的《一个非洲王子格罗涅索对生活中最不寻常的细节的自述》(1770)、约翰·马伦特的《一个黑人马伦特对上帝非同寻常的对待的叙事》(1785)、奥托巴·库戈阿诺的《关于邪恶的、伤天害理的奴隶贩卖、人口买卖的商贸活动的想法与感受,由一名非洲土著库戈阿诺谦卑地呈递给大不列颠的居民》(1787)、奥络达·伊奎阿诺的《伊奎阿诺对生活的有趣叙事》(1789)和约翰·杰的《约翰·杰的生活、历史与所经历的空前绝后的苦难》(1815),这些都回荡着黑人对自己不幸命运的诉说之音,也表达着一些内心不满之情,黑人口头文学的特征较为明显。长篇作品主要有自传类小说或虚构小说作品,主要代表人物道格拉斯,他主要根据自己的经历写自传,以表现黑人的命运与希望,也对奴隶制进行批判:"一方面存在着奴隶制,这是一个残酷的现实,奴隶制瞪着恐怖的眼睛逼视着我们,它的长袍被数百万人的鲜血染红,它正在贪婪地吞噬着我们的肉体。另一方面在朦朦遥远的地方,在北极星闪烁的星光下面,在某座陡峭的山峦或者白雪皑皑的山峰之后,存在着某种自由,虽然难以确定,但她在向我们招手,呼唤我们去分享她的慷慨接纳。"②此期黑人中文化程度较高的流散者、文学艺术爱好者,面对族群生存的问题用非洲本族记忆带来的艺术与文学表现样式进行内心的情感和思想表达,古老的非洲文学与艺术种子在新大陆也如族人生存一样艰难地生根、萌芽。另外哈里特·威尔逊女士的《我们的黑鬼》叙述了女奴隶弗雷多辗转被

---

① 骆洪:《文化身份寻踪:美国黑人作家笔下的话语》,《学术探索》2004 年第 12 期。

② William L. Andrews, Frances Smith Foster and Trudier Harris eds., *The Oxford Companion to African American Literature*, New York and Oxford: Oxford University Press, 1997, p.380.

贩卖到不同家庭做工的故事,在与不同形色的白人家庭生活中,她体验到了社会各方对黑人的歧视;汉娜·克莱夫兹的《女奴的叙述》以作者自己的经历为题材,讲述了年轻女奴汉娜从北卡罗来纳逃到北方获得自由的故事,也是描绘黑人生存困境的小说,其女性视角也具有独特性。

第二时期:1865—1920 年酝酿期。这一时期从文学表现上看,黑人有了人身自由获得解放这是一大进步主题,但是种族隔离、种族歧视、白人至上、种族冲突、政治经济文化地位、黑人人权等问题仍然没有解决,身体的解放并不等于精神与文化的解放,更谈不上独立发展自由创造,黑人仍然被排斥在主流文化之外,文学更是如此,获得与白人一样的身份、教育、地位成了黑人的梦想。此期黑人流散文学处于边缘失语状态、也处于积累酝酿期。此期由于黑人流散作家的经济问题,很难自己出版作品,也没有白人愿意出版或阅读黑人作品,一些表现黑人流散生活与命运的创作得不到主流社会的承认,也存在出版与传播的困难。黑人出版作品大都要自己出钱,但黑人作家自己的生存和物质条件也很差,这客观上也阻碍了黑人流散作家的写作进程。詹姆斯·维尔顿·约翰逊的自传体小说《前有色人的自传》(1912)就是自费出版的,作品描写自己为了获得同白人一样的物质权利而不得不冒充白人的无奈行为,他虽然物质上部分得到了满足,但是以牺牲自己的精神与文化之根为代价的,这种种族跨界的心理与丰富多彩的黑人生活交织在一起,真实而自然。另外,保尔·劳伦斯·邓巴、查尔斯·W.切斯纳特等人的作品也难以顺利出版。黑人奴隶记忆、边缘处境、生存问题、种族歧视、黑人冲突等主题是这一酝酿期的主调,邓巴的《诸神的娱乐》描写了纽约黑人流散群体的悲惨生活,杜·波伊斯的散文《黑人的灵魂》思考了黑人思想中双重意识问题,初步涉及了两重文化认同主题。

第三时期:1920—1970 年黑人流散文学复兴、发展期。此期,许多黑人学者、文学家、政治家认识到黑人的地位问题本质上不是种族与肤色的问题,而是文化与身份的问题,是主流社会与黑人边缘社会问题,是黑人如何得到主流承认或自己如何走向中心的问题。此期主要以哈莱姆文艺复兴和40—60年代两次黑人流散文学创作高潮为标志。流散主题表现为以黑人民族文化复兴、民权运动、反抗诉求为主。

20世纪20年代哈莱姆文艺复兴中出现了大量黑人流散作家。黑人运动与黑人觉醒使得他们意识到重新认识自己种族的重要性,黑人在美国的地位、贡献,黑人形象不应是白人社会中那种被书写的劣等形象,而是与白人在本质上一样具有思想与灵魂自由权利的人,他们一样创造着生活、建设着国家,体现出崭新的追求。黑人之黑色是火焰般富有光芒的、值得自豪的。黑人的文化身份、自我身份不应当被隐匿,而应当走上前台表达表演。这在民族主义运动和黑人女性文学的大发展上面表现突出。这一运动是黑人流散文学的觉醒期,也是第一次发展高潮,运动首先由克劳德·麦凯、吉恩·图玛、兰斯顿·休斯和康梯·卡伦四位黑人作家开启,20年代中期由查尔斯·S.约翰逊等组织黑人作家与知识分子参与的"公民俱乐部宴会"传播了黑人文化与文学,出版专家洛克编辑出版了《新黑人》选集扩大了黑人文学的影响。同时年轻有热情的黑人作家们创办了黑人文学杂志《火》,开辟了作品发表的园地,各种黑人文艺活动引起了纽约文化界、新闻界的重视。1926年,《先驱论坛报》则把这场运动直接命名为"黑人文艺复兴",由此哈莱姆文艺复兴成为黑人文学史上的重要里程碑,主要的代表作家有卡尔·范·维克顿、鲁尔道夫·费希尔、华莱士·瑟曼、兰斯顿·休斯、佐拉·尼尔·赫斯顿、拉尔夫·艾里森等。1926年哈莱姆文艺复兴的代表诗人休斯发表的诗集《疲倦的布鲁斯》等,以黑人诗歌、民谣为原型加以改造创作,对黑人音乐、黑人生活、黑人习俗、黑人民间文化等的歌唱充满自豪之情,引发了黑人文化在美国的复兴运动,也进一步激发了黑人争取思想文化自由与各种人权的诉求。赫斯顿的小说《她们的眼睛望着上帝》(又译为《她们仰望上苍》)、拉尔夫·艾里森的小说《看不见的人》等都描写了正面黑人形象,他们对自由的向往、对黑人自身的肯定、对民族文化的寻找与发扬,对重塑黑人形象起到了重要作用。

与前两个时期文学主题内容与形式单一化相比,文艺复兴期间黑人流散文学表现范围扩大,文学创造意识更强,促进了民族文化独立意识,第一,最大特点是将触角转向民间,以下层人民的生活为题材;第二,创造新的文学形式,对过去的所谓典型黑人形象提出挑战和否定;第三,语言创新,小说在语言上深受黑人方言的影响,特别是城市黑人方言的影响;第四,哈莱姆运动的作家更感兴趣的是解释和传播黑人文化。可以说黑人流散文学的第一次复兴,真正表现出黑人流散者的生活与文化身份诉求,是更典型的流散文学,这为后来黑人流散文学丰富与发展奠定了各方面的基础。

第二次世界大战前后由于黑人对美国社会的贡献越来越突出,黑人与白人的关系有一定的改善,同时在哈莱姆文艺复兴余波的影响下,黑人流散文学创作取得了较大成就。从20世纪20年代走来的一些年轻作家成为创作中坚,40、50年代又形成了黑人流散文学的第二次高潮,主要代表人物有赖特、艾里森、鲍德温等,他们的黑人民族与文化身份意识进一步觉醒,民权诉求进一步加强,对抗白人社会与文化隔离与歧视的倾向增加,对抗、抵制、反抗成为许多作品的重要取向,影响日益扩大。黑人民权领袖马丁·路德·金的遇害(1968)引发了全国大规模的黑人抗议浪潮,一些民权运动家如马尔科姆·艾克斯等呼吁暴力抵抗白人的迫害与种族隔离政策。文学界则有黑人文学理论家克莱伦斯·梅杰等主张用文学创作进行反抗与宣传。事实上,现实的变化影响了流散文学的创作取向。赖特的代表作《土生子》被认为是黑人流散族群文学中里程碑式的作品,小说主人公比格·托马斯是一个运用暴力抵抗白人压迫与歧视的黑人青年,他本性善良,但是现实与白人中心社会最终导致了他的杀人行为,突出表现了白人中心社会里边缘黑人的紧张、恐惧和仇恨的心理,指出了黑人犯罪的社会根源不是黑人本身的问题,而是白人优越论导致的。他生活的芝加哥并没有成为黑人的天堂,而是处处充满压制与歧视的地方,黑人在这里感受到巨大的恐惧和不平等,这种压制导致了最后的暴力反抗。这部小说得到的评价可以证明当时黑人流散文学主题的重要转变与影响,对美国文化与文学影响较大。美国著名文学评论家艾文·豪认为"《土生子》出版的那一天,美国文化被永久地改变了"①,还有人认为赖特的这部作品足以让他成为"让美国黑人喊出自己心声的第一位非裔美国作家"和"非裔美国人的种族的传道者"②;中国学者也对这部作品的价值给予充分肯定,美国文学史家王长荣老师认为《土生子》"真正迫使美国社会对黑人文学刮目相看"③,也有人说这部小说体现美国黑人文学在艺术上走向成熟,开创了美国"抗议文学之先河"④。由此围绕着赖特形成了创作风格相近的黑人流散作家团体,主要有佩特里、海姆斯、卢卡斯、阿塔维、奥弗德等。但是这种反抗往往引来了流血与悲剧,一些作家又慢慢转向了温和反抗之路,如鲍德温、艾里森从激烈反抗转向另寻策略,鲍德温的小说《向苍天呼吁》以模糊的叙事手法或视角,表现了黑人流散者在白人社会中的模糊身份与困惑,揭示了黑白冲突的内在文化原因;艾里森的《看不见的人》以冷静、无名的叙述者迷失自己、寻找自己的过程,以曲折委婉的方式激起人们的不满情绪。

第四时期:1970—1996 年黑人文学从边缘走向中心主流时期。这一时期黑人在政治、经济、文化现实追求方面作出了从边缘到中心的努力,也在文学创作、文化价值重新评估、黑人学术研究上向美国主流社会接近。如前章所述,1960 年到 1964 年几年间美国社会政治动荡与变化,引起了黑人民族意识的进一步觉醒,形成了一场不亚于哈莱姆文艺复兴的黑人文艺运动,黑人作家积极从事黑人文化独立运动活动,"黑色自豪"(black pride)和"黑色力量"(black power)等成为这次运动的主题,其功利性、政治性色彩明显,意在倡导

① Irving Howe, *A World More Attractive:A View of Modern Literature and Politics*, New York:Horizon Press,1963,p.100.

② Alfred Kazin, *On Native Grounds:An Interpretation of Modern American Prose Literature*, Orlande:Harcourt Brace & Company,1942,p.372.

③ 王长荣:《现代美国小说史》,上海外语教育出版社 1992 年版,第 262 页。

④ 秦小孟主编:《当代美国文学——概述及作品选读》(中册),上海译文出版社 1986 年版,第 159 页。

恢复黑人的民族意识和民族自豪感,在创作中、文学理论与批评中表现黑人特有的审美力,张扬民族的肤色美、文化美、民族美。黑人在美国社会各行业的成就、哈莱姆复兴以来在人权等方面的呼吁,使得整个社会对黑人的评价有了较大改变,黑人在体育、音乐、舞蹈、电影、文学等方面在全球都有较大影响,代表美国人增加了美国的影响,也增加了流散裔族在美国的影响。文学创作更开启了新局面,黑人流散文学与犹太流散文学、华裔流散文学等形成合力合唱,营造了一种少数族裔文化复兴的氛围,黑人文艺运动、女性主义思潮、黑人文学研究热潮等创造了一种自由平等的社会文化环境,在 20 世纪 70、80 年代创造了黑人流散群体中的第三次文学高潮。以莫里森、沃克等为代表的小说家、以威尔逊等为代表的戏剧家、以达夫和安吉罗等为代表的诗人等都取得了辉煌成绩,得到美国主流文学界、世界文学界的承认。流散主题表现为以参与、融入主流社会、寻找黑人的中心感与身份的自豪感为主。威尔逊的剧作《栅栏》《钢琴的启示》表达了黑人如何适应社会、走进主流、保持保护黑人文化遗产的问题,他们自己既是黑人,又是美国人,更是美国黑人。达夫是美国历史上第一位黑人桂冠诗人,其诗作《托马斯与比拉》通过对黑人从非洲到美洲、从南方迁徙北方的曲折经历与普通生活的展现,表现了对融入白人社会、得到主流社会承认并与之融合的信心;诗人安吉罗的诗篇《清晨的脉搏》《我仍将升起》等对黑人前途充满着乐观与自信;小说家艾丽丝·沃克参与民权运动,从事文学创作,对黑人如何争取独立个性、人格有着深刻思考,她特地从女性独立自强的角度推动了黑人女性主义文学的发展,也大大提升了黑人流散文学的国内国际地位,沃克连续获得普利策小说奖、美国国家图书奖、全国书评家协会奖,反响很大。代表作《紫颜色》(又译为《紫色》)描写了美国黑人女性的生活,对黑人女性的觉醒进行赞扬、提倡,从种族、文化、自由、平等层面为女性发声,为黑人立传。主人公西丽不仅是种族歧视的受害者,也是男权社会的受害者,她的苦难代表了女性也代表了黑人女性,她的觉醒过程,是对种族与男权的反抗,是对黑人妇女争取独立自主生活的生动艺术探索。作品反映了作者宽容、自由、开放的女性主义观点。

此期最具标志性的事件有两个:一是 1993 年黑人女作家托妮·莫里森获得诺贝尔文学奖,二是理论家亨利·路易斯·盖茨花费 12 年时间查找、编辑(1984—1996 年)黑人文学,于 1996 年出版《诺顿美国黑人文选》。这两件黑人文学史上的大事,把黑人流散文学推到了美国文学的正堂,前者的文学创作成就抵达美国文学的高峰,后者以文艺理论与文学史书写为黑人文学正名,使黑人文学进入美国文学正典之列。这样黑人流散文学不仅在国际上获得大奖得到广泛承认,而且在美国文学史上也不再被排斥在历史书的文本之外,从理论到实践上合法性地进入文学正室正堂。

第五时期:1996 年至今,黑人流散文学步入主流文学圈后,创作呈多元化时期。此期美国黑人流散文学进入美国主流文学范围,表现主题多元化,既包括黑人悲惨的历史书写,也体现由流散向整体性的聚合与回归,实现流散的最高追求,结束身体、心理、情感与文化的离散、边缘、碎片化状态,走向消除了肤色与种族区分的美国公民身份。特别是 21 世纪以来,黑人政治、经济、文化地位得到全面提升,以奥巴马为代表的黑人政治精英的上台,已经从现实社会建设与文化构成上为黑人正名,文学表现的主题也随之出现了新内容。走出传统黑白文化冲突,超越固有主题,探寻黑人生活中呈现的普遍人性主题,扩大创作主题范围,是此期黑人流散文学的重要突破,不少黑人流散后裔们的创作成就也体现出创作的多元化、创新性转向特点。莫里森的小说除了传统黑人种族与文化身份的表现之外,还多了更多的女性问题、权力问题、宗教信仰问题等永恒主题,而不只局限在黑人社会,同时创作手法、表现方式也多样化。这在小说家爱德华·P.琼斯的小说创作中表现明显,短篇小说集《迷失城中》(1992)、小说集《夏佳尔姨妈的孩子们》(2006)、长篇《已知世界》(2003)三部作品在内容与艺术上都有新变化与发展,是黑人流散文学在新时代的新成就:"琼斯创作代表着黑人文学的新成就和新发展,他虽以黑人经验为主要素材,但反映的是普遍的社会问题和人性问题。他展现了一个不是作为国家政治中心而是奴隶后裔生活之地的华盛顿,又成功地把它变成了每座城市;他写黑人,华盛顿人,但让不同种族、地域的读者在处于'迷失'状态的他们身上认出了自己。……他的创作融合了欧洲文学与美国文学、白人文学与黑人文学的多种文学传统,有从赖特到莫里森的黑人文学的现实主义精神、族裔意识和对神话传说等民间文学形式的出色运用;有以福克纳为代表的南方文学强烈的历史和宗教意识、对家乡的深爱、沉重的悲剧感和神奇风格;有契诃夫、乔伊斯、加西亚·马尔克斯等古典与现当代欧美文学大师从思想观念到艺术技巧的影响,这一切都被融入了只属于他自己的艺术创造。"①《迷失城中》主要写美国第一代移民从南部乡村移民再度流散到北方城市的题材,共收录了14个故事,他借鉴了乔尹斯写《都柏林人》的手法,写了华盛顿黑人流散者的故事;第二部小说集《夏佳尔姨妈的孩子们》与第一部形成了结构上的呼应,也用了没有具体名字的男性第一人称作为叙事者。历史小说《已知世界》是他影响最大获得评价最高的长篇,小说放弃了第一人称,以全知视角进行历史问题的艺术探索,小说把背景放到弗吉尼亚州内战前,以巧妙的故事套故事的方式,表现了黑人奴隶制问题。主人公亨利·汤森身为黑奴,后来用钱赎得自由身,从事商业与农业经营,他头脑灵活、管理有法,获得了足够的资本,在弗吉尼亚买下了自己的种植园,但他自己作为黑人,忘记了自己的悲惨经历,在自己的种植园里也蓄养33名黑奴。他身上具有双重矛盾:喜读弥尔顿的《失乐园》,深知被压迫的滋味,也有些精神的追求,但是他也从原来白人主人那里继承了奴隶主残忍的一面,经常鞭打自己家的奴隶。小说以艺术的方式再造了一个世界,引发人们对黑人问题更深入的思考,获得了国家图书评论界奖、普利策小说奖和国际 IMPAC 都柏林文学奖,被知名网络组织的文学批评家评为2000 年以后最佳小说第二名。

保罗·比蒂以讽刺艺术和荒诞手法写了《白人男孩的混局》(1996)、《塔

---

① 朱琳:《美国当代黑人文学的新坐标》,《外国文学研究》2009 年第 3 期。

弗》(2000)、《梦乡》(2008)、《背叛》(2015)等作品。《白人男孩的混局》通过少年冈纳在黑人社区、白人学校、犹太人社区混杂的洛杉矶、波士顿的种种经历,通过读中学大学、偷盗、跨国恋爱、篮球赛等行为描写,以成长小说的形式思考了当下复杂的黑白文化关系及黑人自身的选择问题;《背叛》以倒叙手法讲述黑人青年在生活中受到的一切迫害,一切都在背叛他、离开他,父亲去世、童年受伤、家乡没了、法律不平等、语言丧失,这些一般人依赖的生存条件都离他远去,于是他也在背叛一切,以充满不平的态度和各种叛逆的语言背叛社会,最后他走向最高法庭,要求在一个虚构的洛杉矶社区带头恢复、重振奴隶制和种族隔离,具有较强的讽刺效果。

加纳裔黑人年轻"80后"女作家雅·吉亚西的《还乡》(2016)给她带来了声誉,小说大胆借鉴了托妮·莫里森、马尔克斯、詹姆斯·鲍德温、爱德华·P.琼斯和乔帕·拉希里等人的创作,来激发自己的灵感,小说以加纳黑人巴巴的两个女儿不同的生活轨迹为线索,表现了黑人在不断的被贩卖、流散过程中的生存、教育、情感、婚姻、恋爱、就业、生死等复杂问题:一个线索是巴巴的养女埃菲娅真实身份是一个女黑奴的私生女,巴巴对她很凶狠,因她长得美丽,长大后嫁给了海角城堡总督的英国人詹姆斯·克林斯,生了第一代混血男孩奎伊,奎伊又在回避同性恋男友库乔的情况下,娶了阿萨特部落首领的女儿,又产生了族裔的混血,生下了儿子取名詹姆斯,小詹姆斯从小崇拜祖父克林斯,他长大后得知祖父去世,就回到阿萨特岛屿,巧遇农家女阿克苏·门萨,两人一见钟情,在祖母埃菲娅的帮助下逃离了政治交易式的婚约,与阿克苏结婚,二人又生下了自己的女儿阿贝娜……另一个线索是二女儿艾西由于同情逃跑的黑人而被关进地牢遭受了强奸,后被送到美国,在美国生下了自己的女儿奈丝,奈丝从小受到殴打背上留下了伤疤,不能成为家庭中的奴隶只能去种植园,嫁给了一个不会说英语的黑人,他们又生下了儿子科乔,后来他们一家三口试图逃亡到美国北方,逃离奴隶制的南方,在遭受追捕的过程中两个人为了保护孩子而主动被抓住;后来科乔改名弗里曼在巴尔的摩生活并娶了一个自由的黑人女子安娜,生下了八个孩子,后来科乔的身份泄露被绑架失踪,以后他们的后代马库斯几经周折返回到了老祖母曾经生活的加纳海角海岸堡,完成了寻根。小说两条线索较为复杂,时空跨度长,细致地表现了黑人奴隶家庭破碎而辛酸的历史。

黑裔小说、艺术表演家詹姆斯·汉纳姆的《美味食物》(2015)用隐喻的手法以斯科蒂这个人物为中心,叙述了走回奴隶制时期的那段历史,表现南部黑人绝望和被奴役的生活圈,揭示了出色的黑人是如何被剥夺自由与生活权利的种族主义,黑人美国梦的破灭,讽刺了奴隶制、剥削、毒品,也歌颂了爱情和美好的愿望,从这个意义上看,《美味食物》是一则现代奴隶制的有力寓言,也是一部增加了新的文学与思想元素的创造性作品。

生于喀麦隆林贝城的英伯洛·姆布是美国近年新锐小说家代表,留学工作在美国,她最新的代表作是《看着这些做梦的人》(2017)以2008年金融危机前后为背景,描写了一对来自喀麦隆的年轻黑人夫妇在纽约追求美国梦的过程:2007年秋季,詹德·乔加成为雷曼兄弟的高级执行官克拉克·爱德华兹的司机,尽管辛苦,他也很珍惜这个出入华尔街的工作。他的妻子内妮被雇为克拉克的家庭帮手,勉强维持生计,他们希望新获得的职位能实现他们的"美国梦",为6岁的儿子提供更好的生活,与此同时内妮又怀孕了,进一步增加了负担,但是他们都认真工作,希望实现自己的理想;内妮在业余时间努力学习,希望成为一名药剂师。但由于金融危机和美国移民政策,他们不仅拿不到绿卡,还失业了,最后不得不放弃美国梦,回到喀麦隆的老家林贝。小说探讨了美国当下众多流散者移民的乐观生存态度及当下美国政府对待移民的矛盾政策,属新生代流散主题,改变了过去流散文学大都回到历史中去思考黑人问题的做法。

另外,科尔森·怀特黑德同样是新生代黑人流散族裔作家,出生于纽约城,成长于曼哈顿,毕业于哈佛大学;他以非凡的想象力重写历史、表现黑人命运,《直觉主义者》(1999)、《约翰·亨利时代》(2001)、《萨格港》(2009)、《一区》(2011)、《地下铁道》(2016)、《镍学院男孩》(2019)等作品每一部都体现了他的独创精神。其中《地下铁道》重现了南北战争之前美国奴隶制黑暗的历史,小说以黑奴少女科拉从地下铁道逃亡到北方的故事,冷静地描绘了奴隶制与种族歧视的真实图画,启示当下美国社会及全球客观地对待历史。《镍学院男孩》则通过来自美国南方的黑人男孩埃尔伍德因无辜的错误而被送进镍学院进行劳教的过程,表现了 20 世纪 60 年代民权运动前后美国黑人的命运,镍学院打着提供"身体、智力和道德培训"、培养"可敬和诚实的人"旗号,事实上,镍学院是一个怪诞的恐怖之地,在那里,残暴的工作人员殴打和性虐待学生,腐败的官员和当地人偷窃食物和供应品,任何抵抗的男孩都有可能被迫害消失。当发现自己身处如此恶劣的环境中时,埃尔伍德试图抓住马丁·路德·金的名言"把我们扔进监狱,我们仍然爱你"来自保,而他的朋友特纳认为埃尔伍德太天真了,这个世界是扭曲的,唯一的生存方式是策划逃跑和避免麻烦。同时,这个小说也从更普遍的意义上批判了美国劳教学校的弊端。

综上所述,根据美国黑人流散的历史与流散文学创作的成就,结合美国社会政治、经济、文化发展变化的历史,我们对美国流散文学作了不太严密的历史分期,这样基本上能够梳理出流散文学发展变化的脉络,以便进一步进行研究。21 世纪以来,美国社会发生了一些变化,黑人流散族主要是多重移民,黑人作家的创作主题也在发生变化,在一定程度上改变着美国黑人流散文学的面貌。

(二)美国黑人流散文学的主题

作为非洲种族,因奴隶贸易被迫流散欧美等地,黑人群体经历了身体的漂泊、流散而居的过程,也遭受了种种歧视与压迫;文化上他们遗传的非洲文化是他们不可抛弃的文化宿命,他们必须接受,但又被长期人为地列为低等的,这造就了部分黑人祖先文化认同危机,而优势白人文化的吸引,使得部分黑人在内在思想与心理上试图接受白人文化,形成黑皮肤白面具、黑外内白的二重认同矛盾;从国家认同上他们大都觉得非洲是一个只能回忆而不可能完全回归的想象家园,试图融入国家、效忠国家,但历史上他们又都被剥夺了效忠的权利;随着全球化的到来,美国种族歧视意识的褪色,黑人融入美国主流社会,多元化社得到确立与认可,黑人在各行业的地位也有所提升。反映到文学创作上,黑人流散文学风格也呈现出多样化趋势。

首先,黑人流散生存与边缘化主题。这是黑人流散文学表达最多最长久的主题。黑人作为没有人权、失去自由的奴隶在文学中得到表现,黑人面对白人文化的选择、自身文化认同、非洲文化记忆、黑人与主流社会关系、种族主义对黑人的迫害、种族解放与平等、跨界婚恋、黑人社区与白人社会的关系、黑人对主流社会建设的贡献等问题,都成为流散主题反映到创作中。黑人移居流散后,其生存处境、政治地位、经济地位、教育地位、文化处境、精神信仰等各项人权都处于被分割、被剥夺的状态,黑人流散作家杜波依斯深切地指出了这种撕裂情形:"在美国社会中的一个(黑)人总是感觉到他的两重性——自己是美国人,而同时又是黑人;感觉到两个灵魂,两种思想,两种不可调和的努力;在一个黑色躯体里,有两种相互较量的思想,它单凭其顽强的力量避免了被撕裂开来。"[①]如赖特的《土生子》等作品是这一主题最强烈的表现者。黑人受尽主流白人文化的歧视和压迫,没有自我,没有文化传统,不具有人格,只是个影子。美国黑人生活在重压之下,生活在这样的社会困境中,黑人对白人永远充满着仇恨、恐惧、愤世嫉俗的复仇情绪。歌劳莉亚·奈勒在《布鲁斯特地方的女人们》和《林墩区》中,以"井"的意象表现黑人生活处境:处于井底又无力揭开井盖,阻挡黑人打开井盖的不是黑人自身,而是美国白人主流社会。

其次,黑人流散文学表现强烈的黑色、黑人性特征,这是黑人要求权利平等的文化策略,也是行之有效的艺术传播,从文化创造、文学创作上肯定黑人价值,从思想态度与文化认知上改变白人世界对黑人的偏见,这些文化因素证

---

① 王守仁、吴新云:《性别·种族·文化:托尼·莫里森与二十世纪美国黑人文学》,北京大学出版社 1999 年版,第 100 页。

明黑人的智慧、伟大而不是劣等民族。哈莱姆文艺复兴的主要目标就是展现黑人文化与文学的价值,许多运动参与者著文章倡导、写小说表现、写诗歌颂扬、用戏剧表演、以音乐传唱,很好地向美国社会、西方社会展现了黑人文化光辉,以争取黑人的地位与权利。诗人代表休斯就号召作家们从黑人文化传统中寻找创作题材与灵感:"黑人下层劳动人民,为艺术家提供了丰富多彩、独一无二的创作素材,因为这些素材在美国标准化生活方式中仍然保留着自己的个性。"①佐拉·尼尔·赫斯顿的4部长篇小说《约拿的葫芦藤》(1934)、《她们仰望上苍》(1937)、《摩西,大山之子》及《苏旺尼的六翼天使》(1948),两部民俗学著作《骡与人》(1935)、《告诉我的马》(1938)等作品都可以称为黑人文化元素的文字式博物馆,里面丰富的黑人民俗及黑人生活生存思想,彰显出黑人文化身份,也是作者通过文学样式激活黑人文化的意图所在。这些黑人文化元素,让白人对黑人的丰富文化有了较好了解,进而更好地了解黑人种族。但是在白人中心的社会,为了能够出版,她又采取了隐喻曲折的表现方式。哈莱姆文艺复兴的重要人物克劳德·麦肯两部作品《回到哈莱姆》《哈莱姆的身影》把黑人作为文明之子而歌颂,展现他们无拘无束的性格、强烈的种族认同感,表达对黑人的同情和对压迫者的痛恨,肯定了黑人勇敢的反叛精神。另外,卡伦的诗《然而我确实称羡》、班图的《甘蔗》等对黑人世界、黑人生活、黑人民族充满自豪感,以真实自然的感情表达对自己民族普通生活的热爱。

莫里森小说中的黑人民间传说、音乐、习俗、节日、食物、舞蹈、信仰等都体现了黑人文化的丰富性与无限活力。

从1770年到今天250多年的黑人流散文学史上,绝大多数作家都怀有恢复黑人文化的努力与愿望,大西洋中贩运奴隶的中间通道、民间传说、黑人音乐(以布鲁斯与爵士乐为主)、黑人歌谣、哀歌、圣歌、黑人女性、黑人美学等方

---

① Langston Hughes, 'The Negro Artist and the Racial Mountain', see Caryn Wintz ed., *The Politics and Aesthetics of "New Negro" Literature*, New York: Garl and Publishing, Inc., 1996, p.196.

面都是黑人流散文学表现与传播的主题。正如杜波依斯等所主张的那样,要对黑人文化进行宣传,文学的重要使命也是宣传黑人文化,这也是寻求民族自由、平等的重要方式。黑人文化元素当然也是标记黑人独特性、创造性的重要文化形态,在本质上与其他文化形态是同样重要的,没有贵贱之别,如关于黑人圣歌,文艺理论家艾伦·洛克给出了很高的评价:"黑人圣歌是迄今为止黑人最富于创造力的产物,是真正的民间天赋,由于它们动人的质朴、独创的新颖以及普遍的感染力而跻身于世界优秀民间表现手法之列。"①

1976年黑人流散作家亚历克斯·哈利出版了用12年写成的家族小说《根》,根据祖母的叙述,追溯到他家族的六代以上的祖先昆塔·肯特来自非洲西海岸冈比亚,原来昆塔在非洲是自由的,而成为黑奴之后,在美国子孙几代人都要过苦难的生活。小说取名"根"显然表明对黑人文化之根的追寻,也是自己正视黑人文化的体现,更希望白人社会以平等的意识对待黑人文化。

寻根、黑人文化、黑人特性、文化自信在许多寻求黑人自由平等权利的创作中都有表现,也引起了不少研究者的重视,黑人文学理论家艾伦·洛克在研究黑人文学时提出了"新黑人"的概念,倡导黑人解放成为自由的"新黑人",他们既有经济财产的独立,也有共同的种族文化遗产,他们的民族意识与团结精神应当得到表现,而文化就是表现确定其身份的重要手段,并强调采纳泛非主义观点②。

当然,这种"黑人性"如果变成是讨好白人社会固有的黑人刻板印象——粗暴、色情、贫穷、智商低等种族主义者期望的"黑人形象"则是极其反动的,也违背黑人文化倡导的真正目的,与真正富有活力的黑人性完全是两码事。美国当代黑人小说家珀西瓦尔·埃弗雷特在2001年发表了小说《抹除》,通过作家蒙克进行小说创作的方式,以小说套小说的方式,批判了白人对黑人的

---

①　[美]弗兰克·蒂罗:《爵士音乐史》,麦玲译,人民音乐出版社1995年版,第13页。
②　参见[荷]瑞恩·赛格斯:《全球化时代的文学和文化身份构建》,《跨文化对话》1999年第2期。

固有成见与刻板印象,也讽刺了那些以展现黑人落后、无知、暴力、色情等内容以讨好白人读者的文学创作。

最后,寻求黑白融合的可能及策略,消除黑白隔离,站在全人类平等的角度思考整个人类命运处境,寻找身份,由流散状态向整体性、统一性、明晰性回归。古典流散者大部分是被迫迁移,由原来明晰的生活环境、明确的种族身份、清楚的文化认同状态进入一个陌生自然、人群、政治、社会与文化环境中,陷入少数、边缘境地,在保持原有文化身份与接受移居地文化上产生了冲突,种族隔离与歧视成为常态,甚至被伤害、杀害等,这给流散族带来了空间的压迫,他们成了他者、异族、外来者,没有权利与权力,现实生存与文化认同艰难,漂泊、无根、焦虑、跨界或混杂成为他们存在的基本状态。随着时间的推移,流散族裔代际更替,流散者的文化认同变得更加模糊、混杂,但是他们都试图适应流散地,于其中寻找明确的身份,向完整的、统一的身份回归;而现代流散者因全球化等各方面的变化,更多的是主动流散迁移、定居,在人身自由、种族歧视上受到的伤害小得多,但与古典流散者一样要面对文化与精神身份的变化。这样,原来身份的模糊、新身份还没有明确的过程,就是流散者群体身份变化与再定位的过程。从流散、漂泊、无根到扎根、定居,是流散者共同的愿望,也体现了人类对身份确认的共同追求。美国黑人流散文学中描写了大量黑人面对自己种族的思考、面对白人文化的探索,寻找自己族类的地位与身份,他们作为长期的文化迁移者,如候鸟一样不断寻找栖息地、落脚点,由不定走向安定、由边缘走向中心、由散落走向同一、由模糊走向清晰。如拉尔夫·艾里森的《看不见的人》表面上看写黑人青年在纽约这个白人主导社会中艰苦的奋斗过程,主人公没有名字,似乎是个看不见的人,他自身也发现了这个特点。黑人的悲苦命运,黑白共处与冲突的状态,都呈现出来,黑人在冲突的文化地带各种心态也得到表现。主人公时常努力使人"看见"自己,使得自己看清楚自己,但是在主流社会环境中,许多人与事都与他的主观愿望相反。

二、英国黑人流散文学及流散特征

如果追溯黑人在英国活动的足迹,其历史要比美国长久得多,大约公元 3 世纪古罗马帝国北非士兵奉命驻扎在大不列颠岛时就有黑人到来。其后在英国历代社会变迁与世界局势动荡中,大批黑人来到英国,据统计,第一次世界大战前约一万多黑人居住在英国,只是英国白人为保持自己种族的"纯洁性"对黑人的历史采取了人为忽视的态度①。从政治、经济、文化、历史等各方面黑人都没有被列入正史受到应有对待,黑人文化与文学几乎被人为地删除。但不承认不等于客观上不存在,早在 16—19 世纪许多英国白人作家笔下就描写了许多生活在英国底层的黑人形象,文艺复兴时期英国文学中就有不少这样的形象:"如托马斯·皮尔的《阿尔卡扎之战》,莎士比亚的《泰特斯安特洛尼克斯》《奥赛罗》,托马斯·德克等人的《欲望的统治》,其中的黑人大部分都被描写成不可救药的异教恶棍,具有残忍和淫荡等特点,下场也都很悲惨。"②但也有一些被当作正面形象、主要人物加以塑造的,如英国 17 世纪作家阿芙拉·贝恩于 1668 年发表的《奥鲁诺克》中就写到了一个黑人部落群体的领袖,黑人主人公奥鲁诺克虽然不是流散者,但是他在他的部族表现勇敢、英俊、大气,具有帝王之相,即使被贩卖成为奴隶,他也大胆反抗,带领本族为自由而战,到死不屈服。作者对黑人主人公的描述与当时作家对白人英雄的描写并无太大区别:"执著于爱情和荣誉的奥鲁诺克从相貌到行为都是遵照罗曼司的传统构思的,和该时期悲剧中的英雄也庶几近之。"③莎士比亚名剧《奥赛罗》中的摩尔人奥赛罗就是来自非洲的英雄人物,尽管他与白人女子苔丝狄

---

① 参见张建萍:《全球化背景下当代英国黑人文化的变迁》,《江西社会科学》2016 年第 4 期。

② 张戈:《英国文学中黑人形象的沦落与种族主义的起源》,《外国文学评论》2013 年第 3 期。

③ 黄梅:《推敲"自我":小说在 18 世纪的英国》,生活·读书·新知三联书店 2003 年版,第 23 页。

蒙娜的恋爱也曾因种族不同而遭到反对,但是他的形象是高大的、勇敢的、正义的,也是他获得贵族公主爱慕的原因。从流散研究的角度看,《奥赛罗》开创了文学史上表现跨种族恋爱与婚姻、探讨种族与文化主题的先河。另外,莎士比亚十四行诗中的神秘黑肤色女子形象,也与这一主题有着内在联系。

这些黑人形象反复在作品中出现,从另一个方面证明了黑人流散群体在英国长期的存在。据英国学界编辑的一些文学史料记载,早期黑人不仅在英国居住,而且一般都是自由人:"1500 年前后,苏格兰国王詹姆斯四世拥有一个黑人鼓手,莫雷主教有一个黑人仆从,在爱丁堡还有两个黑人修道士,玛格丽特王后则有两个黑人侍女。这些黑人都是自由人,享有王室仆从的正常待遇,还不时收到王室的一些钱财赏赐。"①后来,亨利七世和亨利八世的宫廷里,也活跃着一些黑人乐手的身影。至 16 世纪后期,英国成为大西洋黑人奴隶贸易的推手,使得更多黑人来到英国成为流散者。

第二次世界大战后,英国及所辖殖民地战后重建,需要大批劳动力,英国政府颁布了《1948 年英国国籍法》,放宽移民政策,允许移民获得英国国籍,形成了少数民族有色人种移民英国的高潮,黑人自此也大批进入英国。1948 年6 月 22 日,"帝国风驰号"轮船把 492 名加勒比黑人移民运至英国,英国政府正式在历史上承认黑人在英国的历史地位与国籍权利,之后几年间共有 10 多万从加勒比或通过加勒比流散移居到英国的黑人,到 1990 年以后,增加到300 万人,占英国总人口的 5.5%②。但是种族歧视仍然存在,黑人到达英国后,在底层社会作着努力,积极融入英国社会。20 世纪 70、80 年代以来,全球化进程加速,黑人在英国融入的过程比在美国的要快,文化混杂化程度更高。值得一提的是,自第二次世界大战至今 70 多年里,黑人在英国的流散过程及

---

① Paul Edwards, 'Black Writers of the Eighteenth and Nineteenth Centuries', see David Dabydeen ed., *The Black Presence in the English Literature*, Manchester: Manchester University Press, 1985, pp.50-51.

② 参见 Ceri Peach, 'Introduction', see C.Peach ed., *Ethnicity in the 1991 Census*, London: HMSO, 1996, p.8。

其贡献,已被写入英国正史。

英国黑人作家的创作活动始于 18 世纪初期,至今已有 300 多年的历史,但因英国白人主流社会故意排斥,黑人群体与黑人文学、文化活动在 1948 年之前是完全边缘化的,英国黑人流散文学成就主要是此后取得的。主要分为四个时期:一是 1948 年前的潜在期;二是 1948—1970 年的第一代流散作家创作爆发期,为英国黑人流散文学的第一个高潮;三是 1970—1990 年的第二个文学高潮期;四是 1990 年以后黑人流散后裔作家的成长发展期。

1948 年前英国黑人作家比较少,一些英属殖民地的黑人流散知识分子的创作也没有受到重视,创作主题内容主要表现奴隶的悲惨生活及废除奴隶制的呼声。代表作家有 18 世纪的小说家伊格纳提亚斯·桑丘、奥兰多·艾奎亚诺、女诗人菲力丝·维特利等。19 世纪末 20 世纪初,加勒比海混血裔作家简·里斯成为英属殖民地黑人流散作家中的佼佼者,文学成绩突出,有短篇小说集《左岸》《四重奏》《离开麦肯齐先生之后》《黑夜中的旅行》和《早安,午夜》等系列小说。她的创作反映了部分黑人流散的生活与命运,但是由于她父亲是威尔逊人,母亲是一位混血的白人,从种族上看她是具有黑人混血血统的流散作家。

英国黑人流散文学第二个时期(1948—1970 年)是第二次世界大战后黑人移民英国高潮带来的,这些作家可以看作是从母国加勒比、非洲等地移入英国进行创作的一代作家,主要有乔治·拉明、山姆·塞尔文、尤娜·玛森、德里克·沃尔科特、爱德华·卡莫·布拉斯怀特、威尔森·哈里斯、安德鲁·萨尔金等。乔治·拉明的《移民》和山姆·塞尔文的《孤独伦敦客》都致力于描绘加勒比海移民在英国的曲折经历与面临的文化失根之痛,正如印度来的奈保尔一样,他们表达了同样的主题。这些作品的主角都是孤独的年轻男性移民,他们为生存而苦苦挣扎,却依然感到无所适从。

第三个时期(1970—1990 年)主要受到整个英国的移民族裔文学大发展影响,黑人流散文学也形成创作高潮。同样是移民到英国的印度流散族裔作家奈保尔、拉什迪在国际上多次获得大奖,鼓励了少数流散作家的创作,也激发了黑人流散作家的创作热情,男性作家大放光芒,如卡里尔·菲利普斯、弗莱德·达圭尔、大卫·达比狄恩、米歇尔·克里夫和茱莉亚·阿尔瓦雷兹等都取得了丰富成果;女性作家同样不让须眉,创作水平高、产量高,主要黑人女作家有:来自尼日利亚的布奇·埃默切塔,作品有《在沟里》《二等公民》《新娘的价钱》《双重枷锁》《母亲的快乐》和《吉哈德》;理论家保罗·吉尔洛伊的母亲里尔·吉尔罗伊,她来自加纳,代表作有《黑人老师》;来自南非的洛丽塔·尼科伯,代表作《金十字架》讲述了一个南非黑人女性跟随丈夫参加反抗种族隔离斗争的故事,由于受到当局迫害,女主角只好带着孩子们颠沛流离,成为彻底的流散者;来自牙买加的琼·莱利,代表作《无所归依》表现了黑人女子在英国经受的物质与文化上双重失根与无归依感;同样,加纳裔女作家莫德·苏尔特代表作《作为黑种女人》表现了黑人女人的种种不幸福,对女性地位特别是黑人流散女性权利、地位提出了尖锐思考。

第四个时期(1990年以后)英国黑人流散作家主要以出生、成长在英国的第二代黑人为主。代表作家有安德丽娅·勒维、博纳迪恩·伊娃瑞斯特等。一般来说,第三代、四代流散者大部分没有了先辈们那种强烈的文化焦虑,更能融入流散地的生活,但是由于东道国长期的固有成见,也有部分作家表现了鲜明的流散主题,这些作家有牙买加裔安德丽娅·勒维,代表作《燃烧屋里的每盏灯》以第二代黑人流散后裔为主人公呈现流散主题,小说中的女主人公安吉拉觉醒程度已经比先辈们更高,且反抗与自立能力更强,面对白人的排挤,她表现出充分的自信心和生存发展勇气。当然,长期的白人中心主义、男权中心主义不可能完全消除,作为黑人女性在很多时候仍承载着种族、性别双重歧视带来的重压,勒维的另一部小说《无处可去》叙述了两个十几岁的牙买加黑人女孩在英国成长的故事,运用成长小说体裁,表现出黑人女性获得独立、自主权利的艰难历程。

20、21世纪之交,黑人流散文学的地位与影响提升,与美国情况有些相同,英国也出版了一批黑人学者研究黑人流散文学的作品,如大卫·达比狄恩的《西印度和英国黑人文学导读》介绍了一批黑人流散文学作品,詹姆斯·普罗科特的《居住之所:战后英国黑人书写》,对自己 2000 年编辑的《黑人英国》一书中自 1948—1998 年的黑人流散文学作品进行了分析,揭示了战后黑人文学与文化再生产的问题,涉及一些黑人文化生产关键场所:如黑人经常生活的地下室、街道、咖啡馆、火车站、旅游景点、郊区和城市、北部和南部等;2005 年卡迪·赛西的《书写黑人,书写英国:从后殖民到英国黑人文学》则把后殖民文学与黑人流散文学结合起来研究,其实后殖民理论家的许多研究都是从黑人流散文学文本出发的;另有维多利亚·阿瑞娜等的《英国黑人书写》(2004)和《21 世纪英国黑人作家》(2009)等。这些研究成果表明黑人流散文学逐渐得到了英国主流文化界的承认,并与世界黑人流散文学构成了人类流散文化长廊中的独特风景。

虽然英国黑人文化与黑人流散群体的历史地位得到承认最晚,但是黑人在英国生活中融入英国的速度较快、程度较高,流散文学中突出的主题主要为黑白文化从冲突到混杂(hybridity)、混生(metissage)、融合(mestizaje)①,这是许多黑人流散文化研究者得出的共识,也是英国黑人流散文学最为突出的特征。

第一,表现黑人命运与文化冲突。作家有卡里尔·菲利普斯、弗莱德·达圭尔、大卫·达比狄恩、米歇尔·克里夫和茱莉亚·阿尔瓦雷兹等。达比狄恩的《一个妓女的堕落》通过一名生活在伦敦的、经历了大西洋贩奴运动的非洲老人芒格的一生展现了英国黑人奴隶贸易的罪恶。菲利普斯的《渡河》讲述了一位非洲父亲因庄稼歉收卖掉 3 个子女、使他们终生为奴的故事。小说围绕沦为奴隶的 3 个子女的命运展开,其中第三章"渡河"由信函组成,写信者是英国奴隶贸易者詹姆斯·汉密顿,他对奴隶贸易心怀愧疚,不断写信给妻子

①　参见 Yogita Goyal,'Theorizing Africa in Black Diaspora Studies:Caryl Phillips' Crossing the River',*Diaspora*,Vol.12,No.1,2003,p.15。

以减轻内心的罪恶。除此之外的代表作品还有格瑞斯·尼库拉斯的奴隶三部曲《卡伊瓦纳的孩子们》《卡伊瓦纳交易所》和《卡伊瓦纳之血》。

第二,表现"帝国风驰号"事件,描绘黑人到达英国社会生活。作品有安德里娅·利维的《小岛》、乔治·拉明的《移民》、山姆·塞尔文的《孤独伦敦客》和《最后的旅行》,它们均以"帝国风驰号"为背景,讲述了乘坐"帝国风驰号"到达英国的首批加勒比黑人在英国的生活。在英国主流历史叙事中,人们往往把 1948 年之后英国从海外移入黑人劳动力作为黑人在英国历史的开始:"为吸引劳动力,1948 年英国政府颁布了新《移民法》,规定凡是进入英国的移民均可无条件获得英国国籍。1948 年 6 月 22 日,英国'帝国风驰号'客船载 492 名英属殖民地牙买加和特立尼达移民,抵达英国伦敦蒂尔伯里码头。此后十几年内,约有 125000 名加勒比黑人进入英国,因此'帝国风驰号'事件被英国社会公认为黑人正式到达英国的开始。"①这四部作品被视为最能反映"帝国风驰号"事件的代表作。

第三,表现黑人女性流散者在伦敦等大城市的无根、漂泊感。作品有简·里斯的《黑夜中的旅行》,女主人公在伦敦经历了种种磨难,这种磨难比奈保尔当年在伦敦学习与工作的经历更可怕,伦敦成为折磨黑人女性之邪恶而野蛮的象征;山姆·塞尔文的《孤独伦敦客》中主人公摩西斯及同族在伦敦成了彻头彻尾的"漂泊者",如浮萍无栖居之处;埃默切塔的代表作《二等公民》《格温德林》突出强调了白人社会对黑人的排斥与歧视,在这种排斥下黑人在伦敦生存境况异常困难;琼·莱利的《无所归依》是这方面主题的典型代表作,主人公雅辛斯(Hyacinth)作为黑人女子在伦敦这个白人主导的社会里处处感到被排斥,她处于学校最末等地位,学生嘲笑她,老师歧视她,同样作为流散者的混血儿也高她一等;后来离开学校、家庭到黑人接收中心、儿童之家、少年犯改造所,同样有白人敌视的目光伴随着她。自己的弱小和白人的强大,使得她

---

① 张建萍:《近三十年来英国黑人历史书写的变迁》,《解放军外国语学院学报》2015 年第 2 期。

也希望有白人那样的外貌、头发,这种经验与期望和莫里森小说《最蓝的眼睛》中的佩克拉非常相似。这是文化失根后的痛苦表现,也是黑白文化间冲突矛盾与认同的表现。在英国社会无所归依,而当她获得奖学金返回牙买加苦读学位时,却发现她原来印记中美好温馨的家园处于脏乱、落后、贫穷中,这个家她也回不去,成了漂泊者、无根人,也成为一个矛盾性格的人——她惧怕白人、充满奴性、没有骨气;而在自己同种同宗人面前又骄傲自满,看不起自己的同类,成为白人歧视者的同谋,把别人都不放在眼里;在英国她无法融入社会,白人不接纳她,而回到故土她试图认同家乡,却不被家乡认可接纳,自己也无法认同家乡,终于成为一个边缘人、中间人。她的名字就带有其命运的象征性寓意,借用了古代希腊神话中海辛瑟斯与阿波罗的故事,把海信子这种植物的传说与主人公无根性、漂泊性身份巧妙结合起来,表达了黑人女性无所归依的状态。种族与肤色歧视、家庭暴力与女性问题、不断的思乡等黑人永恒主题在她身上也得到了很好的表现。

第四,英国黑人流散文学中更多的作品表现了黑白文化混杂、混生、融合主题。代表作家博纳迪恩·伊娃瑞斯特的《皇帝的宝贝》(2001),是描绘黑人悲惨历史与身份寻求的杰作,表现为三个方面:一是作者极其真实地描述了公元前英国黑人的生活,读者如同亲身参加了有着火烈鸟舌头切片和爆炒孔雀大脑等菜肴的古罗马宴会,在圆形剧场观看角斗士竞技,游历古罗马浴场等场所。二是小说混杂的特征。作品中的古罗马城里到处都是现代伦敦的痕迹,贵族们穿着阿玛尼、古奇等现代名牌服饰,角斗士们更是哼着流行歌曲,他们的语言混合了英语、拉丁语、意大利语、苏格兰俚语等。这种混杂的书写策略暗示很早以前黑人就存在于英国,同时也暗示英国历史从一开始就与黑人历史融合在一起,二者不可分割。三是小说中反复强调对身份诉求的主题。祖雷卡虽生于英国,但她是个黑人,从小到大父母都不断地给她灌输关于母国苏丹的一切,因此婚姻生活并不如意的祖雷卡总是探求自己的身份来源,而最后她在与罗马帝国皇帝普蒂米乌斯·赛维鲁的私情中找到了慰藉,但这也让她走向了毁灭。祖雷卡的身份诉求象征着英国黑人在英国主流文化中对自我地位的探求。

第五,反映黑人流散族融入英国社会的艰难过程。卡里尔·菲利普斯也是英国黑人流散文学中的代表作家,创作了一系列反映黑人生存、发展与融入主流社会的作品。在他的系列作品中奴隶贸易与种植园的悲惨历史、英国黑人的边缘化命运、犹太人惨遭屠杀的历史、种族主义、殖民主义等得到再现,如《高地》《最后的通道》《剑桥》《渡河》《血液的本质》等。他在 21 世纪初也有不俗的创作表现,如《大西洋之声》《远岸》等。这些作品生动形象地表现出黑人流散族群的复杂流散历程,成为文学研究界重点分析的文本,菲利普斯也因此被称为是黑人族裔流散研究的"活地图"①。

黑人流散诗人也通过诗作表达了争得文化认同、赢得社会地位和生存空间、融入英国社会的愿望。林顿·科威西·约翰逊诗歌戏剧集《生者与死者的声音》表达了对种族压迫的反抗对暴力行动的反思和获得身份的愿望,诗集《恐惧、敲打和鲜血》融合黑人文化元素和英国语言文化元素,以艺术形式的融合表达文化自尊与融合的主题。女诗人格里斯·尼科尔斯的诗集《我是一个记性好的女人》《胖黑女的诗》《一个懒女人的懒想法》则以女性视角与素材表现非洲裔人对文化身份和女性尊严的追求;诗人兼小说家弗莱德·达圭尔以诗集《英国主体》、《权利法案》和小说《最长的记忆》等把加勒比因素与英国特性、非洲口语与英国口语、非洲诗歌形式与英国诗歌艺术相结合,体现黑人流散文化与英国文化已融为一体的事实:"本来的英国身份中其实就包含着加勒比的因素。"②

① Maya Jaggi, 'Tracking the African Diaspora', *Manchester Guardian Weekly*, 30 May 1993, p.28.

② Frank Birbalsingh, 'An Interview with Fred D. Aguiar', *Ariel* (Calgary, Alberta, Canada), Vol.24, No.1, 1993, p.142.

三、加拿大黑人流散文学及流散特征

加拿大黑人流散历史也比较长，据美国学者罗宾·温克斯《加拿大美国黑人史》记载，从 1628 年起就有黑人生活在加拿大，至今已近 400 年。书中介绍了早期黑人奴隶的来源，美国独立战争时期黑人的效忠派，南北战争时期逃亡到加拿大的黑人，还有以后历代移居的黑人群体①。随着黑人奴隶贸易在北美的进行，不少黑人进入加拿大地区，同时把黑人文学带到了加拿大，最初同样是非洲黑人民间文学的移植；加拿大黑人文学研究专家克拉克总结了它与美国黑人文学的区别：加拿大黑人文学早在 18 世纪末就已经存在，并不是 20 世纪 50、60 年代加拿大移民潮以后才出现；加拿大黑人文学是一个自立、自为的有机个体，虽然与美国黑人文学有关联，但从根本上讲是加拿大本土的产物，有完全不同于后者的文化特质②。

而与美国黑人流散文学相同的是，早期加国黑人流散文学的主题也主要是写黑人苦难、对故国的依恋、身份认同的焦虑："早期加拿大黑人的作品从现象上反映黑人在种族歧视下的苦难，近些年来则较多表现内心深处的痛苦。特别是从加勒比或非洲移居加拿大的黑人作家，他们在作品中倾吐对故国文化传统的依恋，描述在加拿大塑造一个完整的自我、追求获得有意义的生活的艰辛。后者往往成为寻找一个共有的价值及生命更深刻的含义的精神探索历程。在这一过程中不同价值观念的矛盾冲突及相互作用是不可避免的，于是就会有对心灵痛苦的审视。"③

不可回避的是加拿大黑人流散文学和英国黑人流散文学一样，主要成就是 20 世纪 50、60 年代以后造就的。与美国黑人流散文学成就相比有一定差距。但是它有自己的独特个性，由于加拿大是一个比美国更加多元的移民国

---

① 参见 Robin Winks, *The Blacks in Canada: A History*, McGill Queen's Press, 1971。
② 参见綦亮：《国外加拿大黑人文学研究述略》，《外语教学》2018 年第 2 期。
③ 王家湘：《漫谈加拿大当代黑人文学》，《外国文学》1994 年第 6 期。

家,黑人奴隶制历史过程也不如美国那么长远,1833 年就废除了奴隶制。黑人在加拿大人数虽少,但是在 20 世纪中叶以来为加拿大社会和文化建设作出了突出贡献,黑人流散文学的黑人性、本土化和多元化融合、混杂发展特别明显,国家认同、民族认同、多元并存的意识更加强大,种族歧视与隔离的现实行为与思想较弱。1988 年加拿大实行多元文化立法,试图达到三点功效:(1)提高少数族裔的自尊,为社会和社会机制培养良好的倾向性;(2)增进不同文化间的沟通和理解,减少压力,降低冲突的可能性;(3)确保先前及之后移民来的少数族裔的平等权利①。这一政策从国家层面强调共存、融合、发展,也为近期黑人流散族群的物质与文化生活提供了法律保障,文学创作中也广泛涉及这一主题。当然这一追求由于历史的原因也暴露出它的矛盾之处,主流白人文化强势地位一时难以在客观上改变,换言之,黑人文化还没有完全和白人文化一样获得实质的平等,这需要一个过程。但是过多强调黑人等多元文化,必然在客观上造成各民族的隔开,也不利于融入的进程。流散黑人形成流散团体、社区、学校、语言文化本身是自保,但同时也是一种自我隔离。

黑人混杂文化身份是加拿大黑人流散作家探讨的核心主题,也是文学批评家们研究的中心问题。黑人作家奥斯汀·克拉克在加拿大生活了 37 年,从内心很反感外人把他看作黑人,而是自认为早就归属的加拿大人,黑人符号只是被加上的,尽管他的肤色是黑的,但是从文化上已经不完全是黑人了,所以他对白人社会对黑人身份的人为建构表达出质问:"我三分之二的时间生活在多伦多,自己怎么会是巴巴多斯人而不是加拿大人? 自己这些年怎能拒绝加拿大文化的耳濡目染,如此'自信'自己(原来)的种族,从而视自己为非洲人? 而且我为何要这样? 难道仅仅是为自己的抗议提供一个更加尖锐的环境吗? 或者更直接点说,难道是为了躲避'黑鬼'、'尼格鲁'、'该死的牙买加人',或'西印度群岛人'这些侮辱性的伤害吗? 我真的看上去更像非洲人而

---

① 参见[加]安顿·L.阿拉哈:《主流族群与少数族群的权利之辨:论加拿大黑人、社会团体与多元文化主义》,《深圳大学学报》2011 年第 3 期。

非加拿大人吗？如果允许这样的推理,那么就是在说加拿大人是白人,非洲人是黑人。而如果他是黑人,就不能出生在这儿,更不可能是加拿大人。"①其愤愤不平之心可见一斑。同样加拿大文学研究界对黑人性与加拿大性的讨论,也表明了这种混杂化身份的奇妙独特性与复杂性,小写的 black 与大写的Black,African Canadian 或 Canadian African,Black Canadian 或 Canadian Black等称谓的变化,都反映了黑人流散身份的复杂性,不同的环境或语境人们就可能使用不同的称谓,也会因人而异,还会因对"黑人性"与"加拿大性"强调侧重而选择不同的称谓。黑人身份长期以来是由白人定义与建构、解释,许多黑人作家都面临这一压力与困境,何况是普通黑人呢。加拿大著名黑人作家托马斯的个人身份就经常遭受白人的质问与刻板定义:经常有白人问他"为何来这里",而不是问他"你从哪儿来这里",如果他的回答不是白人所愿意听到的或按照白人所构想的那样回答,白人就会气愤地说"你哪儿来的回哪儿去"②。

当代加拿大黑人女戏剧家贾奈特·西尔斯既关心黑人处境,又表达文化混合身份的可能。代表剧作有《非洲独奏》《哈莱姆二重奏》《寻找上帝的黑女孩历险记》。《非洲独奏》以自传的形式表达了文化寻根主题,主人公贾奈特是土生的加拿大黑人,按照自然规律不应当与社会有隔阂,但是她从小在学校就受到白人孩子的嘲笑欺压,经常被骂"黑鬼,滚回去",心理受到创伤,缺少安全感、稳定感;贾奈特作为第二代移民,在加拿大成长、接受教育,早已把这里当作自己的家乡。但现实让她在此感到"既陌生又熟悉",形成了一种"无根"的漂泊感,内心深处产生巨大的痛楚。

《哈莱姆二重奏》则是对莎士比亚《奥赛罗》中黑人奥赛罗故事的重写,把

---

① 王玉括、陆建秋:《加拿大黑人的称谓、身份危机与文化认同意识》,《外语研究》2017 年第 1 期。

② 参见 H. N. Thomas ed., *Why We Write: Conversations with African Canadian Poets and Novelists*, *Interviews*, Toronto: TSAR Publications, 2006, pp.xv-xvi。

被莎士比亚笔下没有话语权的黑人女性当作主角来写,将关注的焦点转到奥赛罗和蒙娜的黑白混搭上,这给黑人族群带来强烈的震撼,这种改写转换表现了被边缘化黑人群体的生存状态与精神世界。剧本将故事的场景设置在位于哈莱姆的马尔科姆 X 路和马丁·路德·金大道的交汇处,这不仅给观众提供了戏剧场景设置的地理坐标,更是暗示了黑白两种文化的差别。剧中的比利和奥赛罗分别代表着黑人传统和白人文化,他们对生活道路的抉择不仅折射出黑白两种文化之间的冲突和对立,更是代表了黑人内部在种族、文化身份认同上的双重意识。比利忽视了白人文化对黑人文化影响的事实,固守黑人观念,坚守黑人属性,以黑人为傲,但她将这种对黑人属性的坚守发展到了极致,蔑视和憎恨一切白人属性的价值标准;而奥赛罗则受到白人文化影响完全失去了自己的黑人身份,丧失了自己的黑人属性成为无根人。这两个人最后都没有取得胜利,也没有分清哪个对哪个错,作者留下的问题是黑人文化、白人文化本来就不是哪个对哪个错的问题、哪个胜哪个败的问题,而是如何相处、吸收对方、融合发展、和谐发展的问题。

《寻找上帝的黑女孩历险记》则通过父女两代人探讨白人黑人关系问题,对多元文化主义的缺点进行批判,父亲阿本迪戈通过自己做律师的经历感受到多元文化主义的虚伪,作为黑人他深受种族歧视之苦,同行把他看作怪物、变形人或者是会说话的猴子,遭到无数的贬低与讥讽,因此他认为加拿大反种族运动、多元文化立法,仅仅是条文和表面的,是治标不治本,是"斩草不能除根"。而女儿雷尼相信加拿大政府的多元文化政策,加拿大不再是一个种族主义国家,在这里时代已经变了,加拿大成了她的"迦南圣地"。父女二人截然对立的观点与前面二重奏一样,揭示了黑人内部对白人社会的矛盾认知,也表现了现实中难以消除的种族问题。

在表现两种文化冲突之后,剧作者还试图建构黑人文化身份、白人文化认同、两种文化融合的理想。《非洲独奏》中借助音乐实现了这一表达,西尔斯将饱含非洲节奏的黑人音乐与内含西方审美的西洋音乐完美融合,表达了她对黑＋白人混杂身份的建构。剧作结束时主人公贾奈特身着牛仔裤、T恤衫和一块漂亮的非洲披肩,这种混搭是追求混杂身份的象征,对此贾奈特高呼"我多美",这是对混杂身份的认同,包含着对白人与黑人的双重认同。《寻找上帝的黑女孩历险记》中父亲与女儿都生活在加拿大,是土生的,对加拿大有着生母般的感情,他们具有居住在这里的资格和权利,他们祖辈就已经生活在这里了,阿本迪戈不仅以怀旧的方式追忆在这片土地上耕耘过的祖先,把世代居住的黑人溪当作了精神与现实家园:"我的祖母将生命留在了这条河流中。我的身体也将在这里死去和腐烂,滋养着土壤,使之肥沃。这里将绿草茵茵、鲜花簇簇、灌木丛生。牛吃了这里的草,产出牛奶,我也留在了牛和牛奶里。或许有一天,'黑人溪'地区的某人吃了那头牛,喝了牛产出的奶,就会这样持续地循环进行下去,永不停息。"①女儿雷尼吃土的行为则是对非洲文化身份的回忆与继承,这表明生活在加拿大的雷尼,并没有忘记非洲,非洲文化作为一种"根"的存在,成为族人潜在的文化意识,永远得以传承。西尔斯戏剧中这种双重认同与感情,正是后殖民理论家巴巴所说的那种"中间地带",也是斯图亚特·霍尔所说的"新族性":"新族性认同的建构,既不能固守过去,也不能忘却过去;既不与过去完全相同,也不完全与过去不同,而是混合与杂交的认同与差异。"②它既不是纯黑人性,也不是纯白人性,而是一种混杂性。

　　巴巴多斯流散到加拿大的黑人作家奥斯汀·克拉克,出生在故土,在那里接受了初级教育,1955年移民到加拿大,接受高等教育,并从事写作与教学工作,当过加拿大驻华盛顿大使馆文化助理;其创作主要表现巴巴多斯黑人流散族群在东道国的活动,写他们所受的经济剥削、文化压迫,也写了他们的一些抗争,主要代表作有反映加拿大西印度群岛黑人流散族的三部曲《交会点》(1967)、《幸运风暴》(1971)、《大光明》(1975)及2002年获得加拿大最高文

① D.Sears,'Adventures of a Black Girl in Search of God',*Contemporary African Canadian Drama*,*Volume II*,Toronto:Playwrights Canada Press,2003,pp.581-582.

② S.Hall,'Ethnicity:Identity and Difference',*Radical America*,Vol.23,No.4,1991,pp.16-18.

学奖吉勒文学奖的《锃亮的锄头》。这些小说中都表现了黑人流散者在后殖民时代移居加拿大之后的复杂人生境遇与挣扎。《锃亮的锄头》以主人公自述的方式讲述了两人两代母子的不幸命运与激烈反抗行为:玛丽·马蒂尔达是巴巴多斯受人尊敬的一名黑人妇女,20 世纪 50 年代的一天晚上,她来到警察局向她的老朋友珀西讲述了过去犯下的罪,她杀死了一个富有的糖厂老板贝尔费尔斯先生,玛丽·马蒂尔达曾是一名农场工人、厨房帮工,后来当过女佣,多年来一直是贝尔费尔斯的情妇。她有一个儿子威尔伯福斯,后在贝尔费尔斯资助下成为一名医生。后来,贝尔费尔斯和他的妻子、两个女儿住在一起,把玛丽·马蒂尔达关在远离小镇的种植园郊区的一所房子里,对她很无情,经常羞辱她。玛丽记得小时候她见到贝尔费尔斯时,就是经常受羞辱,第一次见面时,她还很小,贝尔费尔斯用带圈的皮马鞭给她脱衣服,而她母亲在一旁却睁一只眼闭一只眼。由于这个羞辱,她经常产生皮革气味的恶心。长大后,她却成为他的情妇。后来她发现了母亲保守多年的秘密——玛丽自己就是贝尔费尔斯的女儿。这个秘密粉碎了她,激怒了她,她谋杀了贝尔费尔斯。小说中众多女性形象的遭遇表明,在种族歧视和殖民统治时代,黑人流散群体处于深度边缘地位,而黑人女性流散者更是受到了双重的压迫,处于一种极度边缘、无权、无尊严的状态。

女作家埃西·爱德吉安是黑人流散者的后裔,出生于加拿大阿尔伯塔省,其父亲来自加纳,其小说创作始于 2004 年,她的所有作品都涉及黑人流散主题。主要作品有《塞缪尔·泰恩的第二人生》《混血布鲁斯》《无处不梦:家庭观察》《华盛顿·布莱克》。《混血布鲁斯》是比较典型的流散文学作品,小说写第二次世界大战期间由美国黑人、德国犹太人、德国富人组成的一支混血布鲁斯乐队的故事,小说安排了两个叙述线索:一条线索讲述爵士贝斯手西德尼-希德·格里菲斯和他的乐队成员在第二次世界大战前后的命运。1939 年到 20 世纪 40 年代的柏林、巴黎都笼罩在德国纳粹统治与战争的危险之中,作为具有混血成员的乐队,格里菲斯和他的朋友们试图逃离危机中的德国。此时德国种族仇恨盛行,像乐队成员希罗·福尔克是非洲黑人和德国人的混血人种,更是德国纳粹清洗的对象,纳粹称这样的混血德国人为"莱茵兰杂种",可以任意逮捕,让他们消失、死亡。与此并列的是另一个故事的叙述线索,背景是1992年,希德和奇普两个乐队成员重新聚首,回到柏林观看有关希罗·福尔克的纪录片,希德和奇普两人也都出现在影片中。但是他们发现在大屏幕上传达出的生活,与他们预期的有所不同;后来,奇普收到了一封神秘的来信,由此他们又开始了另一个旅程,一个继续跨越国家、跨越时间和他们自己情感的旅程。历史跨度不同的两个线索,反映了黑人命运的昨天与现实。

《华盛顿·布莱克》通过一个11岁的黑人男孩"沃什"的经历,表现了巴巴多斯奴隶制种植园时期流散的黑人奴隶的曲折命运。主人公乔治·华盛顿·沃什·布莱克,出生在巴巴多斯的费丝种植园,生而为奴隶,为残酷的伊拉斯谟斯·王尔德所有。他从小由一个名叫比格·凯特的黑人妇女看管,该黑人妇女在成为奴隶之前也是一个渴望生活的高尚女人。一天,王尔德的弟弟、自诩为科学家的蒂奇来到费丝种植园,测试他的热气球试验原型——"云切割器"号。由此,蒂奇与沃什相识,蒂奇发现沃什是一位天才艺术家,开始训练他成为科学插画家。但是后来沃什在一次煤气爆炸中毁了容。蒂奇的表兄菲力普来到费丝种植园告知蒂奇的父亲死了。不久,菲力普自杀了,而沃什是他自杀的唯一见证人。为此,沃什和蒂奇乘坐热气球——"云切割器"号逃走,但他们的飞行被一场突然的暴风雨中断,气球撞上了一艘由孪生兄弟本尼迪克和西奥·基纳斯特掌舵的商船。基纳斯特兄弟同意把他们带到弗吉尼亚去见蒂奇的朋友埃德加·法罗。法罗是一个废奴主义者,法罗说蒂奇和伊拉斯谟斯的父亲王尔德先生实际上并没有死,而是生活在北极,鼓动蒂奇和沃什出发去北极寻找父亲。与此同时,臭名昭著的奴隶捕手威拉德先生在追捕沃什。

经过一段漫长的北极之旅,蒂奇与父亲得以重逢,但是蒂奇走进暴风雪而失去踪迹。不久,王尔德先生死了。此时沃什还不到16岁,他只身去了新斯科舍省,在那里维持生活,逃避威拉德的追捕。在这里他遇到了坦娜,一个有抱负的插画家,坦娜是著名的海洋生物学家 G.M.戈夫的女儿。于是三人开始合作,收集和展示海洋标本,计划创建水族馆。坦娜和瓦什最终坠入爱河。后来沃什和追捕他的威拉德先生相遇,沃什击退了威拉德的进攻,用刀刺穿了他的眼睛,但自己也受伤。

　　沃什偶然得知蒂奇可能还活着,于是他们三人前往伦敦,在那里开始建设水族馆的工作。他们在寻找蒂奇的过程中也寻找沃什过去生活的信息与线索,他们发现,那个曾经照看沃什的黑人妇女比格·凯特就是沃什的亲生母亲。而不断追捕逃跑奴隶的威拉德因在纽盖特监狱犯有谋杀罪,被判处绞刑,沃什目睹了他的绞刑。最终他们在摩洛哥的马拉喀什郊外的沙漠中发现了蒂奇,沃什与蒂奇面对面交谈,质问蒂奇当年为何不辞而别,而蒂奇也没有给出明确的回答。此时一场巨大的沙尘暴袭击了他们的帐篷,沃什走进了那旋转而起的沙尘,至此故事结束。神秘的结尾留下了一个长长的疑问,启发人们思考黑人的历史、现实与未来:也许在不久的将来,黑人流散族将会彻底走出文化身份的沙暴。

　　进入 21 世纪加拿大黑人流散文学逐渐融入了加国主流文学之中,许多黑人流散作家的创作已经摆脱单纯表现黑人生活与文化身份的主题,似乎已经走出流散文学的边界。由散落、无可归依到完整统一、身份明确也许正是流散者努力的方向,由流散主题到普遍主题也可能是流散文学发展的方向。但是流散文学不会消失,新的流散者会不断产生,新的流散文学也就不断出现。加勒比黑人流散作家安德烈·亚力克西的小说《童年》(1998)、《避难所》(2008)、《十五只狗》(2015)等作品不刻意强调黑人性,而是用淡化黑人性的方式向中心转移,主动向加拿大主流文学、世界文学主流汇入。这种转移主题表现为普遍的人性、生死拷问、爱、善恶、欲望等,黑人形象、黑人生活题材、文化身份等流散主题都淡化了。《童年》里主人公托马斯的外祖母麦克米兰太太是第一代加勒比移民,她成了黑人流散族裔生存的背景式人物,在此背景下托马斯回忆自己的成长过程、与祖辈父辈们的关系、与社会其他成员的人际交往，表现了人们自我认知、相互认知的普遍身份问题，黑人文化与生活隐藏到了文字之后、情节之后，从更深的层面表现了黑人因素、黑人身份、黑人文化与其他文化一样是平等的，黑人的也就是全人类的，全人类应当有的黑人同样可以有，当然，白人主流文化有的黑人文化也有。这就从根本上揭示了贴在黑人身上的文化标签，是人为区分与建构起来的，不符合文化多样性、平等性的要求。《十五只狗》借鉴《浮士德》的开头，以太阳神阿波罗、神使赫尔墨斯打赌开场，他们的问题是：假如动物变成人会如何？阿波罗认为动物有了人的智慧、情感会和人一样变得不开心，而赫尔墨斯则认为动物更开心；就这样他们用神的魔力使十五只狗具备了人类的一切能力，十五只狗开始了人一样的生活，作者用比喻的方式让人类退场，显然试图曲折表达自己的思想，这些动物变成人后，不只是快乐或不快，而是和人类一样复杂、争斗。

《避难所》同样找不到黑人形象，只是通过特立尼达移民叙述发生在20世纪80年代的加拿大政坛故事，表现人与人之间的情感纠结、人对自我的认知，从而思索更深的人性问题；黑人形象与黑人身份问题隐于众人之中，黑人作家书写了普遍的题材，这是黑人文学创作丰富的表现，已走出狭隘的黑人故事、黑人形象、黑人文化界定的围墙，代表黑人看待普通人类命运问题的视角、立场。加拿大黑人流散作家既可以写狭义的流散文学作品，当然也可以写其他种族作家写的同样的题材，特别是第二代第三代后裔，他们可能更加远离黑人文化传统，创作上也可能连隐藏的黑人性也没有了，我们只能说他们的创作不属于流散文学之列了，但绝不能说他的作品不是黑人文学作品。黑人同样可以写世界上任何的题材与内容，不能因为他们写了与黑人题材没有关系的内容，就把这些作品排除在黑人文学之外，因为他们就在那里，在那里写作。因为这些作品仍然是黑人思想与艺术创作的产物。这也许是加拿大黑人流散文学发展动向给我们最深的启示。

综上所述，加拿大黑人流散文学创作进入21世纪以后呈现出繁荣、多元的趋势,特别是年轻黑人作家把黑人群体的生活放到一个对普遍人性思考的场景中展现,使得黑人文学更具有了普遍的文学审美价值,这从另一个维度为黑人文化黑人文学争得了地位。

四、加勒比黑人流散文学及流散特征

加勒比地区是全球流散族群体最为集中的地区之一,黑人、华人、印度人、欧洲人等都散居于此,由于其流散群体来源最多、文化杂交现象最明显,从流散、冲突、融合到多元混杂再到文化再生,使之成为全球化、全球流散的先锋,其文化混合与流散文学成就是流散文化发展的样本,其著名的"克里奥尔化"文化后果,为当下全球流散时代的文化混合与发展提供了典型参照。黑人流散族裔在这里占人口中的多数,在加勒比混合文化生成与发展过程中是一支重要的文化力量,故探讨黑人流散文学及特征,加勒比地区是一处绕不开的神秘之地。

首先,加勒比地区是一个地理概念,处于南北美洲大陆之间,由一些岛屿国组成,它包括古巴、多米尼克、多米尼加共和国、海地、牙买加、巴巴多斯、安提瓜和巴布达、阿鲁巴、巴哈马、英属维尔京群岛、开曼群岛、格林纳达、瓜得罗普、马提尼克、蒙特塞拉特、荷属安的列斯群岛、圣基茨和尼维斯、圣卢西亚、波多黎各、圣文森特和格林纳丁斯群岛、特立尼达和多巴哥、特克斯和凯科斯群岛以及美属维尔京群岛。这种混杂的地理环境为后来的流散族群多样性文化的共存与发展提供了天然的地理条件。

其次,加勒比又是一个历史概念,它与英法西荷等殖民者的入侵与统治紧密相关,这里的命名与范围也和这些历史事件相关,最早被欧洲探险者称为"世界的尽头"[1],并称这里有食人族(Carnnibal),称之为加比人(Carib);航海大发现时期,哥伦布到达这一地区的圣·萨尔瓦多,误把这里当作了东方的印

---

① Mary Lou Emery, *Jean Rhys At "World's End"*: *Novels of Colonial and Sexual Exile*, Austin: University of Texas Press, 1990, p. XIII.

度,后来虽然发现这是个错误,为了区分,历史上把这一地区称为西印度,英国殖民统治时期成为大不列颠联合王国的一部分,统称"英属西印度群岛"。

再次,加勒比又是一个与历史相连的文化概念,新大陆发现后不久,欧洲殖民者就开始了大批的殖民征服活动,把这个地区变成了各种军事、政治、文化依次登场的地方,英国、法国、西班牙、荷兰及后来独立后的美国,这些势力纷纷对加勒比产生了影响,特别是黑人奴隶贸易,通过大西洋的中间通道,大量黑人被贩卖到此,各国白人移民到此,印度、华人劳工也被输入到此,这种外部势力导致的文化输入在当地形成了多彩的文化马赛克状态,对此,张德明总结得很准确:"从全球语境出发来看,加勒比地区是近代以来两个世界(西方与东方)、两个大陆(旧大陆和新大陆)、四个大洲(欧、亚、非、美洲)和四个殖民帝国(英法西荷)激烈冲突的地区。它是最早的世界性移民地区之一,是多种不同的种族、语言、宗教与文化传统杂交和融合的十字路口。"[①]对于各种文化来相聚的加勒比,诗人德里克·沃尔科特的观点很有代表性与说服力:"世界上再没有一个地方能够在如此狭小的空间内集中了世界上所有的文化。"[②]

这样,文化大杂烩式的相遇、混合生成了独特而又富有魅力的"克里奥尔化"(Creolization)杂糅文化形态,这种形态目前来看代表了全球流散时代文化生成与发展的方向。克里奥尔化从生成上看是不同流散群体相遇后在语言交流上的混合、混杂现象,表面上看似乎是克里奥尔文化进入了新世界的文化之中,其实影响是双向的,外来新世界的文化也进入了克里奥尔文化之中。一种语言混杂了外来语中的词、语法及表达习惯,这种混杂是双向的,其后便是其他文化因素的混杂,比如习俗、宗教等,再就是长期交往后不同族群体间婚恋

---

① 张德明:《流散族裔群的身份建构:当代加勒比英语文学研究》,浙江大学出版社 2007 年版,第 3 页。

② Burnett P.Derek Walcott, *Politics and Poetics*, Gainesville: University Press of Florida, 2000, p.94.

后的人种混杂。这种克里奥尔化现象不仅仅指加勒比地区,世界其他流散群体混合后产生的杂交文化后果一般也都用它来表达。人与人之间的交往带来了文化的混合,最终可能形成新的文化身份,受外来文化影响的人选择外来文化元素,如果外来文化元素会成为自己传统文化中的一部分时,克里奥尔化就会产生。流散研究专家罗宾·库恩认为克里奥尔化是这么一种状态:新身份的形成和遗传文化的演化与他们拥有的原初文化创造性地混合在一起,产生出文化新品种(种类)以代替原来的文化形式①。我国学者刘象愚对克里奥尔文化也作了较为全面的概括:"所谓'克里奥尔化',在一般意义上指多种文化杂处之后,相互融合,产生的一种全新的文化形态。就加勒比地区而言,它指葡、西、法、英等国在新大陆被发现之后,在该地区先后殖民并从非洲大量贩运黑奴过程中造成欧洲白人文化、非洲黑人文化与美洲印第安土著文化乃至后来亚洲移民带来的亚洲文化杂交而形成的一种全新文化形态。种族的混杂造成语言的混杂,由欧洲语言与非洲等语言混杂之后形成了一种全新的克里奥尔语。同时,习俗、起居、饮食、服饰、游乐乃至文学、艺术等也全面融合,形成了一种与欧洲白人文化、非洲黑人文化以及印第安土著文化既有联系又有区别的克里奥尔文化。"②可见它是一种全新的文化,与其他原有继承的文化有联系也有区别,是一种再生文化。

黑人流散群体文化的克里奥尔化也是混杂化的新型文化。这种新型文化形态成为流散文学的重要特征。在殖民时期,加勒比种植园中主要的劳动力是黑人,另外有印度人、华人和一些来自欧洲的下层人。黑人占了大多数,据文学研究者路易斯·詹姆斯在《加勒比英语文学》一书中统计,自 1701 年到 1834 年约 130 年间,被贩卖到加勒比地区的黑人奴隶就高达 1200 万人,比英

---

① 参见 Robin Cohen,'Creolization and cultural globalization: the soft sounds of fugitive power',*Globalizations*,Vol.4,No.3,2007,pp.369-373。

② 刘象愚:《〈流散族裔群的身份建构:当代加勒比英语文学研究〉序》,见张德明:《流散族裔群的身份建构:当代加勒比英语文学研究》,浙江大学出版社 2007 年版。

国本土人口多两倍多①。第一代黑人移民流散者、他们的后裔与众多来自世界各地的人群杂居,生成了具有黑人特点、杂糅了其他文化因素的黑人克里奥尔文化。加勒比黑人流散文学成为加勒比文学的最重要组成部分,作家们的创作大部分以加勒比为背景,以黑人流散文化与生活为文学主题,在加勒比和欧美之间旅行移居,从事创作表达着特有的加勒比声音和黑人性美学追求。可以说加勒比文学的繁荣与发展黑人流散文学是主要的支撑力量。巴巴多斯小说家乔治·拉明、诗人爱德华·卡莫·布莱斯维特(著有"归来者"三部曲:《通道的权力》《面具》《群岛》),圣卢西亚诗人德里特·沃尔科特,小说家卡里尔·菲利普斯、女诗人伍娜·玛松、尼斯·威廉斯、简·卡鲁、尼维尔·达维斯、克劳德·麦凯等,这些人中不乏混血人种作家,如沃尔科特、拉明等,不过他们的创作与黑人流散主题有密切联系,他们处于移民、流亡、旅行状态,生活与创作都处于流散形态。这是加勒比作家一个突出的特征。

加勒比黑人流散作家群体身份呈现出明显的种族混合特点,混合血统的比例比其他国家或地区的要高。多米尼加女作家简·里斯是有黑人血统的混血人,皮肤进化得稍白;1992 年诺贝尔文学奖得主沃尔科特就是混血人种,黑人血统是其一部分,黑色传承明显,同时他的创作涉及黑人流散题材。他也是一个兼备英国、非洲、荷兰血统的混血儿,这给他的种族认同产生了麻烦,也给他多元化的文化视角,在另一种意义上成就了他。为此他写下了身份混杂的诗句:"我只是一种热爱海洋的红种人,我受过扎实的殖民教育,我身上有荷兰、黑人和英国成分/我既微不足道,又是一种民族。"②他的生活与创作都具有较强的流散性。也正因此不管是纯粹的黑人流散作家还是混血的流散作家,旅行或流亡、流浪、漂泊状态对他们来说是常态,这又进一步强化了其多元

---

①　参见 Louis James, *The Caribbean Literature in English*, London and New York: Longman, 1990, p.2.

②　张德明:《流散族裔群的身份建构:当代加勒比英语文学研究》,浙江大学出版社 2007 年版,第 197 页。

性。他们在本土与旅行地穿梭,在非洲、欧洲、美洲之间行走。如诗人沃尔科特的经历与身份都是混杂的,受到殖民地、宗主国等文化影响,他出生在加勒比海的圣卢西亚岛,在圣玛丽学院、牙买加西印度大学接受英式教育,毕业后在美国波士顿大学任教近 20 年,西方文化养育了他,但是他的圣卢西亚故土、特立尼达都是祖辈们流散之地,也是自己成长之地,总让他无法忘怀,这里总是他诗歌创作的灵感之地,他一生都围绕加勒比海创作,通过他的诗作把加勒比流散混合的文化与文学带到了主流社会,引起了全球文学界重视,被授予诺贝尔文学奖。20 世纪 70、80 年代,沃尔科特穿行于美国、加拿大、圣卢西亚、牙买加、欧洲各地,感受和考察不同文化,并受之影响,在各地与不少知名作家、学者对话,使得其生活、思想与创作均获得了较为突出的世界性、混杂性。

巴巴多斯诗人布莱斯维特的生活、学习、创作则呈现为流浪状态。他最早在本土完成高等教育,出国到英国读博士,研究加勒比地区克里奥尔社会现象,毕业后又去黑人较多的加纳,回到非洲找寻祖先的根基,于 1971 年举行仪式把名字加上了一个黑人名字卡莫,并返回出生地加勒比寻访旧忆,供职西印度大学,流散者之"流"动,这种流动的旅行造就了其身份的混合,在加勒比,不管是非洲人还是美洲印第安人,对一种与民间的或本土的文化有关的古老关系的承认涉及艺术家和参与者进入过去与腹地的旅行,这种旅行同时也是拥有现在和未来的运动。他的代表作"归来者"三部曲很大程度上就表现了流散群体这种旅行、归来,再出走再归来、再创造的流散过程。不过布莱斯维特明确的非洲血统使得他偏向于寻找单一、同一的非洲文化认同,很多情况下把非洲当作自己的身份之根、生存之源,认为非洲之根也是加勒比之根、西印度之根,号召作家们返回非洲之根,为此他在美国、英国及属地黑人流散社群中颇有威望。

另一巴巴多斯小说家乔治·拉明(又译为兰明)对于流亡与旅行、漂泊也很重视。拉明 1946 年赴特立尼达的威尼左拉学院任教 5 年,1950 年移民到英国,在英国生活期间,他定期去参加西非学生会,并讨论许多共有的殖民困境和斗争问题,这对写作产生了重要影响。此后同样旅行各地。后来写出了《流放的乐趣》一文进行了探讨,发现他回到非洲产生了一种认同意识,摆脱了西方世界的羁绊。但是无论是他到达他期望的非洲,还是他同样期望的欧洲,都没有满足他想象的是整个文化期望,而是感觉从一种流亡状态进入了另一种流亡状态。他发现流亡者总是处于变动、移位、双重疏离的境遇。小说《在我皮肤的城堡里》《移民》《浆果拌水》等小说以英国为背景,都写到移民西印度人的边缘人、局外人、失根人、异化者的状态。

正是因为这种流散、流浪、漂泊、流亡或旅行状态,造就了加勒比黑人流散作家的跨国性,他们被各国学界既定位为加勒比作家,或英国,或加拿大,或美国作家,如牙买加作家克劳德·麦凯就被视为美国黑人流散文学的一员;前文所述的加勒比黑人作家安德烈·亚力克西移居加拿大后也被列入加国黑人流散文学的代表;同样来自加勒比的小说家卡里尔·菲利普斯也被学界纳入了英国黑人文学之列。也正是这种流动性的文学风景,使得加勒比流散文学风格独特,成就非凡,其文化混杂与再生形态,其文学创作之流散性堪称世界流散文化与文学的典范与蓝本,在某种程度上也代表了全球流散时代文学发展的方向。

第六节　俄罗斯流散文学

自 19 世纪始,俄罗斯诗人、作家由于沙皇统治的迫害而流亡欧洲其他国家的现象越来越多,如亚·屠格涅夫、赫尔岑、高尔基、别雷、扎伊采夫等,但并不是所有的流亡作家都是流散作家,流散文学不仅涉及地理与国家的跨界生存,更要涉及流亡主题、异国生存、文化冲突、种族融合与命运等问题。目前国内外学术界把俄罗斯流散文学一般归到俄罗斯侨民文学之中研究,但是根据前文有关流散文学界定,俄罗斯侨民文学中有一些无关流散主题的创作,本书不将其列入流散文学之列。即便如此,俄罗斯流散文学规模也非常浩大,本书只能择其要而分类论述,以期窥一斑知全豹。目前学界一般以 20 世纪俄罗斯侨民文学为主,分为三个创作时期①。本书则把 19 世纪以来俄国流亡作家海外有关流散主题创作的活动也视为流散文学研究应有之旨,分成五个时期。

第一,早期俄罗斯流散文学(1825 年至 1920 年)。此期政治流亡侨民中一部分作家呈现出流散创作特征,主要具有两个鲜明主题,一是对祖国的回望、乡愁、爱国情怀,二是对移居国生活的"他者"观察与艺术表现,这是流散族群文化存在的浅层表现,也是所有流散者普遍面对的问题。据《苏联大百科全书》统计,自 17 世纪俄国大公安德烈·库尔布斯基流亡波兰起,到 1887 年流亡国外的俄罗斯人达到了 3100 多人,到 1913 年上升到了 29 万人②,这些流散者中有不少本来就是作家,或者在流散地成长为作家,形成了早期俄罗斯流散文学。

第二,俄罗斯流散文学的第一次高潮期(1920 年至 1940 年)。此期是俄罗斯知识分子移民海外的第一个高潮期,客观上造就了俄罗斯流散文学的第一次高潮。这一时期沙俄统治黑暗,欧洲自由思想及马克思主义思想输入,1905 年革命与 1917 年两次革命,使白银时代的作家、知识分子产生了多样化与恐慌、苦闷、忧郁情绪,纷纷走出国门寻找生存与精神寄托。巴尔蒙特、布宁、扎伊采夫、格·伊凡诺夫、库普林、列米佐夫、梅列日科夫斯基夫妇、苔菲、霍达谢维奇、茨维塔耶娃、什梅廖夫等人成为第一批俄罗斯海外侨民作家群体③。这些作家在此阶段主要生活在赫尔辛基、柏林、斯德哥尔摩、贝尔格莱德、布拉格、巴黎、哈尔滨、上海等大城市,他们身在国外,心怀祖国。怀念故乡,表达乡愁,寻根是此期创作的主题。表达乡愁怀念祖国的主要作家作品有格·伊凡诺夫的诗集《蔷薇》、萨沙·乔尔内依的诗集《渴望》、库普林的小说

---

① 参见[俄]弗·阿格诺索夫:《俄罗斯侨民文学史》,刘文飞、陈方译,人民文学出版社 2004 年版。

② 参见任光宣:《俄罗斯文化十五讲》,北京大学出版社 2007 年版,第 176—179 页。

③ 参见汪介之:《俄罗斯侨民文学与本土文学关系初探》,《外国文学评论》2004 年第 4 期。

《热涅达》、什梅廖夫自传《朝圣》和《上帝的夏日》，布宁的《阿尔谢尼耶夫的一生》、扎伊采夫的《格列勃的游历》等作品。以文化寻根为主的小说有什梅廖夫的长篇《天国之路》、扎伊采夫的《拉多涅日城的圣谢尔吉》、苔菲的小说《女巫》等。另外，一些白银时代的作家通过写回忆录这种文学样式，来表达流散者的思乡之情，体现出在海外保持自己本族文化的愿望，主要有谢·马科夫斯基的《在白银时代的帕尔纳斯山上》、济·吉皮乌斯的《活着的面影》、格·伊凡诺夫的《彼得堡的冬天》、霍达谢维奇的《名人陵墓》、扎伊采夫的《悠远的回忆》、茨维塔耶娃的《被征服的灵魂》等。

　　第三，俄罗斯流散文学的第二次高潮期（20 世纪 40 年代第二次世界大战至 50 年代初）。此期由于战争原因，一些在斯大林极左政策下持不同文艺观的作家流散到巴尔干半岛、澳大利亚、南北美洲等地，出现了一些流散在外的错位的人们，也形成了第二次流散文学创作高潮。这时期的作家主要以批判的态度来看待 20 世纪 30、40 年代苏联国人的政治与社会变革，以一种悲观失望态度来表达对故土的特殊感情：爱恨交加，无可奈何。代表诗人叶拉金、克列诺夫斯基、奥尔迦·安斯泰等，代表作有诗集叶拉金的《你，我的世纪》《沉重的星星》，克列诺夫斯基的《生活的痕迹》《迎向天空》《散开的秘密》《温暖的傍晚》等 11 部诗集。小说家有勒热夫斯基、希里亚耶夫等，代表作有希里亚耶夫的小说《长明灯》，勒热夫斯基的长篇小说《时间的两道针脚》等，均以战争中或政治中的流亡者为人物为视角表达对世界、生活、人生等的看法。

　　第四，俄罗斯流散文学的第三次高潮期（20 世纪 50 年代至 70、80 年代）。此期一些在苏联国内遭受批判的作家、被作家协会开除的人、被驱逐出国的知识分子（索尔仁尼琴、布罗茨基等）大部分流散定居在巴黎、慕尼黑、维也纳和美国等地，继续在国外进行创作，他们有意识地组织流散文学活动："1976 年，一份名为《第三浪潮》的俄罗斯流亡者的文学艺术丛刊在巴黎开始出版；1982 年，美国加州大学曾邀请一批俄罗斯侨民作家和世界各国的斯拉夫学者聚会洛杉矶，以'第三浪潮：俄罗斯侨民文学'为题举行了为期三天的研讨，会后出版了同名论文集。"①形成了第三次俄罗斯流散文学创作高潮。此期流散作家在文化上将继承故土传统与学习西方相结合,形成双重认同或混合认同,除了索尔仁尼琴、维·涅克拉索夫等以继承本族文化与文化传统为主外,大部分作家都学习、认同西方文学,与现代主义等思潮关系密切,形成俄罗斯流散文学中的现代主义派别,主要作家有阿克肖诺夫、弗·沃伊诺维奇、格·弗拉季莫夫、布罗茨基等;他们的创作带有异域风情也含有俄罗斯味道,既尊重传统又接受流散地文化,是较典型的流散文学。

第五,苏联解体后的新俄罗斯时期(1900 年以后)。这时俄罗斯经济、政治、文化格式都出现大的变化,一些过去流散的作家回国继续创作,一些独立出去的加盟共和国之文学作品从国家单位上看已不能算是俄罗斯文学之列了。由于解体后的经济等困境,不少新一代俄罗斯知识分子、作家移民到中国、美国、法国、德国、英国、澳大利亚等地,开启了新流散时代。流散文学创作一方面保持前几代流散作家的共同主题与情感倾向,另一方面更多地开始了新流散经验的探索,把现代主义文学与后现代主义文学经验带入了文学创作,向走全球化融合混杂的流散文学。

如果说犹太流散族群在各流散之地以其精明的商业能力与生存智慧而出名,那么俄罗斯流散族群的域外流散则以其出色的文学与艺术而闻名:"无论是就其大众性而言,还是就其对境外俄罗斯社会的影响而言,占据首位的还是文学。"②俄罗斯流散文学突出的特点是其流散作家所到之处对所在国家地区的自然环境、风土人情,以外来移民"他者"的艺术手法,弹奏出不同的文学乐章,在国外形成了独特的境外俄罗斯文学现象。其中比较典型的有法国俄裔流散作家创造的"巴黎音调"、中国俄罗斯族流散作家创造了特殊的"中国声调"、美国俄裔流散作家创造了"美国之音",另外还有布拉格音调、柏林音调

---

① 刘文飞:《20 世纪俄罗斯文学的有机构成》,《外国文学评论》2003 年第 3 期。

② [俄]弗·阿格诺索夫:《俄罗斯侨民文学史》,刘文飞、陈方译,人民文学出版社 2004 年版,第 4 页。

等,成为俄罗斯流散文学的独特风景。这些异域音调以独特的俄罗斯视角表现,以俄罗斯族的思想与艺术琴弦弹奏而出,自然具有了一种混合之美、杂交之力。文学活动配以戏剧演出、经济政治活动等,在海外形成了"伟大的俄罗斯侨民界"①,这个侨民界为流散文学的产生与发展提供了基础,而西方文化不断的影响与浸渍则为流散文学的产生与发展浇上了充足的养分。

一、以忧郁风格见长的"巴黎音调"

巴黎是一个具有革命传统与自由思想的城市,其包容性也较强,世界各国流散群体都能在这里找到生存之道,形成为数众多的流散社区,华人、犹太人、黑人、俄国人、印度人以及西方国家白人移居者。俄罗斯流散者自从 19 世纪就有移居巴黎者,俄罗斯三次移民高潮中,每一代移民都有以巴黎为目的,这样几代流散移民累居,持续时间最长,形成了巴黎俄罗斯社区。正因如此,巴黎俄罗斯流散文学成就较大,文学活动较多,影响也大。俄罗斯文学史家弗·阿格诺索夫指出:"到 1923 年,俄罗斯境外文学生活就转到巴黎,在被德国法西斯占领之前,巴黎一直是境外俄罗斯文化的首都。"②至第二次世界大战,这里生活着近 30 万俄罗斯流散者,他们把俄罗斯文化带来,在此开办学校、办报刊、出书籍、写文学作品,于是,"巴黎微型俄罗斯"形成。文学活动与文学争鸣不断,促进了文学创作的繁荣。《当代纪事》《最新消息》《环节》《圆圈》等杂志发表了大量文学作品、文学评论甚至哲学论文,布宁、阿·托尔斯泰、阿尔达诺夫、扎伊采夫、奥索尔金、梅列日科夫斯基、列米佐夫、什梅廖夫、早期来巴黎的纳博科夫、波普拉夫斯基、阿达莫维奇等人发表了大量作品。更有一些有识之士组织俄罗斯文人聚会讨论时事、研究哲学、座谈创作、分享经

---

① 〔俄〕弗·阿格诺索夫:《俄罗斯侨民文学史》,刘文飞、陈方译,人民文学出版社 2004 年版,第 2 页。

② 〔俄〕弗·阿格诺索夫:《俄罗斯侨民文学史》,刘文飞、陈方译,人民文学出版社 2004 年版,第 23 页。

验、引发争鸣,促进了俄罗斯流散文学的发展,《当代纪事》编者、出版家、社会活动家丰达明斯基在巴黎凡尔赛大街 130 号的住宅里形成了"圆圈"协会和"内部圆圈"组织,他试图把来巴黎的新旧作家以东正教为基础联合起来,团结了大批俄罗斯知识流散者。流散作家梅列日科夫斯基在巴黎帕斯富人区上校街道 11 号,举办周日读书会,形成了俄罗斯巴黎文学的中心,"巴黎音调"的主唱人员几乎全部都集合到这里来了,有伊万诺夫、阿达莫维奇、阿尔达诺夫、扎伊采夫、布宁奥多耶夫采娃、别尔嘉耶夫、舍斯托夫等,这些集会传承了俄罗斯文化,创造了新的文学成就,培育了更多的青年文学家,接续了海外流散文学源流。有力的证明是:在周日读书会的基础上,组织者霍达谢维奇、梅列日科夫斯基等继承历史上普希金、格涅季奇、杰里维格、格林卡等十二月党人谈革命、论文学的传统,在 1927 年的巴黎成立了第二个"绿灯社",他们要寻找俄罗斯的出路、文学艺术的出路、人生的出路。上述布宁等作家及一些后起之秀作家们常常带来论题,在此做报告进行研讨,定期举行诗歌晚会等。他们也深入地讨论了俄罗斯流散者知识分子的精神困境,认为流散海外的知识分子们完整的精神性已经被撕裂了,文学要担负起重建精神完整性的任务①。这是第一批流散作家在巴黎奏响的浓厚艺术音调。较早弹响巴黎音调的是吉比乌斯与梅列日科夫斯基夫妇,他们几个人成为巴黎街头的风景,也成为文学二重唱的主角,还成了组织聚会、发展绿灯社的重要人物。女主角的主要创作成就是诗歌和回忆录,主要有诗集《光亮》《诗选》等,回忆录主要有《我的月亮朋友,关于勃洛克》《着魔的人,关于勃留索夫》等,这些作品充满着流亡者的口吻,愁苦、黑夜、气闷、死亡、深渊等成为经常表现的东西,也是流散者异国他乡的感觉,也是受到国内政治压迫后的感受。男主角梅列日科夫斯基则以创作小说与诗歌为主,小说有《诸神的诞生》《西方的秘密》《未知的耶稣》《但丁的一生》等,这些作品内容丰富,有神学的、政治学的、哲学的等,但是不管他

---

① 参见[俄]弗·阿格诺索夫:《俄罗斯侨民文学史》,刘文飞、陈方译,人民文学出版社 2004 年版,第 30—33 页。

的祖国对他如何,他在作品中同样表现了流散者对故土的基本情感主调:"流
亡的痛苦,就是永恒的地狱痛苦,这就是流亡者对祖国反常的爱与恨,就是被
诅咒的孩子对诅咒他们的母亲的爱与恨。"①

　　值得强调的是,在巴黎还形成了以青年为主的"青年作家诗人协会",组
织诗歌朗诵会、散文创作讨论会,并围绕着杂志《数目》形成了不小的诗人作
家群体,他们以莱蒙托夫作为精神偶像与创作先驱,又借鉴波德莱尔等颓废诗
人的风格,形成了以忧郁为主调的巴黎音调。他们表现流散者的庄重、明亮、
希望、甜蜜等积极情绪与怀疑、忧郁、失望、朦胧、玄秘、不满、消极、屈辱、无根
感等消极情绪相交织的复杂精神状态。主要诗人作家有尤里·杰拉皮阿诺、
多维德·克努特、安托宁·拉金斯基、维克多·马姆琴科、拉扎尔·克尔别林、
阿尔费莫夫、鲍里斯·波普拉夫斯基、谢尔盖·沙尔顺、符拉基米尔·斯莫连
斯基、符拉基米尔·瓦尔沙夫斯基、阿那托尔·施泰格尔、丽季娅·切尔文斯
卡娅等。他们的创作风格各异,都体现了对传统的态度与对创新的追求,在基
本依据巴黎音调创作的同时,又显示出众声喧哗的局面。协会的创立者之一
克努特的诗作就是充满矛盾统一的忧郁诗作代表,其《我的千年》《巴黎之夜》
两部诗集集中体现了他悲剧色彩与明亮色彩二分互证统一的特点,悲伤与崇
高同在、绝望与希望并存,生与死相连,表现出突出的巴黎音调特点。诗人符
拉基米尔·斯莫连斯基的诗集《夕阳》《独自一个人》等也突出表现了巴黎音
调,虚幻、黑暗、寒冷、模糊、疲惫、寂寞、死亡等忧郁消极情绪十分鲜明。如
《低沉的诅咒和黑暗的世界》一首:"从死亡走向死亡,穿过呓语和黑夜,穿过
血管中蓝色的寒冷,穿过自己那些可怕的幻想……"②波德莱尔式的忧郁音调
回响着;《耗子之诗》则表现出绝望无出路的情绪:"猫就这样玩着耗子……爪

---

①　[俄]弗·阿格诺索夫:《俄罗斯侨民文学史》,刘文飞、陈方译,人民文学出版社 2004 年
版,第 120 页。
②　[俄]弗·阿格诺索夫:《俄罗斯侨民文学史》,刘文飞、陈方译,人民文学出版社 2004 年
版,第 47 页。

子抓住了心脏,轻一下重一下,疼痛传遍整个身体,难以摆脱你黑暗心灵/那残酷又温柔的意志。在这耗子的痛苦之上,在可怕的耗子命运之上,是天蓝色高天的星辰,是粉红色天际的霞光……目睹这一切,我明白,我注定难解其意义,这是地狱还是天堂,是恐惧还是感激。"①诗人笔下这些相对的意象、矛盾的表述也构成了巴黎俄罗斯流散文学的重要特点。

1921 年移民巴黎、1935 年自杀的年轻诗人鲍里斯·尤·波普拉夫斯基,仅仅在此生活了 15 年,但是他和其他流散诗人共同创办了青年诗人协会,从事诗歌创作,尽管他生前作品流传不广,但其创作的实绩证明他也是巴黎音调的核心演奏家。他经济贫困,没有资金出版小说和诗,生前只出版《旗帜》一部诗集,死后在朋友们的帮助下出版了另外三部诗集《落雪的时辰》《戴着蜡制的花环》《航向不明的飞艇》。这些诗歌充满神秘的画面,关注并表达痛苦,揭示内心恐惧,表达烈火与寒冷、地狱与天堂等矛盾的意象,表达难以说清的东西,理解难度大,这也正是诗人自己追求的法国超现实主义的感觉。诗作《黑色圣母》中写道:"这年轻人的裤脚大得无边,神情傲慢的他会突然听见,幸福那短促的射击和瞬间的飞翔,波浪里有一轮夏天的红月亮。电车的嘴巴会突然发出响声,滚动在黑暗中的圆球吱呀作响。黑色的圣母将拼命地喊叫,在致命的梦境中张开臂膀。"②电车里的意象与画面更是神秘与模糊,人们面无表情,垂死的单簧管和小提琴,发出了神奇的声音,让人呕吐的气味火药味,晚霞变绿了的尸体、跃起的死亡岁月、哈哈大笑的发动机等混合一体;还有《地狱天使》《与梦抗争》《我们站立,就像几立方木柴……》《地狱之春》《堂吉诃德》等诗作中也罗列了一些光怪陆离、奇异的隐喻或比喻,构成了超现实的世界。《旗帜》诗集中有不少诗作表现了这种意象及矛盾,如同题诗《旗帜》

---

① [俄]弗·阿格诺索夫:《俄罗斯侨民文学史》,刘文飞、陈方译,人民文学出版社 2004 年版,第 49 页。

② [俄]弗·阿格诺索夫:《俄罗斯侨民文学史》,刘文飞、陈方译,人民文学出版社 2004 年版,第 402 页。

说:"多少次的,你在夏日里/竟想裹着旗帜死去";《旗帜降下来了》则说:"你在闪亮,如今请走下旗杆,请你返回这普通的生活";《神秘回环诗之一》中说:"你自月球对我谈论幸福。幸福就是死神。我将在太阳上把你等待。你要变得坚定";《世界黑暗而又寒冷,一片透明……》中则吟唱道:"显而易见,用玩笑来掩饰,痛苦的我们仍然原谅上帝。活下去。关起门来祷告,在深渊里阅读黑色的书籍。在空旷的街道上冻僵身体,谈论着真理,直到黎明,慢慢死去,同时祝福生者,一直写作到死,不求回音"……这些忧郁的吟唱,失望的调子,暗淡的色彩似乎从波德莱尔等象征诗派那里走来,也从他同族诗人老师格·伊万诺夫那里继承而来。

巴黎社会为流散的俄罗斯作家提供了生活与创作的环境,而巴黎俄罗斯流散文学及群体也为巴黎这座城市填上了俄罗斯文化色彩,对此有论者认为:"1924—1940 年间,巴黎成为侨民文学'第一浪潮'中为时最久的中心。侨民作家在各地出版了报纸杂志,成立了一些出版社,为文学创作和批评活动打开了通道。在巴黎出版的《最新消息报》(1920—1940)和《现代纪事》(1920—1940)杂志是出刊时间最长、发行量最大的报刊。《现代纪事》共出刊 70 期,发表过第一代侨民作家的主要作品,几乎等于侨民文学'第一浪潮'的创作总集。"①可见巴黎在俄罗斯海外流散文学中占有重要的地位,也表现出突出的巴黎特色、巴黎音调。按照泰纳有关文学的种族、环境、时代学说,俄罗斯流散巴黎的作家深受巴黎城市自然环境、文化环境的影响,也受到每个历史时代国内国外社会形势的影响,更受到自己俄罗斯流散族裔身份的命运塑造,形成了波德莱尔式的巴黎忧郁风格。

二、男性风格突出的"中国声调"

如前章所述,中国俄罗斯族裔在中国流散的历史较长,他们在中国开办学

---

① 汪介之:《20 世纪俄罗斯侨民文学的文化观照》,《南京师大文学院学报》2004 年第 1 期。

校、报纸杂志、印刷厂,据史料《哈尔滨市内发行俄文定期刊行物总目录》记载,自 1927 年 1 月 1 日至 1935 年 12 月 31 日共有俄文报纸 51 种、杂志 106 种,同时还组织了不少文学社团等,很多文化人走向了文学创作,形成了哈尔滨与上海文学中心。他们创作的内容丰富,主要有诗歌、小说、散文、戏剧、随笔、书信、回忆录等,诗歌创作成就最大最多,当时哈尔滨的俄罗斯作家出版的诗集有 60 余部之多。

在哈尔滨俄罗斯流散作家群体创立了类似法国巴黎绿灯社那样的文学团体,他们依据作家格奥尔基·格列边希科夫的长篇小说《楚拉耶夫兄弟》取名为"楚拉耶夫卡",出版《楚拉耶夫卡》文学月报。这个团体吸引了大批诗人、作家,比较有名的有莉迪娅·哈茵德洛娃、米哈伊尔·什梅谢尔、米哈伊尔·沃林、格奥尔基·格拉宁、瓦列里·佩列列申、尼古拉·别捷列兹、谢尔盖·谢尔吉、鲍里斯·尤里斯基、阿尔弗雷德·黑多克、维克多利娅·扬科夫斯卡娅、塔玛拉·安德烈耶娃、弗谢沃洛德·伊万诺夫、阿尔谢尼·涅斯梅洛夫、瓦西里·洛基诺夫等。同时他们还在影响最大的《边界》杂志等发表作品,加上《楚拉耶夫卡》报,两者一起成为中国俄罗斯流散文学的摇篮,构成了俄罗斯族流散者的精神文化支柱,成为他们联系祖国与世界各地俄罗斯人的纽带,世界各地的俄罗斯流散作家都知道它们、阅读它们;日本占领哈尔滨后,俄流散者移居上海,又形成了上海中心,组织了"周一""周三""周五"等文学社团,继续活动。

与巴黎的不同,在中国的俄罗斯流散文学表现出的不是忧郁情调,而是"严峻的男性力量"①,这力量风格是在中国地理与文化环境中混合而生成的,可以称之为"中国声调",因为它主要是中国因素造成的:"正是中国的氛围、中国的意境和华夏文化的深远影响在很大程度上构成哈尔滨俄侨诗人的创作

---

① 〔俄〕弗·阿格诺索夫:《俄罗斯侨民文学史》,刘文飞、陈方译,人民文学出版社 2004 年版,第 66 页。

特色,因此,所谓的'哈尔滨声调'实际上也可以称为'中国声调'。"①中国的语言、中国的地理名称、中国人的形象、中国的历史文化、风土人情、城市乡村、文学哲学传统、中国的现实与命运都成为俄罗斯流散文学表现的内容,在俄罗斯文学中刮起了中国风,正如绘画一样染上了浓厚的中国色彩,加入了众多的中国元素。这些成分没有使得海外的俄罗斯流散者产生失望与忧郁,而是充满希望与男性气质,与巴黎声调鲜明区别,他们还与忧郁的巴黎声调开展论争,不喜欢也不用忧郁的巴黎声调创作,而是喜欢马雅克夫斯基、帕斯捷尔纳克、别雷式的风格,对此流散诗人阿列克赛·阿恰伊尔以诗歌写道:"命运永远压不倒我们,哪怕腰一直弯到了地,祖国把我们赶出家门,我们却把她带往世界各地。"他出版的五部诗集《第一本书》《简短集》《艾蒿和太阳》《小径》《在金色的天空下》虽然表现了失落的俄罗斯主题,但是背后总是充满力量与希望,把故乡与高大的白桦与槭树联系在一起。正是在这种中国声调为主的旋律下,俄流散作家在各种文体创作中向俄罗斯文学、中国文学和世界文学交上了流散者应有的成绩。

首先,表现男性气质中国声调最为突出的文学样式是诗歌,这些诗歌的作者中不乏女诗人,但也同样充满了强大的精神力量。据 10 卷本《中国俄罗斯侨民文学丛书》统计,主要诗人及其代表作有奥莉加·斯卡皮琴科的《故乡的热潮》《致未来的领袖》《逃亡者之路》,瓦列里·佩列列申的《途中》《美好的蜂房》《海上之星》《牺牲》,阿列克赛·阿恰伊尔的《简短集》《艾蒿与太阳》《小径》《在金色的天空下》,弗谢沃洛德·伊万诺夫的《火热的心》,阿尔谢尼·涅斯梅洛夫的《阶梯》《血色的反光》《没有俄罗斯》《小车站》《白色舰队》《穿越大洋》《大祭祀之妻》等近 40 位诗人的近百部诗集②。

---

① ［俄］弗·阿格诺索夫:《俄罗斯侨民文学史》,刘文飞、陈方译,人民文学出版社 2004 年版,第 83 页。

② 参见李延龄主编:《中国俄罗斯侨民文学丛书·诗歌卷》,顾蕴璞、李海译,北方文艺出版社、黑龙江教育出版社 2002 年版。

这些成果向世人展现出当时哈尔滨极其活跃的诗歌氛围,就连当时哈尔滨的中国文学创作也没有这么活跃。这些诗作多层次体现了中俄文化混杂的具体表现,诗意的、情感的、语言的、风土人情的交融等随处可见。这种交融主要表现为三个层面:一是表达对收留他们的中国的感情,诗行里流露出对中国的热爱与赞扬,很多诗人表达出对哈尔滨这座城市的浓厚情感;二是在中国的土地上面向北方家乡,展现他们对俄罗斯的苦苦思念和怀旧情绪;三是反映流散者远离故土、身处逆境的坎坷生活与人生感悟。

流散诗人瓦列里·佩列列申出生在俄罗斯,居住在中国、巴西。代表作《途中》《美好的蜂房》《海上之星》《牺牲》等诗集中表现出浓厚中国风格。他把中国称为自己的第二祖国、"我的中国"、自己的家舍和天堂,足见其对中国热爱之深。他长期生活在中国,对中国的山川景物、风土人情比较熟悉并深有感情,他精通汉语,研究中国法律,认同中国文化,喜欢中国古代诗词,与中国人交朋友,从创作与生活上融入了中国。他的诗歌明显受到了中国古典诗歌的影响,从意境到意象渗透进了中国诗词的情调和韵味。无论他走到哪里他总想回到中国,在《我,一定回中国》中诗人将中国比喻为母亲,称中国人为兄弟,把中国看作神话中的国度,并喜爱上她的一切,更表达了回归中国的决心:"别了,永不回还的幸福体验! /我平平静静、明明确确知道,/我肯定要回中国,在死的那天。"①他对中国的熟悉程度甚至超出了一般的中国人,他到过许多地方写下许多诗歌,熟悉中国文化,融入诗歌创作,很多诗的主题与篇名,都带有了中国诗的影子,《仿中国诗》《从碧云寺俯瞰北京》《湖心亭》《湘潭城》《胡琴》《中国》《游东陵》《中海》《游山海关》《北京》等,都是以中国元素为主的诗作。《湘潭城》一诗中写道:"黎明,云彩飘逸想休息,/早早飘向湘潭城,/清风吹向湘潭城,/河水流向湘潭城。/白天,鸽群飞向山岗,/山岗后面是

---

① 李延龄主编:《中国俄罗斯侨民文学丛书·诗歌卷》,顾蕴璞、李海译,北方文艺出版社、黑龙江教育出版社2002年版。下文引用的中国俄罗斯流散文学中的诗歌均出自此书,不再一一标注出处。

湘潭城,/傍晚,霞光像只五彩凤,/它愿栖息湘潭城。"地名、内容、节奏、感情等已经中国化了,意象也是浓厚的中国味,这显然是流散文化混合后的新品种文学。《我愿意生在中国南方》中写道:"我倒愿生在中国南方——/例如宝山或者是成都——/生在和睦的官吏家庭,/多子多福的名门望族。/我的祖父是饱学之士。说'月笛'二字适宜命名,/或叫'龙岩',意在庄重,/或叫'静光',取其轻灵。"这一诗则完全充满中国文化氛围,回响着中国男性气质的声调。1947 年写的《霜叶红》一诗具有突出的中国审美味道:"霜叶红——说起来多么奇妙。/中国有多少聪慧的词句!/我常常为它们怦然心动,/今天又为这丽词妙句痴迷。/莫非枫叶上有霜? 但是你——/乃是春天鲜艳娇嫩的花朵!/你说:'春天梦多色彩也多,/秋天吝啬,秋天很少树叶。/秋天干净透明,忧伤而随意,/秋天疲惫不会呼唤生命。/秋天的叶上霜是冰冷的铠甲,/秋天傲慢,从不喜欢爱情。'不错,但秋天中午的太阳,/乃是热烈的光照耀枫树林。/总有短暂瞬间:霜雪融化,/让我目睹霜下红叶与芳唇。"写于 1951 年的《湖心亭》则完全具有了中国山水诗的韵味:"走过一座空空的小庙,/寂静中我们默默无言。/这里虽是炎热的中午,/却也无力驱散昏暗。/目光慈祥注视着凡尘,/那是金光笼罩的观音,/从天上,从无边智海/飘然降临,保佑我们。/无名的智化来到这里,/他是画家,也是和尚/一幅幅图画语言精妙,/似在墙壁上放声歌唱。"

当然,佩列列申的诗不可能完全中国化,虽然是土生土长在中国的俄裔流散者,但是他对族裔文化文学仍然继承着,也深受俄罗斯传统文学的影响,俄国古典诗歌创作者普希金等人创造的黄金时代,19 世纪末 20 世纪初白银时代的诗人,对他具有吸引力,他把勃洛克、古米廖夫称为自己的老师、诗歌引路人,宣布自己是阿克梅诗派的一员,古典主义、阿克梅主义、中国诗派、现代主义、西方十四行诗等艺术元素,都被他借用来作为艺术创造的源泉,因此可以说他是在流散的环境中长成的混杂俄中欧三地文学色彩的马赛克诗人。

诗人阿尔谢尼·涅斯梅洛夫 1924 年后流亡中国东北,落脚于哈尔滨、上海,先后使用 6 个笔名发表诗作和小说。主要有诗集《血色的反光》《没有俄罗斯》《小车站》《白色舰队》和单行本长诗《穿越大洋》《大祭祀之妻》等。他同样继承普希金、托尔斯泰等俄罗斯文学传统,师承当时诗人马雅科夫斯基、叶赛宁、谢里文斯基等人,学习欧洲,借鉴中国,在中国俄罗斯流散群体中成为文学领袖,成为影响最大的中国俄罗斯流散诗人与代表,是中国声调的主唱者,在哈尔滨获得了同格·伊万诺夫在巴黎一样的地位,被称为第一桂冠诗人。其诗作中有着俄罗斯传统的力量,更有着声部突出的中国音调。如 1938年写中国农民命运的诗作《齐齐哈尔附近》,把自己的悲苦命运与中国农民的命运紧密结合,非常契合:"车从路的土丘上下来,/咯咯吱吱,一摇一晃。/轭下白额牛的奔嗦,/拖到了颈下的地上。/车夫,在他身后赶着,/上半身一直光到腰上。/热乎乎的,热乎乎的,他一双晒黑了的肩膀。/……几千年前,就是这样,/人和牛,都低下双眼,/再把额头,够向地面,/走在同样的路上。"在中国东北的田野里,诗人发现了中国黑土地与俄罗斯农民修葺的田畦有着共通的希望,于是写下《田畦》一诗,很形象逼真,里面同样透出无处宣泄的痛苦与压力:

> 在灰白的干涸的畦田里
>
> 吐绿着一片嫩葱的鬃毛,
>
> 无垠的草原。
>
> 无聊啊,
>
> 到处是落满尘土的无聊……
>
> 一头毛驴,瞎眼而温顺,
>
> 拉动水井上水车的齿轮,
>
> 一泓清水从地下涌出,
>
> 一片绿色而发光的天花板。
>
> 流得干土汩汩有声音。
>
> 寒冽的水在畦田里流着,形成一股懒洋洋的细流,

假如没有苦役般的劳作，

田里一颗庄稼都不会有。

一个赤膊齐腰的中国人，

像是用晒黑的青铜铸造，

不愿和欢快的笑结交，不爱和别人随便闲聊。

刚说了一句喉音重的话儿，

他又沉默了并弓背如常——

是个严酷地工作、操劳的

有魔法的奴隶，令人向往。

畦田、围栅，加上铁铲，

我要把整个身心投入畦田！

这是我无法觅得的

令人向往的甜蜜的重担。

　　这种共通还是诗人个人命运与中国农民共通命运的表现，是奴隶、受压迫，但又努力、有力量，没有在天空、田畦中失去希望。诗人身在中国，心在俄国，也写下了大量以俄罗斯为抒情对象的诗作，如《圣诞节前夜》《日落时分》《故乡》《关于俄罗斯》《复活节前的莫斯科》等。这些中国声调、俄罗斯题材，都表达了流散者悲惨的命运，他的诗作全部是献给俄罗斯流散群体的。

　　另外，还有不少诗人的创作咏叹出中国声音、中国色调，为中国流散俄罗斯文学增加了色彩。叶列娜·伏拉吉、拉丽萨·安捷尔先、尼古拉·斯维特洛夫、米哈伊尔·沃林、弗谢沃洛德·伊万诺夫、格奥尔吉·格拉宁、米哈伊尔·什梅谢尔、玛利娅·维吉、叶列娜·达莉、艾玛·特拉赫腾格、尤斯吉娜·克鲁森斯滕-彼得列茨等诗人和作家都以不同的艺术风格抒写中国的形象，抒发在中国的感受。叶列娜·伏拉吉的《搪瓷上的画儿》《煎饼》《回忆哈尔滨》把中国东北的乡土味道写活了，有人称之为中国东北乡土文学代表，作品表现了女诗人对中国及中国人、哈尔滨的热爱。阿列克桑德拉·巴尔考的《哈尔滨的春天》对哈尔滨当年春天之风沙天气有着真实的反映,完全就如回到了当年——每当春天来哈尔滨昏天黑地,猛烈的沙土弥漫天空,阳光变成了"褐色烟雾",中国人戴上了防风眼镜,日本人戴上了"防流感、防瘟疫面具",于是城市开始在"慌乱中奔跑","如恐怖化装舞会","在癫狂的舞蹈中、乌烟瘴气中","粗犷地旋转","窒息的狂风"让人喘不过气来,看不到"勿忘草"吐绿,听不到"潺潺小溪",春天的美丽和浪漫被撕得稀碎。这种天气是事实,当然是借用它反映当时日本占领时期的气氛,也是表达自己流散异乡的漂泊心态。奥莉加·斯卡皮琴科的《上海僻巷》则表现了大都市下层社会的落后、无序、精神空虚及失去追求和理想的悲哀。

其次,表现中国声调较为突出的是俄罗斯流散文学中的小说创作。主要小说家有尼古拉·巴依阔夫、阿尔弗雷德·黑多克、阿尔谢尼·涅斯梅洛夫、薇拉·孔德拉托维奇-西多洛娃、莉迪娅·哈茵德洛娃、加莉娜·莫洛佐娃等。

1901年,尼古拉·巴依阔夫作为中东铁路建设工人来到中国东北,后回国参战;1922年又流亡中国东北。两度中国经历给他的小说创作打上了鲜明的中国印记,他也用小说这种艺术样式唱响了中国音调。主要作品有《远东的熊》《满洲狩猎》《大王》《在白天》《原始森林在宣泄》《篝火》《雌虎》《一个满洲猎人的札记》《树海》《神秘之途》等。中国自然风光、中国形象、中国故事都成为作品的重要内容,如描写东北虎的《大王》中,作者像一个生物、动物学家自然地观察、表现东三省自然风光,对虎王的塑造相当真实,没有浓厚的生活功底是无法做到的,这一小说可以说是中国东北文学中生态文学的代表,体现了作者对自然受到人类破坏之后的担忧,具有很强的环境保护意识与前瞻性。同时,作者从中国传统文化中借鉴了天人合一的思想,表达了对大自然的尊敬,追求一种人与自然和谐相处的理想。这对当下中国也极具启示意义。

小说家阿尔弗雷德·黑多克一家1921年来到哈尔滨。他的创作影响不大,但是中国音调特别突出,具有代表性。他的创作以短篇小说为主,共70余篇,内容大都以中国人、中国事、中国民间文化为主,充满中国情调,而让人佩服的是他运用中国题材、中国声调,也能演奏出俄罗斯的音符,对俄罗斯国家民族命运、俄罗斯流散族群的生存与精神思想表达出无限的关切。《山道弯弯》通过流散者农艺师与同样是流散移民的阿克西尼亚在大兴安岭工作、生活中的爱情故事,表现了作者对流散者命运的思索;《满洲公主》则表现了流散者在长白山神秘的生活,突出表现了中国文化的神秘、含蓄特点,男主人公巴格罗夫在山中作画时碰到了时隐时现、似真非实的满洲公主,从此开启一段离奇而浪漫的恋爱。《死者回乡》则对中国丧葬文化进行了异域眼光的观察与表现,表达了对生命的尊重,对故乡的不断不竭情感,曲折表现作者的俄罗斯情结。

另外,还有一些小说表现俄罗斯族与中国人一起反抗日本侵略的主题,也是俄流散者与中国历史命运融入的体现。莉迪娅·哈茵德洛娃的小说《父亲的房子》通过罗斯托姆·格奥尔吉耶维奇一家人的谈话与生活,透过他们的亲眼所见和亲耳所闻、他们的客观分析,揭露了日本人侵略中国的卑劣行径,对日本人的谎言给予了驳斥。加莉娜·莫洛佐娃的《水灾》表现了中俄两国人对日本入侵的憎恨态度与反抗行为。还有一些回忆录也表现出罗斯族流散者对中国的情感,如拉里萨·克拉夫琴科的《初始哈尔滨》、弗谢沃洛德·伊万诺夫的《20 年代的哈尔滨》、尼古拉·巴依阔夫的《1902 年初到满洲里》等表达了“我爱你,哈尔滨”这样对第二祖国式的热爱。

总之,中国对俄罗斯流散群体,特别是知识分子群体的影响是巨大的,中国形象与声音已经进入大量不朽传承的文学文本中,成为永恒的记忆,正如俄当代文学研究家弗·阿格诺索夫所断言的:“中国的魅力是难以抵挡的,华夏文化的影响不知不觉地渗透到俄侨诗人的作品和心灵之中。”[①]当然也更多更广泛地渗透到小说等其他文学样式中。

---

① ［俄］弗·阿格诺索夫:《俄罗斯侨民文学史》,刘文飞、陈方译,人民文学出版社 2004 年版,第 88 页。

三、双重变奏的"美国之音"

美国俄罗斯流散文学作家主要以第三次移民者为主,较出名的有索尔仁尼琴、谢尔盖·多纳托维奇·多甫拉托夫、叶拉金、纳博科夫、瓦西里·阿克肖诺夫、萨沙·索科洛夫、纳乌姆·科尔扎文、尤里·马姆列耶夫和布罗茨基等,他们大部分对原来苏联社会制度或文化政策不满意,因此站在异域之地对故土进行审视或批判,也运用西方的文学艺术视角进行新的艺术探索,成为跨国界、跨语言、跨文化的作家,作品明显增加了混杂性。他们继承俄罗斯文化传统,又借鉴美国为主的西方文学经验与手法,在美国这片他者之地表达流散者对不同文化、不同人生主题和普遍人类命运的看法,以多重手法、多重主题和双重文化情结弹出了俄罗斯流散文学的"美国之音"。

两位获得诺贝尔文学奖的作家索尔仁尼琴、布罗茨基和很早就移民美国的纳博科夫等就是其中"弹奏"美国之音的艺术高手。布罗茨基是一位联结起传统与现代、俄语文学世界与英语文学世界的个性独特的诗人,他于1972年因政治原因流散美国,一直用俄语创作小说,创作成就得到了西方社会的承认,获得了1987年度诺贝尔文学奖,但是他的散文创作却用英语来进行,从语言工具上实践了流散的跨越,他的散文集《悲伤与理智》就是用英文写成,而且他对自己的流散流亡状态进行了美学意义上的探索,直逼流散群体的文化、政治等立场观念的混杂化问题、选择问题、倾向性问题,他既要与苏联旧的身份厘清关系,又要接受美国新文化的挑战,要在两种文化之间寻找出路与存在的合法性,还要生成自己的立场与主张,这是大多数流散者自觉不自觉、意识到与未意识到的必然规律,而布罗茨基作为知识者,明确意识到这种流散身份及其策略,他批判旧的,迎接新的,以面对现实、面向未来寻找出路的责任感而创作。他的小说《荒野中的停留》《美好时代的终结》和《罗马哀歌》等诗作表达了其作为精神流散者的痛苦与困惑,他的创作根植俄罗斯诗歌传统,以普希金为代表的19世纪俄罗斯诗歌传统是他继承的重要资源,以曼德尔施塔姆为代表的阿克梅派也是他诗歌创作学习继承的基调,阿赫玛托娃、茨维塔耶娃、曼德里施塔姆三位诗人对他产生过重要影响,也是他学习借鉴继承的对象,并通过这些继承表达对西方主流社会不重视文化遗产的不满。而美国文学与英语写作也影响了他,他在《诺贝尔演讲》中感谢文学创作的五位诗歌导师有两位是英语诗人:罗伯特·弗罗斯特和奥登。布罗茨基的英语诗歌创作很纯熟,影响大,是接受西方文学精髓的作家代表,美国诗人奥登、弗罗斯特对他产生了直接或间接的影响,成为他英语诗歌创作的引路人。1972 年布罗茨基认识奥登之后,就非常认可奥登诗歌中的那种张力无限的特点,深受影响并加以学习运用。美国诗人弗罗斯特的诗歌作品也深受布罗茨基喜爱,他直言弗氏的诗歌影响了他自己的诗歌创作:"弗罗斯特的敏感,他婉约的风格,潜在的、被克制的恐惧,完全将我征服了。我简直不敢相信我读到的作品……我对诗歌的了解就是从弗罗斯特开始的。"①这样流亡生涯、思乡、故国文化传承、新居国文化学习与借鉴等形成流散文学的多重奏,自然而然也会生发出与俄罗斯本土文化与文学、美国移居地文化与文化既有联系又有区别的文化文学形态,它是混杂的、交叉的新文学,是流散的文学与文化。总起来说,布罗茨基文学创作上的流散化特点比较突出,能够继承俄罗斯、西方双重传统,而又能进行两者的融合与创新:"他一方面继承了俄罗斯文学白银时代诗歌的传统同圣彼得堡的诗歌传统,另一方面他又从西方诗歌中吸取养分,如他对英国玄学派诗歌的喜爱与模仿。对这两方面的文学传统,他不仅是简单的继承,而是将二者密切地结合起来,并且将之发扬光大。"②

　　纳博科夫的诗歌和小说始终洋溢着一种对祖国的思念,有强烈的思乡情结。纳博科夫的诗与小说经常以祖国为题材为背景,表达流散者对故国的情感:"我感到,你近在咫尺,你望着睡者,你温柔的风儿亲吻我的眼睑,我梦见什么向我弯下腰来,就会听到一个模糊的名字——比哭号更为嘹亮,比歌声更

---

① 刘文飞:《布罗茨基传》,新世界出版社 2003 年版,第 10 页。

② 刘波:《诺贝尔文学奖得主俄罗斯诗人布罗茨基》,《西伯利亚研究》2005 年第 5 期。

甜蜜,比祈祷更深沉,那是——祖国的名字。"①纳博科夫的短篇小说《菲雅尔塔的春天》借助第一人称"我"之口,叙述在春天于菲雅尔塔与旧恋人尼娜巧遇,从而一起回顾往日美好的生活,以曲折的手法表达了纳博科夫对祖国的思念之情,"我"对尼娜的依恋与对往昔的迷恋喻示了作者对俄罗斯往日恋人般的思念。这是无数俄罗斯流散者的共同精神愿望,也是世界全体流散族群共通的文化心结。正如纳氏自己所言:"流亡者弃别故国的最初原因源于政治,但是祖国却比政治有着更丰富的内涵,远离祖国既产生了实际生存上的漂泊感,又产生了文化心理上的漂泊感,双重的不安与骚动在加剧政治偏见的同时更触发了流亡者对生长于斯的故土的思念。"②其实不只是政治流亡如此,对故土的留恋在那些没有政治压迫原因而流散世界各地的人来说,由于没有什么政治对立或者不满,而因留学、经济、生活等各种原因的流散者,其思乡情结更密集。这种情结是流散群体最为深层的文化情感,随时随地都会表现出来,进入创作、生活与言行之中。纳博科夫不仅通过写作表现这一情感,还把俄罗斯文化与文学带给西方,形成对主流社会文化的反向影响。他在美国参与传播俄罗斯文化的杂志编辑或撰稿活动,如向《现代纪事》《时代和我们》《回声》《句法》等杂志提供支持,把普希金的长诗《叶甫盖尼·奥涅金》译成英文,并作了详细注释,让西方人更好地了解普希金,把俄罗斯民族英雄史诗《伊戈尔远征记》译成了英文,把普希金、莱蒙托夫、邱特切夫、霍达谢维奇的诗歌译成了英文,这些活动一是表达对俄罗斯文化的敬意,二是寄托他的思乡之情,三是构建海外俄罗斯流散群体的俄罗斯文化圈子——流散者的精神家园,把俄罗斯文学与文化带到美国带到世界各地,并取得了成功。

纳博科夫在德国、法国、美国三地流散生活与创作始终关注着流散者的生

① [美]弗拉基米尔·纳博科夫:《祖国》,林贤治主编:《子夜的哀歌》,贵州人民出版社1999年版,第245—246页。

② [美]弗拉基米尔·纳博科夫:《固执己见:纳博科夫访谈录》,潘小松译,时代文艺出版社1998年版,第78页。

活与文化命运,明显或曲折地表达了流散群体思乡与怀旧之情、漂泊与边缘之感。比较有代表性的小说有《普宁》《玛丽》《天赋》等。流散知识分子、思乡怀国、文化身份认同、精神归属等成为表现的主要对象。这早在纳博科夫以"西林"为笔名发表作品的欧洲流散时期就开始了,《玛丽》是在欧洲创作的以俄罗斯流散群体为表现对象的小说,这里面写到了不少到达柏林的俄罗斯流散者:青年军官加宁和他的情人柳德米拉,暗恋加宁的克拉拉,房东丽季娅·尼古拉耶夫娜,阿尔费奥洛夫及妻子玛丽,俄国诗人波特亚金等。作者以玛丽为祖国与过去美好时光的象征,玛丽的出现与加宁对她的迷恋,是对俄罗斯国家之爱的曲折反映,玛丽在俄罗斯时是加宁的初恋,而现实中的分离、玛丽为他人之妻的事实,使得他们的爱情没有结果,也正如流散者与祖国一样,有爱却不能在一起,加宁对玛丽的迷恋与回忆,就是对俄罗斯的迷恋与回忆,在他的内心世界里,玛丽已经与俄罗斯形象模糊为一体了,这种感觉正是青年流亡者纳博科夫自己的感受:"由于俄国非同一般地遥远,由于思乡在人的一生中始终是你痴迷的伴侣,我已习惯于在公众场合忍受这个伴侣的令人断肠的怪癖,我承认自己对这部处女作在情感上的强烈依恋,丝毫不为之感到困窘。"[①]如果说《玛丽》是纳博科夫在德国发出的柏林之声,那么在法国巴黎发表的《天赋》则是在巴黎写柏林背景故事的巴黎声音,也是纳博科夫最后一部用母语创作的长篇小说,主人公费奥多尔是一个流散柏林的俄国作家,他出版的《诗集》充满着对故乡的思念之情,纳博科夫通过小说人物的创作表达自己的思想意图非常明显。人物的艺术观、文学观、世界观就是纳博科夫的三观。小说中人物与车尔尼雪夫斯基的认识、交往、对话,是纳博科夫本人思想精神与车尔尼雪夫斯基思想对话的反映。费奥多尔对童年生活的回忆、对流散生活的表现、对蝴蝶形象的大量描绘、对父亲起死回生的幻想、与车尔尼雪夫斯基的论争、写诗、写传记这些都表现出流散者复杂的思想情感。1957 年纳博科

---

① [美]弗拉基米尔·纳博科夫:《玛丽》,王家湘译,上海译文出版社 2013 年版,第 127—128 页。

夫在美国发表的小说《普宁》则塑造了一个资深流散者形象普宁——他是一个学者,一个教授,但生存并不如教授学者那样有尊严,他是一个流亡病者,思想、精神、行动都表现出迷茫,妻子背叛他、邻居嘲笑他、同事讽刺他、工作的大学辞退他,在陌生的环境中经常犯错误。他如纳博科夫本人一样,也经历了德国柏林、法国巴黎、美国纽约的多重流散,心情不安、生活动荡、孤独无助无依、困顿、失意……一切流散者肉体与精神上经受的在他身上几乎汇集全了。于是对俄罗斯的回忆、对历史的回顾、对往昔的纪念、对书本的迷恋,成了他逃避流散生活不幸的方式,在回忆与想象中、在书本中构建流散者的家园是一切流散者的宿命,普宁更突出,他用回忆、阅读与故乡建立了联系,与想象中的精神家园建立了关系,在这里他的灵魂得以休整。但是与此前不同的是,普宁这个形象虽然封闭、孤独,但是他还是在自己的世界里找到了希望,他把自己的希望寄托在航行的船、车等意象之上,它们承载着主人公想象的家园行驶在流散的道路上。而发表于1955年的代表作《洛丽塔》表面上看是一个继父与继女间的不伦之情,但是主人公亨伯特作为一个流散到美国的俄罗斯人,其实是一个身心上双重的流散者,他身在美国无法完全融入美国,所以也靠回忆寄托思乡之情,对流亡法国时结识的女友安娜贝尔的回忆,象征着对古老欧洲的回忆,体现了流散知识分子的精神回忆,而他对少女洛丽塔的占有是他试图以流散者身份强行融入美国主流文化世界的象征,但是事实证明这种融入是痛苦的、不恰当的。洛丽塔根本不能取代他记忆中的欧洲恋人安娜贝尔。他无法回到往昔的"维埃拉之恋",也无法完全得到美国的怀抱,这是流散者共同的命运,也有亨伯特独特的个性命运,一个旧知识分子的文化占有心态,旧我与新我、故国与新家,哪一个能够永远留住身与心的双重旅行者? 这正是他悲剧所在,得不到就要杀死无疑是一条死路。这个故事给无数流散者留下长久的思索,流向哪里? 散向何方? 何处是家园? 何时是归期? 就女主人公洛丽塔来说,作为年轻、活力、美丽的美国文化象征,她对流散者亨伯特的诱惑,就是美国文化对外来移民的诱惑,流散者如何对待这种诱惑,东道国主流文化如何接纳、对待外来的流散者,也给主流文化社会提出了思考。总之,不管显性还是隐性,纳博科夫本人及其流散时期的创作,都具有典型的流散气质。

双重变奏特点还表现在流散作家对当地语言、文化、文学的接受与运用上。弗朗兹·法农曾说掌握了一种语言就等于接受了一种文化,此言不虚,因为人的思维与创作都要用这种语言进行,一定对人的文化选择有影响。美国俄罗斯流散文学中表现得更加明显,不少作家学会了用英语写作,用西方现代主义、后现代主义文学方法进行文学活动。纳博科夫不仅用俄、英文创作,翻译俄罗斯文学作品到美国,还在一些大学教授俄罗斯文学;布罗茨基的英语散文创作也非常有深度。

与纳博科夫一样,多甫拉托夫也是在俄罗斯开始创作、移民美国后才成名的。自1978年移民到美国,一直居住在纽约,并创办《新美国人》报纸,他的作品也大都发表在此。与布罗茨基和纳博科夫不同的是他不会用英语写作,在美国的12年中一直用俄语进行创作。但这种创作也反映了其突出的流散者精神与文化状态,流散者边缘人是他留给西方读者的印象,也是传播回俄罗斯的形象,流散经验与边缘化是其创作的基调。造成这种突出风格的原因是他在国内外长期流亡流散的生活经历,特别是在列宁格勒这座苏联边缘化的城市和美国纽约这个前沿都市。国内的政治与地缘边缘化让他自觉选择了边缘化,而不是向政治中心投降。这种边缘化是苏联国内政治与文化政策造成的,也是作者自己的选择造成的,他主动放弃中心,不与主流正统文学为伍。在国内时他还流亡到爱沙尼亚首府塔林生活过,后来又返回了列宁格勒。对此三个流散居留城市他曾写道:

> 我一生待过三个城市。第一个是列宁格勒……列宁格勒具有痛苦的精神中心的综合特点,因为行政权力的丧失有些被凌辱冒犯的意味。自卑与优越感集于一身,使列宁格勒看起来像一个尖酸的旧式先生。……塔林是一个垂直的、内向的城市。你观赏着它哥特式的塔楼,而心里想的是自己的事情。这是波罗的海最非苏联化的城

市,是东方与西方的。我一生中很多年都处在东方向西方的转移中。第三个落脚点是纽约。纽约是一个变色龙,它嘴脸上展开的笑容很容易就变成轻蔑的丑相。纽约柔情万种又有致命的危险。豪放慷慨又吝啬到病态。……这里没有地方性感觉,像一艘装满百万乘客的大船。这个城市如此丰富多彩,你明白这里也有你的一席之地。我想,纽约是我最后的、决定性的城市。①

从他对这三个城市的感觉性描写与评价中我们不难看出,流散空间的转移、文化环境的变迁对他的重要影响,这些影响在后期创作中的美国之声调融入到美国俄罗斯流散文学的二重合唱之中。在美国期间他用俄语写俄国人俄国事,也用俄语写美国人美国事,主要有《保护区》《我们一家人》《手提箱》《外国女人》《分店》等小说。但是在众多美国的俄罗斯流散作家中他是一个无法融入纽约社会的流散者代表,他本人和小说中的人物都处于外来者、异乡人的状态,他们常常处于无语、失语状态,自我封闭。如《保护区》中的主人公阿里哈诺夫带有作家自身的影子,他长期生活在边缘地带,从事创作 12 年,无法融入主流文学,他的作品既不能发表,也找不到知音读者,从事文学创作的理想破灭,经济上也穷困潦倒、欠了债务,家庭关系也没处理好,与妻子充满矛盾,最终导致心情极其郁闷,只身去普希金保护区,在景点做暂时导游寻找安慰,但是不久后又不得不逃离工作。在塑造这些人物时,多甫拉托夫继承了普希金、契诃夫等俄罗斯文学传统,写下了一些流散状态的边缘小人物形象,也借鉴了海明威、塞林格等美国文学的手法,具有流散文学混合生成的特点。

流散的命运要面对的至少是两个世界,一个是旧世界,一个是移居的新世界,更多的情况下要面对三个文化世界,一个是故土文化,一个是流散地的文化,一个是流散者精神构造或文学创作中的想象家园。

诗人叶拉金是第二次移民潮时期美国的作家代表,由于第二次世界大战

---

① [美]谢尔盖·多甫拉托夫:《手艺》,转引自程殿梅:《流亡人的边缘书写》,中国社会科学出版社 2011 年版,第 38 页。

期间遭受德国迫害,他与一些错位的人一起流亡美国纽约,在那里他也如同很多中国流散者一样去餐馆打工、去工厂劳作,后来找到了在纽约《新俄罗斯语言》报编辑工作,重回创作之路。在这里他又拿到了翻译博士学位,建立了新的家庭,开启了流散之后创作新时代,诗作从内容到形式都有了混杂化特点,纽约现代都市的形象进入了他的诗作《摩天楼躲进了一片朦胧》:"摩天楼躲进了一片朦胧。/飞机闪现出几星灯影/暮色在远处勾勒着/这座城市悠长的风景……这些立方,这些六面体,/这些水泥板,这些尖角!/影子! 你我已被抛了出去,/我们被投进了另一个轨道。"在美国"面对机器文明而感恐惧"成为他创作的主题。也表现了"同一心灵分裂到两个世界的主题"①。美国形象、纽约城市意象与俄罗斯记忆交织在一起成为他诗作中的两个重要世界,纽约的城市街道、大楼、墓园、公园森林、夜晚、白昼等纷纷走进诗作,莫斯科、基辅等故乡的景色也常常浮现:"纽约的黎明飘浮起来,/直接漂进涅瓦河上的白夜。"在这首《我先去了趟衣帽间……》的诗作中,叶拉金直接把纽约与涅瓦大街连接起来,以时空的对接表现出流散者面对新旧两个世界的情感,而两个世界在他的诗作中又形成了流散者想象的第三个世界。他在诗作《像园子里的稻草人……》中,用稻草人的形象比喻流散者的跨界生存状态:"像园子里的稻草人,/我被塞满一堆乱草。/我是一个被翻译的人,/而且译文很糟糕。/有几个人出面作证,/说曾经看到过原文,/那是在几十年之前,/在基辅火车站的大厅。"这里诗人认为流散者就如从一个环境到了另一个环境,两个环境中是不同版本的人,是被翻译了的人,是从一种语言到另外一种语言、从一个时代到另一个时代、从一个国家到另一个或几个国家的翻译,这种翻译必然是变形的,是不规范与乱蓬蓬的,就如稻草人。确实在不同文化环境中,流散者的形象往往不是自己塑造的,而是不同的文化或他者对流散者的塑造与叙写。也许正因如此,诗人从精神上还是希望返回故土,正如他去世前几年写

---

　　① 〔俄〕弗·阿格诺索夫:《俄罗斯侨民文学史》,刘文飞、陈方译,人民文学出版社 2004 年版,第 585 页。

的《遗言》一诗所表露的那样:"就算我今天不算数,/可是到了明天,也许,/我遗留下来的财富,/会为俄罗斯所汲取。/我的诗句会鸣响着,/走过俄罗斯的街衢,/读者啊,我的继承人,/你们将会与我相遇。"从流散、逃离、跨界、漂泊、双栖、混合到身体或心灵的返回,再到艺术创造的想象家园,就是流散者共同的命运。

另一个获得诺贝尔文学奖的俄罗斯流散作家索尔仁尼琴于 1974 年开始流亡,最后定居美国。流散后的 20 多年里,他把创作与国内遭受的政治打压而形成的边缘化感觉结合起来,以超越两种文化的姿态来反思俄罗斯社会,也对西方社会进行探索。他流亡前受到苏联文化影响,但又是一个对苏联政治不满意的作家,他在国内一些不同的政见,得到了西方的认可,1970 年获得诺贝尔奖之后,他便处于夹缝之中最后不得不流亡国外。到达西方后,他和许多刚刚到达的流散者一样,西方的新鲜与自由开拓了他的眼界,希望这种自由是真实的,能够让他自由地写作。但是在国外他很快发现西方自由民主的虚假、缺陷而加以讽刺,也引起了西方的不满。索尔仁尼琴坚守作家的良心,无论是在国内还是国外都敢于说真话。由此也在国内外都是争议的对象,既不受俄罗斯欢迎,也难以让西方社会接受,还不能得到流散群体的认可,他的每一部作品和每一次演讲,都会让那些希望他说出他们满意的观点之人失望,且引发长久的争论,这些争论更多的是对索尔仁尼琴的批判。流散国外后,对西方社会的观察与认识,影响了他的创作,增加了混杂因素,如《列宁在苏黎世》、《红轮》(又译为《红色车轮》)、《复活宗教游行》、《右手》、《扎俄尔·卡利塔》、《在转折关头》等。特别是长篇小说《红轮》这部 20 卷的巨著,背景从 1914 年 8 月开始到 1945 年苏联卫国战争结束,内容涉及第一次世界大战、俄国国内革命、1916 年俄国民权运动、1917 年俄国资产阶级二月革命、无产阶级十月社会主义革命、1918—1920 年外国武装干涉、苏联国内战争、1920—1922 年的水兵叛乱、新经济政策、1928 年的工业化、1931 年的全盘农业集体化、1937 年的新宪法、1941 年爆发的苏联卫国战争、1945 年的卫国战争胜利等。作家用几千万字描绘了长达几十年的历史风云,小说写实与虚构交织,各种人物视角叙事,强烈的批判精神与反思、思辨、讨论贯穿全书。虽然没有写流散群体这样的人物或主题,但是作家的思想精神及观点视角却表现出一个流散作家应有的一切特点。因此,他更多的是一个思想与精神的流亡者,即使在国内也是如此。他的创作既有现代的也有传统的因素,他既不是东方的也不是西方的,他处于中间地带,总是毫不留情地对社会现实、历史问题进行批判。而这些也都基于一个作家对俄罗斯的关心、对人类世界的担心,因此他才被称为"俄罗斯的良心"①,而从他国内外精神思想的流散和身心的流散历程看,他又是世界流散者群体的良心、全人类的良心。

第七节　印度流散文学

印度历史上的四次移民潮在世界各国造就了许多海外飞地,形成了大量印裔流散群体社区,也出现了印度流散文学。特别是 20 世纪 70、80 年代以来,以拉什迪、奈保尔等为代表的流散作家获得大奖,并在后殖民理论与文学创作中占有重要地位,印度流散文学的流散特质就显得尤其突出,这些作家被当作全球流散文学的经典作家进行研究与讨论。也有新近出现颇有影响的年轻流散作家代表如阿拉文德・阿迪加、裘帕・拉希莉等,还有许多女作家如卡玛拉・玛坎达雅、芭拉蒂・穆克吉、安妮塔・德赛、基兰・德赛等。印度流散文学表现出的印度特性、西化特点、混杂化状态与犹太人、中国人的流散状态同样鲜明。

一、印度流散文学的分期

印度独立前,流散海外的印度文学成就不高,一些家书、故事影响不大。

---

① 参见[英]约瑟夫・皮尔斯:《流放的灵魂:索尔仁尼琴》,张桂娜译,上海三联书店 2013年版。

1947 年至今,印度流散文学发展大致可分为三个时期。自 1947 年印度独立到 1980 年,印度海外流散作家创造了第一个文学繁荣期,代表人物主要有奈保尔、尼拉德·乔杜里、卡玛拉·玛坎达雅、安妮塔·德赛等。文学内容与主题表现为流散者群体生活、印度飞地社区、印度式大家庭、种植园、西印度风貌、印度宗教信仰、故土之思、宗主国文化与母国文化冲突、身份迷失、两难认同等。乔杜里在 20 世纪 50、60 年代的创作虽然都在印度国内,但长期的英殖民统治,使得他也以一个接受西方文化的流散者视角进行创作,如早期的《一个无名印度人的传记》《通往英格兰之途》描绘印度流散者的无奈,对印度人不良文化现象进行了讽刺与批判;而《印度知识分子》《印度克莱武》《印度教》对印度历史、知识分子、印度宗教进行了表现与批判,这种批判有来自印度人视角的反思,更有西方化的批评;1970 年后,乔杜里移民英国,其流散作家身份更加明确。

而奈保尔的祖父早在 19 世纪末就移居特立尼达,奈保尔则出生在特立尼达、生活在英国,是典型的流散文学家,其作品《米格尔大街》《幽暗的国度》《印度:一个受伤的文明》《毕司沃斯先生的房子》《模仿者》《神奇按摩师》《河弯》等是世界流散文学的典型代表。这些作品对印度人进行讽刺、对殖民地进行表现、对殖民者进行批判、对印度社会进行剖析反思、对印度本土落后局面进行怒其不争式的嘲笑等,成为表现的重要内容,也表达了几代流散者对故土割不断的回望之心。

1980 年到 2000 年,随着全球化深入,世界各地来自南亚流散者越来越多,加上第一时期海外流散者创作更加成熟,新老作家创造了印度流散文学的第二个繁荣期。代表作家是萨尔曼·拉什迪,他于 1981 年发表《午夜之子》引起西方文学界高度关注,也使得印度流散文学名声大振,其后许多流散作家的作品也进入了研究者视野,有芭拉蒂·穆克吉、吉塔·梅塔、因德拉·辛哈、维克拉姆·赛特、罗辛顿·米斯垂、奇塔·蒂娃卡鲁尼、阿米塔夫·高斯等。他们的创作无一例外地关注印度文化、印度身份。如高斯的《阴暗的界限》以冷静深沉的视角思考印度独立以来发生的重大历史事件;梅塔的《河经》、辛哈的《密经》以印度古典神话与典籍为创作素材,表现了流散者在主流社会无出路而转向印度传统文化寻求精神慰藉的主题;同时根据流散定居地,分别表现了他们对英国文化、美国文化、加拿大文化的矛盾心态。他们还试图以全球视野、两种文化的中间人视角、局外人立场去揭示流散群体的命运,但又不可完全居中或置身事外。如穆克吉的《嘉丝敏》等小说再现了移民面临的文化冲突以及身份认同的焦虑。

　　第三个时期则是 21 世纪以来的文学创作。此期,一批出生于 20 世纪 70 年代后的作家走向文坛,这些作家主要是二代流散者,出生在流散之地,大部分没有印度生活经验,而是以印度后裔的身份回望故土、表现现实、寻求身份,主要有裘帕·拉希莉、哈里·昆兹鲁、基兰·德赛、阿拉文德·阿迪加、阿诺什·艾拉尼等,加上前两期的作家如奈保尔、拉什迪、乔杜里、穆吉克继续创作,印度流散文学进入了一个多元发展的时期。殖民话题、身份问题、印度独立后的问题、与宗主国文化关系问题仍然是作品的永恒主题。如穆克吉的《树新娘》(2004)、高斯的《大饥荒》(2006)等小说都再现了殖民带给印度人民的苦难以及印度人民的反殖民斗争。拉希莉的《不适之地》(2008)则表现了身份分裂、思想痛苦焦虑、文化排异等流散者面临的常见问题。辛哈的《人们都叫我动物》(2007)等作品反映印度独立时期尤其是"印巴分治"、英迪拉"紧急状态"时期一系列历史事件所带来的重大影响和心理创伤;基兰·德赛获布克奖作品《继承失落的人》(2006)表现后殖民时代新旧两代人身上的殖民创伤记忆的差异;拉希莉的《低地》(2013)等作品则向读者呈现了 20 世纪印度纳萨尔农民起义的历史画面,对印度的历史作了重构;阿迪加的《白老虎》(2008)以游子视角大胆揭露了印度社会现实的黑暗,《两次刺杀之间》(2008)则向读者揭示了所谓民主制度下印度低种姓所遭受的歧视与不公;艾拉尼的《没有悲伤的城市》(2006)中的孟买故事呈现了孟买贫民窟中社会底层的悲惨生活;穆克吉的《新印度小姐》(2011)、昆兹鲁的《没有男人的神界》

(2011)等作品表现了印度人社区传统与现代的冲突,流散群体从外部审视印度,产生了鲁迅作品中那种怒其不争的效果。这种主题与风格多元特点非常明晰。

尤其要指出的是,由于印度长期处于英国殖民地状态,独立后又与英联邦成员国联系紧密,这成就了印度流散群体特别是作家群体的英语运用才华,他们大多数以英语进行创作,不需要翻译就可以进入西方主流文学传播环境中,较容易引起西方读者的注意,特别是20世纪80年代以后,后殖民理论与批评研究兴起,印度流散文学就成为最好的诠释文本。这也是他们能够不断获得西方大奖的重要原因,奈保尔获得诺贝尔文学奖,拉希莉获美国普利策文学奖、奥康纳短篇小说奖,拉什迪、基兰·德赛和阿迪加都获得过布克奖,昆兹鲁获得过毛姆奖,艾拉尼在加拿大也获得多项文学奖。

另外,印度裔流散作家也不只是向欧美国家移动,由于地理、历史、经济等因素,自19世纪印度人移民南非的数量也相当可观,他们在南非殖民者的占领下从事契约劳动,战后新移民加入,南非种族隔离政策废除,新老流散族中产生了不少流散作家、作品,如阿赫迈德·埃索普(Ahmed Essop)写有《哈吉·穆萨和印度消防员》(1988),伊姆拉安·库瓦迪亚(Imraan Coovadia)写的《婚礼》(2001),法瑞达·卡罗迪亚(Farida Karodia)著有《黎明的女儿们》,阿格尼斯·萨姆(Agnes Sam)写有《耶稣是印度人》等,表现了南非印度流散族在多元文化环境中的生活,展现他们显在的或隐匿的政治选择,写出了他们为融入南非社会所作的种种努力,这些成就为印度流散文学增加了另一抹风景。

二、两个世界、东方西方的撕扯

正如前章所述流散行为主要有主动型流散和被动型流散。印度1947年独立前,先后经历了法国、英国、荷兰的殖民统治,此期流散族主要是被动型流散,独立以后以主动型流散为主。被动型流散族在现实的物质生存生活和内心的思想精神文化生活上往往以被迫接受移入国文化为主,而对移出国(原母国)抱有更深的怀恋之情,主动型流散族则往往对移入国文化采取主动适应的态度。当然两种情况之中也都有例外。无论主动被动,流散事实一旦形成,流散主体必然要进入两种文化之间,或者说要面对两种文化的影响,母国文化的影响自然是先天的,而进入移入国文化中之后两种环境、人群、文化习俗、价值观等相遇,对一个身心健康的行为人有影响也是必然的。印度流散作家对流散经验的文学表现突出地反映了两者之间的冲突、混杂与再生的复杂过程,也表现出几多的痛苦与焦虑,还表现出身份寻找与文化再造的努力。以奈保尔、拉什迪、德赛等为代表的流散作家以个人流散命运为核心,以整个殖民时期及后殖民时期印度流散群体为对象,对全球流散文化现象中的两种文化、两重身份关系及出路进行了理性分析与艺术探索。他们的创作成果成为流散批评、后殖民理论、比较文学等学术研究的重要文化标本。

首先印度流散文学中表现的东方与西方、故国与宿国、自我与他者、殖民者与被殖民者等二元对立问题尤其典型,两个国度、两个世界对流散族形成了强烈的撕扯力。其结果导致了流散者对故国文化与宿国文化均不能完全进入,又不能完全脱离关系,处于一种既亲近又疏离、既背离又依附的双重矛盾之中。印度作为东方世界,作为母国,他们从内心情感上无可置疑地亲近、同情,但让他们完全认可或回归亦不可以,因为以英国为代表的西方世界已不可避免地塑造、影响了他们,而他完全融入西方世界又不现实,宿国社会不可能完全接纳他们,他们也无法彻底割裂故国,也无法完全认同宿国文化。

印度流散作家对印度故国的回忆、描写、探索主要表现为对海外印度流散社区的表现、对现实印度社会的旅行式考察、对印度历史与宗教的关注、对流散者群体中女性等弱势群体的表现等。如拉什迪从理性上已经接受了西方文化,也以此为视角进行创作,但是他在情感上永远不能摆脱印度的记忆,自己感觉始终处于错位当中:"在南部伦敦从事着自己的创作,通过窗户看到的完全不同于我在小说想象中的城市景象,这个问题一直困扰着我,直到迫使自己只是在小说文本中来面对它,我让自己明白,我所做的一切不过是在创作一部关于记忆的小说,因此我的印度便只能如此,这是'我的'印度,它不过是千万个印度幻影中的一个幻影罢了。我尽力使我的想象真实化,但是想象性的真实既是诚实的又是令人怀疑的,我知道我的印度可能只是我愿意归属的印度。"①拉什迪出生于印度海港城市孟买,移民之前的记忆深入内心,不能忘记,流散过程中则在伦敦西方大都市里从事文学创作,而创作主题与素材又是关于印度的,而不可能完全是西方的,这样印度在他的记忆与创作中复活,但都是片段,是他记忆中的、想象中的家园,而不是客观的印度。即使是本土内的作家,其创作中的印度也与现实印度不同,何况流散者离家多年思想观念已经部分西化,这时再回望印度、书写印度就更模糊了。这两种文化都对拉什迪产生了拉力,他在《东方,西方:故事集》中描绘了这种感觉:我脖子上套着绳索,东方和西方(原住地和移入地)都在往两边拉②。小说集中塑造了一个在英国做女佣的印度女人名字叫"确实玛丽",她的身份与精神感觉其实一点都不确实、不踏实,英国主流社会的文化傲慢伤害了她,也不接纳她,现实让她明白英国不是印度、伦敦也不是孟买,她患上思乡病,于是回国,病就好了,且活得很健康。

基兰·德赛处女作《番石榴园的喧闹》中的番石榴树是一个关于家园的隐喻,带有家园应该有的一切要素——如故乡土地、气味、色彩、声音、植物、动物、人物、语言等要素——在主人公桑帕斯的寻找中、幻觉中实现了,这个番石榴园就是想象的印度家园。桑帕斯在流散地,无所归属,找不到安全感,回家的感觉在爬上番石榴树之后才体验到了,怎么也不愿意下来。但是这个家园是那么虚无缥缈,绝不可能给他完全的故乡归属。他不属于西方的也不再是东方的了,他是身体与精神的双重流散儿、漂泊者。

2001年度诺贝尔文学奖得主奈保尔更加典型,他的获奖演说题目就是

---

① Salman Rushdie, *Imaginary Homeland*, Granta Books, 1991, p.10.

② 参见 Salman Rushdie, *East, West:Stories*, New York:Pantheon Books, 1994, p.211。

《两个世界》，他祖父从印度以契约劳工身份来到前英属殖民地西印度群岛特立尼达，到他已经算是流散后裔，他童年、少年生活在特立尼达，这里是东西两个世界交汇的地方，西方文化与其他东方文化在此碰撞，从小他就进入了两个世界，一个是他印度移民大宅院的世界，一个是外部西方教育与思想影响的世界，再有后来他在英国求学、创作、生活的世界："我从小就有两个世界的感觉，一个是外部世界，是那个高高的波纹铁门之外的世界；另一个是家里的世界——至少是我外祖母家的世界……我们朝内看，我们打发自己的日子。外部世界一片黑暗，我们什么也不打探。"①面对两个世界、东方与西方的影响，奈保尔的生存与创作之道就是做中间人，做文化混合人，做两栖人，对哪一方都表现出既内在又外在的状态。在他的小说创作中印度世界变成了《米格尔大街》中的米格尔街、《毕司沃斯先生的房子》中的哈奴曼大宅、"印度三部曲"中那回不去的印度，各类杂文中让他操心与厌恶的印度；不管奈保尔身处特立尼达也好，移居英国也好，四处旅行也好，印度种族血缘身份是不可更改的，所以他始终不可能忘记自己的印度族裔身份，几乎每一部作品中都或多或少地谈到这种身份。其祖父的契约劳工身份几乎是旧印度流散群体共同的标签，奈保尔所有的作品包括他的自传，都可以看作印度"流散族群的寓言"，印裔澳大利亚学者维吉·米什拉专门借用詹姆逊的"民族的寓言"分析奈保尔的"流散寓言"："正如我所建议的，通过将詹姆逊的'民族寓言'改写为'流散寓言'，精读奈保尔作为首要的证明文本，一个'流散诗学'的工程就可以得到完善……我现在要做的就是把奈保尔的作品构建成流散诗学，这些文本把自己定位为种植园印度流散族经历的中介化审美再现，这种经历并不意味着'契约劳工历史'是一个静止不变的背景。"②在他的笔下，如《毕司沃斯先生的房

---

① V.S.Naipaul,‘The Two Worlds’,see *Literary Occasions*,New York：Alfred A.Knopf,2003,p.192.

② Vijay Mishra,*The Literature of the Indian Diaspora*：*Theorizing the Diasporic Imaginary*,London and New York：Routledge,2007,pp.93-94.

子》中的哈奴曼大院、房子,《米格尔街》里的大街,"印度三部曲"中的现实与想象的印度等,都是鲜明的有关流散族群的寓言故事。

奈保尔小时候生活的家庭环境是典型的印度生活风格,家庭居住区也是由印度人组成的"飞地"式的印度社区,印度人的生活习惯、宗教信仰、器具什物对他形成了潜在的影响。这种族裔身份与文化遗传,让他不时生出一种对祖籍文化的亲近情结,表现出天然的种族文化传统认同本能:"一个人的传统就如看不清楚的路标一样深藏于人的意识里,就同经历多少时代的化石一样,人们对其传统有一种本能的了解。"①但是,随着其家族移民时间的推移和移民英国的经历,奈保尔远离故土,接受着英国殖民教育,失去了母语,宗主国的文化思想、价值观念通过各种渠道向他进行文化"殖民"入侵,使他一定程度上成为英国文化的"养子"②,持有明显的西方"普世文明"立场③,所以他又不能完全回归印度,表现出对印度文化的疏离,甚至表现出不满、批判、指责的态度。由此形成了对印度文化既亲近又疏离的矛盾心态。

而西方世界是以英国、美国、西班牙、加拿大为代表的进步国度,对这些国度从理性上他非常依附,但是情感上却不能完全接受,而英国也不能完全接纳他:"这个外面的世界,主要是英国,但也包括美国和加拿大,在各方面都统治着我们。它给我们派来了总督,送来了我们的一切生活用品;从奴隶制时代起这个海岛就开始需求的各种罐头食品……英国的硬币……教材……毕业考卷……满足我们的想象生活的电影,还有《生活》与《时代》杂志……它给我们送来了一切。"④到达英国之后,英国的文学教育、生活习惯等又驯服他,他的

---

① Viney Kirpal, *The Third World Novel of Expatriation:A study of Emigre Fiction by Indian, West African and Caribbean Writers*, New Delhi:Sterling Publishers,1989,p.79.

② 参见陆建德:《奈保尔,英国文化的养子》,载黄宝生主编:《文学大师的故事》,解放军文艺出版社2002年版。

③ 参见 V.S.Naipaul,'Our Universal Civilization', see *the Writer and The World*, New York: Vintage Books,2002,pp.503-517。

④ V.S.Naipaul,'Reading and Writing', *The New York Review*,1999-2-18,p.17.

生活、创作、出版发行、声誉等都要得到西方认可,他同许多流散群体一样很大程度上积极适应、依附流散地文化与社会。正如博埃默教授所言:"民族主义者或移民作家,仍然无法摆脱对于殖民主义的依赖,与过去一样,民族理想和文化价值观往往都要按照西方的形象加以熔铸。……这就需要同时采取两种态度:对殖民主义的遗产保持高度警惕和批判的态度,然而同时,由于它是不能完全清除的,所以即使在对它重新进行阐释的时候,又还得容忍它的存在。"①奈保尔采取积极依附态度,娶英国妻子,在伦敦发展,到乡村居住,在同父亲谈到他将来的选择时他已然决定伦敦就是他难以离开之地:"我没有考虑伦敦之外我还能生活在什么地方,这儿什么都方便,出版报业集团、高大的出版社大厦、博物馆、美术馆、漂亮的影剧院,它的生活丰富多彩。"②在后来的漫长的生活和创作中,他一再强调伦敦的影响:伦敦为他的生活和创作提供了物质基础:"没有伦敦我就不能成为一个作家,这里的整个物质设施使得一个人能够谋生,它是我的宗主国的中心,是我的业务的中心。"③在伦敦他能够以写作向世界发出自己的声音,他的每一部书几乎都在此诞生,他多次谈到伦敦的作用:"我曾在早一些时候的文章中说过伦敦是我工作的好地方,我认为一个人总要认知其他思想。伦敦是一个能让人遭遇生机活力回应的地方,这回应来自出版商、批评家和报纸。这样,思想与思想碰撞,一个人就有了长久的激励。"④事实上也如此,奈保尔每一次外出旅行之后都要把所见所感、收集的资料带回伦敦,进行思考沉淀,完成最后的创作。1987 年奈保尔写的自传性作品《抵达之谜》,以其定居的威尔特郡为背景,对自己所在英国的经历进行

---

① 〔英〕艾勒克·博埃默:《殖民与后殖民文学》,盛宁译,辽宁教育出版社 1998 年版,第213 页。

② V.S.Naipaul,*Between Father and Son:Family Letters*,Vintage Books,2000,p.50.

③ Ian Hamilton,'Without a Place',See Hammer Robert ed.,*Critical Perspectives on V.S.Naipaul*,Washington D.C.:Three Continents Press,1977,p.39.

④ Ronald Bryden,'The Novelist V.S.Naipaul Talks about His Work to Ronald Bryden',*The Listener*,Vol.89,1973-3-22,p.367.

了全面思考。他对自己对宗主国的依附倾向"供认不讳",确认英国是他的第二故乡、给了"他第二次快乐的童年时代",表达了他对威尔特郡的喜爱,并把它当作自己的家:"对它我已经产生出伟大的爱,比对我所知的任何地方都要爱。"①并把自己列入"养母"家的成员:"孑然一身来到这里,感触是陌生的,然而却懂得这里的语言,懂得这语言的历史和文学。我觉得我来到那古老的山谷,成了某种骚动不安的一部分,那个国家历史进程中的一个变化。"②这表明他依附英国文化的倾向也是非常明显的。

同时他又存着背离西方世界的倾向,在英国处处感觉到局外人、外来者的孤独。他向往伦敦却无法融入,他需要伦敦却又不能接纳它的一切,他与伦敦的关系是一种若即若离的关系。他在《幽暗国度》中很清楚地表达了自己在伦敦的感受和处境:"我来到了伦敦,这座城市变成我的世界中心;经过一番艰苦的奋斗,我才来到这儿。但我迷失了。伦敦并不是我的世界的中心。我被哄骗了,而我没别的地方可去。伦敦倒是一个让人迷失的好地方。没有人真正认识它、了解它。你从市中心开始,一步步向外探索,多年后你就会发现你所认识的伦敦,是由许多个社区乱七八糟拼凑而成的城市……在这儿我只是一座大城市中的一个居民,无亲无故。时间流逝,把我带离童年的世界,一步一步把我推送进内心的、自我的世界。……在这座大城市中,我困居在比我的童年生活还要窄小的一个世界里。我变成了我的公寓、我的书桌、我的姓名。"③可见奈保尔不可能成为一个彻头彻尾的英国人,不可能对西方文化全盘接受,他存在着对英国文化的背离倾向,正如艾勒克·博埃默所说:"殖民地的人即使进入白人学校接受教育,即使被大都市生活所接纳,就像法国殖民统治下所发生的那样,'他者'终归还是不可能成为欧洲人。"④这种矛盾的感

---

① V.S.Naipaul, *The Enigma of Arrival*, New York: Knopf, 1987, p.88.

② V.S.Naipaul, *The Enigma of Arrival*, New York: Knopf, 1987, p.88.

③ [英]维·苏·奈保尔:《幽暗国度》,李永平译,时代文艺出版社2001年版,第30页。

④ [英]艾勒克·博埃默:《殖民与后殖民文学》,盛宁译,辽宁教育出版社1998年版,第93页。

觉和存在状态正是他进行文化定位和选择的客观表现,也是他两栖性的生动写照,其文化和文学之旅总是充满着这种矛盾。

面对故国文化,印度流散者思乡、返乡,却发现回去了也是局外人、外来者,成了自己家乡的他者;面对宿国文化,他们要进入,自己又完全不能进入,而主人又不让他们完全进入。这是两个世界拉扯的结果,也是流散者的宿命。这种状态永远是流散文学的主题。但是这种状态不是一成不变的,两个世界在相遇之后在流散群体思想精神与文化生成中相互渗透而形成新的文化现象、文学现象。这正是流散的积极意义所在,也是全球流散时代新文化诞生的中间地带,具有重要的文化价值。这也是流散批评与流散文学受到全球重视的原因,也是全球化研究、后殖民理论研究、比较文学研究、民族学研究、文化研究等都把其列为研究内容的原因。

三、流散想象：精神文化家园与文化混杂策略

流散文学是两种文化与两个世界相遇的文化结果,本身就是一种再生的文化。而流散作家的创作正是对这一文化生成的艺术反映。表现在文学世界中就是他们都在自己的艺术构思中创造出了一个既不同于母国世界、也不同于东道国的艺术世界——想象的家园。美国学者本尼迪克特·安德森在《想象的共同体:民族主义的起源与传播》中认为,民族国家概念是人们想象的共同体:"国家是一个想象的社群",国家观念是人类社会历史文化的生成物,不是大自然形成的,而是人类思想精神活动形成的,是人类想象构建的结果,是人们不断进行文化建构的结果①。而海外流散群体,他们的家园概念、民族国家概念更需要这种想象建构,他们通过回忆、思乡、与家乡人取得联系、组成流散社群、关注故国历史现在未来、计划回家、学习东道国文化以发展自我等活动来构建,更有流散作家与知识分子进行艺术与理论的构建,这种构建居于两

---

① 参见[美]本尼迪克特·安德森:《想象的共同体:民族主义的起源与传播》,吴叡人译,上海人民出版社 2016 年版,第 10 页。

种文化甚至多重流散之后的多重文化空间中,自然就有了文化再生的必然。流散文学反映的正是这一构建文化事实,其本身也是这种构建的组成部分,是新型的文化、文学形态。这是他们的现实生存策略,也是思想文化的精神建构:"随着家国想象渐渐远去和族裔记忆的日渐模糊,流散者的故国回望和族裔亲近越来越不可能,而人类本性中希望归属的强烈愿望,那种心安是归处的返乡心理,不能、也不愿被悬挂的现实要求,却因此而更为迫切。于是,出现了海外的故乡'飞地',这类飞地是文化的而非领土的,是象征的而非实际的,往往是家乡的整体移植,故乡的权力空间、生活习惯、语言风俗、人际关系、精神信仰、文学艺术等,都企图完整地建立起来,以获得一种虚幻的在家感,一种想象的家园,族裔记忆因此而被想象地保持着。"①流散族群的群体归属、家园想象是他们身份归属与精神依托所在,在作家这里被构想成一个独立的世界,却又联结着故国脐带、联系着宿国水土。印度流散文学专家维吉·米什拉在其专著《印度流散文学:流散想象理论化》中称这些文学建构为"流散想象"(diasporic imaginary):"散居想象是我用来指民族国家中的任何种族聚居飞地的一个术语,它有意识地、无意识地或通过不言而喻或隐含的政治胁迫将自己定义为一个生活在流离失所中的群体。"②

但是这种家园如何构建? 是单独取一方,还是两方都要,两方都要之后占据的影响因素是多少? 这就是流散者的文化身份难题,也是流散文学探索的主题。而他们采取的策略主要表现为杂交、马赛克混合、双栖性策略。

拉什迪《东方,西方:故事集》中很多流散者人物处于两种文化两处世界之间感到漂泊不定无所依从。《她脚下的大地》中维娜·阿芭萨尔是一印度流散者与希腊美国籍人生的混血女子,跨族家庭的不稳定导致了她这个西方

---

① 梅晓云:《幽暗与朗照:南亚流散文学中的族裔记忆与家国想象》,《西北大学学报》2014年第5期。

② Vijay Mishra, *The Literature of the Indian Diaspora: Theorizing the Diasporic Imaginary*, London and New York:Routledge,2007,pp.13–14.

生长的二代流散者不断变换了五个家庭,她也就有了五个父母。而小说中的印度移民乌米德·麦钱特虽然在纽约有了自己的房子,但是他看着自己的房子还是没有家的感觉。他们都努力在漂泊中寻找自己存在的空间。《撒旦诗篇》中拉什迪塑造了两个同样有着分裂性格的人物萨拉丁和吉伯利勒,前者在伦敦与孟买、东方与西方之间流落并寻找栖居之地,后者在旧信仰与新信仰之间徘徊。萨拉丁选择把两者混杂,均展开对话,寻找生机,结果他在英国可以活得很好,这种混杂的处理得到了父亲的理解,也与女友恢复了良好的关系,回到印度后继续沿用自己的印度名字,生活也适应,这是他身份杂交的成功;而后者坚持印度性,结果在西方生活不好,回到印度文化中也是失败者。这种人物塑造、想象家园与混杂化生存分不开,也与拉什迪主张的混杂化跨界写作主张分不开:"边界写作所称颂的是异质性、非纯洁性和杂糅性,是人类文化、思想、政治、文学、电影和歌曲等令人惊异的混合和变形,它所产生的是一种新生事物。"①

奈保尔同样在众多作品中写出了印度流散者的想象家园,并通过各种混杂化策略探索这种新生文化家园的具体生成问题。《模仿者》、《在一个自由国度》、《岛上旗帜》、《游击队》、《河湾》、《世上一条路》、《毕司沃斯先生的房子》、《抵达之谜》、"印度三部曲"、《半生》、《魔种》等。这些小说主要围绕奈保尔个人、家庭和前殖民地的历史与现实,表达了奈保尔对前殖民地社会、人和文化的独特认识与理解,对移民者的文化身份、殖民地被边缘化的文化身份进行了深入剖析、作出了独特的价值判断;表现的地域范围由特立尼达扩展到加勒比海地区、美洲、非洲、欧洲、亚洲等地区,人物的行踪遍及英国、德国、印度、美国、俄罗斯、加拿大等国家,视野逐渐从狭小的岛国转向了全球几个大洲。重点表现了印度家园、英国家园之间流散者的家园构建。如《毕司沃斯先生的房子》中毕司沃斯一生不断的筑房梦,就是对家园的追求。他在英殖

---

① Salman Rushdie, *Imaginary Homelands*, London:Granta,1991,p.394.

民地,家内家外都过着边缘人的生活,他出生后被截断埋藏的六指、脐带,失掉的父母的房子,被他人随意填写的名字,无法消化的教育,不固定的职业,不可回归的图尔斯家族,无法实现的房子梦等,都表现了他艰苦的家园构筑历史;尽管这一梦想如此虚无缥缈,但是毕司沃斯身上有一种不懈的追求精神,在不断努力营建现实的房子的同时,他一生也在不断寻求自己精神的房子,想获得事业的成功,获得身份和地位的认同,他不像其他住在图尔斯家的人毫无主见、没有人格、活得如行尸走肉,而是敢于争执、富有理想,尽管这些都失败了,却表明了他内心存有从未泯灭的理想:他要成为有房子者、成为作家、成为事业有成的人,悲伤的气氛中带上了希望的色彩。到了《抵达之谜》中,奈保尔以自传的形式实现了印度种族身份与英国文化的混杂与融合;在《世上一条路》中,奈保尔把自己的个人历史和特立尼达、南美、非洲部分国家的部分历史片段相混杂,真实人物与虚构人物、事实与想象相结合,进行了重新叙述,重构了西印度流散者的家园——历史与虚构中的特立尼达。《半生》中奈保尔以混杂化的叙事与文体表现了主人公威利·钱德兰文化身份由边缘、到模糊、到混合的过程。其中,有作者自传成分,"许多奈保尔提供有关自己的细节也运用在《半生》中威利的描绘上"①;有对印度族裔文化分析,2003 年诺贝尔奖得主南非作家库切认为"《半生》是对印度苦行(禁欲主义)的批评"②;有对欧洲文化的接受与批判;有对以非洲为代表的第三世界文化的体验与评价等内容。这些不同的文化背景被作者缝补在一起,形成了一个马赛克一样的模糊家园。

从奈保尔、拉什迪等众多印度流散作家创作内容看,流散群体大都处于两个世界、两种文化之间的中间地带,流散群体因这一中间地带的活动形成了既失根又扎根、既内在又外在、既亲近又疏离、既依附又背离的策略,正是这些策略生成了新的流散文化。而流散作家在两种文化与文学传统影响下也找到了

---

① Bruce King, *V.S.Naipaul*, Palgrave Macmillan, 2003, p.179.

② J.M.Coetzee, 'The Razor's Edge', *New York Review of Books*, November 1 2001, pp.8–10.

混杂化的策略从事流散文学文本的生产。拉什迪在《想象的家园》中说："居于岛上的印度作家之所以能够以一种双重视角写作，是因为在这个社会里，我们既是局内人又是局外人，而这一立体角度也许就是我们能够代替'全视角'的地方。"①奈保尔则找到了从内容到形式的混杂化创作体系，特立尼达殖民地拼盘式的杂色文化、印度族裔文化、宗主国英国文化及欧洲文化等构成了他生活与写作的多元文化场域，这些文化场共同造就了他文化身份的混合性、不稳定性、模糊性，进而导致了他创作上跨文化、跨文体的多重叙事特征。其生活与创作均涉及三个文化空间："奈保尔是一个印度婆罗门，由于他祖父以契约劳工身份移民到特立尼达，他双重远离了故土；他出生就是一个西印度人，在特立尼达长大；最后他选择自我放逐，成为一个移民伦敦的人，远离祖先的国家和他出生的国家。任何要阐述说明奈保尔感受的尝试，都必须在头脑中想着这三种社会的影响以及由三种社会可能产生的心理状态。"②还有论者认为正是这三个文化空间构成了奈保尔的"传统之网"：康拉德、纳拉扬、吉卜林，印度文化典故、文本，欧洲传统文学文化文本，好莱坞和欧洲电影，西印度群岛的卡吕普索小调等，大量出现在奈保尔的作品中③。诺贝尔文学奖委员会也在授奖辞中指出了这一鲜明的杂糅、混合特征："小说式的叙事风格、自传体和记录式的风格都出现在奈保尔的作品中，而并不能让人时时分辨出哪一种风格在唱主角。"④因此可以说，流散行为经历造就了混合文化身份的流散族群，他们既是不同于流出国的族类，也有异于流入国的群体，是双重的他者，是两种文化或多重文化间的新生族；而反映流散群体的流散文学也是有别于两种文学传统的文学，不能轻易归入其中之一，而是有自足性的新形态文

---

① Salman Rushdie, *Imaginary Homelands*, London: Granta, 1991, p.115.

② Sudha Rai, *V. S. Naipaul, a Study in Expatriate Sensibility*, New Jersey: Humanities Press, 1982, p.7.

③ 参见 John Thieme, *The Web of Tradition: Uses of Allusion in V. S. Naipaul's Fiction*, London: Dangaroo Press, 1987。

④ 瑞典学院:《二○○一年诺贝尔文学奖授奖辞》，阮学勤译，《世界文学》2002 年第 1 期。

学。这就是流散的文化生成事实。

另外,流散世界各地比较著名的印流流散作家拉马伯·埃斯皮纳、吉·S.马丽艾姆、苏德什·米什拉、S.穆图、施亚姆·瑟尔瓦杜里等的创作,分别表现了新旧流散印度族群的流散想象与各自的创伤。

第八节　世界其他国家与地区的流散文学

全球流散时代,流散文化与流散文学必然产生在任何民族、任何国家地区的流散者群体与社会中。上述几节重点介绍的只是比较典型的流散族群。其他国家与地区也产生了大量有影响的流散文学作家。这些作家经历着流散者群体都有的"不幸",但是每个单独的流散者又各有各的"不幸"。日本、德国、意大利、捷克、波兰、法国、土耳其、亚美尼亚、阿拉伯国家、澳大利亚等国家或地区都因各自的原因产生了不少流散作家。

米兰·昆德拉是捷克著名小说家、剧作家、诗人与小说理论家,1975年移民法国之前已经有了不小的创作成就。移民法国之后创作成就得到了世界文学界的广泛承认,特别是他移民后发表的《生命中不能承受之轻》奠定了他的地位,赢得了极大的声誉。1985年获以色列颁发的"耶路撒冷文学奖",得到了诺贝尔文学奖的提名。此后,昆德拉在法国以创作作为职业,并逐渐转向法文小说创作,特别是后期的三部小说《慢》《身份》和《无知》,作为移民作家的昆德拉在异质文化中得到了认同,找到了传播市场。之后,一系列的文化境遇构建了他混合的文化身份。这种混合构成如下。

一是流散变化中族裔文化身份中的不变因素。昆德拉的移民属于典型的政治移民或流亡移民,因为他发表《笑忘录》被取消了捷克国籍,也因在"布拉格之春"中持不同于政府的意见而得到批判。移民法国之后的文化选择与创作取向呈现出混杂混合的状态。他在国内的表现,与对斯大林背景的东欧政治生态环境的表现,都说明他是一个爱国者、关心捷克命运的民族作家,捷克是他的原族原国,这种文化印记是天然天生不能完全消失的。移民法国后,远离故土的痛苦、记忆、探索成为他精神的基本状态,《笑忘录》里表达了他对捷克的怀恋,也表现出自己被强行驱赶走的不满:"自从那天他们把我从圆圈中赶出来之后,我就一直没有停止过坠落。我现在还在坠落,他们所做的一切就是再推我一把,好让我坠得更加深一些,远离我的祖国,进入一个回荡着天使们可怕的笑声的虚无之中,那种笑用它的纷乱喧嚷淹没我的每一句话。"①他与母国的文化联系被强制地割断,但是他精神的联系却无法割断,以后的大量创作总是回望这一主题,在法国他还担当了捷克文化的自觉传播者,始终关注捷克的事与人民生活,回忆有关祖国的一切,这个故国之根是永远不可能完全拔出的。他小说中表现的流散者的漂浮感和对祖国的怀念之情也表明捷克族裔身份是他成长的根基,不能也不会完全除掉:"一个人生活在异国,就像在空中行走,脚下没有任何保护,而在自己的国家,不管什么人,都有祖国这张保护网,一切都颇具人情味,因为,在祖国,有自己的家人、同事、朋友,可以用童年时就熟悉的语言毫不费力地让人理解。"②

　　二是法国文化的渗透。昆德拉流散后的文化身份转变也是明显的,1980年获得法国籍,1995年开始运用法语创作,写下了《慢》《身份》《无知》等名篇。在法国生活期间,远离了国内那种压抑的氛围,感到了精神的自由与快乐:"我的交往百分之九十是法国人……我不感到自己是个流亡者……在法国生活,我很快乐。"③法国文艺复兴时期的拉伯雷、启蒙运动代表人物狄德罗成为他思想精神的寄托与学习榜样。在这里他找到了流散之中扎根的可能,他吸取法国文学、文化养分,寻找创作与生存空间。

---

①　[捷克]米兰·昆德拉:《笑忘录》,莫雅平译,中国社会科学出版社1992年版,第83页。

②　[捷克]米兰·昆德拉:《不能承受的生命之轻》,许钧译,上海译文出版社2003年版,第93页。

③　李凤亮、李艳:《对话的灵光:米兰·昆德拉研究资料辑要》,中国友谊出版公司1999年版,第477页。

三是欧洲其他文化、文学传统的影响。昆德拉在文艺理论著作《小说的艺术》中把塞万提斯、卡夫卡、穆西尔、布洛赫、贡布洛维奇等当作自己学习的对象。他还在各种媒体上表达自己属于中欧文化文学传统的想法,在构建与想象中寻找身份。

正是流散带来的多种混杂文化身份,许多文学研究者、文学史家根据昆德拉分别站在不同角度列为了法国作家、捷克作家、东欧作家等。

出生于德国的小说家、诗人赫尔曼·黑塞是早期流散作家代表,尽管他的小说创作中明确以流散群体为人物的并不多,但是他本人早期接受德国文化教育、广泛学习印度文化与中国文化,对其文化思想与文学创作产生了巨大影响。1919 年流散移居瑞士后,他对流散者群体办的杂志《新论坛》《伯尔尼文学杂志》等关注甚多,并出钱资助。他对东方文化的热爱、对内在自我身份的探索,也反映出一个流散作家对整体人类自我身份的认知。小说集《通向内在之路》(收入《悉达多》《童心》《克莱因与瓦格纳》《克林格梭尔的最后夏天》)有对东方文化之旅的表现,也有对欧洲文化的表达,还有对内在心灵之途的探讨。虚构的童话般的小说《东方之旅》是黑塞长达七八年(1923—1929)的东方旅行之后思考的结果,小说主人公 HH 经过德国施瓦本地区的南部、瑞士、小部分意大利国土、博登湖、苏黎世、温特舒尔、伯尔尼郊外的布伦加登,这个旅程是东方文化之行,也是东西方文化相遇之行,更是对超越这种地界划分的人类文化命运的旅程,尽管主人公旅行是失败的,但是小说提出的文化命题却是值得深思的。东方之旅的发现也就是人类精神家园的发现。小说《悉达多》则用一个看似佛陀传记的形式表现了对印度文化的敬意,从深层上也是探索东西文化关系、人类整体文化命运之作。这是因为他的祖父传播过印度教、母亲也在印度出生长大,从小家庭中充满着印度文化气息。他早期的创作中就出现过《奥义书》之类的内容,1900 年之后许多印度文化与宗教书籍被译成德语,黑塞又通过这些典籍得到了熏陶。同时他对中国文化也非常痴迷,研究中国道家《道德经》,学习儒家学说,黑塞曾表明:"从少年时代起,我就崇尚佛教和印度文化。后来我接触了老子和一些其他的中国哲人。"①后来黑塞的代表作《荒原狼》《玻璃球游戏》等代表作就是融入了不同文化进行人类命运探求的,这种创作倾向无疑暗合了流散者面对不同文化中自我与他者关系时的混杂式境遇,正如国际黑塞协会会长卡尔·约瑟夫·库施尔教授所言:"我认为黑塞作品中典型的并不是您所说的文化冲突,而是文化间的互补与融合,黑塞在其作品中通过这种互补与融合形成了一种生动的组合。"②他探索的这种他者文化与自我文化的融合,甚至是多种文化马赛克式的混杂化也许是流散族群文化的发展方向,也是全球流散与全球化的文化后果。

　　出生于德国科隆的贾布瓦拉,先是因战争与种族原因全家流散到英国,1950 年后因自己嫁给了一位印度青年而长期居住在印度,最后为了寻找精神思想的归属感而移居美国纽约。从她长期生活在印度并以创作与印度生活有关的文学作品看,她应当算是从前殖民者发达国家流散到殖民地发展中国家的作家代表。其逆向流散也代表了大量英法美德等殖民统治时期大量从殖民者国家移向殖民地国家的流散群体现象。只不过他们更多不是以流放者的身份来到流散之地,而是以主动姿态、主流文化身份来到弱势文化之地的流散。贾布瓦拉从族裔上说属于犹太人,但是由于她流散英国又到印度的特殊生活经历,我们把她放在此节论及更加合适。为逃避德国纳粹迫害,1939 年贾布瓦拉全家流亡英国,正值年少的她接受了英式教育,毕业之后移民印度长期生活,因而她的创作大多以印度为背景,而印度又曾经是英国殖民地,她在此发现了不同文化的混杂之后有趣的流散文化现象,这种混杂表现在其创作中:"她笔下有知足常乐土生土长的印度人,也有向往西方物质文明的欧洲化的印度人,还有憧憬印度精神文明的印度化的欧洲人,以及在东西两大文明交锋

_____

① ［德］卡尔·约瑟夫·库施尔、［中］庞娜娜:《"他者文化"与"我者文化"的"黑塞式"融合——访国际黑塞协会会长卡尔·约瑟夫·库施尔教授》,《国际汉学》2018 年第 2 期。

② ［德］卡尔·约瑟夫·库施尔、［中］庞娜娜:《"他者文化"与"我者文化"的"黑塞式"融合——访国际黑塞协会会长卡尔·约瑟夫·库施尔教授》,《国际汉学》2018 年第 2 期。

中无所适从的世界公民。"①创作中却很少有关德国的题材,也看不到她本族犹太人的形象,这是她战争与种族迫害环境下刻意为之,主动阻断了与德国犹太族的联系;后来她多次表明与母国联系的态度恰恰证明她对族裔身份难以放下;她先是以英语学习、英语教育、英国文化传统找到自己的英国新身份,又在印度生活 24 年实际建立了自己的婚姻家庭,也找到了自己的创作之路,但是她对古老印度辉煌文化的热爱与现实印度落后、复杂混乱局面的厌恶,形成了较突出的矛盾。因此,1976 年她又从印度移居美国纽约,直到 2013 年去世,从时间上看美国是她流散居住时间最长的地方(37 年),很大程度上认同美国文化。这样她的一生横跨了欧亚美三大洲,联结了犹太文化、德国文化、英国文化、印度文化、美国文化,自己成为了她小说中塑造的那种"世界公民"。

贾布瓦拉在印度写的小说《穷乡僻壤》主人公埃特是一个来自欧洲的流散移民,她带有欧洲人金发碧眼的美貌,也曾征服了很多印度男人,这是强势文化对殖民地弱势文化的吸引,也是欧洲人自豪的本钱;但是随着印度的独立与变化发展,印度人慢慢获得了自信,埃特的优越感也越来越弱,被人忽视,她最后只好成为印度一富商的情人。这显然是对殖民主义的反抗式书写,在吉卜木、福斯特、康拉德等欧洲作家那里,往往都是殖民地人的边缘化,是西方眼光对东方人的界定与书写,而在贾布瓦拉这里,欧洲优越的故事被反写了,欧洲人成了印度富商的附属物。同时埃特发现自己无法回到欧洲,因为在欧洲她已经落伍,也会消失在与大家一样的种族与文化中,她离开欧洲多年不可能和故乡的人一样具有竞争力,也显不出她的特性,她的特性只有在印度才能显示出来。但是她又无法融入印度文化、接受印度文化,陷入流散者普遍的认同焦虑之中,不过这种焦虑已经是殖民者面对殖民地文化与母国文化的焦虑了,是逆向流散者的文化困境。《新领地》中的女主人巴奴白与欧洲旅客雷蒙德

---

① 赵启光:《身在异乡为异客:评介英国小说家贾布瓦拉》,《世界文学》1988 年第 4 期。

的矛盾关系,说明了两种文化之间的冲突,她要求后者离开印度其实就是印度民族主义者对西方殖民主义者的态度。这种矛盾冲突在《热与尘》中也有所表现,同时对两种文化如何相处进行了表现。两个英国女人在印度选择的不同方式很有象征意味,奥莉维亚是一个欧洲文化至上者,她处处感到优越感,她不喜欢印度衣服、饮食、家居等,但是在独立后的印度她的态度已经过时;而作为小说无名叙述者的英国女子"我",来到现代印度后,很快就接受了印度纱丽服,抛弃了英国文化的优越感,做到入乡随俗,生活起居与印度节奏一致,融入了印度文化,而印度人对她们这些西方人的印度化也大胆地进行评论,文化混合的事实正在发生。

约翰·马克斯韦尔·库切与奈保尔、贾布瓦拉等流散作家一样,是多重移民流散代表。他具有荷兰布尔人文化血统,1940年生于南非并成长于此,接受英语教育,到英国伦敦学习过电脑,到美国学习文学并获得文学博士学位,毕业后在纽约州立大学任教,1974年回到出生地南非开普敦大学任教并从事写作;2002年获得诺贝尔文学奖前,移民澳大利亚成为阿德莱德大学教授,从事新的创作。这种混杂化的流散经历决定了他的创作具有突出的文化流散特征。这种流散的核心是其家族移民南非的生活和他有关南非的流散文学创作。这些文化成果表现出库切流散身份中对各种文化的矛盾态度,他用英语进行写作与教学,但是英语没有给他带来家的感觉:"英语从来没给我栖息或归家的感觉。"[①]童年时代祖父经营的南非卡鲁农场在他的心灵中种下了极深的印记,形成了强烈的家园情结,对其产生了强烈的迷恋,但是年长几岁后他发现这里也不是他的永久家园:农场给他带来丰盛的美食,他总是想起午饭铃响的时光;这里小伙伴们任意玩乐嬉戏,他对那里的每块石头、每丛灌木和每片草叶都喜爱有加,似乎没有人比他更眷恋这个农场;但是这里的继承权问题和母亲维拉对农场的态度让他感觉到自己永远是这里的过客,他可能去那里

---

① 　J.M.库切:《凶年纪事》,文敏译,浙江文艺出版社2009年版,第30页。

玩但不能定居在那里①。他对自己荷兰裔布尔人身份也是模糊与矛盾的,与他祖父一起来的布尔人不认可他家的行为,对库切的布尔人身份不接纳,而他父亲也与布尔人的种族观点不同,库切对布尔人说南非荷兰语及生活方式也不赞同,这样他们融入流散社区也不可能:"没有布尔人会认为我是布尔人。"②流散地的流散感觉、边缘处境,往往使得流散者继续流散以寻找栖居之地,于是有了他英国的学习计算机之行,有了美国的文学之旅程,但是英美两国的学习、教学与研究过程并没有使他找到家的感觉,他独立的思想态度并没有使得他获得美国国籍,于是他又返回出生地南非,而南非的政治情况、种族隔离政策也让他不满意,虽然他身为白人作家,也对主流社会无法认同。

从第一部小说《幽暗之地》到后来的《等待野蛮人》《迈克尔·K.的生活和时代》《福》《铁器时代》《耻》《凶年纪事》等作品,库切都把目光投向南非,以各色边缘人物的经历与感受,甚至自己的生活经验,探讨不同文化间的关系,充满着对他者、他性的思考。《耻》中卢里教授在性丑闻前后身份感觉的变化与起伏,表现了作者对文化身份的探索。其早期殖民者身份的优越感消失,到接受自己女儿将要生出的混血儿,寓言式地表现了混合文化产生的种种问题。女儿露茜是接受白人文化的代表,但是她在黑人中间的生存与被暴力侵害,也是黑人与白人文化互为他者之间的象征。库切移民澳大利亚之后,写下了如《耶稣的童年》等小说,这些小说中库切的人物仍然是他所熟悉的流散者,不过此期的流散者已不同于南非时期的,他们有了新的特点。小说中西蒙和大卫两个新移民到澳大利亚的青年,在留学过程中似乎有着好的生活条件,但是他们处处陷入了身份的焦虑中。小说以西蒙帮助大卫寻找母亲为线索,就是文化身份寻找和文化归属的象征。

---

① 参见 J. M. Coetzee, *Boyhood: Scenes from Provincial Life*, London: Secker & Warburg, 1997, pp.79-80。

② J. M. Coetzee, *Doubling the Point: Essays and Interview*, ed. by David Attwell, Cambridge: Harvard University Press, 1992, p.341.

　　阿拉伯族群同样由于其特殊的历史经历而流散各地,其流散文学成就以"旅美文学"为代表,形成了独特的文学风景。

　　另外,在殖民与后殖民时期还有不少从宗主国国家流散到其他地区或者又返回母国的文学家,也是典型的流散文学家,与少数族裔、弱势族群中走出的流散作家形成了互应的关系,丰富了世界流散文学宝库,他们主要是勒克莱齐奥、帕斯、戈迪默、品特等大师级作家,学界对其专门的研究成果较多,此处不赘述。而亚美尼亚人、阿拉伯人、日本人、朝鲜人、南美洲各族人也都因本族的流散生存而产生了不少流散作家,各自承载着自己的母国文化与移入地文化,进行着不同的文化碰撞、交流、对话,创作出了不少探索人类文化关系的优秀作品,加入到世界流散文学大合唱中,成为流散诗学研究的重要资源。

　　流散文学是世界各流散族裔作家根据自己或族人的流散经验,采用多样化的手法对流散生活、流散文化及其社会现象的语言艺术表现,每一种流散族裔的流散文学因其跨越的种族、地理、时代、社会、政治、经济、宗教、文化不同而具有其独特的流散文学特点,这种流散叙事被国际流散文学研究称为"流散想象"。来自斐济的印度流散族裔、澳大利亚默多克大学维吉·米什拉教授在《印度流散文学:流散想象的理论化》一书中套用托尔斯泰《安娜·卡列尼娜》开头的句式指出:"所有的流散者都是不幸的,但每一个流散者都各有各的不幸。流散者是指那些对自己护照上无归化入籍的身份感到不适的人们,他们想探求入籍的意义,但又不能过多地强调这种归化入籍,恐怕引起大规模的社群精神分裂症。他们不安地被困在真实或想象的流离失所、自我强化的流放意识认知之中;他们被恐惧所困扰,被内在的幽灵所困扰,而这些幽灵鼓励着民族统一主义或分离主义者的运动。流散族群既受到晚期后现代性的欢迎赞赏又受到早期现代性的中伤诽谤,但是我们对这两个立场都要保持警惕。作为后现代性典型状态的流散族——作为高度民主的社群,对他们来说统治和领土不再是'独立国家地位'的先决条件——这是独立国家常有的限制。在后现代有关流散族群利益的愉快争辩中,流散社群占据了边界地带,在此发生着最活跃的互动,种族与民族是被分开的。在这场辩论中,流散社群是流动的理想的社会形态,他们快乐地生活在有国际机场的地方,维护着一个更长久、更受赞赏的历史过程。"①他试图表明,流散作家对快乐与不快乐流散经验的表现、流散族对自己身份的困惑、对回家欲望或重新建立家园、或融入流散地,更多地表现为一种心理、思想精神层面上的想象,是经过加工处理的结晶,而不是现实的本真。文学作为流散想象的高级艺术形态,可以呈现出流散者有关悲伤、不悲伤、旅行、文化翻译、精神创伤等主题的叙事想象。

由于各流散族源族文化、寄居国文化、流散经历等的差异性,历史时间与空间的变化,不同流散族在不同的时代、不同的寄居国中的流散作家的流散想象、流散叙事是不同的,它们有共同的规律,更有各自丰富的特性,因而对其进行分类研究同样重要。

---

① Vijay Mishra, *The Literature of the Indian Diaspora: Theorizing the Diasporic Imaginary*, London and New York: Routledge, 2007, p.2.

第三章　流散诗学

任何社会、历史、文化现象的产生、发展、传播都会自觉不自觉地形成一套命名与叙述话语体系,正如文学的产生与发展逐渐形成了一套完整的文学话语体系,计算机、互联网的出现形成了相应的科学、学术话语体系。有关"诗学"的理论也经历了一个不断丰富发展的过程,据曹顺庆老师论析,"诗学"理论一开始专门指古代希腊哲学家亚里士多德《诗学》中有关戏剧、诗歌等体裁的学问和创作技巧的理论,后来泛指广义上的文学理论的问题①。现在"诗学"的使用更加广泛,许多研究社会文化规律、艺术规律的学问都可以冠之"诗学",如法国马克·费罗芒的《海德格尔诗学》、美国学者乔纳森·卡勒的《结构主义诗学》、加拿大林达·哈琴的《后现代主义诗学》、黄鸣奋的《超文本诗学》、杨义的《李杜诗学》、美国大卫·波德维尔的《电影诗学》等。

人类流散行为、流散文化、流散文学及相关研究的产生与发展也在逐渐形成一套不断扩大的话语体系,创生了一系列有关流散研究的理论模式或模型。人们对移民现象的研究从古代希腊就开始了,之后每个历史时期都有不同领域的成果涉及移民问题,特别是西方宗教研究中多有涉及,航海大发现、资本主义殖民开发后则更多,但是这些研究主要涉及移民记录、人口统计、宗教传

---

① 参见曹顺庆:《比较文学概论》,高等教育出版社 2015 年版。

播、政治流放等表象问题,与流散诗学、流散文学研究内容相去较远。到 19 世纪,丹麦文学史家勃兰兑斯有关流亡文学的研究,美国社会学家、芝加哥学派创始人罗伯特·E.帕克有关少数移民、报刊与城市生态的研究等之后,众多相关研究与流散诗学研究内容日益切近,故把它们作为流散诗学的重要理论源头符合学科孕育、发生、发展的规律。只是他们把流散者或流散族统称为"流亡者"(exiles),把外来少数移民统称为"边缘人"(marginal man)①,并且也用"migration, immigration"指称外来少数移民,还没有使用"diaspora"这一词语。

自 20 世纪 50 年代以来,随着旧殖民体系的解体,宗主国民族与殖民地民族关系,少数族裔群体、移民群体权益问题得到重视,相关学术研究已经自觉地对流散族群进行理论化建构,而且大多数有意识地使用"diaspora"一词来代替之前常用的"race, ethnic group, tribe, migration"等,因为这些词语指称普通、普遍存在的族群,无法限定处于流散生存状态的少数族裔群体之特性。80 年代耶路撒冷希伯来大学的加布里埃尔·谢弗尔出版《全新的研究领域:国际政治中的现代流散现象》一书,提出了"古典流散"(classical diasporas)和"现代流散"(modern diasporas)两个重要术语②,前者专门指犹太流散从开始到全球化之前(主要是第二次世界大战结束前)的苦难流散族群,他们大都来自前殖民地国家,他们主动或被动流散至东道国的历史是悲惨的,充满被剥削与被压榨的记忆,他们在流散居住国没有人权、没有自由,社会活动与交往受到种种限制,他们与主流社会格格不入,成为他者,社会活动与工作机会很少,不能从事核心工作,只能做低下的贸易、卖艺或苦力工作,如犹太人流散族群、奥斯曼帝国时期的希腊人、华人流散、亚美尼亚人流散、俄罗斯流散、黑人流散等。后者指古典流散族群的后代及新移民(全球化驱动的结果),这部分群体往往

① 参见 R. E. Park,'Human Migration and Marginal Man',*American Journal of Sociology*,Vol.3,1928。

② 参见 G.Sheffer,'A New Field of Study:Modern Diasporas in International Politics',Sheffer ed.,*Modern Diasporas in International Politics*,London:Croom Helm,1986。

通过父辈的讲述、文字材料保持对母国的记忆、回忆和想象,短时间以旅行方式与母国社会建立交往关系,一定程度上参与故国的建设活动;同时,他们也有意保留源族特性,主观上不愿意完全被东道国同化,还能积极地参与到东道国的各项社会活动之中,与东道国的社会各阶层展开广泛的交流,更能保持自身种族的特点和传统文化价值,基本摆脱了被欺凌的弱势地位。这种情形就是流散者居于母国、东道国之间呈现双栖状态,"介于之间"状态。关于"现代流散"谢弗尔也作了明确说明:"现代流散族群是由移民及其后裔构成的少数族群,他们的工作、生活在移居国,但与祖籍国保持强烈的情感联系和物质上的联系。"①谢弗尔的研究扩大了流散理论话语体系。2003 年,他又出版《流散的政治:域外之家》一书,进一步解释了流散概念。

　　20 世纪 90 年代以来,国际学术界对流散的研究进入一个繁荣时期,相关理论建构成果丰富,研究术语丰富多彩。从 diaspora 衍生出作为形容词的"diasporic,diasporist,diasporized",作为类型化专有名词的"diasporization"和"diasporism"。甚至一些新词语大都还没有收录到词典中,但在各种研究专著与论文中已经广泛使用。1991 年可以称为流散研究元年,其标志性事件是加拿大多伦多大学创办了第一种专门研究流散文化的期刊《流散:跨国研究杂志》(*Diaspora:A Journal of Transnational Studies*),其后在此杂志上发表的众多有关移民、跨国主义的文章,其核心就是关注全球流散问题,之后各种学术杂志有关流散和民族问题的理论化探索的文章不断增多,在各个领域都有探讨:"文学、社会学、人类学、电影研究、同性恋理论、区域研究、种族研究。"②这些跨学科研究,与 20、21 世纪之交盛行的文化研究、后殖民理论研究相汇合,生发出流散研究的跨学科话语体系。

---

　　① G. Sheffer,'A New Field of Study:Modern Diasporas in International Politics',see G.Sheffer ed.,*Modern Diasporas in International Politics*,London:Croom Helm,1986,p.3.

　　② Jana Evans Braziel,Anita Mannur,'Nation,Migration,Globalization:Points of Conception in Diaspora Studies',see Jana Evans Braziel and Anita Mannur eds.,*Theorizing Diaspora*,Blackwell Publishing Ltd.,2003,p.3.

后殖民主义理论代表爱德华·萨义德、霍米·巴巴等都是具有混杂流散身份的第三世界知识分子,他们的第三世界族裔身份、文化身份与西方文化价值观合为一体,形成了独特的混杂视角以考察研究流散,他们结合人类学意义上的流散与文学上的流散写作,作出了独到的理论建构。萨义德对"流散"、身份认同有着亲身的经历和精辟论述,《东方学》《流亡的反思及其他文章》《最后的天空之后——巴勒斯坦人的生活》等论著确立了后殖民理论,成为流散问题研究的重要理论参考。霍米·巴巴在他的论文集《文化的定位》中提出了"流亡诗学""文化翻译""双重视界""混合文化身份"等著名概念;法农在《黑皮肤白面具》等论著中对黑人文化境遇与生存困境进行了研讨;斯皮瓦克侧重研究殖民地流散的女性群体和底层群体及流散写作,提出"他者"视角理论;艾勒克·博埃默在《殖民与后殖民文学》中系统讨论了殖民、后殖民时期的移民流散写作。

斯图亚特·霍尔对流散写作与流散文化进行理论研究,论述了"新族性(new ethnicities)""英国黑人性""黑色大西洋""文化表征"等概念,提供了新的研究视角。在这些研究成果与理论基础上,不少学者试图专门就流散问题进行系统化的理论建构,如第一章所述罗宾·库恩的《全球流散导论》、亨利·路易斯·Jr.盖茨等合编的《身份认同》、艾文斯·布洛塞尔的《流散导论》《流散理论建构读本》、苏德什·米什拉的《流散批评》、约翰·道克的《1942:流散诗论》、史蒂芬·威尔森的《流散诗学》等。这些学术建构实践为了更好地说明、论证流散文化系列问题,创造出了许多新词,组合、混搭了许多新术语,如流散理论、流散写作(文学)、流散美学、流散艺术、流散时空、流散身份、流散媒介、流散政治、全球流散、南亚流散、非洲(裔)流散、华人流散(华裔流散)、印度流散、阿拉伯流散、欧洲流散、俄罗斯流散、流散批评、流散诗学、流散族裔、流散者、流散主义者、流散主义、寻机流散族群(opportunity-seeking diasporas)、流散企业主(diasporic entrepreneurs),等等①。

---

① 参见 Michele Reis,"Theorizing Diaspora:Perspectives on'Classical'and'Contemporary'Diaspora",*International Migration*,Vol.42,No.2,2004,p.51。

　　至于相关流散研究的跨学科、跨文化的术语搭配、组合更宽泛。如：跨国主义（transnationalism）、跨国族群（社区）（transnational community）、跨国空间（transnational space）、弹性公民（flexible citizenship）、跨国恐慌（transnational terror）等。斯图亚特·霍尔认为"流散"不应当由本质或纯粹的意义上解释，而是应当从对异质性、多样性重新认识的角度解释，用混杂性来解释①。莉萨·罗则用"异质性、杂交性、多样性"（heterogeneity，hybridity，multiplicity）②界定美国亚裔流散族群的特性；2000 年前后十年间，牛津大学资助"跨国社区"项目计划，由史蒂芬·沃特威克组织编写了一系列"跨国主义"、跨国社区（transnational communities）研究丛书，共计 15 本，提出了许多与流散研究相关的跨国、跨界、跨学科概念：跨国社区、跨国空间、流散媒介、跨国政治、跨国管理等③；由英国沃威克大学的罗宾·库恩教授主编了 5 本"全球流散"研究丛书——《全球流散导论》（库恩）、《新流散族群：移民的大出逃、流散与重组》（尼古拉斯·范·希尔）、《锡克流散族：母国政治》（达山·辛格·塔特拉）、《意大利众流散族》（唐娜·R.加巴西娅）、《印度流散：比较模式》（史蒂芬·沃特威克），探究流散理论，讨论印度流散族群、意大利流散族群、锡克流散族群、新流散族群等④。

　　可见，国际学界有关流散研究的话语体系开始形成，与传统的文化学、人类学、种族学、社会学、文学等研究一样，成为国际学术领域的重要景观，不可避免地成为 21 世纪主要的批评理论⑤。

---

　　① 参见 Jana Evans Braziel, Anita Mannur,'Nation, Migration, Globalization：Points of Conception in Diaspora Studies',see Jana Evans Braziel and Anita Mannur eds.,*Theorizing Diaspora*, Blackwell Publishing Ltd.,2003,p.2。

　　② Lisa Lowe,'Heterogeneity,Hybridity,Multiplicity：Marking Asian-American Differences',see Jana Evans Braziel and Anita Mannur eds.,*Theorizing Diaspora*,Blackwell Publishing Ltd.,2003,p.132.

　　③ 参见 Waltraud Kokot,Khaching Tololyan and Carolin Alfonso eds.,*Diaspora*,*Identity and Religion*,Routledge,2004.p.iii。

　　④ Economic and Social Research Council,'Global Diasporas',http：//www.transcomm.ox.ac.uk/wwwroot/global.htm.

　　⑤ 参见张冲：《散居族裔批评与美国华裔文学研究》，《外国文学研究》2005 年第 2 期。

第一节　勃兰兑斯的"流亡文学"评论模式

对流亡文学研究较早的是丹麦学者格奥尔格·勃兰兑斯。他本人就是犹太流散者商人的后裔,他传承的血统之中就有反叛、漂泊的基因。他大学毕业后在欧洲各地四处旅行,接受了各国文化、文学的影响,认识了尼采、泰纳、勒南、约·斯·米尔、托马斯·曼等哲学、社会学、文学大师。1871年开始在哥本哈根大学任教,讲授《十九世纪文学主流》,一直到1890年。在讲稿基础上出版了六卷本著作:《流亡文学》《德国的浪漫派》《法国的反动》《英国的自然主义》《法国浪漫派》《青年德意志》,对1850年前的欧洲文学进行了讨论与分析。六部著作对应六大文学流派,引进达尔文进化论思想,注重作家生平、作家创作心理的分析,尤其运用泰纳《艺术哲学》中种族、环境、时代三大要素,加上自己大胆叛逆的分析,充分肯定了德、法、英三国进步作家的创作就,对史达尔夫人、史雷格尔兄弟、霍夫曼、夏多布里安、拉马丁、雨果、拜伦、乔治·桑、巴尔扎克、斯丹达尔(司汤达)、梅里美、海涅、维尔特等人的进步思想与艺术创新给予了充分研究,批判旧的、反动的思想与势力。六部著作出版后引起了欧洲学界的巨大反响,也影响了后世世界文学研究的动向,而正是这种成就引起了丹麦教会势力的不满与攻击,他被迫流亡柏林七年,体验了流亡作家们同样的流亡生活。但是进步思想家、文学家、学者对此热情赞扬,尼采称勃兰兑斯是优秀的欧洲人、文化传教士;托马斯·曼称他为"创造性批评的大师",并评价《十九世纪文学主流》是"欧洲年轻知识分子的圣经";《法国大百科全书》则称他为"比较文学之父"。先天的犹太流散族裔身份与跨学科的文学讲座、学术思考的确成就了他比较文学研究的道路,使他成为比基亚等人更系统地从事比较文学具体研究工作的人。而他以欧洲作家流亡的身份、流亡的经历、流亡文学创作实践及研究作为六部讲稿的开篇,恰恰开启了早期流散文学及相关问题的研究,正如他自己所言"流亡文学是本世纪伟大文艺戏剧的序幕"①,因而流散诗学研究应当可以从他创造的批评模式中学习借鉴一些有用的东西。

一、流亡及流亡文学

流亡是人类迁徙的特殊形式,是流散诗学研究的重要内容。它表现为一种被动、被迫、反叛、叛逆的状态,多数情况下表现为进步的倾向。驱使流亡的原因主要是政治、宗教、战争等压迫性因素。"流亡"一词来自于拉丁语,有放逐、逃亡的意思。在《辞海》中,"流亡"的释义为"因在本乡、本国不能存身而逃亡流落在外"。在具体空间距离上流亡指离开本乡、本国,逃亡在外。

勃兰兑斯的《流亡文学》以法国文学为起点,考察了法国大革命后及拿破仑执政后法国作家、知识分子的流亡行为与文学创作状态,开启了流亡文学研究先河。勃兰兑斯结合18世纪末19世纪初欧洲政治局势,指出了流亡者流亡的内外在原因:法国大革命之后的暴力和拿破仑的专政导致了许多知识分子被杀害、被流放,一些文人纷纷逃亡国外:"在这两大暴政期间,一个法国文人只有远离巴黎,在寂寥的乡间过死一般寂静的生活,或是逃出国去到瑞士、德国、英国或者是北美,才能从事他的创作活动。只有在这些地方,独立思考的法国人才能生存,也只有独立思考的人才能创造文艺、发展文艺。这个世纪的第一批法国文学家来自四面八方,其特点就是有反抗的倾向。⋯⋯他们有一个共同之处就是憎恨恐怖统治和拿破仑的专制⋯⋯都一致反对当时的社会秩序。他们的另一个共同点是作为18世纪的继承者,他们处境都很艰难,因为这个世纪留给他们的正是他们所反对的那个帝国。⋯⋯19世纪的大门打开了,他们在门前凝神窥视,预感到会看到什么情况,甚至相信自己已经看到,各自都根据自己的禀赋愿望,想象新事物是什么样子,并作出自己的解释。因此作为一个整体,他们带有一些先驱的味道:他们身上体现着新时

---

① ［波兰］格奥尔格·勃兰兑斯:《十九世纪文学主流·流亡文学》,张道真译,人民文学出版社1980年版,第203页。

代的精神。"①在勃兰兑斯看来,流亡者是革命的、进步的新时代力量与精神
代表,他们虽然四处流亡,但却是追求自由与新思想、反抗旧势力与专制的代
表,赋予了流亡以悲壮的色彩。

　　法国流亡作家,跨越了国界,接触了外国的思想与精神,自然比一般的出
征士兵受所在国的影响要深刻,为了战争而出行的士兵对所到国体会到的只
能是外在的感觉,而外国精神对这些长期流亡的人来说影响深远、持久,他们
会把外国的哲学、文学、艺术与先进的思想进行学习借鉴,也把法国的语言文
化传播到国外,正因如此勃兰兑斯把流亡的法国人在国外的文学活动称为
"流亡文学":"流亡在外的法国人被迫要对外国语言有较深的了解,如果不是
出于别的原因,至少是为了用它在所在国教人学法语。正是这些流亡的知识
分子对整个法国传播了有关别国特点和文化的知识。如果要给这时期的文学
活动一个总的名称,恐怕没有什么比'流亡文学'更合适的了,因此我采用了
它。"②正如一些移民作家的作品无关流散问题而不能称之为流散文学一样,
勃兰兑斯也指出了流亡文学同样的问题,有些作家不在法国、不在巴黎,他们
的身份不是流亡者,其作品中却反映了流亡者的生活也可以称之为流亡文学;
反过来,有些作家是流亡者移民,但是他们的创作与流亡文学没有关系,当然
不能算是流亡文学。足见勃兰兑斯对流亡文学的具体内容是有界定的:流亡
文学是流亡作家在流亡经历中创作的具有反对恐怖统治、帝国专制、僵化传统
倾向,追求自由、进步与反叛精神的文学作品。流亡作家们大都继承了卢梭、
伏尔泰等人的思想传统。勃兰兑斯把 18 世纪、19 世纪法国、德国、英国为代
表的整个欧洲文艺活动进行了综合研究,而不是把每一个作家单独进行讨论,
他对夏多布里安、史达尔夫人、贡斯当、卢梭、歌德、史南古、诺底叶、巴朗特等

　　① 　[波兰]格奥尔格·勃兰兑斯:《十九世纪文学主流·流亡文学》,张道真译,人民文学出
版社 1980 年版,第 1—2 页。
　　② 　[波兰]格奥尔格·勃兰兑斯:《十九世纪文学主流·流亡文学》,张道真译,人民文学出
版社 1980 年版,第 4 页。

作家的讨论都放在了法国革命、拿破仑帝国统治等世纪之交的广泛背景上,以纵横比较的方法,把作家生平、流亡背景、作品内容与人物进行了研究,蕴含了丰富的历史与文学史内容,也具有批判精神与文艺审美深度。

勃兰兑斯讨论的第一位流亡者是有浪漫主义倾向的夏多布里安,他师承了卢梭返归自然、热爱自然、描绘自然的传统,在法国大革命爆发后的第二年自我流亡到北美,游历了尼亚加拉,进入印第安人的原始森林。正是北美一年多的流浪经历,使他构思了两部小说《阿达拉》和《勒奈》,前者充满美洲的异域风情,也体现着作者对欧洲的对比与回望。后者则站在 18、19 世纪之交,表现了以忧郁为核心特点的"世纪病"患者形象。夏多布里安 1792 年 1 月从美洲回国后不久就听到路易王朝覆灭的消息,他又一次自我流亡到英国伦敦,在伦敦写出了这两部小说的初稿;后来带着初稿返回欧洲大陆参加了法国流亡军行动,沿着莱茵河到达比利时。这个过程中他边流浪边修改,使小说更加成熟,直到 1880 年才返回法国。这时拿破仑已经镇压了革命,恢复了基督教国教信仰,《阿达拉》于此年发表正当其时,使他一举成名:"自从《保尔与费琴妮》(法国浪漫派作家圣-皮埃尔的作品)问世以来,还没有过一本书像《阿达拉》这样在法国公众中引起轰动。这是一本描写北美原野和神秘森林的小说,带有浓郁、奇异的处女地的气息,闪耀着强烈的异国色彩,更强烈动人的是那猛烈燃烧着的激情。故事以印第安人的蛮荒生活为背景,描绘一种受到压抑因而更加炽烈的不幸的爱情,由于涂上一层天主教虔诚的色彩,全书就更加动人。"[1]小说借助印第安姑娘阿达拉形象表现了作家对爱情的赞扬、对信仰的理解。

卢梭的《新爱洛绮丝》、歌德的《少年维特之烦恼》中的爱情穿越时空来到了美洲,曲折反映了法国青年人当时普遍的情感,这是引起轰动的原因。另外卢梭式的大自然描绘使小说染上了北美风光色彩,增加了流亡他乡的新鲜感、

---

① ［波兰］格奥尔格·勃兰兑斯:《十九世纪文学主流·流亡文学》,张道真译,人民文学出版社 1980 年版,第 7 页。

传奇感,从另一个侧面增加了作品的吸引力。而作为《基督教真谛》一部分的小说《勒奈》,反映了夏多布里安青年时代的生活,勒奈这个青年形象身上有《新爱洛绮丝》中圣普乐的爱情悲剧,有维特式的烦忧,但更多地增加了忧郁气质。作者对时代社会、革命的满意与不满意在流亡中沉淀下来,由小说人物代言出来:"维特的特点是憧憬未来和对未来隐约感到不安。在他和下一个伟大典型勒奈这个法国人之间隔着一场革命。在勒奈身上预言的因素被幻灭的因素所代替。革命前的不满让位给对革命的不满……维特身上没有的一个新的因素在他心灵中出现了,这就是忧郁的因素。维特一再宣称,他最讨厌的是抑郁和沮丧;他很不幸,但从不忧郁。而勒奈却陷入无用的忧伤而不能自拔。他心情沉重,悲观厌世。他是站在歌德的维特和拜伦的乔尔和柯赛尔之间的一个过渡性人物。"①

以勒奈为代表的"世纪病"患者形象反映了流亡时代流亡作家创作的普遍选择,是急剧变动的18世纪到20世纪几百年间人类流亡、流散状态的艺术表现。沿着勒奈这个人物传统,"世纪病"患者走出了法国、走出了欧洲大陆,形成了世界流浪者形象画廊:法国作家贡斯当的《阿道尔夫》中的同名主人公具有忧郁、孤独、寂寞、无奈、厌世心理等"世纪病"特征;拜伦的《恰尔德·哈洛尔德》中同名主人公也是苦闷、迷惘空虚、无聊、孤独、惆怅的"世纪病"患者;缪塞的《一个世纪儿的忏悔》中法国青年沃达夫也是一个忧郁、孤独、冷漠、无为的"世纪病"人。其后,俄罗斯文学史中出现了多余人,普希金的《叶甫盖尼·奥涅金》、莱蒙托夫的《当代英雄》、屠格涅夫的《罗亭》、冈察洛夫的《奥勃洛摩夫》等名著中都塑造了这类多余人;中国文学中鲁迅和郁达夫等笔下的孤独者、零余人;现代文学与后现代文学中的局外人形象等。这些形象与作者们的流亡、流放、流散经历相关,与社会时代风云际会紧密相关,正如勃兰兑斯总结的那样:"十九世纪早期的忧郁是一种病,这种病不是哪一个人或哪

---

① [波兰]格奥尔格·勃兰兑斯:《十九世纪文学主流·流亡文学》,张道真译,人民文学出版社1980年版,第30—31页。

一个国家所独有的,它是一场由一个民族传到另一个民族的瘟疫,就像中世纪常常传遍整个欧洲的那些次宗教狂热一样,勒奈只不过是第一个和最突出的一个病例而已,一些最有天赋的才智之士都患有同样的病。"①

在《流亡文学》中,勃兰兑斯重点分析了几个典型的流亡作家:史南古、贡斯当、史达尔夫人。史南古生于1770年,法国大革命爆发后他就流亡到瑞士过着隐居生活。勃兰兑斯称他为流亡文学杰出的作家之一,是卢梭的继承者,与夏多布里安、史达尔夫人及当时的浪漫派作家一样具有较高的地位。他的代表作《奥勃曼》就是自己在瑞士流亡生活与感受的真实写照,他以心理小说的形式,表现了主人公一生不幸、忧郁的生活,他在瑞士没有工作,也没有一定的活动领域,没有职业,最后打算成为一个作家,这个作家计划正如作者史南古自己的一样。他身上充满矛盾,他热爱自由又缺乏行动,他想工作但是又怕工作的束缚,他对生活热切又脆弱,他讨厌整个社会结构,与别人格格不入,却又不能自主自由;他对生活、职业、宗教信仰的分析正是流亡中作者自己的写照。这也表明大多数情况下流亡流散文学作品往往都被看作是作者的自传。政治家兼作家贡斯当由于和当局意见不合,又被史达尔夫人的爱情与创作吸引,他跟随着史达尔夫人一起流亡到瑞士柯贝生活。之后又一起旅居德国几年。期间写出了他唯一一部小说《阿道尔夫》,塑造了一个忧郁的"世纪病"患者形象。与歌德的维特和夏多布里安的勒奈不同,这里的爱情追求不再以男性为主,而是以女主人公爱莲诺尔为主,她身上具有了贡斯当情人夏尔夫人(一个瑞士作家)和史达尔夫人的影子,而且都是比作者年龄大的女人,这一形象被称为新型女性形象,后来不断出现在巴尔扎克的作品里。阿道尔夫之所以能够从年长些的女子身上得到安慰也是由其忧郁性格和流亡状态决定的:"贡斯当所属的无家可归、流亡在外、既年轻又苍老、既有信仰又缺乏信仰的不幸的一代的典型就是阿道尔夫,他尽管在年岁上和经历上还是一个孩子,

---

① [波兰]格奥尔格·勃兰兑斯:《十九世纪文学主流·流亡文学》,张道真译,人民文学出版社1980年版,第36页。

在思想上却对欢乐感到厌倦,他想在爱情中寻找强烈的感受、猛烈的感情,寻求对人生、爱情和女人心灵的了解,并经历有待克服的困难和危险。"①

史达尔夫人由于其特殊的历史与社会政治地位而遭受了更加复杂的流亡与回国经历,在革命前她父亲是法国总理,革命后逃亡。史达尔夫人与丈夫留在巴黎营救了一部分革命的对象,也因此流亡瑞士。法兰西共和国建立及拿破仑回归之后,她试图积极从政。但是她的观点没有得到英雄的赏识,又与夏多布里安发生了争执,之后被迫流亡十年。爱情与社会小说《苔尔芬》表达了作者对婚姻的看法,苔尔芬与莱昂斯被阴谋拆散的过程,表现了个人反抗社会与宗教信条的矛盾,也是史达尔夫人婚恋观的反映,也体现了流亡文学的主题精神:"《苔尔芬》所描绘的社会与个人的矛盾是与流亡文学的精神完全一致的。在整个这一组作品中都是先进行大胆反抗,接着是由于看到斗争没有用处而陷入绝望。"②史达尔夫人的流亡处境、散居状态、跨国移居行为比任何一个同时期的作家都要频繁,她先是流亡德国魏玛公国,在那结识了席勒、歌德,到柏林后结识了路易·菲迪南亲王,进入了费希特、雅格比、旋雷格尔等思想家与文学家社交圈子。第二年游历意大利,回到瑞士柯贝写出了《柯丽娜》。在柯贝,由于她不愿意同法国政府和宗教界人士妥协,受到了严密监视。后来不得不通过奥地利、波兰逃亡到俄罗斯的莫斯科和彼得堡。虽然她的思想也有不少缺点,但不论到哪里她都和一切偏见对抗,作为一个女作家她思想的自由、经受的痛苦都是宝贵的财富。也正是这种流亡过程造就了她身份的复杂性、跨界性、多样性:"她是天主教国家里的一个新教徒,虽然在一个新教徒家庭长大,她却同情天主教徒。在法国她是一个瑞士公民的女儿,在瑞士她又感到她是一个巴黎人。作为一个有头脑有强烈感情的女人,她注定要和公众舆

---

① 〔波兰〕格奥尔格·勃兰兑斯:《十九世纪文学主流·流亡文学》,张道真译,人民文学出版社1980年版,第83页。

② 〔波兰〕格奥尔格·勃兰兑斯:《十九世纪文学主流·流亡文学》,张道真译,人民文学出版社1980年版,第104页。

论发生冲突;作为一个作家、一个天才女人,她注定要对限制妇女于家庭生活圈子里的社会秩序作进攻性和防御性的斗争。她能比当代任何其他作家更清楚地看透周围的那些偏见,这主要是因为她作为一个政治流亡者,不得不从一个外国跑到另一个外国,而这样就使她那永远活跃的爱好分析的头脑有机会把一个民族的精神和理想同另一民族的精神和理想加以比较。"①而这种状态,正是后来被迫流亡的流散文学作家们面临的共同命运,从这个意义看,史达尔夫人已经具备后世流散作家的基本特征,她能够在不同的文化与民族思想精神之间进行比较,接受或排斥某些文化思想,选择与消化融合一些文化,从而确立自己的身份与立场。史达尔夫人的成就是巨大的,影响是深远的,勃兰兑斯称她为流亡文学集团中占统治地位的人物,"她的作品集中了流亡者们所产生的最优秀最健康的作品"②,这一定位是比较实际的。

沿着史达尔夫人流亡的传统,欧洲主要国家的进步作家都经历了流亡,又因流亡而变得反叛,进而促进了流亡文学创作:英国对拜伦的流放、德国对海涅的流放、法国对雨果的流放、俄国对普希金等的流放;但是这些流放并没有使这些人失去他们在当时文坛和后来历史上的影响,反而因为被流放而更加突出了他们思想与贡献的伟大。因为他们被流放的理由是他们代表了时代的进步与前沿先锋作用。

二、勃兰兑斯的跨学科批评模式对流散诗学建构的启示

流亡文学研究开启了勃兰兑斯研究 19 世纪文学的序幕,也体现出其跨学科思维方式,他把比较文学、心理学、生物进化论、社会学、生态学、文艺美学等视角都运用到流散文学及其后来的五大文学流派研究之中。而流亡文学因其

---

① [波兰]格奥尔格·勃兰兑斯:《十九世纪文学主流·流亡文学》,张道真译,人民文学出版社 1980 年版,第 105—106 页。
② [波兰]格奥尔格·勃兰兑斯:《十九世纪文学主流·流亡文学》,张道真译,人民文学出版社 1980 年版,第 202 页。

跨国界、跨文化、跨时空等特性,更适合用混合的研究方法。勃兰兑斯《十九世纪文学主流》六卷本都体现了这种跨学科研究的思维与实践,使得每类文学的研究得以深化。

在第一卷《流亡文学》引言中勃兰兑斯开宗明义,表明了自己研究文学的社会心理学视角:"本书目的是通过对欧洲文学中某些主要作家集体和运动的探讨,勾画出十九世纪上半叶的心理轮廓。"①这在总体上奠定了研究基调,把文学与社会、与人、与人的心理、与社会集体心理结合起来,形成了较为客观的文学史观:"文学史,就其最深刻的意义来说,是一种心理学,研究人的灵魂,是灵魂的历史。一个国家的文学作品,不管是小说、戏剧还是历史作品,都是许多人物的描绘,表现了种种感情和思想。感情越是高尚,思想越是崇高、清晰、广阔,人物越是杰出而又富有代表性,这个书的历史价值就越大,就越清楚地向我们揭示出某一特定国家在某一特定时期人们内心的真实情况。"②这些观点表明勃兰兑斯运用心理学视角并没有陷入主观主义的心理决定论,而是把文学艺术对历史、对现实、对时代环境、对不同种族的反映结合起来,一定程度上具有了现实主义整体性的文学观。他认为对人物感情、思想精神、心理的了解与把握,还必须对影响作者发展的知识界和作者周围的气氛有所了解。这种心理学视角一直贯穿六卷本的文学研究实践之中,第二卷《德国的浪漫派》第一部分的标题就是"心理学的文学观:德国的浪漫主义文学与丹麦的浪漫主义文学",以心理学为核心的文学观具有普遍意义,它揭示了作家创作活动本身就是心理活动的实质,也揭示了作品中人物的思想与行动和人的心理密切相关的事实,还表现出社会历史时代中人们的心理、心灵表现,所以勃兰兑斯在这一卷中又明确了自己的心理学研究立场:"我一方面将努力按照

① [波兰]格奥尔格·勃兰兑斯:《十九世纪文学主流·流亡文学》,张道真译,人民文学出版社1980年版,第1页。
② [波兰]格奥尔格·勃兰兑斯:《十九世纪文学主流·流亡文学》,张道真译,人民文学出版社1980年版,第2页。

心理学观点来处理文学史,尽可能深入下去,以图把握那些最悠远、最深邃的准备并促成各种文学现象的感情活动。"①接下来在比较德国浪漫主义文学与丹麦浪漫主义文学为何产生了不同时,他也运用心理学进行了区别:"这个现象可以从心理上加以说明:丹麦作家作为艺术家照例超过了德国作家,但是作为人,他们在精神方面便远远落后于后者。"②具体到每个作家的评价,他也很看重这个作家是否真实地表现了人物的心灵心理世界;而浪漫主义文学本身描绘人物或作者主观情感世界的偏好,也决定了从心理学角度研究浪漫主义文学更加切实可行,符合浪漫主义文学创作与发展实际,这一时期德国的浪漫派代表了欧洲浪漫主义文学发展的最早成就,其主观性、抒情性特点决定了作家本人、小说人物、诗歌情感、作品内容都与人类的心理情感联系最紧密。换言之,用心理学研究浪漫主义文学更能揭示其实质。接下来在研究"法国的反动"、英国的自然主义、德国与英国的浪漫派、青年德意志文学时,作者都不时运用心理学方法分析作家创作心理、社会时代精神与作品中的人物精神面貌。

勃兰兑斯很善于根据作家的生平经历与创作事实,表现作家们的心理个性特点。女作家乔治桑具有丰盈的身姿、健康的心灵,表现出她明朗而清新的形象,使得她成为众多文人的情人;缪塞敏感、冷漠而又目空一切,容易激动又容易失望;巴尔扎克深受债务困扰,争分夺秒地进行创作,很细致地观察现实生活,当然也更喜欢巴黎社会的贵妇人;戈蒂叶是为艺术而艺术的大师,心态从容,慢慢精细地创作形式精美的文学作品,当然更喜爱维纳斯的古典美。

《流亡文学》及其后的研究,每一章节中都实践着比较文学研究的方法。在19世纪,比较文学概念已经由基亚等人提出。这是基于世界各国文学不断

---

① 〔波兰〕格奥尔格·勃兰兑斯:《十九世纪文学主流·德国的浪漫派》,刘半九译,人民文学出版社1981年版,第1页。

② 〔波兰〕格奥尔格·勃兰兑斯:《十九世纪文学主流·德国的浪漫派》,刘半九译,人民文学出版社1981年版,第6页。

发生影响与相互联系的事实。歌德提出世界文学的时代到来,更向欧洲文学界表明各国文学成为一个整体,而不是孤立的存在。勃兰兑斯在《十九世纪文学主流》研究中充分运用了比较的方法,以英法德三国为核心,以整个欧洲为背景,写出了比较文学研究的典范成果。他明确表明《流亡文学》的基本研究方法就是"比较":"这部作品的中心内容就是谈十九世纪头几十年对十八世纪文学的反动和这一反动的被压倒。这一现象具有全欧洲意义,只有对欧洲文学作一番比较研究才能理解。在进行这样的研究时,我打算同时对法国、德国和英国文学中最重要运动的发展过程加以描述。这样的比较研究有两重好处,一是把外国文学摆到我们跟前,便于我们吸收,一是把我们自己的文学摆到一定距离,使我们对它获得更符合实际的认识。离眼睛太近或太远的东西我们都看不真切。对文学的科学观点给我们提供了一副望远镜,一头可以放大,一头可以缩小,必须把焦距调整适当,使它能纠正肉眼的错觉。"①勃兰兑斯已经充分认识到比较文学研究方法的好处,运用比喻的方法把如何从事比较研究进行了规定,使他接下来的研究具有较强的可操作性。比较文学研究的方法,开阔了视野,他把整个欧洲文学放在一起进行研究,对不同国家不同作家对同一历史事件或人生经历、政治生活、爱情婚姻等的描述进行对比研究,对同样的文学思潮在不同国家的表现进行对比研究,把不同国家之间文学家及文学思潮的相互影响进行研究,比如卢梭对德国的影响,歌德对法国的影响,拜伦对欧洲大陆各国的影响,等等。他还对一个国家内部两个或几个不同的作家进行对比研究,如同样流亡的夏多布里安与史达尔夫人,同样属于启蒙浪漫派的卢梭与伏尔泰,同样属于浪漫主义的德国代表诺瓦利斯与英国代表雪莱,这样的对比扩大了比较文学研究的范围。也正是比较的方法,使得他能够把各国文学放在适当的位置与距离,作出较为准确的观察与判断,使得他思路开阔、纵横捭阖,把19世纪前50年的欧洲通过文学视角,以百科全书式的

---

① [波兰]格奥尔格·勃兰兑斯:《十九世纪文学主流·流亡文学·序言》,张道真译,人民文学出版社1980年版,第1页。

方式呈现出来。例如在第四卷《英国的自然主义》中,把英国浪漫主义潮流放在整个欧洲社会政治背景下讨论,使得各国浪漫派文学从产生到发展都有了清晰的线索,为了找到在英国发生的自然主义源头,勃兰兑斯比较了德国、意大利、法国、丹麦、英国等在大革命之后的局势,追寻积极与消极浪漫派的历史、宗教、文化脉络,找到了整个欧洲时代各国的共同特点:民族精神被唤醒,爱国主义强烈,人们对现实失望,有人把目光投向了民族历史、宗教与文化之中,有人把思维落在了理想、未来、自然之中。抒发对自然、对民族、对历史的强烈主观感情造就了各国浪漫主义的运动。

　　社会学、历史学的方法在勃兰兑斯的文学研究中占有重要地位。六卷本的文学史,每一种文学思潮的讨论都与历史、社会现实密切联系,对每一个作家的讨论都要呈现完整的生活环境、社会政治氛围、个人生平经历,他得出的评价结论不是主观臆测,而是从上述历史、社会学研究的事实中得出。历史视角、社会学方法,使得他认识到文学研究不单单是审美问题:"一本书如果单从美学的观点看,只看作是一件艺术品,那么它就是一个独自存在的完备的整体,和周围的世界没有任何联系。但是如果从历史的观点看,尽管一本书是一件完美、完整的艺术品,它却只是从无边无际的一张网上剪下来的一小块。从美学上考虑,它的内容,它创作的主导思想,本身就足以说明问题,无需把作者和创作环境当作一个组成部分来加以考察,而从历史的角度考虑,这本书却透露了作者的思想特点,就象'果'反映了'因'一样,这种特点在他所有作品中都会表现出来,自然也会体现在这本书里,不对它有所了解就不可能理解这一本书。而要了解作者的思想特点,又必须对影响他发展的知识界和他周围的气氛有所了解。"①从这段说明不难看出,勃兰兑斯很少单独从美学视角去研究文学,这是由欧洲文学发生发展的历史社会变迁决定的,因为在19世纪的欧洲,每个作家都卷入了历史的风云际会之中,都与民族命运分不开,都走入

---

① ［波兰］格奥尔格·勃兰兑斯:《十九世纪文学主流·流亡文学·序言》,张道真译,人民文学出版社1980年版,第2页。

了各自独立又相互影响、联系的流派集团。这样我们在"主流"文学中读到的不单纯是欧洲文学史,还有政治史、社会史、宗教史、思想史、革命史等相关内容。为此勃兰兑斯总是把文学看作生活、归结为生活,涉及宗教、社会和道德问题。正是他对文学与生活密切关系的理解,他反对把文学史看作沙龙中的文学史:"我所讲的文学史不是沙龙中的文学史。我将尽可能深入地探索现实生活,指出在文学中得到表现的感情是怎样在人心中产生出来的。"①

在《流亡文学》中社会历史学的分析相当全面,展现了18世纪末、19世纪前半期以法国为核心的欧洲社会政治风云是如何造就了流亡文学思潮的:"十八世纪和十九世纪之交,法国发生了空前规模的社会动乱和政治动乱。国民工会和帝国的专政几乎接踵而来,横扫法国,消灭了一切个人自由。国民工会致使所有与当时占统治地位的政治色彩舆论不一致的人,都被吓到、流放或是被送上了断头台,人们逃往安静的瑞士或是北美荒原,来逃避消灭了他们的亲人并威胁着他们自己的命运。帝国的专政迫害、囚禁、枪杀、流放了所有不甘沉默的人。正统党、共和派、立宪派、自由分子、哲学家和诗人都被这无所不轧的碾子所轧碎。在这种社会历史背景下,文学作家通过文学作品反映社会,抒发自我,反映生活状况,渴望自由。在两大暴政期间,一个法国文人,只有远离巴黎,在寂寥的乡间过死一般寂静的生活,或是逃出法国才能从事他的创作活动。勃兰兑斯认为,在卢梭启发下产生了法国流亡文学,反叛由此开始,反动的潮流和革命潮流掺合在一起。这个世纪第一批法国文学家来自四面八方,其特点就是具有反抗的倾向,他们的共同之处有两点,一方面,憎恨恐怖统治和拿破仑的专制,都一致反对当时的社会秩序;另一方面,作为18世纪的继承者,他们处境都很困难,因为这个世纪留给他们的遗产,正是他们所反对的帝国。法国18世纪发展的形式主义,文艺复兴的天地比欧洲其他国家都广阔。19世纪初的法国文学受到德国的影响,直接反对的是18世纪的某些

---

① [波兰]格奥尔格·勃兰兑斯:《十九世纪文学主流·德国的浪漫派》,刘半九译,人民文学出版社1981年版,第2页。

思想特征。"①这些论述是典型的社会历史分析方法,是文学、历史、社会甚至政治学科的结合,才使得叙述变得广阔、研究变得深厚。

流亡是跨界的,流亡体验更具有旧有家园思想情感与流亡地新经验的对比,它不只是地界上的,更有思想情感、文化思想上的对比及相关影响。流亡文学所表现的思想内容与情感也是跨界的,它注入了异文化因素,也表现出与故国主流文化的冲突与不同,还表达了流亡作家的探索与思考。从严格意义上看,流亡不论主动还是被动,流亡文学所表现的题材、思想与精神气质应当与流亡事实相关联,正如有论者指出的:"流亡文学不仅仅是一种特殊的题材,而且是一种文学的类型,体现着文学的精神品质和思维向度,其所投射的文化光泽足以烛照那个时代特定的历史状貌和那段历史特有的时代精神。"②这些文字表明流亡文学是流散文学中的一类,而且是较为典型的流散文学,因为它具有了流散文学内涵的基本的、核心的精神与艺术风格特点。勃兰兑斯的流亡文学评论模式已经触及跨学科整合的思维意识,因为只有如此才能完整地描述欧洲流亡文学的实质与全貌。这是他的成功所在,也是时代的必然,18世纪末到接下来的两个世纪,人类因社会变革、战争与生存交往而产生的流亡流散现象成为世界版图上的重要人文景观,在这一景观中又孕育出了无数流亡文化、流散文化成果。正如本书前章所列举的,沿着勃兰兑斯有关欧洲流亡文学的传统,历次区域性的或某个国家的社会历史动荡,都会产生一大批流亡者,勃兰兑斯写作与教学生活的时代,自己就曾经流亡国外,此时俄罗斯、德国、英国、法国等主要欧洲国家仍然有大量的流亡者;20世纪之后,伴随着社会革命与战争事件,流亡现象进一步突出,俄国十月革命后以纳博科夫、普宁为代表大量知识分子群体在欧洲其他各国、美国、中国等地形成了海外小型

---

① 　[波兰]格奥尔格·勃兰兑斯:《十九世纪文学主流·流亡文学》,张道真译,人民文学出版社1980年版,第1—3页。

② 　朱寿桐:《〈流亡文学〉与勃兰兑斯巨大世界性影响的形成》,《江海学刊》2009年第6期。

俄罗斯社会;1933 年希特勒上台后造成了德国历史上最大规模的流亡群体。第二次世界大战后,后殖民时代到来,全球化进程加速,新生的流亡、流散群体呼应着历史中流亡的自由与反叛传统。这些不断发展的历史表明,勃兰兑斯以跨学科的方式研究流亡文学为研究普遍意义上的流散文学提供了重要的借鉴。

第二节　帕克的"边缘人"与移民报刊研究模式

美国社会学家罗伯特·E.帕克的"边缘人"理论是较早关注流散者移民群体并对边缘人进行研究的学说。这一理论的提出源于他的老师德国社会学家格罗格·齐美尔提出的"陌生人"概念。从历史学与社会学的角度看,自从人类有了部落群体就存在中心与边缘及其互动的事实发生,城市出现之后更是如此。迁徙成为人类重要的活动,人们从一个熟悉的环境到另一个陌生的环境,由陌生再到熟悉,从彼此互为陌生人到成为熟人,德国社会学家齐美尔就发现了这样一个有规律的现象:"社会存在于许多个体发生互动的地方……这种互动总是基于一定的动机或目的而发生。"[1]所以他认为研究社会必然研究人们的交往行为而不是固定不动的现象,即人们交往过程中的支配被支配、命令与顺从、竞争与合作、交换与模仿、冲突与妥协、分工隔离与联合接触、压迫与反抗等互动动态行为。正是在研究人们交往动态过程中齐美尔提出了著名的"陌生人"概念:"这里的陌生人概念不是此前常常接触过的意义上的外来人,即不是指今天来明天就走了的流浪者,而是指今天来、明天留下来的慢游者——可以说是潜在的流浪者。"[2]可见,他指的不是我们生活中

---

①　Georg Simmel,*On Individuality and Social Forms*:*Selected Writings*,Donald Levine ed.,Chicago:University of Chicago Press,1971,p.23.

②　[德]格罗格·齐美尔:《社会是如何可能的——齐美尔社会学文选》,林荣远编译,广西师范大学出版社 2002 年版,第 341 页。

遇到的陌生人,而是具有移民散居性质、可能长期留下来生存与发展的人,更接近于勃兰兑斯的"流亡文学"中的流亡者。陌生人来自一个地区或文化背景,或者不同的群体、种族,到了流散地必然在交往中面对新的文化空间,陌生人作为外来人与本地人之间试图建立关系,本地人也试图了解外地人,这就形成了一种跨群体、跨地区、跨种族、跨文化等双边交往的事实。而帕克的"边缘人"理论正是在分析研究陌生人来到本地之后的位置与状态后提出的,是超越了陌生人概念的移民理论研究。更值得重视的是,帕克把流散移民与移民报刊结合起来进行研究,通过报刊观测"移民"这个边缘人群体的生活、居住、婚姻、就业、创业、政治与文化活动等,形成了对移民流散社群、社区的系统研究,甚至还涉及报刊上刊登的不少文学文本分析。而流散群体往往是边缘人群体,流散者最先总是以外来者、陌生人、边缘人的身份来到居住之地的,因此,考察人类移民流散文化现象,帕克的这一研究同样具有参考价值。

一、帕克的边缘人理论与移民报刊绘出的流散族群图

帕克师从齐美尔等老师毕业后,1914—1936 年长期在芝加哥大学任教,并担任美国社会学学会主席。期间,芝加哥城市的发展及移民的增加,使他的社会学学术兴趣集中在群体行为、种族关系、城市生态、移民报刊等几个主要问题上。城市研究集中在报刊传播、商业活动、城市管理三个方面,种族研究关注种族冲突、偏见等问题,而城市发展与种族关系都与移动的边缘人群体行为密切相关。这为他提出边缘人理论提供了丰厚的社会学基础。1928 年,帕克在《美国社会学刊》上发表了《人类迁徙及边缘人》一文,以美国犹太流散者(主要是芝加哥的犹太人)为研究对象,系统论述了他的边缘人理论。他认为犹太人作为边缘人(笔者认为是流散族)既不想与其本民族传统、过去生活的习惯彻底决裂,也不能迅速与新社会融合,他们既无法回到从前,也不能被现有的主流社会所接受,即成为两种文化和两个社会的边缘人。帕克比他的老师进步深入了许多,提出边缘人不只是在新地方、新种族群那里是边缘人,在

自己原来有的族群那里也成为了边缘人,是双重边缘人。帕克考察了大量流散的犹太人社会生活与存在状态后说:"当中世纪犹太区的围墙被拆毁,犹太人被允许参与当地人的文化生活的时候,一种新型的人格类型即文化混血儿出现了。他和两种文化生活与传统截然不同的人群密切地居住、生活在一起,他决不愿意很快地与他的过去与传统割裂,即便他被允许这么做,由于种族偏见的缘故,他也不能很快地被他正努力在其中寻求社会位置的新社会所接受。他是两种文化和两个社会边缘的人,而这两种文化和两个社会决不会完全渗透与融合在一起。这个不受约束的犹太人曾经是、现在也是,一种具有历史意义和典型意义的边缘人,世界上第一个世界公民和市民。"①这里帕克不仅指明了边缘人面临的双重边缘问题,而且还分析了两种文化或多种文化相遇后产生的文化混血儿问题,已经触及了流散群体文化身份的构成问题,因此具有很重要的借鉴意义,这也是本书把他的边缘人理论模式作为流散诗学重要理论资源的内因所在。

帕克提出边缘人理论是建立在扎实的社会学研究基础上的。早在1921年他与同行厄·沃·伯吉斯共同研究人类集体行为问题时,就从群体之间的互动、交流关系中发现了人类社会群体秩序发展的几个阶段,两人合作出版了《社会学导论》一书,书中把社会秩序与人际关系的发展过程分为相遇竞争、产生冲突、相互顺应、彼此同化四个阶段②。这为研究边缘人与本地人的互动关系奠定了基础。但是这个从竞争到融合的过程过于简单,没有考虑到流散群体境遇的复杂性。

而帕克对外来移民的关注为边缘人理论模式提供了重要的学术积累与实证材料,他通过考察美国移民报刊状态,客观上绘出了一幅美国流散群的图

---

① Robert Ezra Park, 'Human Migration and the Marginal Man', *American Journal of Sociology*, Vol.33, 1928, pp.891–892.

② 参见 Robert Ezra Park and Ernest Burgess, *Introduction to the Science of Sociology*, Chicago: University of Chicago Press, 1921。

景:纽约、芝加哥、西雅图、旧金山、洛杉矶等大都市是外来移民集中的地区,除
了黑人、犹太人这两大流散群体,此外还包括德意志人、斯堪的纳维亚人、波希
米亚人、荷兰人、比利时人等流散者构成的美国中西部移民"定居者"
(scttlers)群体,西班牙人、法国人等组成的从南北部两个方向进入美国南北部
的"殖民者"(colonialists),意大利人、斯拉夫各族组成的工业城市与矿工"流
动产业工人"群体(migrant industrials),还有来自近东、中东、远东的各族人构
成的"异域者"(exotics)群体①。而帕克的生活横跨两个世纪(1864—1944),
此期美国社会特别是城市涌入了大量外来移民,以芝加哥为代表城市的移民
成为他考察研究的对象。这些移民的聚集行为、与主流社会的互动关系、犹太
"隔都"式的社区都是他重点探讨的问题。他发现了移民的一些自我保护策
略、与美国社会互动的方式。移民如何融入或适应美国社会生活呢?帕克发
现通过报刊传播可以使他们更快地适应美国社会,帕克就此进行系统调查研
究,于1922年出版了《移民报刊及其控制》一书。从这个研究出发点看,帕克
研究的重点是移民而不是报纸这种大众传播媒介,尽管现在新闻传播学界把
这一部作品当作新闻传播学的经典著作来研究。对犹太流散群体进行经验学
派式的实证调查研究后,帕克发现处于大城市边缘地位的流散者更需要报刊,
原因有:一是学会阅读,包括移入国语言学习和本族语言学习;二是生存需要,
他们更关注报刊上的广告、招工、医药信息等;三是加强与流散族群体的联系,
找到归属感;四是融入主流社会的需要。

　　语言是人际交往的第一工具,流散群体在移入国至少要与两个群体交流,
一是移入国主流文化群体,二是自己的族群体,这就在客观上需要两种语言来
进行交流。而流散群体中订阅报刊、通过报刊学习语言和了解信息的人比其
他居民所占比例都要高。帕克调查了170家报刊,涉及24种语言,重点研究
了上面的生日、死亡、医疗、招工就业等广告,这些广告与移民本身相关或联系

---

　　①　参见[美]罗伯特·E.帕克:《移民报刊及其控制》,陈静静、展江译,中国人民大学出版
社2011年版,第264—266页。

更近些,因此他们更重视,而更主要的原因是内容好读,容易学习。而复杂的社论等则是他们不太关心的。

流散群体在移入国处于边缘人地位,他们为了生存往往采取抱团取暖方式,形成了"隔都"、唐人街、黑人社区等群体居住现象,共同的语言在其中起到了非常重要的作用。帕克考察了一些流散美国的移民群体后认为:"在美国与在欧洲一样,语言和文化遗产比政治忠诚更能使外来人口团结一致。毕竟,讲同种语言的人们觉得住在一起更方便。"①帕克研究了纽约这座大都市有大约 31 个外来流散群体,这些群体都有这样那样的协作团体,说着同样的语言,传播着类似的文化,这种协作最可能的就是办报刊。他调查了纽约的俄裔流散群体办的报刊《俄罗斯言论报》,发现这些移民对报刊的阅读量要高于母国不移民者同等数量人口的阅读量。可见是流散的边缘处境与生存需要推动了他们的阅读,同时也是基于情感、人缘建立的需要。语言是民族认同的重要内容,也是重要形式,正如大部分情况下一讲汉语就可能知道你是华人,如果一个种族或者流散群体的语言被阻断,读写能力受到抗扰或消失,那么其文化身份就会缺失。帕克还研究了移民报刊产生与存在的欧洲背景,考察了少数族的依附性地位及其反抗活动,这种反抗也很大程度上表现在语言上、报刊书面语的占据上。可见语言在移民生活中非常重要,报刊作为学习语言、传播信息的媒介载体自然非常值得研究。

在"移民报刊与同化"一章中,帕克专门研究了流散群体移民中容易产生民族意识的原因:"民族意识不可避免地因为移民而得到加强。孤独和陌生的环境使漂泊者的思想和感情指向他的故土。在新环境下的举目无亲突出了他与他离别的那些人的血缘关系。"②当然这里有来源国的政治原因,也有流

---

① [美]罗伯特·E.帕克:《移民报刊及其控制》,陈静静、展江译,中国人民大学出版社2011 年版,第 6 页。

② [美]罗伯特·E.帕克:《移民报刊及其控制》,陈静静、展江译,中国人民大学出版社2011 年版,第 43 页。

散国外后的国外支持因素。但是流散的边缘人本来在国内时大家都一样，民族文化与意识没有明显突出出来，因为皆我同类，而到了流散之地就不一样了，流散者觉得自己是外来人，到了他国异乡，而移居国民众对外来者也有本能的非我族类的天然立场，这样种族文化等问题就突出出来。从这个意义上说，民族意识与民族文化问题在流散地反而突出出来，得到了重视与发展，这恰恰是流散文化的重要后果，因为流散所以才更加认识到民族文化与民族意识问题。同样，流散者也要面对主流社会文化同化的问题，而报刊与流散社区给他们找到了保持与原来文化、语言、民族意识的联系，避免被同化，帕克以立陶宛人为例，指出他们大多数从来没有定居美国的想法，而是成功或赚钱后回到国内。这也许是大多数流散者的想法。

坚守自己的教会或宗教信仰也是移民防止被同化的重要方式。伊斯兰教徒、犹太教徒等就是如此。又如波兰人试图让移民的立陶宛人波兰化，俄国人试图让立陶宛人宗教信仰俄国化，这种双向同化意图也表现出流散者群体的民族文化与民族意识的去向很复杂。法国人移居加拿大和美国后同样面临这样的问题，加拿大试图以英语文化为主导同化法国流散移民，但是法国后裔在魁北克省同加拿大人进行了对抗，很多法国人为了保护法语、法国文化传统而举办报刊、成立教会、组织法国流散者社区，保护自己的传统："正是通过法文报纸的影响，法语和法兰西文化传统才得以保存。"[1]流散者用母语文学创作也是保持民族文化的重要渠道。法裔加拿大人在美国办的《加拿大大众公报》就起到了语言、文化传播与组织法裔移民的作用。

尽管如此，移民报刊还是起到了另一个相反的作用，在帮助保存流散族裔文化独立的同时，也具有帮助流散者融入当地生活的功能。美国是个多移民国家，流散者群体众多，美国对不同文化的包容在移民开发时代被称为"熔炉"，1916 年戏剧《熔炉》在美国上演，就是重要的标志，也具有现实意义和预

---

① ［美］罗伯特·E.帕克：《移民报刊及其控制》，陈静静、展江译，中国人民大学出版社 2011 年版，第 50 页。

见性意义。事实上,流散者一方面试图保留自己的身份独立,对主流文化的同化进行排斥、远离,而另一方面对主流文化又产生了依附、接纳态度。流散者的语言和文化也在一定程度上被改造同化,如犹太人意第绪语就是个很好的例子,这和洋泾浜、克里奥尔化一样,掺杂进了许多英语单词、外来语,这已经为语言学研究科学证实。这些混合语在日常生活、报刊文章、商业活动中都经常运用。这样变化的语言与原来的德语有了相当大的不同。文化上也是如此,流散者由于不断地参与美国社会生活各方面的活动,也会在交际、习俗等方面有所改变:"移民们的文化受到了美国生活的影响,倾向于变成既不是美国的也不是外国的,而是两者的结合。"①这一结论已与流散文化中的混杂化状态完全符合。这种结合、参与,使得外国出生而移民流散美国的人变为了美国人,而在美国出生的二代及之后的流散后裔就更加美国化,这正是主流社会"熔炉"的效应。

帕克基于城市生态与社会学研究,系统考察移民问题对新闻报刊研究作出了重要贡献,而他有关报刊的研究,客观上也为研究流散移民生活提供了流散者的乡村地方生活与大都市生活场景素材,意义同样重要。通过移民报刊数量种类、刊载内容、订阅量等的变化,帕克描绘出流散移民分布形态与生存状态。帕克通过观察移民报刊上广告信息的多少、内容分类就可以得知流散移民社区的结构、流散群体的种族、主要分布区域:"在许多情况下,广告揭示的移民社区的结构,比报纸其他部分体现得更全面。以芝加哥的立陶宛社会主义者日报《新闻报》为例,它只登像尼采的《查拉图斯特拉如是说》和宣传文章这样的读物。另一方面,银行、房地产中介、书店等的办公地址,显示了至少3个立陶宛移民区,主要的移民区是在哈尔斯德特街和布卢艾兰大道周边,还

---

① [美]罗伯特·E.帕克:《移民报刊及其控制》,陈静静、展江译,中国人民大学出版社2011年版,第74页。

显示了在每个移民社区都有立陶宛语剧目上演。"①帕克通过报刊绘出了报刊显示的移民流散分布区域图,这无疑为研究近现代以来的流散移民提供了重要方法、模型,犹太人在中国,俄罗斯人在中国,华人在东南亚、英法、美加等情况均可以通过这种方式进行考察研究。

更加值得注意的是,报刊广告还能反映出移民在多大程度上接受了美国生活方式,反映他们从事的职业、商业如何。帕克列举了几十种广告内容,并进行分类,体现出流散群体基本的生活状态、在美国社会中从事的行业与地位,也曲折反映了他们在美国适应的程度。移民经营的农场、餐馆、商店、婚礼用品、律师行业、医疗行业、图书服务业、文学艺术、戏剧演出广告、组织成立、活动广告、美国主流社会各类招工或商业广告,都说明了流散群体融入或独立于主流社会的细节。这些细节还表明,移民流散群体虽然生活在边缘地带,但是他们与原居民有着同样的生活需要与社会生活构成:"考察外文报刊的广告,我们经常可以发现,移民在他们自己的世界里生活,如同我们在我们世界里生活一样。他们吃饭喝酒、找工作、上剧院;在钱包允许的情况下沉迷于高价奢侈品;有时买本书;交际并结识朋友。"②这给我们全球流散时代的移民群体以启示,那就是如何管理运作自己移民后的生活,应当在克服水土与文化不服的同时,完整地进行工作与生活,这样可以减少封闭与移民焦虑,也能更好地融入当地社会;对于接纳流散群体的东道主国家制定移民政策,如何更好地管理、服务外来流散者也具有参考作用;对于流散文化研究者来说也提供了一个崭新的视角。

帕克通过报刊研究给出了流散群体在美国乡村与大都市的分布图。帕克发现早期移民主要在美国乡村生活,从事与农业相关的工作,主要人群有德国

---

① [美]罗伯特·E.帕克:《移民报刊及其控制》,陈静静、展江译,中国人民大学出版社2011年版,第99页。

② [美]罗伯特·E.帕克:《移民报刊及其控制》,陈静静、展江译,中国人民大学出版社2011年版,第119页。

人、挪威人、波希米亚人、西方班牙人、法国人等。这些不同种族群体大约创办了116家报刊,它们成了移民的信息来源,也成了移民表达自己意见、思想情感的窗口,在这里人们可以重点关注自己熟悉人的新闻、自己生活地方的新闻。帕克总结出了这些报刊体现的移民和地方特性有三方面:思乡与回首往事、父辈们严苛的宗教生活和流散群体的"隔离生活"①。这三个方面就是早期移民生活的主要状态,体现了移民初期或第一代人的思乡情结、宗教信仰及"隔都"生活,初来的移民喜欢回忆家乡、谈论旧人旧事旧地、使用母语,这些回忆被他们发表在报刊上以寄托情感;更多情况下报刊上登载宗教文章、旧法律、习俗、信仰以文字的形式解释与记录,也对年轻一代人的叛逆表达不满。由于生活在偏远地区,他们生活在隔离状态之中,每周谈论报刊上刊登的朋友信件、天气和农事新闻成了他们简单机械的生活方式,当然也会有一些偏远地区的冒险活动、走私偷盗新闻。而流散到大都市的移民与生活在地方乡村的移民在使用报刊上有诸多不同,前者大部分是产业工业移民,以工人为主。帕克分析了生活在西雅图、旧金山、洛杉矶三个大城市的日本人流散社区、犹太人流散社区的情况,以29种日文报刊、19家犹太意第绪语报刊为例进行分类归纳。

日文报刊集中刊登的三个主题分别是:日本人的文化遗产、移民的漂泊、新种族意识②。这三种主题也是后来移民族裔文学、流散文学艺术表现与相关研究的主要内容。帕克列举了日文报刊《大北日报》对日本移民类型的划分:一是在美国赚钱有机会就想回国、从不想永久留在美国的人,二是不知道也不想自己是否留下或回国的人,三是那些坚定地留下的人。日本流散者与其他流散族群一样都具有思乡情结,在美国的边缘化生存处境产生了不安的

①　[美]罗伯特·E.帕克:《移民报刊及其控制》,陈静静、展江译,中国人民大学出版社2011年版,第122页。
②　参见[美]罗伯特·E.帕克:《移民报刊及其控制》,陈静静、展江译,中国人民大学出版社2011年版,第139页。

情绪与对自己当下生活的思考,于是思乡成为他们表达寄托情感的方式,报刊上发表的《流浪者》《咖啡店里》等文章表达了移民漂泊的状态。由于隔绝在美国社会之外,移民重新思考自己的民族地位、未来发展、机遇或危机问题,成为其创作的重要内容。

犹太人全体民族都处于流散状态,1948 年以色列建国前他们没有可以回去的国家,已在世界各地流浪了近 2000 年,他们是最早面对同化而又千方百计保护民族独立性的流散族。他们聚居的纽约市东区,至今仍然是犹太人最集中的地方。帕克收集了他们以意第绪语发行的报刊,总结出犹太移民生活的三大主题:旧宗教与新民族主义、战争与和平时期的冲突问题、纽约犹太人下东区"隔都"生活①。犹太人的家庭教育、宗教信仰保持了他们族裔的基本纯洁性,是复国主义思潮思想之源。《今日报》《前进报》等上面的很多文章宣传了犹太人思想,表达了对歧视犹太人之势力的不满。在美国的犹太人被卷入了历次世界性的战争,也在族群内产生了战争与和平的争论,第一次世界大战战场在欧洲,那里曾经是犹太人流浪的主要地区,这时报刊发表的许多文章对族群领导人在战争环境中的表现表达着希望或失望之情。对战争的关注,不只是犹太移民报刊,其他流散族报刊同样关心,对法国人、德国人、俄国人、挪威人等来说,欧洲更是他们母国的所在地。报刊也集中反映了犹太人在纽约下东区典型的犹太人生活场景,许多犹太人记者把目光投向这里,给族人、给自己寻找文化认同,报道或指导犹太人的商业活动;报刊还对犹太人的知识生活、懒散生活、婚恋生活、乞讨现象、时事讨论等进行了百科全书式的呈现。日本人与犹太人两个流散群体的例子表明,乡村地方报刊与大都市报刊间接反映了流散移民的生存与分布状态,也体现了他们的思想情感倾向或追求,是流散社区研究重要而客观真实的文献资料。

总起来看,帕克的《移民报刊及其控制》通过对移民报刊的发行与传播来

---

① 参见[美]罗伯特·E.帕克:《移民报刊及其控制》,陈静静、展江译,中国人民大学出版社 2011 年版,第 149 页。

研究城市与乡村社会,研究外来移民生活,本来是社会学研究的重要领域,但是报刊反映出的流散移民的区域变化、文化选择、移民身份地位问题却为他提出边缘人理论提供了坚实的基础,移民报刊的特殊性、功能是社会学研究的重要课题,也是新兴流散研究的重要区域。正是对移民报刊的研究,才使得帕克能够顺理成章地提出边缘人理论。他1928年发表的《人类迁徙及边缘人》成为研究移民族群的典范,他对边缘人特征的总结相当切合实际,也正中当今流散研究的学术靶心:边缘人是命运注定要生活在两个社会和两种文化中的人,两种文化不仅是不同的,而且是对立的;他的思想是两种不同文化或难以熔化的文化的熔炉,在这个熔炉里两种文化或者全部融合或者部分地熔化在一起①。1950年,帕克去世六七年后有人整理出版的《种族与文化》一书仍然有对边缘人进行论述探讨的内容,也丰富了他的边缘人理论。当然,帕克的考察站在西方主流意识形态立场,主要从社会学角度去研究,只能是对边缘人生存表象的实证经验主义研究,深入的理论探求还不够。

二、边缘人理论的发展及启示

帕克提出的边缘人理论是全球性问题,是全球移民、大流散时代每个种族群体都无法完全回避的。故引发了后来者的不少研究。帕克的学生伊沃瑞特·斯通奎斯特继续研究边缘人,提出了整个社会学意义上产生边缘人的社会情境类型,文化与种族差异中的任何一种或两种、一个国家区域不同都可能产生边缘人群体,边缘人理论解释的是一个个体悬挂在两种文化现实之间是如何努力挣扎建立自己文化身份的问题,他在1937年发表的专著《边缘人》一书中明确说:"边缘人处于两个或多个社会世界之间,精神心理具有不确定性;这些世界的不和与和谐、排斥与吸引都反映在他的思想灵魂中……在这里如果不是基于他确切的出身或祖先之地,那么他的成员身份就是不明确

---

① 参见 Robert Ezra Park, 'Human Migration and the Marginal Man', *American Journal of Sociology*, Vol.33, 1928, p.890。

的……因为排斥将会把个体从群体关系体系中移除。"①把边缘人研究推进到人格与文化冲突的理论研究中,考察美国社会少数族裔与少数职业群体在两种文化压力下的经历的文化转换。

后继者美国社会学家希尔顿·M.高登伯格归结、扩大了前两人的成果,把帕克和斯通奎斯特的边缘人概念贴上了边缘文化的标签,在 20 世纪 40、50 年代主要把边缘人、边缘文化理论用来研究在美国的犹太人社会文化。正是在这个年代里,社会学家格林、格洛文斯基、卡彭特等人从研究犹太人及文化出发,对文化冲突机制形成边缘人的作用、美国多元文化差异的作用都带入了相关研究。美国犹太学家魏斯伯格通过对边缘犹太人最后的文化命运与身份选择考察发现,犹太边缘人的命运结局有四种:"一是同化,即被主导群体所接受、吸纳,这是德国犹太人面对困境时最熟悉的一种反应方式;二是平衡,即不是解决边缘性困境,而是遵从它,且不顾及个人内省的进展与焦虑;三是回归,即回到犹太教,在遭受了沉重的打击、一段痛苦的经历之后,许多犹太人最终选择了回归的道路,这也表明被同化只是一个幻想而已;四是超越,即通过走第三条道路的方式来克服两种文化的对立问题。"②

著名现代社会学家齐格蒙特·鲍曼是一位波兰犹太人,后因第二次世界大战等种种原因流亡苏联、波兰、英国等地开展教学与研究工作,从他的经历与身份看是典型的流散者。他对齐美尔所说的陌生人、帕克的边缘人深感兴趣,对陌生人与边缘人也有发言权。鲍曼沿着前位学者的思路分析了现代性背景下的陌生人问题,把相关研究推向了更为普遍的人类群体。他认为陌生人不好分类,是介于朋友与敌人之间的混杂人,他们可能破坏秩序,模糊界限,在现代社会中陌生人往往处于一种被压迫或消灭的状态

---

① Everett V. Stonequist, *The Marginal Man: A Study in Personality and Culture Conflict*, New York: Russell & Russell, 1961, p.8.

② 余建华:《国外边缘人研究略论》,《哈尔滨工业大学学报》2006 年第 5 期。

中。而在后现代社会,多元文化并存,陌生人存在的处境变好。当然这也是一家之言,以后现代社会流散者为代表的陌生人群体处境有时变好有时变坏,在有些地区变好,而在有些地区变坏,其命运处境也呈现多样化形态。

我国人类学家费孝通先生也讨论过陌生人问题,他从中国乡土熟人社会演变为现代社会的变迁中得出结论:现代社会发展产生了大量陌生人,不断地与周围的人发生交往,生活节奏越快人员流动越多,就要花费时间与精力与陌生人接触。美籍华裔人类学家许烺光教授在20世纪40、50年代专门研究边缘人的生存问题,他在《美国人与中国人》中表达了作为移民在异质文化环境中的思想感受:"我是一个边缘人。我出生并成长于一种文化环境中,在那里生活停滞,大部分人的生活几乎完全可以预知,后来我被从这一文化中赶了出来,到另一种文化中生活和工作。在后一种文化中,人们渴望变化,因为它本来就追求进步,万物与众生的面貌总是变动不居的,处在对比如此明显的两种文化环境中的人,本来就徘徊于每种文化的边缘。他自己就像是漫步于这两种文化边缘上的两个人一样,时常接触……"①中国香港的金耀基教授则用"边际人"这一称谓定位那些生活在两种文化背景中的人:"人类学与社会学中所讲的边际人生活在两个不同且常相冲突的文化中,两个文化皆争取他的忠诚,故常发生文化的认同问题。边际人人格在文化转变与文化冲突的场合必然出现。"②这些对边缘人的继续探索都回应了帕克有关移民流散族边缘人理论的声音。

帕克的贡献是多方面的,在社会学、城市学、新闻学、移民研究等方面作出了突出成绩,颇有深意的是帕克的这些研究都从移民群体边缘人出发,这不能简单地看为巧合,而是流散移民群体在殖民时期、后殖民时期、全球化时代已经成为重要的人类文化现象。他有关城市生态学、社会距离学说、边缘人理

---

① 许烺光:《美国人与中国人》,华夏出版社1988年版,第3页。
② 罗荣渠等编:《中国现代化历程的探索》,北京大学出版社1992年版,第11页。

论、种族与文化研究、移民报刊的作用与控制研究都给流散诗学研究提供了重要的理论之源。

第三节　20世纪移民理论对流散
诗学建构的作用

流散族群及后裔属于移民群体,相关的移民理论研究对流散诗学建构也同样具有参考价值。20世纪是移民理论大发展的时代,出现了许多理论流派。移民这一词的外延非常宽泛,包括一切跨国界形式的人类迁徙活动,按照联合国关于移民的定义,凡是旅行或居住在国外一年时间的人就算是移民。事实上,全球化时代到来之后,全球移民更加频繁,居住周期更短,有的因政治、经济、文化教育等活动而形成从一国到另一国的循环移民现象,对移民起止时间的界定、移民数量的统计也就不很准确了。加之历史上的政治难民、战争难民、劳工移民、技术移民、跨族婚姻移民、合法移民与非法移民、移民返乡、移民社区、移民网络、移民产业等问题,移民现象异常复杂。因此移民研究的视角也很多,也就出现了不同的移民理论,这些理论为我们深入认识流散群体及其文化现象提供了资源。

一、推拉理论模式及启示

"推拉理论"开始主要产生于一国之内不同地区间的人口流动研究,开创者英国学者E.G.莱文斯坦在深入研究英国农村地区居民流向城市的过程后,写出了《移民定律》一文,提出了移民产生的七个方面的定律:一是最初的移民是短距离的,由落后地区迁徙到工商业发达的城市;二是移民往往先到达郊区再进入城市中心区,呈现递进形态;三是总体上以农村人口向城市迁徙为主;四是每一次大的移民后都会有反流向迁移;五是技术发展使人口迁移呈现增加的趋势,以流向大都市为主;六是人口迁移以经济动机为主;七是女性流动率一般高于男性流动率①。这七条定律基本适应解释处于工业化进程中的英国社会,莱文斯坦把移民的主要动力归因于城市经济生活的拉力作用,主要考察农村落后地区人口向发达城市流动的规律,对研究一国之内的移民迁徙行为具有重要作用,特别是对研究发展中国家人口迁徙活动很有效。虽然他最后也得出结论,这些定律也适应跨国移民。但其缺陷十分突出,忽略了其他众多国际移民或流散迁徙的政治、经济、文化、军事、种族问题等多种推力、拉力因素。

在莱文斯坦研究的基础上,巴格内总结出了人口迁徙的内外两个力量,迁入目的地对外来人口的吸引因素如良好的生活条件等,就是拉力;而来源地对迁移者不利的因素如艰苦的生活条件等,就是推力,这进一步明确了"推拉理论"。而这也是不完备的,它无法解释为何有的人出去了又回来了、一些人根本不愿意移民等现象,也无法解释目的地许多不利于移民的因素为何没有对迁移产生阻力等问题。对这些不足,美国学者埃弗雷特·S.李研究了移民目的地、来源地的各种因素对移民群体的影响,写出了《移民理论》详细分析了跨境移民所受到的推拉力影响,并建立了推拉模型:目的地、来源地、中间障碍因素、个人个性因素四个方面对移民影响是不可忽视的②。目的地各种吸引的因素形成的合力叫"拉力",来源地各种不利的因素形成的力叫"推力",如果拉力、推力都强,则移民更顺利更多,移民遇到的阻碍就少;如果相反,则移民较为困难,或产生反向移民。如果两者平行,中间因素比如语言、风俗习惯、家庭、来源地政府限制等因素就会影响移民;移民个体的意愿与特性也会影响移民效率或效果。

推拉理论及相关研究是20世纪70年代之前占据主导地位的国际移民理论。优点突出,缺点也明显。但是作为经典的移民理论,它基本上揭示了移民

---

① 参见 E.G.Ravenstein,'The Laws of Migration',*Journal of the Statistical Society of London*, Vol.48,No.2,1885,pp.167-235。

② 参见 Everett S.Lee,'A Theory of Migration',*Demography*,Vol.3,No.1,1966,pp.47-57。

内外两种动力,也涉及了移民后的文化关系问题。对我们进行流散族群的流散原因、流散动力及流散后的文化效果研究具有启发作用。它适应殖民时期殖民国家向殖民地落后国家移民流散群体、殖民地国家移入宗主国的流散群体研究,也适应于政治、战争等流亡式、难民式流散群体的研究。

二、熔炉、同化融合模式及启示

熔炉论或同化论起源于美国,是美国主流文化对外来移民文化同化自信的表现。18 世纪后期,美国独立之后,移民组成的合众国表现了新兴国家的自信,不同学科的学者以美国社会的包容性、融合能力显示出空前的自信,认为不同的种族来到美国一定会被同化成为新生的美国人;之后经过 19、20 世纪的不同学者的研究,熔炉理论衍生出融合理论、同化理论、社会整合理论等,大熔炉一词成了一个含义丰富的文化隐喻语,指异质文化越来越走向同质化,或同质化文化引入了异质文化而变得丰富多彩,不同的文化因素融合一体,这种同化与异质化、丰富化特点越来越明显,后来人们又用不同文化混合的"马赛克、色拉碗、万花筒"等术语来形容。

美国独立战争后不久,法国裔美国学者埃克托·圣约翰·克雷夫科尔作为典型的移民后裔流散者,从事美国农业与制图研究,他根据自己的移民经验和对美国移民的观察,于 1782 年创作了《来自美国农民的信》一书,书中用 12 封信的形式记述了美国地方省的情况、农场生活与习俗,涉及北美前英属殖民地、种族、农业等丰富的内容,在其中第三封信《什么是美国人》里他提出了著名的"美国是一个大熔炉"理论,他认为:美国已经并且仍然继续将来自不同民族的个人熔化成一个新的人种——"美国人"。他还用虚构的方式描绘了混血熔化的美国人肖像:"这些人从哪里来的? 他们是英国人、苏格兰人、爱尔兰人、法国人、荷兰人、德国人和瑞典人的混合体。那么,这个美国人,这个新来的人是什么? 他要么是欧洲人,要么是欧洲人的后裔;这种奇怪的混血,在任何其他国家都找不到。我可以向你们指出,一个家庭的祖父是英国人,祖母是荷兰人,他们的儿子娶了一位法国女人,生下现在的四个儿子又娶了来自四个不同国家的妻子。他是一个美国人,他抛弃了所有古老的偏见和举止,接受了新的生活方式,遵从新的政府,接受了他所拥有的新阶层……美国人曾经分散在欧洲各地;在这里,他们被纳入了有史以来最优秀的人口系统。"①

克雷夫科尔提出美国熔炉论这一名称,只是描述一种现象,并没有进行系统的理论说明。19世纪中期以后,伴随着美国西部边疆大开发,国内移民与国外移民怀抱美国梦,涌入美国西部,形成了大批的移民及流散群体。历史学家弗雷德里克·杰克逊·特纳对此现象进行研究后,于1893年提出了移民融入美国文化的"边疆熔炉论",他认为各移民族群伴随着美国西部边疆的发展而被"美国化",对熔炉论有了比较明确的理论说明,他在《边疆在美国历史上的意义》一文中系统分析了美国人是由来自不同的民族组成的大集体,具有"复合族籍"(composite nationality)特点,这是因为边疆就如一个大"坩埚",来自不同族籍国籍的人被美国化、解放并融合成一个混合种族,英语成为既无国籍也无特性的通用语言。同时从殖民时代到1890年,不断变化的西部边疆、熔炉功能又塑造了美国的民主和美国特色②。

1908年在美国华盛顿特区上演了犹太流散作家以色列·赞威尔的戏剧《熔炉》,使得"熔炉"这个概念迅速流行起来,成为表达民族、文化与种族融合的比喻术语。特别是剧中主人公大卫·基萨诺,作为一个移民,向观众表达了在美国这个大熔炉中得以融合、同化的命运:"要明白,美国是上帝的熔炉,是欧洲所有种族都在融化和重建的大熔炉!你们站在这里,善良的人们,我想,当我在埃利斯岛看到他们时,你们站在你们的五十支队伍里,你们有五十种语言和历史,你们有五十种血缘仇恨和对抗。但是,兄弟们,你们不会太久的,因

---

① Hector St.John Crevecoeur, *Letters From an American Farmer*, Susan Manning ed., New York: Oxford University Press, 1997, p.71.

② 参见 Frederick Jackson Turner, *The Early Writings of Frederick Jackson Turner*, *With a List of All His Works*, Everett E.Edwards ed., Madison: University of Wisconsin Press, 1938。

为这些都是上帝的火焰——这些是上帝的火焰……德国人和法国人,爱尔兰人和英国人,犹太人和俄罗斯人——和你们所有人一起进入坩埚! 上帝在创造美国人。"①该戏剧表演使得美国流散移民问题得到了社会的普遍关注,原本属于学术界思考的问题成为全社会民众讨论的话题,这说明美国作为流散族接纳大国、作为移民组建的国家,流散问题成为全民问题受关注是很正常的,移民熔炉理论出现在美国也是自然而然的,当然戏剧演出也广泛传播了熔炉理论。

至 20 世纪 40 年代,社会学家鲁比·乔·里维斯·肯尼迪基于美国移民混合文化基本稳定前提下,重点强调了宗教文化在对外来移民进行融合的重要作用,提出了著名的"三重熔炉论"——美国新教、天主教、犹太教三座熔炉。这些宗教在文化身份认同方面起到了非常重要的影响,其实这三种宗教从本源上也是外来移入的文化,只不过已经美国化成为美国文化的重要组成部分,也成为新的文化熔炉。后来乔治·斯图亚特提出的"变形炉论"主张外来的民族文化在美国这个大熔炉中总要产生变形、侨易,变成与美国文化相类似的美国式文化,正如天主教、新教、犹太教变形而成为美国文化一样。

同化论是熔炉说的另一种表达方法,它更普遍、也更直白,没有比喻意味。这一概念早在罗伯特·E.帕克的社会学研究中就已经提出,其《社会学导论》把社会秩序与人际关系的过程分为相遇竞争、产生冲突、相互顺应、彼此同化四个阶段②。1930 年他在为《社会科学百科全书》撰写"社会同化"词条时较准确地归纳了其内涵:"社会同化指的是生活在同一区域内的一些具有不同种族源流、不同文化传统的群体之间形成一种共同文化的过程,这种文化的共性至少应当达到足以使国家得以延续的程度。"③其后同化现象得到国际移民

---

① Gary Gerstle, *American Crucible*; *Race and Nation in the Twentieth Century*, Princeton University Press, 2001, p.51.

② 参见 Robert Ezra Park and Ernest Burgess, *Introduction to the Science of Sociology*, Chicago: University of Chicago Press, 1921。

③ 李明欢:《20 世纪西方国际移民理论》,《厦门大学学报》2000 年第 4 期。

研究界的重视,研究不只关注美国社会的同化问题,欧洲各国、南亚、澳大利亚等移民社会中的同化研究成果也很丰富。1966 年前后,美国社会学者米尔顿·M.戈登写出《美国生活中的同化》等文,发展了帕克的四段理论,提出了同化的七段或七个层次:文化和行为同化、结构同化、婚姻同化、认同同化、态度认同、行为接纳和市民同化①。这种划分也有其缺点:有些是相互交叉的,有些同化内容或层面没有包容进来。

20 世纪与 21 世纪之交,由于全球化带来的全球新移民、新流散族群增加,全球流散呈现新趋势,学界对不同地区的移民同化与融合问题研究趋向多元化,而不是单一的主流文化对外来移民文化的线性直线同化,而是考虑到了新形势下同化因素的多样化,区隔融合论、非线性融合理论、新融合论等新成果不断出现②。这些理论重视移民后代的同化问题,加上全球局势变化、移出国与移入国社会变化、多代流散族所处社会环境与教育等的变化,使得同化呈现多样化,有的很好地融入了主流社会,有的进行选择性部分同化,有的走向边缘化,有的因同化而出现了新的跨界流散族群。这些都为我们思考 21 世纪新型流散群体提供了参照。

欧洲学者根据欧洲各国移民政策进行统合研究,提出的移民整合理论,对我们研究流散族裔(群)也具有启发作用。它提出的主要法律与政策依据是 1953 年颁布的《欧洲人权公约》、1961 年出台的《欧洲社会宪章》、1990 年签订的《保护一切流动工人及其家庭成员的国家公约》。这些文件大都主张移民自由,移民具有和移入国居民同等的地位,享有平等的社会保障,这决定了欧洲的移民整合理论具有更强的包容性、自由性,从移入国政府或文化来说,他们对移民同化程度要求低,也没有美国熔炉理论那样认定一定要融化外来移民。整合理论从移民各自的语言文化、宗教政治等背景不同出发,认为移民

---

① 参见[美]米尔顿·M.戈登:《美国生活中的同化》,马戎译,译林出版社 2015 年版。
② 参见杨菊华:《分异与融通:欧美移民社会融合理论及对中国的启示》,《江苏行政学院学报》2017 年第 5 期。

较难融入移居国;欧洲历史上形成的与美国不同的价值体系、多元文化倾向也不主张或要求移民放弃自己的文化而完全认同欧洲主流文化。1991 年 12 月欧盟成立之后,政治、经济、文化等各领域共同体思想,进一步形成了欧洲移民政策的包容性,它主张尊重文化多元化,强调移民和流入国的双方互动,关注就业市场融入、住房、健康、反暴力等领域。这反映出,欧盟对社会融合的思考主要是建立于机会平等的基础之上,注重从公民权利平等视角阐释社会整合;要求各国平等地对待移民,也要求移民负担与移入国居民同样的责任,为当地建设作出贡献。他们才能够在流入国有所付出、作出贡献。

反之,有同化就有排斥。研究主流社会对移民流散者的排斥和流散者对主流文化的排斥自然成为同化理论研究的另一个侧面,就好比是一个硬币的双面。这也是移民流散者在文化认同中的客观存在。排斥理论也应当成为流散研究的应有之义。从国家政府层面看,历史上多次发生的排华法案、排犹法案、种族隔离政策等是排斥的官方表现,而主流社会的人对外来人在生活、工作中的具体排斥更广泛;移民自身由于承载着原来文化身份与价值观等,对移入国的文化等也可能产生排斥态度。排斥理论研究较为出名的是从事移民工作比较长的法国官员勒内·勒努瓦,他重点考察了移民群体与集中居住区,重点观察移民与主流社会的关系,发现移民存在的问题,他发现由于能力差别、失业问题、教育缺失、经济困难、住房难、身心健康、种族歧视、不平等政策等,不少移民处于被排斥的境地,与主流社会出现隔离或断裂,难有机会参与经济、社会、政治和文化生活,难以公平公正地获取经济、政治、公共服务等资源和享受社会发展成果。反过来,同样的原因导致流散移民对主流社会不满意,难以融入,产生对社会的疏离感,形成对抗的心理,也会导致犯罪率上升。

流散事实产生后,大多数人都要面对文化同化或非同化的问题,移民者、移入国家、移出国家、移入国居民、移出国居民等各方面的因素都有可能影响移民问题。因此对移民,特别是流散族裔特征明显的流散者进行研究,就不能简单地归纳为被同化与否,而就要对具体群体或个体进行具体分析,才能对流散者、流散群体、流散社会与流散文学、流散文化作出深入细致的研究。

三、经济移民理论模式及启示

经济移民现象很早就有,早期海外劳工产生的动因是想从经济上改善自己或者家人的物质生活,那时由于种族歧视、殖民与被殖民的历史关系,契约移民劳工大多处于受难型生存状态。从经济学视角考察全球移民问题的移民理论到 20 世纪 60 年代才开始出现,新古典主义经济理论和新移民经济理论产生的影响最大。拉里·萨斯塔和迈克尔·托达洛是新古典主义经济理论代表人物。托达洛提出了著名的"托达洛模型",以定量分析法对比分析移出国与东道国之间的工资收入差异,指出收入差异影响了移民走向:"移民取决于当事人对于付出与回报的估算,如果移民后的预期所得明显高于为移民而付出的代价时,移民行为就会发生。由此推导,移民将往收入最高的地方去;而移出地与移入地之间的收入差距将因移民行为而缩减直至弥合。"①但是经济移民理论过多地强调经济原因,显然忽视了政治、文化、教育、政府政策、个人的爱好选择等众多因素。

正是认识到这种不足,移居研究专家奥迪·斯塔克、爱德华·泰勒等对墨西哥、美国两地移民进行实证经验考察,得出了更完整的结论:收入差距是移民的重要原因,但因移民在两地对物质经济的需要不同而产生不同的影响,同时还有两国政治生活环境,自然生活环境,人们的发展前途,生活稳定程度,人们的获得感或者说失落感、危机感,是否有尊严等都会成为跨国移民的动力。也就是说从长远看,潜在移民也注重长远的利益或收入发展。同时他们也会在进行对比或攀比之后确定是否移民。

经济移民理论适合研究流散群体及后代的经济地位问题、生活生存处境问题,特别是分析古典流散者经济边缘化与生存困苦主题具有参考价值,对讨

---

① 李明欢:《20 世纪西方国际移民理论》,《厦门大学学报》2000 年第 4 期。

论流散文学中相关的流散者生存主题也是较好的视角。

四、跨国主义理论模式及启示

跨国主义与全球化、国际移民、全球流散等领域的各类活动有关,与政治、经济、社会、文化、文学、移民人口、种族等多学科的研究有关,多学科的研究指向了跨国主义问题。跨国主义移民理论是指对移民跨国界、跨地区、跨文化、跨政治、跨种族等构成的中间地带或社会场域问题形成的跨学科研究。其核心主体是跨界的移民。而族裔流散成为了跨国主义研究的典型案例①。也可以说流散研究成为跨国主义研究的重要内容,跨国主义研究与流散研究彼此交叉,形成不可分割的关系。对此,朱敬才认为:"跨国主义视野的形成及其理论发展从根本上说是以跨国移民的大量出现为基础的,后者恰恰是现代流散族群的一种主要表现形式。加拿大多伦多大学从 1991 年起为推进流散研究创办了期刊《流散:跨国研究杂志》,自从创刊后一直是流散研究与跨国主义研究相结合的风向标,其创办者兼主编卡托洛里安曾明确指出:'流散一词是具有跨国主义性质的词汇'。"②而跨国主义研究也恰恰是与流散研究同时兴起的,二者有天然的交叉,都以移民和流散群体、族群问题等为主要研究内容,紧随《流散:跨国研究杂志》之后,一些专门讨论跨国主义的文章在《族群和种族研究》《国际移民评论》和《族群与移民研究杂志》等民族学和移民研究的主要学术期刊上相继推出③,产生了较好效果。可见这两种研究理论几乎是同时降生的姊妹篇,其学术血缘关联性更强,更具有互证、互鉴的价值。

跨国、跨民族的(transnational)概念 20 世纪初就有学者使用,美国学者伦

① 参见吴前进:《跨国主义:全球化时代移民问题研究的新视野》,《国际观察》2004 年第 3 期。

② 朱敬才:《流散研究的兴起及其基本动向》,《社会》2012 年第 4 期。

③ 参见丁月牙:《论跨国主义及其理论贡献》,《民族研究》2012 年第 3 期。

道夫·伯恩 1916 年在《大西洋月刊》发表《跨民族的美国》一文,用它来描述不同文化间文化关系的新方式①;1921 年已收入《韦氏词典》,但是作为理论概念术语跨国主义被运用到全球化移民研究中始自 20 世纪 90 年代,这时全球化进入新阶段,各种跨国的交通工具更为方便快捷,电子信息通信更发达,国与国之间人们的各类交流很方便,地球村的生存感觉更现实,移民生活与交流的跨国界方式成为常态。许多学者发现了流散移民与移出国家的联系很紧密,同时与移入国的活动非常相关,这正是流散族中间状态的真实写照,这些学者主要是美国学者,包括琳达·贝丝、尼娜·戈里珂·席勒和克里斯蒂娜·桑东·布兰克三个重要人物,她们分别以移民美国的格森纳达、圣文森特、海地、菲律宾四个发展中国家的移民生活进行跟踪调研,她们发现,移民既参与移入国的建设活动又加入母国的事务,形成了跨界生存的状态,而不是原来要么扎根移入国,要么归根回国,已有的移民界定不能研究这类新型移民,于是她们使用"跨国主义"(trans-nationalism)来描述移民跨越国界的相互联系的社会行为。1992 年在《纽约科学院年鉴》发表的《跨国主义:理解移民的新分析构架》,给跨国主义作了定义:"我们把跨国主义定义为移民建立社会领域的过程,把他们的原籍国和定居国联系在一起。……这些社会领域是一系列相互关联和重叠的经济、政治和社会文化活动的产物。"②后来这些学者对跨国主义进行了系统研究,发表了《没有边界的国家:跨国事业、后殖民困境与非领土化民族国家》《从移民到跨国移民:建立跨界移民的理论》等成果。之后又有不少研究者对跨国移民、跨国空间、移民社区社群、移民商业活动、跨国圈子等进行研究,涉及他们运用两种或多种语言从事政治经济文化日常活动,甚至参与文化创造与文学创作活动,这显然与流散研究密切相关。

---

① 参见 Randolph S. Bourne, ' Trans-National America ', *Atlantic Monthly*, Vol. 118, 1916, pp.86~97。

② Nina Glick Schiller, Linda Basch, Cristina Szanton Blanc, ' Transnationalism: A New Analytic Framework for Understanding Migration ', *Annals of the New York Academy of Sciences*, Vol.645, 1992 (1 Towards a Tra), p.1.

　　跨国主义提出的"社会场"概念,为研究流散群体提供了很好的阐述空间。在这个空间中跨国社会关系、跨国社会网络、跨国移民网络、跨国移民团体、跨国文化网络都是移民参与的领域,包括范围较大:"这里的空间不仅指地理特性,也指某个特定地方呈现给移民的更大的机会体系、社会生活和主观想象、价值和意义。空间不同于地方在于,它包括或超越各种领土性的区域。空间具有一种超越单纯领土的社会意义。只有通过具体的社会性或象征性联系,空间才对潜在的移民有意义。"①

　　跨国主义关注技术带来的跨国移民便利,交通技术进步带来了国际、国家、地方联系的快速反应,流散移民群体增多,重新构建了移民社区形态,对移民本身,对移民输出国、移民输入国,对新的社会场、对新旧文化关系等都产生了深远影响。跨国主义理论主要针对这些方面进行研究:"作为移民研究的一种新方法,跨国主义在欧美学界得到广泛重视,其研究兴趣主要集中在:比较不同散居者群体的概念与意义,不同地区移民社会文化共同体的形成与特征,跨国移民与祖(籍)国的政治运动,移民与全球政治网络,双重公民身份策略,跨国移民与祖(籍)国的经济重建和全球经济网络关系,移民与跨国企业的经营和管理,移民的文化重建和消费,移民的跨国宗教共同体以及跨国的家庭策略(包括合法身份的获得,女性劳工移民、孩子以及家庭汇款方式),等等。"②当然跨国主义研究必然涉及移民的再度移出或回流问题,这同样是跨国主义的应有之义,不少学者对回流移民现象开展独立的研究,与传统失败型或失望型回流研究构成了较为完整的移民回流理论。还有的学者提出了跨国移民之后的文化再生、再造问题,主要研究移民散居者在新的社会场因文化渗透、杂糅、身份转换或杂交而再生的混杂文化模式,这在后殖民理论学者萨义德、霍米·巴巴等人那里得到深入研究。英国牛津大学教授斯蒂芬·沃特威

---

　　①　Thomas Faist,*The Volume and Dynamic of International Migration and Transnational Social Spaces*,Oxford University Press,2000,pp.45-46.

　　②　吴前进:《跨国主义的移民研究》,《华人华侨历史研究》2007年第4期。

克则专门对全球化、网络化、媒介化社会跨国流散者群体的文化再造模式进行了研究,在三化社会(全球化、网络化、媒介化)背景下,流散者在移居国形成的精神文化园地——"想象共同体"、"跨国共同体"、媒介构成的"新文化空间"、网络"微电子跨国主义"①,为文化混合、渗透、交流之后的再生再造提供了新天地,多元文化、双重认同、杂交文化、杂交思想意识、杂交人不断产生,不同于移出国和移入国文化的新型文化就出现了。

这些研究内容对考察探讨现代的全球流散族群的政治、文化等身份认同也非常恰当,因为当下的全球流散已经是跨国移民的核心组成部分,二者的研究也应当彼此包容、借鉴、互证与发展。

五、跨文化传播模式及启示

与跨国主义研究紧密联系的是跨文化传播模式,但是后者更加宽泛。跨文化传播泛指一切不同国家、地区、文化间的信息传播交流活动,包括不同文化背景的社会成员之间发生的信息传播活动、人际交往活动、各种文化要素在全球社会中的流动、共享、渗透、迁移。与之相关的理论范围广大,自然包含着以跨界为标志的移民行为研究。跨文化传播理论是阐释全球社会不同文化、不同国家之间社会关系与社会交往活动的科学,它关涉一切人类跨界传播的活动,因此内容涵盖广,关联学科多,是典型的综合性跨学科理论体系。在此我们只能重点选取关系移民流散现象的相关理论内容进行讨论,以期对流散研究具有指导作用。

由于流散现象是全球跨文化交流与传播的重要问题,而且移民本身就是跨文化传播的主体,因此跨文化传播理论中有不少研究移民在不同文化语境如何处理不同社会文化关系的问题。对流散研究最有借鉴意义的是文化休克与文化适应理论。

---

① 参见 Steven Vertovec,'Conceiving and Researching Transnationalism',*Ethnic and Racial Studies*,Vol.22,No.2,1999。

文化休克是流散移民经常碰到的问题,特别是移民初期,刚到一个新的文化环境中,一切新鲜感觉过后,由于自己突然与母国社会脱离了关系,环境、物质条件、交往圈子、饮食、风俗习惯、语言等都变了,变得陌生,人们就会产生心理上的焦虑感,生理上也有时产生不舒服感,气候上也不适应,饮食、作息被打乱,这种情况下就容易发生文化休克。1954 年 8 月 25 日加拿大人类学家卡尔瓦罗·奥伯格在里约热内卢妇女俱乐部发表演讲,首次将人们移入一个新环境与新结识的人、文化交际时产生的焦虑称为文化休克(culture shock):"文化休克是因为人们突然失去了熟悉的社会交往符号和标志所导致的一种精神焦虑。"[1]为了解决文化休克问题,奥伯格后来又提出了如何走出休克,从而达到文化适应的目的,他提出了与休克、适应相关的四个阶段:蜜月期、危机期、恢复期、适应调整期。这个过程中还可能产生同化、排斥、边缘化等结果。这一理论为我们研究流散群体的文化境遇、流散作家及其文学创作中的同类现象提供了有力的支持。

20 世纪 70 年代以后,许多学者对文化适应理论进行继续研究,提出了文化适应的六种理论,对流散移民现实生活和流散相关研究同样具有启发意义。它们是:传播涵化理论;互动涵化模式;焦虑—不确定性管理理论;同化、偏离与疏远理论;网络与涵化理论;文化图式理论。韩国学者金英润提出的传播涵化理论把影响移民文化适应的各种因素进行排列与联系,把移民在新文化环境中的适应过程归纳为"压力—适应—成长"三个阶段,对我们了解流散者如何适应移居国文化提供了参照,也为移民本身提供帮助,流散研究也可以从中借鉴。心理学家约翰·贝里提出的二维涵化模式和互动涵化模式是在建立对移民群体和东道国人相互接受的态度考察基础上提出的,移民流散者对东道国文化态度肯定或否定的回答,表明了他对东道国文化是否认同与接受、是否排斥,为我们更好地了解移民与主流文化关系奠定了理论基础;而东道国居民

---

[1] 参见 Kalvero Oberg, ‘Culture Shock: Adjustment to New Cultural Environments’, *Practical Anthropology*, Vol.7, No.4, 1960。

对外来者肯定或否定的回答,也反映出东道国对外来人及外来文化的态度。他们的回答表现出整合、同化、排斥、分离、边缘化等状态。查尔斯·伯杰等人提出的"焦虑—不确定性管理理论"为移民提供了消除心理焦虑、身份不确定性的策略。迈克尔·麦奎尔和约翰·贝里分别于 1988 年和 2002 年分析了移民与东道国居民间存在的同化、偏离、疏远关系,提出了相关的适应模式与策略。1999 年里普里·史密斯提出网络与涵化理论,揭示了移民社交网络状态对移民文化身份认同的影响。同年日本学者西田宏子提出文化图式理论,主张从认知心理学角度,强化移民者重构文化图式,以记忆与学习的方式向移民传播灌输东道国的文化图式,那么移民文化适应能力就强,速度也快①。

20 世纪移民理论成果丰富,有宏观的研究,也有微观的探讨,其中自然而然涉及流散问题,这些理论有其积极作用,但也有时代局限与不足,我们在运用时应当作出恰当的选择、恰当的使用,更多地得到一些启示。

第四节　后殖民理论对流散诗学
建构的重要作用

20 世纪 70、80 年代以来,来自第三世界知识分子萨义德(又译为赛义德)出版《东方学》一书,引发了殖民主义批评、新殖民批评、后殖民批评、后殖民理论研究与讨论的热潮;特别是后殖民批评、后殖民理论尤其突出。二者的政治性和文化批判色彩明显,它们借鉴福柯权力与话语学术概念,以宗主国和前殖民地之间关系为研究核心。在不同的学术圈子与不同的历史时刻、地理区域、文化身份、政治境况、从属关系、文学批评、文化批评实践中都有变化,因此它们是一种包容性强而宽泛的理论。后殖民理论关注的议题大都与我们研究的流散问题有着千丝万缕的联系:后殖民理论强调对西方主流叙事的反抗,改

---

① 参见孙英春:《跨文化传播学导论》,北京大学出版社 2008 年版,第 258—263 页。

变西方人对殖民地人历史的书写;重新界定西方文化文学经典的范围、艺术价值标准,纳入殖民地作家作品;批判殖民者文化霸权,关心被殖民者文化身份;对第三世界女性身份与遭遇进行研究;等等。

一、后殖民理论与流散研究时空共振的学缘关系

从时空上看,后殖民理论的产生与发展和全球流散研究具有时空交叉共振关系,许多理论家的研究已经跨越了二者的界线,或者说后殖民理论家的研究中很大一部分内容涉及了流散研究,在有些理论家那里流散研究还成了其后殖民研究的核心内容。如萨义德、博埃默等有关后殖民文学的研究等。而在研究方法上也具有跨学科的共同特点,学者分布区域也基本相同,更主要的是大部分后殖民理论家本人就是典型的流散者。因此后殖民理论是流散研究不可回避的重要部分。

后殖民作为全球化、后现代社会背景下新出现的两个跨学科性很强的概念,后殖民理论、后殖民批评始于何时,终止于何时,至今没有定论,有人认为它们始于 20 世纪初:"后殖民批评和后殖民理论同样都包容了一系列实践……任何斗胆要编写这些实践历史的人都可能至少要从 20 世纪初开始。"①美国学者后殖民理论家阿里夫·德里克认为后殖民"始于第三世界的知识分子到达第一世界学术圈时"②;也有人认为后殖民主义理论的创始人就是爱德华·W.萨义德:"或许可以不夸大地说,爱德华·W.萨义德 1978 年出版的《东方学》一书单枪匹马地开创了一个学术探讨的时代:探讨后殖民话语,也探讨殖民话语理论或殖民话语分析。"③还有论者认为萨义德的这部理

---

① [英]巴特·穆尔-吉尔伯特:《后殖民理论:语境 实践 政治》,陈仲丹译,南京大学出版社 2001 年版,第 1 页。

② Arif Dirlik, 'The postcolonial Aura:Third World Criticism In The Age of Global Capitalism', *Critical Inquiry*, No.20, 1994, p.329.

③ [英]威廉斯、克里曼斯:《后殖民话语与后殖民理论》,载巴特·穆尔-吉尔伯特:《后殖民理论:语境、实践、政治》,陈仲丹译,南京大学出版社 2001 年版,第 15 页。

论奠基作具有强劲的推动作用:"对后殖民主义的发展真正起了直接推动作用的,是1978年萨义德《东方学》一书的出版。"①也有的主张"对后殖民主义与后殖民批评的思考应该从帝国主义(imperialism)、殖民主义(colonialism)与扩张(expansion)这三个众所周知的概念释义开始"②。当然也有人对后殖民主义理论提出了反对意见,1994年,"爱拉·苏哈托和安娜·马克林特克在《社会文本》上发表文章认为'后殖民主义'除了表述上的方便外,在现实中根本就没有存在过。从本质上说,它不过是在殖民主义(colonialism)一词上粘贴上了一个'后'(post)。"③英国牛津大学学者彼得·康拉德公开敌视后殖民主义理论的存在,他批判萨义德的理论可能是"1960年代民族解放运动的学子觉醒释放出的'激愤和悲怆的文化'的一种表现"④;剑桥大学的人类学教授厄内斯特·盖尔奈则称《东方学》和《文化与帝国主义》"很有趣,但毫无学术价值"⑤;历史学家卢塞尔·雅克比和约翰·麦克肯齐认为后殖民批评家没有"跨学科资格",其理论是"天真与牵强附会"⑥。这些不同观点体现了后殖民理论的复杂性。目前国内外许多学者试图对"后殖民"这一概念的内涵与外延进行界定,视角各不相同:有的站在对殖民主义、帝国主义的反思角度上讨论,有的从文学的角度界定,有的以文化为重心研究它,有的综合殖民地、殖民地之后、宗主国等多种政治、文化因素去解释,有的认为后殖民理论仅限于英联邦文学范围之内,⑦巴特·穆尔-吉尔伯特则认为它范围极广:"依我的看

---

① 罗钢、刘象愚主编:《后殖民主义文化理论》,中国社会科学出版社1999年版,第2页。

② 参见杨乃乔:《从殖民主义到后殖民主义批评的学缘谱系追溯》,载巴特·穆尔-吉尔伯特:《后殖民批评·译者序》,杨乃乔等译,北京大学出版社2001年版,第3页。

③ 姜飞:《跨文化传播的后殖民语境》,中国人民大学出版社2005年版,第81—82页。

④ [英]巴特·穆尔-吉尔伯特:《后殖民批评·导言》,杨乃乔等译,北京大学出版社2001年版,第116页。

⑤ [英]巴特·穆尔-吉尔伯特:《后殖民批评·导言》,杨乃乔等译,北京大学出版社2001年版,第116页。

⑥ [英]巴特·穆尔-吉尔伯特:《后殖民批评·导言》,杨乃乔等译,北京大学出版社2001年版,第116页。

⑦ 参见王宁:《超越后现代主义》,人民文学出版社2002年版,第40页。

法,若是后殖民批评先已被理解成调解、挑战和思考在国家、种族和文化之间（常常亦在其之内）经济、文化以及政治上主宰与从属的关系,那么它依然多少可以看作是一系列不同的解读实践,此处说的主从关系显然源于近代欧洲的殖民主义和帝国主义的历史,同样还存在于现代的新殖民主义之中。即使这样宽泛的界定,或许也不必加以限制……因此我也就不必在规范后殖民批评的范围时显得排外狭隘。"①这种包容态度说明了后殖民批评或后殖民理论二者在很大程度上研究的内容与学术追求是相同的。美国学者阿里夫·德里克认为:"后殖民这一术语在其不同用法中表达了互不相同的多种意义,出于分析的目的,必须加以区分。其中有三种看法在我看来特别突出（而且重要）。1.用于描述过去殖民地社会的状况,此时它有具体所指对象,如后殖民地社会、后殖民地知识分子等;2.用于描述殖民时期过后的全球状况,此时,它似乎更抽象,所指对象也并非十分具体,其模糊性堪与更早时候的'第三世界'相比,而它也正意在替代后者;3.用于描述关于上述状况的话语,这些话语可由这些状况所导致产生的认识和心理取向来指示。"②德里克归纳的三点同样涉及后殖民重点研究的种族、民族、帝国、殖民地、文化等,内容同样丰富。乔纳森·哈特认为后殖民理论是"对欧洲帝国主义列强在文化上、政治上以及历史上不同于其旧有的殖民地的差别（也包括种族之间的差别）的一种十分复杂的理论研究"③。哈特强调了理论建设者不同于过去殖民者的研究视角。英国学者艾勒克·博埃默认为:"后殖民文学,它倒并不是仅仅指帝国主义之后才到来的文学,而是指对于殖民关系作批判性的考察的文学。它是以这样或那样的方式抵制殖民主义视角的文字。"④博埃默关注的是后殖民理论

① ［英］巴特·穆尔-吉尔伯特:《后殖民理论:语境 实践 政治》,陈仲丹译,南京大学出版社 2001 年版,第 10 页。
② ［美］阿里夫·德里克:《后殖民的辉光:全球资本主义时代的第三世界批评》,施山译,《外国文学》1997 年第 1 期。
③ 陈厚诚、王宁编:《西方当代文学批评在中国》,百花文艺出版社 2000 年版,第 510 页。
④ ［英］艾勒克·博埃默:《殖民与后殖民文学》,盛宁译,辽宁教育出版社 1998 年版,第 3 页。

研究中的文学批评,特别是重视那些反抗殖民统治的文学。新西兰学者西蒙·杜林认为后殖民是:"非殖民化的人为保护他们自己的文化免于西方侵犯的自觉意愿。"①杜林强调殖民主义势力撤退后殖民地人的文化自主权问题。美国学者查里斯·布莱斯勒认为:"后殖民文学和理论考察两种文化碰撞,以及当其中之一带有意识形态霸权,认为自己优越对方时会发生什么。"②这一观点则强调两种文化相遇、冲突、碰撞问题研究。斯蒂芬·斯莱蒙也指出了后殖民理论的多重含义:"后殖民理论是混杂性的。它用作对西方整体历史主义进行批评的途径;作为一个等同于被重新解释的'阶级'混合性术语被运用;作为后现代主义和后结构主义的一个分支;作为'后独立'的民族组织对本民族性期望的一个称谓;对第三世界学术代表的非抵制的一个文化象征;作为对殖民话语的不可避免的但充满矛盾心理的颠覆;……最明显的趋势是,将后殖民理论视为一种批评实践的主观愿望:作为一个闪光的宝库,它自身有力量把政治合法性赋予制度化的努力。"③我国学者也有人主张从广义上来定位后殖民文学:"凡是曾经遭受过殖民统治而现在又摆脱了殖民统治的文学,均可视为后殖民文学,它是以少数民族、移民、当地土著作家为代表,与欧美白人主流文学分庭抗礼的非主流文学。"④

种种分歧与众多观点表明,后殖民批评与后殖民理论具有很强的开放性特点,具有"跨学科性"和"多种取向"⑤。它们"基于欧洲殖民主义的历史事

---

① [新西兰]西蒙·杜林:《后殖民主义与全球化》,载王宁等主编:《全球化与后殖民批评》,中央编译出版社 1998 年版,第 137 页。

② Charles Bressler ed., *Literary Criticism-An Introduction to Theory and Practice*, New Jersey: Prenice-Hall, Upper Saddle River, 1994, p.263.

③ Stephen Slemon, 'The Scramble for Post-colonialism', See C. Tiffin and A. Lawson, ed. *Describing Empire: Post-colonialism and Textuality*, London and New York: Routledge, 1994, p.16.

④ 瞿世镜、任一鸣:《英语后殖民文学研究》,上海译文出版社 2003 年版,第 203 页。

⑤ [英]巴特·穆尔-吉尔伯特:《后殖民批评·导言》,杨乃乔等译,北京大学出版社 2001 年版,第 49—50 页。

实以及这一现象所造成的后果"①是客观存在的,与殖民主义这一历史事实、殖民主义结束之后的全球文化关系有关,殖民军事占领、政权统治结束之后,第三世界或前殖民地历史、文化、形象书写与研究的立场问题,由谁来书写的问题成为第三世界知识分子关注的重点,这客观上造就了研究内容的宽泛。同时,在理论方法上它还整合了福柯的权力与话语理论、女性主义、解构主义、西方新马克思主义等理论流派的观点②,更增强了包容性与开放性。在具体实践中,学者们也经常把后殖民批评与后殖民理论互换、交替使用。对此,杨乃乔在梳理后殖民批评学缘谱系之后认为:"后殖民理论就是后殖民批评。"③鉴于后殖民理论的包容性与实践上的宽泛性、边界上的模糊性,笔者主张使用这统一的称谓进行表述。

从后殖民理论学者身份构成上看主要有两类,一是来自非洲的知识分子或后殖民作家,他们的研究侧重于文学批评,通过文学研究考察后殖民时代种族、民族、国家、帝国、文化间的关系,与流散研究形成了同时共振的学缘关系。主要代表有钦努瓦·阿契贝、弗朗兹·法农、艾梅·赛萨尔、沃勒·索因卡等。二是来自中东与南亚地区的知识分子,他们侧重文化研究角度考察后殖民时代不同文化关系,代表有爱德华·W.萨义德、斯皮瓦克、霍米·巴巴、艾贾兹·阿赫默德、比尔·阿什克罗夫特等人。这些学者的理论研究成果由于大都与殖民地国家、殖民宗主国家的关系相关,必然涉及两个世界种族、移民之间的各种关系,这些关系又必然与我们讨论的流散族群相关联,故对流散诗学的研究之理论指导作用是自然而然的。这也决定了我们在借鉴时不可能把所有的后殖民理论都拿来,而是梳理出与流散研究相关的内容加以参考。在此

---

① ［澳］比尔·阿什克罗夫特等:《后殖民研究读本·导言》,载罗钢、刘象愚主编:《后殖民主义文化理论·前言》,中国社会科学出版社 1999 年版,第 2 页。

② 参见朱立元:《当代西方文艺理论》,华东师范大学出版社 2005 年版,第 414—416 页。

③ 杨乃乔:《从殖民主义到后殖民主义批评的学缘谱系追溯》,载巴特·穆尔-吉尔伯特:《后殖民批评》,杨乃乔等译,北京大学出版社 2001 年版,第 24 页。

主要介绍后殖民理论"神圣三剑客"①萨义德、斯皮瓦克、霍米·巴巴对流散研究的启示。

二、萨义德的后殖民理论思想及流亡诗学

爱德华·W.萨义德,是流散知识分子的典型代表,他 1978 年出版《东方学》一书奠定了他后殖民批评理论家的地位,后陆续发表《世界、文本和作家》《文化与帝国主义》《知识分子论》等进一步使自己的理论系统化。他的穆斯林族裔身份、流散美国、在美国接受高等教育、在哥伦比亚大学任教,这种跨国界、跨文化、跨界生存状态决定了他的学术旨趣集中在思考殖民宗主国与前殖民地的关系,由此生发出后殖民理论一套学术话语体系与理论,产生了广泛影响。这一理论研究天然包含了殖民地时期流散族裔群体和后殖民时期流散群体的生存与身份问题,对流散研究具有重大的理论指导作用。

(一)《东方学》及启示

尽管《东方学》存在自身的问题,萨义德本人也接受了西方教育,很难摆脱西方视角的影响,但是萨义德作为来到西方社会的第三世界知识分子,通过对大量西方文化文本、文学文本及历史文本的考察,运用法国社会学家福柯有关权力、话语体系为表述方式,指出了西方社会中东方学的实质:它以欧洲中心主义为立场,站在欧洲大陆的地理方位,对以中东和印度为主的东方地区进行界定、描述、支配、驯化;在这一视角下,东方成为西方学者和作家想象的地域,是被东方化的"东方"。但这并不是说东方完全是西方虚构的,萨义德强调的是这种建构背后的权力关系,是西方对东方的支配与驯服。他认为东方

---

① "神圣三剑客"是牛津大学、纽约大学后殖民理论学者罗伯特·杨在《白人神话》《殖民欲望》两部著作中提出的,即萨义德、斯皮瓦克、霍米·巴巴三人。

学是一套由西方殖民者、商人、作家、游客人为创造出来的理论和实践体系,蕴含着几个世纪沉积下来的物质层面的内容。西方与东方之间存在着一种权力关系、支配关系、霸权关系,这种关系决定了在东方学的话语中,东方人被剥夺了话语权、表述权,东方必然由西方书写,成为西方人眼中非理性、堕落、放荡、幼稚、边缘化的东方。

这一东方化的历史实践早在古代希腊创作戏剧时就开始了,后来但丁《神曲》、文艺复兴时期德英法西等国的文学创作、历史研究,17、18 世纪欧洲作家的东方游记,19 世纪浪漫主义、现实主义作家的创作中,殖民统治历史过程中宗主国知识分子的著作中,都闪耀着东方学的身影。施雷格尔、戈比诺、赫南、洪堡、歌德、雨果、拉马丁、夏多布里昂、内瓦尔、福楼拜、司各特、福斯特等都自觉不自觉地以同样的视角去构建、表现、叙述东方。这样长期的历史文化积累,使东方被固定化了,东方是为西方而存在的,东方永远固定在特定的时空之中,被西方进行政治、社会、历史、文化的书写,西方是积极的行动者,东方是消极的回应者,被西方所审视、建构、塑造、审判。东方学者们大量收集有关东方的知识,又力图让这些知识满足西方的需要,运用控制性的符码、分类、标本、字典、评论、编辑、翻译等对这些知识进行过滤,形成了对东方的模拟、构建,而不是真实东方的再现了。西方的意识、知识、科学体系控制着东方,东方学家自认为能够把东方与西方联合起来,而实际上进一步确立了西方的优势与霸权地位。正如萨义德总结的那样:"东方作为欧洲的一种表述,建构——或变构——在对被称为东方的这一地理区域越来越具体的理解和认识基础之上。研究这一区域的专家之所以要对它进行研究,是因为东方学家这一职业要求他们为自己的社会提供东方形象,东方知识,对东方的洞见。在很大程度上,东方学家向他自己的社会提供的东方形象(1)打上了自己独特的烙印,(2)表明了他对东方可以是什么样、应该是什么样的看法,(3)有意识地与别人对东方的看法不一样,(4)为东方学话语提供彼时彼刻最需要的东西,(5)与这一时代的特定文化、学术、民族、政治和经济要求相适应。"①足见西方学者对东方形象的建构是西方人的东方,是给西方读者看的,从来没有考虑到东方人作为读者的问题。

对西方话语霸权和中心的质疑正是萨义德写《东方学》的目的之一,在书出版 12 年之后,他又结合学界对他的批评与质疑,于 1994 年再版时写了一个长篇后记,结合自己《文化与帝国主义》中的思考,进一步明确了自己的目标,反对单一、割裂、专制的文化描述,因为世界文化是混杂的、多元的,它们相互联系、相互影响:"任何试图将世界上的文化和民族强行分割成独立的血统或本质的做法,都不仅会歪曲随后对这些文化和民族的表述,而且会暴露出其试图将权力加放到理解之中以生产出像'东方'或'西方'这类类型化概念的用心。"②萨义德试图打破东西方之间这种人类的分界线,先是进入到西方之中,接受西方教育,获得西方知识界的地位,然后又与东方巴基斯坦中东地区保持着密切联系,这样就有可能穿过历史上东方学设定的障碍,寻求对话语霸权的超越,改写历史固有的东方形象,以一种非霸权、非本质主义的学术取向代替西方话语霸权。

萨义德对东方学复杂内涵与各类表现文本的分析,详细揭示了东方学形成的历史、政治、文化原因,对西方在学术标准原则、制度体系、思想方式、形象塑造上的权力特权给予解构与批判,对我们理解流散群体的生存、发展及相关文化、文学创造活动是非常有用的,它启示我们要看到西方作家和学者对流散移民形象塑造的真实程度、主观程度、建构程度,从而避免西方偏见与西方中心主义的影响,反过来,也可以反观流散作家置身流散境遇时、对流散文化构建时,如何避免自身陷入东方学式的思维方式之中,来对西方文化进行同样的建构。这对全球流散时代文化、文学的再生、再创造具有重要作用。

---

① [美]爱德华·W.萨义德:《东方学》,王宇根译,生活·读书·新知三联书店 1999 年版,第 350 页。

② [美]爱德华·W.萨义德:《东方学》,王宇根译,生活·读书·新知三联书店 1999 年版,第 447 页。

（二）流亡知识分子立场：流亡诗学模式的建构

流亡是人类特殊的迁徙方式，也是人类特殊的苦难形式，还是一种复杂的时间空间与文化身份存在形态。流亡的状态、空间之中更能产生文化再生产问题。萨义德后殖民理论、文化与帝国主义、知识分子等全球性论题的成果都与其流亡的生活感受分不开。而历史上大流散时代——古典流散时代的流散族群很大程度上都带有流亡的痕迹。萨义德有关流亡诗学的思考就在学理、学缘、学源上都和流散诗学能够恰当对接起来。萨义德的流亡内涵既是指身份和现实生活的流亡状态，也包含思想文化精神的漂泊流亡状况，流亡者具有双重视角。前者是经验层面的流亡，是萨义德结合自己复杂的流亡经验和众多流亡作家、知识分子的流亡经历而形成的；后者是隐喻层面的流亡，是萨义德对人类思想精神特别是知识分子精神状态考察后而获得的深层认识，两方面构成了其流亡诗学的主体框架。

首先，他在《流亡的反思及其他论文》中，说明了"exile"的三种形式：政治庇护、离开祖国和故乡、留居者对主导的在位者作出的抗争及其试图离开中心的活动。在流亡状态下人的思想更活跃、更容易与主流思想决裂、更靠近不同文化交叉地带，在流亡中文化生产活动更容易发生。知识分子应当远离家园，与主流社会形成一种对抗状态；知识分子应当流亡、更适合流亡，或者说流亡状态更适合知识分子，在流亡文化状态中批判意识容易形成。这与勃兰兑斯《流亡文学》中总结的流亡作家的反叛、自由特点一脉相承。萨义德认为：在涉及自由和正义时，全人类都有权期望从世间权势或国家中获得正当的行为标准；必须勇敢地指证、对抗任何有意或无意违反这些标准的行为①。有关第一个层面的流亡状态，萨义德曾在《知识分子论》中作了生动形象、直接经验式描述："事实上，对大多数流亡者来说，难处不只是在于被迫离开家乡，而是

---

① 参见［美］爱德华·W.萨伊德：《知识分子论》，单德兴译，生活·读书·新知三联书店2002年版，第48—49页。

在当今世界中,生活里的许多东西都在提醒:你是在流亡,你的家乡其实并非
那么遥远,当代生活的正常交通使你对故乡一直可望而不可即。因此,流亡者
存在于一种中间状态,既非完全与新环境合一,也未完全与旧环境分离,而是
处于若即若离的困境,一方面怀乡而感伤,一方面又是巧妙的模仿者或秘密的
流浪人。"①这种中间状态与后来巴巴说的居间状态(state of in-betweenness)
基本一致,流亡者在故乡与宿居国之间,两种环境、两种文化之间,既内在,又
外在,是思乡人,又是试图进入东道国世界的模仿者,这是全球流散群体共同
的流散状态写照。

　　萨义德自身在地理与文化空间的流亡经验、流亡的物质与精神生活之困
苦,他是永远无法释怀的,这也是刻在众多流散者精神记忆中的:"流亡总是
不可思议地令人不得不想到它,但经历起来又是十分可怕的。它是强加于个
人与故乡以及自我与其真正的家园之间无法愈合的伤口:它那极大的哀伤永
远也无法克服。虽然文学和历史包括流亡生活中的种种英雄的、浪漫的、光荣
的甚至胜利的故事,但这些充其量只是旨在克服与亲友隔离所导致的巨大悲
伤的一些努力。流亡的成果将永远因为所留下的某种丧失而变得黯然失
色。"②这种流亡的苦痛,源于其流散族裔文化身份,他祖上是巴勒斯坦阿拉伯
人,宗教上属于穆斯林,但他们全家是基督徒,父亲一边是圣公会教的,母亲一
边是浸信会和福音会的;父亲因参加第一次世界大战在美国服役而获得美国
国籍,子女都有美籍而母亲却没有,母亲为巴勒斯坦—黎巴嫩双重公民;后来
父亲经营成功、摆脱困境使得子女接受了美国教育,但是萨义德混杂的身份让
他产生了复杂的认同,1967年以色列占领巴勒斯坦改变了他的一生,他是非
常反对这样的占领的。这样的经历使得他具有了流散者具备的一切流散特

---

① [美]爱德华·W.萨伊德:《知识分子论》,单德兴译,生活·读书·新知三联书店2002
年版,第45页。
② Edward W.Said, *Reflections on Exile and other Essays*, Cambridge: Harvard University Press,
2002, p.173.

征,正如他自己所说:"我毕生保持这种多重认同——大多彼此冲突——而从无安顿的意识,同时痛切记得那股绝望的感觉,但愿我们要么是纯粹的阿拉伯人,要么是纯粹的欧洲人、美国人,要么是纯粹的基督徒,要么是纯粹的伊斯兰教徒,要么是纯粹的埃及人。"①这种经历、感觉、精神心理状态、文化身份认同等问题,与众多的流散作家、流散文学中表现的流散族群命运是一样的。而他作为理论家的归纳与描述,无疑更能切中流散群体的精神世界与心理脉搏。

其次,从萨义德《知识分子论》的兴趣点来看,除了跨界越界的流亡,他更强调在思想精神立场上对主流文化的流亡、反抗、背叛状态,保持一种距离、漂泊、外在的精神。如果说身体的出境是实在的流亡,那么思想上的"出境"则是一个隐喻式的流亡,这样真正合格的知识分子即使身体不出国出境,生活在自己的国家与社群中也要保持思想的特立独行,只有这样才能获得一种局外人的视角、边缘人的感觉,这样就不会被主流文化完全控制而失去自我,成为跟着别人走的机器人,离开主流文化从外部打量,可以获得他称为"双重视角"(double perspective)的效果。这样的视角或处境使得知识分子看问题更客观清楚,他早在《东方学》中论及德国学者埃里希·奥尔巴赫作为一个流亡者,流亡土耳其期间撰写《摹仿论》采取了成熟的旁观者立场,并对这一立场进行了肯定:"一个人离自己的文化家园越远,越容易对其做出判断;整个世界同样如此,要想对世界获得真正的了解,从精神上对其加以疏远以及以宽容之心坦然接受一切是必要的条件。同时一个人只有在疏远与亲近之间达到同样的均衡时,才能对自己以及异质文化做出合理的判断。"②这种追求显然能获得"旁观者清"、避免"当局者迷"的效果。这样的双重视角与流亡定位,使得萨义德倾向于文化多元主义,重视文化混合生成效果,特地以帝国主义殖民

---

① [美]爱德华·W.萨义德:《格格不入:萨义德回忆录》,彭淮栋译,生活·读书·新知三联书店 2004 年版,第 4 页。

② [美]爱德华·W.萨义德:《东方学》,王宇根译,生活·读书·新知三联书店 1999 年版,第 331—332 页。

时期为例进行过说明:"由于帝国主义的存在,所有的文化都交织在一起,没有一种是单一的,单纯的。所有的都是混合的,多样的,极端不同的。"①他虽然是对比了美国社会与阿拉伯世界后得出的结论,但是在殖民与后殖民时代,文化混合与杂交的世界是客观存在,所有的文化都是杂交性的、混成的,特别是流散族群的文化,在接受了异质文化的影响后,不可能再保持本土文化的纯洁性。在《知识分子论》开篇他还表明了流亡状态强大的再生与创造力量:"流亡是过着习以为常的秩序之外的生活;它是游牧的、去中心的(decentered)、对位的;但每当习惯了这种生活,他撼动的力量就再度爆发出来。"②萨义德有关流亡者的双重视角甚至多重视角、去中心化、反抗性背叛性立场、移民文化带来的文化杂交性等观点,本身就是流散群体从经验中获得的,所以萨义德的流亡知识分子的论述完全适应于流散研究。

流亡状态构建了萨义德作为从第三世界到达第一世界知识分子的复合身份,他从生活、学术研究、政治认同(中东问题)等各方面都建构了一种混杂复合的状态,这种状态给他多重视野,也给他矛盾的表达与综合性、跨界性的学术思维,正如他自己处处感同身受的那样:"我的背景是一连串的错置和流离失所,从来就无法恢复。处于不同文化之间的这种感受,对我来说非常非常强烈。我会说,贯穿我人生最强烈的那一条线就是:我总是处在事情之内和之外,从未真正很长久地属于任何东西。我研究文学,是因为我一向就对文学感兴趣,也因为在我看来与文学相关的事物——比方说,哲学、音乐、历史、政治学、社会学——能让人对许多其他的人类活动感兴趣。"③可以说流亡经历客观上形成了他学术思想生产的场域,他本人就是流散者中的知识分子、作家典

---

① [美]爱德华·W.萨义德:《文化与帝国主义》,李琨译,生活·读书·新知三联书店2003年版,第22页。

② [美]爱德华·W.萨伊德:《知识分子论》,单德兴译,生活·读书·新知三联书店2002年版,第1页。

③ [美]爱德华·W.萨义德:《权力、政治与文化——萨义德访谈录》,单德兴译,生活·读书·新知三联书店2007年版,第99页。

型,他对流亡的生命体验和流亡中的理论探索,自然也建构了一种宽泛的流散诗学模式,萨义德作为理论家、作家就是很好的流散诗学研究个案。

就1991—2019年间的流散批评研究的产生与发展动向看,萨义德的流亡诗学其实就是流散诗学的重要组成部分,他以流散族的身份思考、研究的是流散文化问题,也是这些流散文化、文学、政治、文艺研究的参与者和创造者,他在流散文学研究、流散族裔的政治问题研究、相关后殖民理论研究、美学研究(理论写作)等多方面有建树:"如果要分期的话,第一期是对文学生产的存在问题的兴趣;第二期是理论期——《开始》——形塑整个计划的问题;第三期是政治期,作品包括了《东方学》《巴勒斯坦问题》《采访伊斯兰》,并且延续好些年;最后一期,也就是我现在写作的时期,又更常回到美学。"①这四个主要方面的成果为流散诗学建构奠定了基础,许多后来的流散批评学者都从他的《东方学》《知识分子论》《文化与帝国主义》《世界、文本、批评家》等论著中找到例证与依据。

三、斯皮瓦克的"他者"及"底层人"等理论模式的启示

加亚特里·C.斯皮瓦克是印度裔知识分子,也是一位流散者,其学习、工作经历与萨义德相似,都接受西方教育、取得西方大学教席、在西方从事学术研究发表理论成果。德里达的解构主义、马克思主义、女性主义对她影响深远。她开辟了与萨义德不同的理论批评路径,对后殖民理论的贡献重大,她的有关"他者"的讨论、"属下"底层人研究、女性主义批评等理论贡献也为流散诗学提供了重要理论参考。

(一)"他者"诗学理论与流散群体作为"他者"

自从人类有了自我意识,关于"他者"的观念就相对立而产生。他者概念

---

① 单德兴:《论萨义德》,浙江大学出版社2013年版,第196页。

在西方学术史上更多的是指哲学与社会学意义上的"他者",意义很广泛,古代希腊哲学中的"他者"是二元对立的存在与非存在中的非存在,是"一"的对立面,具有辩证法主与次关系中"次"的一面。到黑格尔那里他者从哲学层面得到了深入的剖析,他用奴隶主与奴隶的关系说明他者的奴隶从属性,是主体之外的从属。至现象学与存在主义哲学中——以胡塞尔、海德格尔、列维纳斯、萨特等为代表,他者的地位不断受到重视,并成为与主导者并置的概念,主体自我的建构离不开他者,我们凝视他者,他者也凝视我们,人与人之间互为他者,当然两者之间的关系由于种种原因从来就不可能是平等的,因它们被政治、话语、权力、文化、心理等因素制约。解构主义学者德里达借鉴了列维纳斯的他者观点,强调语言文字释义指涉的差异性、他异性,把"他者"理论引入了解构主义理论,《解构与他者》《心理:他者的发明》《最后的死亡》等著作集中讨论他者,系统论证他者他异性及其与同一性的关系,自我离不开他者,又同化他者①。

　　而他者诗学理论是进入全球化、后殖民语境后,由萨义德、斯皮瓦克等拓展的。萨义德在《东方学》中,批判东方主义对"东方"这个他者进行西方式霸权式描绘、建构、塑造,而相对于真正的东方来说,西方也是他者,萨义德把他者当作文化身份建构或认同、确认的普遍因素看,尽管东方学家们更多更有权力地把东方描述为"他者"。在具体分析不同文化关系时,萨义德试图建立一种平等的自我与他者关系或者研究策略:"我所采取的立场试图表明,每一文化的发展和维护都需要一种与其相异质并且与其相竞争的一个自我的存在。自我身份的建构在我看来,身份,不管东方的还是西方的,法国的还是英国的,不仅显然是独特的集体经验之汇集,最终都是一种建构——牵涉到与自己相反的'他者'身份的建构,而且总是牵涉到与'我们'不同的特质的不断阐释和

---

　　① 关于"他者"概念在西方哲学中的演变,参见张剑:《西方文论关键词:他者》,《外国文学》2011 年第 1 期。

再阐释。每一时代和社会都重新创造自己的'他者'。"①实际上,在具体的自我身份建构与对他者这个异质性的对象进行建构时,是不可能静止不变的,也不可能平等,不同个体和社会机构在建构中,会有争论、解释、被解释,是一个牵涉权力关系的竞赛:"这些过程并非一种纯粹的精神操练而是一场生死攸关的社会竞赛,牵涉到许多具体的政治问题,比如移民法,个人行为规范,正统观念之形成,暴力和/或反叛之合法化,教育的特点和内容以及国外政策的走向等,而这些问题往往必须为自己树立一个攻击的目标。简而言之,身份的建构与每一个社会中的权力运作密切相关,因此决不是一种纯学术的随想。"②而移民流散者群体不仅遭遇到了文化身份建构问题,而且经常成为主流社会攻击的目标,成为被主流社会话语霸权驯化的"他者",流散者身份的形成自然也与当地的法律、行为规范、教育、国家政策、政治问题相关联。因此,流散群体始终感觉自己是边缘人、他者正是主流社会霸权的体现,而自己为了身份也会形成反叛与反抗的意识,把东道主进行他者式的考察与建构,但总体上在竞争中处于被动、被支配地位。

沿着萨义德的传统,斯皮瓦克从翻译解构主义大师德里达的《论文字学》中发现了翻译中的差异性问题,又在女权主义批评中有关男人与女人关系研究中发现了女性他者问题,进而深入到女权主义理论与后殖民理论中讨论他者问题。在《回声》《我们自己的陌生人》《底层人能说话吗?》《三个女性文本与一种帝国主义批评》等论著中,斯皮瓦克对同一性的批判、对异质性的考察都关涉他者问题,自我之中的异质性、下层人(subaltern 又译为属下或庶民、底层人)、男女二元对立中的女性形象问题都成为她研究他者理论的实践。

首先,斯皮瓦克通过对西方文学与神话的研究,探讨了自我与他者的关系

---

① [美]爱德华·W.萨义德:《东方学》,王宇根译,生活·读书·新知三联书店1999年版,第426页。

② [美]爱德华·W.萨义德:《东方学》,王宇根译,生活·读书·新知三联书店1999年版,第427页。

问题。在论文集《回声》中分析了奥维德《变形记》中艾可(Echo)与纳西斯(Narcissus)的神话传说,神话中的两个人物分别代表了人类身份的两个模式:前者代表了他者之"非我族类",后者代表了"自恋的自我(我族身份)",他者只是主导者特别是西方文化确认自我的参照或方式,他者处于从属地位。传说中的河神之子纳西斯是极其自恋的人,因此他对其他人甚至爱他的人毫无认识或无视,这种目无他人的自我中心主义导致了他喜欢上了水中自己的倒影,从而去追逐他的影子而最后淹死。这个隐喻表明文化身份主体处于错误的自我认知状态,盲目自恋与排斥他者的后果是可悲的。而森林女神艾可因美貌遭到赫拉的嫉妒,被赫拉剥夺了正常说话的能力,只能重复别人说话的最后三个字,形成了森林中的"回声"(Echo),但她的悲剧是爱上纳西斯,因无法正常说话而遭到厌弃,更主要的是纳西斯的自恋根本无视艾可,导致后者抑郁而亡。艾可的神话隐喻说明他者处于边缘无权地位,被剥夺了自我言说的权利,只能通过主导者的话语来认识、描述自己,或者重复主导者的话语。斯皮瓦克不只是从神话和西方经典作品中找到了他者与主体自我身份的书写文本,更在第三世界国家的一些文学文本中找到了例证,如阿尔及利亚女作家阿西娅·吉巴尔的自传小说《爱情,幻想》中,吉巴尔生活在法国殖民地,不能用自己的语言书写,只能用法语进行写作,正如艾可只能用重复别人的话一样,作者他者的地位非常明确;同时她又作为一名女性,还成为男性世界的他者,这样吉巴尔处于双重他者境地,确立自我身份难度可想而知,而吉巴尔就是要通过文本来反抗被他者化的命运。追问他者如何存在、如何反抗成为斯皮瓦克关注的重点。同样,她在分析印度小说家马哈斯维塔·德维的短篇小说《狩猎》时指出了殖民者对殖民地他者压迫的事实,小说女主人公玛丽的母亲是印度部落女子,被英国殖民者强奸,生下了玛丽;但是她们母女的身份都是他者,更是男性统治下的双重他者,处于无身份无地位状态。但是玛丽面对自己的他者身份,变得勇敢洒脱,大胆地与自己的生存处境抗争,面对殖民者入侵强加给她的屈辱身份,她说:"在我出生时,我母亲就应当将我杀死。"①这显然是对他者命运的不认可,对自我追求的宣誓,玛丽的反抗是主人公也是作者要摆脱他者身份的努力。

其次,通过女性主义文学批评考察女性他者身份。在《三个女性文本与一种帝国主义批评》中,斯皮瓦克则选择了三个西方主流社会女性作家写的小说文本对女性这个他者进行讨论。从作家自身看,身为女性作家,在西方男性世界中进行创作本身就处于他者的地位,她们的创作努力本身就是对中心的反抗,但是女性作家们的创作中又不可避免地陷入了男性中心社会规定的固有的女性形象塑造的模式之中,使小说中的许多人物成为"他者的他者"。夏洛蒂·勃朗特所著《简·爱》、简·里斯所著《藻海无边》、玛丽·雪莱的代表作《弗兰肯斯坦》等著作中都塑造了敢于反叛、对抗男权世界的西方女性形象,作者试图给女同胞们找到摆脱或反抗被建构、被安排、被固定的他者命运或身份,这固然张扬了女权与女性独立身份,但是这三位女作家在塑造殖民地女性时又将男权社会的观念加到了这些女性身上,成为男权社会的同谋,共同他者化了殖民地女性形象,或无视殖民地女性的存在及其权利。《简·爱》中的主人公简·爱通过自己的努力行动,成为罗切斯特合法的女主人,但是那个阁楼上的疯女人伯莎原来是罗切斯特的合法妻子,却成为彻底的他者,最后烧死在阁楼里。简·爱把伯莎看作他者,罗切斯特也把伯莎看作他者,并把伯莎关到阁楼进一步将之独立;简·爱的上位是建立在伯莎的深度他者化、边缘化基础上的。而作为作者的夏洛蒂一方面在争取女性独立与自由、获得身份与权力,一方面又成为把殖民地女性进一步他者化的作家,其视角当然是地地道道的西方男性立场。

简·里斯虽然生活在多米尼加,但她是来自帝国的移民作家,其代表作《藻海无边》以伯莎这个"阁楼里的疯女人"的他者为主人公,似乎是对《简·爱》的反叛式改写。伯莎来自殖民地,嫁给罗切斯特,这是一个殖民地女性向

---

① G.C.Spivak,'Echo',*see An Aesthetic Education in the Era of Globalization*,Cambridge:Harvard University Press,2012,p.232.

帝国移民的过程,但是她在变成帝国男人妻子过程中遭到了种种不公平待遇,成为一个逐渐被殖民者改造的他者,语言与文化差异使得她无法言说自我,她的意见与形象被曲解,名字也被罗切斯特更改,当然更多的是男性霸权的压迫与西方社会制度的压制,使得她最终变疯狂。在西方主流社会中,殖民地他者不可能获得独立自我,只能被他者塑造为他者。这种悲剧是必然的,而作家里斯也只能把她塑造成那个勃朗特笔下的他者,正如斯皮瓦克分析的那样,伯莎与里斯一样:"她必须放弃自己的权力,将'自我'演化成那个假想的他者……这样简·爱才能成为英国小说中女性个体主义的英雄。"①

流散族裔民群体在移民国生存,天然具有他者地位;对东道国居民来说,流散者是外来他者,而对流散者自身来说,他们到达了一个非故乡——他乡空间,自己是外来者,而不是原居民主人的感觉,两个方向主客观上都决定了流散群体的他者身份。而流散群体中的女性移民更是处于生存的边缘,除了接受流散外族身份之外,还要面对来自本族与外族男权中心主义对她们的压迫或边缘化。这样斯皮瓦克的他者诗学理论对流散群体研究也具备了天然对接的可能性,理论适应性自然较强。

(二)斯皮瓦克底层人研究与流散者研究的关联

斯皮瓦克在其后殖民研究过程中,非常关注以故国印度为代表的第三世界人们,并从帝国主义统治时期的相关档案文本中查找资料,对处于他者地位的边缘人——殖民地下层人进行了系统研究。"subaltern"可译为"属下、庶民、底层人",三种翻译意思都有其合理之处。但是根据"subaltern"在后殖民理论中的含义,他们属于他者之中,是霸权主义的结果,也是阶级社会的结果,他们被剥夺了各种权利,地位低下,处于边缘,无话语权,从这个意义上看,本书主张使用"底层人"一译。

---

① [美]加亚特里·C.斯皮瓦克:《三个女性文本与一种帝国主义批评》,裴亚莉译,载包亚明主编:《二十世纪西方美学经典文本》第四卷,复旦大学出版社2002年版,第493—494页。

　　自从有了阶级社会就有了底层人阶层，"subaltern"作为一个社会历史或政治概念一直被当作下层群体的指称。但是作为理论研究对象则起源于马克思主义的阶级论，无产阶级被作为被压迫被剥削的底层社会人群体看待，没有物质没有权力更没有地位，但他们是革命的力量、生产者、物质财富的创造者，更是历史的创造者。西方马克思主义的继承人葛兰西从马克思的阶级斗争理论中得到启示，正式使用"底层"这一概念泛指受霸权团体或阶级统治的人，即与资产阶级相对立的工人、农民，最初在《狱中札记》中指意大利南方的农民阶层，后来他在分析资产阶级文化霸权时指明底层人在被剥夺了文化话语权之后成为被控制的阶层。这些底层人没有主体意识、没有文化很难组织起来。

　　之后对底层人研究比较系统的是 20 世纪 70 年代的"印度底层人研究小组"，这一小组在印度独立的背景下，仍然发现了印度社会中大批的底层人群体——印度农民群体，他们虽然成为独立国家的一个阶层，但是在政治上、经济上、文化上处于从属地位，受到精英阶层的控制，没有地位，他们的历史与殖民时期一样被忽视，无法记录到政府档案。小组的研究取得了较多成果，在第三世界和西方产生了影响，以古哈、哈德曼、查特吉等为代表的学者形成了著名的"底层研究学派"，发布了《底层人研究：关于南亚历史与社会的书写》《农民起义的主要问题》《底层人研究选读》等论著；80 年代中后期，斯皮瓦克加入了该学派，扩大了它的影响，把学派研究成果传播到欧美，也传播到中国等发展中国家，引起了全球研究热潮。

　　斯皮瓦克的底层研究与他者、女性主义研究相互联结交叉，可以说三者都属于他者研究这个范围，只是侧重不同。她有关底层研究的主要成果有《底层人研究：解构历史编撰学》(1985)、《舍摩国的王妃》(1985)、《三个女性文本与一种帝国主义批评》(1986)、《底层人在文学中的再现》(1987)、《底层人能说话吗？》(1988)等。其核心观点是：无论是在殖民时代还是后殖民时代，甚至在一切社会形态中，"底层人不能说话"，只能成为沉默的他者。她沿袭了葛兰西的观点,认为一切精英阶层之外的人都是底层人,认为底层人没有政治经济文化权利,缺乏"主体意识",对统治者、精英阶层产生了依赖和顺从,不能够自主言说,处于被动下层地位,属于被边缘化他者。但是斯皮瓦克的底层人概念外延更广泛,指第三世界所有的底层人,也包括西方世界里的底层人。她还更加注意对这些底层人的差异性问题研究,将其分为不同的类型,更能切实地研究他们。

与马克思、葛兰西主张用斗争与革命让底层人获得说话权利不同,斯皮瓦克主张通过教育,使得底层人获得文化知识,解构殖民者、精英阶层的文化霸权,获得话语权,构建底层人的主体意识、反抗意识。她先后写出了对底层人进行教育的研究著作,为底层人发声找出路,重构主体意识与文化身份。她的论著主要有《如何教一本不同文化的书》(1991)、《教育机器之外》(1993)、《学科之死》(2003)、《全球化时代的美学教育》(2012)等。主张不能只教西方的学科与文化,还要注重殖民地本土的文化、文学教育,重新认识西方学者对东方历史的书写,摆脱西方中心主义的羁绊,底层人要形成自己的批判意识、主体意识、审美标准与价值观。这就与印度等第三世界国家独立的意识形态与价值观建构达成了一致。

斯皮瓦克底层人研究对流散群体及流散研究的启示同样重大,流散者大多属于底层人,他们在东道主国家基本没有话语权,不能有效说话,甚至因语言障碍、文化隔阂而不能说话,失去了原来本有的主体意识与自主自决意识,只能依附主流社会,这种从有到无的变化让流散者群体精神更加焦虑;没有流散经历的底层人主体意识弱或缺乏,往往麻木,并不直接给他们造成心理创伤,但流散者主体意识强,容易受到心理创伤。所以斯皮瓦克的底层人研究启示我们:流散群体一定要通过教育、参与社会政治经济文化活动,重新找到自己的自信,获得话语权,以更好地适应东道国社会与文化,融入其中,获得成功。这也启示流散者应当建立自己的学校,如帕克所说的那样办移民报刊,有自己的发言权,也有自己的言论阵地,这样也许会更快更好地构建主体意识,更好地反抗压迫，为底层人发声，使其获得话语权。斯皮瓦克有关底层人的差异性研究有助于我们对流散群体进行划分，进行同一性研究的同时进行差异性考察，比如华人流散群体与犹太流散群体的差异性研究就可以开拓扩大比较流散学的空间。

四、霍米·巴巴的"第三空间"理论与少数族文化身份

作为后殖民理论的神圣三剑客之一，霍米·巴巴的重要贡献是继承了弗朗兹·法农、拉康、德里达、巴赫鑫、萨义德等人的学说，深入思考殖民主义、后殖民时代殖民者与殖民地的文化关系，以反抗、解构的立场重新定位殖民与被殖民的文化关系。他认为殖民者的权力、文化并不像看上去那么稳定、完美，而是在征服殖民地文化过程中处于变动、焦虑状态，被殖民者的文化对它有消解、对抗、改写的可能与能动性；被殖民者在殖民者文化霸权下也不可能完全变成殖民者，但也不再是原来完整本原的被殖民者；殖民者本身也不是原来的殖民者，也在被殖民者的模仿、抵制和改写中发生了变化。正是在对殖民文化与殖民地文化关系重新思考这个基础上，巴巴提出了模糊而又有一定理论框架的后殖民"第三空间"理论，这个第三空间就是在《文化的定位》中反复论证说明的"居间空间"（in-between spaces）、殖民文化与被殖民文化二元对立"之外"（beyond）的空间。他在论及后殖民时代（全球化时代）文化的定位问题时开场就提出"我们时代的借喻（转喻），就是要把文化定位在'之外'的领域里"①。巴巴发表此书的时代，正是后时代、全球化、后殖民学术评语盛行的时代，原来线性的、二元对立的、明确的、欧洲中心主义式的思维方式被发散的、多元的、模糊的、质疑的、解构重构的思潮所替代，人们确定的时空感觉缺失，临时性、变化性、游移性成为常态，"差异与认同、过去与当前、在内与在外、包容与排斥"不再是简单的对立，而是变得复杂化了，特别是前殖民地移

---

① Homi K.Bhabha, *The Location of Culture*, London and New York：Routledge, 1994, p.1.

民在后殖民时代成为本族的异类他者,也成为殖民者族群的他者,居于两种文化或多种文化之间的临界点、中间地带、跨越文化之门槛空间中,这个中间空间为新的文化身份生成构建提供了可能:"'居间'的空间,提供了推敲自我性策略的地方,通过界定社区这一概念本身,它们激发了新的身份符号以及协商和争论的新场所。"①在居间这个新场所为不同民族、性别、文化背景的人提供了临时的对话、协商、交流之地,他们因各种差异性而产生矛盾,也因各种利益获得临时性的身份,居间状态为不同的被压迫者、异类他者提供了发言的权利与机会,反抗、对抗压迫文化成为可能。而处于之外、居间的地带,他者获得了双重视角,可以审视两种文化或多重文化,在不同的位置上发言,文化身份才能得以定位,其身份、历史、文化、主体性才有可能重新书写,而不是仅被霸权主义文化书写。巴巴在《民族与叙事》《文化的定位》两部文集中通过重新细读殖民主义时代和后殖民时代的文学、文化文本,在民族文化心理与文本层面上对居于第三空间的他者杂交性文化身份、少数族裔、模拟、矛盾性、文化翻译等进行了探讨,从而建立独特的后殖民空间理论话语体系,这个理论看似枯燥难懂,创新概念术语较多,但是在讨论研究它们时巴巴把第三空间中少数族、文化身份、模拟的策略、矛盾性状态、文化翻译等有机地结合起来,获得了较强的理论张力。而本书研究的流散族裔群体本身就是少数族裔,他们在两种或多种文化空间中面对文化混杂问题更加前沿而直接,他们对东道国文化、本族文化采取什么样的策略,与巴巴有关杂交性文化身份理论、少数族裔理论的分析具有同构性,巴巴进行文学文本分析时也大都选取了具有流散文学背景的文本、第三世界少数族文学文本,具体的批评与理论建构实践与流散诗学不谋而合。巴巴的第三空间,对流散族来说正是其文化身份生成与构建的场地,其相关研究理论恰好对我们研究流散文学与流散文化提供了理论支撑。

---

① Homi K. Bhabha, *The Location of Culture*, London and New York: Routledge, 1994, p.2.

（一）巴巴的杂交性文化身份理论

杂交是自然界和人类社会常见的现象。从物种的杂交（如杂交水稻）到种族的杂交（如混血儿）再到文化的杂交（如语言混杂克里奥化），人类对杂交的认识与探索经历了由简单到复杂、由物质到精神文化的漫长过程。文化身份的杂交性问题是后殖民理论的重要内容，更是巴巴理论的中心："在巴巴的理论贡献中，最核心、最具原创性、影响最大的是他在 20 世纪 80 年代提出的杂交性（hybridity）理论。"[①]巴巴对杂交性身份理论的关注与重视，与他流散知识分子的混合文化身份分不开，也与后殖民理论探讨的话题场域有关，更与他的研究兴趣相连。

巴巴父母和他本人建立的家庭都是典型的流散之家，混合了印度流散族与犹太流散族等多重流散"血液"。巴巴出身于印度孟买祆教徒家庭，祖先为逃避回教（伊斯兰教）迫害从波斯流散到印度古加拉特海岸地区，后来因该族具有务实的精神而逐渐移居到印度各大城市发展。父亲是孟买有名的律师，母亲则是一位优秀的知识女性，受过良好的教育，艺术素养较高，喜爱法国文化，可见其家庭文化本身就具有混合性特点。巴巴接受的教育主要是西方式的，他在孟买大学埃尔费斯通学院学习英语专业，在英国牛津大学读硕士、博士，在这里结识了自己的妻子杰奎琳；妻子出生在典型的犹太裔流散家庭，父母是第二次世界大战期间流散到印度孟买的犹太人，第二次世界大战结束后1960 年移民意大利米兰；杰奎琳作为移民在牛津大学学习法律，主攻移民法和难民法。妻子的家庭和巴巴的家庭背景天然巧合，加上他们接受的教育内容与家庭移民紧密联系，这决定了巴巴更能理解、关心流散移民现象。在青年时代，巴巴就认识到孟买这个城市的混杂性状态，在这里有多种族、多语言、多宗教、多文化共存的现象，因而被称为"孟买杂烩"（Bombay Mix）；巴巴也体验

---

① 贺玉高：《霍米·巴巴的杂交性身份理论研究》，中国社会科学出版社 2012 年版，第5 页。

到袄教徒无法成为印度人的痛苦、诡异,感受到印度人对他们的排斥,而袄教徒家庭生活方式、社群文化的混杂状态,使他们与当地文化隔膜很大,无法被认同成为真正的印度人①。移民美国之后进入学术界,巴巴第三世界知识分子的身份给他考察后殖民问题提供了方便。其流散的家庭、教育、社会生活、学术活动使得他天然具有构建与探索杂交性身份理论的基础。

巴巴杂交性身份理论起点就超越了生物物种的杂交和巴赫金语言混杂意义,直接进入后殖民语境,赋予了它丰富的后殖民理论内涵:殖民主义话语从一开始就不是绝对的、同一的,而是掺杂了殖民地文化的异质成分,一些曾经被否定的他者知识进入了统治话语,从而质疑西方话语的权威性,颠覆了其基础。巴巴杂交性理论离不开后殖民语境,当然也是他后殖民理论的主要内容。当殖民文化与殖民地文化相遇的时候,就存在了第三空间,产生了文化杂交性,就有了殖民者与被殖民者的矛盾及其各自内部的矛盾,也引发了殖民地人对殖民文化的模仿、抵制,殖民者文化也被混杂了殖民地文化而不再权威、纯洁,当然更有了文化意义上的旅行与翻译现象发生。因而可以说,这些因素的发生是不可避免的,又是相互关联的。

关于杂交性,巴巴在《作为奇迹的符号:1817年5月德里城外树下发生的矛盾性与权威问题》一文中分析了英国基督教传教士艾南德·买赛的一则回忆录,阐释了以英语书籍为代表的殖民主义文化符号,在殖民地传播过程中被改写、重复、变形消解的事实,从而揭示了第三空间中文化生产的矛盾性、混杂性,并就"杂交性"进行了说明:"杂交性是殖民权力生产性的符号,是它力量的不断变动性与稳定性的标记;杂交性是对通过或借助否认实现的统治过程之策略性颠覆的称谓。杂交性通过对歧视性的身份效果的重复,而对殖民主义身份的幻觉进行重估。它展现了殖民统治和歧视的所有地方的变形和位移。它呈现了对歧视和统治的一切地点的必要变形和移置,扰乱了殖民权力

---

① 参见生安锋:《霍米·巴巴的后殖民理论研究》,北京大学出版社2011年版,第31页。

的模仿或自恋要求,却借助颠覆策略重新暗示了其认同,这种颠覆策略将受歧视者的目光投回了权力之眼。"①回忆录中传教士传播的《福音书》被印度乡村农民无意识地给改变了,改变的方法就是杂交性策略,他们接受可以接受的受洗等基本教义,又加入了印度人自己的理解,但是他们作为农民要去田地劳动,也拒绝圣餐,因为里面有牛肉,而印度人不吃牛肉。这些符号是殖民主义殖民统治的一部分,但是在传播过程中被殖民者学会用殖民者的语言、教义本身对殖民者的文化进行了颠覆;殖民者把殖民地人们当作统治的对象,剥夺了他们的权利,但又向其灌输自己的自由、民主、价值观,殖民地人则改用来为自己争取权利;殖民者要确认自己的文化优越,又不得不拿被殖民者的文化来对比、投射。这样殖民主义的文化被双重改写了——殖民者的改写与被殖民者自己的重复改写,这样必然产生杂交:"殖民主义权力的确定需要在差异的语境中不断重复自己,这同时也就是不断地改写自己,使自己成为一种充当他者踪迹的存在,殖民主义文化在这种意义上必然是杂交的,而非纯粹的宗主国文化的再现。"②对于被殖民者来说,杂交性使得他们可以部分地消解殖民权威,产生抵抗效果,原本被歧视、边缘化、低等化的被殖民者的语言、习俗、文化等进入了殖民者话语,以差异性、不确定性施行了颠覆,正如巴巴分析的那样:"在有关权威性的传统话语的基础上存在的爱恨交加情绪,使一种颠覆成为可能——这种颠覆建立健全在不确定性之上,这种不确定性将统治者的话语条件转变成干涉介入的基础。"③被殖民者的话语因素如果能够进入殖民者的话语系统,这种混杂性就会进一步破坏殖民者对被殖民者的否认效果与认识法则:"杂交性颠覆了殖民主义否认的效果,这样他者的被否定的知识就进入了统治者的话语并疏远了它的权威性的基础——它的认识法则。"④

---

① Homi K.Bhabha,*The Location of Culture*,London and New York:Routledge,1994,p.112.

② 贺玉高:《霍米·巴巴的杂交性身份理论研究》,中国社会科学出版社 2012 年版,第108 页。

③ Homi K.Bhabha,*The Location of Culture*,London and New York:Routledge,1994,p.112.

④ Homi K.Bhabha,*The Location of Culture*,London and New York:Routledge,1994,p.114.

杂交性带来的必然结果是殖民文化不再纯洁,其语言、服装、生活习俗、举止等都被改变了原真性,在被殖民者掌握与运用中产生了差异。当然受杂交影响更为明显的是被殖民者,他们采取借鉴、模仿、改写、戏谑等方式也使得自己的文化大为改变,奈保尔等不少作家都写过《模仿者》同类题目小说。殖民者希望通过模仿策略来复制、改造殖民地人使其成为符合自己需要的人,但却培养了部分自己的反对者;而被殖民者中有不少人也希望有白皮肤(法农:《黑皮肤·白面具》)、蓝眼睛(莫里森:《最蓝的眼睛》),想变成白人、变为殖民者,但是他们又不可能成为真正的白人。这样在文化杂交的空间里,中间空间与文化杂交是居于殖民者与被殖民者之外的第三空间、第三者,第三者不能成为一个完整的另外任意两者,只能是中间的杂交部分、杂交产物,这个第三者状态都包含了另外两者的一部分,或者说殖民者与被殖民者都互相包含了对方的部分从而构成了第三者。从范围上来看,他小于其中任何一个,又兼备两者,如两个相交的圆形之中间部分,这个中间部分永远不可能大于其中任何一个圆。杂交性是殖民关系发展的必然,也是文化交流中的必然。它是符合交流双方需要的空间与结果。流散族群体的文化生产活动、有关流散文学的创作与研究,显然关注着文化杂交性身份这样核心的主题。

(二)少数族理论模式及其文化身份建构策略

无论从数量看,还是从社会、政治、经济、文化地位或身份等方面考察,流散族群都属于少数群体;但是巴巴的少数族不单独指数量上的少,它的指涉范围要远远大于流散群体,泛指殖民统治及其结束之后的移民、流亡者、跨国流动人员、混血儿、妇女、儿童等边缘群体、弱势群体。巴巴在《文化的定位》论文集中主要以殖民主义历史造成的被殖民地移民、流散者为主要讨论对象,揭示了少数族的生存存在状态、文化状态。殖民主义历史事实造成了少数族的产生,殖民文化与被殖民文化的关系使得少数族的文化与身份被边缘化,处于一种无根、无家状态,宗主国主流文化处于主导地位,掌握一切主要权力,即使在殖民主义结束后,殖民地或宗主国内的少数族也没有真正获得文化上的独立与解放。

正如前文所言,少数族处于文化边缘交叉地带,处于一种特殊的中间(居间)空间里,获得了双重视界。他们不可能拥有完整的整体性。对于一个民族来说,少数族总是内在于这个民族之内的他者,没有确定的身份,不可能与独立的民族社群一样被完全认同或被完全接纳、完全重合。而是处在一个模糊的边界上,这是西方殖民者划分民族的边界,它成了一个有争议的地带或边界,成为少数族言说自己的空间。在西方殖民者的宏大叙事之中,少数族是外来者,是自己民族/国家之外的他者,他们不可能融入民族/国家大家庭里去,也不可能成为一个独立完整的存在。而少数族的存在又破坏了原来民族国家的纯洁性,民族国家自身也或多或少被改变了,变得不纯粹,民族边界也模糊不清。从这个意义上看,少数族也对完整的民族/国家整体独立性进行了改变或毁坏。少数族自身是流动的无家的,而主流社会的民族/国家界线又被改变了。对此巴巴在《散播:时间、叙事与现代民族的边界》一文中说:"殖民地人、后殖民地人、移民、少数民族——这些流浪的人们不会被包含在民族文化及其和谐的话语之家中,但他们自身就是一个流动的边界的标志,偏离了现代国家的界线。"①

而这一偏离的界线对民族国家的主流居民来说影响不明显,是潜在的。而对少数族来说意义特殊,由于这个界线他们居于两种或几种文化之间,形成了独特的第三空间或居间空间,也会形成不同文化间的差异性对话交流。这也决定了少数族与普通民族不同的特点——他永远是社会中的少数,代表不了社会主流意见,也不可能获得权威;其身份具有模糊和不确定性,没有民族原初性与纯粹认同性;少数族流动性强,没有同一的族源与文化之源,形成的是临时性的社群,在少数族群体这里不会形成殖民者那样的话语霸权,他们更

---

① Homi K.Bhabha,*The Location of Culture*, London and New York:Routledge,1994,p.236.

多持多边主义或平等对话协商的世界主义立场,这种特点深受以巴巴等为代表的来自第三世界知识分子的重视,成为他们研究殖民与后殖民文化关系的重要群体标本。这也为研究流散群体提供了重要理论基础。

那么少数族在"居间"无家状态里,怎样才能走出霸权的压迫、找到自己失去的声音?巴巴发现并阐发了一系列策略,主要有模仿、文化翻译、自嘲、文化抵抗等。

模仿策略是殖民地人或少数族人对殖民者或主流社会的模拟。殖民统治时期表现在殖民地政府对西方政治的模仿,也体现在殖民地人或边缘少数族人对殖民者文化的抄袭与模仿。通过模仿扭曲了殖民者的制度与文化,成为少数族对抗或反抗的策略。许多小说文本、宗教活动、日常生活、政治管理等方面,殖民者推行自己的民主自由等价值观念,却又剥夺被殖民者的这些权利,而被殖民者通过模仿对统治者的文化进行了讽刺。殖民者的语言、起居、衣着、生活习惯都被少数族主动或被动模仿。而在这多种实践的模仿中,殖民者的文化被改变、变形甚至被戏谑化了。殖民者一方面要推行自己的文化,另一方面却给被殖民者以抵制的手段,起到了事与愿违的效果。其政治意义、宗教意义、语言文化意义被改写或扭曲,变成不伦不类的东西,或者产生矛盾性或混杂性的后果。收录到《文化的定位》一书中的《理论的承诺》《狡猾的谦恭》《被视为奇迹的符号》等许多文章里,巴巴记述了基督教在印度传播过程中滑稽的结果,许多基督教思想都成为与印度教相矛盾的笑柄。政治制度也是如此,殖民者一方面要求殖民地人民顺从,安于被占领被统治,成为殖民者掠夺财富之对象,希望殖民地人民成为老实的奴隶;另一方面却在向殖民地人民传播自由、平等、进步、文明等,用白人的语言、文化、价值体系教育殖民地青年,这本身就是巨大的讽刺;殖民地人们对其有效的戏仿,就是一种颠覆与嘲弄。巴巴在《模仿与人:殖民话语的矛盾性》一文中提出了自己的看法:"我认为模仿这种殖民话语的权威因此受到不确定性的打击:模仿表现为一种差异的表述,它本就是一个否定的过程。因而模仿就是一种双向发音的符号,是一种改变、规训与惩罚的复杂策略,在它将权力可视化时也将他者(殖民者)'借用'了。而模仿也是另一种类的符号,表示不恰当、差异或一种固执,它凝聚殖民权力的主体性策略作用,加强监控,既对规范化的知识,也对规训性权力发出内在的威胁。……模仿即是相似,同时也是一种威胁。"①巴巴有关模仿的少数族策略运用在对许多后殖民作家研究中,非常恰当,如奈保尔作为流散作家从创作内容到艺术表现手法上都模仿了殖民者世界的文学,以《模仿者》为题写了著名的小说,巴巴有关少数族、文化差异等后殖民理论研究就深受奈保尔创作启发,他在《文化的定位》序言中表明:"奈保尔小说中的印度—加勒比世界形成了一条迂回的、流亡的路线,带给了我一些历史主题和理论问题,并构成了我思想的核心。"②巴巴还分析了吉卜林、福斯特、奥威尔的作品,以印证自己的模仿等理论观点。总之,模仿本来是殖民者在殖民地要求殖民地政府对殖民者政治、经济、文化、思想价值观的模拟,但是殖民者又不可能完全同意把殖民地人民变成和自己一样的人,而殖民地人也不愿意完全被同化却处于弱势地位,于是就把模仿当作了武器或策略,对殖民者的文化进行了改造,成为抵制殖民者及其文化的手段,这样造成了殖民者与被殖民者之间的空间地带,形成了文化差异与文化混杂状态。

文化翻译是巴巴后殖民文化理论的重要内容,是揭示少数族文化选择与交流策略的重要观点。殖民者与少数族之间的文化差异通过对话协商式的翻译来完成交流。殖民历史及其后来的全球化进程导致的文化交流现象十分普遍,人口的流动与少数族、流散族的大量涌现使得任何一种文化都不可能保持完全的纯洁性、整体性,而是处于彼此之间相互交错、相互借鉴、相互影响的关系之中,自己的文化地位与身份也是在互为他者的观照中确立的;围绕在主流文化周围的社群或者各种文化群体之间要彼此理解,站在各自本来文化唯一的视角上并不能完成交流,而在文化交叉的空间上,以翻译的视角来进行双重

---

① Homi K.Bhabha, *The Location of Culture*, London and New York:Routledge,1994,p.86.

② Homi K.Bhabha, *The Location of Culture*, London and New York:Routledge,1994,p.4.

或多重审视则能够完成交流。特别是少数族面对殖民者或主流强势文化时，通过自身文化翻译进入主流文化或通过对主流文化翻译而模仿，成为相互理解的重要方式。文化翻译一方面试图忠实转达源文化，另一方面又必然带上自身的文化因素与语言特点，这样通过翻译理解的他者文化又都带有自身文化痕迹，因而理想的状态是两种文化或多种文化之间应当相互尊重、平等对待，不强行按照自己的文化规范要求他者文化，就不会导致彼此之间无法理解的结果。

但巴巴指出在殖民主义历史进程中，殖民者的文化翻译试图同化殖民地文化，文化翻译又无法做到平等。殖民者通过翻译把自己的文化作为强势文化传播，把非西方的文化置于落后的、低级的地位，这种翻译是以征服他者文化空间服务的。而少数族或者弱势群体的文化翻译则是对殖民者强势文化翻译规则的改写与挪用，成为他们文化生存与确立建构文化身份的策略。巴巴在《新鲜的东西是如何进入世界的：后现代空间、后殖民时代和文化翻译的试验》一文中认为，少数族通过文化翻译重新进行文化定位，而少数族与殖民者主流文化之间的混杂第三空间则是文化翻译产生的逻辑必然，与其居间、模仿、文化差异、杂交性思想相关联。正是这些思想观点使得他的文化翻译成为可能，即文化翻译可能为每一种文化提供空间，提供构建与定位的可能。文化是可以翻译的，但又是不可能完全同化或完全翻译过来的。其中必然有一些差异性的东西是无法翻译的。这些差异也正是少数族保持自己独特性的部分，是翻译无法抹平的东西。因此翻译文本就是一种异质文本，这为反抗文化霸权提供了可能。巴巴特别看重这种文化翻译面对的异质性作用："在躁动中追求文化翻译，在意义的混杂性场所，在文化的语言中打开了一条间隙，它表明随着象征符号嬉戏地穿越文化场所，它的相似性必然不能遮盖这样的事实，符号（sign）的重复在每一次具体的社会实践中既有所不同，又显示出差异。"①

---

① Homi K.Bhabha, *The Location of Culture*, London and New York: Routledge, 1994, p.234.

差异性是文化翻译中不可消除的因素,甚至是不可翻译的因素,或者说翻译的重要功能就是突出了这种差异性,生产制造了这种差异性。异质性的突出,恰恰成为解构文化霸权的策略,避免弱势文化被进一步边缘化或隐藏,也有利于不同文化之间的借鉴、交流与互补。这样一来,翻译就不是一个纯粹专业技术的行为,不是单纯进行语言的转换,而是一种文化行为,它承载着文化与价值观、思维方式与倾向性,它能够带着边缘文化与主流文化对话,甚至通过文化翻译展现的差异性走向中心,从而达到解构中心的目的。

翻译具有跨界性,是文化的、民族的、国家的多重跨界,故巴巴特别强调在中间地带或居间的第三空间里不同文化边界间相互交流、协商的作用。他认为翻译是不同文化之间在边界上的协商:"从后殖民的视角来修正全球空间的问题就使得文化差异的定位脱离人口学意义上的多元空间,被放到文化翻译的边界协商(borderline negotiations)上。"①这种协商是跨文化边界的,注定了不是霸权文化的一家独言,而是双方的交流,这样就为少数族或弱势文化赢得了地位,找到了自己说话的权力,使得被压抑的声音得以发出。双方都要用两重视角看问题,特别是以殖民地人、移民、流散者为代表的弱势群体少数族获得了权力,获得了话语权,获得了少数族文化身份建构的机会,换言之,翻译有助于少数族的文化身份构建。巴巴在《文化的定位》开篇就断言了在协商的边界地段,少数族混合文化身份塑造的可能:"今日的文化定位不再来自传统的纯正核心,而在不同文明接触的边缘处和边界处。在那里,一种富有新意的、'居间的'或混杂的身份正在被熔铸成形。"②

(三)民族与叙事

民族是如何形成的? 对此问题的回答形成了众多理论(参见下文安德森部分)。在巴巴看来,民族与叙事密切相关,民族的形成需要叙事,叙事构建

---

① Homi K.Bhabha, *The Location of Culture*, London and New York:Routledge,1994,p.227.

② Homi K.Bhabha, *The Location of Culture*, London and New York:Routledge,1994,p.1.

了民族,一个独立的民族更需要叙事以确立它的地位与存在,才能更好地进行文化定位,对于流散异国他乡的流散族裔来说,叙事建构成了民族文化身份至关重要的建构策略。

巴巴的后殖民理论提出了种种富有创意的观点,这些观点看似杂碎,但实质都是相互联系的,第三空间理论、杂交性理论、文化翻译理论、模仿理论、少数族理念、文化定位等都是相互交叉研究与讨论的,对我们认识文化身份、全球化、不同文化关系、不同民族群体关系都具有重要理论参考价值。

第五节　文化身份:流散诗学 建构的核心问题

自从人类有了意识,就萌生了对自身和外在世界命名与区分的行为,摆脱野蛮时代进入文明社会后,文化认同、身份认同成为人类社会的基本命题,自然身份(identity)也成了哲学、生物学、文化学、社会学、政治学等各学科领域关注的问题。"identity"一词在英文语境中具有"同一性、认同、身份"等含义,而认同则多用名词形式"identification";但是在汉语翻译中,前者具有"身份"与"认同"两种并用的现象,"身份"主要用于名词性意义表达,"认同"可以用来表达动词性、名词性双重意义。"认同"侧重表达某个族群体共同的、归属倾向的同一性,而"身份"则更多指不同的人或族群因差异性因素而显示出其身份来①。

从哲学视角看身份的确立是站在全人类基础上的,对"我是谁、从哪里来、到哪里去"的探究与回答,表现了人类寻找同一性(身份)的努力,古代希腊哲学家巴门尼德对人类存在归纳为"一"的观点,与我国古代哲学"一"的思想一致;后来亚里士多德、柏拉图、笛卡尔、黑格尔、海德格尔等都对人类本原

----

① 参见贺玉高:《霍米·巴巴的杂交性身份理论研究》,中国社会科学出版社 2012 年版,第13—19 页。

同一性进行过思考。在科学哲学之外，人类对身份、认同的探索则更加具体化。身份确定或区别于他人，主要以种族、族性、民族、阶层、性别、宗教、职业、语言、国别、地区等因素为主，这些因素就一个人或同一群体、种族、民族来说，其身份是对"同一性"、一致性、连续性的认同，而对不同人或者不同群体来说，又是差异性因素，如白人、黑人，工人、知识分子等既是同一性因素，又是差异性因素。因此认同了一种身份，就等于否定了另一种身份，这是辩证统一的。表现在文化身份上更加复杂：个体认同、集体认同、自我认同、社会认同等都不是一成不变的，伴随着社会历史文化的变化而产生变化甚至产生身份危机。同一性的身份认同在没有文化冲突与危机时，被视为想当然的事，人们自然而然地认同自己的种族、血缘、姻亲、族性、语言、领土（地）、宗教、风俗习惯等身份构成因素："我们谈论身份时，通常暗含了某种持续性、整体的统一以及自我意识。多数时候这些属性被当作理所当然的，除非感到既定的生活方式受到了威胁。"①同一性身份观强调身份的不变性；差异性身份观强调身份的开放包容可变性，因为文化身份问题只有当在它与他者的相遇中才得以彰显，往往是在对他者文化评价、定义中突出出来，战争、民族迁移、全球化使得不同文化相遇时，差异性显现，身份意识明显，从而使得身份的不变性受到威胁。

从生物进化与社会进化的进程上看，人类首先确认的是自己的**种族（race）身份**，即生物物种身份，这是身份认同的第一阶段。以人种类型、肤色、血缘、地域、原始宗教信仰为身份认同标志物，是相对原始、自然、封闭的群体生物身份的认同。如白种人、黄种人、黑种人、棕种人等，又如犹太人、阿拉伯人、印度人等的划分。这是人类身份认同的基础，更多地表现为自然身体特征的认同，也是构成更深层的政治、文化等身份认同的生物基础，如白皮肤、蓝眼睛为白人，黑皮肤、白牙齿为黑人，黄皮肤、黑头发为华人等生物学标志，成

---

① ［英］乔治·拉伦：《意识形态与文化身份：现代性和第三世界在场》，戴从容译，上海教育出版社 2005 年版，第 195 页。

为后来种族主义产生的根源,也成为文学、文化表现的重要主题。

身份认同的第二个阶段是确认**族群身份(ethnic)或叫族裔身份**,它是建立在种族身份基础之上的社群身份,于生物特征之上加入了族群历史、谱系、文化习俗、宗教信仰、行为规范、群体意识等文化性因素,是文化学、社会学等意义上的身份认同概念,其政治性较弱。移民、流散者承载更多的是这个层面上的文化身份,和我们研究的流散问题很大程度上相关。

身份认同的第三个阶段是确认**民族身份(national identity)**,民族身份的政治色彩浓厚,是一个政治概念,是人类政治行为的建构结果,它基于种族和族裔身份,具有一定的继承性,但是在历史发展演进、近现代民族形成过程中,加入了身份政治等内容因素,它可以由一个族群构成,也可由多个跨地区、跨语言、跨种族、跨族群、跨宗教等的利益共同体组成,这种身份是建构起来的,具有一定的稳定性、综合性、不可分割性等,凝聚力较强,它强调统一、忠诚、爱国、独立自主;民族身份完成了从种族性民族认同、族群性民族认同到民族国家身份认同之后,成为现代社会国家身份认同的核心,在很大程度上民族认同就是国家认同。自 18 世纪美国独立后,由一个移民国家变成一个独立的美利坚民族,这显然是人为建构的身份,同时又是客观不可更改的事实。之后,许多独立的现代国家纷纷确立了自己的民族身份(国家身份),比如法兰西、德意志、西班牙、中华民族、俄罗斯等民族身份,而由于国际政治的需要,那些没有独立或者没有建立国家的族群往往不被称为民族,而仍被称为族群或部落,如伊博族、孟加拉族、毛利族等。20 世纪以来,学界有关民族身份的内涵取得了比较统一的认识,那就是必须具备四个要素:"一个中央政府,明确的边界,具有民族身份意识的公民,以及国际承认的现代民族共同体。"①

身份认同的第四个阶段是**混杂性身份或多重身份认同**时期。作为历史文化事实,文化身份混杂化与多重认同从犹太人流散时代就已经存在,但作为全

---

① 余彬:《国际移民认同危机与族群身份政治运行机制研究》,《民族研究》2013 年第 5 期。

球性文化身份问题则是近现代的事,它正式开始于殖民主义与殖民统治导致的大规模移民事实,进而持续到殖民统治结束全球化到来时期,文化身份成为显在的生存问题、发展问题、政治问题、文化问题、经济问题等。国际移民、流散者的普遍存在引发了主流社会或文化对外来移民及其文化的排斥运动,从而试图达到保住自己民族文化身份之纯洁性、独立性与完整性。也同样引发了移民、流散者族群体在移居地争取自己文化认同的反抗行动;这样原居民族与外来移民均遭遇到了文化认同(身份)危机,特别是处于弱势的移民、边缘、流散群体身份认同危机更加突出。认同危机是混杂身份认同或多重身份认同过程中永恒持续的问题。从殖民主义到后殖民时期、再到全球化(几乎同时),国际移民、少数族流散群体成为文化身份认同的核心区,混杂文化认同或多重身份认同成为全球化时代身份认同的主要问题。各族群的经济、政治、文化、民族等层级身份都面临着危机、挑战、变化与重构,而混杂化或多重身份的认同成为主导趋势,或者说国际移民、流散者等引起的混杂性身份问题成为文化身份研究的核心。流散群体及文化身份建构事实上是全球国际族群迁徙的文化标本,对其文化身份的考察自然而然就成了流散诗学的核心问题。

本书所集中讨论的主要是第四个阶段——混杂性文化身份问题。这一阶段与全球移民带来更多更广泛的身份归属密切相关,也更加引起了移民与研究者的思考。如果没有移民、流散、跨文化交流这些基本事实,文化身份的问题就没有这么突出、凸显,或者说正是人口流动性才使得文化身份问题成为问题,也使得身份变得不再那么固定同一、独立、纯粹。在弗洛伊德、拉康之前,有关身份问题的认识是相对稳定、统一的,从古代希腊哲学家们对人的内在本质规定性的认识,历代学者都把身份看作是基本稳固的自然身份、社会身份、政治身份、文化身份等。精神分析学说产生之后,特别是学界对移民、流散、少数族、殖民与被殖民关系考察研究过程中,越来越多的学者主张身份是变动的、建构的,没有原来那样的同一性、稳定性,美国社会学家库利的"镜中我"理论、米德"主我客我互动"理论、拉康的"镜像理论"等都对变化、建构式的身份进行了研究。而以移民为代表的群体其身份的变动性、建构性更加明显,他们的自然种族身份、经济身份、政治身份、社会身份、文化身份等多层级都可能是变化的、被建构、重新建构的。不同文化主体相遇后,在与他者的对照中文化身份问题显现清楚,而主体文化身份选择、认同会产生变化。

一、反抗式追寻模式:法农对黑人文化身份理论思考

弗朗兹·法农作为反抗殖民统治的理论家,其有关黑人与白人关系的论述,有关黑人通过暴力手段获得权利的主张,成为后殖民理论家经常分析的对象;而法农对黑人地位命运的论述,更多地表现为对黑人文化身份的讨论。

在《黑皮肤,白面具》一书中法农通过对比分析黑人文化白人文化在肤色、语言、白人男人与黑人女子,有色人男人与白人女子的关系之后,清楚揭示了黑人文化身份在白人殖民统治语境下严重的失真与变形。在该书引言中,法农指出了面对种族身份,黑人与白人呈现出三种不同的选择趋向:白人坚持自己的白色,黑人则坚持自己的黑色;一些白人认为自己比黑人优越;一些黑人想成为白人,不惜一切代价向白人证明自己思想丰富、自己拥有同样的智力①。这种对身份的证明、争取、放弃、投靠,正是不同文化相遇后必须面对的问题。法农思考的正是殖民地黑人身份被书写、被压迫、被白人建构,失去自己本来应当有的身份之后怎么办的问题。

在第一章"黑人和语言"开始,法农明确表明殖民主义造就了黑人的文化身份分裂问题:"黑人有两个方面。一方面是和像他一类的人在一起,另一方面跟白人在一起。一个黑人在与一个白人在一起时的表现有异于与另一个黑人在一起时的表现。毫无疑问,这种分裂生殖是殖民主义冒险的直接后果。"②在这种关系中,黑人身份遭遇危机,白人身份得到强化——从黑人他者

---

① 参见[法]弗朗兹·法农:《黑皮肤,白面具》,万冰译,译林出版社 2005 年版,第 3—4 页。

② [法]弗朗兹·法农:《黑皮肤,白面具》,万冰译,译林出版社 2005 年版,第 8 页。

身上看到了自己身份的优越。黑人的弱势地位、被统治被支配命运,造就了黑人对自己身份的自卑感与对白人文化的模仿、依附:"一切被殖民的民族——即一切由于地方文化的独创性进入坟墓而内部产生自卑感的民族——都面对开化民族的语言,即面对宗主国的文化。被殖民者尤其因为把宗主国的文化价值变为自己的而更要逃离他的穷乡僻壤了。他越是抛弃自己的黑肤色、自己的穷乡僻壤,便越是白人。"①法农以法国殖民地马提尼克岛上的黑人为例,以精神分析学的视角揭示了他们不愿意说当地黑人土语的心理活动及种种可悲表现,说法语成了他们显示新身份认同的标志,也是他们失去自己黑人文化的表现,他们在日常生活中说本地话不受欢迎,在学校年轻老师和同学们都嘲笑说土话,家庭里也禁止说,土话被标上落后、奴才、野蛮等标签,于是大家都学标准的法语,以说标准法语为荣,谁说得好谁就更接近白人了。法农自己在法国发现了一个颇有讽刺意味的现象:一个德国人或俄国人说法语,很不标准,却没有什么,因为他们有自己的语言、国家和文化,而换作黑人则完全不同了,因为"黑人没有文化,没有文明,没有这'悠久的历史往昔'"②。

在第二章"有色人种妇女和白种男人"中,法农以小说《我是马提尼克岛妇女》为例,分析了以马伊特奥为代表的有色人种妇女通过恋爱婚姻嫁给白色男人的愿望,她们希望使自己皮肤变白、思想变白,社交、恋爱、生活都要与白沾上边,得到白人的承认进入白人的世界。强势文化的压力导致弱势文化隐退,弱势文化否认或抛弃了自己的身份,试图进入另一种文化,成为另一文化中的分子。这是两种文化的共同悲哀。

第三章"有色人种男子和白人女人"则反过来讨论黑人男子对白人女子的爱恋,表现了男性黑人与黑人女性一样想变白的愿望:"我不愿意被认作黑人,而是要被认作白人……我娶白人的文化、白人的美、白人的白。我那双无

---

① 〔法〕弗朗兹·法农:《黑皮肤,白面具》,万冰译,译林出版社2005年版,第9页。
② 〔法〕弗朗兹·法农:《黑皮肤,白面具》,万冰译,译林出版社2005年版,第21—22页。

所不在的手抚摸着雪白的双乳,在这双乳中,我把白人的文明和尊严变成我自己的。"①通过这两章的案例分析,法农表达了对黑人文化身份丧失的极大关注,黑人女人与男人对白色的追求表明了被殖民地人文化自卑和身份丧失的身心双重病症。

那么黑人身份如何恢复,走出被构建的处境,获得自身叙述自主权。法农提出了通过暴力革命的方式获得黑人民族解放,黑人才能寻得自己自尊的身份,这一模式具有鲜明的革命性、斗争性,与殖民统治时期的历史密切相关。在此法农借鉴了马克思的革命学说和世界各国反抗殖民压迫运动的事实,写出了呼吁民族解放的《全世界受苦的人》一书。在第一部分"关于暴力"中,法农认为,为了获得民族独立与解放,进而争取与白人平等的身份,恢复黑人应有的身份尊严,就要进行暴力革命,这与马克思主义用革命的暴力反对反革命的暴力一样,因为殖民者建立殖民地也是用暴力的结果:"暴力负责筹建了殖民地世界,不懈地加速破坏了土著社会的形式,无保留地摧毁了经济的参照体系,外表和衣着的方式……被殖民者将要求和自觉地承受暴力。"②正是这一殖民统治,给殖民地人民造成了生命、文化精神等多方面的伤害,他们用自己的文化价值观征服殖民地人,让他们失去自我身份、失去尊严;殖民者还在殖民地人内部制造不平等和冲突,造成了他们变异的人格行为:"被殖民者的肌肉紧张定期地在一些血腥的爆发中得到摆脱:部落的争斗、酋长的斗争、个人之间的斗争。"③法农认为要摆脱这样的命运,就要用必要的暴力反抗,从而获得自由的身份与尊严。他分析了黑人社会在殖民统治下革命暴力发生的规律,认为民族主义政党、知识分子、工商业的杰出人物、民族资产阶级、部分小手工业者不能成为革命暴力的主力,因为他们在殖民者的拉拢下,暴力革命意识被削弱、不坚定;认为农民、失去土地的农民才是革命的真正力量,这与中国

---

① [法]弗朗兹·法农:《黑皮肤,白面具》,万冰译,译林出版社2005年版,第46页。
② [法]弗朗兹·法农:《全世界受苦的人》,万冰译,译林出版社2005年版,第7页。
③ [法]弗朗兹·法农:《全世界受苦的人》,万冰译,译林出版社2005年版,第17页。

革命的力量构成非常相似。对此,法农有明确的立场:"农民,这个失去地位的人、忍饥挨饿的人、受剥削的人,最快发现只有暴力给他补偿。他认为没有折中,没有和解的可能。殖民化或被殖民化,这单纯是个武力的对比。被剥削者意识到自己的解放必须以所有的手段为前提,且首先是武力。"①因为农民要的不只是一些利益与地位,而是从殖民者手中拿回自主的交椅。

　　当然只有暴力反抗是不够的,因为身份的独立必然有文化支撑,因此法农提出要进行民族文化建设,这一主张正是反殖民独立斗争时期各国面临的重要课题。法农意识到殖民主义不只是通过暴力,之后还通过大量的文化殖民控制殖民地人的思想观念,从而达到目的。暴力反抗前后,都要加强本民族文化的宣传、建设、传播,找到非洲黑人民族文化的根,找到其悠久的历史。第三世界知识分子,特别是非洲国家知识分子要担当起民族文化建设的重任,让人们认识到自己民族文化的可贵与价值,确立民族文化的威信地位,维护本土文化的尊严,继承本民族与本土文化传统。

　　法农分析了以马提尼克为代表的非洲本土作家们在面对宗主国所谓的先进优等文化时从学习模仿到觉醒反抗的几个阶段:一是本土作家对宗主国文化盲目学习阶段,因为此时他们被西方的强大所震惊,西方殖民者也全力推行自己的文化,黑人作家为了在西方世界或人面前发出自己的声音,摆脱自己落后的处境,大量借用西方文学创作方法进行创作,成为全盘西化的人,文学成为反映西方文化在殖民地本土传播的工具,超现实主义、象征主义、高蹈主义等也在黑人文学创作、文化创造活动中盛行,这样就部分地淡化了文学的民族化大众化色彩,成为对西方的简单模仿;二是本土作家发现完全地借鉴模仿之后,失去的是自己民族优秀的东西,如何学习西方使得自己的文化独立发展成为他们思考的重点,也可以说就如法农的继承者们如巴巴所言模仿本身具有对抗因素,也是一种改变策略,本土作家开始凭借从殖民者那里学到的自由平

———————————

① 　[法]弗朗兹·法农:《全世界受苦的人》,万冰译,译林出版社 2005 年版,第 22 页。

等之思想,反省自己的文化独特属性,意识到必须摆脱殖民主义的文化统治,去建立自己的民族文化,开始在创作中展现民族形象、民族文化;三是由于殖民主义文化过于强大,本土作家单纯依靠文学书写不够了,必须进行民族文化的教育、宣传、建设,进行文化上的斗争与革命,才能完成使命。于是本土作家们自觉担当起宣传员工作,去做人民的唤醒者,摇醒人民,建设本民族战斗的革命文学,用民族文化宣传、教育和拯救人民,推翻宗主国的殖民统治,这与政治上的暴力革命汇合形成共同目标:"当本土知识分子站在野蛮今天的历史面前时,他们惊讶不已,决心回溯得更远,探入得更深,……他们无比喜悦地发现民族的过去绝没有羞于见人的地方,相反,过去是尊重的,辉煌的,庄严的。对过去民族文化的张扬不仅恢复了民族的原貌,也会因此对民族文化的未来充满希望。"①这历史地表明文化自信是文化建设的前提与基础,也是文化斗争的内在动力,一个没有民族文化自信的国家,其文化软实力是无法提升的。文化是民族的精神与灵魂,是国家的精神支柱,文化要生存民族必须独立,民族彻底的独立解放,必须发展文化,使得二者有融合:"文化首先是表达一个民族,表达该民族的爱好、禁止和典型……民族文化是这些评价的总和,是全社会和这个社会的各个不同阶层的内外紧张的几种因素凑合的结果。在殖民的环境中,由于文化失去了民族和国家的双重支持而日趋衰落和苟延残喘。因此,文化的生存条件是民族的解放和国家的新兴。"②也就是说,在进行民族复兴与国家独立的暴力斗争中,文化是重要的思想精神力量,能够为革命者提供思想精神支持,提供奋斗的方向,更好地配合现实斗争,民族文化建设与现实革命不可分割:"被殖民的人民为重建民族主权而从事的有组织的、自觉地斗争是最充分的文化表现。不仅仅是斗争成功以后赋予文化有效性和活力,在战斗时,文化也没有冬眠……斗争会在其自身的进程中,发展出文化的不同

---

① 〔法〕弗朗兹·法农:《论民族文化》,马海良、吴成年译,载罗钢、刘象愚主编:《后殖民主义文化理论》,中国社会科学出版社 1999 年版,第 278 页。

② 〔法〕弗朗兹·法农:《全世界受苦的人》,万冰译,译林出版社 2005 年版,第 171 页。

方向……斗争后,不仅殖民主义消失了,而且被殖民者也消失了。"①因此,只有将民族文化建设与暴力斗争相结合,才能最终达到反殖民解放斗争的根本目的。

当然,法农没有陷入民族主义的极端,他主张也要发现民族文化中的劣根性,进行批判与改造。这些都是反抗的策略,也是获得身份独立的重要途径。

二、萨义德的文化身份模式

后殖民理论开创者爱德华·W.萨义德有关文化身份的理论与东方主义批判、流亡知识分子、文化与帝国主义等论题相关联,属于其后殖民理论的重要内容。他借用了福柯权力话语理论,在东方主义、文化帝国主义理论背景中突出了边缘群体、第三世界知识分子、殖民地人的文化身份问题。萨义德对文化身份问题讨论尤其突出,成为引领全球文化身份研究的重要理论。

在萨义德的东方学研究中,欧洲文化身份是通过东方的形象映照出来的:"东方不仅与欧洲相毗邻;它也是欧洲最强大、最富裕、最古老的殖民地,是欧洲文明和语言之源,是欧洲文化的竞争者,是欧洲最深奥、最常出现的他者(the other)形象之一。此外,东方也有助于欧洲(或西方)将自己界定为与东方相对的形象、观念、人性和经验。"②西方殖民主义传统中,总是把东西方看作是二元对立的双方,西方强大东方落后,且是竞争对手,东方是西方的他者、异类,是参照物,西方是进步自由而文明的,东方是落后、专制而野蛮的;而东方是边缘的、劣质的,是被想象的、被建构的;萨义德考察了自但丁以来西方许多有关东方的记述或想象式描写,发现东方形象是西方人所认为的文化形象,而非真实的东方,而通过这样的东方他者,欧洲人(西方)获得了自己强大、君临东方(天下)的霸权身份,代代积累形成了一套描述东方的话语体系"东方

---

① [法]弗朗兹·法农:《全世界受苦的人》,万冰译,译林出版社 2005 年版,第 172 页。
② [美]爱德华·W.萨义德:《东方学》,王宇根译,生活·读书·新知三联书店 1999 年版,第 2 页。

学":"到 19 世纪中叶,东方已经变成,正如迪斯累里所言,一种谋生之道,在这里,人们不仅可以重新构造、重新复活东方,而且可以重新构建、重新复活自己。"①

萨义德还论述了 19 世纪英法两国许多去东方旅行朝圣的作家、学者们对东方的浪漫主义式的表现,对东方异国情调的猎奇式叙述,但是由于两国在殖民战争时期对东方占领区域的不同,他们所表现出的态度也不同,但总能看出一种政治管理控制倾向,法国的夏多布里昂、福楼拜、维尼、拉马丁、内瓦尔等,英国的金雷克、迪斯累里、伯顿、司各特、乔治·艾略特等都是穿过殖民地旅行,不管是服务殖民帝国的书写,还是试图展现个性化书写的作家,都不得不融入到欧洲统治东方的这一宏大声音之中:"作为一个身在东方的欧洲人,作为一个博识的欧洲人,必须看到并且明白东方乃受欧洲支配的一个领域。"②东方从一个自然地理空间变成了一个受现实的学术规则支配、受显在与潜在帝国统治支配的领域,东方学家、作家与殖民形成共谋,从文化身份的历史叙述权来看,西方规定了东方的范围、文化身份,东方无法言说自己,更无权言说西方:"据估计,1800 年至 1950 年间西方出版的有关近东的书籍即有 6000 种之多;而东方关于西方的书籍则根本无法引此数字相比。作为一种文化工具,东方学中到处充满着强国、活动、评判、真理愿望和知识。东方是为西方而存在的,或至少无以计数的东方学家是这么认为的……"③第二次世界大战之后及近期,东方学仍然没有走出这种二元对立文化身份建构的怪圈。

1990 年前后,萨义德根据全球后殖民理论、后现代主义发展的情况,结合巴巴、斯皮瓦克、阿里夫·德里克、埃拉·肖哈特、亨廷顿等人的思想,以文化

---

① 〔美〕爱德华·W.萨义德:《东方学》,王宇根译,生活·读书·新知三联书店 1999 年版,第 214 页。
② 〔美〕爱德华·W.萨义德:《东方学》,王宇根译,生活·读书·新知三联书店 1999 年版,第 255 页。
③ 〔美〕爱德华·W.萨义德:《东方学》,王宇根译,生活·读书·新知三联书店 1999 年版,第 261 页。

为中心,以英法美三个主要国家为对象,写出了《文化与帝国主义》一书,强调文化身份构成的变动性、对位性、复合性、混合性,特别是美国这样一个移民国家独立之后成为民族国家,对其文化身份的考察,更加让他对同一性的单一的或二元对立的文化身份提出了质疑:"在我们对什么是美国的身份有一个统一的认识之前,我们得同意,作为一个建立在相当规模的土著人废墟之上的移民社会,美国的属性是非常复杂的,难说是一个同一的、单一的社会。事实上,美国内部的斗争就是在两种意见的持有者之间进行的:一种人主张一个同一的身份认同,另一种人把美国社会看成是一个复合的、并非简单统一的社会,这一分歧代表了两种观点,两种历史区分观:一种是线性和包容性的,另一种是对位和变动的。我的观点是,只有第二种观点才符合历史的真实。一部分原因是由于帝国主义的存在,所有的文化都交织在一起,没有一种单一的,单纯的。所有的都是混合的,多样的,极端不同的。这种状况对当代美国来说是如此,对当代阿拉伯世界亦然。"①这与巴巴主张的杂交性文化身份一致。

帝国主义在军事、政治上征服殖民地的同时,也进行文化上的征服,文化与帝国主义的历史关系一直密切,萨义德特别讨论了作为意识形态重要形式的小说与帝国主义的关系,它对于形成帝国主义的态度、参照系和生活经验极为重要,比如他对康拉德《黑暗的心》、奥斯汀的《曼斯菲尔德庄园》、威尔第的《阿依达》、笛福的《鲁滨逊漂流记》等作品进行分析,揭示了帝国主义与殖民地文化关系,小说叙事与帝国文化扩张的影响等。当然殖民地人与宗主国部分知识分子在政治统治的斗争抵抗之外,同样进行了稍次要的文化抵抗,找寻被帝国主义压抑的民族文化,从而实现国家自由、民族语言与民族文化身份独立,萨义德通过泰戈尔、叶芝、聂鲁达等诗人诗作中表现的非殖民化诉求表现了这种反抗。当然这个反抗不只是运用本土民族文化与叙事,而且运用了殖民者曾有的方式来进行,这正如巴巴所说的借用或模仿使得殖民文化不纯洁,

---

①　[美]爱德华·W.萨义德:《文化与帝国主义》,李琨译,生活·读书·新知三联书店2003年版,第22页。

也使得本土文化混杂了宗主国的文化因素,萨义德同样强调了这种文化的借用与混合:"使用一度单单为欧洲人所使用的学术与批评技巧、话语和武器来面对宗主国文化。他们的作品,也是他们的长处,只是在表面上依赖于(绝不是寄生于)主流的西方话语。然则它的原创性却恰恰改变了那个话语下的原则。"①这种被萨义德称为"驶入的航程"的反抗包含着两个方面的含义:一是殖民地边缘作家移居或访问宗主国,写出了反帝著作,使得群众运动向宗主国内部延伸。二是这些文化反抗涉及了宗主国支配的相同经验、文化、历史和传统;这种驶入造就了文化和重叠、依赖,你中有我我中有你式的不纯洁出现,构成了混合文化的一种。

《文化与帝国主义》一书的写作与出版时代,正是全球化进行加快的时期,全球移民、流散者群体越来越多,多元文化主义、原教旨主义、恐怖主义等出现,国际关系与格局发生复杂变化,文明的冲突更突出,文化身份问题比原来历史上任何一个时期都更成为问题,这一问题造就了人们的紧张、矛盾:"我们这个时代比历史上任何时候都产生了更多的难民、移民、无家可归的人和流亡者。这是我们这个时代最不幸的特点之一。他们之中大多数都是后殖民化时代和帝国主义争斗的副产品,很有讽刺意味的反思的产物。随着独立斗争产生了新的国家和新的疆界,它也带来了无家可归的人、流浪者和闲散的人。这些人无法融入新出现的权力结构中,由于他们的不固定性和顽固不羁,被既定的秩序排斥在外。只要这些人在新与旧的交替中,在旧帝国和新国家的夹缝中存在,他们的状况就在帝国主义时代的文化版图重叠的地域中表现出紧张、不安定和矛盾。"②这些流浪和无家可归者里对身份问题感受最深最敏感的是萨义德等为代表的知识分子、流亡政治人物,他们成了流亡者的代表

---

① [美]爱德华·W.萨义德:《文化与帝国主义》,李琨译,生活·读书·新知三联书店2003年版,第347页。

② [美]爱德华·W.萨义德:《文化与帝国主义》,李琨译,生活·读书·新知三联书店2003年版,第472页。

与代言人。国际人口流动频繁,新的人类群体不断出现,公共的社会空间正在被争夺,身体的跨界、政治经济文化身份的跨界之后带来众多混合的力量,没有一个人是单纯的:"印度人、妇女或穆斯林或美国人之类的标签只是一个起点。一旦进入现实生活,这个标签很快便消失了。帝国主义在全球范围内把文化与认同合为一体。"①那么全球流散状态的文化身份及其不同族群体或民族间的文化关系应当怎样处理? 萨义德在最后提出了一种理想状态:"更充满同情、更具体、更相对地考虑他人,要比考虑自己更有益,更困难。但这也同时意味着不去企图统治他人,不去把别人分类,分高下,特别是,不去不停地强调'我们'的文化和国家是天下第一(或在这一方面不是天下第一)。对于知识分子来说,放弃了这点,还是有极具价值的工作可做的。"②显然这里萨义德要求的是平等主义的文化身份观,在当下人类发展的阶段是不可能实现的,因为各种不平等与偏见、冲突、霸权主义、极端民族主义等仍然大量存在,且在某些方面有强化趋势,更有一些新生的力量加大了这样的不平等与统治,萨义德的理想暂时也只能是理想,这也是他向全球知识分子,特别是处于流散流亡状态中的知识分子呼吁去追求的理想。

三、斯图亚特·霍尔的流散族裔文化身份理论

斯图亚特·霍尔混合的家庭背景、牙买加出生的经历、英国教育的经历,造就了他典型的流散者身份,正是这一文化身份赋予他发言权,深刻探讨、思考文化身份问题,可以说他的理论探索直接为流散诗学中文化身份这一核心问题奠定了基础。在他之前,很多学者也都承认文化身份是可以变化的,但是大都建立在文化身份具有统一性、一致性、相对稳定或固定基础之上的,而霍

---

① [美]爱德华·W.萨义德:《文化与帝国主义》,李琨译,生活·读书·新知三联书店2003年版,第477—478页。

② [美]爱德华·W.萨义德:《文化与帝国主义》,李琨译,生活·读书·新知三联书店2003年版,第478页。

尔这里的文化身份理论是建立在对文化身份的碎片化、差异性、异质性、离散性、不一致性、断裂性、非连续性、流动可变性、可建构性认识上的。在后现代社会,人们的文化身份的本质正是体现在这些反统一性、一致性因素上,找到了这种差异性,就能够找到我之所以是自我的独特性。而这一理论成果,恰恰是流散诗学理论家们所依赖的,成为重要的理论建构支撑。

从总体上看,霍尔的文化流散身份理论不是孤立的理论,而是与英国文化研究学派伯明翰学派的学术兴趣有联系,是霍尔的文化理论研究中的一部分,也是他文化研究中的最高阶段。他深受西方马克思主义的影响,特别接受了葛兰西的文化霸权理论,进行了大量文化霸权批评实践研究,借鉴德里达、福柯等理论家的观点,结合后殖民主义、后现代主义理论,提出了自己独特的文化接合理论、文化表征理论、文化族裔散居理论。在具体研究时这些理论又不是截然分开的,而是形成了有机的统一体。特别是后两者,文化表征论的提出是以其独特的族裔散居文化身份为出发点的,涉及文化身份、文化认同、散居美学、新族性、身份政治、差异政治、表征的政治、他者的政治等,还具体分析了其非洲认同、加勒比认同、牙买加认同、英国性认同、非洲文化在场、欧洲文化在场等与文化身份有关的问题。这些问题,恰恰是流散者群体要遭受、面对的,故对流散诗学的研究与建构具有重要启示。

霍尔与其英国文化研究学派的同仁集体讨论、研究,写出了大量独立的或合作的著作、论文集,形成了丰富的成果。其中霍尔有关流散文化身份研究的论著有《新族性》(1988)、《族性:认同与差异》(1991)、《本土与全球:全球化与族性》(1991)、《一个流散知识分子的形成》(1992)、《文化认同的问题》(1992)、《文化身份与族裔散居》(1994)、《加勒比认同的对话》(1995)、《导言:谁需要"身份"?》(1996)等。这些都为我们研究流散问题提供了直接参考。

(一)流散身份的焦虑与探讨

作为英国文化研究学派的重要人物、《新左派评论》的主编辑,更作为领导"当代文化研究中心"的人物,霍尔一直不去或不敢触及他的文化身份问题。直到 1988 年在《最小的自我》中才透露:自己之所以移民英国是为了逃离自己的母亲,并把移居称为旅行;在这之前,他以移居英国的成功公共知识分子身份存在,而心里内在的自我还有一个加勒比少数族裔身份,一个被压抑、隐藏的身份,这个身份让他非常焦虑。他在 1996 年写的《一个流散知识分子的形成》中完全表达了自己的身份焦虑,一种在殖民地、殖民主义形成的种族主义造成的身份分裂与精神病:"我 17 岁大时,姐姐患了严重的神经崩溃。她爱上一个从巴巴多斯来到牙买加的年轻的住院医生。他虽是中产阶级,但是个黑人,我的家人是不可能同意的。在他俩面前横着一个巨大的家庭阻碍,事实上,她是为了回避这种情况才崩溃的……这是一个非常惨痛的经历,因为当时在牙买加几乎没有任何精神病治疗的方法。一位普通医生对我姐姐进行了一系列的电休克治疗,她还是没有完全康复。从那时起,她从没有离开过家…… 但是这件事让我对家的概念有了新的认识。我不会再留在这里。我不要被它毁掉,我要出走。"①种族主义标签、黑人标签,家庭的悲剧、个人的悲剧,反映的是殖民主义的问题,是人类文化身份的问题,是人类社会的悲剧,它们造成了少数族裔与流散者肉体与精神的双重创伤,也造成了社会群体的政治问题、文化问题、身份问题。

霍尔的家族文化是混合性的。从种族血缘上看,长期的移民与混居使得他家族遗传中具有非洲、西印度群岛、葡萄牙、犹太人血统,混血特点明显,大部分家人皮肤是暗色的,而到了霍尔则皮肤很黑,还原成了"黑人",表征出明显的非洲人传统;这种黑色在 20 世纪 30 年代牙买加殖民地种族主义环境中很受歧视,在家里他如同一个外来者,甚至他姐姐也称他为"苦力小子"(此称

---

① Stuart Hall,'The Formation of a Diasporic Intellectual',see Stuart Hall,*Critical Dialogues in Cultural Studies*,New York:Routledge,1996,p.488.

呼指来自东印度群岛社会中最底层的人)①。从阶级认同上看,他的整个家庭都在努力成为当地中上层阶级,甚至要与宗主国认同成为英国维多利亚式的家庭,父母的阶级认同与种族认同使得他很受伤,因为他皮肤黑,交不了中产阶级白人朋友,而父母则要求他这么做。从文化上来看,家族认可了英国文化,追求英国式生活、接受英国式教育,霍尔与许多当地有色人种青年一样受到家庭压力、种族歧视压力、殖民统治压力和来自殖民地牙买加社会的压力,这些压力从本质上说就是文化身份焦虑带来的,也正是这种焦虑与痛苦使得他逃离了殖民地来到英国求学。在文化研究的初期他没有去触碰这个问题,而是集中借鉴马克思、葛兰西、阿尔都塞、斯特劳斯、福柯等人的思想进行英国传统文化主义和结构主义的文化研究、对文化霸权进行研究。直到 20 世纪80 年代后期,后殖民主义文化理论已经十分流行,萨义德、巴巴、斯皮瓦克等人的研究已经较为深入后,霍尔才以流散族身份对自己的身份、历史、文化进行回归式的思考,反思以自己为代表的流散族裔文化认同问题。正是这一研究视角转化,深化了他的文化理论研究。从牙买加出生地的痛苦经历到父母的阶级种族意识,到流散英国成为居住在英国的黑人,从黑人留学者到新左派文化研究者,再到伯明翰当代文化研究中心,对西方文化名家的借鉴、批判与发展,最后到转向对流散族裔的新旧族性研究、文化研究、身份研究、他者研究、差异性研究,他成为一个变动中的"完全的文化混血儿"②。

这种混血身份是极不稳定的,表现为双重、多重文化认同与矛盾。他要不停地反思自己的身份,与加勒比身份、非洲身份、英国身份、公共知识分子身份进行对话,却发现他在英国是他者,在加勒比也是他者,而在加勒比人看来或非西方的人看来他又是主流社会里的成功知识分子,是成功的文化理论家;而在英国一些人看来他又是黑人这个他者。他成了一个多栖人,对出生地牙买

---

① 参见 David Morley and Kuan-Hsing Chen eds., *Stuart Hall: Critical Dialogues in Cultural Studies*, London: Routledge, 1996, p.485。

② 参见 Chris Rojek, *Stuart Hall*, Cambridge Polity, 2003, p.1。

加既亲近又远离,对英国既依附又背离,对多个身份既内在又外在,既在中心
又在边缘,这种多栖局面构建了其混合身份的马赛克状态。对这种身份焦虑,
霍尔在 20 世纪 80、90 年代接受的众多采访中表达得非常丰富。他本人已经
成为流散群体的典型代表,具有文化标本意义。

(二)霍尔的流散美学(族裔散居美学)模式

霍尔的流散身份必然使得他的文化研究理论回归到有关流散文化的研究
上来。尽管它来得有些晚,但也是好事,前期文化研究理论的浓厚奠基,为此
提供了更加丰富的基础。也是这种身份使得他在研究时更具有话语权,而这
样的话语权在殖民霸权时代是被剥夺的,只能由白人书写与界定,而后殖民时
代的流散者接过或夺过这个权力之后,其对文化身份的阐述就颠覆了既往,提
出了以差异性、非连续性、断裂性、变化性、建构性、去中心化、想象性、接合性
等为基本特点的流散身份理论,形成了其流散美学或"族裔散居"美学①。

首先霍尔从分析以黑人为主角与叙述中心的加勒比题材电影出发,提出
了两种差别较大的文化身份思维方式:"第一种立场把'文化身份'定义为一
种共有的文化,集体的'一个真正的自我',藏身于许多其他的、更加肤浅或人
为地强加的'自我'之中,共享一种历史和祖先的人们也共享这种'自我'。按
照这个定义我们的文化身份反映共同的历史经验和共有的文化符码,这种经
验和符码给作为'一个民族'的我们提供在实际历史变幻莫测的文化和沉浮
之下的一个稳定、不变和连续的指涉和意义框架。"②这种思维方式是寻求身
份的同一性、稳定性的东西,是传统身份观念的表现,这种身份是在群体认同、
社会认同中寻求归属感的表现。霍尔分析了加勒比性就是黑人的同一认同本

---

① 　Diaspora 一词,在中国学界引入早期,陈永国等译为"族裔散居"或"散居社群",本论统
一译为"流散"或"流散族群"。另见本书第一章。

② 　[英]斯图亚特·霍尔:《文化身份与族裔散居》,载罗钢、刘象愚编:《文化研究读本》,中
国社会科学出版社 2003 年版,第 209 页。

质,特别是在殖民统治结束后,这种同一性身份的诉求,有助于黑人重新认识自己的历史、文化,从而重构自己的身份。这些本来是殖民者对身份本质的界定,也成为黑人等少数族群发现自己、重写自己的重要思维方式。

但是历史事实是,殖民主义及其之后的后殖民、后现代、全球化共同制造了一些非同一性的群体身份、个体身份、族裔身份等。对此,霍尔提出了另外一种确定文化身份的立场:"这第二种立场认为,除了许多共同点之外,还有一些深刻和重要的差异点,它们的'真正的现在的我们';或者说——由于历史的介入——构成了'真正的过去的我们'。我们不可能精确地、长久地谈论'一种经验,一种身份',而不承认它的另一面——即恰恰构成了加勒比人之'独特性'的那些断裂性和非连续性。在这第二种意义上,文化身份既是'存在'又是'变化'的问题。它属于过去同样也属于未来。它不是已经存在的、超越时间、地点、历史和文化的东西,文化身份是有源头、有历史的。但是,与一切有历史的事物一样,它们也经历了不断的变化。它们决不是永恒地固定在某一本质化的过去,而是屈从于历史、文化和权力的不断'嬉戏'。"①通过这第二种立场,霍尔找到了重回黑人文化身份的理论通道,也把他多年被压抑、隐匿的身份呈现出来。在殖民主义时期,种族主义及殖民统治造成的殖民地人身份与文化边缘化事实,对黑人文化身份形成了双重排斥力量,不只是殖民者排斥,受到殖民教育影响或者接受殖民主义思维方式的殖民地人,都认为黑人等少数族是非中心的,是边缘的、落后的、野蛮的,这种成见是被固定的不变的身份观,当然压制了黑人身份使之缺席。而第二种身份立场否定了身份的固定本质,认为身份不是一成不变的,而前一种身份观在重构身份的斗争中具有强大的作用。正是这种矛盾性,使得霍尔发现加勒比黑人群体特别是流散群体文化身份双向建构的矛盾性。因之,霍尔认为流散群体身份是由两个向量建构的:"我们可以认为加勒比黑人身份是由两个同时发生作用的轴心

---

① [英]斯图亚特·霍尔:《文化身份与族裔散居》,载罗钢、刘象愚编:《文化研究读本》,中国社会科学出版社 2003 年版,第 209 页。

或向量'构架'的:一个是相似性和连续性的向量,另一个是差异和断裂的向量。必须依据这两个向量之间的对话关系来理解加勒比人的身份。一个给我们指出过去的根基和连续。另一个提醒我们,我们所共有的东西恰恰是断裂的经验:被拖入奴隶制、流放、殖民化、迁徙的民族大多来自非洲——而当那种供应结束时,这种断裂又由来自亚洲次大陆的契约劳工而临时补充进来。……其悖论在于,正是奴隶主和流放制度的彻底消灭和向西方世界的种植园经济的渗透才使这些民族跨越差异而'统一'起来,在同一时刻也切断了他们与过去的直接联系。因此差异在连续中、并伴随着连续持续存在。在长期离开之后再回到加勒比人中就等于同一与差异的'双重'撞击。"①正是这两个向量造成了移民、殖民地人、流放者走向了边缘。对西方来说,"我们"流散群体是相同的,是一个他们所说的他者,总是处在边缘,处在外部,总是别人"北辙"的"南辕"。

那么流散群体身份如何界定,如何理解其同一性与差异性两个向量造就的结果呢？霍尔强调以差异向量来思考流散族群面对不同文化的立场。他以加勒比人——他自己的祖先为例,重新定位了加勒比身份在文化上的复杂关系:第一个因素非洲在场是每个黑人不可回避的,虽然曾被殖民压抑失去了声音,但它是无处不在的不可言说的"在场",在殖民与反殖民的斗争中,在文化、文学事件中,在电影表现中它无处不在,无论属于什么种族,加勒比人早晚都要面对非洲的在场,但这个非洲既是同一的,更是变化的,已经不是原来的那个非洲。第二个因素是欧洲在场,欧洲文化对殖民地影响深远,且有不断言说的权力,是一种外来力量,它在政治、经济、文化等各领域都具有强行占有的权力,它曾经定义、书写言说被殖民者的历史与形象,这个在场是可以反抗的,但又是流散群体不能回避的。霍尔论述的第三个因素是以美洲新大陆为比喻的移民社会在场,所有的移民、流散者等在前两个在场影响下,必然面对这样

---

① ［英］斯图亚特·霍尔:《文化身份与族裔散居》,载罗钢、刘象愚编:《文化研究读本》,中国社会科学出版社 2003 年版,第 213 页。

一个混杂社会环境。美洲大陆从历史上就是一个移民构成的社会,原始土著印第安人等反而成了被边缘化的主人,对他们来讲也面对身份问题。这里是多种人种、多种文化的混合、同化、汇合与协商之地,它是多样性、混杂性、差异性的代表之地,这里混杂的不同民族成为移民流散社会的代表。霍尔正是从这个隐喻意义上来讨论新大陆在场的:"移民社群(流散族群)不是指我们这些分散的族群……我这里所说的移民社群经验不是由本性或纯洁度所定义的,而是由对必要的多样性和异质性的认可所定义的;由通过差异、利用差异而非不顾差异而存活的身份观念、并由杂交性来定义的。移民社群的身份是通过改造和差异不断生产和再生产以更新自身的身份。我们只需要想一想这里独特的——'本质的'加勒比人:恰恰是肤色、天然色和面相的混合;加勒比人烹饪的各种味道的'混合';用迪克·赫布迪格警醒的话说,是'跨越'和'切拌'的美学,这也是黑人音乐的灵魂。"①总起来看,霍尔流散美学的基本核心是流散者族群的文化身份理论,它是一种跨越、切拌的美学,具有混杂性、多认同、断裂性、差异性、变化流动性等特征。

(三)文化身份的建构性、差异性模式

在霍尔和保罗·杜盖伊编著的《文化身份问题研究》一书中,霍尔写了《导言:谁需要"身份"?》这篇长文,他借鉴德里达的解构主义和弗洛伊德的精神分析学说,指出全球性过程中,人们的身份认同(文化身份)问题已经不是过去那种固定的、不变的因素,身份概念处于未完成之中、建构之中,身份问题已经不是一个认识主体性的理论,而是处于散发性、非中心化、去主体性状态,要换位到新位置上理解身份:"散发性态度把身份认同看作是一种建构,一个永远未完成的过程——总是在建构中……身份认同就是一个清晰表达的过程,一个缝合的过程,是超定而不是归类。总是要么太多,要么太少,要么过分

① [英]斯图亚特·霍尔:《文化身份与族裔散居》,载罗钢、刘象愚编:《文化研究读本》,中国社会科学出版社2003年版,第221—222页。

确定,要么欠缺表达,但从未达到一个严格意义上的和完全意义上的合适。像所有重要的实践一样,身份认同是'运动的'、'延异的'。"①在全球化、现代社会中身份从未统一,在 20 世纪 80、90 年代变得支离破碎,是一种后殖民社会中的多元组合,与全球移民现象相联结,身份就不只思考我是谁从哪里来的问题,而是思考我们可能成为什么、成为谁,我们怎么表现(表征),我们可能怎样表现(表征)等问题。

同时,拉康的镜像理论、巴特勒的女性主义理论、福柯的话语权力和谱系理论都成为霍尔借鉴的理论视角,运用这些理论他较详细地论述了文化身份的差异性、碎片化、接合性、多重性等特点。在《表征:文化表象与意指实践》一书中的"表征的运作""他者的景观"两个教学与研究章节中,霍尔以大量黑人或少数族裔的文化事件、体育事件、身体特征等为案例,论及了与文化身份有关的差异的政治、他者的政治、文化表征、文化接合(缝合)等观点,建构了他以文化身份为核心的文化研究理论,成为研究流散族等少数族文化身份的重要理论。

文化身份具有差异性特征,这是因为只有关注到差异性才能突出、区别出身份,身份的表征不是在同一性中的,而是在差异性中的,只有在与他者的对比中才能显现自我,流散族裔只有与他人相遇发现差异,才能思考自我是谁、我与他者有什么不同,一个民族群体也是在与他族群体的差异性中发现自己反思自己的;身份的确定都是在寻找差异过程中形成的,通过寻找差异才能找到自己的认同或相同的族性特点,也就是在求同、求异的互动中形成身份。在《他者的景观》一文中,霍尔用黑人文化表征现象去论述文化身份时,强调了差异的重要:"'差异'之所以重要因为它是意义的根本,没有它,意义就不存在。……我们之所以知道黑是什么意思,并不是因为存在黑性的某些实体,而是我们会将它与其对立面——白——加以对比。正是黑与白之间的差异在指

---

① [英]斯图亚特·霍尔:《导言:谁需要"身份"?》,载霍尔、保罗·杜盖伊编著:《文化身份问题研究》,庞璃译,河南大学出版社 2010 年版,第 3 页。

出意义、承载意义。"①之所以如此是因为人类只有通过与他者的对比、对话、争斗才能建立意义,认识自己,确立自己的身份,这是符号标记的需要,也是人类种族身份标记与归类的需要。殖民主义时代种族主义的产生,少数族文化身份焦虑的产生正是这种差异性形成的结果。白人殖民者从黑人身上看到了自己的优越、黑人的脏乱差与劣等、自己的高等;而黑人少数族或被殖民者也从对比与差别中发现了自身,与白人之形成对立对抗。在《族性:认同与差异》一文中霍尔对文化身份的差异性与同一性的关系也作过说明:"既不能固守过去,也不能忘却过去,既不与过去完全相同,也不完全与过去不同,而是混合的认同与差异,那是一块认同与差异之间的新领地。"②这里霍尔有关"他者"的讨论与斯皮瓦克、萨义德等理论家走到了同一轨道上,丰富了他者研究理论。

　　文化身份不是固定的,它具有流动、建构性特点。寻找差异与相同是运动的,不是完全固定的,人类社会的交互性决定了它们是运动的、流动的。流散群体更是如此,人类迁移性是永久的,不变的定居是暂时的稳定性表现,全球流散时代的流动性、变化性更强,他者与互为他者的相遇互动更加频繁,流散者的身份自然不可能稳定,必然是不断建构、重构、调整、对话、缝合的,差异、杂交、散居、解构、重构成为常态。差异性中有同一,同一中有差异这种矛盾辩证状态,已经是、将来依然是流散族的身份常态——在全球化、后殖民语境、全球流散时代,文化身份不是固定的、定型的、完成式的,而是与特定的历史时段、现实经验、迁移行为等相连,具有特殊性、差异性、流动性。

(四)文化身份表征理论模式

　　从霍尔发表《文化身份与族裔散居》《新旧身份和新旧种族特性》《文化身

---

　　① [英]斯图亚特·霍尔:《表征:文化表象与意指实践》,徐亮、陆兴华译,商务印书馆2003年版,第236页。

　　② Stuart Hall, 'Ethnicity:Identity and Difference', *Radical America*, Vol.23, No.4, 1991, p.20.

份问题》《加勒比认同的对话》到出版《表征:文化表象与意指实践》,逐渐形成了其系统的文化身份表征理论,这对深化文化身份研究特别是黑人文化身份研究具有重要作用。在较早关注文化身份的《文化身份与族裔散居》一文中他提出了表征与文化身份的联系:"表征是通向族裔散居文化认同理论研究重要的一个理论切入点和思考点。因为关注族裔文化认同理论问题本质上是关注其所反映和诠释的意义。"①因为意义在一系列表征体系内建立起来,通过这些表征体系,我们的主体身份才能形成。

什么是表征? 霍尔在《表征:文化表象与意指实践》一书中作了分析,他认为表征能够将意义与文化、语言联系起来:"表征意味着用语言向他人就这个世界说出某种有意义的话来,或有意义地表述这个世界。……表征是某一文化的众成员间意义产生和交换的过程中的一个必要的组成部分。它的确包括语言的、各种记号的及代表和表述事物的诸形象的使用。"②霍尔运用索绪尔结构主义语言学中的符号学和福柯有关话语的理论为支撑,以水杯、一盏灯、一张桌子等为例说明了语言如何运用符号,使水杯这个客观形象产生意义,这种过程涉及语言、概念、事物、意义、想象、虚拟事物等多个要素,意义产生是构建的过程,而表征就是通过语言产生意义,是人们头脑中通过语言对各种概念的意义的生产,它就是语言与各种概念之间的联系,这种联系是建构起来的,这种联系使得我们能够具体指称现实真实的客观人、事、物,也能使得我们想象虚构出的人物及世界。这个过程可以简单地理解为意义生产过程或表达过程,人们对世界万物的认识,包括我们人类的文化身份都是被表征或表达出来的,具有主观建构性。这个表征过程涉及两个步骤和三个不可或缺的要素,具体说就是外部事物刺激我们大脑后调动了我们观念中的一系列概念系

---

① 邹威华:《斯图亚特·霍尔的文化理论研究》,中国社会科学出版社 2014 年版,第 256 页。

② [英]斯图亚特·霍尔:《表征:文化表象与意指实践》,徐亮、陆兴华译,商务印书馆 2003 年版,第 15 页。

统,为表达作准备,这是第一步;第二步是调动起来的概念要通过一套语言表达出来,这样形成了表达的语言系统;第三步是,概念系统与语言系统这两个系统要通过共享的语言与文化把事物、概念、语言(符号)连接起来就可以产生意义:"各种事物、概念和符号间的关系是语言中意义生产的实质之所在。而将这三个要素联结起来的过程就是我们称为'表征'的东西。"①同时霍尔给出了三个经由语言产生意义表征的三个解释途径:反映论、意向性、构成主义。反映论主要是模仿,如镜子式的作用,这个是对客观事物的表征;意向性是主观的,是反映说话者、表达者的意思,是他或她加于对象事物的意义;构成主义解释路径认为,传递传播表达意义的不是物质世界,而是语言系统,社会上的行动者们使用语言、文化等概念系统——表征表现系统去构建意义,从而使得世界获得了意义并能够传播这种复杂丰富的世界意义。世界万物本身并没有固定的意义,而是人们通过学习表征过程运用语言生产意义,使得事物有意义,发生了意指性意思,通过认识的经验的世界、概念的世界、符号三者建立联系产生各种意义。

文化、文化身份同样也是被表征、被构建的对象。在《表征》第五章"'他者'的景观"中,霍尔以黑人男女运动员获得成绩后的新闻报道图片而产生的意义与争论为例分析,得出了文化与文化身份是被表征而赋予意义的,不是黑人种族原来自然就有的意义,而是西方白人把黑人给固定化、类型化、刻板化或丑化了。这显然是殖民霸权、种族主义、文化霸权、话语霸权的结果。黑人文化身份只不过是白人这个他者视角下被建构的景观,是他者通过把概念、语言、符号联系起来生产的有关黑人文化身份的意义系统。显然表征也是一种权力,一种文化权力,它能够定义他人意义,造就种族差异,使得人物身份特别是黑人身份自然化、定型化、固定化,其实黑人本身自然状态下并无此意义或身份,而是通过话语权力被构成的。因此,表征权力也要争夺,要反表征,还原

---

① [英]斯图亚特·霍尔:《表征:文化表象与意指实践》,徐亮、陆兴华译,商务印书馆2003年版,第19页。

黑人原来真实身份,这是黑人的使命,更是黑人知识分子与文化理论家的使命。

为了说明表征生产意义过程是怎么运作的,霍尔以 1988 年奥运会男子 100 米照片的新闻报道内容意义进行分析:现实世界中体育新闻报道应当客观表达体力、速度、胜利、比赛事实等,但是在报道中却引入了兴奋剂、黑人种族,加拿大黑人选手约翰逊因使用兴奋剂被剥夺金牌,还加上了"是英雄还是恶棍"的评论与讨论。而这家杂志优先选择的意义是:英雄与恶棍①。这表明身份意义是建构的、人为的,而对黑人身份来说是历史上长期种族主义造成的。而另一张照片则是更加赤裸裸地任意表达黑人形象的案例:同样是一位 100 米决赛破纪录的黑人运动员林福德·克里斯蒂,他获胜后手持英国国旗绕场一周,针对这张照片霍尔同样设置了教学实践活动,讨论了它可能表征生产出的各种意义;这次没有兴奋剂事件可以表达,但是由于他的黑人身份,不可能完全成为具有英国性的英国人,一些小报如《太阳报》却拿他比赛中所穿的紧身短裤说事了,说短裤展示了他生殖器的大小和形状。这种标签式种族歧视不是个案,它具有长期稳定根深蒂固的历史,为此霍尔分析了另外两个黑人女运动员照片被恶意解读的表征过程,她们在比赛时雄健的状态本来是运动美、健康美、速度美、造型美的表现,但是在报刊传播后,媒体讨论的话题却是她俩一个像男人,另一个像只大猩猩。

之所以不断出现这种意义生产,是 16 世纪以来黑人奴隶贸易导致的,是白人世界对黑人与白人差异性的"定型化、自然化"决定的,种族主义、殖民主义构建了黑人他者形象。黑人黑皮肤、原始、野蛮、懒惰、脏乱等概念被构建进黑人群体,也传播到白人群体;白人聪明、有教养、干净、美丽、遵守法律、文明、懂礼;黑人不加节制、无理性、原始、缺乏文明、野蛮。通过一系列的差异性表达与对比、对立,形成了白人优越、黑人劣等的固定形象,这种定型化就是白人

①　参见［英］斯图亚特·霍尔:《表征:文化表象与意指实践》,徐亮、陆兴华译,商务印书馆 2003 年版,第 230 页。

利用传播的话语权力对黑人的表征策略,也把黑人与白人的差异性永远固定:
"这种种族化的表征方式的典型做法,是把各种黑人文化还原为本性,或使差异自然化。自然化背后的逻辑很简单。如果白人和黑人之间的差异是文化方面的,那它们都得向更改和变化开放。但如果它们是自然原有的,那么如同奴隶拥有者们所认为的那样,它们就远离历史,是永恒的和固定的。自然化因而就是一种表征策略,用来固定差异,并因而永远保住它。"①

霍尔借鉴了萨义德有关东方学的研究,指出定型化之所以可能,是因为在其中建立了表征、差异与权力的联系,表征实践活动被卷入了帝国权力的运作之中,从而构建东方学家眼中的"东方"形象,实质就是运用幻想来进行,形成幻象。由于话语权在白人手中,白人定义表征了黑人文化身份,黑人是被表征的对象。

那么如何改变这种被固定化的形象呢? 霍尔提出要争夺种族化了的表征体系,去反表征、改写被殖民主义固定化的黑人文化身份意义。追求人身自由的反奴隶制运动成功了,奴隶制被废除,但是长期的种族主义造成的白人与黑人之间的差异还长期存在,特别表现在文化层面,在公共场、经济领域、就业、文学艺术形象塑造过程中,仍然是定型化的黑人他者景观,以一系列差异性的因素把黑人列为异类:汤姆们——这是些好男人,总是被赶逐、骚扰、追打、鞭笞、奴役、侮辱,他们保持忠诚,从不反对白人主人,并且热情、谦恭、禁欲、慷慨、无私、友善;黑鬼们——黑孩、司机、闹剧表演者等,疯狂、弱智、偷窃、无能等;混血儿——混血女人,漂亮性感、诱惑、有污点,总是走向悲剧命运;保姆们——硕大肥胖、爱吵架、丈夫无能、对主人家顺从;黑人坏男人们——强壮、卑劣、背叛、性欲强而暴力等②。在哈莱姆文艺复兴、20世纪50年代的民权运

---

① 〔英〕斯图亚特·霍尔:《表征:文化表象与意指实践》,徐亮、陆兴华译,商务印书馆2003年版,第247页。

② 参见邹威华:《斯图亚特·霍尔的文化理论研究》,中国社会科学出版社2014年版,第253页。

动中,黑人文学、音乐、电影等创作者意识到通过语言、符号、概念、话语权进行表达、生产意义的重要性,开始以反表征的策略重塑黑人文化形象,赋予黑人与白人同一性的意义。基于此,霍尔借用结构主义理论,综合引用索绪尔、巴特、德里达、福柯的理论,随时借用、借助、引用,形成开放性的构成主义文化身份观:主张黑人文化理论要大力进行文化构成与建构,把意义、语言、身份、种族、政治、文化等表征要素拿来,进行自我构成,成为表征主导者,而不是作为被表征的对象。文化既然是可以争取的领域,话语权、书写权、表达权自然可以争夺过来。把白人塑造的定型化、矮化的黑人形象给颠倒过来,把黑人写成比白人还高大上的形象;把一些观念性的成见也进行反写,赋予黑人与白人同样的价值观、道德观、法律形象;黑人参与书写黑人,表征自己,也可以对白人不好的文化意义进行表征,打破白人优秀高人一等的神话。

值得强调的是,霍尔把黑人文化身份问题放在了全球流散带来的多民族混合、多元文化并存的客观环境中考察,其文化理论就不单是黑人与白人文化关系问题,而是全球性问题、各民族的问题,当然更突出表现在流散族群中。各族文化独立性与并存问题成为重要的研究对象:"在任何一个社会中,不同的文化团体并存,一方面试图保持原初的身份,另一方面又希望构建一种共同的生活,多元文化描述的就是由社会造成的文化管理方面的社会特征和问题。"①基于此,他提出了类似中国文化中求同存异的"异中之同"的文化相处策略。至此,霍尔的文化研究理论从最初对自己族裔身份的关注到对加勒比、牙买加黑人、非洲黑人文化身份的研究,再到关注全球化流散文化,已经成为探讨世界混合流散群体文化身份的重要理论成果。

霍尔的贡献是多方面的,其文化身份理论研究是伯明翰文化研究学派中的重要内容,产生了世界性的影响,对研究全球化时代不同文化关系具有重要作用。尤其对那些居于流散生存状态的族群来说,具有争取独立、自信地确立

---

① Stuart Hall, 'Culture, Community, Nation', see David Boswell and Jessica Evans eds., *Representing the Nation: A Reader, Histories, Heritage, and Museums*, London: Routledge, 1999, p.42.

书写自己文化身份的作用,特别是对霍尔自身的黑人族群体来说更是如此,正如有学者所说:"从内容实质上讲,所有这些主题都是力求彰显出'黑就是美'这样的哲学命题,用差异的眼光和视角为我们全新地诠释出对黑人身份和少数族裔身份认同的多样性和合理性,从而消除固有的二元对立思想,用积极主动的思乡方式去消解西方世界对非洲、亚洲、白人对黑人、白人对有色人种的认知。"①从这种意义看,霍尔的文化身份理论,对于处理 21 世纪全球移民流散族的文化关系具有重要价值。

四、安德森的民族"想象的共同体"模式与早期全球化研究

美国社会人类学家本尼迪克特·安德森,同样是一位人种与文化混血儿,其复杂的经历也形成了他典型的"流散学者"身份。其父辈祖上是爱尔兰裔,祖母家则来自一个积极参与爱尔兰民族运动的奥戈尔曼家族,祖父因英国殖民扩张需要被派到马来亚槟榔屿;其父亲出生于此,后加入到英国派驻中国的海关工作,工作长达 30 年,安德森本人则出生在中国昆明,父子俩都熟悉中国及其文化。因为第二次世界大战,一家人打算回爱尔兰,但是因太平洋战争爆发而居住在美国,此后在美国接受教育、回英国接受教育,后到印尼从事研究,到泰国、菲律宾等东南亚国家进行田野调查,形成了他流亡、流浪与流散式的学术生活;特别是 1966 年因写出了"康乃尔文件"得罪了印尼新上台的苏哈托政权,被禁止进入印尼,客观上也造就他流亡的事实。这种家庭出身与流亡背景,造就了他对边缘地区、殖民地社会文化的研究兴趣。先后写出了《革命时期的爪哇》(博士论文)、《想象的共同体:民族主义的起源与散布》、《比较的幽灵:民族主义、东南亚与世界》、《美国殖民时期的泰国政治与文学》、《语言与权力:探索印尼的政治文化》、《全球化时代:无政府主义者与反殖民想象》等论著。其中《想象的共同体:民族主义的起源与散布》奠定了他民族理

_____

① 邹威华:《斯图亚特·霍尔的文化理论研究》,中国社会科学出版社 2014 年版,第292 页。

论研究的基础,也是产生世界性影响的代表作。本书无意专门研究安德森的思想体系,而是根据流散诗学研究的指向,就安德森理论中对流散诗学研究具有重要启示的观点进行借鉴与运用,以期能够助力流散诗学相关问题的研究。

(一)"想象的共同体"与流散群体的身份构建

安德森关于民族是想象的共同体的观点被移民研究、文学研究、文化研究等各领域的学者们千万次地引用过,影响深远,但是这些引用往往都是一种简单的视角借鉴。而"想象的共同体"观点对于流散诗学研究来说,不是简单的借鉴,而是具有深化研究的重要作用。因为安德森开启研究民族或民族主义正是从边缘与殖民地族裔开始思考的,特别是把民族主义的研究改变了方向,转到了对美洲大陆这个以移民群体构成的地区,探讨民族意识、民族主义形成的过程,这恰恰是对从中心向边缘移民群体的研究,与本书讨论的流散诗学研究的对象高度重合。关于什么是民族,安德森在《想象的共同体:民族主义的起源与散布》导论中表明了自己的人类学研究视角,并鲜明地指出其概念内涵:"遵循着人类学的精神,我主张对民族作如下界定:它是一种想象的政治共同体——并且,它是被想象为本质上有限的,同时也是享有主权的共同体。"①之所以是想象的,是因为每个群体中的单个人,不可能认识群体中所有的成员,也无法准确认识整体,只能获得部分真实,而其他的成员需要用想象把一群想象成一个民族或国家,因而具有构建作用。本书研究的流散群体,最初大都不算一个民族,只能是族裔,但是通过长期的历史过程与现实权力斗争,最终也会集体构建一个想象的共同体,要求享有政治权力,这时就有可能成为一个民族,比如美国黑人群体就是如此,从流散族群成为一个具有民族权力诉求、政治诉求的一个民族,成为美利坚民族的一部分,当然它又不能代表美国全体,又是有限的。想象是有限的,因为群体再大也有边界:"没有任何

① 〔美〕本尼迪克特·安德森:《想象的共同体:民族主义的起源与散布》,吴叡人译,上海人民出版社2016年版,第6页。

一个民族会把自己想象为等同于全人类。"①民族要求享有主权是因为在西方启蒙运动及大革命启示下,各民族要求独立、自由、解放的意识觉醒,走出了对上帝、国王最忠诚、最虔诚的追随,要求一种宗教上帝赋予的人权与主权自由。虽然群体内每个人都是不同的,也可能是不平等的,但是在民族群体中他们有共同的归属感、民族意识,想象构建了他们的民族尊严、平等深刻的同胞爱与民族情感,他们归入这个共同体,愿意为民族大义和利益牺牲自己。

民族想象的共同体形成具有深刻的文化根源。安德森举例说烈士纪念公园、无名英雄墓园都是被想象与建构的,它们会成为民族象征,这种文化是想象的,也导致民族的想象;这种想象一方面是主动的,另一方面是通过教育、政治宣传、媒体构建的,也纳入了共同体之中。法国学者将之称为"集体记忆",其中主要部分也是人为想象构建的:"集体记忆是后天的习得和传承,它通过家庭、阶层、学校和媒体来传承。它的内容取决于中介者和培养者对历史史实所做的取舍,他们有意或无意地扭曲诠释,并强加给接受者。"②流散群体最初也具有这种早期族裔英雄的记忆、流散时期的原裔文化记忆,但在流散居住国无法形成民族文化形态,然而集体的想象已然存在,他们的祖先、家族、聚集的社区、犹太人的"隔都"、华人的唐人街、黑人社区、俄罗斯人的巴黎社区等,虽然有地理空间的存在,但是总体上社群也是在想象、记忆、家庭教育、媒体阅读等中形成的。民族形成之前这些族裔的人种特点、宗教信仰、习俗、群体向心力、群体示范与群体意识、故国王朝、族裔历史与文化是民族主义产生的根源,而这些固定的文化根源受到时代社会发展与革命的冲击,之后想象形成的共同文化则成为形成民族的基础。宗教、王朝忠诚不足以保持权力,形成多元发展或权力诉求,原来的共同体衰落,他们不再忠诚于某个王国、某种宗教,但是

① [美]本尼迪克特·安德森:《想象的共同体:民族主义的起源与散布》,吴叡人译,上海人民出版社 2016 年版,第 7 页。

② [法]阿尔费雷德·格罗塞:《身份认同的困境》,王鲲译,社会科学文献出版社 2010 年版,第 34 页。

要探求对民族群体的忠诚、奉献、牺牲等共同的东西,一种民族可能经历多个王朝衰亡、多种宗教信仰的影响或排斥,但是他们对民族共有的东西忠诚不变,这就是民族共同体意识与文化,共同享有的政治与文化权力。流散群体对流散地或故国的忠诚也会产生同样的问题,比如美国大陆的各种流散群体,在美国独立战争中形成了独立的民族精神文化。

但是只有宗教共同体与王朝的衰落,还不能直接产生民族,还有过去、再现未来在时代变化中,在人类技术进步作用下形成共时性的时间。资本主义新教信仰与印刷科技、资本主义结合,从思想上到传播技术上为人们相互理解认识形成新的共同体提供了保障。印刷使得语言不断被利用、统一固定,为奠定民族意识提供了基础:它们统一了交流与传播的领域,印刷物及复制品的固定化为塑造想象的主观的民族理念树立了古老而权威的形象,这些印刷刊物创造并确立了权力语言,一些走向中心,一些沦为低级与边缘的。正因如此,"资本主义、印刷科技与人类语言宿命的多样性这三者的重合,使得一个新形式的想象的共同体成为可能,而自其基本形态观之,这种新的共同体实已为现代民族的登场预先搭好了舞台。这些共同体可能的延伸范围在本质上是有限的,并且这一可能的延伸范围和既有的政治疆界之间的关系完全是偶然的。"①这些条件使人们具有统一思想、相互了解,找到共同忠诚的价值因素,为民族主义产生提供了整合群体意志的能力。比如安德森列举由于18、19世纪印刷技术的进步,出现了报纸、小说两种大量复制传播的手段,为想象的共同体民族产生提供了条件,因为大部分人是通过文字阅读之后完成想象。这与帕克《移民及其报刊》中的观点相似,移民群体的存在和发展与报纸、族裔统一的语言、经济条件的改变密切相关。可见,安德森的想象共同体学说,对我们探讨流散族群的演变甚至民族形成具有重要启发。

---

① ［美］本尼迪克特·安德森:《想象的共同体:民族主义的起源与散布》,吴叡人译,上海人民出版社 2016 年版,第 45 页。

（二）安德森的"民族主义四模式"

安德森打破了西方学界有关民族、民族主义起源于欧洲的传统认识,对我们重新认识民族问题、流散族裔问题提供了新角度。他结合西方民族主义形成历史过程,提出了其著名的"四模式"说:美洲模式、欧洲语言民族主义、官方民族主义和帝国主义模式、殖民地民族主义模式。这些分类,对我们考察与研究处于夹缝中的各流散族的命运、民族认同、国家认同等具有重要价值。

安德森认为较早的民族主义模式是"美洲模式"。它产生在18世纪末、19世纪初美洲各殖民地独立运动之中,这是因为早期移民定居美洲的欧洲后裔之族,长期生活在殖民地,而欧洲母国在各种制度上对移出宗主国的群体采取了限制、歧视策略,甚至限定了他们活动的范围,规定他们只能在移居地而不能随意返回母国,这就使得这些移民群体形成了一个受难、流亡的共同体经验,他们自然从情感上凝聚在一起,把各移民群体看作自己的同类,把当地的居民看作与自己命运一样的旅行伙伴,形成了一个集体想象的共同体:殖民地才是他们生活的祖国、他们才是殖民地的主人"民族"。于是他们为了争取自己同样的权力必然提出自己的民族诉求,要求独立,这种理想必先建立共同的集体想象、集体共识,甚至形成独立的民族主义思想。更为主要的是欧洲的启蒙思想、印刷技术在欧洲移民社区起到了同样的统一思想认识、方便交流的作用,激发了新大陆的共同体想象,于是他们拿着欧洲启蒙思想等武器,在新大陆要求殖民地居民的自由、平等与博爱,追求自己共同体的独立:"自由主义和启蒙运动清楚地产生了强大的影响力——特别是在提供了对帝国和旧政权的意识形态批判的弹药武器方面。我所主张的是,既非经济利益、自由主义,也非启蒙运动有能力凭其自身创造出那一种,或者是那个形态的想象的共同体来加以捍卫以防止那些政权的掠夺;换句话说,经济利益、自由主义或启蒙运动这三个因素都没有提出一个新的意识的架构——和他们仅能看到的位于视野中央的喜爱或厌恶的对象正好相反的是,一个能够看到先前所不曾看到的,位于其视野边缘的事物的构架。在完成这个任务的过程中,朝圣的欧裔海外移民官员与地方上的欧裔海外移民印刷者,扮演了决定性的历史角色。"①虽然美洲借鉴了欧洲的启蒙思想与自由主义,但是这些并不能完成构架民族的任务,而是由欧裔移民、当地居民运用印刷技术等首先在美国完成了民族独立运动。当然这种运动最后主要依靠反抗殖民统治的战争来进行的,而其前提是想象共同体思想意识的形成。而对于当代流散群体来说,不一定必然形成独立的民族,但是在争取族裔基本权利与文化发展上,不妨从中借鉴有用的东西,特别是在追求边缘与中心平等关系的过程中,共同的传播技术、集体的想象与理想、族群身份的构建等都离不开这些东西。当然安德森在历史地分析这一模式时并没有张扬民族主义式的革命,我们探讨流散族裔群体及其政治、经济、文化、身份等问题,也不是去与主流文化或其他并存的文化相斗争、反抗,而是寻找文化混杂与认同的正确或恰当方式,如果不存在正确的方式,这种探讨更有必要。但是我们也应当看到安德森的不足之处,他没有系统地考察民族主义产生的社会历史内在原因,而只是从文化或政治权力诉求现象上讨论,也有失深刻与全面。

第二种民族主义模式是欧洲语言民族主义。安德森主要以印刷语言的演变与各类盗版行为作研究内容,突出强调了语言、印刷书报等传播方式在形成民族主义意识中的重要性。语言民族主义是在美洲模式影响下出现的,它一开始就具有鲜明的民族渴求。它与美洲模式有两个区别:一是民族的印刷语言都具有无比的意识形态与政治的重要性,通过书报刊主要的印刷传播形态,民族意识得以形成,政治立场得以确立;二是参照美洲模式、法国大革命模式,民族主义追求变得具有普遍性,通过印刷语言,美洲与法国模式被广泛阅读、传播,各族群纷纷学习模仿,形成了两种模式的"盗版"、翻版、山寨效果。可

---

① 　[美]本尼迪克特·安德森:《想象的共同体:民族主义的起源与散布》,吴叡人译,上海人民出版社 2016 年版,第 62 页。

见语言起了关键作用,通过语言传播凝聚了族群群体意识,进而形成欧洲民族主义。这里安德森似乎有些语言决定论的观点,但是对一个民族形成来说,从事实与想象双重层面来看,通行的语言是民族形成的重要条件,也是民族精神与文化的重要载体,这提醒流散族群在流散居住之地,自己的语言选择或文化认同问题非常重要,克里奥尔化是一种流散混杂语言问题,也较深关涉了文化身份问题。

从这个意义上讲,安德森对欧洲模式的研究有重要价值。安德森以不同民族语言、方言进行了具体分析,他发现美洲民族主义模式在美国独立战争等取得成功之外,欧洲各民族具有话语权的阶层运用印刷资本主义的优势条件,发挥印刷的复制功能对美洲民族主义进行了"盗版"。自 16 世纪开始,中国文明、印度文明、印加文明、日本与东南亚文明不只是一种传说中的东西,而是真实传播到了西方欧洲,西方知识界、统治阶级发现欧洲文明不只是唯一的起源,也不是最发达的,这些文明远离基督教的伊甸园之外,这使得欧洲人开始关注边缘,关注多元文化现象,特别是语言学家们关注方言、平民语言,将其加以改造或吸引到印刷语言之中,或者对各式方言进行去野蛮化;还有就是为了传播印刷品或文学语言作品,一些形成的印刷品也进行着方言化传播,以获得更广泛的读者。印刷语言与大众消费群体联系起来。方言转化为文学语言或官方语言,或者印刷语言变形而方言化,都是对语言的革新,也培训了阅读阶级的平民化,工人、中产阶级、下层官员等扩大了阅读队伍。美洲革命后民族主义模式经过印刷语言广泛传播,美洲模式中的各类概念、观点被印刷盗版到欧洲,民族国家、共和制度、人民主权等词语、术语、观念经由印刷品传播,实现了对它们固定化的效果,从而能够比较统一地在各阶层散布传播,对人们形成了启发作用:"南北美洲的独立运动一旦成为印刷出版的主题,就变成了概念、模式,还有名副其实的'蓝图'了……在美洲的波涛之中,民族国家、共和制度、共同公民权、人民主权、国旗和国歌等这些想象的现实一一涌现,而与其相对立的概念如王朝制帝国、君主制度、专制主义、臣民身份、世袭贵族、奴隶制和犹太人贫民区（Ghetto）等尽皆遭到清算。"①可见语言传播、印刷传播在民族想象共同体构建中起到了非常重要的作用,正如民族学者安东尼·D.史密斯所言:"真实性和尊严是族裔文化的每一个方面并不单单是族裔历史的特点,其中最著名、最重要的是语言,因为它可以很清楚地把说这种语言和不会说这种语言的人区分开,又因为在共同语言者中可以唤起一种直截了当的富于表现的亲密感。语言学家、语法学家、词典编纂家,在众多的民族主义中所起的杰出作用,表明了语言往往作为族裔独特内心体验的真实象征符号(语言)的重要作用。"②

作为流散族裔群体,他们不一定形成什么民族独立诉求,但是在如何借鉴语言、保留族语言、传承宗教文化信仰等方面也会面对类似的问题,他们身份的独立性与同一性、对外来文化的借鉴或拒斥应当怎么提前想象或构建无疑也是不可回避的。当然,我们也要注意语言民族主义带来的不良后果——容易产生民族间的纷争,汤因比早就指明了语言民族主义的这一可能后果:"我们看到,在1918年之前的一个世纪里,语言民族主义如何导致多瑙河哈布斯堡王朝陷入分裂。政治版图的这种翻天覆地的变动,使得18世纪末被哈布斯堡、霍亨索伦和罗曼诺夫等三个帝国瓜分的前波兰—立陶宛被压迫的民族获得了祸福未卜的短暂政治解放。1918年,三个瓜分波兰的帝国崩溃,波兰人妄自尊大地企图恢复1772年的边界,以此划定波兰民族特有的生存空间,激起立陶宛人和乌克兰人的激烈反对……从那以后,在空难性的语言民族主义精神的刺激下,这三个民族陷入长期的殊死争斗之中,为日后的不幸埋下了祸根,先是1939年被苏德重新瓜分,经历令人震惊的痛苦挣扎之后,又在1945

---

① [美]本尼迪克特·安德森:《想象的共同体:民族主义的起源与散布》,吴叡人译,上海人民出版社2016年版,第78页。
② [英]安东尼·D.史密斯:《全球化时代的民族与民族主义》,龚维斌、良警宇译,中央编译出版社2002年版,第75页。

年建立起苏联式共产主义社会。"①从这处意义看,语言民族主义是一把双刃剑,一方面对同一语言族群体来说具有争取独立的作用,而对于多民族多语言国家来说又有可能造成狭隘的民族主义,成为动荡分裂的根源。

安德森论证的第三种模式是官方民族主义和帝国主义模式。它是在统治阶级官方意识到民族问题之后,主动或被迫的构建与选择。这是因为美洲模式引发的民族主义运动具有群众性、平民化趋势,影响到了帝王统治,他们于是借鉴、改用了民族共同体的想象策略,通过印刷语言、颁布法案、进行改革等,从上到下影响族人,控制群众,是对民族主义的收编。比较早形成的是俄罗斯民族共同体,这是沙皇亚历山大三世推行归化、同化政策的结果;英国殖民者在印度推行的归化政策则是帝国主义模式的翻本,他们把英语教育引入印度,进行英国式的语言模式、思维方式、道德准则的推广,培养英语人才或双语人才,英语被强制认定为印度官方语言之一,通过语言使得印度英国化,因为语言里面带有其内在的文化、思维方式,这种影响是潜在与显在并存的,人们一旦掌握了一种语言就自觉不自觉地认同了这种语言代表的文化与思维方式。这以历史上麦考利那本《教育备忘录》最为典型。他要创造"一个种类的人,他们的血统和肤色是印度的,但他们的品味、意见、道德与思维能力却是英国式的"②。日本的明治维新改革则是官方借鉴欧洲模式进行的官方民族主义的范本,它是成功的,按照官方的构想,达到了形成日本民族想象共同体的目标。不只如此,日本在成功成为现代民族国家之后,实行对外扩张政策后,也采取了类似英国式的殖民地同化政策。这种民族主义走向了帝国主义,值得世界各国警惕与反思。帝国主义式的民族扩张就是犯罪,应该被踢入历史垃圾堆中。

---

① [英]阿诺德·汤因比:《历史研究》下卷,郭小凌等译,上海人民出版社 2005 年版,第 805—806 页。

② [美]本尼迪克特·安德森:《想象的共同体:民族主义的起源与散布》,吴叡人译,上海人民出版社 2016 年版,第 88 页。

第四种民族主义模式是殖民地民族主义。它是在 20 世纪殖民地人争取独立的过程中形成的。与新兴的交通运输科技、帝国思想意识形态的传播、殖民主义教育三种因素密切相关。第三世界的知识分子起到了重要作用,他们通过政治、经济、文化、文学等多方面的活动,学习借鉴西方现代文化,以模仿为主。这与巴巴等后殖民理论家走到了一起。第三世界知识分子成为想象民族共同体的主力、核心,在殖民统治下,殖民地本身的大地主、商人、资本家比较少见,难以形成强大的阶级,而知识分子往往会双语,他们大量阅读西方印刷品,获得了使得想象共同体成为可能的能力,比如印尼爪哇知识分子苏瓦地可以运用殖民者荷兰语、本地语,借鉴殖民者的思想观念,表达自己同样的呼声,模仿荷兰人反制荷兰人,这也似巴巴说的后殖民主义式的抵抗。这些知识分子运用殖民教育的知识、语言、统治者划定的疆域范围,对殖民地人进行启蒙式的传播,以殖民者的方式、他们划定的边界,想象构筑自己的民族共同体。正如早期欧洲人移民到美洲大陆后对殖民地所有地域范围的想象一样,殖民地人也把殖民者规定的范围想象为自己民族的领土范围,在这个范围以欧洲民族主义者的方式或美洲模式,实现想象的民族共同体。恰如安德森在第七章"最后一波"中所总结的:"作为双语知识分子,尤其是作为 20 世纪初期的知识分子,他们能够在教室内外接触到从超过一个世纪的美洲和欧洲历史的动荡、混乱经验中萃取出来的关于民族、民族属性和民族主义的模型。而这些模型则又协助雕琢形成了 1000 个初生的梦想。欧裔海外移民的民族主义、方言民族主义和官方民族主义的教训,以不同的组合形态被仿造、改编改进。最后,正如资本主义以渐增的速度改造了物理的和知识的传播工具一样,知识分子们也找到了不经由出版印刷就能宣传想象的共同体的方法,而且他们不只向不识字的群众宣传,甚至也向阅读不同语言的识字群众宣传。"①这是模拟,更是反抗,这对流散者群体如何借鉴、模仿东道国的思想、语言、文化、教育等

---

① ［美］本尼迪克特·安德森:《想象的共同体:民族主义的起源与散布》,吴叡人译,上海人民出版社 2016 年版,第 131 页。

提供了参照。现代流散群体知识分子越来越多,他们在流散流亡移民的经验中如何学习、借鉴、宣传、改造、模仿主流文化以发展或改造自身族裔文化身份,适应全球性文化融合过程,安德森的人类学、历史学的分析具有重要示范参考价值。

既然安德森的民族主义类型划分对于流散族群与流散诗学建构研究具有重要意义,那么厄内斯特·盖尔纳在《民族与民族主义》中提出的"散居国外者的民族主义"(笔者更愿意译为"流散者的民族主义",盖尔纳提出的另外两种是东方民族主义和西方民族主义)这个类型也可以作为研究流散的重要补充:"第三种形式最恰当的名称是'散居者的民族主义',作为一个历史事实,它是民族主义的一种明确规定的、非常引人注目的和重要的次生形式。"①盖尔纳还以犹太人复国以色列为例进行说明,认为犹太流散族是散居者民族主义最成功的典型,但是犹太人历史上有土地,现实中(以色列建国以前)已失去土地,这与其他移民流散族有自己明确的祖国故乡在性质上是不同的。当然,我们不能以个别代替普遍,要求所有流散族群提出独立领土、建国的要求。

(三)安德森"早期全球化"研究

《想象的共同体:民族主义的起源与散布》是安德森民族、民族主义、民族文化身份理论的奠基之作,其他的著作则多为田野调查、区域个案研究,继续深化他对民族主义的研究,探讨殖民地与殖民主义关系,寻找人类文化发展的规律。21世纪初,深受全球化进程影响的安德森,继《比较的幽灵:民族主义、东南亚与世界》等作品之后,把全球化当作自己切入历史、民族主义问题、反殖民运动的视角,探讨了早期全球化的表现形态及其对全球的影响,写出了《全球化时代:无政府主义者与反殖民想象》一书,开始了早期全球化的研究。

安德森把19世纪末看作全球化的开始时间,而不是一些全球化研究者说

---

① [英]厄内斯特·盖尔纳:《民族与民族主义》,韩红译,中央编译出版社2002年版,第133页。

的文艺复兴的航海大发现时期及其后的移民时代。其依据是 19 世纪末一些科技的进步是早期全球化开始的标志,如电报、铁路、蒸汽船、万国邮政联盟使得跨国连接、协作行动成为可能:"这些协作之所以成为可能,是因为 19 世纪最后 20 年见证了——我们不妨称之为——'早期全球化'的开端。电报发明以后迅速得到许多改进,跨洋海底电缆也铺设完毕。全球的城市人民很快就对电报习以为常。1903 年,西奥多·罗斯福向自己拍发了一封环球电报,在九分钟之后收到。1876 年万国邮政联盟成立,大大加速了信件、杂志、报纸、照片和书籍在全球的可靠投递。安全、快捷、廉价的蒸汽船使国家与国家、帝国与帝国、大洲与大洲之间有了大规模移民的可能,史无前例。日益密集的铁路网络在国家和殖民地边界内运送数以百万计的人和商品,偏远的内陆得以相互连接,并能通达港口和首都。"①这样才有了大规模短期与长期的全球化式的人口迁移,同时西方观念传播也加快,殖民主义与反殖民运动突出,各种思想出笼并纷纷传播到世界各地,相互借鉴、相互影响与结合:"苏格兰启蒙运动对塑造美国反殖民起义有决定性意义。西班牙裔美洲民族主义独立运动与自由主义、共和主义的普世主义浪潮密不可分。浪漫主义、民主、唯心主义、马克思主义、无政府主义,乃至后来出现的法西斯主义,无不被认为拥有向全球伸展、连接起各个民族的特征。民族主义是其中化合价最高的元素,以不同方式、在不同时间与其某个元素相结合。"②安德森选取思想能够迅速传播、人员来往相对方便的早期全球化时代,以他较为熟悉的菲律宾为研究中心,揭晓全球无政府主义的传播及其引发的民族主义运动。例如,他列举了古巴与菲律宾作为西班牙帝国仅存的两处重要殖民地,几乎同时(1895,1896)爆发民族主义起义,正是传播与运输技术起的奠基作用,形成了真实的第一次全球性

---

① ［美］本尼迪克特·安德森:《全球化时代:无政府主义者与反殖民想象》,董子云译,商务印书馆 2018 年版,第 4 页。

② ［美］本尼迪克特·安德森:《全球化时代:无政府主义者与反殖民想象》,董子云译,商务印书馆 2018 年版,第 2 页。

合作。本尼迪克特·安德森以菲律宾为研究起点和重点,逐渐向欧洲、美洲和亚洲发散,具体内容如下:讨论菲律宾国父、小说家何塞·黎萨尔的事迹;对菲律宾人类学、民俗学家伊萨贝洛的研究成果进行介绍;评价爱国协调组织者、社会活动家马里亚诺·庞塞的历史贡献。把这三位代表人物的著作、行动、主张及其文化身份等与当时殖民统治背景及反殖民运动联系起来,揭示了第一次世界大战前因政治、经济、军事、文化等相互冲突后带来的早期全球化问题,再现了全球政治与文化图景,并讨论在这个背景下无政府主义是如何在全球得以传播、影响各国民族主义及其反殖民想象的。

首先安德森通过民俗学家伊萨贝洛的《菲律宾民俗学》一书的写作,结合对作者本人的研究,发现早期全球化时代,混合文化身份与地方文化的丰富性已经成为学者们思考的重要问题。西班牙在菲律宾的殖民统治造就了混杂的现实,也促使了菲律宾民族对自己的地方性、具体性、独特性文化的认识,诉求平等权利。西班牙语中菲律宾一词为"filipino",具有混合而完全不同的意义:一是源于菲律宾的,二是混血的、出生于菲律宾而位居纯种西班牙社会阶层的。伊萨贝洛对自己身份的认同也是模糊的,他没有确定自己是菲律宾人,也不承认自己是混合人,而是随时变化:有时自称土著,有时自称伊洛卡诺人,把没有被西班牙文化沾染的土著人称作自己的森林亲兄弟①。但是他的民俗学研究却不被同胞所接纳,而受到了西班牙代表的欧洲人的热情赞扬。这自然显示了他本人的文化认同困惑,也表现了他者视野中的身份模糊性。但是他又不断地为菲律宾人、殖民地人平等的文化身份而进行政治、文化上的努力:第一,他寻找菲律宾地方文化的复兴,发现本土文化、文学人才,展现本地的文化"特别之美","将自己提升到与帝国主义者们平等的地位"②。第二,他试

---

① 参见[美]本尼迪克特·安德森:《全球化时代:无政府主义者与反殖民想象》,董子云译,商务印书馆2018年版,第24—25页。

② [美]本尼迪克特·安德森:《全球化时代:无政府主义者与反殖民想象》,董子云译,商务印书馆2018年版,第29页。

图推翻反动教会在殖民地的统治。他以宗教神父相信并传播"公鸡到老年的时候真会下蛋"为例,讽刺宗教统治。因为欧洲许多民俗中的传说,在很多方面和菲律宾许多民俗传说有类似之处,如果殖民者对殖民地的文化嗤之以鼻,那么他们对自己的文化应当持同样态度,因为民俗中许多东西与意大利、中欧、英国、伊比利亚的相似。第三,他对本民族文化观念与习惯进行自我批判。他既把自己当作菲律宾伊洛卡诺人,又跳出之外,以他者眼光来审视本土文化,提出本族文化改造的观点。

安德森讨论的早期全球化时期第二个代表人物是被称为菲律宾之父的黎萨尔。他的小说作品《不许犯我》《煽动者》正是在印刷传播背景下成为世界性的小说;黎萨尔的无政府主义式的民族主义思想,黎萨尔的求学、政治活动也都是在亚洲、欧洲之间进行的。他的思想、创作、革命行动与世界性的无政府主义思想蔓延相关,也正因为这样,他才被处死在了西班牙的巴塞罗那。但是他的死激发了菲律宾的民族主义热情,也成为西班牙殖民者统治开始松动的象征,他也被尊为民族的英雄。

马里亚诺·庞塞也是一个具有全球流浪背景的民族主义活动家,他也接受西班牙教育,流亡定居日本,娶日本妻子,与中国的孙中山先生有过合作,并于 1896 年移居中国香港;他的生活、活动、全球交往、学习使得他成为一个"全球化的绅士"①。安德森列出详细表格说明了庞塞通信的人与国家、洲、地区众多,显示出以邮政为基础呈现的全球化程度:"首先是菲律宾人和古巴人散布在世界各地的程度——与庞塞通信的有新奥尔良、巴黎、香港、巴塞罗那、上海、马德里、横滨及澳门的菲律宾人,有纽约、巴黎的古巴人。"②同时,安德森的研究还表明,庞塞是一位掌握多种语言的活动家,有西班牙语、英语、日语、

---

① ［美］本尼迪克特·安德森:《全球化时代:无政府主义者与反殖民想象》,董子云译,商务印书馆 2018 年版,第 308 页。

② ［美］本尼迪克特·安德森:《全球化时代:无政府主义者与反殖民想象》,董子云译,商务印书馆 2018 年版,第 311 页。

中文及一些地方语言如塔加洛语等。迁徙之地的变化、交流人群的多样、使用语言的多种等都表明第三世界知识分子,成为全球化的先驱,也是多元文化的实践者。这为流散者面对多种文化影响时提供了借鉴。他和伊萨贝洛两个人物虽然没有黎萨尔那样出名,但是在全球化发展的过程中,却是具有重要意义的文化标本:"伊萨贝洛·德·洛斯·雷耶斯和马里亚诺·庞塞:即使在菲律宾,也已几乎被人遗忘的两个好人——在历史上却无疑是全球化时代早期无限复杂的洲际网络中的关键节点。"①

　　总起来看,《全球化时代:无政府主义者与反殖民想象》学术内容集中在殖民地民族主义到无政府主义思想在全球网络中的变化,而在思维方式与视角上则具有全球化时代的学术宽度、广度,走出了狭隘的以国别史方法研究问题的局限。当下我们思考流散文化及文学现象,也不能单纯讨论华人族群、犹太族群等所有流散族裔的内部问题,还要把他们放到全球政治、经济、文化、宗教等交融、多元并存与冲突的关系中考察。

第六节　流散批评的兴起与理论化

　　流散诗学是应运、应时而生的。它作为一种独立的学术理论进入世界学术界,是以1991年《流散:跨国研究期刊》(族裔散居)杂志诞生为标志的。正如前两章所述,流散文化、文学等作为社会实践很早就有,但是对其进行明确的理论化探讨则始自20世纪90年代前后。作为人类一种文化现象,流散从远古走来,从《圣经》时代萌生,它几乎伴随着世界上每个种族、族群、民族的产生与发展历程,历史上的人类学、文化学、语言学、民族学、社会学、地理学等领域对这一文化现象均有各自的探索,但它们又没能独立形成系统化、理论化的流散学或流散诗学研究。殖民主义、后殖民主义、全球化的历史进程,使得

---

① 　[美]本尼迪克特·安德森:《全球化时代:无政府主义者与反殖民想象》,董子云译,商务印书馆2018年版,第348页。

流散日益成为各民族各地区突出的问题,特别是第二次世界大战后,全球移民从背井离乡式为主的古典流散,转变为被动、主动、互动、往返迁徙、多重移民等多维度的全球现代流散行为之后,流散研究、流散文学研究、流散诗学研究等从各学科中独立出来,成为全球关注的学术中心问题。特别是20世纪末21世纪初,全球流散浪潮成为常态之后,流散研究及理论建构成为各学科学者纷纷转向的热点;它是超级跨学科的领域,与民族学、移民学、文化学、人类学、文学、社会学等传统学科密不可分,还与现代、后现代、全球化、跨国主义(跨民族主义)等新兴理论具有近亲血缘关系。流散诗学等有关流散理论化的努力,都不可能脱离各学科取得的成就,更不能离开20世纪以来人类社会全球化引发的巨大变化:"我们认为流散理论化为我们思考以不协调的现代性运动、大规模移民为界定的这个世纪提供了批评空间——这个世纪从殖民晚期经过去殖民化时代进入21世纪。流散的理论化不需要也不应当与历史和文化特性分开。"①这种历史与文化特性决定了流散研究不能割断人类流散的长期历史事实,也不能脱离已有学科研究中有关流散的部分而重起炉灶,本书前两章所述流散族群体的历史与文学成就,本章前几节所述的许多社会学家、文学研究者、后殖民理论家的研究成果,都为流散理论(流散诗学)建设提供了坚实的基础。客观而又必然的是,绝大多数从事流散相关研究的理论家、学者、批评家们都是这个时代的流散者,属于流散族群体,具有流散经验,不管是来自第三世界的知识者,还是来自原来第一世界的学者,他们往往都具有双重或多重的身份,居于两种文化或多种文化之间,不同程度地成为流散当事人,以切实的体验与较广泛的思考获得了相关问题的发言权。因此,流散理论或流散诗学理论一开始就是一个历史性、现实性、时代性相统一的理论,它具有跨学科性、包容性、开放性、可变性等特点,与第二次世界大战后的全球化进

---

① Jana Evans Braziel and Anita Mannur,'Nation,Migration,Globalization:Points of Contention in Diaspora Studies',see Jana Evans Braziel and Anita Mannur eds.,*Theorizing Diaspora*,Blackwell Publishing Ltd.,2003,p.3.

程相关联,这就使得许多流散理论学者从移民研究、社会人类学研究、经济学研究、文化研究、民族学研究等领域大量借用一些概念,在流散批评的学术轨道上汇集了众多术语,如混杂性、差异性、非连续性、跨区域性、双重意识、游牧流浪生存等,但是其中最著名的要数跨国主义、全球化和现代性三个术语,在流散理论建构与形成过程中,这三个术语是许多学者不能回避的中心问题,它们关涉全球流散群体的核心,被当代流散学者苏德什·米什拉称为"流散批评的三根支柱"①。基于此,本节主要以20世纪90年代前后那些有明确流散理论建构意识与成就的学者,如当下国际学术界公认的流散研究奠基人加布里埃尔·谢弗尔、威廉·萨夫兰、罗宾·库恩、保罗·吉尔罗伊、卡奇·托洛衍等为对象,梳理流散理论初步建构的收获,以期对我们建构流散诗学、进行流散文化与文学研究有所帮助。

一、谢弗尔的"流散政治"与"三方组合网络"模式

加布里埃尔·谢弗尔具有美国和以色列双重学者身份,经常在希伯来大学和美国、英国学术界行走,是较早关注古典流散与现代流散群体研究的学者之一,其观点主要集中在1986年发表的《国际政治中的现代流散》(主编文集)和2003年出版的《流散政治:域外之家》中。他主要的学术立场是站在社会—政治学的视角研究流散族群作为少数族裔的政治与社会文化策略问题,提出了流散群体的双重属地(double territoriality)认同的"流散政治"学说:流散族的流散事实发生,形成了母国、东道主国、流散族群社区三者构成的"三方组合网络"模式,在这网络中流散者为了生存往往采取双重权力与双重忠诚策略,既对母国产生认同,又对移居国认同。特别是在现代全球化时代,交通、通信等技术使得流散者不可能完全居于"隔都"或唐人街之类的封闭流散社区,他们有机会也有权力与母国取得联系,也有能力参与居住国的经济、政

---

① Sudesh Mishra, *Diaspora Criticism*, Edinburgh University Press, 2006, p.131.

治、文化活动等,这种双重性既可能使得他们产生多元文化选择,也会让他们处于中间地带,他们有可能成为不同文化的调节者,也有可能成为文化冲突的引发者,因此他们有时显得游刃有余,有时又感到焦虑与迷茫。谢弗尔的观点为我们理解流散文学中处于文化困境与焦虑中的艺术形象提供了社会政治学分析视角。

(一)三方组合网络中的双重属地意识

流散族裔群体的双重领土或双重文化认同倾向是谢弗尔流散研究的核心问题之一。无论是古典流散还是现代流散,都脱离不开与母国和移居国的关联,这种关联往往是双重的或多重的,一旦流散事实存在,就命中注定要面对原籍国与移居国的各方面问题,要处理与故国的关系,也要面对在居住国产生的一切问题,这样双重领土文化场景必然在现实与想象中产生。在《国际政治中的现代流散》中谢弗尔分析了流散族裔双重属地(double territoriality)、双重忠诚、双重权力策略的具体表现:

> 族群流散或者是由多样移民产生的,或者是作为被祖国驱逐的结果(比如犹太人和巴勒斯坦人),定居在一个或多个国家。在这些客居国家,流散仍然是少数群体(比如在加拿大盎格鲁—萨克森人就被排除在当今研究之外)。在他们的客居国,流散者保持了他们的族群或族群宗教身份和共同团结,这种团结成为流散族群活动家团体中保持或促进持续联络的基础。这些联络对流散群体、他们的母国、他们的宿国具有政治、经济、社会和文化的重要意义。这也是流散族群组织行动的基础,这些行动的目的之一就是创造、提升流散族裔保持对故国兴趣及与故国保持文化、经济、政治交往的意愿和能力;无论是与宿国政府的活动相互协调时还是冲突时,有组织的流散者处理他们文化、社会和政治需要的各方面问题。流散者组织的出现为冲突压力、双重权力及双重忠诚模式及问题的发展提供了潜力。

为了避免与宿国占主导的居民群体建立道德或法律产生冲突,流散族群接受了这些国家的一些游戏规则。然而,在一些时期,双重的权力模式产生的真正的或声称的双重忠诚也会在宿国和流散族裔成员之间制造冲突紧张,这有时也会导致母国为了流散族的利益而出面干涉,或者流散族为了自己的事务而干涉。最后,也是最重要的,流散族裔为了提升或保护他们自己或母国在宿国利益的鼓动能力,将会导致包括母国、流散族、主国(宿国)在内的三方组合网络的形成,它既可是冲突的又可以是合作的网络。这些三角关系现已经成为国际政治中不可或缺的组成部分,对所有卷入其中的派别的行为产生影响。①

谢弗尔"三方组合网络"(triadic network)中居于中间的流散族裔,天然注定其双重跨界状态,其策略自然形成双重意识。这里的流散群体既指全球化开启之前的犹太流散群体、亚美尼亚流散者,还有奥斯曼帝国统治下的希腊人流散族。他们保持对母国或先族的鲜明记忆与宗教立场,对血缘与种族纯洁性要求高,在居住国形成较独立的族群社区,具有共同族群意识与愿望,总是保持有朝一日重返母国或重建国家的幻想,有着在散居地痛苦曲折的流浪经历与记忆,还把自己族类的神话与英雄故事当作精神支柱,把宗教与习俗当作保持族裔性的工具。他们想联系或返回祖国往往受到原国统治者的阻碍或破坏,更增加了古典流散族的悲壮感觉。同样,这里论述的也包括现代流散族,只是少了一些苦难,少了一些压迫权力,更多的人是因全球交往的便利而主动移民,追寻更好的生存与生活而迁徙,现代流散与战后全球化进程有关:"既努力保持对移出国的记忆、回忆和想象,又主动地逐渐与移出国的社会群体恢复联系或建构起新的交往关系,以各种方式和手段参与移出国的种种社会活动;既不渴望完全被移入国所同化,又能积极地参与到所在国的各项社会活动

① Gabriel Sheffer,*Modern Diasporas in International Politics*,London and Sydney:Croom Helm,1986,pp.9-10.

之中,与所在国的社会各阶层展开广泛的交流;既能与其他的移民群体进行开放式的接触和交流,又能保持自身的特点和传统价值。三者构成了一种互不可分的全新的关系,显然,在现代流散群体背后所折射出的是经济、政治和文化的全球化变化。"①这显然已经不同于古典型流散如犹太人流散。

　　但是并不是所有的移民都可以被称为流散族,他们必须仍然保持与母国政治、经济、文化、情感联系,如果没有了这些基本的联系,就不算流散意义上的移民族,对此谢弗尔在该书的序言中也解释了流散族群的现代意义:"现代流散族群是由移民及其后裔构成的少数族群,他们在移居国定居和活动,但是与祖籍国维持着强烈的情感和物质联系。"②正是对母国领土、种族、宗教、文化等各个方面的怀想与联系,使得流散的经验中多了两重视角、两重立场。在序言中,谢弗尔表明收录的 12 个学者的相关研究,首要的焦点就是探讨流散族母国与宿国之间的关系,以重新验证流散活动的跨民族、跨国界的方方面面,从而进行理论研究,主要包括流散族群与故国团结的原因;双重权力与忠诚问题;流散群体与祖国、宿国关系在经济政治维度上的重要性与影响程度问题;政治权力的动员与操纵、流散群体活动的效果及其对民族和国际体制的影响。构建流散族裔群体、母国、宿国三方组合网络关系是谢弗尔理论的核心,也是他双重属地(double territoriality)视角、流散政治策略的基础、依靠。在三方组合网络里,流散群体、母国、东道主国各自的稳定性受到干扰,流散族裔群体又分为自愿的和被迫的,在东道国中处于少数族地位,这种地位界定强化了民族身份和种族宗教身份,也可能促进对流散族群团结的理解;但是三方组合网络也有可能散架,正如苏德什·米什拉所分析当存在以下情形时则有破裂的可能:"(a)流散者在不同的时间支持或反对东道国;(b)东道国在不同时间支持或反对流散者(尽管通常是反对);(c)流散者在不同时间支持或反对母

---

　　①　朱敬才:《流散研究的兴起及基本动向》,《社会》2012 年第 4 期。

　　②　Gabriel Sheffer,'A New Field of Study:Modern Diasporas in International Politics',G.Sheffer ed.,*Modern Diasporas in International Politics*,London:Croom Helm,1986,p.3.

国(尽管通常是支持);(d)母国在不同时间里支持或反对流散者。在这个罗列表中,母国、东道国被默认为对抗的代理人(尽管他们彼此从来不是),族裔流散者成为在这个紧张地带双重构建起来的最大主体。"①

谢弗尔以三方组合网络为标志的双重属地意识和理论模型,引起众多研究者纷纷探讨相关理论模型,比如母国对流散者的影响模型、初期流散者劳工移民模型、流散族语言学模型、意识形态模型、跨国经济模型等,也正是在谢弗尔研究的基础上形成了一个由他领导的"1986学派",不少人成为流散批评理论的重要成员。如沃尔克·科纳着重探讨两重领土场景中母国对流散者的影响问题,写出了重要的《家乡对流散者的影响》强调祖国身份、故国心理情结对流散族的影响。迈伦·威纳的论文《作为初期流散族的劳工移民》,沿用了谢弗尔的三方组合关系模式,提出了"三明治式"的早期劳工移民流散问题,劳工移民是夹在出发国与接收国之间的群体,威纳主要以波斯湾、西欧国家接收的印度、朝鲜、土耳其、阿尔及利亚等地劳工移民为研究对象,指出他们身份的临时性、虚幻性特点,没有东道主国家打算把他们及其后代留下来,大多数人会回归故国;而母国也不想失去它们的国民,更不想失去这些劳工的汇款;移民劳工们也总是想着返乡,不希望自己的孩子失去他们的身份、放弃原国的公民身份。雅各布·M.兰道则把自己的研究限定在语境之中讨论移民、东道国、母国的关系,他设立了以人口统计学和语言学因素为考察内容的观测模型,帮助了解流散族对东道国文化的适应或隔阂,反过来也有助于流散族继续保持他们与故国领域的民族语言身份,不过这一研究又有些狭小。

当然,"1986学派"的观点也有局限性,后来有不少学者提出了一些补充性意见,威廉·萨夫兰的文章《现代流散族群:故土和返乡神话》在学界引发争议,总结和回应了由谢弗尔领导的学派创造的理论框架,指出了其中的优点

---

① Sudesh Mishra, *Diaspora Criticism*, Edinburgh University Press, 2006, p.28.

与不足,他认为当下人们理解的"diaspora"泛指一切移民,太过于宽泛,包括外籍人士、被驱逐者、政治与战争难民、外来居民、族裔与种族少数族,于是重新界定,提出了现代流散族的六个特征(见本书第一章第一节),产生了较大影响。罗宾·库恩的《全球流散导论》,在谢弗尔研究十多年之后,结合霍尔、吉尔洛伊、默塞、克里福德等人的研究,开启了流散研究的转向。

(二)跨国生存的流散政治

2003 年,谢弗尔出版《流散政治:域外之家》一书,继续深化了前期的相关研究,涉及的范围更加全面:历史上的流散族、当代流散者的集体画像、流散的人数,流散族的形成、发展和解体;无国与有国流散者、跨国网络与政治,流散族、民族、国家和地区一体化;忠诚、域外流散者等,都是其研究的主要内容,比前期研究更丰富。此时全球化、民主化、民族国家弱化,大规模跨民族移民众多。此书深化了历史上流散族的研究,认为流散族裔现象源远流长,不少现代的流散者都是古代流散时代形成并代代流传下来的,有些是到了中世纪产生的,更多的是现代流散族群,无论属于哪个时代、哪类流散族,他们在文化、社会、经济、政治方面遭遇的问题从来就没有消失过,尤其是他们与东道国、母国、跨国组织、他们自身内部或不同的流散族之间的政治关系、身份问题一直争斗不断,关系复杂,他们长期居住在远离家乡的东道国,为了保持其独特的身份要与母国联系,与其他流散族联系,与东道国各种势力交往,身处两种或多种政治、文化冲突的地带,他们或感到或追求在东道国的"宾至如归",同时与故国保持密切联系,以促进其文化和利益。他们要维护自己的身份、组织,是返回故国还是要在东道国永久定居,是保持政治文化身份的独立还是要融合到东道国,流散族、故国、东道国这三个框架中都存在争斗;他们对祖国忠诚还是对东道国忠诚,还是双重忠诚,还是独善其身等都是复杂的选择;他们对流散社群的贡献、对母国的贡献、对东道国的贡献都是值得研究的问题。在该书中,谢弗尔进一步明确了流散族是社会化、政治化的产物:"族裔流散

(ethno-national diaspora)是一种社会—政治产物,他们是自愿或被迫迁移,并认同具有同一个族类起源,是属于居住在一个或几个东道国的少数民族。"①这种以政治学视角为中心的流散研究,为认识流散族群复杂的政治倾向性提供了学理思路。

二、萨夫兰流散研究的"流散—回归"模式

威廉·萨夫兰是美国克罗拉多大学博尔德分校政治系教授,主要从事社会政治学与种族研究。与众多流散研究学者一样,萨夫兰家族也是典型的流散族裔,父母分别是罗马尼亚和波兰人,后移居德国,萨夫兰1930年出生在德国,年轻时曾在德国纳粹监控的"隔都"、劳工营、集中营度过三年多时光,获得自由后在联合国难民营度过四个月,1946年移民美国,获得纽约城市学院历史学学士、国际事务专业硕士学位,服兵役两年后,又就读哥伦比亚大学获得公共法律与管理学博士学位。不久成为克罗拉多大学博尔德分校政治系教授,直到2003年退休;同时自1995年至2010年担任《民族主义与政治》期刊主编,还是国际政治学协会委员会主席,是以色列耶路撒冷希伯来大学、尼斯大学、格勒诺布尔大学、波尔多大学和圣地亚哥德孔波斯特拉大学等客座教授。萨夫兰生平经历与学术研究和流散主题相契合,研究论著、编辑期刊均与流散相近相关,取得了丰富成绩,被誉为流散理论研究的奠基人当之无愧。主要论著有:《否决权——团体政治:西德健康保险改革例析》《法国政体》《意识形态与政治:法国社会党》《欧洲政治》;主编或编辑有《语言、族性和国家》《国际移民:印度流散族群》;另有不少论文见于报刊。这些成果涉及国际政治、移民、流散群体等研究,贡献是多方面的:"萨夫兰对有关种族政治、民族主义和相关问题的知识,如政治体制和文化多元主义、公民身份、移民、流散族

---

① Gabriel Sheffer, *Diaspora Politics : At Home Abroad*, New York : Cambridge University Press, 2003, p.9.

裔、民族认同以及语言、宗教政治等方面的知识作出了重大贡献。"①

　　萨夫兰研究产生国际影响的,特别是对中国学术界影响最大的研究成果是流散研究。他在 1991 年《流散:跨国研究期刊》创刊号上发表《现代社会中的流散族群:故土与回归神话》,提出了古典流散的"流散—回归"模式,其核心主张是流散族群不管流散海外多久,其回归愿望、目标是永久不变的,流散者之所以称为流散最重要的特征是与故国的联系,他认为学界对流散一词的使用越来越宽松,于是他试图对这一名称进行相对固定的界定,为此他总结了解释"diaspora"的六个分类原则,解决流散的边界问题:"这些社区成员具有以下六个方面的特征:第一,流散者本人或其祖先从一个特定的'中心'向两个或两个以上的'边缘'或外国地区移居;第二,维系一种关于祖源国真实所在与历史业绩的集体意识、愿景或共同神话等;第三,相信自己不可能完全被现居国所接受,具有某种程度的疏离感;第四,认为自己祖先的国度是最真实、理想的家园,只要时机合适,其后代一定要回归祖国;第五,认为有集体责任保持或恢复祖国的安全和繁荣;第六,继续亲身或间接地以各种方式与祖国发生关系,这种关系确定了他们的族裔共同体(ethno-communal)意识和族裔团结。"②这六个方面表明,只有故国才是流散者的中心,全部与故国相连,东道主国永远是边缘,是暂时居住之地,流散永远是暂时的,只是一个生存策略与过程,回归才是中心,是目的,是精神的寄托。他的这一论述也证明流散族裔只能是移民中的一部分,而不能成为所有移民的代称,更不可能大于移民群体。

　　萨夫兰的"流散—回归"模式对研究犹太人流散、亚美尼亚人流散等理想

---

①　Michelle Hale Williams, 'Preface:Multiculturalism and Ethnic Politics Through the Work of William Safran', *The Multicultural Dilemma:Migration,Ethnic Politics,and State Intermediation*, Abingdon:Routledge,2013,p.XVII.

②　William Safran, 'Diasporas in Modern Societies:Myths of Homeland and Return', *Diaspora:A Journal of Transnational Studies*, Vol.1,No.1,1991.

型、经典型流散是很有用的,但是对吉卜赛人这样一些流浪,他们没有明确、固定原始的故土源地、没有统一的目标与回归神话,也没有一个地理意义上的中心,更没有民族国家历史,这一模式用在这里就很难成立了。而巴勒斯坦人就是典型的"流散—回归"模式代表,有明确的起源地,有历代培育有关民族国家的集体神话,有强烈的社群意识,通过宣传动员,形成了以回归故国为中心的集体愿望。

萨夫兰模式的优点是非常明确的,它可以用来有效解读科西嘉人、印度人、华人、帕西人(印度少数族)、非洲人、拉丁美洲人的流散群体,但是萨夫兰所说的回归有两个方面的含义,一种情况是真实国度的回归,此部分流散者对故国充满感情,只是因政治经济等各种原因被迫离家,他们成功之后或故土环境改变之后必然回归;另一种情况是不可能回归,流散者本身明白他们无论如何也不可能再回到故土生活、工作(短暂的旅行可能发生,但不是流散行为现象)回归只是一个想象,成为象征、精神支柱,他们想象的家园与民族就类同于安德森的"想象共同体"。萨夫兰在文章结束时总结说:"要之,流散者的流散意识与故国本身对故国神话的开发、拓展、利用,两者与其说反映在精神灌输上多,不如说表现在行为上多。它是一种对东道主国轻视少数族裔的防御机制,但它没有、也无意引导其成员准备现实的出发回国。大多数流散者的'回归'……很大程度上可以被看作是一个来世概念:通常坚守这样一个乌托邦(utopia or eutopia)概念是为使生活更加可忍受——这与真正现实生活中所感知的反乌托邦(dystopia 悲苦生活处境)形成鲜明对比。"①能回就可能回,也可能选择不回,不能回则在想象中回,这个模式是介于现象与精神之间的,是一种策略,也是流散族群的真实生活状态的概括。

---

① William Safran, 'Diasporas in Modern Societies: Myths of Homeland and Return', *Diaspora: A Journal of Transnational Studies*, vol.1, No.1, 1991, p.94.

三、罗宾·库恩的"全球流散"模式与"流散动力"说

英国社会学家罗宾·库恩是牛津大学教授、前国际移民研究所主任,主要从事全球化、移民和流散问题研究。之前就任多所大学教职,如南非开普敦大学、尼日利亚伊巴丹大学、英国伯明翰大学、英国沃威克大学、西印度群岛大学等,这种复杂的学术经历天然造就了他流散学者的身份,成为流散知识分子的代表,而从教与研究的相关领域和流散族群问题相关,因此获得了该研究领域相当大的发言权,他的博士论文《尼日利亚的劳工和政治》(1974)就是以移民劳工为对象,初步涉及了劳工型流散族群研究。之后发表了大量相关劳工、流散、全球化等论文、论著,比较有影响的有《南非的终局:南非意识形态与社会结构变迁》(1986),《新希洛人:国际分工中的移民》(1987)①,《争议之域:国际劳工研究中的辩论》(1991),《身份的边界:英国人和他者》(1994),《全球流散导论》(1997,2008年修订),《移民及其敌人:全球资本、移民劳工和民族国家》(2006)。库恩的研究以劳工型流散群体为核心,同时兼顾其他流散群体,对全球流散的现状、研究与争鸣的问题、流散的特征及类型进行了系统研究,成为专门研究全球流散的代表学者,《全球流散导论》是国际流散研究领域的重要成果,具有较高的水准,在此书中他对全球流散的特征与流散动力进行了重点分析。

---

① Helots,为古代希腊希洛人的称谓,又译为黑劳士。泛指古斯巴达王国时期的农奴,其身为国有。其人种的渊源已不可考,但他们可能是拉科尼亚(Laconia,斯巴达首府的周围区域)的原始居民。当他们的土地被多里安人占领后,沦落为奴。公元前8世纪,斯巴达人征服麦西尼亚(Messenia)后,麦西尼亚人亦被贬为希洛人。希洛人在某种意义上是属于城邦的奴隶,固定在土地上,被分发给个别的斯巴达人,替他们耕作田地;主人既不能释放也不能贩卖他们。希洛人在向主人缴纳一定比例的耕作收成后,可以有限地累积私产。由于斯巴达人在数量上居于劣势,经常惧怕希洛人暴动。每年斯巴达的掌政官(行政长官)在就职时,都会对希洛人宣战,如此便可杀害希洛人,而不触犯任何宗教上的禁忌。这里库恩运用The new Helots代指全球化进程中国际移民劳工,具有比喻意义,也暗示着国际移民劳工面临的困境。

（一）库恩的全球流散说

人类流散行为古已有之，但是国际学术界把流散现象从移民、人类学、民族学领域分出来进行独立研究，则是第二次世界大战结束后才开始，库恩的《全球流散导论》2008 年修订版本中以社会学为视角，总结了流散研究历史的四个时期①：1960 年前后到 20 世纪 70 年代为第一个研究阶段，主要以犹太人、非洲人、亚美尼亚人、爱尔兰人、巴勒斯坦人等为代表的、受难型古典流散群体为研究对象，所用词"Diaspora"是特指的，全是大写的，没有泛指、小写的情况。流散群体的标志性、核心经验是从故土被强行逐出的创伤，产生集体记忆中最显著的故国家园意识。20 世纪 80 年代到 90 年代初《流散：跨国研究期刊》创刊为第二阶段，这一阶段全球化进程加速，新型与新兴的移民潮到来，其中涌现了具有流散特征的族群，引起了学者们的高度重视，现代性、跨国主义、全球化成为研究流散脱离不开的语境，因此流散一词具有了普通、扩大的意义，变成了通用的小写"diaspora"，包容进了更多现代流散族群研究。1991 年到 2000 年为第三个阶段，这一阶段流散研究深受后殖民理论、文化研究、民族主义、后现代理论研究影响，具有社会建构主义特点，安德森有关民族是"想象的共同体"与"远距离民族主义"（long-distance nationalism）观点②，巴巴、萨义德、霍尔等的文化身份建构理论等，使得流散研究走出了故国、种族、东道国等古典流散的限制，故国在流散者文化身份建构中不再是核心。流散文化身份是通过动员、协调、跨国共同建构的。第四个阶段是进入 21 世纪以来的流散研究，全球化社会到来，流散类型越来越多，不少学者开始讨论流散的新特点，对流散形态进行重新描述，以库恩自身为代表的专家不断提出界定

---

① 参见 Robin Cohen, *Global Diasporas: An Introduction*, London and New York: Routledge, 2008, pp.2–12。

② 参见 Benedict Anderson, Gail Kligman, 'Long-distance Nationalism: World Capitalism and the Rise of Identity Politics', *The Wertheim Lecture*, Amsterdam: Centre for Asian Studies, 1992。

流散的关键因素、标准、特点,试图统一流散概念,加深对流散文化的认识。为此,库恩的"全球流散"说主要围绕全球化背景下流散的新特征(性)、流散类型划分、全球流散动力等几个方面展开,主要的研究方法是流散案例分析。

为了加深流散研究,明确流散的范围与特征,在《全球流散导论》2008年版本中不仅对流散研究的历史阶段进行了补充说明,同时也对1997年版本中界定流散的九个特点进行了更加详细的说明:(1)通常借由某一创伤性事件从最初的故土被驱逐到两个或更多的外国地区;(2)除了被迫离国的流散之外,某些其他原因离开母国的群体可以看作是亚型(类属)流散;(3)有关故土的集体记忆和神话,包括故土的地理位置、历史、遭遇和成就;(4)对现实或想象的母国的理想化,流散者集体性投入到对故土的维护、复兴、繁荣甚至创造的活动中去;(5)时常发起返回故土的运动,这类活动常获得流散群体的集体认可,尽管群体中的许多人只满足于一种替代性关系,或者不常访问故国;(6)长时间保持的强烈的种族群体意识,其基础是对群体独特性的认知,对共同的历史、共同的文化和宗教遗产以及对共同命运的坚守;(7)同东道主国社会的关系不和谐,流散群体被接受程度低,也可能面临另外的不幸;(8)同生活在其他国家的同种族成员之间保持团结意识,有共同的责任担当意识,尽管此时地理意义的故国也许已经模糊;(9)在多元包容的东道主国有过上独特创造性、丰富多彩的生活之可能性①。根据这些细分可知,库恩划定的流散族群已经远远超出了古典流散的范围,他又没有完全局限在谢弗尔的模式之内,加入了一些新的元素,重新确定了一些重要特征,由谢弗尔的六个特征扩展为九个;但需要说明的是在这些类型特征之外,总有例外存在,存在一些内在异常、矛盾问题,这正是全球化时代人类流散复杂性现象增加所致。我们在进行流散文化、流散族、流散文学相关研究时,应当合理借鉴,避免走进泛化的误区。国内外有些学者指出了库恩研究过于宽泛,流散特征分类有重合部分,甚

---

① 参见 Robin Cohen, *Global Diasporas: An Introduction*, London and New York: Routledge, 2008, p.17。

至忽视了流散族产生的殖民现代性背景,但是库恩意识到这些问题,也在不断修订自己的著作,以便适应变动不居的流散现象。

全球化进程中,新生流散现象的出现,是库恩结合谢弗尔的六特征重新进行流散特征概括的逻辑起点,也是他进行新的流散类型学划分的原因。第二次世界大战后,全球化逐渐明显,交通、交流、通信技术的不断发展,引发第三次、第四次科技浪潮,地球村的时代到来,全球政治、经济、文化等各领域一体化、交叉程度高,引发的全球流散规模、速度、频度都骤然增加,新生流散群体量大、类多,原有的流散研究界定有局限性,一些商业流散、教育流散、高级务工流散、文化流散、文学流散、跨界婚姻流散等非常普遍,已经正在改变全球社会生态,流散研究自然而然也会发生新变化,库恩对流散类型学的研究符合时代要求,他根据自己对流散特征的归纳,提出了五种流散族裔类型:一是以爱尔兰人、巴勒斯坦人、犹太人、非洲人、亚美尼亚人等为代表的受难型(牺牲)流散族(victim diaspora)。这部分主要属于古典流散。二是劳工流散族群(labour diaspora),如早期印度劳工、华人劳工和现代南亚、东南亚、非洲来源的跨国务工群体,他们兼备现代与古典流散特点。三是帝国或殖民流散族群(imperial or colonial diaspora),主要指殖民主义、帝国主义统治时期从中心宗主国移到殖民地边缘国的白人流散群体。四是商贸流散群体(trade and business diaspora),因商业、贸易需要而长期散居异域者,如在美国、东南亚、欧洲等地定居的华人、黎巴嫩人。五是远离了故土的多重流散群(deterritorialized diaspora),如加勒比印度劳工、黑人移民再度移民欧洲、美洲等地①。当然这些划分也是相对的,不一定全面,也不一定严谨,因为流散现象本身就是变动不居的群体风景,特别是在全球化时代,新生群体不断出现,其中不乏具有流散特征的新族群、新文化现象,如留学生流散群体与留学生流散文学等。

---

① 参见 Robin Cohen, *Global Diasporas: An Introduction*, London and New York: Routledge, 2008, p.18。

（二）全球流散动力说

通过流散族群的特征与类型,我们基本上可以看出人类流散行为发生的被动、主动等多重动因,库恩在新版本中,结合新世纪初期全球发展形势的变化,提出了著名的"全球化流散动力"说,为解释当前全球化流散族的产生提供了新视角:全球化是当代流散族形成的核心动力,全球化也导致了流散族群体的新特点。具体说来全球化动力有四个方面①。

一是全球化经济动力。库恩认为全球化经济增强了企业间的联系,动员和扩大了传统的贸易流散的功能,带来新型专业人士和管理人才的流动,为流散群体创造了新机会;这里的全球化主要是指 20 世纪 80 年代以来的新时代全球化。作为经济全球化,其实从 15 世纪航海大发现之后就开始了,第一波经济全球化可以称作殖民统治时期的全球化,它促进了殖民宗主国流散群体与殖民地人流散群体的形成,这个过程直到苏联成立前;第二波经济全球化是以苏联为代表的社会主义阵营和以美国为代表的资本主义阵营竞争时期,反殖民斗争成为时代呼声,也客观上促进了经济全球化发展,进而也产生了不同类型与走向的流散群体,如政治难民与战争难民等;第三波经济全球化自苏联解体以来,显现新的局面与发展趋势,变得更加复杂,全球化趋势的历史必然要求与部分地方主义、保护主义、单边主义、霸权主义等相对立②。此期新型流散群体不断出现。库恩主要指的是最近的经济全球化为流散提供的动力。新航路与新大陆发现直接导致了新移民问题,其中必然包含流散族的形成,殖民统治形成的双向流散群体更多,反殖民斗争中也增加了受难型流散与主动流散的各个类型,第三次经济全球化使得流散族群体变得更加多元化,范围更

———————————

① 参见 Robin Cohen, *Global Diasporas*: *An Introduction*, London and New York: Routledge, 2008, p.141。

② 参见滕文生:《经济全球化的演变和发展历程》,《北京日报·理论专刊》2019 年 3 月 18 日。

广泛。可以说经济因素是流散的基础动力。经济全球化是不可逆转的潮流，那么全球性的流散现象也就是不可逆转的。

二是技术动力。新型经济与通信、交通技术条件推动跨国的有限契约关系与间歇性短期海外居住，这些暂住人既不定居也不选择东道主国籍。人类历史上每一次科技的重大进步都会改变人类的行为方式，比如轮船的发明、火车的创造、飞机的发展等大大改变了人们的出行方式，提高了出行速度；技术的进步也提高了各行业的生产效率，促进了经济发展，从这个意义看技术是流散群体生成与发展的直接推动力，如果没有方便的交通、通信、网络信息技术，就不会产生新型的知识移民、跨国IT族；经济动力、技术动力是促进全球流散形成由古典型向现代型、多元化转变的两个动力轮，增加了流散的复杂性，进而加大了流散界定与研究的难度。

三是全球化与逆全球化的空间争夺动力。全球力量空间开始重新配置，全球大都市、跨国集团与公司、跨国经营企业、技术无国界的网络空间，集中了大量的流动人员，其中很大一部分具有流散族特征，成为普世主义、世界主义、全球主义与地方保护主义、新霸权主义等争夺的权力空间，政治利益、经济利益、文化利益驱动了这种角逐，国家、民族、移民、全球化、现代性、文化身份、异质性、同质性、差异性、杂交性、多样性、性、性别、乡愁、欲望等在这种争夺中都受到重新检验与诠释，而这些都是流散族面对的问题，也是流散研究争论的焦点。

四是宗教驱动力。作为社群团结核心的宗教进一步复兴，表现为朝圣活动的扩展与延续。这是全球流散的思想信仰动力，它起到凝聚流散群体精神意识的作用。借助前几个动力，流散群体可以高频率地进行宗教朝圣活动，也可能通过网络等技术实现虚拟空间的学习与朝圣，使得宗教传播与复兴相当方便。库恩所论的新环境下宗教对流散的驱动形成作用，其实在流散早期阶段就有，前文所述的犹太教对凝聚全球犹太人种族意识，统一宗教信仰，保持族性纯洁、独特性就是典型的例子，如果没有宗教，则这一凝聚因素就为想象的共同体、群体意识、思乡、回家归国神话所代替。而全球化时代的全球流散，思想、文化等均多元并存、发展，流散者的宗教信仰成为维系其精神的重要因素，也是取得族群共同归宿的标记，是新流散族的精神支柱。正如美国佩伯代因大学（Pepperdine University）社会学教授丽贝卡·基姆所言："宗教与移民二者具有共生性……宗教在为移民提供归属感、价值和庇护所中，仍扮演意义建构的角色。"①全球化时期，文化与宗教同化现象多，同化危险大，而流散在外的少数族群体，如何保持文化独立、宗教信仰特性不变就是很重要的人生课题，也是全球性社会课题。许多人采取到宗教起源圣地进行朝圣的活动来强化联系，更有许多人进行各类宗教场所如教堂、寺庙等的建设来凝聚同族信徒。全球化时代，发达国家的流散族更多，他们加入到东道国之后，如何生存与发展，如何融入主流社会或保持自己的文化个性、宗教成了他们精神上选择的重要内容，多数坚守原族宗教信仰，部分没有原族宗教信仰者也往往会受到不同宗教的影响，越是发达的国家，越是流散族多的城市，这种现象就越突出；美国是世界上最发达的国家，其中的各流散族群大部分信仰宗教，宗教成为流散者精神的安慰剂，成为与同族者交流的组织，由此他们抱团取暖，分享经验。这也是流散族在全球化程度加深后摆脱压力的重要方式。

　　全球化社会中，除了库恩所述的四个动力之外，还有许多原因导致流散的发生，并促成流散族的形成，比如政治、教育、跨国组织机构长期雇工等，也会形成如谢弗尔、萨夫兰、库恩所列的众多流散特征；而由于现代技术条件好，流散者掌握的跨文化资源、多种语言交流能力，加上更加包容的心态与宽阔视野，流散族在流散的环境中更容易取得人性、事业、经济上的成功，也更快更易地适应流散生活、构建族群身份。

---

①　［美］丽贝卡·基姆：《宗教与族群：理论关联的综述》，范丽珠译，《世界宗教文化》2015年第5期。

四、吉尔洛伊的"黑色大西洋"与多重混杂模式

英国黑人学者、流散族裔研究理论家保罗·吉尔洛伊以黑人流散群体为研究核心,以历史上承载着黑人曲折而悲惨命运的大西洋为背景,提出了"黑色大西洋"这个著名的象征隐喻,它是黑人悲惨命运的象征,是动荡、流动、悲伤、可怕的地带,也是充满黑人文化与情感的悲壮海洋,它与犹太人的"隔都"、华人的唐人街、俄罗斯流散族的微型俄罗斯及众多流散社区一样,是流散者被迫或主动移民之后的想象家园,它充满希望也充满无奈、悲苦、绝望,只不过黑色大西洋由于和奴隶贸易相连更加黑暗,是黑人噩梦开启之地,也是他们与非洲连接之地,有更浓厚的悲怆感。黑人文学、音乐、电视、舞蹈等艺术都广泛关联着这个象征隐喻,把它变成了一个艺术表演的舞台,成为黑人文化艺术的空间,而其中的主人公就是黑人流散族裔。

吉尔洛伊同样是有黑人血统的混血人,他师从英国文化研究中心的霍尔教授,黑人流散学者的天然身份使得他具备了以黑人流散族裔为研究对象的条件与发言权,其博士论文《种族主义、阶级、"种族"与民族当代文化政治》及在伦敦大学哥德斯密学院、美国耶鲁大学任教期间的研究成果《帝国反击:1970 年代英国的种族与种族主义》(1982,合著)、《英国没有黑人:种族与民族的文化政治》(1987)、《小行动:黑人文化政治的思考》(1993)、《黑色大西洋:现代性与双重意识》(1993)、《众营地之间:民族,文化和种族诱惑力》(2000)、《没有担保:斯图亚特霍尔纪念文集》(2000)、《帝国之后:忧郁症或狂欢的文化》(2004)、《比蓝更黑:论黑色大西洋文化的道德经济》(2005)等,都集中在以黑人为代表的民族问题、种族主义、民族主义、流散族裔、黑人文化、多元文化主义、现代性等问题研究,但无论涉及哪些方面,黑人流散族裔群体都是研究的中心,围绕这个中心族群及黑色大西洋文化样本,吉尔洛伊对现代性的民族、民族主义思想提出了超越性的观点,开启了民族研究的去领土转向,这一转向也可以叫作流散研究转向:现代社会以来,民族与民族主义观念,

总是把某个民族与地理意义的特定领土相连,以一定的祖先原居地领土为地理诉求,建立独立民族国家成为唯一的目标,这种以领土为视角的研究已经不符合以黑人为代表的流散群体研究;英国、美国及环大西洋或跨大西洋两岸的黑人流散族群已经形成了一个"黑色大西洋"共同体,应当把黑色大西洋当作一个研究单元,以跨民族的视角研究跨大西洋之间的相互联系,黑色大西洋成为文化往返运动、生产、交流、归属的跨民族空间。这就打破了现代文化民族主义的形态,抛弃了种族绝对主义这个滋生民族主义的基础。吉尔洛伊在《作为现代性反主流文化的黑色大西洋》一文中指出:"为了反对民族主义者或一些族裔性上绝对的方法,我要主张并建议历史学家在讨论现代世界的时候可以把大西洋当作一个单独、复杂的分析单元,用它生成一个清楚明确的跨民族、跨文化视角。"①在《黑色大西洋:现代性与双重意识》中,吉尔洛伊以丰富的文化研究内容,实践了他的这一设想,通过分析流散大西洋两岸黑人文化的生产、交换等流散文化现象,通过讨论黑人音乐与流散文学作家们的创作,对黑人流散族既是英国人、美国人,又是流散中的黑人这双重意识进行了新的认识,如美国流散黑人在现代社会中,他们的双重意识明显,作为美国人他们内在于西方现代性,而作为黑人,他们又外在于西方现代性。正是在这种双重意识中,黑人文化及身份得以重构重建。一方面是西方现代的种族主义、民族主义甚至是专制的欧洲统治使得黑人边缘化,受到歧视;另一方面黑人流散群体以自己的文化表现,如音乐、舞蹈、文学等来表达对压迫文化势力的抗拒与批判。去领土化的民族观和双重意识是其黑色大西洋构建的核心,也是"流散研究的转折点"②。

---

① Paul Gilroy,'The Black Atlantic As a Counterculture of Modernity',see Jana Evans Braziel and Anita Mannur eds.,*Theorizing Diaspora*,Blackwell Publishing,2003,p.62.

② Christine Chivallon,'Beyond Gilroy's Black Atlantic:The Experience of the African Diaspora',*Diaspora:A Journal of Transnational Studies*,Vol.11,No.3,2002,p.359.

（一）流动的黑色大西洋:黑人文化身份建构的空间

黑色大西洋是黑人流散过程中无法回避的空间,正是在这一空间中造就了黑人流散的历史与文化事实,这个空间生成了复杂的黑人流散群体文化,它既不是非洲的,也不是英国的,不是加勒比的,但是又同属于这些地区或国家,至少与这些国家相联系,这种既外在又内在的状态,正是流散中的黑人创造的黑色大西洋文化共同体。它首先是黑人的文化,其次是跨民族、跨文化的,最后与黑人散居的东道国有密切关系,对东道国文化及黑人流散群体自身都产生着影响。因此把黑色大西洋文化剔除在外打入另册,或人为进行矮化都是非法的。为此吉尔洛伊从以下几个方面建构了黑色大西洋空间。

第一,在黑色大西洋上中间通道里行走的贩卖奴隶船只,构成了流散黑人文化的起点与象征核心。自从 1619 年第一批黑人奴隶通过大西洋贩运到北美英国殖民地,到奴隶制废除,近 300 年的奴隶贸易中,大西洋中间通道上曾经航行过无数船只,运送过无数黑人,也发生过无数悲惨的故事,大量的黑人被饿死、热死、淹死,忍受生死离别骨肉离散之痛,"船"成为他们悲惨命运的开始,也是剪断他们与故土联系的工具,更是他们痛苦记忆中的一个黑色空间。作为黑人后裔的吉尔洛伊,通过翔实的历史反思、仔细的黑人流散文化考察、各类艺术(文学、音乐)文本的解读,对种族主义、民族主义、现代性的批判,揭示出"船"这个黑色大西洋上的黑人文化象征符号,它构成了一个流散族群的群体文化意象,"船"以穿梭流动不断的形象比喻黑人变动不稳的文化处境,同时也成为流散族裔永远的标记,即使那个悲惨时代结束了,但是它作为文化的生成元素仍然留在黑人群体记忆中,成为文化与艺术反映的永恒主题,因而"船"不再是单纯的实物、运输工具,而是凝结成了超出实体本身的文化载体,在《黑色大西洋:现代性与双重意识》中吉尔洛伊多次论述到船只隐喻,阐释了其丰富文化内涵,他把"船"看作一个自己研究的起点与种族文化政治体系:"我把穿行于欧洲、美洲、非洲和加勒比之间的航行中的船只形象作为我的起点。船的形象——作为活生生的、运动中的微观文化及微观政治系统,由于历史和理论的原因而变得特别重要,这一点在下面的(论述)中将变得更加清晰。"①,这是他的总体认识,船是运动着的,穿行于美洲、欧洲、加勒比、非洲空间中,作为其中一只,它很小,承载着未知前路的奴隶们,它是微观的,但是它作为种族主义、绝对民族主义历史标记,却是一种压迫系统,在一套白人至上的种族主义政治系统,黑人被贴上低下标签,不能被当作白人一样的人,他们成为奴隶是合法的,被统治与压榨是自然的;对黑人群体来说,它们大批穿行在黑人族群的文化记忆创造与传承之中,它是痛苦的历史,也是反思批判的起点,也是觉醒的精神起点:"船使我们回想起中间通道,回想起已被部分遗忘的奴隶贸易的微观政治和它与工业化及现代化的关系。就像从前一样,上船就许诺了将现代性与前历史之间的正统关系重新概念化。它提供了一种不同的意识,即现代性可能自身开始于与外来者的构成性关系中。这些外来者建立并调和了一种自觉的西方文明意识。"②在此吉尔洛伊把"船"看作了开启现代性的象征,作为西方文明的发明物,它通过跨越远距离,使封闭的地区打开,使得内外取得联系,使得不同的文化相遇,从而显现出差异性;而这种相遇却是种族主义、反文明的欧洲现代性构建的,是以牺牲黑人权利为前提条件的。实际运用中,"船"起到了联系多个地理空间的作用,成为吉尔洛伊等众多黑人学者、作家、艺术家进行文化生产与思考的空间,还是他们思考西方现代性的载体:"船是大西洋之中的各个点被连接起来的方式。它们是沟通其所连接的固定地方的转换空间的移动元素。由此,它们应该被理解为文化和政治单元而不是三角贸易的抽象的体现,更是某种疏导政治不满的方式和文化生产的一种不同的、明确的模式。船提供了一个探寻英国各港口之

---

① Paul Gilroy, *The Black Atlantic: Modernity and Double Consciousness*, Cambridge: Harvard University Press, 1993, p.4.

② Paul Gilroy, *The Black Atlantic: Modernity and Double Consciousness*, Cambridge: Harvard University Press, 1993, p.17.

间中断历史的连接及它与更广阔世界的界面。由于这些原因,船是我极力通过黑色大西洋与非洲人向西半球的流散历史来重新思考现代性所预设的第一个新奇的时空体。"①

在大洋上以"船"为中心构筑了大西洋这个地理的真实存在,而在现实中黑人被贩卖的历史、大洋上生死的经验、种植园里的苦难与繁衍生息,以及造成黑人悲苦命运的白人奴隶制、种族主义,之后伴随现代民族意识觉醒,黑人反抗斗争、文化创造、文学创作等,都构成了黑色大西洋文化圈,这个圈才是黑人流散族裔文化的生长之地,是他们无领土的大家园。在这个大家园里他们创造着丰富的黑人流散族裔文化,吉尔洛伊正是通过分析说明在这个空间里来自美国、英国、加勒比等地的著名黑人个体创造的思想、政治、文学与文化文本,实践了黑色大西洋构想:"船直接把(我们的)注意力集中于航行的过程、集中于对非洲故土救赎的各种回归计划、集中于思想与政治家的自由流动,还有重要的文化与政治产品的运动,如小册子、书籍、留声机唱片和歌队。"②这些著名的人物有美国第一个黑人女诗人约翰·菲丽丝·维特丽,倡导结束奴隶制与白人统治的马丁·德莱内,黑人政治家作家杜波伊斯、理查德·赖特、托妮·莫里森等;黑人音乐方面有美国费斯克大学的欢庆歌咏队、音乐家吉米·亨德里克斯等。之外,吉尔洛伊还考察了流散黑人群体在英国、美国军队中的数量及其产生的重要作用。这些人物与各种小册子、书籍、留声机唱片和歌队,是黑色大西洋黑人流散文化的突出表征。

第二,对英国、美国、加勒比等地的黑人流散境遇进行分析,形成比"船"更大的文化隐喻体——黑色大西洋。吉尔洛伊对黑人流散族的研究具体表现在对黑人所在东道主国家和地区的境遇中。在英国、美国范围内,黑人作为外

---

① Paul Gilroy, *The Black Atlantic*: *Modernity and Double Consciousness*, Cambridge: Harvard University Press, 1993, pp.16–17.

② Paul Gilroy, *The Black Atlantic*: *Modernity and Double Consciousness*, Cambridge: Harvard University Press, 1993, p.4.

来移民,总是被看作异类、入侵者,黑人的到来被看作是威胁到东道主国家完整、民族纯洁的因素,也是出现社会问题与危机的原因。这是西方种族主义、民族主义的必然结果。他们忽视了黑人群体对国家发展的贡献、对文化事业的创造。吉尔洛伊通过分析考察黑人在英国、美国、加勒比等地经济、政治、文化、军事(军队)各方面的贡献,指明黑人流散族群是奴隶制历史先期造成的,对殖民地新大陆建设、宗主国发展作出了巨大牺牲,这是殖民宗主国强制而来的,但是殖民者却又要把黑人排斥在国家、民族之外,这当然是不公平的。而之后几百年的发展,黑人已经融入英美加等地的社会生活、文化创造之中,成为其中重要的成员,民族中心主义和民粹主义把黑人群体排除在主流文化之外是不合法的。英美加等国的文化已经是由黑人等外来群体与原居民共同建设的,要理解当地文化不能排除这些外来文化;相反,要理解黑人流散文化——黑色大西洋文化,也不能排除东道国文化因素,也无法排除。黑人流散群体的经历与文化命运已经与所在之地不能完全分割。所以刻意强调英国性或美国性而把黑人排除出去,或者强调黑人性而有意回避美国性、英国性的影响都不能客观评价两种文化。

吉尔洛伊通过20世纪70年代英国社会重新泛起的民族主义思潮分析,指出了黑人群体在英国的处境,黑人性不被主流社会重视,而英国性则被强调。这种分离在文化研究领域引发了争论,吉尔洛伊的老师霍尔作为英国文化研究中心的核心专家,指出了这种现象:"这种论辩不是围绕'谁是黑人'展开的,而是围绕'谁是英国人'展开的,这个问题直指英国文化的核心。"①作为学生的吉尔洛伊则将这种新兴的思想现象称为新种族主义:"新种族主义的产生部分是因为一种朝向政治过程的运动,这种运动将种族观念与民族归属紧密联系在一起,并且这种运动强调复杂的文化差异而非简单的生物等级,

---

① Stuart Hall, 'Race, Culture, and Communications: Looking Backward and Forward at Cultural studies', see John Storey ed., *What Is Cultural Studies?: a reader*, New York: St. Martin's Press, 1996, pp.339.

那些激烈的矛盾冲突出现在'黑人性'与'英国性'明显的相互排斥的地方,它们之间明显的对抗发生在文化领域而非政治领域。"①更深刻的是吉尔洛伊通过分析杜波伊斯、道格拉斯等黑人作家的思想发现,黑人流散者中也存在民族主义的影响,当然这与黑人民族运动复兴有关,它在反抗白人种族主义中起到重要作用,但是黑人民族主义也使得自己陷入了白人民族主义同样的逻辑,强调非洲中心主义,也无法正确而全面地认识流散族文化,也正是为了摆脱这个困境,吉尔洛伊提出了"跨越式""拱桥式"的文化研究策略,超越以单纯的领土、国家为划定界线的民族主义思想观,把英美加等地黑人流散群体、空间、历史经历结合,形成一个想象的共同体——黑色大西洋,在这个现实与想象结合的空间里,民族、国家的界线都被超越,英美文化、黑人流散族文化相遇,其政治与文化都被重新塑造,这里成了混合之地,成为超越民族、国家的空间共同体,政治与文化在此重构。

第三,对黑人音乐文化考察,印证黑色大西洋黑人文化身份的混杂性。黑人音乐是黑人文化重要的标记符号,特别是在欧美的传播流行,影响了世界音乐文化的发展。哈莱姆文艺复兴之后,黑人音乐与文学艺术一样受到了主流社会的关注与接纳。但是在黑人流散过程中,在黑色大西洋这个黑人文化圈里,音乐成为黑人精神文化的寄托,也是他们吟唱族裔悲惨、悲壮命运的方式,它在构建黑人文化身份中起到了重要作用,早在1987年,吉尔洛伊在《英国没有黑人:种族与民族的文化政治》(1987)一书中,就分析过黑人音乐的重要作用,他考察了黑人流散文学与音乐的成就,引用黑人作家政治家杜波伊斯在《黑人民歌的灵魂》一文中的观点认为:"黑人音乐是黑人文化价值、内在性与自治性的核心标志。"②后来他在《黑色大西洋:现代性与双重意识》等论著中

---

① Paul Gilroy, *The Black Atlantic：Modernity and Double Consciousness*, Cambridge：Harvard University Press,1993,p.10.

② Paul Gilroy, *There Ain't No Black in the Union Jack：The Cultural Politics of Race and Nation*, London：Hutchinson,1987,p.90.

把音乐当作黑人文化场中的重要建构因素来分析,如在分析黑人流散族中具有宗教性的灵歌时就明确指出了它的族裔性文化特征:"灵歌的确是美国种族天才最有特色的创造物。但每一个成分都成为了黑人独一无二的表达方式,这同时也使它成为了族裔的深度灵魂,他们具有民族的特色,一如种族的特色。"①

　　各地黑人流散族往往把音乐作为一种象征性的表达方式,通过歌唱、说唱表达思想、情感,阐释对生活、世界的观点。如表现劳动的种植园歌曲、划船歌等,表现庆祝的欢庆歌曲、舞蹈歌曲等,表现宗教的灵歌,等等。吉尔洛伊重点分析的是这些黑人音乐形态在黑色大西洋文化空间中成为流行音乐、成为表征黑人流散混合文化身份的重要意义。一方面,音乐象征着黑人流散族群的集体认同:"就黑人音乐文化的成长而言,口头传承的非洲民间传统是非洲的一点血脉,保留下这种传统就为自己的文化留下了香火。事实上,它不仅是一种娱乐形式,而且是一代非洲人表达和保留非洲历史、文化以及哲学的手段。黑人音乐远非仅仅是娱乐而已,它是黑人生活的组成部分,是自我文化身份的认同。没有本民族的音乐就会丧失文化的灵魂。"②另一方面,也是黑人向主流文化进击的文化资本,如布鲁斯乐与以班卓琴为主伴奏的拉格泰姆乐、黑人灵歌结合而产生的爵士乐,在美国和世界艺术舞台产生了强大影响,成为黑人文化最重要的象征符号,艾林·索森认为:"黑人所创造的音乐形式——爵士乐——在全世界渐渐成为美国音乐的唯一真正代表。"③可见黑人音乐在黑人流散文化中产生了重大作用,也在进入英国、美国社会的过程中产生深刻影响。

　　黑人音乐是最能够代表黑人思想与文化的传统艺术形式之一,吉尔洛伊

---

　　①　Paul Gilroy, *The Black Atlantic: Modernity and Double Consciousness*, Cambridge: Harvard University Press, 1993, p.90.

　　②　陈铭道:《黑皮肤的感觉——美国黑人音乐文化》,世界知识出版社 1999 年版,第 99 页。

　　③　[美]艾林·索森:《美国黑人音乐史》,袁华清译,人民音乐出版社 1983 年版,第 541 页。

通过黑人音乐的分析与介绍,从艺术层面显现出黑色大西洋作为黑人文化建构空间的巨大活力与潜力:一方面黑人流散族通过音乐保持民族特色与身份,另一方面又不断加入西方音乐文化元素,或者被西方文化元素影响;相应地黑人音乐通过把族裔音乐与西方音乐相混杂,展开了对西方现代性的抵抗,以混杂性策略进入西方社会,使得西方社会接受黑人音乐,使得西方音乐变得不纯。吉尔洛伊认为黑人音乐正是在流散的过程中变得现代,也是在这个流散转变中建构了自己:"黑人音乐是现代的,因为它们是由已经西方化了的、混杂的族群克里奥尔人所演奏,而且还因为它们试图抗争并逃离它们作为商品的地位,还因为它在特殊的文化工业中的地位。黑人音乐是由艺术家们所生产,这些艺术家将它们理解为在沟通个人、社会动态过程中与种族群体和艺术角色相关的东西,而且黑人音乐本身具有一种艺术实践感,这种艺术实践感就成为了脱离日常生活中或勉强或快乐的一个自创领地。"①但是黑人音乐也已经不能与黑人流散族的流散黑色大西洋文化空间分开来,也不可能统一到单一体的时空或群体中,事实已注定它是一个分散的存在、流散族的流散式存在,也是一个混合的存在。吉尔洛伊专门列举英美流行的黑人"rap"这种杂交音乐形式加以说明,它是一种黑人说唱艺术,本来先是从非洲流散到牙买加,后流传到纽约北部黑人聚居地之南布朗克斯,进入混合的社会环境中继续保存,到 20 世纪 70 年代被移植,结合美国先进技术因素,对提升黑人的自我意识、促进美国流行音乐工业化进程起到了重要作用②。吉尔洛伊还分析了以歌颂南非黑人领袖曼德拉的混合音乐《为曼德拉而骄傲》(原名《我是如此骄傲》)产生的过程,指出它是非洲题材,由流散美国芝加哥的非洲人提供,由在英国的黑人创作,加入现代技术表现手法,从 20 世纪 60 年代一直到 90 年代

---

① Paul Gilroy, *The Black Atlantic : Modernity and Double Consciousness*, Cambridge : Harvard University Press, 1993, p.73.

② 参见 Paul Gilroy, *The Black Atlantic : Modernity and Double Consciousness*, Cambridge : Harvard University Press, 1993, p.125。

传唱不衰,且不断被改编,是一首典型地把非洲、欧洲、加勒比、美国四地有机融合在一起的歌曲。

第四,讨论黑人流散文学家创作活动与思想,构建黑色大西洋共同体。吉尔洛伊在《黑色大西洋:现代性与双重意识》中讨论黑人流散族身份,集中讨论了杜波伊斯、道格拉斯、理查德·赖特等黑人流散作家,这些作家与大西洋沿岸的旅行有关,创作也与非洲、欧洲、美洲相关。因此能够通过文学事件去表征黑色大西洋这个特别的流散族文化共同体。西方民族主义者总是把黑人列为他者,与白人完全分离、对立起来看,但是黑人族群由于奴隶贸易与现代性的进程,已经成为西方社会的一部分,不可能把黑白两种文化截然分开,它们产生了混杂融合,这突出表现在跨大西洋流散的黑人作家知识分子身上,他们对先进的欧洲、美国文化既认同,又因种族政治、文化问题而不能完全认同西方,他们所在的位置独特,可以站在黑人文化立场去审视西方文化,也可以借鉴西方文化去反思族裔文化。在这个独特位置产生了黑色大西洋共同体的显著特征:对惊人的双重性的强烈关注①。吉尔洛伊解读杜波伊斯、道格拉斯、赖特等作家,认为他们都在为黑人争取民族权力,甚至希望建立一个以非洲为祖先地的民族国家,从黑人民族立场来说当然可以理解,甚至可敬,他们批判西方民族主义思想自然是合理的,但是他们在反对奴役、争取权力的过程中运用的武器却又是启蒙思想等西方观念。

综上所述,所有这些黑色大西洋建构的维度中,最终都形成了不再纯粹的黑人思想意识和英国(东道国)思想文化意识,混合了黑人文化与英国文化双重意识,甚至多重意识。

(二)去领土化的双重/多重混合意识

吉尔洛伊有关黑人文化身份双重意识的观点,借用了杜波伊斯的论述并

---

① 参见 Paul Gilroy, *The Black Atlantic*: *Modernity and Double Consciousness*, Cambridge: Harvard University Press, 1993, p.58。

加以发展。杜波依斯 1903 年发表的作品《黑人的灵魂》细述了黑人流散处境下双重意识的具体表现：

> 在埃及人和印度人、希腊人和罗马人、条顿人与蒙古人之后，黑人有点像是第七个儿子，他在这个美洲世界上，生来就带着一幅帷幕，并且天赋一种透视的能力，——这个世界不让他具有真正的自我意识，只让他通过另一个世界的启示来认识自己。这给人一种非常奇特的感觉，这种双重意识，这种永远通过别人的眼睛来看自己，用另一个始终带着鄙薄和怜悯的感情观望着的世界的尺度来衡量自己的思想，是非常奇特的。它使一个人总感到自己的存在是双重的，——是一个美国人，又是一个黑人：两个灵魂，两种思想，两种彼此不能调和的斗争；两种并存于一个黑色身躯内的敌对意识，这个身躯只是靠了他的百折不挠的毅力，才没有被分裂。
>
> 美国黑人的历史就是一场这种斗争的历史，——这种渴望着成为具有自我意识的人，渴望着使这双重的自我融合为一个更好的、更真实的自我的斗争的历史。在融合的过程中，他并不希望丧失两个自我中的任何一个。他决不愿使美洲非洲化，因为美洲值得世界其他部分和非洲学习的东西太多了。他也不愿在白色的美洲精神的洪流中漂白黑人的灵魂，因为他知道黑人的血对世界负有使命。他只希望使一个人有可能同时既是黑人又是美国人，而不受他的同胞们的诅咒和侮辱，不会永远在机会之门的前面吃闭门羹。①

两种身份意识是争斗的、矛盾的，更是焦虑的；然而他们在身份选择上又不愿意失去任何一个，两者的完全融合不可能实现。这是杜波伊斯思想、创作中表现的重要文化主题，也是黑人群体的难题。吉尔洛伊借鉴杜波伊斯的观点，试图找到解决问题的渠道。他在《黑色大西洋：现代性与双重意识》前言

---

① 参见［美］杜波伊斯：《黑人的灵魂》，维群译，人民文学出版社 1959 年版，第 3—4 页。

中也指出了黑人文化身份的双重困惑与双重意识对他们的建构:"为一个欧洲人和一个黑人的抗争需要一些特殊的'双重意识',种族主义者、民族主义者或人种纯粹主义者相互排斥各自为政的局面使所有西方黑人处于至少两种伟大文化的夹缝之中,两者同时建构和重构他们。现在,他们仍然被束缚在肤色所限定的仇恨关系之中,肤色像与'种族'和'人种'身份的关系一样,与各种民族主义、民族归属的语言紧密联系在一起。"①他比杜波伊斯走得更远,给黑人流散族找寻出路,强调超越两种民族文化界线的混杂空间,解构本质主义的同一性,打破英国文化(及美国)、黑人文化原有的纯洁性观念,主张流散身份的变化性、流动性,身份是不断变动、构成的过程;比杜波伊斯更幸运的是,他的理论建构有了霍尔等老师提出的身份建构理论作为支持,使得他更加坚定地走向了流散混杂、多元文化身份建构之路。特别是他置身并面对全球化的环境,多元的、混合杂交的文化立场成了他坚定的选择,这个立场超越了黑人和白人之间狭小的视阈范围,与他构建的黑色大西洋这个共同体契合,其实在具体论述中也是融合一起的。由是,他在跨越大西洋的黑人流散群体中发现了混杂(hybridity)、混生(metissage)、融合(mes-tizaje)的流散文化特征,进而提倡建立超越种族、肤色、民族、国家的流散研究模式。他借鉴了霍尔《文化身份与流散族裔》一文有关流散的论述,认为流散性就是允许同一性与差异性并存:"在分散的组织内,为了混合'中心'社区和'他者'之间的差异,流散允许一种复杂的'同一性'和'一致性'观念,它并不压制差异。"②其目的是为了达到混合。

在分析文化混合时,吉尔洛伊同样借鉴了霍尔的表征概念,分析英国黑人表征性的文化。文化杂交混合状态已经伴随着黑人在大西洋的流散成为生活

---

① Paul Gilroy, *The Black Atlantic: Modernity and Double Consciousness*, Cambridge: Harvard University Press, 1993, p.1.

② Paul Gilroy, *Against Race: Imagining Political Culture Beyond the Color Line*, The Belknap Press of Harvard University Press, 2000, p.252.

的常态,重构身份、改变着观念。在英国,黑人的衣着、音乐、舞蹈、文学、语言、信仰、习惯等表征着黑人文化身份的因素都出现了混杂趋向,构建了"黑人的英国性",也创生了"英国的黑人性"。

五、苏德什·米什拉的"流散批评"模式建构

苏德什·米什拉是近年活跃在国际流散研究界的年轻学者,他同样是一个混血人种的跨国界流散者。他出生于斐济的一个印度-斐济人混血的家庭,后来去澳大利亚留学,在弗林德斯大学获得英语文学博士学位,2003 年取得印度新德里尼赫鲁大学文学住校作家资格,后成为南太平洋大学苏瓦分校教授。还在澳大利亚德肯大学教授过创意写作,在苏格兰教授英国文学。他从出身、受教育到文学创作、教学研究都具有突出的混合文化特征,这使他成为一个流散作家与学者。其主要文学作品有诗集《拉胡》(1987)、《坦达瓦》(1992)、《不情愿旅行者的回忆录》(1994)、《流散族与艰难的死亡艺术》(2002);文学与文化学术批评著作有《准备面孔:现代主义与印度英语诗歌》(1995)、《无迹岛屿》(2000)、《流散批评》(2006)等。在这些流散文化与流散文学的研究过程中,他结合了斯图亚特·霍尔、加布里埃尔·谢弗尔、吉尔洛伊、库恩等众多学者的观点,提出了流散批评建构的"三个场景"——双重属地场景、情景的横向场景、档案的特异性场景,也论证了流散批评理论的"三大支柱"——跨国主义、现代性、全球化,从而建立起相对完整的流散批评体系。

(一)流散批评的"三个场景"模型

《流散批评》一书是米什拉流散批评研究最重要的代表作,全书由"一类事件的序言""双重属地场景""情景的横向场景""档案的特异性场景""流散批评的三个支柱""代结语"六个部分组成,书中对不同学科或领域有关流散问题的研究成果进行了评价,这些成果也成为他流散批评的重要引证与参考,

比如吉尔洛伊的《黑色大西洋:现代性与双重意识》、斯图亚特·霍尔的《文化身份与流散族裔》、詹姆斯·克利福德的《流散族群》、威廉·萨夫兰的《现实社会的流散族群:故国与返乡神话》、罗宾·库恩的《全球流散导论》等。从其内容逻辑结构上看,米什拉试图在众多相关理论研究的基础上构建流散批评(流散诗学)理论:"我正在进行的流散批评类型,通过以下方式来支撑它自身:通过认识和重复某些源于当代理论(哲学、人类地理学、文化种族和民族研究,边界理论、文学研究、结构主义、解构主义、社会人类学、后现代主义、后殖民主义等)的方法论策略;通过有选择地整合其他学科类型(移民和公民研究、民族志、电影研究、音乐学、人口研究和经济学)的档案;通过吸收和转换类似《圣经》式有关流散的描述;通过以灵活的组合方式展现有关旅行社群的一系列叙述,超越了以前所有承担见证迁徙事件和移民主体的程序规则。讨论这个场所的元批评活动,产生了作为证明其他证人、批评家之证言的第二类批评见证人,实际上正是他们通过多样化的陈述造就了(流散)事件和作为(流散者)主体的他们本身;我很愿意也毫不迟疑地称之为'流散诗学'。流散诗学是元批评的艺术和技巧,是所谓流散批评证明事件见证人的技巧。"[①]在进行了批评理论、各学科研究的类型学分析之后,米什拉提出的"流散诗学"问题,其实就是流散批评问题。他主张从一些典型例证场景中研究流散问题,而不是面面俱到,因为流散包括范围广泛,无法一一展开。这些场景不是有条理、整齐的,而是在时空上相互交织的。米什拉归纳了前期众多理论家的观点,总结出流散批评建构的三个场景:**双重属地场景**、**情景的横向场景**、**档案的特异性场景**。在该书后记中他又借鉴美国哲学家、逻辑学家索尔·克里普克的语义学方法,对流散批评的名称、命名、界定等进行了总结。所有这些为其流散批评理论建构奠定了框架基础,也为我们从事流散诗学研究提供了路径与可资借鉴的理论资源。

---

① Sudesh Mishra, *Diaspora Criticism*, Edinburgh University Press, 2006, pp.13-14.

米什拉认为第一个场景的理论代表人物有前文所述的谢弗尔、科纳、萨夫兰、库恩等,在这个场景中有三套相互影响相互作用的陈述话语:"第一套是寻求确认失根族群的新身份(精神身份),他们在母国和东道国之间来回摇摆波动;第二套是从事列举该失根族群的特性;而第三套是瞄准身份形成过程中记忆的建构作用,归因于流散群体意识层面的分离。"①三套陈述的核心关涉母国与东道主国双重领土(属地)空间,流散族对两个属地的忠诚、情感、认同、态度等决定了他们的身份意识特点,有外在物理层次的也有内在精神层面的认同。

情景的横向场景是对双重属地场景的超越。双重属地场景的分析有其不足,因为它是以领土作为划分族群身份的基础,领土(属地)二元论(territorial binarism)在全球化时代现代流散中这个基本立场很快站不住脚。于是吉尔洛伊、霍尔、克利福德等人打破了基于属地认识流散群体身份的限制:"吉尔洛伊反对'民族的、民族主义者的视角',因为'无论是占统治地位的政治或经济结构都只是简单地共同延伸民族边界',为了努力解释黑色大西洋黑人流散族群超越民族国家结构和种族民族特性限制,吉尔洛伊强调'跨文化、跨民族形态的根系、分形结构'。在这个图景中,同质化、局域化和民族化的疆界范围作为身份构成的特权参照不再起作用了。"②这是对双重属地场景二元对立身份建构的超越,取代它的是横向的、多极的空间建构,正如大西洋沿海空间一样,不只是黑人与白人、非洲与欧洲的关系,它解构了线性的、单一的、固定的、两极的方法,形成了横向、环绕式、多极化的身份认识观。这种场景米什拉称之为"情景的横向场景"③。正如人类学家克利福德,他反对关于流散族身份问题起源与回归式的目的论,他认为"多重地域流散者不需要特有的政治

---

① Sudesh Mishra, *Diaspora Criticism*, Edinburgh University Press, 2006, p.16.

② Sudesh Mishra, *Diaspora Criticism*, Edinburgh University Press, 2006, pp.16–17.

③ Sudesh Mishra, *Diaspora Criticism*, Edinburgh University Press, 2006, p.16.

地理边界来界定",他们已经脱离了"有关身体回归与关联土地的原则性矛盾"①。超越的结果是走向了混杂化,更多地从文化心理层面建构流散者的身份,带有明显的后结构主义倾向。在这个场景中,流散主体身份建构往往同时在一系列精神领域进行分离和融合,同时进行着去属地化和重新属地化的双向运动。

如果前一场景是建立在故土基础上的,那么情景的横向场景则关注那些没有领土意识的族群。全球流散的历史与当代事实表明,越来越多的流散者,特别是多重流散群体逐渐失去了固定领土意识。历史上的犹太人,至少在以色列建国以前,没有内部领土意识,他们以手工业者、银行职员、商人、律师、经纪人、服务生侍者等职业为生存方式。同时他们以动态流浪的形式传承自己种族的宗教信仰,保持自己的族性特征;面对不同的环境与文化、种族、政治、经济甚至战争等影响,他们保持着天生的适应能力和顽强的生存能力,他们能够面对灾难时都可能以中间人的身份在世界任何流浪之地建立一个逃避的中心。因此给流散的犹太族群体规定一个中心、一个固有领土是不适应的,以母国与东道国对流散犹太人身份进行二元建构也不现实了。不只是犹太人个案如此,流散英国、加勒比、美国的黑人同样如此,大部分流散者不再持有返回非洲某个领地建立民族国家的意识。霍尔、吉尔洛伊、考博纳·默瑟等人都以黑人流散者所处的横向场境对文化身份的影响为研究内容,从而揭示了其文化混杂身份特点。如前文所述,吉尔洛伊在《英国没有黑人》中对种族绝对主义以种族、族性、民族本质界定身份的本质主义进行批判。种族主义、绝对主义、本质主义对黑人身份的界定是固定的、刻板印象式的,不符合黑人流散族文化身份的动态、可变特点,因为在英国、加勒比、美国等地,许多新的因素导致了黑人文化非常活跃地创造与再创造。流散者身份由单一起源国或民族国家决定或只由东道主国家决定的情况很难存在,英国黑人及其丰富的文化具有多

---

① James Clifford, 'Diaspora', *Cultural Anthropology*, Vol.9, No.3, 1994, p.304.

源性与混杂性。这样,第二类情景横向场景就打破了由母国、宿国、流散群体三个要素构架的双重属地场景框架。默瑟在《流散文化和对话想象:黑人独立电影的美学》一文中,借鉴苏联文艺理论家巴赫金的对话理论,讨论了黑人流散族中"黑人的英国性"和"英国的黑人性"中多样而复杂的特性,黑人流散文化身份是在横向的动态的对话状态中不断建构的,这种对话使得一种文化身份的建构不可能独立,而是在与他者的横向关系中建立的,也就是说身份的建立中必然有他者成分,而他者身份也必然包含着互为他者的因素,"对默瑟来说,纠正民族是想象的无他者主体共同体的观点是至关重要的。"①霍尔同样以英国黑人为主,在《本土与全球:全球化与族性》(1991)、《文化认同的问题》(1992)、《文化身份与族裔散居》(1994)、《加勒比认同的对话》(1995)、《导言:谁需要"身份"?》(1996)等论著中探讨了黑人流散美学差异性特征,为吉尔洛伊和默瑟的研究提供了启示,后两者颠覆了种族、族性、文化、民族性和国家一对一的关系,强调关注主体对话性、混杂化的形式和多重属地,研究上取得了突破。他们各自都发现了大西洋流散黑人群体的跨文化、跨民族、国际化的不规则混合形态,抛弃了非洲中心论和欧洲中心论,去中心化、跨时空、非连续性、混杂性等横向侧向场景特征明显,这三位以研究英国黑人流散文化身份为代表的三位流散理论家,已经走出了属地框架研究的阶段,他们在横跨大西洋这样一个场景中,看到了现代社会跨国主义流动背景下流散的新特点,流散的起源国、清楚明确的目标国、连贯持续的族群认同这三个要素为基础的理论已经不适应了。他们的观点后经克利福德等学者的继续阐述,把边界模式、旅行时空模式加入到流散研究中来,逐渐形成了占有支配地位的流散批评理论:"无论如何到1994年,非目的论的、根系状、分散的研究方法,已经成为流散批评的支配框架。"②

　　1996年是流散批评的丰收年,大量的研究成果出笼,标志着流散研究走

---

① Sudesh Mishra, *Diaspora Criticism*, Edinburgh University Press, 2006, p.60.

② Sudesh Mishra, *Diaspora Criticism*, Edinburgh University Press, 2006, p.83.

向成熟,专著有 R.拉达科瑞什南的《流散族裔沉思录:在家乡和居住地之间》、阿维塔·布拉赫的《流散者的图景:争夺身份》,论文有维吉·米什拉的《流散想象和边界奈保尔:契约劳工史和流散诗学》、加亚特里·C.斯皮瓦克的《流散族群的旧与新:跨国世界中的妇女》、罗兰多·特林提诺的《身体,信件,登记册:跨国空间中的菲律宾人》、阿兰·辛菲尔德的《流散与混杂》以及由司马达·莱维和泰德·斯威登堡编辑的论文集《失家、流散和身份地理》等,这些成果从不同的方面对流散现象进行研究,但是它们标志着这一年流散研究的一个重大转向:那就是彻底走出了双重属地场景研究模式的影响,使得支撑民族国家研究框架的支柱倒下,完成了流散研究的横向场景转向,走向对中间状态的研究,研究巴巴所说的第三空间,中间—边界点,或者如同连字符号一样的连接点,这个边界——连字符号连接点,布拉赫称之为"流散空间"①,这个空间是侧向的、横向的,既不属于这边,也不属于那边,是一种居间状态,米什拉具体描述了这个状态:

　　在标记一个空间和另一个空间(或其他几个空间)之间的连接处/断裂点时,边界显然没有自己的空间,但边界对于空间分类来说又是必不可少的。边界/连接处的功能是在将一些结构单元和预先给定的稳定性打破分开的同时,又把它们设定在每一侧。居于(连字符式的)连接处,一件事情既不绝对是这一件事,也不会全是另一件事,但在断裂线上构成了叠加,在逻辑上来说也是接合线。从连接处/边界的有利位置来看,一件事情从来不是孤立的一件事或另一件事,而是另外别的东西——名副其实的第三个。这个第三个可能是空缺的,也可能是多余的或多元决定的(overdetermination)。边界将所有确定的空间(民族主义的、文化的、阶级的、性别的或其他的)都抹去是徒劳的,而由于所有的空间都在边界上争相定义边界,所以

① Avtar Brah, *Cartography of Diaspora：Contesting Identities*, London：Routledge, 1996, p.181.

边界又是过剩的。因为边界有能力在紧张中掌控容纳这些矛盾的方面,然而总是在显现时延迟它们,所以流散理论家们找到了它(边界),连同连字符(连接处)一起,成为一个他们理论上集体涉猎的方便隐喻。①

1996年前后出现的以米什拉为代表的流散理论家,都曾以巴巴的第三时间空间,对边界的居间状态及其文化混合状况进行讨论。司马达·莱维和泰德·斯威登堡在编著的《失家、流散和身份地理》导言中也借用了"边界""连字符"这两个形象,挣脱了双重属地研究框架那种结构主义的方式,论证了中间状态文化的混杂模糊与流动性:"在这个论说中,文化变成了一个多彩的、自由浮动的马赛克,它的碎片不断地在流动,它的边界无限地穿越。后现代主义者对新出现的时空和令人眼花缭乱的碎片队列的解读,确实解构了空间上和时间上构想的中心/边缘的等级二元性,但同时它忽略了权力关系,中心对边缘的持续霸权。每个人都变得同样'不同',尽管有压迫或被压迫的特定历史。"②当然,这种流动性与多变性并不表明边界及其文化是不可捉摸的,这一观点在承认边缘位置和时间的多样性和不断流动性的同时,也主张边界可以历史地被固定在特殊的位置并允许政治化、理论化的干预。文化的本质身份与混合身份就产生在这样横向的边界区,居住在边界区周围的流散群体都会受到影响,微观文化与宏观文化空间中,一个人要在多空间中主观上进行价值观协商。许多流散理论家认为边界在促进民主的多样性和融合外,同样培养了相反的身份形成、身份认同、对他者危险的否定和对种族纯粹领土的怀想。R.拉达科瑞什南在《流散族裔沉思录:在家乡和居住地之间》中分析了流散者既属于两地又不属于两个属地的第三空间形态:"流散族群……为那些一直梦想从意识形态的诉求和身份制度中分离出纯粹的思想空间的知识分子提供

---

① Sudesh Mishra, *Diaspora Criticism*, Edinburgh University Press, 2006, pp.83-84.

② Smadar Lavie, Ted Swedenburg eds. *Displacements*, *Diaspora*, *and Geographies of Identity*, Durham NC and London: Duke University Press, 1996, p.3.

了令人兴奋的可能性。流散族作为彻底无名无地的群体被赋予了知识分子通过流放寻求超越的权力,并通过顿悟逃离历史的压力。这样,流散者便拥有了从历史意识的现实中分离出来的'虚拟理论意识'的可能性。因此,考虑到流散者被疏远的空间性,一个人可以同时属于、又可以不属于两个世界中的任何一个。就流散者的敏感性而言,在选举政治的彻底拖延中,很容易实践长期的越位政治。换言之,旅行或周游的越位行为本身开始构成差异性和后表征的政治。由于同时不属于任何地方、又属于任何地方,流散者主体很可能试图声称一个异质混杂的'他处'作为其实际的认识论意义上的家。"①这种既在又不在的状态,就是双栖性的表现,是居间状态的进一步细述。

　　进入 21 世纪之后,许多新近的年轻流散学者在情境横向场景方面的讨论更加细致而泛化,年轻学者布伦·凯斯·爱克斯尔提出了"流散想象"概念,认为想象模式比实际的地域分析模式更好,流散群体的产生与创造,不只与地理有关,更是流散者主体身份想象建构的过程和结果②。戴维·莫莉在《家的领地:媒介、流动和身份》一文中认为,故土不必再是物理上的空间,而是可以更好地理解为通过语言和情感形成的修辞学意义上的领土,她从葡萄牙流散者身份上印证了这种强烈的概念化的家意识。德克·赫尔德在《德语流散群体》中也从大规模的德国流散群体身上看到了关于流散不能再继承殖民时代的概念,而是强调网络式、关系式的分析方法。对这样的理论转向,米什拉评论说:"总而言之,这种横向轴上的争论,强调基础的纵向理论编织,远比强调民族自治与文化孤立要好,这在受过后结构主义训练的流散理论家中很盛行。"③更为年轻的学者斯坦利·坦比亚在《跨国运动,流散和多样化的现代性》一文中结合了双重属地场景和情景横向场景的多种因素,形成了他的一

①　R. Radhakrishan, *Diasporic Mediations: Between Home and Location*, Minneapolis, Mn, and London: University of Minnesota Press, 1996, p.173.

②　参见 Sudesh Mishra, *Diaspora Criticism*, Edinburgh University Press, 2006, p.92。

③　Sudesh Mishra, *Diaspora Criticism*, Edinburgh University Press, 2006, p.93.

套影响较大的方法论,提出了流散研究的"一个垂直网络和两个横向网络":"垂直网络关注移民试图保证自己在东道国生存安全而进行的关系和协商问题。还有两级横向网络:一个与移民保持、强加、拓展与来源地移民社区(故乡社区)的联系有关;另一个标出了跨越来源国与居住国两国边界的网络图,我称之为跨国全球网络。"①垂直网络研究视角没有超出双重属地场景视角多少,后两个网络的研究揭示了情景横向场景中的相关问题,它们一起促进并激活了不同种类的民族主义。

当然,情境横向场景也有其缺点,它在很大程度上低估了流散群体都有稳定统一的意识,有时候走得离古典流散的核心要素太远,形成泛化的移民研究,同时不能够有效解决三个场景框架间不相容的急切问题。米什拉列举了不少情景的横向场景视角所面对的不好解释的问题:如何能够将一个垂直框架与一个反对线性研究路线、也反对固定的领土、文化和主体观念的横向框架结合起来? 这个垂直框架假定东道国在内部纷争、裂痕、不满和争论中是否具有一定的完整性和独立性? 同样,在记录于纵轴上复杂的东道国约定对母国领土及其政治的确切影响是什么? 在这里母国是一个情感领域还是一个完整的民族国家,它有自己的垂直网络吗? 如果是前者,那么情感范畴和远程(距离)民族主义之间有什么联系呢? (或者其影响是否与实际参与本国的物质或政治事务分离?)如果是后者,那么流散者是如何位于两个垂直网络之间的? 它是否利用一个民族国家所获得的优势(财政、政治、心理等)来干涉另一个国家的事务,不管是好是坏? ……这些悖论和难点对散居批评来说绝不陌生,但必须说,任何方法论的成功,最终依靠人们从这些各种异常现象中筛选出的灵巧②。1986 年以来流散理论家们的实践证明,他们不断通过考察各种异常的流散现象,找到了不少解释全球流散的技巧与方法,为流散研究打开

---

① Stanley Tambiah,'Transnational Movements,Diaspora,and Multiple Modernities',*Daedalus*,Vol.129,No.1,2000,p.170.

② 参见 Sudesh Mishra,*Diaspora Criticism*,Edinburgh University Press,2006,pp.95-96。

了一个又一个窗口。米什拉的探索应当说是其中的重要成就。

米什拉提出的第三个构建流散者身份的场景是**"档案的特异性场景"**,也是为了解决上述悖论与难点服务的。这一场景的设置受到了福柯知识考古学的影响,也深受萨义德等后殖民理论家对福柯理论实践的启示,它不以建立一般的系统理论为目标,而是强调对个别流散群体进行考古学式的探讨,从个案与历史断层中发现问题解决问题,典型的代表性的流散群体或流散个人的历史记录与档案成为他们关注的中心。构建这一场景的主要代表人物有维吉·米什拉,他关注的是其中的非连续性和个体流散的历史,他仍然按照传统的印度契约劳工流散群体和现代印度流散群体的划分方法,进行流散研究的现实主义转向,适当地运用历史与档案学两个原则,观测单个的流散群体,这种方法通过对流散群体的表象观测,思考一些特殊的现象和差异性,突破了历时的、经济的直线观察方法,改变了以前普遍理论的不足,通过把印度流散分为旧流散与新流散,采用福柯考古学和谱系学的方法,回归到历史的特异性上来,这种理论观点集中在他 1996 年发表的《流散想象:印度流散的理论化》一文中,把印度流散分为旧的以种植园劳工为主的工业社会阶段之古典流散,以技术移民、签约旅居者为主的后工业社会的现代新型流散,通过一些具体地区流散社群形成特点进行个案研究,鲜明区分了两者的不同之处。同时指出环境对流散族的影响,提出了环境效果说,认为多元文化社会环境构成了居于连接地带不再纯洁的流散主题类型,比如印度美国人、印度教美国人、穆斯林英国人等的形成及其生存的中间地带,又分析了印度音乐班格拉、雷鬼街舞、迪斯科、爵士乐等的混合,研究拉什迪等作家的风格,这些以大量的文化艺术档案为依托,体现了档案的特异性场景的研究理路。马丁·马那兰森对流散到纽约的菲律宾同性恋流散群体(Queer Filipinos)的研究,个案性特征突出;唐那·加巴西娅对意大利长期以来的流散族进行了详细研究,她在《意大利众流散族》一书中严格地遵守历史主义原则,以分散的意大利移民为对象,考察流散者民族意识形成的历史时间,分析了移民、旅居者是如何演化成流散族的,历史的碎片成为研究的重要对象;马丁·鲍曼对特立尼达印度人的宗教身份形成进行了微观研究,把特立尼达印度流散分为五个阶段,以大量的历史资料与数据作支持。布伦特·海因斯·爱德华在《流散实践》里分析了大都市环境中流散族的差异性,如巴黎、纽约、伦敦等。在分析黑人国际间的流散时,借用了吉尔洛伊《黑色大西洋:现代性与双重意识》中的海洋框架,提出了"偏移"(décalage)概念,以此强调差异性的变化,表达时空上的不同,描述非洲流散群体中的不均衡性,这一概念与产生差异的概念如接合(articulation)、翻译(translation)、互易(reciprocity)、迂回(detour)等一起,揭示了流散群体的特殊文化变迁与偏移①,爱德华还列举了大量的显示着这些偏移的黑人流散者档案,如詹姆斯·威尔登·约翰逊主编的《美国黑人诗歌集》中收录的美国、西印度群岛、海地、古巴、巴西等黑人诗人,还通过翻译视角考察了黑人名称的变化来解释差异、偏移产生的原因(negre,negro,nigger,Afro-Latin,Africo-American)。这些都是从档案的特殊性场景来进行的。其学术路径与传统现代性的思维方式不同,传统现代性以追求统一性、系统性、连续性为理论奠基,人类历史与文化的书写权利、身份的命名权利大都是由统治阶级把持,霸占学术话语权,站在自身立场与利益上叙事,移民、流散者、边缘人群体被忽略、忘却,被删除、压迫,其形象、声音消失;档案特异性场景从个案个体、不连续、非官方的历史资料、文学创作、影视、音乐绘画等边缘书写中发现真实。

(二)米什拉的"流散批评三大支柱"模式

18世纪以来,伴随着启蒙运动、工业革命、资本主义的发展和帝国主义的扩张,跨国移民、跨国资本等由少到多由小到大逐步发展,至第二次世界大战后全球跨国运动频繁,全球化趋势加快,流散呈现全球大规模扩散状态。启蒙运动中形成的现代性、现代性问题及后来的跨国主义、全球化成为影响社会政

---

① 参见 Sudesh Mishra,*Diaspora Criticism*,Edinburgh University Press,2006,p.112。

治、经济、文化的重要因素,同时这四个方面也伴随着几个世纪流散族的产生、形成与发展变化过程,对流散群体的政治、经济、文化、民族、种族等多重身份产生了重要影响。许多流散理论家在讨论流散问题时,都把它们当作重要的基础性要素分析。前文所述的霍尔、吉尔洛伊等都把流散与现代性问题结合起来,《流散理论化读本》一书的编辑简那·艾文斯·布洛塞尔、安尼塔·迈纳把"全球化、现代性、断裂性、差异性、异质性、混杂性、多样性、身份、性别"等当作流散研究的争论焦点,并选取了霍尔、吉尔洛伊等人的相关论文或专著章节[①];米什拉则认为"跨国主义、现代性和全球化构成了散居批评的神圣三位一体",成为流散批评的"三个支柱"[②]。流散群体具有鲜明的跨国、跨民族特性,而跨国、跨民族特性之所以存在或形成,是现代民族国家产生后才有可能,跨国主义必须以现代性问题的彰显存在为前提,而全球化到来之后增强了跨国主义跨国运动的势头,其中的全球流散现象成为世界文化的重要景观。因此建构流散诗学的大厦离不开这三个重要的支柱。

1. 跨国主义与流散批评建构

关于什么是跨国主义,本书第三章第三节之四,已结合跨国主义移民理论作了简要说明,此处不再赘述。米什拉对跨国主义的分析是从《流散:跨国研究杂志》创始人之一托洛衍的跨国运动研究说起的。托洛衍认为现代民族国家是启蒙运动的结果,19 世纪大量民族国家取得胜利,同族同语共同的政治情感统一于一个统一的国土之内,民族国家就产生于把一个民族与一定的地理政治区域或一个固定的想象共同体联系之中。而流散族群体是民族国家产生后跨国运动的典型社群,他们与现实存在的政治疆域相联系,或者与想象的政治疆域相关。流散批评、流散诗学研究的许多问题都与此相连。从这个意

---

①　参见 Jana Evans Braziel and Anita Mannur,'Nation,Migration,Globalization:Points of Contention in Diaspora Studies',see Jana Evans Braziel and Anita Mannur eds.,*Theorizing Diaspora:a Reader*,Blackwell Publishing Ltd.,2003,pp.4-5。

②　参见 Sudesh Mishra,*Diaspora Criticism*,Edinburgh University Press,2006,pp.128,131。

义上看,流散研究是跨国主义、跨国运动研究的一部分,是其中的典型的理论模式,民族国家诞生后,广泛的移民跨国现象形成了多方面的研究问题,跨国主义研究兴趣主要集中在:"比较不同散居者群体的概念与意义,不同地区移民社会文化共同体的形成与特征,跨国移民与祖(籍)国的政治互动,移民与全球政治网络,双重公民身份策略,跨国移民与祖(籍)国的经济重建和全球经济网络关系,移民与跨国企业的经营和管理,移民的文化重建和消费,移民的跨国宗教共同体以及跨国的家庭策略,等等。"①这些政治、经济、文化、生活等方面的跨界交流必然影响到作为典型移民类型的流散族群体,因此跨国主义对流散研究意义重要,反过来也是对流散的多方面探讨,一定会反映出或运用到跨国主义、跨国运动研究的相关问题。

跨国运动或跨国主义包括的内容要广泛得多,它涉及跨国共同体、跨国社区、跨国资本、跨国经济、跨国政治、跨国劳工与文化、跨国居住等相关内容。在很大程度上与流散研究相重叠,但是并不是所有的跨国运动都是流散,如果这样的话,流散的学术理路就不能成立,而会失去其独特的学术价值,这里指的是跨国主义理论的相关流散部分的研究一定会对流散批评、流散诗学建构起到重要的支撑作用。前文所述跨国研究的三位美国学者琳达·贝丝、尼娜·戈里珂·席勒和克里斯蒂娜·桑东·布兰克主张重点研究跨国之后的社会文化场与原籍国的关系、与居住国的关系,其经济地位、政治认同、时空变化、文化变化等问题;社会家阿勒让德罗·波兹则认为跨国主义是研究一个移民个体或一个家庭,持续性的、非官方的跨国的旅行或移居,重点是研究个人的流散史及行为②;德国学者托马斯·费斯特主张重点研究跨国运动社会空间中的五种行为者:东道国政府、东道国公民社会组织、源国政府、源国公民社

---

① 吴前进:《跨国主义的移民研究——欧美学者的观点和贡献》,《华人华侨历史研究》2007年第4期。

② 参见 Alejandro Pones,'The Study of Transnationalism:Pitfalls and Promise of an Emergent Research Field',*Ethnic & Racial Studies*,Vol.22,No.2,1999,pp.217-233。

会组织及跨国者。另外还有不少学者关心去中心化、去领土化问题,注重研究全球空间、东道国、源出国、跨国空间、地方等关系。这些无疑都与流散诗学研究有千丝万缕的联系。

2. 现代性问题与流散批评的建构

一般来说,现代性是伴随着启蒙运动和工业革命而形成的理性思维观念,它设计了现代民族国家、制度体系,形成了自由平等进步发展的价值观念及其新的世界体系,这个体系是不断进步、向前发展的;高宣扬老师认为:"所谓'现代性'是指自启蒙运动以来的资本主义历史时代及其基本原则。……也包括同资本主义精神紧密相关的资本主义政治、经济、文化和整个社会制度、思考和行为模式以及生活方式。"①现代性早期,启蒙思想家、人文主义者、浪漫主义作家中有不少人对现代性表现出歌颂与肯定的态度,表达了对知识、真理、理性、科学、知识、民族国家的推崇。流散族群的产生与流动和现代性密切联系,或者说正是现代性理念而生成的资本主义、工业化、帝国主义等造成了更加广泛的全球流散。但是现代性从一开始就表现出其矛盾与消极的方面,暴露出许多弊端,人们在追求物质财富、权力、力量、科学技术等的同时,造就了由外到里的现代性消极后果,如贫富悬殊、战争、环境污染、能源紧张、道德沦丧、价值失落、物质与精神家园双重丧失、人性异化等。早期空想社会主义者、黑格尔、马克思、海德格尔、霍克海默、阿多尔诺、福柯、丹尼尔·贝尔、哈贝马斯等理论大家都曾对现代性进行过分析与批判。而这些问题尤其突出地表现在流散群体身上,因为从根源上看正是现代性及民族国家的出现,造就了更多更典型的流散者,他们成了这些现代性问题最前沿的体验者或受害者。不管是现代性历史早期的古典流散族,还是现代性晚期的更大规模的流散群体,都与现代性具有扯不断的关联。

大部分流散学者、理论家都把流散现象与现代性联系起来进行探讨。米

---

① 高宣扬:《后现代论》,中国人民大学出版社 2005 年版,第 100 页。

什拉按照时间顺序梳理了不同的学者对现代性与流散关系的看法,构建了自己的流散现代性问题。吉尔洛伊正是考察黑人流散群体的跨国实践时,发现黑人流散激发了现代性不同的文化后果,他从哈贝马斯未完成的现代性出发,从多个领域继续以黑人流散群体为对象探索现代性;伊恩·钱伯斯认为"流散的编年史——黑人流散史、大都市犹太人流散史、大规模乡村人流离失所的历史——构成了现代性的浪潮"①;维吉·米什拉把流散描述为"晚期现代性的典型状态"②;到了詹姆斯·克利福德那里,这种状态的典型性承担了反规范的方面,因为流散族群是"差异的暂时性……扰乱线性,民族国家和全球现代化渐进式叙事"的承担者③。据此苏德什·米什拉认为,"在流散、跨国实践的现代模式和现代性之间存在一种基础性的关联"④。现代性发展的历史分期,与黑人奴隶制、农业种植园经济、工业革命、契约劳工、资本积累、商业社会、跨国劳动力等因素混合在一起;而流散族群体在这个现代性进程中既与历史时间这个纵向发展的维度有关,也与横向的地理空间维度有关,流散的历史与流散的地理空间都受到现代社会政治经济技术进步发展的影响,现代性也成为根据技术进步尺度去衡量社会进步与否的标准,根据此标准,非洲就被列为可怕的落后的闭塞之地,亚洲就是发展中的边缘地区,而美国、日本、西欧等地是充满活力的当代世界、中心世界。这样世界在同一时间内存在不同区域的不同发展阶段。米什拉总结了现代性的表征因素:"现代性成了价值的象征,它与工业发展、科学范畴、政教分离、公私分离、各种权力话语、基本家庭、都市生活风格、民族国家政策、自由主义法学、消费主义、世俗生活世界和公民集体责任等结合在一起。"⑤如果说一些社会缺少这些或缺少大部分因素,那

---

① Iain Chambers, *Migrancy*, *Culture*, *Identity*, London: Routledge, 1994, p.16.

② Vijay Mishra, 'The Diaspora Imaginary: Theorising the Indian Diaspora', *Textual practice*, Vol.10, No.3, 1996, p.426.

③ 参见 Sudesh Mishra, *Diaspora Criticism*, Edinburgh University Press, 2006, p.136。

④ Sudesh Mishra, *Diaspora Criticism*, Edinburgh University Press, 2006, 136.

⑤ Sudesh Mishra, *Diaspora Criticism*, Edinburgh University Press, 2006, p.137.

么这个社会毫无疑问是经受了时间的阻滞，没有获得发展；这个社会就会被它的精英阶层或一些国际性的组织如世界银行、国际货币基金组织、世贸组织等劝说采取资本积累的现代方式，成功赶上或被迫进行现代化。正是这样的差别，导致了现代性不同阶段出现不同的情况，也可以表现为不同的文化和地区在同一阶段共时存在，历史的过去不只是幽灵式的记忆而是与现在、未来在物质上共同存在的。正是现代性带来的资本积累形成了现代社会网络，它为人类社会带来了持久的分工与不平衡，这种分工与不平衡是资本主义世界体系固有的，只要现代性不终结，它们就不会得到解决。资本主义现代社会里世界被分为核心区、半边缘区、边缘区和外围区，而这些分工带来了不平衡，带来了核心区域的经济霸权，使得其他地区为核心区提供人力、物力和材料的局面，也带来了以流散为代表的人力流动；当然这种分工不是固定不变的，有时会发生地位的变化：边缘的变为中心，中心有时被边缘化。但是伴随着现代化的进程与发展，特别是到 20 世纪后期，即晚期现代性时代，现代性问题越来越突出，社会、历史、文化、空间等稳定性被打破，民族国家、民族语言、完整一体的社群、一致的主体性已不合时宜，政治的、金融的、人口的、信息的、审美的、主体的前沿已经慢慢被打破、交叉渗透，中心地区里面掺杂着边缘地区的因素，边缘地区也混杂了中心国家的成分。民族、国家、文化等不再是稳定的同构的，而是流动的、异构的、去中心化的，财产所有权、劳动力、文化、形象、概念和资本等不再按照原来的分工标准了。加之跨国的移民人口流动、跨国的资本流动、现代传播技术发展带来的信息流动，使各种因素相互交织与作用，打破了原来自治、主权、民族国家领土边界等观念。凡此种种表明，现代性问题与跨国主义、全球化、后现代、网络数字化生存等一起在 20 世纪末汇合，形成了人类马赛克式斑斓的社会文化图景。流散群体，特别是全球化时代的如新型的华人流散群体、南亚流散群体等，成为穿行在或被卷入到此中并验证其况味的代表人群，他们穿越空间限制，经历政治、经济、文化、社会等各方面的跨国性、嵌入性、混杂性问题，实践着多区域灵活性生存策略。可以说现代性具有的积极面与消极性都对流散者生存及其文化身份产生了影响。

3. 全球化与流散批评建构

米什拉之所以把跨国主义、现代性、全球化看作是流散诗学建构的三个支柱，是因为这三者是彼此交叉、共生共存共长的，是"神圣的三位一体"。当我们分析跨国界、跨民族、跨文化的流散族群及其带来的文化后果时，不可能把三者完全分开，论及其一，必然会涉及另外两个，反之亦然。特别是对全球化时代的全球流散进行研究时就更加突出。英国社会学家吉登斯就明确认定：全球化的本质就是流动的现代性①。全球化时代由于各种技术革新，人口、政治、经济、文化等各种因素流动的速度都快起来："全球化是包括经济、政治、社会、文化等在内的全方位的全球化。不过无论从哪个方面来讨论和定义全球化，一个不可忽略的事实是经济关系、社会关系和文化传播在时间和空间上的超越，这就意味着国与国之间边界线削弱甚至消失。"②而这些快速的移动自然与跨国运动、跨国主义不可分割，与处于跨国活动最直接的参与群体流散族群分不开，他们作为移动的主体，灵活地打破了边界，与跨国资本、跨国经济等一起，成为晚期现代性的参与者、见证人、实践者。而西方有不少学者认为没有特别的必要去详细说明全球化、跨国主义和社会流散的现代形态之间的关系，但是在米什拉看来，这种主张恰恰反映出了其中的不足："这种全球化话语参与的缺乏形成了流散批评阿喀琉斯之踵式的致命缺点。"③由此，他认为构建流散批评这三位一体不可分割的部分，也需要分别的论述与说明，对流散及相关文化后果研究很有必要。

米什拉考察后认为，全球化的确是一个被过度阐释的范畴，引起了不少的话题，产生了支持或对抗或矛盾的态度。这恰恰是全球化复杂性的表现。全

---

① 参见薛晓源：《全球化时代：我们何为？》，载李惠斌、薛晓源主编：《全球化与现代性批判》，广西师范大学出版社 2003 年版，第 2 页。

② 杨泊溆：《全球化：起源、发展和影响》，人民出版社 2002 年版，第 4 页。

③ Sudesh Mishra, *Diaspora Criticism*, Edinburgh University Press, 2006, p.147.

球化首先是经济的全球化，是事关全球宏观经济的一系列话语体系，其他领域都以此为基础，文化、审美、信息技术、政治、环境、教育等各领域都存在全球化的一些症候。以经济为基础的全球化转向是不争的事实，也表明新的世界体系的形成。米什拉考察了马克思、恩格斯关于资本主义周期性的生产方式对全球化的影响，并借用赫尔德和麦格鲁的观点，认为在这一层次上欧洲的美好时代（1890—1914）的全球化特征更明显。资本主义全球化是一个辩证矛盾的过程：一方面全球化具有各领域发展一体化的要求，尤其是近期新自由主义者都主张平等参与全球化一体化的权力；另一方面资本积累体系的固有本质却坚持社会经济与领土的不一致。表面上看中心和边缘的区域二分法已由于全球化被超越了，而在一定程度上，它也忽视了全球阶层形态一直存在的不平等。第一世界有贫富不均，第三世界也有，却不意味着其社会形态相同，他们起的作用也不相同，这种二分区分反而更贴切、更重要了。

为了说明全球化在当下对全球社会特别是跨界流散群体的影响，米什拉主要参照了全球化理论家萨米尔·阿明和阿尔君·阿帕杜莱的研究成果。萨米尔·阿明是一个具有多重跨界生存与工作经历的专家，本身同样带有流散者的经验，是一个新马克思主义理论家，对国际问题特别是帝国主义、全球化研究深入。他何以如此关注全球化问题，这是他复杂的经历、混杂的流散身份、跨界性的工作与学术研究所决定的：他1931年生于埃及开罗，是一个混血家庭，父亲为埃及人，母亲是法国人，他童年、高中、青年时代都是在埃及塞德港度过；接受了法国式的高中教育、大学教育，1957年于法国巴黎大学获经济哲学博士学位，此期加入法国共产党，对马克思主义感兴趣，奠定了其新马克思主义学者的政治信仰基础；1957—1960年担任埃及经济发展组织的高级经济学家，生活与工作都处于跨界状态；1960—1963年担任马里政府计划技术顾问，又一次跨越了边界；1963年起先后担任过法国普瓦蒂埃大学、巴黎大学和塞内加尔达喀尔大学的教授；还担当了具有国际区域组织联合国非洲经济开发与计划研究所所长；1980年起，其工作又有变化，职责更具有全球性，担任了联合国未来非洲战略局负责人。因此,他在一系列论文和著作中主张多极的世界观,呼吁欧亚和解、避免冲突。其有关全球化研究的文章集中发表在1990年之后,主要代表作有《全球化时代的资本主义:当代社会治理》《帝国主义与全球化》《帝国与大众》《美国帝国主义、欧洲和中东》等①。他提出的全球化依附理论、边缘资本主义理论、不平等发展理论等对当下全球经济关系、文化关系、政治关系产生了巨大影响,更对流散批评与研究具有重要启示。

阿明继承了马克思主义的部分观点,以批判的思维态度对资本主义及其对落后国家特别是非洲国家带来的影响进行了研究。他认为资本主义发展经历了四个时期,在四个时期分析中划分了中心地区或国家与边缘地区或国家。

第一是商业资本主义时期(1500—1800年),经济活动主要集中在大西洋附近的国家或地区,如西欧、地中海国家、北美、非洲之间,此期形成了非洲奴隶贸易,也形成了从中心到边缘国家的资本主义国家移民流散群体。

第二是成熟的资本主义时期(1800—1945年),此期资本主义工业化完成,全球资本积累与运动加强,世界资本主义体系完全建立,形成了核心的资本主义民族国家,如美国、英国、法国、德国、西班牙、荷兰等,集中在北美、欧洲区,而非洲、亚洲、南美等地的国家被边缘化,以国际劳动分工与资本积累为主的经济活动使得中心更集中、边缘更边缘,加上政治、文化、军事的霸权,世界财富与权力话语集中到这些中心国家,边缘国家只能依附中心国家,学习这些国家,或进行西方化改良。而资本的积累方式又使得中心国家在劳动力、原材料、初步加工领域也依附、依靠边缘国家,这样就形成了著名的"中心—边缘"二分法,也促成了著名的依附理论,在这个模式下外围边缘国家不可能得到充分发展,只能依附中心,中心国家为了最大利润,也会不断输出资本;特别是通

---

① 参见 Samir Amin, *Capitalism in the Age of Globallisation : the Management of Contemporary Society*, London : Zed Books, 1997。Samir Amin, 'Imperialism and Globalisation', *Monthly Review*, Vol.52, No.2, 2001, pp.6-24。Samir Amin, 'U.S.Imperialism, Europe and the Middle East', *Monthly Review*, Vol.56, No.4, 2004, pp.13-33。Samir Amin, 'Empire and Multitude', *Monthly Review*, Vol.57, No.6, 2005, pp.1-12。

过殖民战争,把自己的模式带到殖民地国家却又限制它们的自由发展,造成了不平等发展的结果。

第三是外围国家崛起、民族国家独立时期(1945—1990 年),此期原来的中心体系遭受挑战,机遇与危机并存,边缘国家工业化发展不断改变中心,去中心化趋势明显,全球化更加突出,人际交往更强,人员流动更广泛,资本主义古典模式得到削弱。

第四是 1990 年以来,世界旧格局、旧秩序得到改变,新的多极世界格局形成,但是由于边缘国家在许多方面发展还不够充分,资本主义的垄断力仍然强大,形成在技术、世界金融市场、全球自然资源开发、媒体和通信、大规模杀伤性武器五个方面的垄断;这自然会形成巨大的两极分化。对这一阶段的出路,不同的学者,特别是经济学界的人提出了许多设想,如新自由主义主张完全的市场化、开放化,但是资本主义天生的垄断又无法实现这个自由,中心国家总是试图通过控制世界体系影响世界结构,经济管理又与政治、文化管理形成分裂:"资本主义不仅仅是一个经济体系;如果没有社会和政治层面的内容,它的经济是不可想象的。直到最近,资本主义的扩张都建立在决定再生产和积累的空间同它的政治及社会管理空间之间的一致性关系上:中心民族国家的空间影响了国际体系的结构。然而,现在我们进入了一个资本主义经济管理全球化空间与政治、社会治理的国家空间相分离为特点的新时代。"[1]一方面全球化要求资本的自由流动,另一方面资本主义民族国家要垄断,这一危机似乎可以通过创设全球范围的社会政治机构来解决,这些机构已经出现,不过仍然被控制在一小部分有力量的中心国家手里,看来资本主义经济的存在是以国家的存在为条件的,没有国家就没有了经济;阿明认为,资本的本性是获得利益与扩张,是单边的逻辑,而社会、政治的治理是反抗扩张,许多学者试图解决这一矛盾,但新自由主义的方案、布雷顿森林体系建立起的各种国际组织,

---

[1]　Samir Amin, *Capitalism in the Age of Globallisation:the Management of Contemporary Society*, London:Zed Books,1997,p.32.

都是进行资本管理,保证短期赢利,不能从根本上解决危机;为此阿明找到了社会主义这一替代方案:"我个人认为,资本主义在不断全球化的空间中进行经济管理,同仍然分割为民族国家的政治与社会管理之间的矛盾在不断发展,而资本主义不能克服这个矛盾。可能的出路依然要么是(全世界范围内的)社会主义,要么是野蛮状态。"① 这替代方式的实现路径之一就是与资本主义体系脱钩(delinked),走自己发展的道路,这与马克思主义的独立自主、自力更生的观点相符合,与中国特色的社会主义有些类似,但是阿明主张的只是经济上的社会主义,与社会意识形态与制度上的社会主义不是一回事,更与马克思主义的社会主义国家有差距。米什拉不厌其烦地引用、讨论阿明的全球化理论与流散批评构建有紧密联系,因为正是这种边缘与中心的关系,特别是全球化之后的新形势,引起了全球流散族迁移的变化,他们的流动性更强,产生的流散形态更多样化,他还以华人流散资本家和流散工人为例进行了分析:脱钩的资本鼓励某些跨国人群的流动(合法的、短暂的或其他),否认这一事实是愚蠢的,但它也通过系统地关闭外围边缘人口的选择来阻止这种流动。一方面,我们有一个以家庭为基础、以关系为导向的中国"流散资本家"网络遍布多个地方(中国香港、中国台湾、印尼、中国澳门、马来西亚、上海、澳大利亚、加利福尼亚等),他们享有一种超移动性,这使他们赢得了"太空人"或"宇航员"的称号;另一方面,我们有任意数量周边国家(不排除中国)的服装业工人。② 也就是说,新近的全球化产生了长期的工人、短期的雇工,有的是工资很低无技术含量的技工,有的是享有免税政策的流散资本家,有的是合法的,有些是非法移民,当然也有传统模式的流散族加入到全球化进程中来,流散族成了全球化时代流动的风景。

米什拉借鉴的另一个全球理论家是印度裔美国人类学者阿尔君·阿帕杜

---

① [埃及]萨米尔·阿明:《全球化时代的资本主义:对当代社会的管理》,丁开杰等译,中国人民大学出版社 2005 年版,第 20—21 页。

② 参见 Sudesh Mishra,*Diaspora Criticism*,Edinburgh University Press,2006,p.152。

莱,值得强调指出的是阿帕杜莱也是一位流散学者,他以流散学者的身份研究全球化问题必然具有更加开放的视野。阿帕杜莱出生于印度,在孟买长大,接受美国式教育,获得了芝加哥大学博士学位。先后任芝加哥大学人类学教授、南亚语言和文化教授、芝加哥大学人文科学系主任、耶鲁大学城市和全球化研究中心主任、全球倡议新学院高级导师、纽约大学斯坦哈特文化学院教育和人类发展研究教授等职。这种跨界流散生活经历与学术经历,使得他更能深入全球化语境进行研究。《消散的现代性:全球化的文化维度》(1996)、《对少数的恐惧:一篇关于愤怒的地理的文章》(2006)、《作为文化事实的未来:全球状况论文集》(2013)、《寄望于文字:衍生金融时代语言的失败》(2016)等。

围绕着全球化这个中心难题,阿帕杜莱以"想象""想象力"作为他人类学认识论的基础,考察全球化时代现代性问题、文化经济的断裂性、差异性问题,进而系统分析了全球化的五个景观:族裔景观(ethnoscape)、科技景观(tech-noscape)、金融景观(financescape)、媒体景观(mediascape)、意识形态景观(id-eoscape)。米什拉特别引用了发表于1990年的《全球文化经济中的断裂与差异性》一文(此文收入《泛现代性:全球化的文化维度》),认为这篇文章中阿帕杜莱"寻找建立一个大规模的图画,其雄心是几乎建立一个如世界体系模式一样大的图景,来解释全球化的动态"[1]。阿帕杜莱继承了安德森"想象的共同体"观点、社会学家赖特·米尔斯《社会学的想象力》中"想象力"的思想,以想象为处理与认识全球化世界的主要方法:"形象、想象物、想象的——所有这些语汇都把我们引向全球文化进程中的某种新的批判性的东西:作为一种社会实践的想象。"[2]并以此分析上述五种景观,这五种景观是流动的、变化的、断裂的、有差异的,它们之间也是相互影响的。

第一是族裔景观。全球化必然带来更频繁的人口流动,越来越多的人加入迁移当中,人口的流动从个人角度来说是借助更加方便快捷的出行方式以

---

[1]　Sudesh Mishra, *Diaspora Criticism*, Edinburgh University Press, 2006, p.155.

[2]　汪晖、陈燕谷主编:《文化与公共性》,生活·读书·新知三联书店1998年版,第527页。

寻求更好的生活,而对资本与再生产来说是对各阶层劳动力的需求,或者说资本积累与流动、生产的需要促进了人口的流动,这种流动对移出国、移入国都有一定的影响,发达的中心国家需要劳动力,而边缘国家通过输出劳动力也获得收益;但是流散族面对的全球化并不像理论家们描述的那么美好,而是在流散之后要面对失业、文化差异、精神心理、种族歧视及去领土化等问题特别是去地方本土化构成了全球化语境下族裔景观的主要特点。

第二是科技景观。科学技术的发展带来了全球流动速度的提高,人员、物资、资本等都在看似无领土的世界里流动,但是资本也面临着失控的危险,科技在各领域里既显示出其正面的作用,也出现了很多问题,技术在全球的分配、交流发生变化,一个产品的技术组成可能来自几个国家或十多个国家的技术成果,其生产与配置模式发生了改变:"技术分配的古怪模式导致了技术景观的奇特之处,而驱使其发生的动力不再是任何明显的规模经济、政治控制的经济或市场理性下的经济,而是基于货币流动、政治以及非熟练劳工和熟练劳工等因素之间日益复杂的关系。"①当然,中心国家或核心国家,也不断在进行技术垄断,一些高级的新技术无法加入这种流动当中。这是阿帕杜莱的不足之处。

第三是金融景观。与科技景观紧紧相连,科技使得货币、证券、期货甚至黄金等交易快速流通,经常导致危机,遭受风险,经受倒闭,投资与资产转移很盲目。金融资本的流动方向与规律是无法掌控的,这是金融景观最大的特点。阿帕杜莱以银行货币交易为例说明,一个百分点的差别就可能给投资者带来巨大的获得或彻底的破产。这也是现代金融景观的重要表征。

第四是媒介景观。传统媒体与新兴媒体特别是电子媒体一起,以文字、人的创造性想象、信息生产时空,创造了一种媒介塑造的全球化世界,人们被媒体引导形成消费欲望,汇集成消费群体,消费的是符号,是图像,是人们想象的

---

① [美]阿尔君·阿帕杜莱:《消散的现代性:全球化的文化维度》,刘冉译,上海三联书店2012年版,第45页。

生活。人们使用的媒体多了,接触频率更高了,媒体生产信息的技术手段多样化了,电子信息、数字技术使得媒体运营者以更快的速度生产与传播信息,地球任何角落发生的事情,受众很快可以获知;信息生产者生产的信息当然也是想象的结果,电子时代我们比任何时候都更深入到想象的拟态环境。这也为移动人口的交流提供了方便。

第五是意识形态景观。由于全球化,原来的意识形态思想、政治、民主、自由等观念都是固定的、统一的,而当下这些变得不再统一固定,随着它的流动不断变化,同一组学术术语或政治术语,在不同的国家、地区可能被赋予了不同的含义,比如对民主的借鉴与解释,各国是不相同的。各国都会利用意识形态来影响本国国民,也有意图影响他人,特别是移民流散者;同样母国也会通过意识形态对流散在外的人进行精神的安慰。

五大景观中族裔景观是重要的一个,技术的发展、电子媒介的广泛运用,给流散族裔带来更大的方便,而金融作为经济重要的表现形态,意识形态作为思想政治追求,也深刻地影响着流散族的流散动向、流散的动力、流散的程度,自然影响到他们的文化选择与身份建构。

当然全球化对流散族群体的影响是多方面的,包括经济的、生活的甚至家庭关系的问题等。虽然全球化理论研究取得了丰富成果,从马克思以来,无数思想家、学者从各个领域进行了大量探索,但是由于它是相当巨大而复杂的现象,至今还有许多问题困扰着学界,激发人们对此不断进行研究,更主要的缺憾是与流散批评、流散文学、流散诗学的关系研究仍然不够:"全球化理论被各种分歧、敌意和猜测所困扰包围,但许多流散学者坚持将其作为他们许多主张的不加批判的发布台。由于他们在解释移民、去种族化、杂交性和去领土化等主题之前没有搞清详细的背景,所以(现代性、全球化、跨国主义)这三个对流散批评不可或缺的概念也就很少得到探索。"[1]这正是米什拉以三者为对象

---

① Sudesh Mishra, *Diaspora Criticism*, Edinburgh University Press, 2006, p.163.

构建流散批评三个支柱的重要动力,也显示出应有的独创性、创新性。

　　总之,米什拉三个场景理论和三个支柱理论,大体厘清了其流散批评理论的基本框架,这为我们系统地进行流散诗学实践提供了很好的借鉴。

　　任何思想、理论、宗教信仰、学说的产生都不是凭空出现的,而是有其深刻的历史、社会、实践基础,在其之前都会有或深或浅、或近或远、或有意或无意的相关研究出现。人文主义思想产生之前,中世纪后期但丁等人的思想、新兴资本主义生产关系的产生、一些科学家对自然与人类社会秘密的探索等为人文主义思想与文学的产生奠定了基础,使得西方社会一定程度上摆脱了宗教神学的控制;浪漫主义文学思想及现实主义文学思想出现之前也都经历了各自深厚的前期积累;马克思主义的出现以莫尔的乌托邦思想、英法空想社会主义者的研究为前提,更以资本主义工业社会的快速发展为社会基础。流散诗学、流散批评的产生也不是突然空降的,它是以历史上相关学者对移民的深入研究为背景,以人类学、民族学、社会学等领域学者相关流散族群体的研究为借鉴,以后殖民理论家们的研究为基础,以文学界对移民族裔文学、流散文学研究为重要内容,以全球化、跨国主义运动为时代推动力而形成的理论。当前,流散批评、流散诗学已经初步成形,它作为一种批评理论的类型,经历了一个逐渐积累的过程,在社会学、人类学、民族学、文学等研究领域,有数量惊人的论著参与到流散诗学的论述实践之中,为流散批评、流散诗学的产生准备了丰厚的理论资源与模式。当然这些论著与模式我们不可能一一进行评论、引证。但是本书有选择地采用了那些经常被学界引用、与流散文化主题相关的论著与模式,总结出一些诗学研究的模式或模型,形成相对完整的流散诗学话语体系。这也是本章把19世纪勃兰兑斯以来与流散研究关联紧密的学说当作流散诗学讨论重要参考的原因所在,正因此流散诗学的出现才是一个符合历史逻辑和全球流散现实逻辑的必然结果。

余论　流散诗学的跨学科整合特征

　　流散是一种全息文化现象,流散族群携带了原民族的文化特点,他们的流散迁移命运增加了非流散民族所没有的跨文化特性与文化杂交生成功能,涉及流散族裔的生命、身份、经济、政治、人权、宗教信仰、文化、教育、婚姻、语言、地理等的多重跨界、混杂问题,更要面对复杂的文化冲突与困局——如文化选择性、失根性、休克性、依附性、背离性、内在性、外在性、漂浮性、投机性、双栖性、多栖性、杂交性、再生性等问题。这些是流散文学表现的主题,也是流散诗学探讨的对象,其跨学科性质较为突出:"流散研究已经体现在众多学科的关注之中,且逐渐演化成为一个内涵丰富、交叉性极强的研究领域,它覆盖了文化学、人类学、民族学、经济学、政治学及文学研究等诸多学科,在各领域中的相关研究彼此交织,互相影响。"[1]20、21 世纪之交西方学者对流散理论化进行研究的一些文选、论文集中,也混杂了多学科知识与背景因素,如埃文斯·布拉泽尔和安尼塔·曼努主编的《流散理论化读本》中就收录了一些相关学科的知名文章,主要有全球化理论家阿帕杜莱的《全球文化经济的断裂与差异》,吉尔洛伊的《作为反现代性文化传统的黑色大西洋》,丹尼尔·鲍亚琳和乔纳森·鲍亚琳的《流散:犹太流散的产生与基础》,R.拉德克利什南的《流散

---

　　①　朱敬才:《流散研究的兴起及其基本动向》,《社会》2012 年第 4 期。

时代的族性》,莉萨·洛的《异质性、杂交性、多样性:亚裔美国人差异性标记》,蕾·楚的《抵抗流散诱惑:少数族话语、中国妇女和知识霸权》,杰恩·O.尼格夫伍尼格的《回归:重新定位批判的女性主义行为学家》,马丁·马纳兰萨的《在石墙的阴影下:跨国同性恋政治和流散困境考察》,斯图亚特·霍尔的《文化身份与流散族裔》,考伯纳·默瑟的《流散文化和对话式想象:英国黑人独立电影美学》,加亚特里·高匹那斯的《思乡、欲望、流散:南亚电影中的性》,等等:"所有这些知名的文章都大大改变了流散研究的轨迹,标志着流散理论化的跨民族和交叉学科特点,显示了在人类学、文化研究、种族研究、性别研究、文学研究、电影表演艺术研究、后殖民理论、奎尔研究和其他学科中学者们的方法、方法论与视角。"①因此,流散诗学的研究不可能完全局限在某个学科或两个学科,而是与这些学科领域都有着深浅不等的牵扯。换言之,流散诗学重要的本质特征之一就是它的跨学科性,这是我们思考、探索流散诗学不能回避的问题。

第一,与(种族)民族学相交叉。流散族群无论来自哪里、去向哪里、有几度移民和几重混血,都必然涉及谢弗尔等学者所述的祖国、东道主国、流散族等民族或种族文化关系问题。如奈保尔这样的多重移民作家,斯图亚特·霍尔这样带有非洲、西印度群岛、葡萄牙、犹太人血统等多重混血的流散者,都无法回避族性问题,即使流散族演化成新民族、形成新族性,也离不开民族学的审视与考量。19世纪初随着西方各民族意识的觉醒,民族国家的大量出现,以民族为研究对象的民族学出现,包括马克思恩格斯在内的各派学者都关注民族问题的研究、勃兰兑斯有关流亡文学的研究等,就是基于民族国家界限而讨论的流亡文学,如果没有民族与国家的界分,也就无从谈流亡者及相关文学。本尼迪克特·安德森关于民族与民族主义三模式的研究必须基于民族学

---

① Jana Evans Braziel, Anita Mannur,'Nation, Migration, Globalization: Points of Conception in Diaspora Studies', see Jana Evans Braziel and Anita Mannur eds., *Theorizing Diaspora*, Blackwell Publishing Ltd., 2003, p.13.

研究;全球流散学界在流散族裔前面加的"黑人""华人""犹太人"等前缀标记,从根本上来说也基于民族学的划分,如果把这些标签前缀去掉,恐怕只能将全球流散者混在一起称"地球流散族",没有了这种分类、归属也自然就无法展开各自的研究了。同样在研究流散文化及文化中流散者文化身份、族裔身份、生物学的人种身份、跨界婚姻与混血儿主题等内容时,都无法绕开民族学相关问题。

第二,流散诗学与人类学的相关学科分不开。人类学是一个从生物与文化、社会角度全面研究人类的学科集群,涉及生物人类学、文化人类学或社会人类学、语言人类学、民族志、考古学等分支学科。流散族的人种遗传、语言变化、文学与艺术创作实践、历史踪迹等,文学与艺术所反映的流散族生活主题、社会问题,也必然与人类学的相关学科对应,所以在具体的流散诗学研究中也离不开这些学科研究成果的支撑;事实上很大一部分涉及流散研究的学者都是属于人类学学科的,而不是专门的流散诗学研究者,他们在自己的研究学科内部分地研究了流散或涉及了流散相关问题的研究。吉尔洛伊、霍尔等大都是以人类文化学、社会学视角从事了流散研究。

第三,与社会学联系密切。社会学也是一个具有跨学科特点的学科,早期曾称社会哲学,与人类学、文学、心理学、行为学等多有交叉,它研究范围很广,既包括对整体社会现象的研究,也包括对个人及其社会行为的研究,涉及社会结构、组织、形态、阶层、阶级、法律、道德、行为、交往交际、社会关系等多层面内容,如孔德、斯宾塞、迪尔凯姆等主张整体社会实证研究,马克斯·韦伯则主张重点进行个体及其行为研究、反对实证主义,美国的罗伯特·E.帕克、E.C.林德曼等主张研究社会行为,J.赖特和C.W.哈特主张社会学主要研究社会关系,吉登斯则主张把社会结构与社会行为结合起来进行社会学研究。马克思主义主张人是一切社会关系的总和,强调从批判的角度研究生产力、生产关系等社会关系要素进而研究社会的发展变化规律。以霍克海默、阿多诺、马尔库塞、哈贝马斯等为代表的法兰克福学派,主要构建了社会学的批判理论,同样反对实证主义观点。社会学研究的角度可以较好地研究流散族的社会行为、社会交往、社群社区形态、政治参与、经济行为、管理行为等,也可以分析流散文学中表现的相关主题。

第四,与文学研究特别是比较文学研究联系最为紧密。流散事实本身就是在两种或多种文化间生存、生成,流散文学本身就是比较文学研究的典型标本,而流散诗学研究的重要核心也是流散文学,二者具有天然的因缘。众所周知,比较文学常用跨文化研究、双向阐发、异质比较、影响研究、平行研究、文化寻根、诗学对话、整合与建构等方法,这些完全可以借鉴到流散诗学的研究中,而流散诗学研究的是人类流散行为、流散文学、流散文化现象发生发展与创造的规律,本身天然处于跨界状态,与比较文学形成了彼此互相拥有与包容的关系。我国学界对流散文学研究给比较文学研究带来的生机作出了充分肯定:"流散文学研究领域的开辟,在这个意义上恰恰能够将陷入危机的比较文学从困境中解救出来。流散文学研究既是流散理论研究,又是文学文本研究、流散创作研究、流散接受研究、文化比较研究,为比较文学在研究模式、研究形态的深化等方面提供了具体翔实的研究对象,开拓了新研究领域。"①

第五,流散诗学与文化研究有着斩不断的血亲关系。文化研究属于文化人类学,或者说由文化人类学发展而来,同样是一门综合学科,它通过对人类文化起源、产生、发展、变化、形态、结构、传播、功能、共性、个性等进行研究,总结人类文化产生创造与发展变化的规律,以期更好地认识人类自身及其创造的文化。流散诗学研究的人类流散行为、流散文化、流散文学无疑是人类特殊而富有活力的文化,自然也应当是文化学研究的重要内容。从范围上看流散诗学应当归入文化学研究的分支,但又因其独特性,又完全不能等同于文化学,正如人类各学科领域的不断分化与细化一样,流散诗学在各学科学者长期的相关探索中,逐渐从文学、人类学、文化学、社会学、文学、民族学等中独立出

---

① 温越:《论流散文学的当代价值》,载温越、陈召荣编著:《流散与边缘化:世界文学的另类价值关怀》,甘肃人民出版社 2011 年版,第 6 页。

来,但又打上了各学科研究的印迹。例如,霍尔和吉尔洛伊对英国黑人文化生成与发展的考察、对大西洋黑人文化的研究都可以列入文化研究之中,但是他们有关黑人流散族文化的研究又可以作为流散诗学的理论探索与实践资源。流散族面对的文化失根、扎根、寻根、混血文化、杂交文化等问题,也都反映到流散作家的艺术创作中,文化学的视角无疑在这方面能大显身手。流散诗学的文化学研究视角还深受 20 世纪 90 年代前后文学研究、翻译研究等的文化转向影响,是文化转向的重要组成部分,曾经发出"文学死亡"的美国学者希利斯·米勒也明确地指出了文学研究中的这种文化转向:"自 1979 年以来,文学研究的兴趣中心已发生大规模的转移:从对文学作修辞学式的'内部'研究,转为研究文学的'外部'联系,确定它在心理学、历史或社会学背景中的位置。换言之,文学研究的兴趣已由解读转移到各种形式的阐释学解释上。"[①]中国学界的文学研究的文化转向研究深受英国新左派理论家、文化研究派代表人物理查德·霍加特、雷蒙·威廉斯、斯图亚特·霍尔等人的影响,特别是霍加特、霍尔这两个学者先后任英国伯明翰当代文化研究中心主任,其著作在中国的译介产生了更大影响,对中国文学研究的文化转向起到了促进作用;后殖民理论与后殖民文学研究的兴起,则直接导致了中国的外国文学界从文化视角研究移民族裔文学、后殖民文学、流散文学的实践热潮;美国文化学家乔纳森·卡勒主张"文化研究包括、涵盖了文学研究,它把文学研究作为一种独特的文化实践去考察"[②],说明了文化与文学密切的联系。当然,文学研究走向文化研究也带来了对文学本体关注不够的缺点,所以我们不能简单地用文化研究代替文学研究、流散诗学研究,要把握一个度,适当适宜适时地借鉴、运用文化学方法。

第六,流散诗学研究也离不开语言学视角。流散族在异国他乡第二语言

---

① ［美］希利斯·米勒:《文学理论在今天的功能》,载拉尔夫·科恩等编:《文学理论的未来》,程锡麟等译,中国社会科学出版社 1993 年版,第 121—122 页。

② ［美］乔纳森·卡勒:《文学理论》,李平译,辽宁教育出版社 1998 年版,第 46 页。

的学习与使用问题、母语的丧失问题、与居住地语言混杂——克里奥尔化问题、流散作家创作的语言选择及其语言艺术风格等,都要参照语言学相关理论进行探讨,才能更加好地理解流散文化与文学现象。以索绪尔语言学为代表的结构主义语言学在 20 世纪对文学、文学理论、中西诗学等研究中影响较大,语言学不只是提供了方法论,也提供了思维方式、研究模式。流散诗学研究应当借鉴语言学研究的方法,既要研究流散族个体或群体的"言语",展现其表象,也要研究流散族的"语言"规则、语法、系统的变化;既要研究个别流散文学作家的创作"言语",也要研究众多流散作家所使用的"语言"及其规则、体系;既要对流散文化、流散文学进行历时性的个案个性研究,也要对其进行共时性的共性研究;俄国形式主义批评家雅各布逊大力主张把语言学与文学、诗学研究结合起来,他在《语言学和诗学》《语法的诗和诗的语法》等论著中具体建构了其语言诗学框架,提出了语言的"表情功能、认知功能、参照功能、元语言功能、交际功能和诗性功能"[①],后来结构主义代表人物罗兰巴特、列维-斯特劳斯、罗兰·巴尔特、茨维坦·托多洛夫等都把语言学与文学、文化学、文艺学、人类学、符号学、叙事学等结合起来,产生了深刻的影响。就流散诗学研究具体实践来看,借鉴语言学能系统对可阐释的流散文化文本、文学文本符号进行研究,以更好地揭示流散文化的特性、诠释流散文学的特征。

第七,宗教学视角在流散诗学研究中也不可忽视。流散族大都保有原族的宗教信仰,来到新的流散之地,如何保持信仰的纯洁性,如何面对变化,如何面对其他宗教的影响,这就需要参照宗教学相关问题,如犹太流散族宗教信仰如何顽强地保持下来,并成为族群的核心精神支柱就是非常值得研究的问题;华人在流散前大部分没有宗教信仰,而到了流散地之后,有不少人信奉了东道国宗教或其他世界宗教,这也需要借鉴宗教学相关理论去阐释。更有不少流散作家,以宗教为题材进行文学创作,如奈保尔有关印度宗教的反映、拉什迪

---

① 陈惇:《语言学革命与文学研究的语言学转向》,《潍坊学院学报》2003 年第 3 期。

有关印度教和伊斯兰教的探讨、索尔仁尼琴的宗教主题、犹太文学中的犹太教观念等,这些问题的研究自然不能缺少宗教学理论。

　　总起看来,流散诗学有关流散行为、流散文化、流散文学等流散主题的考察是一个跨学科的研究,涉及大小学较多,除此上述几个方面外,政治学、经济学、教育学、心理学、管理学等在研究流散族及相关问题时,都可以发挥各自的优势,在面对不同的侧重点时,流散诗学可以灵活地从这些学科理论与实践中汲取丰富营养,从而打开流散研究广阔的天地。因此,流散诗学研究是一项综合性的大工程,需要学界同仁从不同的侧面进行探讨、书写、建构,才能建成一座坚实的诗学大厦。

参 考 文 献

一、中文文献

包亚明主编:《二十世纪西方美学经典文本》,复旦大学出版社 2002 年版。

车成安:《世界犹太裔文化名人传》,中国工人出版社 1996 年版。

陈恒:《希腊化研究》,商务印书馆 2006 年版。

陈铭道:《黑皮肤的感觉:美国黑人音乐文化》,世界知识出版社 1999 年版。

陈河:《布偶》,北京十月文艺出版社 2011 年版。

陈贤茂主编:《海外华文文学史》,鹭江出版社 1999 年版。

程抱一:《天一言》,山东友谊出版社 2004 年版。

川沙:《阳光》,(台湾)商务印书馆 2004 年版。

曹顺庆主编:《比较文学概论》,高等教育出版社 2015 年版。

戴从容:《乔伊斯、萨伊德和流散知识分子》,华东师范大学出版社 2012 年版。

邓蜀生:《美国与移民》,重庆出版社 1990 年版。

方北方:《娘惹与峇峇》,马来西亚槟城康华出版社 1954 年版。

傅有德等:《现代犹太哲学》,人民出版社 1999 年版。

傅有德:《犹太哲学与宗教研究》,中国社会科学出版社 2007 年版。

高宣扬:《后现代论》,中国人民大学出版社 2005 年版。

(明)巩珍:《西洋番国志》,向达校注,中华书局 1961 年版。

公仲主编:《世界华文文学概要》,人民文学出版社 2000 年版。

贺玉高:《霍米·巴巴的杂交性身份理论研究》,中国社会科学出版社 2012 年版。

韩槐准:《南洋遗留的中国古外销陶瓷》,新加坡青年书局1960年版。

黄宝生主编:《文学大师的故事》,解放军文艺出版社2002年版。

黄光学主编:《中国的民族识别》,民族出版社1995年版。

(清)黄遵宪:《人境庐诗草笺注》,上海古籍出版社1979年版。

黄万华:《新马百年华文小说史》,山东文艺出版社1999年版。

黄梅:《推敲"自我":小说在18世纪的英国》,生活·读书·新知三联书店2003年版。

金岳霖:《论道》,商务印书馆1987年版。

姜飞:《跨文化传播的后殖民语境》,中国人民大学出版社2005年版。

李长傅:《中国殖民史》,商务印书馆1929年版。

李凤亮、李艳编:《对话的灵光:米兰·昆德拉研究资料辑要》,中国友谊出版公司1999年版。

李学民、黄昆章:《印尼华侨史》,广东高等教育出版社2005年版。

李延龄主编:《中国俄罗斯侨民文学丛书》,顾蕴璞、李海译,北方文艺出版社、黑龙江教育出版社2002年版。

李惠斌、薛晓源主编:《全球化与现代性批判》,广西师范大学出版社2003年版。

刘海平、王守仁主编:《新编美国文学史》,上海外语教育出版社2002年版。

刘洪一:《走向文化的诗学:美国犹太小说研究》,北京大学出版社2002年版。

刘洪一:《犹太文化要义》,商务印书馆2004年版。

刘军:《美国犹太人:从边缘到主流的少数族群》,云南大学出版社2009年版。

刘文飞:《布罗茨基传》,新世界出版社2003年版。

刘瑛:《不一样的太阳》,鹭江出版社2016年版。

林贤治主编:《子夜的哀歌》,贵州人民出版社1999年版。

陆谷孙主编:《英汉大词典》,上海译文出版社1992年版。

罗荣渠等编:《中国现代化历程的探索》,北京大学出版社1992年版。

罗钢、刘象愚主编:《后殖民主义文化理论》,中国社会科学出版社1999年版。

梅晓云:《文化无根——以奈保尔为个案的移民文化研究》,陕西教育出版社2005年版。

宁骚:《非洲黑人文化》,浙江人民出版社1993年版。

钱满素:《美国当代小说家论》,中国社会科学出版社1987年版。

乔国强:《美国犹太文学》,商务印书馆2008年版。

秦小孟主编:《当代美国文学——概述及作品选读》,上海译文出版社1986年版。

瞿世镜、任一鸣:《英语后殖民文学研究》,上海译文出版社 2003 年版。

饶芃子主编:《流散与回望:比较文学视野中的海外会人文学》,南开大学出版社 2007 年版。

任光宣:《俄罗斯文化十五讲》,北京大学出版社 2007 年版。

宋濂、王祎:《元史》,中华书局 1976 年版。

孙英春:《跨文化传播学导论》,北京大学出版社 2008 年版。

单德兴:《论萨义德》,浙江大学出版社 2013 年版。

生安锋:《霍米·巴巴的后殖民理论研究》,北京大学出版社 2011 年版。

石海军:《后殖民:英印文学之间》,北京大学出版社 2008 年版。

唐文:《权力·死亡·荒诞——对约瑟夫·海勒黑色幽默小说的解读》,上海译文出版社 2016 年版。

汪大渊:《岛夷志略校释》,苏继庼校释,中华书局 1981 年版。

汪晖、陈燕谷主编:《文化与公共性》,生活·读书·新知三联书店 1998 年版。

王晓路等:《文化批评关键词研究》,北京大学出版社 2007 年版。

王长荣:《现代美国小说史》,上海外语教育出版社 1992 年版。

王守仁、吴新云:《性别·种族·文化:托尼·莫里森与二十世纪美国黑人文学》,北京大学出版社 1999 年版。

王润华:《华文后殖民文学:中国、东南亚的个案研究》,学林出版社 2001 年版。

王宁:《超越后现代主义》,人民文学出版社 2002 年版。

王宁、陈厚诚编:《西方当代文学批评在中国》,百花文艺出版社 2000 年版。

王宁等主编:《全球化与后殖民批评》,中央编译出版社 1998 年版。

温越、陈召荣编:《流散与边缘化:世界文学的另类价值关怀》,甘肃人民出版社 2011 年版。

吴冰、王立礼:《华裔美国作家研究》,南开大学出版社 2009 年版。

翁德修、都岚岚:《美国黑人女性文学》,吉林大学出版社 2000 年版。

笑言:《没有影子的行走》,时代文艺出版社 2002 年版。

徐新:《犹太文化史》,北京大学出版社 2011 年版。

徐新:《反犹主义解析》,上海三联书店 1996 年版。

徐新、凌继尧主编:《犹太百科全书》,上海人民出版社 1993 年版。

徐颖果主编:《离散:族裔文学批评读本》,南开大学出版社 2012 年版。

许烺光:《美国人与中国人》,浙江人民出版社 2017 年版。

严歌苓:《花儿与少年》,昆仑出版社 2003 年版。

杨泊溆:《全球化:起源、发展和影响》,人民出版社 2002 年版。

叶南客:《边际人》,上海人民出版社 1996 年版。

裔昭印:《世界文化史》,华东师范大学出版社 2001 年版。

杨茂生等编:《美国史新编》,中国人民大学出版社 1990 年版。

张德明:《流散族裔群的身份建构:当代加勒比英语文学研究》,浙江大学出版社 2007 年版。

张广智:《世界文化史·古代卷》,浙江人民出版社 1999 年版。

张锋、赵静:《当代英国流散小说研究》,外语教学与研究出版社 2018 年版。

赵淑侠:《紫枫园随笔》,中国友谊出版社 1984 年版。

曾少聪:《东洋航路移民:明清海洋移民台湾与菲律宾的比较研究》,江西高校出版社 1998 年版。

周敏:《美国华人社会的变迁》,上海三联书店 2006 年版。

周春:《美国黑人文学批评研究》,上海人民出版社 2016 年版。

朱国祯:《涌幢小品》,文化艺术出版社 1999 年版。

朱维之主编:《希伯来文化》,上海社会科学院出版社 2004 年版。

朱立元主编:《当代西方文艺理论》,华东师范大学出版社 2005 年版。

朱振武、刘略昌主编:《中国非英美国家英语文学研究导论》,上海译文出版社 2013 年版。

邹华威:《斯图亚特·霍尔的文化理论研究》,中国社会科学出版社 2014 年版。

庄伟杰主编:《与袋鼠搏击》,海峡文艺出版社 2002 年版。

〔美〕拉尔夫·科恩等编:《文学理论的未来》,程锡麟等译,中国社会科学出版社 1993 年版。

〔美〕阿尔君·阿帕杜莱:《消散的现代性:全球化的文化维度》,刘冉译,上海三联书店 2012 年版。

〔以色列〕阿巴·埃班:《犹太史》,阎瑞松译,中国社会科学出版社 1986 年版。

〔英〕阿诺德·汤因比:《历史研究》,郭小凌等译,上海世纪出版集团、上海人民出版社 2005 年版。

〔法〕阿尔费雷德·格罗塞:《身份认同的困境》,王鲲译,社会科学文献出版社 2010 年版。

〔英〕艾勒克·博埃默:《殖民与后殖民文学》,盛宁译,辽宁教育出版社 1998 年版。

〔美〕艾林·索森:《美国黑人音乐史》,袁华清译,人民音乐出版社 1983 年版。

〔美〕胡其瑜:《何以为家:全球化时期华人的流散与播迁》,周琳译,浙江大学出版社 2015 年版。

[美]Edward W.Soja:《第三空间:去往洛杉矶和其他真实和想象地方的旅程》,陆扬等译,上海教育出版社 2005 年版。

[美]爱德华·W.萨义德、戴维·巴萨米安:《文化与抵抗》,梁永安译,上海译文出版社 2009 年版。

[美]爱德华·W.萨义德:《世界·文本·批评家》,李自修译,生活·读书·新知三联书店 2009 年版。

[美]爱德华·W.萨义德:《格格不入:萨义德回忆录》,彭淮栋译,生活·读书·新知三联书店 2004 年版。

[美]爱德华·W.萨伊德:《知识分子论》,单德兴译,生活·读书·新知三联书店 2002 年版。

[美]爱德华·W.萨义德:《权力、政治与文化——萨义德访谈录》,单德兴译,生活·读书·新知三联书店 2007 年版。

[美]爱德华·W.赛义德:《赛义德自选集》,谢少波、韩刚、马海良等译,中国社会科学出版社 1999 年版。

[美]爱德华·W.萨义德:《文化与帝国主义·前言》,李琨译,生活·读书·新知三联书店 2003 年版。

[英]安东尼·吉登斯:《现代性与自我认同》,赵旭东等译,生活·读书·新知三联书店 1998 年版。

[英]安东尼·D.史密斯:《全球化时代的民族与民族主义》,龚维斌、良警宇译,中央编译出版社 2002 年版。

[美]奥登:《奥登文集》,黄星烨译,上海译文出版社 2015 年版。

[英]巴特·穆尔-吉尔伯特:《后殖民理论:语境、实践、政治》,陈仲丹译,南京大学出版社 2001 年版。

[波兰]格奥尔格·勃兰兑斯:《十九世纪文学主流》,张道真译,人民文学出版社 1980 年版。

[美]本尼迪克特·安德森:《想象的共同体:民族主义的起源与散布》,吴叡人译,上海人民出版社 2016 年版。

[美]本尼迪克特·安德森:《全球化时代:无政府主义者与反殖民想象》,董子云译,商务印书馆 2018 年版。

[英]约瑟夫·皮尔斯:《流放的灵魂:索尔仁尼琴》,张桂娜译,上海三联书店 2013 年版。

［美］哈利德·科泽:《国际移民》,吴周放译,译林出版社 2009 年版。

［美］威廉·E.B.杜波伊斯:《黑人的灵魂》,维群译,人民文学出版社 1959 年版。

［英］厄内斯特·盖尔纳:《民族与民族主义》,韩红译,中央编译出版社 2002 年版。

［法］菲利普·奥德莱尔、弗朗索瓦兹·韦热斯:《从奴隶到公民》,陈伟韦译,译林出版社 2006 年版。

［美］菲利普·罗斯:《美国牧歌》,罗小云译,译林出版社 2011 年版。

［俄］弗·阿格诺索夫:《俄罗斯侨民文学史》,刘文飞等译,人民文学出版社 2004 年版。

［美］弗兰克·蒂罗:《爵士音乐史》,麦玲译,人民音乐出版社 1995 年版。

［俄］弗拉基米尔·纳博科夫:《固执己见:纳博科夫访谈录》,潘小松译,时代文艺出版社 1998 年版。

［俄］弗拉基米尔·纳博科夫:《玛丽》,王家湘译,上海译文出版社 2013 年版。

［法］弗朗兹·法农:《黑皮肤,白面具》,万冰译,译林出版社 2005 年版。

［法］弗朗兹·法农:《全世界受苦的人》,万冰译,译林出版社 2005 年版。

［美］罗伯特·E.帕克:《移民报刊及其控制》,陈静静、展江译,中国人民大学出版社 2011 年版。

［美］罗伯特·M.塞尔茨:《犹太的思想》,赵立行、冯玮译,上海三联书店 1994 年版。

［南非］J.M.库切:《凶年纪事》,文敏译,浙江文艺出版社 2009 年版。

［法］克劳婷·苏尔梦:《中国传统小说在亚洲》,颜保译,国际文化出版公司 1989 年版。

［美］兰斯顿·休斯:《大海:兰斯顿·休斯自传》,石勤、吴克明译,上海译文出版社 1986 年版。

［法］赖那克:《阿波罗艺术史》,李朴园译,上海书店 2004 年版。

［捷克］米兰·昆德拉:《笑忘录》,莫雅平译,中国社会科学出版社 1992 年版。

［捷克］米兰·昆德拉:《不能承受的生命之轻》,许钧译,上海译文出版社 2003 年版。

［美］米尔顿·M.戈登:《美国生活中的同化》,马戎译,译林出版社 2015 年版。

［美］欧文·豪:《父辈的世界》,王海良等译,上海三联书店 1995 年版。

［美］乔纳森·休斯、路易斯·凯恩:《美国经济史》,邸晓燕、邢露译,北京大学出版社 2011 年版。

［美］乔纳森·卡勒:《文学理论》,李平译,辽宁教育出版社 1998 年版。

[英]乔治·拉伦:《意识形态与文化身份:现代性和第三世界在场》,戴从容译,上海教育出版社 2005 年版。

[德]格·齐美尔:《社会是如何可能的——齐美尔社会学文选》,林荣远编译,广西师范大学出版社 2002 年版。

[埃及]萨米尔·阿明:《全球化时代的资本主义:对当代社会的管理》,丁开杰等译,中国人民大学出版社 2005 年版。

[美]索尔·贝娄:《洪堡的礼物》,蒲隆译,河北教育出版社 2002 年版。

[英]斯图亚特·霍尔:《表征:文化表象与意指实践》,徐亮、陆兴华译,商务印书馆 2003 年版。

[美]威廉·鲁宾斯坦:《援救的神话:为什么没能从纳粹手中救出更多的犹太人》,张锋等译,北京出版社 2000 年版。

[俄]茨维坦·托多罗夫编选:《俄苏形式主义文论选》,蔡鸿滨译,中国社会科学出版社 1989 年版。

[英]维·苏·奈保尔:《幽暗国度》,李永平译,生活·读书·新知三联书店 2003 年版。

[古希腊]亚里士多德:《政治学》,吴寿彭译,商务印书馆 1965 年版。

[美]雅各·瑞德·马库斯:《美国犹太人》,杨波译,上海人民出版社 2004 年版。

艾仁贵:《犹太"隔都"起源考》,《史林》2011 年第 5 期。

艾石:《苏联〈东南亚国家的华人民族集团〉一书摘要》,《民族译丛》1987 年第 6 期。

陈世丹:《弥漫着犹太文化品性的当代美国犹太文学》,《河南师范大学学报》2008 年第 3 期。

陈惇:《语言学革命与文学研究的语言学转向》,《潍坊学院学报》2003 年第 3 期。

陈高华:《元代的海外贸易》,《历史研究》1978 年第 3 期。

陈贤茂:《新加坡华文文学简论》,《海南大学学报》1985 年第 4 期。

陈大为:《当代泰华文学的湄南图像》,《世界华文文学论坛》2002 年第 2 期。

陈爱敏:《流散书写与民族认同——兼谈美国华裔流散文学中的民族认同》,《四川外语学院学报》2008 年第 2 期。

陈爱敏:《流散者的困惑——美国华裔女性文学中的母亲形象解读》,《外语与外语教学》2006 年第 6 期。

陈琛、陈红薇:《流散灵魂的归宿——非裔加拿大剧作家贾奈特·西尔斯作品研究》,《戏剧》2016 年第 3 期。

蔡晓惠：《北美华人英语流散文学与中西文学传统——以哈金、李彦作品为例》，《中国比较文学》2017 年第 5 期。

程爱民：《论美国华裔文学的发展阶段和主题内容》，《外国语》2003 年第 6 期。

潮龙起：《美国华人认同的历史演变》，《史学理论研究》2014 年第 2 期。

曹向昀：《西方人口迁移研究的主要流派及观点综述》，《中国人口科学》1995 年第 1 期。

邓锐龄：《评谭·戈伦夫新著〈近代西藏的诞生〉》，《中国藏学》1988 年第 1 期。

董雯婷：《Diaspora：流散还是离散?》，《华文文学》2018 年第 2 期。

丁麒钢：《同化过程及边际地位》，《读书》1993 年第 1 期。

丁则民：《外来移民在美国历史发展中的作用》，《东北师大学报》1993 年第 5 期。

丁月牙：《论跨国主义及其理论贡献》，《民族研究》2012 年第 3 期。

丰云：《飞散写作：异域与故乡的对立置换》，《江西社会科学》2007 年第 2 期。

高波：《峇峇：多元文化的"混血儿"》，《中国文化报》2009 年 7 月 15 日。

高文惠：《J.M.库切：抵制中心的帝国流散者》，《德州学院学报》2008 年第 3 期。

公仲：《"万里长城"与"马其诺防线"之间的突围——现当代欧洲华文文学新态势》，《南昌大学学报》2004 年第 3 期。

何志龙：《外来移民与塞浦路斯的民族形成》，《世界民族》2006 年第 1 期。

黄石编译：《俄罗斯人和犹太人》，《今日东欧中亚》1995 年第 4 期。

胡锦山：《1940—1970 年美国黑人大迁徙概论》，《美国研究》1995 年第 4 期。

胡锦山：《美国黑人的第一次大迁谈》，《东北师大学报》1996 年第 2 期。

胡志明：《〈毕司沃斯先生的房子〉：一个自我反讽的后殖民寓言》，《外国文学评论》2003 年第 4 期。

郝葵：《中国俄罗斯族：跨境与原生态之辩》，《贵州民族研究》2015 年第 9 期。

江玉琴：《黑人音乐与流散黑人的认同性意义：兼论保罗·吉洛伊的流散理论》，《深圳大学学报》2012 年第 5 期。

江玉琴：《论〈金鱼〉中黑人音乐对流散黑人的认同性意义》，《外国文学研究》2012 年第 3 期。

江玉琴：《论多元文化主义的悖论与超越：以移民流散文化为例》，《深圳大学学报》2011 年第 3 期。

李凤亮、胡平：《"华语语系文学"与"世界华文文学"：一个待解的问题》，《文艺理论研究》2013 年第 1 期。

李明欢：《Diaspora：定义、分化、聚合与重构》，《世界民族》2010 年第 5 期。

李明欢:《20世纪西方国际移民理论》,《厦门大学学报》2000年第4期。

李启华:《中国俄罗斯族形成发展历程探析》,《学术交流》2012年第6期。

李新云:《从生态批评视角解读流散文学》,《山东社会科学》2009年第6期。

李新云、李德凤:《流散写作的社会性别身份研究》,《东岳论丛》2009年第4期。

李道全:《关注印度流散的历史小说——评阿米塔夫·高什的〈罂粟海〉》,《外国文学动态》2013年第2期。

李果正:《刍议流散写作中的文化身份》,《南昌大学学报》2004年第3期。

黎跃进:《东方古代流散文学及其特点》,《东方丛刊》2006年第2辑。

刘玉环、周桂君:《多丽丝·莱辛的跨文化经历及其创作中的流散情结》,《东疆学刊》2013年第5期。

刘洪一:《流散文学与比较文学:机理及联结》,《中国比较文学》2006年第2期。

刘洪一:《犹太性与世界性:一块硬币的两面》,《国外文学》1997年第4期。

刘洪一:《犹太文学的阈限界定》,《文艺理论研究》1992年第6期。

刘彦章:《关于路标转换派》,《当代世界与社会主义》1983年第3期。

刘俊:《"世界华文文学""华语语系文学"视野下的"新华文学"》,《暨南学报》2016年第12期。

刘文飞:《20世纪俄罗斯文学的有机构成》,《外国文学评论》2003年第3期。

刘波:《诺贝尔文学奖得主俄罗斯诗人布罗茨基》,《西伯利亚研究》2005年第5期。

刘苏周:《拉什迪的流散美学与女性书写:以〈羞耻〉为研究个案》,《英美文学研究论丛》2016年第4辑。

栾艳丽、张建华:《20世纪20年代俄国侨民的政治思潮——以米留可夫的"新策略"为个案研究》,《齐齐哈尔大学学报》2008年第3期。

罗琼:《南亚穆斯林流散作家的"9·11文学"创作》,《复旦外国语言文学论丛》2018年第1辑。

罗小云:《流散与回归:罗斯〈反生活〉的双重人格困扰》,《当代外国文学》2016年第5期。

林晓霞:《流散文学与世界文学:兼论凌叔华的流散写作》,《当代作家评论》2017年第2期。

林端志:《爪哇华侨中介商》(中译文),《南洋问题资料译丛》1957年第4期。

林云、曾少聪:《族群认同:菲律宾华人认同的变迁》,《当代亚太》2006年第6期。

刘林:《〈圣经〉文学性研究评述》,《山东大学学报》2003年第6期。

梁工:《古犹太文学如是说》,《外国文学研究》1993 年第 1 期。

梁工:《古埃及末期的犹太流散文学》,《东方丛刊》2006 年第 2 期。

梁工:《古犹太流散写作与希伯来经典》,《河南大学学报》2008 年第 6 期。

梁工:《古埃及末期的犹太流散文学回眸》,《东方丛刊》2006 年第 2 辑。

梁明柳、陆松:《峇峇娘惹——东南亚土生华人族群研究》,《广西民族研究》2010 年第 1 期。

陆卓宁:《离散与聚合:全球化时代的欧华文学》,《华文文学》2018 年第 4 期。

骆洪:《文化身份寻踪:美国黑人作家笔下的话语》,《学术探索》2004 年第 12 期。

马相武:《当代马华小说的主体建构》,《学术研究》1998 年第 7 期。

马桂花:《美国华裔流散文学中的民族身份和文化认同》,《贵州民族研究》2017 年第 6 期。

毛起雄:《唐代海外贸易与法律调整》,《海交史研究》1988 年第 2 期。

孟昭毅:《流散写作:东方文学研究新垦拓的沃土》,《东方丛刊》2006 年第 2 辑。

梅晓云:《幽暗与朗照:南亚流散文学中的族裔记忆与家国想象》,《西北大学学报》2014 年第 5 期。

牟佳、周桂君:《离散·流散·飞散——美国移民题材小说的边缘书写与主题嬗变》,《郑州大学学报》2015 年第 3 期。

潘纯琳:《"散居"一词的谱系学研究》,《重庆工商大学学报(社科版)》2006 年第 2 期。

钱超英:《"边界是为跨越而设置的"——流散研究理论方法三题议》,《深圳大学学报》2012 年第 5 期。

钱超英:《文明对话与文化比较》,《深圳大学学报》2012 年第 5 期。

钱超英:《流散文学与身份研究——兼论海外华人华文文学阐释空间的拓展》,《中国比较文学》2006 年第 2 期。

綦亮:《国外加拿大黑人文学研究述略》,《外语教学》2018 年第 2 期。

綦亮:《乔·埃·克拉克的非裔加拿大文学批评》,《外国文学》2018 年第 1 期。

饶芃子、蒲若茜:《从"本土"到"离散":近三十年华裔美国文学批评理论评述》,《暨南学报》2005 年第 1 期。

任娜、陈德衍:《日本华侨华人社会形成新论》,《史学月刊》2017 年第 5 期。

孙淑芹、王启东:《方块字浇铸的心影——泰国华文文学特色浅论》,《东疆学刊》2005 年第 3 期。

施文英:《欧洲华文文学面临的困境与发展》,《华文文学》2016 年第 6 期。

生安锋:《霍米·巴巴的"流亡诗学"》,《文艺研究》2004 年第 5 期。

生安锋:《后殖民主义的"流亡诗学"》,《外语教学》2004 年第 5 期。

石海军:《故事与历史:"流散"的拉什迪》,《东方丛刊》2006 年第 4 期。

石海军:《破碎的镜子:"流散"的拉什迪》,《外国文学评论》2006 年第 6 期。

唐晓芹、石云龙:《流散者的多元文化体悟》,《外文研究》2014 年第 6 期。

陶家俊:《现代性的后殖民批判——论斯图亚特·霍尔的族裔散居认同理论》,《四川外语学院学报》2006 年第 5 期。

陶家俊:《身份认同导论》,《外国文学》2004 年第 2 期。

童庆炳:《谈谈文学性》,《语文建设》2009 年第 3 期。

童明:《飞散》,《外国文学》2004 年第 6 期。

童明:《飞散的文化和文学》,《外国文学》2007 年第 1 期。

滕文生:《经济全球化的演变和发展历程》,《北京日报·理论专刊》2019 年 3 月 18 日。

万明:《乡国之间:明代海外政策与海外移民的类型》,《暨南学报》2016 年第 4 期。

汪金国等:《diaspora 的译法和界定探析》,《世界民族》2011 年第 2 期。

汪介之:《俄罗斯侨民文学与本土文学关系初探》,《外国文学评论》2004 年第 4 期。

汪介之:《20 世纪俄罗斯侨民文学的文化观照》,《南京师大文学院学报》2004 年第 1 期。

王玉括、陆建秋:《加拿大黑人的称谓、身份危机与文化认同意识》,《外语研究》2017 年第 1 期。

王家湘:《漫谈加拿大当代黑人文学》,《外国文学》1994 年第 6 期。

王琛发:《17—19 世纪南海华人社会与南洋的开拓》,《福州大学学报》2016 年第 4 期。

王德威:《华语语系文学:边界想象与越界建构》,《中山大学学报》2006 年第 5 期。

王宁:《全球化理论与文学研究》,《外国文学》2003 年第 3 期。

王宁:《流散写作与中华文化的全球性特征》,《中国比较文学》2004 年第 5 期。

王宁:《流散文学与文化身份认同》,《社会科学》2006 年第 6 期。

王宁:《世界文学语境下的华裔流散写作及其价值》,《深圳大学学报》2012 年第 6 期。

王光林:《认同,错位与超越——兼论华裔美国文学的发展》,《英美文学研究论丛》2002 年第 4 辑。

王飞、邓颖玲:《流散写作与身份认同:日裔英籍作家石黑一雄的身份认同观研究》,《广西民族大学学报》2017 年第 5 期。

吴前进:《跨国主义:全球化时代移民问题研究的新视野》,《国际观察》2004 年第 3 期。

吴前进:《跨国主义的移民研究——欧美学者的观点和贡献》,《华人华侨历史研究》2007 年第 4 期。

吾文泉:《阿瑟·密勒戏剧的犹太写作》,《外国文学研究》2014 年第 2 期。

谢美华:《清代前期中国海外移民的主要类型》,《八桂侨刊》2010 年第 3 期。

徐新:《论〈塔木德〉》,《学海》2006 年第 1 期。

徐彬:《卡里尔·菲利普斯小说中的流散叙事与国民身份焦虑》,《外国文学研究》2018 年第 1 期。

徐颖果:《多元视角下的当代美国华裔文学》,《南京大学学报》2009 年第 6 期。

许文荣:《华文流散文学的本体性:兼及海外华文文学研究的再思》,《华文文学》2014 年第 4 期。

亚思明、王湘云:《论犁青的"流散写作"与"立体诗学"》,《南方文坛》2018 年第 6 期。

亚思明:《论"流散"语境下梁秉钧"发现的诗学"》,《文学评论》2017 年第 5 期。

严学玉:《中世纪德国犹太人地位变迁》,《中国社会科学报》2016 年 12 月 19 日。

杨中举:《跨界流散写作:比较文学研究的"重镇"》,《东方丛刊》2007 年第 2 辑。

杨中举:《Diaspora 的汉译问题及流散诗学话语建构》,《山东师范大学学报》2016 年第 2 期。

杨中举:《东南亚流散族群及其文化、文学特征》,《东方丛刊》2019 年第 2 辑。

杨中举:《流散文学的内涵、流变及"流散性"文学表现》,《江苏社会科学》2020 年第 3 期。

杨中举:《犹太流散文学的"流散性"》,《河南大学学报》2020 年第 6 期。

杨周翰:《国际比较文学研究的动向:国际比较文学协会第 11 届大会述评》,《国外文学》1986 年第 3 期。

杨柳:《刍议文化身份在当代法国流散文学中的表征》,《国外文学》2018 年第 6 期。

杨菊华:《分异与融通:欧美移民社会融合理论及对中国的启示》,《江苏行政学院学报》2017 年第 5 期。

杨晓霞:《流散往世书:印度移民的过去与现在》,《深圳大学学报》2012 年第 6 期。

杨启光:《印尼华人文化》,《东南亚研究》2006 年第 4 期。

姚晓鸣:《后殖民语境下奈保尔作品的流散叙事研究》,《河南社会科学》2012 年第 9 期。

喻常森:《元代海外贸易发展的积极作用与局限性》,《海交史研究》1994 年第 2 期。

余建华:《国外边缘人研究略论》,《哈尔滨工业大学学报》2006 年第 5 期。

余彬:《国际移民认同危机与族群身份政治运行机制研究》,《民族研究》2013 年第 5 期。

余玉萍:《边界生存:当代巴勒斯坦文学的流散主题》,《世界文学评论》2008 年第 5 期。

于逢春:《中国海洋文明的隆盛与衰落》,《学术月刊》2016 年第 1 期。

袁霞:《试论〈苏库扬〉中的加勒比流散》,《外国文学评论》2014 年第 3 期。

张德明:《流浪的缪斯:20 世纪流亡文学初探》,《外国文学评论》2002 年第 2 期。

张冲:《散居族裔批评与美国华裔文学研究》,《外国文学研究》2005 年第 2 期。

张建萍:《全球化背景下当代英国黑人文化的变迁》,《江西社会科学》2016 年第 4 期。

张建萍:《近三十年来英国黑人历史书写的变迁》,《解放军外国语学院学报》2015 年第 2 期。

张建萍:《博弈下的暗涌——解读 20 世纪中期英国加勒比流散文学》,《宁波大学学报》2014 年第 5 期。

张建萍:《行进中的家园书写——加勒比流散文学的变迁研究》,《重庆邮电大学学报》2014 年第 4 期。

张建萍:《全球化背景下加勒比流散文学研究》,《河南理工大学学报》2014 年第 2 期。

张建萍:《美国犹太文学"回归"主题研究》,《重庆交通大学学报》2014 年第 2 期。

张建萍:《论卡里尔·菲利普斯〈渡河〉中流散思想及其演变》,《当代外国文学》2012 年第 4 期。

张燕:《论〈爱的晕眩〉中的流散历史和身份认同》,《当代外国文学》2013 年第 4 期。

张霖:《由边缘到中心的变迁——从百年诺贝尔文学奖看流散文学》,《深圳大学学报》2012 年第 6 期。

张戈:《英国文学中黑人形象的沦落与种族主义的起源》,《外国文学评论》2013 年第 3 期。

张庆海:《论 12 世纪中期法国犹太人政策的转变》,《经济社会史评论》2015 年第 3 期。

张宏明:《反黑人种族主义思潮形成过程辨析》,《西亚非洲》2008 年第 1 期。

张桐:《俄罗斯知识分子外流及其后果》,《学习与探索》1998 年第 3 期。

张剑:《西方文论关键词:他者》,《外国文学》2011 年第 1 期。

张杏玲:《流散文学的黑人文学身份建构》,《求索》2015 年第 4 期。

张举燕:《全球化时代的流散写作及研究——兼论王宁教授的流散写作研究》,《当代作家评论》2015 年第 2 期。

张峰:《后殖民离散诗学与自我建构——卡里尔·菲利普斯及其短篇小说〈成长的烦恼〉》,《外国文学》2008 年第 6 期。

赵淑侠:《从欧洲华文文学到海外华文文学》,《海南师范大学学报》2007 年第 4 期。

赵淑侠:《一棵小树:欧洲华文作家协会成立大会上的讲话》,《亚洲华文作家》1991 年第 6 期。

赵启光:《身在异乡为异客——评介英国小说家贾布瓦拉》,《世界文学》1988 年第 4 期。

郑莉:《明清时期海外移民的庙宇网络》,《学术月刊》2016 年第 1 期。

周晔:《飞散、杂合与全息翻译——从〈喜福会〉看飞散文学写作特色及翻译理念》,《解放军外国语学院学报》2008 年第 4 期。

周敏:《流散身份认同——读 V.S.奈保尔的〈世间之路〉》,《当代外国文学》2009 年第 5 期。

周莹、张铌:《美国华裔女性流散文学发展演变及主题变迁》,《名作欣赏》2018 年第 1 期。

周怡:《女性、流散与后殖民:写在美国印度裔作家巴拉蒂·穆克吉去世之际》,《外国文学动态研究》2017 年第 5 期。

周黎:《陌生化与双重化的视角——诺贝尔文学奖中流散文学的特征》,《淮海工学院学报》2014 年第 2 期。

周雷、牛忠光:《国际移民视域下的 Diaspora 话语:概念反思与译介困境》,《世界民族》2018 年第 3 期。

朱敬才:《流散研究的兴起及其基本动向》,《社会》2012 年第 4 期。

朱琳:《美国当代黑人文学的新坐标》,《外国文学研究》2009 年第 3 期。

朱寿桐:《〈流亡文学〉与勃兰兑斯巨大世界性影响的形成》,《江海学刊》2009 年第 6 期。

朱振武、张敬文:《英语流散文学及相关研究的崛起》,《东吴学术》2016 年第 3 期。

朱振武、袁俊卿:《流散文学的时代表征及其世界意义》,《中国社会科学》2019 年第 7 期。

朱丽英:《根、路径、身份:拉什迪小说中的流散书写》,《跨语言文化研究》2016 年第 5 期。

邹威华:《后殖民语境中的文化表征——斯图亚特·霍尔的族裔散居文化认同理论透视》,《当代外国文学》2007 年第 2 期。

邹威华:《族裔散居语境中的"文化身份与文化认同"——以斯图亚特·霍尔为研究对象》,《南京社会科学》2007 年第 1 期。

庄国土:《论中国人移民东南亚的四次大潮》,《南洋问题研究》2008 年第 1 期。

庄伟杰:《从妙悟到虚静——海外华人流散写作的一种艺术观照与诗学探析》,《名作欣赏》2012 年第 10 期。

庄伟杰:《海外华人流散写作的文化境遇与身份迷思》,《当代文坛》2017 年第 2 期。

庄伟杰:《流散写作、华人散居和华文文学》,《世界华文文学论坛》2010 年第 9 期。

[美]戴安娜·布莱顿、生安锋:《后殖民主义的尾声:反思自主性、世界主义和流散》,《社会科学战线》2003 年第 5 期。

[加]安顿·L.阿拉哈:《主流族群与少数族群的权利之辨:论加拿大黑人、社会团体与多元文化主义》,《深圳大学学报》2011 年第 3 期。

[美]阿里夫·德里克:《后殖民的辉光:全球资本主义时代的第三世界批评》,《外国文学》1997 年第 1 期。

[俄]戈尔杰耶娃·C.B.:《中国的"俄罗斯村"》,《西伯利亚研究》2014 年第 1 期。

[荷兰]瑞恩·赛格斯:《全球化时代的文学和文化身份构建》,《跨文化对话》1999 年第 2 期。

[法]米歇尔·鲍桑:《传统与记忆:以一个埃及犹太人组织为例》,罗湘衡译,《国际社会科学》2012 年第 6 期。

[美]丽贝卡·基姆:《宗教与族群:理论关联的综述》,范丽珠译,《世界宗教文化》2015 年第 5 期。

[德]卡尔·约瑟夫·库施尔、[中]庞娜娜:《"他者文化"与"我者文化"的"黑塞式"融合——访国际黑塞协会会长卡尔·约瑟夫·库施尔教授》,《国际汉学》2018 年

第 2 期。

瑞典文学院:《二○○一年诺贝尔文学奖授奖辞》,阮学勤译,《世界文学》2002 年第 1 期。

[美]亚历山大·德拉诺、[新西兰]艾伦·加姆伦、罗发龙:《祖籍国与离散族裔的关系:比较与理论的视角》,《东南亚研究》2015 年第 5 期。

二、英文文献

Aindrilla Guin, *Dialectics of Identity:A Study of British South Asian Diasporic Writers*, Saabrucken:Scholar's Press,2013.

Adam Zachary Newton, *Facing Black and Jew*, Cambridge:Cambridge University Press, 1995.

Andrew Sharf, *Byzantine Jewry:From Justinian to the Fourth Crusade*, New York: *Schochen books*,1971.

Alfred Kazin, *On Native Grounds:An Interpretation of Modern American Prose Literature*, Orlande:Harcourt Brace & Company,1942.

Alfonso Felix Jr. eds., *The Chinese in the Philippines*, Manila:Solidaridad Publishing House,1966.

Avtar Brah, *Cartography of Diaspora:Contesting Identities*, London:Routledge,1996.

Bill Ashcroft, Gareth Griffiths and Helen Tiffin, *Key Concepts in Post-Colonial Studies*, London and New York:Routledge,1998.

Boris Raymond, David R. Jones, *The Russian Diaspora, 1917 – 1941*, Maryland:The Scarecrow Press,2000.

Brent Hayes Edwards, *The Practice of Diaspora:Literature, Translation, and the Rise of Black Internationalism*, Cambridge, MA:Harvard University Press,2003.

Bruce King, *V.S.Naipaul*, Palgrave Macmillan,2003.

Burnett P.Derek Walcott, *Politics and Poetics*, Gainesville:University Press of Florida, 2000.

Cecil Roth, *History of the Jews In England*, Oxford:Clarendon Press,1964.

C.Peach ed., *Ethnicity in the 1991 Census*, London:HMSO,1996.

Chris Rojek, *Stuart Hall*, Cambridge Polity,2003.

Charles Bressler ed., *Literary Criticism-An Introduction to Theory and Practice*, New Jersey：Prenice-Hall，Upper Saddle River，1994.

David Morley and Kuan-Hsing Chen eds., *Stuart Hall：Critical Dialogues in Cultural Studies*，London：Routledge，1996.

David Dabydeen and Nana Wilson-Tagoe eds.，*A Reader's Guide to Westindian and Black British Literature*，London：Hansib，1997.

DU Bois，*He Crisis Writing*，ed.by Daniel Walden，Greenwich Conn.：Fawcett，1972.

E.A.Abramson，*Bernard Malamud Revisited*，New York：Twayne Publishers，1993.

Etan Levine ed.，*Diaspora：Exile and the Jewish Condition*，New York and London：Jason Aronson，1983.

Edward W.Said，*Reflections on Exile and Other Essays*，Cambridge：Harvard University Press，2002.

Everett V.Stonequist，*The Marginal Man：A Study in Personality and Culture Conflict*，New York：Russell & Russell，1961.

Eufronio M.Alip，*Ten centuries of Philippine-Chinese Relations*，Manila：Alip and Sons Inc.，1959.

Gabriel Sheffer，*Diaspora Politics：At Home Abroad*，New York：Cambridge University Press，2003.

Gary Gerstle，*American Crucible；Race and Nation in the Twentieth Century*，Princeton University Press，2001.

Georg Simmel，*On Individuality and Social Forms：Selected Writings*，ed.by Donald Levine，Chicago：University of Chicago Press，1971.

Georgina Tsolidis ed.，*Migration，Diaspora and Identity：Cross-National Experiences*，Springer，2013.

Charles Freeman，*The Greek Achievement*，London：the Penguin Press，1999.

Gregor Benton and Edmund Terence Gomez，*The Chinese in Britain，1800−Present：Economy，Transnationalism，Identity*，Basingstoke：Palgrave Macmillan，2008.

Gijsbert Oonk，*Global Indian Diasporas：Exploring Trajectories of Migration and Theory*，Amsterdam University Press，2007.

Gorge Huchison，*The Harlem Renaissance in Black and White*，Harvard University Press，1995.

Frederick Jackson Turner，*The Early Writings of Frederick Jackson Turner，With a List of*

All His Works, Compiled by Everett E. Edwards, Madison: University of Wisconsin Press, 1938.

H. H. Sasson ed., *A History of the Jewish People*, Cambridge: Harvard University Press, 1976.

H. N. Thomas ed., *Why We Write: Conversations with African Canadian Poets and Novelists*, *Interviews*, Toronto: TSAR Publications, 2006.

Homik Bhabha, *Nation and Narration*, London and New York: Routledge, 1990.

Iain Chambers, *Migrancy*, *Culture*, *Identity*, London: Routledge, 1994.

Iain Chambers, *Border Dialogues: Journeys in Postmodernity*, London: Routledge, 1990.

Immanuel Kant, *Religion Within the Limits of Reason Alone*, Theodore M. Greene and Hoyth Hudson trans., New York: Harper Brothen, 1960.

Irving Howe, *A World More Attractive: A View of Modern Literature and Politics*, New York: Horizon Press, 1963.

Ingrid Monson, *The African Diaspora: A Musical Perspective*, New York and London: Routledge, 2003.

J. M. Coetzee, *Boyhood: Scenes from Provincial Life*, London: Secker & Warburg, 1997.

J. M. Coetzee, *Doubling the Point: Essays and interview*, ed. by David Attwell, Cambridge: Harvard University Press, 1992.

John Thieme, *The Web of Tradition: Uses of Allusion in V. S. Naipaul's Fiction*, London: Dangaroo Press, 1987.

Jana Evans Braziel, *Diaspora: An Introduction*, Wiley-Blackwell, 2008.

Jana Evans Braziel and Anita Mannur eds., *Theorizing Diaspora: a Reader*, Blackwell Publishing Ltd., 2003.

Hector St. John Crevecoeur, *Letters from an American Farmer*, ed. By Susan Manning, New York: Oxford University Press, 1997.

James Proctor, *Dwelling Places: Postwar Black British Writing*, Manchester: Manchester University Press, 2003.

John Calvin, *Commentary on the Book of Psalms*, Tr. James Anderson. Grand Rapids: Baker Book House, Reprinted, 1984.

John Docker, *1492: The Poetics of Diaspora*, Continuum International Publishing Group Ltd., 2001.

Jopi Nyman, *Home*, *Identity*, *and Mobility in Contemporary Diasporic Fiction*, New York:

Rodopi,2009.

Jr.Henry Louis Gates,*The Classic Slave Narratives*,New York:Signet,2012.

Julian Wolfreys ed.,*Introducing Criticism at the 21ˢᵗ Century*,Edinburgh:Edinburgh University Press,2002.

Karim.H.Karim ed.,*The Media of Diaspora*,London and New York:Routledge,2003.

Khalid Koser,*New African Diasporas*,London and New York:Routledge,2003.

Kwame Anthony Appiah and Henry Louis Jr. Gates,*Identities*,University of Chicago Press,1996.

Langston Hughes,*The Best of Simple*,George Houston Bass,1989.

L.Wei,*Three Generations,Two Languages,One Family:Language Choice and Languages Shift in a Chinese Community in Britain*,Clevedon:Multilingual Matters Ltd.,1994.

Linda Zeff,*Jewish London*,Piatkus,1986.

Louis James,*The Caribbean Literature in English*,London and New York:Longman,1990.

Mary Lou Emery,*Jean Rhys At "World's End":Novels of Colonial and Sexual Exile*,Austin:University of Texas Press,1990.

Makarand Paranjape ed.,*In Diaspora:Theories,Histories,Texts*,New Delhi:Indialog,2001.

Melvin Ember eds.,*Encyclopedia of Diasporas:Immigrant and Refugee Cultures around the World*,Springer Science and Business Media,2004.

Michael P.Kramer,Hana Wirth-Nesher,eds.,*Jewish American literature*,Cambridge University Press,2003.

Michael A.Meyer,*German-Jewish History in Modern Times*,Vol.4,New York:Columbia University Press,1998.

Michael Angelo,*The Sikh Diaspora:Tradition and Change in an Immigrant Community*,New York and London:Garland,1997.

Marc Raeff,*Russian Abroad:A Cultural History of the Russian Emigration,1919–1939*,Oxford:Oxford University Press,1990.

Marvin Lowenthal,*The Jews of German:A Story of Sixteen Centuries*,Philadelphia:The Jewish publication society of America,1936.

Nico Israel,*Outlandish:Writing Between Exile and Diaspora*,Stanford,CA:Stanford University Press,2000.

Paul Gilroy, *The Black Atlantic*: *Modernity and Double Consciousness*, Cambridge: Harvard University Press, 1993.

Paul Gilroy, *There Ain't No Black in the Union Jack*: *The Cultural Politics of Race and Nation*, London: Hutchinson, 1987.

Paul Gilroy, *Against Race*: *Imagining Political Culture Beyond the Color Line*, The Belknap Press of Harvard University Press, 2000.

Paula G.Rubel and Abraham Rosman eds., *Translating Cultures*: *Perspectives on Translation and Anthropology*, Oxford & New York: Berg, 2003.

Peter Fryer, *Staying Power*: *The History of Black People in Britain*, London: Pluto Press, 1984.

Philip Roth, *The Facts*: *A Novelist's Autobiography*, Vintage International, 2004.

Robert Ezra Park and Ernest Burgess, *Introduction to the Science of Sociology*, Chicago: University of Chicago Press, 1921.

Rachel Carson, *The Sea Around Us*, New York: New American Library, 1961.

Ranen Omer-Sherman, *Diaspora and Zionism in Jewish American Literature*, London: Brandeis University Press, 2002.

Rajini Srikanth, *The World Next Door*: *South Asian American Literature and the Idea of America*, Philadelphia, Pa: Temple University Press, 2004.

Rew Chow, *Writing Diaspora*: *Tactics of Intervention in Contemporary Cultural Studies*, Bloomington and Indianapolis, IN: Indiana University Press, 1993.

R.Radhakrishan, *Diasporic Mediations*: *Between Home and Location*, Minneapolis Mn.and London: University of Minnesota Press, 1996.

Robin Winks, *The Blacks in Canada*: *A History*, McGill Queen's Press, 1971.

Robin Cohen, *Global Diasporas*: *An Introduction*, Seattle: University of Washington Press, 1997/2008.

Roderick Stackelberg and Sally A.Winkle, *The Nazi German Sourcebook*: *An Anthology of Texts*, London and New York: Routledge, 2002.

Roger Bromley, *Narratives for a New Belonging*: *Diasporic Cultural Fictions*, Edinburgh: Edinburgh University Press, 2000.

Salman Rushdie, *Imaginary Homelands*, London: Granta, 1991.

Salman Rushdie, *East*, *West*: *Stories*, New York: Pantheon Books, 1994.

Samir Amin, *Capitalism in the Age of Globallisation*: *the Management of Contemporary*

Society, London: Zed Books, 1997.

Simon N. Herman, *Jewish Identity: A Social Psychological Perspective*, Princeton, N. J.: Princeton University Press, 1955.

S. Lillian Kremer, *Witness Through the Imagination – Jewish American Holocaust Literature*, Detroit: Wayne State University Press, 1989.

Stephen Wilson, *Poetics of the Diaspora*, Createspace, 2012.

Shamir and Shlomo Shavit, *Encyclopedia of Jewish History: Events and Eras of the Jewish People*, Jerusalem: Massada press Ltd. , 1996.

Sudha Rai, *V. S. Naipaul, a Study in Expatriate Sensibility*, New Jersey: Humanities Press, 1982.

Stuart E. Rosenberg, *The New Jewish Identity in America*, New Yor: Hippocrene Books, 1985.

Susheila Nasta eds. , *Writing Across Worlds: Contemporary Writers Talk*, London and New York: Routledge, 2004.

Sukhdev Sandhu, *London Calling: How Black and Asia Writers Imagined a City*, London: Harper Collins, 2003.

Sanford Pinsker, *Jewish-American Fiction 1917－1987*, New York: Twayne Publishers, 1992.

Smadar Lavie and Ted Swedenburg eds. , *Displacement, Diaspora, and Geographies of Identity*, Durhan NC and London: Duke University Press, 1996.

Stephen Wilson, *Poetics of the Diaspora*, Lamad VAV Press, 2013.

Sudesh Mishra, *Diaspora Criticism*, Edinburgh University Press, 2006.

Timothy F. Weiss, *On the Margins: the Art of Exile in V. S. Naipaul*, The University of Massachusetts Press, 1992.

Thomas Faist, *The Volume and Dynamic of International Migration and Transnational Social Spaces*, Oxford University Press, 2000.

Tuan Yi-Fu, *Space and Place: The Perspective of Experience*, Minneapolis: University of Minnesota Press, 1977.

V. S. Naipaul, *Between Father and Son: Family Letters*, Vintage Books, 2000.

V. S. Naipaul, *The Enigma of Arrival*, New York: Knopf, 1987.

V. Tcherikove, *Hellenistic Civilization and the Jews*, Peabody, Mass: Hendrickson, 1999.

Viney Kirpal, *The Third World Novel of Expatriation: A Study of Emigre Fiction by Indi-*

an, *West African and Caribbean Writers*, New Delhi: Sterling Publishers, 1989.

Vijay Mishra, *The Literature of the Indian Diaspora: Theorizing the Diasporic Imaginary*, London and New York: Routledge, 2007.

Vijay Mishra, *Bollywood Cinema: Temples of Desire*, London: Routledge, 2002.

Walther Rathenau, *An Deutschlands Jugend*, Berlin: S. Fischer Verlag, 1918.

William L. Andrews ed., *The Oxford Companion to Africa American Literature*, New York: Oxford University Press Inc., 1997.

Waltraud Kokot, Khaching Tololyan and Carolin Alfonso eds., *Diaspora, Identity and Religion*, Routledge, 2004.

W. W. Anderson, R. G. Lee eds., *Displacements and Diasporas: Asians in the Americas*, New Brunswick, NJ: Rutgers University Press, 2005.

Winthrop D. Jordan, *White Over Black*, North Carolina: University of North Carolina Press, 1995.

Yogita Goyal, *Romance, Diaspora, and Black Atlantic Literature*, Cambridge: Cambridge University Press, 2010.

Alejandro Pones, 'The Study of Transnationalism: Pitfalls and Promise of an Emergent Research Field', *Ethnic & Racial Studies*, Mar. Vol. 22, No. 2, 1999.

Arif Dirlik, 'The Postcolonial Aura: Third World Criticism In The Age of Global Capitalism,' *Critical Inquiry*, No. 20, 1994.

Audrey Yue, 'Critical Rationalities in Inter-Asia and the Queer Diaspora', *Feminist Media Studies*, No. 1, 2011.

Benjamin A. T. Graham, 'Diaspora-owned Firms and Social Responsibility', *Review of International Political Economy*, 2014-3-4.

Benedict Anderson, Gail Kligman, 'Long-distance Nationalism: World Capitalism and the Rise of Identity Politics', *The Wertheim Lecture*, Amsterdam: Centre for Asian Studies, 1992.

Brian Bernards, 'Beyond Diaspora and Multiculturalism: Recuperating Creolization in Postcolonial Sinophone Malaysian Literature', *Postcolonial Studies*, 2012-9-1.

Christine Chivallon, 'Beyond Gilroy's Black Atlantic: The Experience of the African Diaspora', in *Diaspora: A Journal of Transnational Studies*, Vol. 11, No. 3, 2002.

Ceri Peach, 'Introduction', C. Peach ed., *Ethnicity in the 1991 Census*, London: HMSO, 1996.

D.Sears, 'Adventures of a Black Girl in Search of God', *Contemporary African Canadian Drama*, *Volume II*, Toronto: Playwrights Canada Press, 2003.

E.G.Ravenstein, 'The Laws of Migration', *Journal of the Statistical Society of London*, Vol.48, No.2, 1885.

Everett S.Lee, 'A Theory of Migration', *Demography*, Vol.3, No.1, 1966.

G.C.Spivak, 'Echo', see *An Aesthetic Education in the Era of Globalization*, Cambridge: Harvard University Press, 2012.

Gabriel Sheffer, 'A New Field of Study: Modern Diasporas in International Politics', see G.Sheffer ed., *Modern Diasporas in International Politics*, London: Croom Helm, 1986.

Gijsbert Oonk, 'Loss of the Mother Tongue Among South Asians in East Africa, 1880-2000', in *Global Indian Diasporas: Exploring Trajectories of Migration and Theory*, Amsterdam University Press, 2007.

Frank Birbalsingh, 'An Interview with Fred D'Aguiar', *Ariel* (Calgary, Alberta, Canada), Vol.24, No.1, 1993.

Ian Hamilton, 'Without a Place', See Hammer, Robert ed., *Critical Perspectives on V.S. Naipaul*, Washington D.C.: Three Continents Press, 1977.

J.M.Coetzee, 'The Razor's Edge', *New York Review of Books*, Vol.11, No.1, 2001.

Jana Evans Braziel and Anita Mannur, 'Nation, Migration, Globalization: Points of Conception in Diaspora studies', see Jana Evans Braziel and Anita Mannur eds., *Theorizing Diaspora: A Reader*, Blackwell Publishing Ltd., 2003.

James Clifford, 'Diaspora', *Cultural Anthropology*, Vol.9, No.3, 1994.

Khachig Tölöyan, 'The Nation-State and its Others: in Lieu of a Preface', *Diaspora: A Journal of Transnational Studies*, Vol.1, No.1, 1991.

Kim D.Butler, 'Defining Diaspora, Refining a Discourse', *Diaspora*, Vol.10, No.2, 2001.

Kalvero Oberg, 'Culture Shock: Adjustment to New Cultural Environments', *Practical Anthropology*, Vol.7, No.4, 1960.

Konan, *Paris*, 'Capital of the Black Atlantic: Literature, Modernity and Diaspora', *Journal of Multilingual and Multicultural Development*, 2015-11-10.

L.Garrett, 'Joseph Heller's Jewish War Novel Catch-22', *Journal of Modern Jewish Studies*, No.3, 2015.

Langston Hughes, 'The Negro Artist and the Racial Mountain', see Caryn Wintz ed., *The Politics and Aesthetics of "New Negro" Literature*, New York: Garl and Publishing

Inc. ,1996.

Lana Lisa Lowe, 'Heterogeneity, Hybridity, Multiplicity: Marking Asian-American Differences' ,see Jana Evans Braziel and Anita Mannur eds. ,*Theorizing Diaspora:A Reader*, Blackwell Publishing Ltd. ,2003.

Lisa Lau, 'The Sinhalese Diaspora: New Directions in Sri Lankan Diasporic Writing', *South Asia:Journal of South Asian Studies*,2016-1-2.

Louise Meriwether, 'Impact of New Technologies and Globalization on Literature, Publishing, and Distribution in the African Diaspora' ,*The Black Scholar*,2008-6-1.

Mark Shechner, 'The Jewish Novelist in America' ,see Jennifer Gariepy ed. ,*Twentieth Century Literary Criticism*,Vol.62,Detroit,MI:Gale Research,1996.

Maya Jaggi, 'Tracking the African Diaspora', *Manchester Guardian Weekly*, 1993-5-30.

Melvin J.Konner, 'Jewish Diaspora in the Ancient World, Africa, and Asia' ,See Melvin Ember, Carol R.Ember, Ian Skoggard eds. ,*Encyclopedia of Diasporas*,Springer,2005.

Michelle Hale Williams, 'Preface: Multiculturalism and Ethnic Politics Through the Work of William Safran' ,*The Multicultural Dilemma:Migration,Ethnic Politics,and State Intermediation*,Abingdon:Routledge,2013.

Michele Reis, "Theorizing Diaspora:Perspectives on'Classical'and'Contemporary'Diaspora" ,*International Migration*,Vol.42,No.2,2004.

Martin Sokefeld, 'Mobilizing in Transnational Space: A Social Movement Approach to the Formation of Diaspora' ,*Global Network*,Vol.6,No.3,2006.

Nina Glick Schiller, Linda Basch, Cristina Szanton Blanc, 'Transnationalism:A New Analytic Framework for Understanding Migration' ,*Annals of the New York Academy of Sciences*, Vol.645,1992.

Noah Sow, 'Diaspora Dynamics:Shaping the Future of Literature' ,*Journal of the African Literature Association*,2017-1-2.

Paul Gilroy, 'The Black Atlantic as a Counterculture of Modernity' ,see Jana Evans Braziel and Anita Mannur ed. ,*Theorizing Diaspora*,Blackwell Publishing,2003.

Paul C.P.Siu, 'The Sojourner' , in *the American Journal of Sociology*, Vol.58, No.1, 1952.

Paul Edwards, 'Black Writers of the Eighteenth and Nineteenth Centuries' ,see David Dabydeen ed. , *The Black Presence in the English Literature*, Manchester: Manchester

University Press,1985.

Parama Roy,'Literature,Immigration,and Diaspora in Fin-de-siécle England:a Cultural History of the 1905 Aliens Act',*Journal of Postcolonial Writing*,2015-7-4.

Randolph S.Bourne,'Trans-National America',*Atlantic Monthly*,Vol.118,1916.

Robert Ezra Park,'Human Migration and the Marginal Man',*American Journal of Sociology*,1928(May).

Richard Clogg,'The Greek Diaspora:The Historical Context',R.Clogg ed.,*The Greek Diaspora in the Twentieth Century*,London:Macmillan,1999.

Ronald Bryden,'The Novelist V.S.Naipaul Talks about His Work to Ronald Bryden', The *Listener*,Vol.89,1973-3-22.

Robin Cohen,'Creolization and Cultural Globalization:the Soft Sounds of Fugitive Power',*Globalizations*,Vol.4,No.3,2007.

Rogers Brubaker,'The Diaspora',*Ethnic and Racial Studies*,No.28,2005.

Samir Amin,'Imperialism and Globalisation',*Monthly Review*,Vol.52,No.2,2001.

Samir,Amin,'U.S.Imperialism,Europe,and the Middle East',*Monthly Review*,Vol.56, No.4,2004.

Samir Amin,'Empire and Multitude',*Monthly Review*,Vol.57,No.6,2005.

Stanley Tambiah,'Transnational Movements,Diaspora,and Multiple Modernities',*Daedalus*,Vol.129,No.1,2000.

Stephen Slemon,'The Scramble for Post-colonialism',See C.Tiffin and A.Lawson,eds. *De-Scribing Empire:Post-colonialism and Textuality*,London and New York:Routgedge,1994.

Steven Vertovec,'Conceiving and Researching Transnationalism',*Ethnic and Racial Studies*,Vol.22,No.2,1999.

Steven Vertovec,"Three Meanings of'Diaspora',Exemplified among South Asian Religions",*Diaspora*,Vol.6,No,3,1997.

Steven Bowman,'Jewish Diaspora in the Greek World',See Melvin Ember,Carol R. Ember and Ian Skoggard eds.,*Encyclopedia of Diasporas*,Springer,2005.

Stuart Hall,'The Formation of a Diasporic Intellectual',see David Morley and Kuan-Hsing Chen eds.*Stuart Hall:Critical Dialogues in Cultural Studies*,London:Routledge,1996.

Stuart Hall,'Race,Culture,and Communications:Looking Backward and Forward at Cultural Studies',see John Storey ed.,*What Is Cultural Studies?:a reader*,New York:St. Martin's Press,1996.

Stuart Hall, 'Culture, Community, Nation', see David Boswell and Jessica Evans eds., *Representing the Nation: a Reader, Histories, Heritage, and Museums*, London: Routledge, 1999.

Stuart Hall, 'Ethnicity: Identity and Difference', in *Radical America*, Vol. 23, No.4, 1991.

V.S.Naipaul, 'Our Universal Civilization', see *The Writer and The World*, New York: Vintage Books, 2002.

V.S.Naipaul, 'Reading and Writing', *The New York Review*, 1999-2-18.

V.S.Naipaul, 'The Two Worlds', see *Literary Occasions*, New York: Alfred A.Knopf, 2003.

Vijay Mishra, 'Bordering Naipaul: Indenture History and Diasporic Poetics', *Diaspora*, Vol.5, No.2, 1996.

Vijay Mishra, 'The Diaspora Imaginary: Theorising the Indian Diaspora', *Textual practice*, Vol.10, No.3, 1996.

William Safran, 'Diasporas in Modern Societies: Myths of Homeland and Return', *Diaspora: A Journal of Transnational Studies*, Vol.1, No.1, 1991.

Walker Connor, 'The Impact of Homelands Upon Diaspora', see G.Sheffer eds., *Modern Diasporas in International Politics*, London: Croom Helm, 1986.

Yogita Goyal, 'Theorizing Africa in Black Diaspora Studies: Caryl Phillips's 'Crossing the River', in *Diaspora* Vol.12, No.1, 2003.

索　引

后　　记

2013 年 6 月,笔者申报《流散诗学研究》获得国家社科基金项目立项,心里既高兴又担心。高兴的是一直关注研究的流散文学、流散文化等问题,得到了学界同行评审专家的认可,担心的是力不能胜,辜负了学界同行和老师们的期望。怀揣惴惴与忐忑,以敬畏之心开始了磕磕绊绊的研究。其间,因工作需要,担任了行政服务工作,占去了不少时间与精力,研究进展缓慢。如果按照原计划时间结题的话有可能过于匆忙,不能实现原有研究目标,于是向国家哲学社会科学办公室提出申请延期结题,获得批准,这使我有了更充足的研究时间。2019 年 11 月,课题通过鉴定结项。前后历经五年多的时间,算是交了一个勉强及格的答卷。

人类流散行为是一个古老的文化现象,始终伴随着人类文明的进程。无论是主动的流散跨界还是被迫被动的流亡流浪,都会经历地理跨界、身体与种族跨界、语言跨界、宗教跨界、思想与文化跨界等多方面的交汇与碰撞,时间久了就会产生多层次的混杂文化结果——流散文化,这一点与自然界生物的某些杂交现象有相通之处。有无流散文化结果是衡量移民者是否属于"流散族群(diaspora)"的核心因素。从公元前 20 世纪希伯来人的流散到公元 21 世纪的"全球流散",产生了不少"流散族群"及其文化。它们的产生与发展有共同的规律,也有各自的特色。斐济国籍、印度流散族裔、澳大利亚默多克大学维吉·米什拉教授在《印度流散文学：流散想象的理论化》一书中说："所有的流散者都是不幸的，但每一个流散者都各有各的不幸。"虽然这话不准确，不一定所有的流散者都是不幸的（事实上有不少流散者是幸福、幸运的，特别是全球流散时代），但他这句话揭示了流散族及其文化的极端复杂性。因此，要想在一定的时间和一定的篇幅里研究世界流散文化是很难的。即使笔者选择的"流散诗学"研究视角，也是一个庞杂的工程。为了有一个相对严谨的研究逻辑，我们按照流散文化产生与发展的先后顺序，确立了"流散—流散文学—流散诗学"的研究框架。如今反观打量，不禁汗颜惭愧：全书40多万字也只是做了表面工作，以梳理基本概念与流散文化现象为主。关于流散、流散文学、流散诗学概念的界定与疏证也只是一家之言，还有不少漏洞。更因能力有限，课题较大，不少问题都只是做了背景式的介绍，缺少专题研究的深度；学术原创性也不够，特别是第三章"流散诗学"，还没有能建构起中国特色的理论框架，只是借鉴了西方研究的理论与模式；同时，由于流散族类型多，涉及外语种类多，加大了难度，参考文献主要以英语世界的研究成果为主，不少流散族的文化与文学只是点到为止，如阿拉伯流散、亚美尼亚流散等都没有能够展开研究。对此笔者深感遗憾，期盼学界相关专业学者、行家里手给予批评指导，深化相关研究。

写此后记之际，国内新型冠状肺炎疫情已经得到有效控制，国外疫情仍然在肆虐，心中默祈世界各国早日战胜疫情，还以平安静好的生活。触景生思，此时笔者深感国家倡导建设人类命运共同体、公共卫生健康共同体、文化共同体等的必要性。而建设这些共同体，对流散族而言应当体验更深，也更加迫切。反过来思考，流散族的跨文化生存经验在很大程度上应当算是共同体生活的先行探索者与体验者，因为各种共同体的建立首先要面对的是不同文化与思想冲突、互学、互鉴、混合、共生共存、再生再造等问题，这与流散族在流散地文化环境中所要面对的问题是一致的。

在本书写作过程中，恩师郑克鲁先生在研究思想与理路上进行具体指导，更以其为师的崇高品格与为学的坚韧毅力影响着我，郑先生逾杖朝之年仍然坚持翻译与研究，每当我懈怠之时、苦恼之际，都会以先生为榜样，激励自己，促醒自己。然而令人悲痛的是郑先生在为本书作序三个月后，因病不幸去世，特在此表达深痛哀悼、缅怀之情。

感谢华东师范大学陈建华老师的指导与帮助，不管我请教的问题大小还是如何琐碎，陈老师都不厌其烦、一一作答。还要感谢蒋承勇教授、朱振武教授、彭少健教授、祝平教授等的关爱与鼓励。同事陈为艳、苏鑫博士积极从事相关具体问题的探索与研究，为本书的写作提供了具体帮助，在此一并致谢。感谢国内外学术界相关专家学者，他们的研究成果为本书提供了极其重要的参考，在此不一一列举。

最后，难脱俗套，我也要感谢家人。感谢爱人王红坤，经常和我一起讨论相关问题，还不嫌弃我把书房搞得乱七八糟像地摊，不时把这个乱摊子朋友圈一下，也算是激励我天天向上。女儿杨柳青留学并临时工作在美国，也算是半个"流散者"了，她是学 IT 偏 AI 专业方向的，对流散诗学之类不明了了，但是她在学习与工作期间，特别是疫情期间，能够做到严密防护、快乐学习、快乐工作与生活，让我们放心不少；她在复杂的美国就业形势与疫情蔓延境况下，能够从一个不满意的工作岗位换到另一个相对满意的岗位，以行动证明她的专业实力，更让我们省心不少。有了放心加省心，我也就多了些写书与修改的专心。

书出版了，就不再完全是作者自己的。伴随着些许怅然与感慨，让我们一起再出发吧。

2020 年 10 月 2 日

于临沂家中

责任编辑：杨文霞
封面设计：石笑梦
版式设计：胡欣欣
责任校对：陈艳华

图书在版编目（CIP）数据

流散诗学研究/杨中举 著. —北京：人民出版社，2021.11
ISBN 978－7－01－023388－8

Ⅰ.①流…　Ⅱ.①杨…　Ⅲ.①诗学-研究　Ⅳ.①I052

中国版本图书馆 CIP 数据核字（2021）第 079258 号

流散诗学研究

LIUSAN SHIXUE YANJIU

杨中举　著

人民出版社 出版发行
（100706　北京市东城区隆福寺街 99 号）

环球东方（北京）印务有限公司印刷　新华书店经销

2021 年 11 月第 1 版　2021 年 11 月北京第 1 次印刷
开本:710 毫米×1000 毫米 1/16　印张:32.5
字数:479 千字

ISBN 978－7－01－023388－8　定价:99.00 元

邮购地址 100706　北京市东城区隆福寺街 99 号
人民东方图书销售中心　电话（010）65250042　65289539